북한문학 연구자료총서 Ⅳ

문학예술의 혁명적 전환

북한의 비평

문학예술의 혁명적 전환

북한의 비평

김종회 편

국학자료원

■ 일러두기

1. 각 글의 말미에 처음 발표했던 지면과 연도를 밝혀두었다.
2. 인용문의 표기는 원전의 방식을 따랐으나 띄어쓰기는 현행 원칙을 따랐다.
3. 본문에서 사용한 약호는 다음과 같다.
  - 장편소설, 책 : 『 』
  - 논문, 평론, 시, 단편소설 : 「 」
  - 신문, 잡지 : ≪ ≫
  - 연극, 영화, 음악, 미술 작품 : < >
  - 대화, 인용 : " "
  - 강조, 소제목 : ' '

남북한 문화통합, 한민족 문화권 문학사의 조망

– 북한문학 연구자료총서 전4권을 발간하면서

　격세지감이나 상전벽해란 말은, 과거 냉전 시대의 기억을 보유하고 있는 이들에게 오늘의 남북 관계를 설명할 때 어김없이 떠오르는 표현 방식이다. 이제 한반도와 관련된 모든 연구와 논의 체계에서 북한 문제를 도외시 하고서는 포괄적 설득력을 얻기 어렵게 되었다. 이를테면 북한이라고 하는 테마는 정치, 경제, 군사, 인적 교류 등 모든 분야에 있어 더 이상 '변수(變數)'가 아닌 '상수(常數)'의 지위에 이르렀다.

　문학에 있어서도 마찬가지이다. 지금껏 우리 문학사는 북한문학을 별도로 설정된 하나의 장으로 다루어 오는 것이 고작이었으나, 이제는 남북한 문화통합의 전망이란 큰 그림 아래에서 시기별로 비교 대조하면서 그 공통점과 차이점을 찾아보려는 시도가 빈번해졌다. 북한문학에 있어서도 1980년대 이래 점진적인 궤도 수정이 이루어져서, 과거 그토록 비판하던 친일경력의 이광수나 최남선을 문예지에 수록하는가 하면, 남북 관계에 대해서도 이념적 색채를 강요하지 않는 작품들이 확대되는 등 다각적인 태도 변화를 이어오고 있다.

　물론 남북한은 군사적 차원에서 아직도 휴전협정을 평화협정으로 변경하지 아니한 임시 휴전의 상태가 지속되고 있는 형편이며, 동해에 유람선이 오가는 동안 서해에 무력 충돌이 발생하는, 매우 불안정하고 아이러니컬한 상관관계에 있는 것이 사실이다. 우리와 유사한 사정에 있던 독일,

베트남, 예멘 등은 모두 통일을 이루었고 중국의 양안관계도 거의 무제한적인 교류와 내왕을 허용하고 있는데, 유독 우리 남북한은 여전히 이산된 가족들의 생사소식을 알 수 있는 엽서 한 장 주고받지 못한다.

이 극심한 대척적 상황, 한쪽에서는 인도적 차원에서 조건없는 경제적 지원이 이루어지고 다른 한쪽에서는 과거의 냉전적 관행을 완강한 그루터기로 끌어안고 있는 민감하고 다루기 어려운 상황을 넘어설 길은 여전히 멀고 험하기만 한 것인가? 바로 이 대목에서 우리는, 오랜 세월을 두고 축적된 민족적 삶의 원형이요 그것이 의식화된 실체로서 문학과 문화의 효용성을 내세울 수 있다.

남북간의 진정한 화해 협력, 그리고 합일된 민족의 미래를 도출하는 힘이 군사정권의 권력처럼 총구로부터 나올 것인가? 진정한 민족의 통합은 국토의 통합이 아니며, 정치나 경제와 같은 즉자적인 힘이 아니라 문학과 문화의 공통된 저변을 확보하는 일에서부터 시작하는 것이 마땅하다. 그러기에 '북한문학'인 것이다. 더욱이 북한에 있어서 문학은 인민 대중을 교양하는 수단이요 당의 정강정책을 인민의 현실 생활에 반영하는 훈련된 통로에 해당한다. 그러한 까닭으로 오늘의 북한문학은 단순히 문학으로 그치지 않으며, 남북 관계의 변화의 발전을 유도하고 측정하는 하나의 바로미터로 기능한다.

사정이 그러할 때 문학을 매개로 한 남북한 문화통합의 당위적 성격은, 귀납적으로는 그것이 양 체제의 통합이 완성되어야 한다는 사실의 징표인 동시에, 연역적으로는 여러 난관을 넘어 그 통합을 촉진하는 실제적 에너지가 된다는 사실의 예단이다. 이와같은 이유로 남북한의 문학과 문화를 비교 연구하고 문화이질화 현상의 구체적 실례를 적시(摘示)하여 구명하는 것은 매우 중요한 과제가 된다. 이러한 성격의 일, 곧 길이 없는 곳에 길을 내면서 가는 일은, 결코 말로만 하는 구두선(口頭禪)에 그쳐서는 진척이 없다.

이번에 상재하는 북한문학 연구자료총서 Ⅰ·Ⅱ·Ⅲ·Ⅳ권은, 바로 그와 같은 인식의 소산이며 문학을 통한 남북한 공통의 연구와 새로운 길의 전개에 대한 소망으로부터 말미암았다. 여기서 새로운 길이란, 앞서 언급한 바와 같이 남북한 문학에 대한 전향적 인식의 연구를 포함하면서, 동시에 그 양자 간의 좁은 울타리를 넘어 세계에 펼쳐져 있는 한민족 문화권의 문학을 하나의 꿰미로 엮는 전방위적이고 전민족적인 연구에까지 이르는 학술적 미래를 지향한다. 이는 미주 한인문학, 일본 조선인문학, 중국 조선족문학, 중앙아시아 고려인문학 등 한민족 문학의 전체적인 구도 속에 놓이는 남북한 문학의 좌표 모색을 뜻한다.

이 한민족 문화권의 논리와 그 의미망 가운데로, 해방 이래 한국문학과 궤(軌)를 달리해 올 수 밖에 없었던 북한문학을 초치하는 일은 여러 국면의 의미를 가진다. 실제적이고 물리적인 남북관계에 있어서도 그러하거니와, 더욱이 문학에 있어서 북한문학에 남북한 대결구도의 인식으로 접근해서는 양자 간 문학의 접점이나 문화통합의 전망을 마련하는 일이 거의 불가능하다. 우리는 지금까지 수도 없이 많은 구체적 경험을 통해 이를 보아 왔다. 그렇다면 어떤 방안이 있느냐는 반문이 당장 뒤따를 것이다. 그에 대한 대답으로 지금 논거한 한민족 문화권의 개념을 제시할 수 있을 터이다.

요약하여 말하자면 이 연구자료총서는 남북한 문화통합과 한민족 문학의 정돈된 연구, 곧 한민족 문화권 문학사의 기술을 전제하고, 그 전환적 사고와 의욕을 동반하고 있는 북한문학 자료의 선별과 집약이라 할 수 있겠다. 제Ⅰ권은 남한의 연구자들이 수행한 북한문학에 대한 연구의 대표적 성과들을, 그리고 제Ⅱ·Ⅲ·Ⅳ권은 북한문학사 시기 구분에 따른 북한문학 시·소설·비평의 대표적 작품들을 한데 모았다. 책마다 따로 선별된 작품을 통시적 흐름에 따라 잘 이해할 수 있도록 해설을 붙였다. 각기의 책에 수록될 수 있는 분량의 한계로 인하여, 더 많은 작품을 싣지 못한 것은 여전히 큰 아쉬움으로 남아 있다.

이 네 권의 연구자료총서가 발간되기까지 엮은이와 함께 애쓰고 수고한 많은 손길들이 있다. 여기 일일이 그 이름을 적지 못하지만, 차선일·권채린·이훈·양정애 선생을 비롯한 경희대학교 대학원의 현대문학 연구자들에게 마음으로부터 감사의 말씀을 드린다. 아울러 이처럼 좋은 모양의 책으로 꾸며준 국학자료원에도 깊이 감사드린다.

2012년 6월
엮은이 김종회

북한 비평의 시기별 대표 작품

　남북한의 문학은 오랜 분단의 세월을 거치면서 내용과 형식면에서 극심한 이질화를 초래했다. 문학은 그 민족의 사상과 생활을 대변하고 있기에 문학의 이질화는 곧 민족적 삶과 이상의 단절을 의미한다고 볼 수 있다. 장기적으로 민족 통일의 시대를 내다보아야 할 오늘날, 우리는 문학의 이질화를 극복하고 남북한 문화통합의 미래를 전망하며 언젠가 다가올 그날을 맞을 준비를 해야 할 것이다.

　지난 2005년 7월 평양과 백두산에서 열린 '6·15 공동선언 실천을 위한 민족작가대회'는 통일의 길로 향하는 문학사적인 전환점이라 할 수 있다. 이 대회에서 '문학적 통일'을 위한 '6·15 민족문학인협회' 구성, '통일문학'지 발간, '통일문학상' 제정을 결의하는 등 문학을 통해 통일로의 발걸음을 내딛으려는 노력들이 있었다. 이때 논의된 것처럼 분단시대의 문학을 이질적인 것으로 보는 것이 아니라 다채로운 문학이 창작된 시대로 보고, 북한의 문학을 다양성의 차원에서 연구하려는 노력이 필요하다.

　이 책에서는 당대의 주축이 되는 문예정책을 다룬 북한의 비평문들을 시기별로 나누어 실었다. 북한의 비평은 당시의 지도노선 및 정책을 전파하고 문학과 예술이 지향해야 할 방향성을 제시하는 역할을 담당하고 있으므로, 우리는 이를 통해 북한 사회의 사상과 의식의 핵심을 찾아 볼 수 있을 뿐 아니라 급격하게 다변화하는 세계 속에서 북한이 나아가려는 방향 또한 예측해 볼 수 있다.

북한의 비평은 철저히 당의 문예정책을 따르고 있다. 각기의 문예정책은 주체문예이론을 근간으로 하며 문학은 당의 과업과 혁명투쟁을 이룩하는 데 기여해야 한다. 주체문예이론의 기본 원칙은 당성, 노동계급성, 인민성이다. 당성은 당에 대한 충실성, 즉 김일성 수령에 대한 충실성을 의미하고 당의 문예정책은 철저하게 수령의 교시에 의해 정해진다.

인민성은 인민을 객체로 보는 것이 아니라 주체로 보고 문학예술 작품을 인민들의 비위와 감정에 맞고 그들이 알기 쉬운 형식으로 창작해야 한다는 문학창작의 기본 원칙을 말한다. 북한문학에서 인민성은 예술성의 최고 형태이며, 북한식의 '도덕적 인간중심주의'를 기반으로 한 것이다. 도덕적 인간의 형상화는 북한 문학에 있어서 인간관계의 기본 틀로 제시된다. 이 도덕적 인간은 당성에 근거한 인간이며 당성은 수령에 대한 충성심으로 수렴된다.

노동계급성은 노동계급의 입장과 관점을 고수하여 문학예술로 하여금 혁명적 위업에 철저히 복무하게 하는 것이다. 이것이 곧 북한문학 비평의 역할이라고 할 수 있다. 김정일은『주체문학론』에서 "로동계급의 혁명적 문학예술에 대한 선도적 역할은 당과 수령의 령도 밑에 수행된다"라고 규정한다. 당과 수령이 "문학예술 창조와 건설의 지도적 지침인 문예사상을 창시하고 혁명적 발전의 매 단계에서 문예 로선과 정책을 작성하여 문학예술발전 방향과 방도를 제시"하면, 평론은 이를 "선전하고 해석"하는 역할을 담당해야 한다는 것이다.

『조선 문학개관』에서는 북한의 문학을 평화적 민주건설 시기(1945.8~1950.6), 위대한 조국해방전쟁 시기(1950.6~1953.7), 전후복구건설과 사회주의 기초건설을 위한 투쟁시기(1953.7~1960) 등 세 단계로 나누어 설명하고 있다. 여기에 현재까지 북한의 문학을 그 핵심 사상별로 세분화시켜 보면 천리마운동기(1958~1967), 주체 시기(1967~1980), 현실주제문학 시기(1980~현재)로 나눌 수 있다. 각 시기에 해당하는 대표 비평문을 선정하여 다음과 같이 총 6장으로 구분하고 모두 26편의 비평문을 정리하였다.

제1장 '평화적 민주건설 시기'는 신민족 수립을 위한 방향 제시와 '고상한 리얼리즘' 창작 방법에 대한 논의가 전개된 시기이다. 1947년 김일성은 신년사에서 "사상적, 정치적, 예술적으로 고상한 작품을 생산할 것"에 대한 요구로 고상한 리얼리즘에 대해 처음으로 언급하였다. 현실에서 동떨어지지 않은 인물을 다루면서 이상적인 세계를 구현하는 '사회적 영웅'을 그릴 것에 대한 요구이다.

제2장 '조국해방전쟁 시기'에 고상한 리얼리즘은 사회주의 리얼리즘으로 재규정된다. 사회주의 리얼리즘은 사회주의 현실의 혁명적 발전과 구체성을 강조한 것으로 당성을 바탕으로 하고 있다. 문학이 현실 생활과 연결된 꿈을 보여주고 인민의 생활 안에 실제로 존재하는 인물과 사건을 형상화하여 미래의 진보에 이바지해야 함을 강조한다. 또한 이 시기에는 문학을 혁명적 과업의 도구로 삼아 미제국주의를 비판하는 등 정치적 선동성이 강하였으며, 전체 작가 예술가들은 수령의 교시와 격려에 고무되어 문학을 전쟁의 종국적 승리를 위하여 창작할 것을 권고하였다.

제3장 '전후복구기'에는 전형화에 대한 문제가 제기되는데, 이는 문학 작품에 있어서 인물은 여러 계급과 계층의 전형적인 인간 성격을 훌륭하게 드러내야 하며 이들은 반드시 모순의 투쟁 속에서 형상화 되어야 함을 요구한다. 이들이 겪는 갈등은 사회주의와 자본주의의 갈등, 사회주의 내의 새 것과 낡은 것의 갈등을 의미한다.

제4장 '천리마운동기'의 천리마운동은 1956년 12월 당 중앙위원회 전원회의에서 행한 '사회주의 건설에서 혁명적 대고조를 일으키기 위하여'라는 김일성의 연설에서 비롯되었다. 북한은 당시의 사회주의국가 건설로 향하는 과정에서 소련 등의 원조가 삭감되면서 자본과 기술 부족 등에 봉착하였다. 이에 김일성은 자력갱생의 의지를 인민들에게 호소하면서 '천리마를 탄 기세로 달리자'라는 구호를 제창하였다.

이러한 김일성의 교시는 당의 문예정책이 되었고 "천리마 시대에 상응한 문학예술을 창조"할 것을 주장하였다. 또한 인물의 전형 창조와 천리마 기수들의 혁명적 투쟁과 과업을 형상화할 것을 강조하였다. 천리마 기수들의 성격 창조는 작가들이 생활 속에서 새로운 공산주의의 특성을 발견하는 것과 관련되기에 당시 북한 비평은 작가들의 가치관과 북한 인민들의 삶을 살펴볼 수 있는 좋은 자료라 할 수 있다.

제5장 '주체 시기'는 수령 형상 창조를 통한 당성을 고취하고, 주체적 문예사상을 확립하며 그 정당성을 선전하는 '온 사회를 주체사상화'하는 데 충실할 것을 기본 지침으로 하는 시기이다. 북한 비평계가 주체문예이론의 성립과 더불어 체제 안정기로 접어든 이 시기에 제일 먼저 관심을 쏟은 것은 바로 국가와 수령의 정통성에 대한 문제였다. 또한 1970년대 초반 비평의 주된 관심사는 이른바 '조국해방전쟁'에 대한 정당성과 정통성, 주체사상의 독창성과 위대성 등에 집중되었고 이는 혁명적 문예형식으로 형상화되었다. 이러한 것은 김일성의 교시와 그의 혁명사상에 바탕을 두고 있다.

제6장 '현실주제문학 시기'는 1980년부터 현재까지의 비평문을 포괄한다. 1980년대는 '숨은 영웅'의 창조와 형식적인 미에 대한 강조가 두드러진 시기이다. 김정일은 1980년 1월 제3차 조선작가동맹대회에 보낸 서한인 「현실발전의 요구에 맞게 작가들의 정치적 식견과 기량을 결정적으로 높이자」라는 글에서 '숨은 영웅'의 창조에 대해 고상한 풍모와 아름다운 정신세계를 형상화하도록 당부하였다. 이는 지나친 영웅의 형상화와 도식주의에 대한 극복의 노력으로 보인다. 또한 주체문학을 인민 대중과 연계하려는 의도, 그리고 당시 북한문학의 시대적인 변화와도 밀접하게 연관되어 있다.

1990년대는 사상성을 더욱 강조하고 혁명적 낙관주의와 낭만성이 문학예술에서 강조된 시기이다. 또한 대중의 인텔리화와 새 세대 인물 창조 등의 문제가 문학의 과제로 나타난다. 소설의 주인공은 현실에 실제로 존재하는 인물로서 인민들 곁에 있어야하고, 같이 숨 쉬고 있는 친근한 모습이어야 한다. 이와 같은 현실주제문학은 궁극적으로 1990년대 과학기술 향상을 위한 노력이나 새 세대 인텔리의 양산이라는 목표와도 관련된 것으로 볼 수 있다.

북한의 문학은 부르주아 민족주의를 비판하고 프롤레타리아 국제주의 사상을 바탕으로 한 고상한 리얼리즘을 취하며, 기본적으로 맑스-레닌주의적 세계관에 근거한다. 1967년 이후에는 주체사상의 확립과 더불어 수령의 교시를 통한 당의 정책을 철저히 따르고 있다. 그러므로 1980년대 이후의 변화에 해당하는 사회주의 현실주제문학도 결국 북한문학의 큰 틀에 있어서는 부수적인 것에 그칠 뿐이다.

당 문예정책의 흐름과 함께한 북한 비평은 위와 같이 여섯 시기로 구분할 수 있으며, 각 시기에 해당하는 대표 비평은 북한의 문예정책과 그 역사적 흐름을 살펴볼 수 있는 자료들이다. 60여 년 분단의 세월을 겪으면서 남북한은 한 민족임에도 불구하고 사고의 이질화는 말할 것도 없고 문화예술의 이질화 또한 심각한 수준에 이르러 있다. 이러한 때에 북한문학 비평의 자료들을 심층적으로 살펴보는 것은 남북간의 동질성 회복을 위한 장기적 문학 연구에 효율적인 단초가 되리라 믿는다.

북한문학의 심층적 이해

남한에서의 연구

| 차례 |

머리말

제1장 _____ 북한의 문예창작강령과 문예이론

제2장 _____ 북한문학사

제3장 _____ 북한 시

겨울밤의 평양

북한의 시

| 차례 |

머리말

제1장 _____ 평화적 민주건설 시기(1945~1950)

제2장 ⎯⎯⎯ 조국해방전쟁 시기(1950~1953)

제3장 _____ 전후복구기(1953~1958)

제4장 _____ 천리마운동기(1958~1967)

제5장 ____ 주체 시기(1967~1980)

제6장 ____ 현실주제문학 시기(1980~현재)

력사의 자취

북한의 소설

| 차례 |

머리말

제1장

평화적 민주건설 시기(1945~1950)

新民族文化樹立을 爲하여

尹世平

現下 民族文化의 樹立問題는 民主正權樹立問題 民主的 經濟建設問題와 함께 新朝鮮建設의 가장 核心的인 課題의 하나로 우리 앞에 上程되고 있다.

政治經濟部面에 있어서는 當面한 資産階級性民主革命의 歷史的 諸課業을 解決하기 爲하여 活潑한 理論鬪爭과 實踐運動이 倂行하여 展開되여온만큼 政治路線은 이미 大衆的으로 正確히 把握되고 있으나 文化路線에 限하여는 아직도 混亂과 偏向을 免하지 못하고 있는 것이 事實이다.

勿論 文化部面에 있어서도 數많은 文化人乃至政治家들이 새로운 民族文化樹立에 對하여 眞摯한 理論을 提起하였고 그에조차서 實踐運動이 展開되였다고 볼 수 있으나 이제까지의 文化理論은 大衆的 討議를 거치지 못하고 따라서 科學的 批判을 通過하지 못한 個々人의 主觀的 見解에 머저있었던만큼 許多한 混亂과 偏向을 비저내여 文化路線 그 自休가 大衆的으로 把握될만한 正確性을 缺如하고 있다.

다시 말하면 한말로 民主主義文化이니 新民族文化이니 云謂하나 現階段에 賦課된 資産階級性民主革命의 性格을 正當히 歷史的 發展的으로 보지 못한 素朴한 政治理論을 그대로 문화에 直譯하여 空疎한 觀念的 言辭만을 되푸리하게 되므로 大衆은 勿論이오 文化理論家 그 自身까지도 現實

的으로 것잡을 수 없는 混亂에 빠지고 있다.

每個人의 混亂은 姑捨하고서 가장 代表的이라고 할 수 있는 指導理論을 볼지라도 덮어놓고 "우리 革命階段은 푸로레타리아階段이 아니므로 建設될 新文化는 푸로레타리아的인 文化가 아니다", "民族文化는 階級文化가 되어서는 아니 된다", "內容에 있어서 民主主義的이고 形式에 있어서 民族的인 新文化를 建設한다"는 等 常識的이며 庸俗한 觀念的 言辭로써 現實을 裁斷하고 있다.

現實에서 遊離된 이 같은 觀念的 現實은 實踐過程에 한 거름만 발을 내딛게 되면 곧 그리 矛盾性을 發露하게 된 것이니 우리들은 모름지기 文化의 性格乃至 政治와의 關係를 根本的으로 究明하고 다시 現革命階段에 있어서 新民族文化建設의 基本的 路線을 찾어야 할 것이다.

勿論 이제까지의 우리들의 勞力은 決코 過小評價할것이 아니며 特히 北朝鮮藝術總聯盟의 結成이 이러한 諸偏向과 混亂을 批判的으로 克服하고 새로운 出發의 契機를 주었다는 点에서 劃期的이었다는 것을 알어야 할 것이다.

*

한말로 우리가 藝術이니 文化이니 하지만 그 槪念이 汎博하여 嚴密한 規定을 내리기에는 자못 困難하다. 그러나 人類의 理論的 思惟의 一切先行發展의 最高所産인 唯物史觀에 依據한다면 特히 '上層構造'와 '下層構造'와의 關係를 念頭에 두고서 말한다면 文化가 '精神生活過程一般' 또는 '社會意識形態'를 가리키게 될 것은 明白한 事實이다.

그러므로 一切文化는 어느 時代 어느 社會를 勿論하고 恒常 階級의 所産으로서 階級的 地盤 가운데 現實的 뿌리를 박고 있는 階級文化이다. 卽 "一定한文化는 特定階級의 存在와 함께 滅亡할 뿐만 아니라 어떤 階級이 젊고 生氣에 넘칠 때에는 그 階級의 낡은 階級에 對한 鬪爭을 通하여 新興

文化도 낡은 文化를 止揚시키고 自己發展을 遂行하게된다." 따라서 文化構造의 歷史的 契機는 어느 때나 階級에 있으며 文化鬪爭은 階級鬪爭의 一分野로서 換言하면 이데오르기─領域에 있어서의 階級鬪爭인 것이다. 그러기에 일직이 '일리치'는 文化理論을 가리켜 이데오르기─의 批判이라고 規定하는 同時에 그것은 當然히 "一定한 社會群(階級)의 見地에 설 것을 義務로 하며 當然히 一定한 政治性과 黨派性은 갖게 된다"고 明言하였다.

따라서 '일리치'에 있어서 文化理論乃至文化鬪爭은 單純히 理論的 任務를 갖는 思想的 論爭이 아니라 生々한 不可分的 統一에 있어서 勞動者階級運動과 連繫되어 搾取와 抑壓 暗愚와 貧窮을 固定化시키려는 反革命的 思想과의 鬪爭이었다. 다시 말하면 '일리치'의 文化理論의 方法은 政治的 鬪爭의 方法 卽 레─닌主義의 戰術과 不可分的으로 連繫되어 있었다. 웨 그런고하면 無産階級의 文化는 無産階級이 資産階級을 打倒하고 政治的 權力을 掌握하게될제 비로소 支配的인 이데오르기─ 卽 오─소리티─를 갖는 文化가 될 수 있는 때문이다.

어느 때나 一定한 觀念形態는 그것을 生産한 階級이 政治的 權力을 掌握한 後가 아니면 支配的인 힘을 가질 수 없는 것이며 文化鬪爭에 있어서 그 勝利를 社會的 歷史的으로 決定하고 保障하는 것은 政治的 權力이다. 文化鬪爭이 政治鬪爭과 連結되는 것은 正히 여기에 있는 것이다.

이같이 보아을제 누구나 文化에 對한 政治의 指導的 地位 그 優位性을 認定하지 않을 수 없을 것이다. "政治는 社會經濟的 諸關係의 集中的 表現"이라고 말하였다. 그러나 兩者의 關係는 決코 構造的으로 結合된 것이 아니라 政治와 文化의 正常的 關係는 마치 政治經濟와 理論의 關係와 같이 無産階級의 實踐(階級鬪爭)에 依하여 辨證法的으로 統一되지 않으면 아니되는 것이다.

그러나 肝要한 問題는 우리가 文化에 對한 政治의 指導的 地位를 認定한다는 것은 決코 文化의 特殊性 또는 그의 獨自性을 否定하고 抹殺하는 것이 아니라는데 있다. 언제나 文化는 觀念의 過程으로서 經濟的 政治的

諸過程과는 截然히 區別되는 것이며 獨自的인 自律性을 가지고 있는 것이다. 여기에 있어서 우리가 날카롭게 批判하지 않으면 아니 될 것은 政治와 文化를 機械的으로 結合시키려는 機械論者들이다. 그들은 文化를 單純히 '政治經濟의 觀念形態上의 反映'으로만 보고 素朴한 政治理論을 그대로 文化部面에 移植하여 "우리의 革命階段은 푸로레타리아革命階段이 아니라 民主主義革命階段에 處해 있으므로 建設될 新文化는 푸로레타리아的인 文化가 아니라 民主主義的 民族文化요 無産階級의 反資本主義的 文化가 아니라"고 말하고 있다. 이와 같이 푸로레타리아文化와 進步的 民主主義 文化와를 機械論的으로 對立시키는 見解는 勿論 現革命階段이 無産階級이 領導하는 資産階級性民主主義革命階段임을 認識하지 못한 데서 結果한 暴論이겠으나 또한 文化의 獨自性乃至特殊性을 認識하지 못하고 偏向된 政治理論을 그대로 文化領域에 延長시키려는데서 나온 結論인 것이다.

文化는 社會認識形態로서 '下層構造'의 反映일뿐만 아니라 同時에 下層構造에 先行하여 反作用한다는 點에 있어서 우리는 政治와 文化의 交互關係를 正常的으로 把握하여야 할 것이며 또한 政治에 있어서 民主主義的 民族統一戰線이 決코 階級의 獨自性을 抹殺시키지 않는 것과 같이 文化에 있어서도 階級性을 否定하고 抹殺하는 統一戰線이여서는 아니 된다는 것을 알아야 할 것이다. 다시 말하면 觀念形態로서의 文化는 勿論 그 時代의 社會的 諸生産關係에 制約을 받게 되나 다시금 그에 先行하여 反作用할 수 있으며 (一例를들면 文藝復興時代의 科學과 藝術)同時에 無産階級文化는 이 瞬間에 있어서 一切의 反帝國主義的 反封建的 文化와 提携하여 新民族文化建設의 統一戰線을 形成할 수 있으나 그 같은 民族文化는 階級文化의 獨自性을 否定하고 抹殺하는 것일 수는 없는 것이다. 오히려 오늘의 資産階級性民主革命을 無産階級이 領導하듯이 文化에 있어서도 無産階級의 文化가 民族文化樹立을 領導하게 되는 것이다.

勿論 오늘의 朝鮮에 있어서 아직 無産階級의 年齡이 어린만큼 그의 文化도 幼弱하다고 할 것이나 一般的으로 이 땅의 新文化運動全体가 가장 歪曲된 條件과 環境 아래에 자라났다고 할 수 있다. 웨 그런가하면 그것은 過去三十六年 동안 가장 野蠻的인 日本帝國主義에 依하여 蹂躪되고 陵辱되었기 때문이다. 獰猛한 日本帝國主義는 政治에 있어서와 마치 한가지로 文化에 있어서 極度의 思想的 彈壓을 加한 것은 勿論이오 甚至於는 文化의 基本的 胎盤인 言語 文字까지도 抹殺하려는 暴擧에 나왔었다. 그러한 意味에서 八, 一五以前의 文化는 確實히 屈辱의 文化요 또한 奴隷의 文化이었다. 그러므로 八, 一五以前에 있어서는 近代的인 意味에 있어 獨自的인 民族文化의 樹立을 가지지 못한 채 日本帝國主義의 植民地的 隷屬文化로 彩色되어 封建社會의 遺物인 封建文化의 糟粕과 資本主義腐敗期의 市民文化殘滓가 混淆되어 있었다.

그러나 過去日本帝國主義 羈絆아래에서도 民族解放運動이 쉬지 않고 持續되어왔던 것과 反帝國主義的 反封建的 文化는 자라났었다. 그것은 모—든 哀愁와 咏嘆 隱遁과 頹廢의 不美한 反動文化系列에도 不拘하고 當時 無産階級文化가 적으나 크나 消極的이였거나 積極的이였거나 帝國主義的 侵略을 憎惡하고 反對하며 民族解放을 志向하는 길을 걸어왔다는 事實을 掩蔽할 수 없다.

이같은 新文化運動은 三一運動을 契機로 하여 大別할 수 있으니 卽 三一運動以前에 있어서는 資産階級이 領導하는 文化運動이었으며 三一運動以前에 있어서는 無産階級이 領導하는 文化運動이라고 할 수 있다. 卽 三一運動 以前에 있어서 新文化運動은 主로 黎明期的 啓蒙運動의 領域을 버서나지 못하였으나 그 內容에 있어 資産階級的 自然科學과 社會科學이 當時의 智育体育德育의 三大綱目을 支配하고 있었다. 그러므로 이같은 新文化運動은 資産階級性을 띠고서 어느程度 封建思想과 鬪爭하며 資産階級

性 民主革命을 爲하여 奉仕할 수 있었다. 그러나 그것은 落後한 朝鮮資産階級의 微弱과 帝國主義的 侵略으로 말미암아 日本帝國主義의 奴隷化思想과 封建主義의 復古思想에 屈伏하고 말았다. 따라서 三一運動以後 낡은 資産階級性 民主主義文化가 이미 腐朽化하고 無力해진 代身 嶄新한 社會主義的 文化思想이 擡頭하여 帝國主義的 文化와 封建的 文化에 叛旗를 들고 英勇的 進擊을 開始하였으니 一九二六年――一九三四年에 亘하여 無産階級이 領導하는 新興文化는 全文化領域을 風靡하였다. 이같은 新興文化運動이 當時의 被壓迫大衆의 感情과 思想과 意志를 結合시키고 그것을 昂揚시키며 民族解放을 目的 意識的으로 志向하였다는 事實은 비록 戰爭期間을 通하여 一時的으로 退陣한 感을 주었음에 不拘하고 八,一五以後 蔚然히 이러나는 無産階級文化運動으로보아 三一運動以後 오늘에 이르기까지 無産階級文化가 領導性을 가지고 잇음을 雄辯으로써 證明하고 있다.

그러므로 오늘날 우리가 부르짓는 帝國主義를 反對하고 封建主義를 反對하는 文化는 오직 無産階級의 文化思想만이 領導할 수 있는 것이며 다른 아무런 階級의 文化思想도 그것을 領導할 수 없는 것이다. 이른바 建設될 新文化는 "無産階級이 領導하는 人民大衆의 反帝 反封建의 文化이며" 그것은 世界無産階級의 社會主義的 文化革命의 一部分에 屬하게 되는 것이다.

*

여기에 있어서 問題는 必然的으로 階級文化와 民族文化의 關係에 떠러지게 된다.

우리는 이미 新民族文化樹立問題가 우리의 當面한 核心的 課題임을 冒頭에서 言明하였다. 그러나 以上에서 結論지은 오늘날 '無産階級이 領導하는 人民大衆의 反帝 反封建의 文化'는 곧 民族的인 文化인 것이다. 여기에는 決코 이른바 '民族文化는 階級的 文化가 되어서는 안된다'는 觀念的

對立이 있을 수 없다. 우리가 말하는 새로운 民主主義文化는 帝國主義의 侵略과 壓迫을 反對하고 朝鮮民族의 尊嚴과 獨立을 主張한다. 그것은 우리 朝鮮民族의 것이오 우리 朝鮮民族의 特性을 띠게 된다. 그것은 모—든 他 民族의 社會主義文化와 밑 新民主主義文化와 聯結하여 互相吸收하며 互相發展하는 關係를 맺어 서로 世界文化의 一部分이 된다. 그러나 決코 如何한 民族의 帝國主義的 反動文化와는 聯結할 수 없는 것이다. 웨 그런고 하면 우리 文化는 革命的인 民族文化이기 때문이다. "맑스主義는 民族的 形式을 거치므로써 具体化할 수 있다." 이것은 主觀的으로 公式的으로 맑스主義를 適用하는 것을 嚴戒하는 말이다. 그럼에도 不拘하고 이것을 單純히 '社會主義를 內容으로 하고 形式에 있어서 民族的인 文化'는 아직 있을 수 없다.

"內容에 있어서 民主主義的이고 形式에 있어서 民族的인 新文化를 建設하여야 한다"고 主張함은 毛澤東의 新民主主義文化論의 引用에 있어서 粗忽을 犯한 것이오 이른바 內容에 있어서 單純한 民主主義的인 것이 아니라 '無産階級이 領導하는 人民大衆의 反帝 反封建의 文化'인 新民主主義文化임을 闡明하지 못하는 데서 커드란 混亂을 주게 되는 것이다.

우리는 마땅히 맑스主義의 普遍的 眞理와 朝鮮革命의 具体的 實踐을 完全히 適當하게 統一하여야 할 것이다. 朝鮮文化는 應當한 自己의 形式을 가저야 할 것이다. 이것이 곧 民族的 形式이며 民族的 形式은 곧 新民主主義의 內容인 것이다. 그러므로 우리가 樹立할 新民族文化는 決코 非階級的 文化가 아니며 도로혀 無産階級이 領導하는 新民主主義文化이다. 따라서 이러한 新民族文化는 첫째 科學的이야 한다. 그것은 어디까지 客觀的 眞理를 主張하고 레알리즘을 主張하고 理論과 實踐의 統一을 主張한다. 그것은 文化統一戰線 問題에 있어서도 아직도 進步性을 가지고 있는 부르조아지—의 唯物論이나 自然科學思想과 提携하여 反帝 反封建 反迷信의 統一戰線을 樹立할 수 있으나 決코 如何할 反動的 觀念論과도 妥協할 수 없으며 統一戰線을 지을 수 없다. 勿論 政治에 있어서는 觀念論者 또는 宗

教家까지라도 提携하여 政治行動上의 戰術的 統一戰線을 樹立할 수 있으나 이데오로기—鬪爭인 文化에 있어서는 決코 그와 같은 統一戰線은 있을 수 없는 것이다. 여기에 政治와도 區別되는 文化의 特殊性이 있는 것이다. 우리는 오랜 先行歷史階段의 諸文化의 發展過程을 科學的으로 批判하고 整理하여 古代의 優秀한 民間文化 가운데 多少라도 民主性과 革命性을 띤 文化를 分간하여 封建的 糟粕은 버리고 民主的인 精華를 吸收하여 文化遺産의 科學的 攝取로써 新民族文化의 向上發展을 圖謀하여야할 것이다.

둘째로 新民族文化는 大衆的이야한다. 勿論 新民主主義文化는 大衆的이기 때문에 民主的이라고 할 수 있다. 그것은 우리 民族의 絕對多數를 占位하고 있는 動勞大衆을 爲하여 奉仕하고 또한 漸次로 그들의 文化가 되어야 할 것이다. 革命的 文化運動은 革命前에 있어서는 革命의 思想的 準備이며 革命中에 있어서는 革命總戰線 가운데 重要한 一戰線을 形成한다. 다시 戰線에 있어서 勝利한 뒤에는 文化戰線의 事業이 가장 切實한 問題인 것이다. 여기에 또한 우리는 文化의 獨自性을 發見할 수 있다. 이러한 文化의 獨自性은 그가 民衆에게 接近하므로서만이 革命의 有力한 武器가 될 수 있는 것이니 우리는 반드시 大衆과 함께 呼吸하고 生活하여 거기에서 또한 新鮮한 血의 補給을 받으므로써 新民族文化樹立의 源泉을 삼어야 할 것이다.

— 一九四六·七 —
≪문화전선≫, 1946.11

「詩集」
『凝香』에 關한 北朝鮮文學藝術總同盟
中央常任委員會의 決定書

北朝鮮文學藝術總同盟中央常任委員會는 元山文學同盟編 詩集 凝香에 對하여 다음과 같이 指摘批判한다.

一. 詩集『凝香』에 收錄된 詩中 殆半은 朝鮮現實에 對한 懷疑的 空想的 頹退的 現實逃避의 甚하게는 絶望的인 傾向을 가졌음을 指摘하면서 이에 對하여 批判을 加한다.

조선은 解放以來 日帝의 조선人民에 對한 奴隸化 惡政에서 벗어나 全人民이 國家社會의 運營과 問題解決에 參加하는 進步的 民主主義의 方向으로 걸어왔다. 그리하여 政治經濟의 方面과 아울러 文學藝術이 또한 自己에게 賦課된 領域의 課業을 遂行하므로써 이 方向으로 걸어왔던 것도 事實이다. 이에서 解放된 조선은 全面的으로 歷史的 이 重大한 諸課業을 우리의 靑史에 記錄하였으며 앞으로 더욱 이 事業이 啓開될 것을 우리는 理論과 實踐에서 굳게 期하는 바이다.

그러나 이 民主課業의 偉大한 建設은 모든 眞實한 建設이 그러함과 같이 破壞없이 이루어질 수 없음을 알아야 할 것이다. 卽 새싹을 妨害하는 舊來의 殘餘勢力을 부심 없이 建設이란 있을 수없는 것이다. 卽 土地改革은

封建的 土地所有關係의 根本的인 破棄에서 되어진 것이오 勞動法令은 勞動者의 支配와 搾取와 奴隸化의 勞資關係를 徹底히 改變하는데서 이루어진 것이오 産業國有化는 日帝와 親日派等의 手中에서 運營되던 産業, 運輸, 交通, 銀行, 金融機關의 勞動者事務員의 搾取支配의 性格을 破棄하고 搾取와 支配없는 人民政權의 손에서 나라와 人民을 僞한 機關에서 이루어진 것이다. 한 알의 보리가 죽는데서 數百의 보리알이 생긴다는 것을 일즉 맑스는 말하였거니와 이것은 新生과 死滅의 交互關係를 如實히 보여 주는 말이다.

그러나 이러한 現實의 進行은 非常히 複雜多岐하며 따라서 그 認識이 또한 單純한 卽興이나 皮相的 觀察에서 이루어질 수는 없는 것이다. 그러므로 무엇보다 作家에게는 이 現實을 보는 눈이 必要한 것이다. 그럼에도 不拘하고 이것을 스스로 가지지 못한 作家 卽 그 눈을 가지지 못한 채 新興조선의 藝術面에 忽々히 便乘한 作家가 적지 않다. 卽 具體的 實證으로 우리는 詩集『凝香』의 作家(全部는 아니다)들을 들 수 있다.

二, 우리는 우에서 이 作家들의 頹敗의 傾向을 指摘하였거니와 이것은 얼른 말하자면 이 複雜하면서 非常한 速度로 建設되어가는 조선 現實에 對한 認識不足에서 오는 것이라 할 것이다. 現實을 좇아오다가 미처 따르지 못하는 落伍者에게는 必然的으로 恨嘆이 있는 것이며 더 甚하게는 그 現實에 對한 疾視를 가지게 되는 것이다. 그러므로 거게는 現實과 부다치며 現實과 싸우려는 鬪爭精神과 現實을 바른길로 推進시키려는 建設精神이 없는 것이다.

『凝香』卷頭의 康鴻運作「破片集十八首」는 모두 現實進行의 本質로부터 멀리 떨어진 泡沫을 바라보는 恨嘆哀傷, 低廻, 劣情의 表白인 外에 아무것도 아니다. 그다음 具常作「길」, 「黎明工」은 現實에 對한 그로테스크한 印象에서 오는 虛無한 表現의 遊戲며 또 同人作「밤」에서는 이런 表現者 卽 落伍者로서의 죽어져 가는 哀傷의 表白밖에 찾아볼 수 없는 것이다. 餘昌動作「解放의 山上에서」는 無氣力한 群衆에게 秩序없는 數多한 슬로강을 强要하였고 더욱 同人作「늦은봄」은 여러가지 意味로 反動的인 思想과 感情의 表白이라 아니할 수 없다. 이것을 한낱 劣情的인 戀愛詩로 보아도 그렇고 또 自己의 낡은 生活을 擬人化한 象徵詩로 보아도 그렇다. 一九四六年五月에 있어서 이 조선에서 고요한 砂漠을 느낄 作者는 異國에만 光明이 있다고 幻想하였고 가슴의 넓은 空間을 砂漠같은 祖國을 떠나 光明의 異國으로 가는 '愛人'의 追憶으로 채우려 한 것이다. 이것은 確實히 모든 反動勢力과 싸우면서 隘路와 荊棘를 헤치며 상상한 새 現實을 꾸미고 있는 祖國에 對한 不信과 絶望인 同時 우리 隊列 가운데 潛入한 한개 叛旗가 아니면 안 된다. 李家敏作 三一暴動은 이 歷史的 事實을 民族解放鬪爭으로서의 한 典型으로 描寫하지 못하고 頌五一節 亦是이 勞動者의 國際的 行事를 우리의 當面한 現實과 結附해서 描寫하지 못했을 뿐 아니라 詩로써 藝術性 形象性을 가지지 못한 것이다.

三, 解放前의 創作인 몇 篇의 詩를 보아서도 그들의 現實認識의 正確性 貧困性 廻避性은 解放以後서부터 비롯한 것이 아니며 그 以前부터인것을 알 수 있는 同時 歷史的 變革인 解放後의 現實認識의 思想과 方法이 過去의 그것이 延長임을 알 수 있다. 여기서 이 作家들의 過誤와 反動性은 決코 偶然的의 것이 아님을 알 수 있으니 그러므로 이것은 今後에도 繼續될 수 있는 것이다(卽非偶然性의 것은 반듯이 反復되는것이기때문이다). 그러므로 健全한 民族藝術 文學의 生成發展을 爲하여 이것을 徹底히 두드려 부시지 않으면 안 될 것이다. 卽 우리 人民이 要求하는 民族藝術은 이러한 逃避的 敗北的 投降的인 藝術을 克服하므로서만 建設될 것을 잊어서는 안 될 것이다.

四, 『凝香』의 執筆者는 거의 모두 元山文學同盟의 中心人物들이다. 더욱 『凝香』에 收錄된 作品의 하나나 둘이 以上指摘한 바와 같은 傾向을 가진 것이 아니고 여러 사람이 거의 同床同夢인데에 問題의 重要性이 있다. 卽元山文學同盟이 이러한 異端的인 流派를 組織的으로 形成하면서 있는 것을 推斷할 수 있는 것이다. 이것은 內로는 北조선藝術運動을 좀먹는 것이며 外로는 아직 文化的으로 弱体인 人民大衆에게 惡氣流를 流布하는것이 된다. 이에關하여 北조선文學藝術總同盟中央常任委員會는 조선藝術運動의 健全한 發展과 또는 藝術作品의 提高를 爲하여 다음과 같이 決定한다.

一, 北조선文學藝術總同盟이 傘下文學藝術團体의 運動理論과 文學藝術行動에 關한 具体的 指導와 藝術領域에서의 反動勢力에 對한 檢討와 그와의 鬪爭精神이 不足하였음을 自己批判하는 同時 北조선文學運動內部에 殘有한 모든 反動的 傾向을 淸算하고 速히 思想的 統一우에 바른路線을 세울 것이다.

二, 元山文學同盟이 以上에 指摘한 바와 같은 過誤를 犯한데 對하여 그 直接指導의 責任을 가진 元山藝術聯盟이 또한 이러한 過誤를 可能케하는 思想的 政治的 藝術的 弱點을 가지고 있음을 指摘하는 同時同聯盟은 速히 이 是正을 爲한 理論的, 思想的, 組織的 鬪爭事業을 展開할 것이다.

三, 北조선文學藝術總同盟은 卽時 "凝香"의 發賣를 禁止 시킬 것.

四, 北조선文學藝術總同盟은 이 問題의 批判과 是正을 爲하여 檢閱員을 派遣하는 同時 北조선文學同盟에 다음과 같은 課業을 委任한다.

가, 現地에 檢閱員을 派遣하여 詩集 "凝香"이 編輯發行되기까지의 經緯를 詳細히 調査할 것.

나, 詩集 "凝香"의 編輯者와 作家들과의 聯合會議를 開催하고 作品의 檢討 批判과 作家의 自己批判을 가지게 할 것.

다, 元山文學同盟의 思想檢討와 批判을 行한 後 責任者 또는 幹部의 更迭과 그 同盟을 바른 軌道에 세울 適當한 方法을 講究할 것.

라, 이때까지 元山文學同盟에서 發刊한 出版物로 北조선文學藝術總同盟에 보내지 않은 것을 調査하여 그 內容을 檢討할 것.

마, 詩集 "凝香"의 原稿檢閱顚末을 調査할 것.

≪문화전선≫, 1947.3

高尚한
리알리즘의 休得
— 文學創造에 對한 金日成 將軍의 敎訓

韓 曉

金日成委員長은 今年劈頭 朝鮮人民에게 告하는 말슴 가운데서 "文學者 藝術家는 北朝鮮의 現實을 正確히 反映하는 作品을 創造하여야 한다"고 하였다. 이 짤막한 말슴 가운데 文學者, 藝術家의 當面의 그리고 最高의 任務가 明確히 指示되어 있다.

八·一五解放以後 우리 文學者藝術家들은 各各自己의 創造的 力量을 기우러서 적지 않은 創造事業을 展開하였으며 또한 그 創造事業을 通하여 不絕히 北朝鮮의 現實을 反映하려고 努力하여 왔다. 그 努力은 決코 過少評價할 것이 못된다. 그럼에도 不拘하고 우리는 우리들의 作品이 아직 北朝鮮의 現實을 正確히—참으로 正確히 反映하지 못했다는 事實을 肯定하지 않으면 아니 된다. 우리들의 周圍에는 물론 많은 優秀한 作家들이 集結되어있으며, 또 놀랄만치 天稟을 發揮하고 있는 자랑할 만한 새로운 作家들이 出現하고 있다. 우리는 이들을 가르켜 새로운 朝鮮文學의 建設者라고 부를 權利를 갖고 있다. 北朝鮮의 偉大한 現實이 그들에게 이 榮譽를 賦與하는 것이다. 그럼에도 不拘하고 우리는 아직 그들에게 對하여 그들을 建設者라고 부르는 權利를 行使하는데 躊躇하고 있다. 왜 그러냐하면 賦

與된 條件만으로서는 그 權利를 行使할 수 없기 때문이다. 이 賦與된 條件 위에서 진실로 建設的인 創造가 이루워졌을 때, 그 때에야 비로소 우리는 그 權利를 行使하게 될 것이다.

建設的인 作品이라고해서 그것을 반드시 힘든 것으로 또 容易하게 創造 될 수 있는 것으로 생각할 必要는 없다 그것은 無意味한 杞憂다. 問題는 오 로지 北朝鮮의 民主建設을 正確히 反映했느냐! 못했느냐! 하는데 있다. 다 시 말면 金日成將軍의 指示를 眞實로 自己의 創造事業위에 살리었느냐! 못 살리었느냐! 하는데 問題의 核心이 있다. 建設的인 作品을 創造한다는 말과 北朝鮮의 現實을 正確히 反映한다는 말은 決코 各各 다른 內容을 意 味하는 말이 아니다, 거기에는 아무런 間隔도 있을 수 없다. 그것은 北朝鮮 의 現實을 正確히 反映한 作品만이 진실로 偉大한 建設的인 作品일 수 있 기 때문이다.

그런데 一部 새로운 文學者들 가운데는 北朝鮮의 現實을 正確히 反映하 는 基本任務로부터 文學을 隔離시키려는 傾向이 나타났었다. 特히 地方의 젊은 詩人들이 北朝鮮의 現實을 그리는 것을 싫어하고 意識的으로 그것을 回避하려고 하는 옳지 못한 傾向을 發見할 수 있었다. 뿌르조아 文學의 腐 化하고 頹廢的인 殘滓가 흔히 文學의 純粹性, 形式主義를 추켜들고 나오 게 된다는 例를 우리는 또한 北朝鮮에 있어도 發見하게 되었던 것이다. 그 들은 北朝鮮의 現實을 正確히 그린다기보다 어떻게 하면 그것을 그리지 말것인가—卽 어떻게 하면 그 現實로부터 自由로울 수 있겠는가 하는 것 을 더 緊要한 課業으로 생각하고 있다. 우리 民族의 偉大한 領導者 金日成 將軍이 "北朝鮮의 現實을 正確히 그리라"고 要請하고 있을 때 이 어리석은 小數의 一部 詩人들은 어떻게 하면 그 要請을 拒逆할 수 있겠는가 하는 것 을 꿈꾸고 있는 것이다. 이것은 疑心할나위도 없이 北朝鮮의 民主建設을 破壞하려는 反動派의 企圖와 結付되는 文學上傾向이다. 왜 그러냐 하면 北朝鮮에 살면서 北朝鮮의 現實을 그리는데 躊躇하거나 또한 싫어하는 것 은 다시 말할 必要도 없이 北朝鮮의 現實을 否認하는 態度인 까닭이다.

"社會에 살면서 社會로부터 自由로울 수는 없다. 뿌르조아 作家, 畵家, 俳優들의 自由는 假面을 쓴 (또는 僞善的인 假面을 쓴) 지갑이나 賄物이나 從屬物에 지나지 않는다."

「黨의 組織과 黨의 文學」 가운데서 레―닌은 이렇게 말하였다. 數많은 뿌르조아 詩人과 藝術家들에게 依하여 그렇게도 讚美된 創造의 自由라는 것이 한개 僞善的인 幻想에 지나지 않을 뿐만 아니라, 그것은 結果에 있어 뿌르조아지―의 利益에 從事하게 된다는 것을 레―닌은 이렇게 透徹하게 指摘한 것이다.

文學에 있어 純粹主義 또는 形式主義는 文學에서 內容을 除去하거나 或은 그것을 第二義的인 것으로 만들려는 무서운 파壞的 傾向으로 特徵化된다. 이것은 일찍이 日本帝國主義가 얼마나 파廉恥하게 얼마나 威脅的으로 우리 文學으로부터 그 政治性 思想成과 더부러 敎育的 意義를 剝奪하고 抹殺하였던가를 回想하면 누구나 理解할 수 있는 일이다. 日本帝國主義는 우리나라에 對한 그들의 野蠻的 搾取와 壓迫을 保障하기 위해 數많은 愛國者들에게 依하여 展開되고 있은 民族解放鬪爭을 抑壓하는 한편 그 搾取와 壓迫의 現實을 옳게 反映하려는 참된 文學形象을 파壞하고 그 代表的인 作家, 詩人, 評論家들을 不絶히 檢擧投獄하였던 것이다. 그리고 한편 形象과 思想을 二元的으로 分離시키는 實證思想을 傳播하여 思想없는 形象, 內容없는 藝術의 純粹主義, 形式主義를 庇護하고 助長하였다.

一九三五年以後의 朝鮮의 文學藝術이 全혀 無內容, 無思想의 文學藝術이었다고함은 여기 새삼스리 이야기할 必要도 없는 일이다.

反動派들은 日本帝國主義가 남겨주고 간 이 奸惡한 手段을 그대로 받아드리어 그것을 한층 더 强化하려고 한다. 설상 오늘과 같은 諸條件밑에서는 文學의 純粹主義는 運河와 같은 것으로 反動派는 그들의 反動의 目的을 위하여 이 運河를 最高限으로 利用하고 있다. 그들은 北朝鮮에서 展開되고 있는 빛나는 民主建設을 파壞하기 위해 文學이라는 生々한 形式을 利用하려고 하며 北朝鮮의 文學者들이 北朝鮮의 現實을 正確히 反映하는 것을 防止하고 阻害하기 위해 純粹主義와 形式主義의 害毒을 廣汎히 뿌리어 北朝鮮文學者들의 形象을 파괴하고, 그들의 創造力을 痲痺시키려고 策動한다. 그럼으로 金日成委員長은 또한 日本帝國主義가 남겨 놓고 간 온갖 頹廢的 傾向을 徹底히 克服하여야 한다는 것을 機會마다 强調하시는 것이다. 오늘 北朝鮮文學者들에게 있어 無條件으로 要請되는 것은 높은 思想으로써 自己를 武裝시키는 일이다. 文學者들이 高尙한 思想으로써 武裝됨이 없이는 文學의 領域에 浸潤하고 있는 反動派의 파괴的인 陰謀(그것은 日本帝國主義로부터 물려 가진 것이다)를 물리칠 수 없으며 또한 勤勞大衆의 뒤떨어진 意識을 民主主義的으로 改造할 수 없다. 우리는 먼저 文學藝術이 數世紀에 걸치어 貪慾者 壓制者로 因하여 悽慘하게 더럽혀지고 어지러워진 人間意識을 改造하는 民主主義的 敎育의 武器라는 것을 理解하여야 한다. 따라서 文學者와 藝術家自身이 思想的으로 武裝하지 않고서는 이러한 敎育의 武器로서의 作品은 創造될 수 없는 것이다. 여기서도 레―닌의 다음의 말은 示唆깊은 指示가 아닐 수 없다.

"그것은 人類의 革命的 思想의 最後의 言語를 社會主義的 프로레타리아―의 산勞動과 經驗에 依하여 豐富하게 하는 自由의 文學이다 過去의 經驗(그 原始的 유―토피아的 형태에서 社會主義의 發展을 完成한 科學的 社會主義)과 現代의 經驗(勞動者의 同志들의 오늘의 鬪爭 과의 사이의 不斷한 相互作用을 創造하는 自由의 文學이다."

우리 文學者들은 自己의 事業과 勤勞人民의 事業을 公然하게 또한 튼튼하게 結付시킨다. 그 作品은 언제나 높은 思想과 豐富한 鬪爭의 經驗으로써 그 內容을 빛나게 하여야 한다. 높은 思想과 豐富한 經驗으로써 쓰이어지지 못한 作品에있어서는 恒常 敎育的 意義가 □殺되며, 藝術的 형상의 質的 低下를 招來하게된다. 왜 그러냐 하면 높은 思想과 豐富한經驗으로써 自己를 武裝하지못한 作家는 北朝鮮의 民主主義의온갖發展의 諸傾向 그 勝利의 根源과 將來에의 豫見을 그 藝術的 형상위에 正確히 反映할수없는까닭이다.

우리가 말하는 새로운 藝術的 형상이란 現在의 本質的 □面 그核心이되는 歷史的 傾向 勝利에 勝利를 거듭하고 있는 民主建設의 偉大한 成果等의 典型的 형상과 典型的 狀態에 있어서의 正確한 描寫다 그러므로 高尙한 思想으로 自己를 武裝한 文學者는 生活의 表面을 盲目的으로 어루만지는 것이 아니고 그生活가운데서 本質的인 것과 非本質的인 것을 골라내어 그것을 그 具體性에 依하여 形象化한다. 다시 말하면 高尙한 思想의 所有者만이 北朝鮮의 民主建設을 典型的 狀態에 있어서 正確히 描寫할 수 있는 것이다. 여기서 高尙한 思想과 더부러 高度의 寫實主義的 創作方法의 體得이 作家의 當面課題로 나서게 된다.

'리알리즘'을 말하게 될 때 흔히 사람들은 '듸테일'의 正確性을 가지고 우리가 말하는 描寫의 正確性에 代置하려고 한다. 이것은 '리알리즘'에 對한 理解의 不充分에서 由來하는 옳지 못한 傾向이다. '듸테일'은 勿論 創造에 있어서의 重要한 모멘트이다.

그것은 형상을 新鮮한 色彩로 치장한다 톨스토이의 作品의 優秀性은 實로 그가 '듸테일'의 生活力을 잘利用 한데서부터 유래되다. 現代作家로 쇼ㅡ로호프도 역시 '듸테일'의 生活力을 利用하여 成功한 사람이다. 그러나 '듸테일' 만으로서는 滿足할 수 없으며 그것은 決코 文學의 根本內容일수 없다. 그러냐하면 生活의 表面 또는 그 一片만의 正確한 描寫란 다만 그靜態를 傳하는데 지나지 않으며 거기에는 不絶히 發展하고 飛躍하는 本質的 側面이 反映될 수 없는 까닭이다. 그러기에 有名한 앵겔스의 리알리즘에 對한 槪念規定에는 "리알리즘은 듸테일의 正確性"만으로서는 充分할 수 없다는 것이 指摘되어 있다. 이것은 決코 文學作品의 獨自性과 獨創性을 制限하는 것이 아니라 진정한 리알리스트는 다만 '듸테일'만을 正確히 描寫할뿐만 아니라 그 '듸테일'을 通하여 쓰이어지는 事件의 廣汎한 歷史的 社會的 意義를 表示한다. 그리하여 그 發展의 傾向을 밝히고 그가운데서 이러나는 葛藤을 時代의 根本的 社會的 葛藤에 結付시키어 解決하려고 한다. 다시 말하면 참된 리알리스트는 北朝鮮의 現實의 어떤 一部를 다만 그

'듸테일'의 正確性에 依해서만 그리는 것이 아니고 그現實의 歷史的 意義와 더부러 그 가운데서 이러나는 葛藤을 時代의 根本的 社會的 葛藤과 結付시키어 그것의 一環으로서 그리는 것이다.

文學作品은 다시 말할 必要도 없이 生活의 個個의 現想에 있어 個個의 具體的 事件에 있어 個個의 個人化된 人物을 通하여 創造되는 것이다. 藝術家가 優秀한 手法을 가지고 있으면 있을수록 그의 作品 가운데 그리어지는 人物이라든가 事件은 한층 더 뚜렷하게 個人化된다. 그러나 藝術作品에 있어서의 單一한것의 描寫는 決코 現實의 本質的 內容과 矛盾되는것이 아니라. 卽 北朝鮮에서 發見된 어떤 單一한 現衆은 單一한 個個의 現象으로서만 存在하는 것이 아니고 그 가운데는 實로 民主建設의 巨大한 勝利로 反映하는 數많은 個個의 生命있는 現象이 作家의 現實에 對한 態度를 基礎로 集中되어 있는 것이다.

이것은 우리 文學史上 記念碑的 作品인 民村의『故鄕』이 個個의 現象과 個人化된 人物을 通하여 얼마나 透徹하게 얼마나 意識的으로 日帝下의 暗黑한 農奴的 現實과 또한 그 가운데서 展開되는 小作人의 鬪爭을 그릴수가 있었던가 하는 事情과 結付된다.『故鄕』은 實로 日帝下에서 싸우고 있는 個個의 現象이 民村이라는 一作家의 現實에 對한 態度를 基礎로 한데 集中하여 構成된 作品이다. 民村의 非常한 手法은 그의 主人公 '金熙俊' 이를 다만 單一化된 個人으로서만 그린 것이 아니고 그것을 當該時代의 우리 靑年의 '典刑'으로서 그리는데 成功하였다. 그 後 個人的인 것과 單一한 것을 通하여 朝鮮農村의 階級構成을 正確히 그리었고 그葛藤의 歷史的 社會的 意義를 바르게 表示하였다.『故鄕』의 價値는 實로 여기에 있다. 진실로 리알리즘의 創作方法을 体得한 作家는 얼핏 보아 個人的이고 單一한 現象가운데서 언제나 참된 歷史的 社會的 意義를 發見하며 또한 그것을 自己의 形象 위에 具体的으로 表示한다. 이것은 腐化하고 頹廢한 뿌르주아 作家와는 嚴格히 對立되는 態度다. 뿌르주아 文學에 있어서는 그 創造가 거의 價値없이 그들의 個人的 生活의 周圍에 集中된다. 그 標本을 우리는 우리에게 依하여 이미 指摘된 一部地方詩人들에게서 發見할 수 있는 것이다. 그들은 社會의 本質的인 側面과는 別個로 또는 北朝鮮의 民主建設과는 따로히 그들 小作民의 安逸한 生活의 破片의 하나하나를 아무 順序도 없이 제멋대로 노래하였다. 그들은 文學作品의 本質的 內容을 그들 自身의 個人主義의 荒廢한 洞窟에다 能히 從屬시킬 수 있을 것이라고 幻想하였다. 이 幻想은 일찍이 "藝術은 歷史的 主題를 硏究할 必要가 없다"고 말한 '졸라'의 幻想과 一致되며 또한 문화운동에서 「政治의 色彩를 없애라」고 부르짖은 李光洙의 잠꼬대와 符合된다. 이 幻想이 장차 어떠한 運命 앞에 서야 될 것인가는 世界文學史 위에서 '졸라'의 文學이 어떠한 評價를 받으며 우리 新文學의 創始者인 李光洙가 그 뒤 어떠한 길을 걸어왔는가를 回顧하면 容易히 判斷할 수 있다. 그리고 오늘 南朝鮮에서 많은 '졸라'와 李光洙의 追從者들이 民族의 원쑤들과 어떻게 破廉恥하게 結付되어 있는가 함이 그의 산(生)標本인 것이다.

高尚한 寫實主義的 創作方法의 体得 이것은 北朝鮮文學者에게 對한 無條件한 要望이다.

北朝鮮의 民主建設 正確히 反映하기 위해서는 무엇보다도 作家自身이 높은 思想으로써 武裝되고 現實의 '듸테일' 가운데서 진정한 歷史的 社會的 意義를 表示할 수 있는 리알리즘의 方法을 제 것으로 만들지 않으면 아니 된다. 우리 文學者들은 다시금 金日成將軍의 偉大하고 嚴肅한 敎訓을 (마)음속에다 외이며 自己에게 賦課된 課業이 얼마나 重大한가를 認識하는 同時에 高度의 思想性과 高尚한 리알리즘의 体得만이 그 指示를 具体的으로 實踐에 옮길 수 있는 길이라는 것을 理解하여야 한다.

≪조선문학≫, 1947.9

民族藝術과 民族文學建設의
高尚한 水準을 爲하여

安 漠

偉大한 쏘련軍隊의 英雄的 犧牲으로 말미아마 解放된 北朝鮮에 있어서는 民主主義朝鮮自主獨立國家建設을 위한 民主主義的 政治 民主主義的 經濟 民主主義的 文化의 絢爛한 建設을 위한 前提條件들이 造成 되었다.

北朝鮮人民政權의 樹立과 北朝鮮의 決定的 經濟土台의 人民的 所有는 모든 文化建設事業이 祖國과 人民의 福利를 爲한 方面으로 나가게 하였으며 朝鮮民族史上에 처음으로 全人民大衆이 文明의 惠澤을 享有할 수 있게 되었을 뿐만 안이라 勞動者 農民 인테리겐차 全人民大衆이 새로운 朝鮮文化의 創造者로써 나서게 되었다.

金日成將軍이 發表하신 「二十箇政綱」의 基本精神의 具体化로써 北朝鮮人民正權은 北朝鮮에 있어서의 民主主義的 文化發展을 위한 巨大한 國家的 對策들을 實施하였다. 長期間의 日本帝國主義의 惡毒한 統治의 結果로써 나타난 朝鮮民族의 顯著한 文化的 落後性을 急速히 克服하고 쏘련을爲始한 外國의 先進的 科學 藝術 文學을 積極的으로 攝取하며 朝鮮民族文化遺産을 正當히 繼承하야 燦爛한 民主主義朝鮮民族文化를 樹立하기 위한 國家的 要請은 朝鮮인테리켄차隊列에 巨大하고도 高貴한 責任을 賦與하

였다. 朝鮮勞動者 農民은 民主主義를 위한 實際鬪爭 속에서 朝鮮인텔켄차들과 더부러 튼튼한 同盟을 形成하였고 政治 經濟 文化 全分野에 있어서 全力量을 祖國建設을 위해 바처왔다.

朝鮮勞動人民의 力量은 朝鮮民族文化建設에 있어서도 莫大한 勝利를 保障하는 源泉이 되였다. 이리하야 北朝鮮의 勞動者 農民 인테리겐자들의 全人民的 勞力과 鬪爭은 政治的 經濟的 生活分野에 있어서 뿐만 안이라 文化的 生活分野에 있어서도 偉大한勝利를 가저왔든 것이다.

藝術과 文學建設分野에 있어서본다면 八・一五以後 北朝鮮各地에는 藝術家 文學家들의 새로운 朝鮮民族藝術과 民族文學을 再建키 위한 勞力과 鬪爭이 自然生長的 分散的 運動으로써 怒濤와 같이 일어났든 것이다. 北朝鮮人民正權이 樹立된 後 우리 政權은 藝術家 文學家들을 祖國과 人民에게 服務하는 榮光스러운길로 引導하였으며 藝術과 文學建設事業을 個人的 事業으로써가 아니라 民主主義祖國建設을 위한 巨大한 國家的 事業의 一部로써 認定하였고 藝術과 文學이 가진바 偉大한 歷史的 使命과 役割을 높이 評價하였다. 金日成將軍의 特別하신 考慮밑에서 祖國과 人民을 사랑하는 全北朝鮮藝術家 文學家들은 自己들의 全藝術力量과 全文學力量을 單一한 藝術文學組織에 結集식힘으로써 그戰鬪力을 더욱 偉力있게 하며 우리 祖國과 우리 人民과 우리의 偉大한 領導者께 보다 忠實하려 하였다. 이리하야 一九四六年三月二十五日 北朝鮮文學藝術總同盟은 創立되였던것이다.

'文藝總'에 結集된 藝術과 文學의 當事者들은 民主主義祖國建設의 偉業의 達成을 爲하야 絢爛한 民主主義民族藝術과 民族文學의 開花를 爲하야 獻身的으로 勞力하였으며 鬪爭하여왔다. 北朝鮮에 있어서의 藝術文學의 發展은 無風의 平和로운 溫室 속에서 이루어진 것이 않이라 偉大한 祖國建設을 위한 榮譽롭고 壯嚴하며 堅決한 鬪爭속에서 이루어진 것이며 國家的 愛護 속에서 成長하였으며 成長하고 있는 것이다.

北朝鮮藝術家 文學家들은 祖國과 人民이 自己들에게 賦與한 高貴한 課

業을 圓滿히 達成키 위하야 偉大한 時代에 부끄럽지 않은 高尙한 思想性
과 藝術性을 가진 藝術創造와 文學創造를 가저오기 위하야 自己들의 才能
과 力量을 아끼지 않었다. 北朝鮮人民들은 自己의 藝術家 文學家들을 尊重
하였으며 激勵하였다. 人民들은 藝術家 文學家들의 每箇의 成巧된 創造物
을 自己의 勝利로써 認定하였고 기뻐하였다. 不成功한 創造物을 自己의 敗
北으로써 認定하였고 슬프하였다. 이처럼 北朝鮮에있어서는 藝術과 文學
建設事業은 人民들과의 血緣的 事業으로되였으며 藝術家 文學家들은 自
己의 運命을 人民의 運命과 分離시키지 않었다.

　이리하야 北朝鮮에 있어서의 民主主義民族藝術과 民族文學建設事業은
二年이 채 못 되는 짧분 期間에 巨大한 勝利를 가저왔든 것이다. 勿論 우리
藝術과 文學은 나어린 藝術과 文學이며 아직도 그 潛在力을 全的으로는 發
揚식히지 못하였지만은 그러나 오늘날 北朝鮮의 藝術家 文學家들이 蓄積
해논 燦爛한 成果는 朝鮮文學과 藝術이 머지않은 將來에 世界文化史上에
새로운 光彩를 가저 올 偉大한 藝術과 文學으로써 形成될 莫大한 可能性
을 보여주고 있는 것이다. 이事實은 反民主主義反動派들이 如何히 否定할
여하여도 否定할 수 없는 事實이다.

　그러나 北朝鮮에 있어서의 民主主義民族藝術과 文學建設의 絢爛한 勝
利가 있었다하드래도 이것은 우리들의 첫 勝利에 不過한 것이다. 文明하
고 富强한 民主主義祖國建設을 위한 偉業 人民經濟復興과 發展計劃實行은
藝術文學建設事業에 있어서 뿐만안이라 全文化建設事業의 보다 높은 勝
利와 보다 높은 水準을 要求한다.

　오늘날 朝鮮人民들 앞에 놓여 있는 課業은 實로 偉大하고도 困難한 課
業이다. 이課業은 朝鮮人民들이 民主主義的 高尙한 思想을 가진 覺醒있는
祖國建設者가 되며 우리 人民正權의 政策을 옳게 理解하며 이 政策의 實現
을 위하야 萬難을 克服하고 獻身的으로 努力하며 鬪爭함으로써만이 達成
할 수 있는 것이다. 高尙한 思想은 民主主義的 새 朝鮮社會의 發展을 促進
시킬것이며 그 偉力의 源泉을 增加식힐 것이다. 「人民의 精神的 財産은 物

質的 財産보다 貴重한 것이다」(즈다놉) 解放以後 短期間에 있어서 北朝鮮 人民들의 偉大한 勝利는 우리 政權이 民主主義的 高尙한 思想으로써 人民 들에게 높은 自覺醒과 文明性을 注入하면서 人民 속에서 實施한 廣汎한 敎養事業과 文化建設事業의 結果이다.

우리 朝鮮人民들의 意識에는 偉大한 轉變이 생겼뜬 것이다. 日本帝國主 義의 惡毒한 植民地的 奴隷政策의 結果로써 나타난 낡은 思想으로부터 朝 鮮人民들의 意識上의 不斷한 淨化가 行하여지고 있는 것이다. 그러나 朝 鮮人民들의 意識에 依하여서의 日帝的 殘滓는 아직도 根絶되지는 못하였 다. 그럼으로 日本帝國主義的 奴隷思想의 殘滓를 뿌리 채 掃蕩하여 民主主 義的 精神을 朝鮮人民들에게 不斷히 넣어주는 것은 오늘날의 重要한 政治 的 課業의 한아로 되는 것이다. 이것은 朝鮮人民들의 精神的 文化的 優秀 性의 創造를 意味하여 朝鮮人民들의 高尙한 民族的 稟性의 培養을 意味하 는것이다.

우리 朝鮮人民들 特히 우리 靑年들로 하여금 祖國과 人民을 眞實로 사 랑하는 獻身的 愛國者가 되게 하며 祖國과 人民의 利益을 무엇보다 高尙 히 여기며 祖國과 人民의 福利를 위하야 鬪爭하며 民主主義를 위한 鬪爭 에 있어서 勇敢한 革新者가 되며 어떠한 難關이든지 能히 克復할 수 있는 準備性을 가지며 祖國의 怨讐들에게 對하야 無慈悲한 者가 되며 先進的 友邦과 親善할 줄 알며 世界平和와 人類의幸福을 위하야 貢獻할 줄 아는 그러한 高尙한 民族的 稟性을 가진 '새로운 朝鮮사람'으로 形成하는데 있 어서 藝術과 文學은 다른 民主主義的 文化手段들과 더부러 그 役割은 巨大 하고도 高貴한 것이다.

그럼으로써 쓰딸린 大元帥는 "作家는 人間精神의技師이다"라 하였으며 金日成將軍은 우리 藝術家 文學家들을 激勵하는 말슴 가운데 "民族의 보 배"라고 이름지었든 것이다. 實로 朝鮮藝術과 朝鮮文學은 朝鮮人民들의 道德的 政治的 統一性을 促進시키며 그들을 民主主義祖國建設을 위한 英 雄的 勞力과 鬪爭으로 鼓舞하며 組織하는 强力한 武器인 것이다. 이것은

무었을 말함이냐 우리 藝術과 文學에게는 國家와 人民의 利益밖에 다루利
益이 있을 수 없으며 國家와 人民에게 服務하는 거기에 그 高貴한 使命과
빛나는 偉力이 있음을 말하는 것이다. 또한 이것은 우리 藝術과 文學이 그
高貴한 使命과 빛나는 偉力을 圓滿히 達成키 위하야서는 그것이 高尙한
思想的 및 藝術的 水準을 確保하여야 함을 責任지우는 것이다. 오늘날 朝
鮮人民들의 思想的 文化的 水準은 顯著히 長成 되였다. 民主主義祖國建設
을 위한 鬪爭 속에서 英雄的 人民 勝利의 人民의 榮譽를 戰取하면서 나날
이 높은 곧으로 올러가고 있는 朝鮮人民들은 이미 어떠한 精神的 産物이
든지 주는 대로 받아드릴 수 있는 程度까지 成長 되였다. 이것은 무엇을 말
함이냐 이것은 우리 藝術과 文學이 成長된 朝鮮人民의 水準까지 올러 가
있어야만함을 말함이다.

그럼에도 不拘하고 北朝鮮에 있어서의 民主主義民族藝術과 民族文學建
設에 있어서 우리는 그 燦爛한 勝利와 아울러 또한 許多한 缺點들을 發見
하는 것이다. 그럼으로써 우리 藝術과 文學建設事業에 대한 大膽스럽고
原則的인 批判과 自我批判을 强力히 展開하야 그優秀한 結果를 더욱 鞏固
擴大하며 그 缺点들을 適切히 克服함으로써만이 祖國과 人民에 服務하는
藝術과 文學으로써의 高貴한 役割을 圓滿히 達成 식힐수있을 것이다.

現在北朝鮮에서 發表되고 있는 文學作品과 藝術作品은 朝鮮人民의 成長
된 思想的 文化的 水準에 비추어 祖國과人民에게 服務하는 朝鮮文學과 藝
術의 巨大한 任務로부터 顯著히 落後되고 있다. 藝術家文學家들의 創作의
一般水準의 低度 思想的 武裝의 不足 藝術的 手段의 貧困 緊張한 創造的 勞
力의 缺乏等은 高尙한 思想性과 藝術性을 가진 眞實로 人民들이 理解할수
있으며 人民들이 사랑할 수 있으며 人民들의 心臟을 鼓動시킬 수 있으며
人民들의 生活을 아름답게 하며 人民들의 精神的 文化를 豊富케 하는 그야
말로 偉大한 時代에 부끄럽지 않은 詩, 小說, 戱曲, 評論 및 演劇, 音樂, 舞
踊, 美術, 映畵를 圓滿한 程度로 내놓지 못하게 하였다. 이것은 우리 藝術과
文學이 가진바 高貴한 役割을 圓滿히 遂行 못하고 있음을 말하는 것이다.

우리 藝術家 文學家들은 朝鮮民族의 全生活分野에 浸透하야 朝鮮的 큰 藝術的 主題를 찾으며 朝鮮사람의 勞力과 鬪爭과 勝利와 榮譽를 高尙한 寫實主義的 方法으로 그려내는데 있어서 아직도 圓滿치 못하다. 우리 藝術家 文學家들은 朝鮮藝術과 文學史上에 일즉이 볼 수 없었던 無限히 廣大한 無限히 豊富한 素材가 놓여 있음에도 不拘하고 무었을 어떻게 그릴 줄 모르며 現實을 올바르게 反映하는데 있어서 充分치 못하며 꼬리키가 말한 "約束된 未來"를 보여주는데 있어서 아직도 距離가 멀다. 어떠한 人間의 典型이 오늘날 새로운 朝鮮藝術과 文學이 要求하는 眞實한 意味의 高尙한 朝鮮사람의 典型임을 明確히 理解치 못할 뿐 안이라 그러한 高尙한 朝鮮사람의 典型을 形成하는데 對하야 適切한 注意를 돌리지 않는다.

몇 개의 文學作品 가운데에서 例를 들어보면 土地改革을 그린 「해방된 토지」라는 戱曲에 있어서 作者는 地主의 아들이며 日帝時代의 面長을 하던 者로 하여금 熱熱한 愛國者의 典型을 맨들여 하였고 가장 부지런하고 가장 피땀을 흘리여 土地를 작만한 者로 하여금 地主의 典型으로 맨들어 놈으로써 우리 朝鮮文學의 肯定的 典型과 否定的 典型에 對한 不正當한 理解를 暴露하였다. 이 作者는 土地改革의 意義를 잘못 理解하였고 그리됨으로써 이 作品은 讀者와 歡衆들을 地主에 對하야 同情하는 方向으로 이끄러 나가는 結果를 가저오게 함으로써 우리 文化戰線에 名譽롭지 못한 記錄을 남겨썼든 것이다. 南朝鮮의 人民抗爭을 그린 「부러라東北風」이라는 戱曲에 있어서는 作者는 南朝鮮 어느 都市에 있어서의 反民主主義反動派의 巨頭와 그아들 三兄弟를 한아는 反動派로 한아는 現實逃避者요 한아는 熱熱한 愛國者로 맨드러 이父子 네 사람을 通한 家庭內의 思想的 葛藤 속에서 人民抗爭을 그려보러 하였고 結局에 있어서 이 作品은 南朝鮮의 人民抗爭을 옳게 反映식히지 못하였고 우리 文學이 要求하는 眞實한 愛國者의 典型을 우리의 現實과 아무런 關聯性없는 虛空에다가 맨들어 노음으로써 「해방된 토지」의 作者와 大同小異한 옳지 못한 不合格品을 내노았든 것이다.

적지 않은 우리의 作家들이 새로운 勞動者를 그리는데 工場에서 鑛山에서 鐵道에서 民主主義祖國建設을 위하야 人民經濟發展計劃의 豫定數字를 넘처 實行하기 위하야 모든 難關을 克服하면서 새로운 創意와 새로운 方法을 探求하면서 英雄的인 勞力과 鬪爭을 아끼지 않는 그야말노 偉大한 未來를 바라다보고 나날이 높은 곧으로 올러 가는 새로운 勞動者의 典型을 그릴 줄 모른다. 새로운 農民을 그리는데 있어서 土地를 얻은 農民이 祖國에對한 愛國的 至誠으로써 耕作面積을 擴張하며 農事技術을 向上式히며 國家의 要請에 對答키 위하야 熱誠的으로 獻身하는 새로운 農民의 典型을 그릴 줄 모른다. 새로운 인테리켄차를 그리는데 있어서 自己의 才能과 知識을 祖國과 人民을 위하야 獻身的으로 適用하는 高尙한 目標를 向하야 아무런 躊躇없이 나아가는 그러한 새로운 인테리켄차의 典型을 그리는 대신에 無用의 空論과 懷疑와 躊躇 속에서 彷徨하는 狹小한 個人的 遺習에서 脫却되지 못한 낡은 인테리켄차를 보여주는데 不過한 것들이 많다.

우리 創作家들은 무엇보다도 眞正한 意味의 高尙한 朝鮮사람의 典型이란 어떠한 것인가를 明確히 理解하여야 하며 그것을 形成하는데 先驗的 役割을 노라야 한다. 오늘날 새로운 朝鮮文學에 있어 要求되는 새로운 肯定的 典型은 國家와 人民을 眞心으로 사랑하는 民主主義祖國建設을 위하야 獻身的으로 鬪爭하는 모든 낡은 舊習과 沈滯性에서 버서 난 높은 民族的 自信 民族的 自覺을 가진 高尙한 目標를 向하야 萬難을 克服할 줄 아는 모든 問題를 解決하는데 있어서 높은 創意와 才能을 發揚하는 孤獨치 않고 排他的이 아닌 다른 사람들과 더부러 또 다른 사람을 이끌고 勇敢하게 나아가는 그야말로 金日成將軍께서 말씀하신 生氣발발한 民族的 稟性을 가진 그러한 朝鮮사람의 形象을 말하는 것이다.

우리 朝鮮文學의 새로운 英雄은 파제예프가 "새로운 歷史的인 英雄은 大衆의 歡迎을 받는 英雄이며 그의 살이 곧 大衆의 살이 되고 그의 뼈가 곧 大衆의 뼈"라고 말한 그러한 朝鮮사람인 것이다. 이렇게 생각할진댄 오늘날 우리 創作家들의 새로운 朝鮮사람의 高尙한 典型을 創造하는데 있어서의 成果는 너머나 원만치 못함을 指摘하지 않을 수 없다. 아직도 우리 作品 가운데 '無意味한 人間', '허수아비主人公'들이 無氣力하고 受動의이며 軟 弱하고 躊躇와 憐憫을 말하는 낡은 社會의 人間들이 너머나 많다는 것이 다. 勿論 眞正한 意味의 高尙한 朝鮮사람의 典型을 創造한다는 것은 決코 單純하고 安易한 일이 않이며 複雜하고도 至難한 일이다. 그러나 이 任務 는 無限히 榮譽로운 任務이며 오늘날 우리 創作家들이 그것을 爲하야 보 다 높은 關心과 보다 높은 勞力을 蓄積치 않고서는 우리 朝鮮文學의 高尙 한 높이는 達成될 수 없을 것이다.

오늘날 우리 藝術家 文學家들의 作品 가운데 값 높은 作品과 아울러 不 合格이 많고 極히 粗製品들이 적지 않게 나타 나고 있다는 것은 黙過할 수 없는 事實이다. 이것은 우리 祖國과 人民에게 커다란 損失을 주는 것이다. 上記한 바와 같이 朝鮮人民들의 思想的 文化的 水準은 顯著히 成長되였고 그들의 藝術的 文學的 要求는 不斷히 增大되여가는 것이다. 우리 朝鮮人 民들은 이미 하로밤 사이에 맨드러논 것 같은 粗製品들에 對하야 滿足을 느낄 수 없으며 그러한 粗製品들을 藝術作品이며 文學作品이라 부름은 許 容치 않는다. 우리 出版物 放送 劇場 展覽會等에서 何等의 緊張한 創造的 勞力을 차저 볼 수 없는 詩, 小說, 戱曲과 아울러 台本 演出 演技에 있어서 極히 粗雜하고 準備되지 않은 演劇 길거리 看板에 不過한 美術 基本練習한 아 熱心히 하지 않은 音樂과 舞踊等이 적지 않게 나타나고 있다는 것은 더 구나 그것이 우리들의 重要한 文學家 藝術家들의 創造物 가운데에서도 發 見된다는 事實은 우리 民族藝術과 民族文學建設이 있어서 急速히 克服하 여야만할 重大한 缺点들이다.

祖國과 人民이 우리 藝術家 文學家에게 期待하는 바는 至大한 것이다. 우리 藝術家 文學家들의 賦與된 任務의 圓滿한 修行은 그러한 安易한 길 우에서 達成될 수 없으며 그것은 오직 藝術家 文學家들의 嚴肅하고도 피 투성이의 創造的 勞力을 通해서만이 達成될 수 있는 것이다. 世界藝術文 學史上에 남겨논 燦然한 作品들은 一朝一夕에 쉽사리 産生된 것이 안이오

藝術家 文學家들의 無限한 献身性과 無限한 眞實性을 通해서 産出된 것임을 깊이 認識하여야 한다.

그럼으로 우리 藝術家 文學家들을 緊張한 創造的 勞力에 蹶起시키기 위한 問題는 오늘날 우리藝術과 文學 앞에 놓여 있는 가장 重要한 問題의 하나이다.

그와 同時에 우리는 再三指摘된 바와 같이 詩集 『凝香』을 비롯하여 『藝苑써클』, 『文章讀本』, 『關西詩人集』 또는 劇場 放送等에서 個別的으로 發見할 수 있었든 腐敗한 無思想性과 政治的 無關心性은 우리 文化戰線에 아직도 '藝術을 위한 藝術', '藝術의 純粹', '藝術의 自由'의 信奉者들이 '祖國과 人民에게 背馳되는 藝術', '朝鮮藝術文學에 適合치 않은 낡은 藝術文學'의 信奉者들이 남어 있었던 것을 말하는 事實이라는것은 再三 强調할 必要를 느낀다. 이것은 民主主義的 朝鮮民族藝術과 民族文學과 對立되는 日本帝國主義의 奴隷思想의 殘滓의 産物로써 이러한 祖國과 人民에게 害毒을 주는 낡은 思想의 信奉者들에게 北朝鮮의 藝術文學의 자리와 出版物 劇場 放送들을 提供한 것은 우리 北朝鮮文化戰線의 큰 羞恥이였다는 것이다. 다른 評家들이 이미 例를 드렀지만은 詩集 『凝香』에서 徐昌勳이란 詩人은 一九四六年五月二十三日作으로써

「고요한 沙漠의 첫새벽
나는 설레는 가슴을 안고
마음은 지향을 얻지 못하고

　　　＊

너는 光明을 찾아
異國의 길을 떠난다
네가 온밤중 흘린눈물은
얼마나 나를 안타까웁게 하였으리」

이 詩는 무엇을 말하는가 昨年五月이라면 北朝鮮에 있어서는 燦爛한 土地改革이 三月五日實施되여 土地받은 農民들의 勝利의 高喊소리 높이 울리고 數百萬人民들의 五一節의 莊嚴한 行進이 바로 끝난 그때였다. 이러한 때에 朝鮮詩人으로써 祖國을 사랑할 줄 알며 人民들의 心臟의 鼓動을 드를 줄 아는 詩人이라면 "나는 설레는 가슴을 안고 마음은 지향을 얻지 못하고"라는 孤獨과 哀愁를 느끼지 않었을 것이요, 北朝鮮의 偉大한 民主主義建設 속에서 光明을 찾이 못하엿던가 "너는 光明을 찾아 異國의 길을 떠난다"라는 厭世와 逃避의 노래를 읊으지 않었으리라 이는 南朝鮮의 反民主主義反動派들의 巢窟을 '光明의 異國'으로 역이여 찾어 가는 土地改革을 反對한 反動地主의 낡은 思想의 表現임에 不過한 것이다.

메ㅅ길 도가에서 化粧한 喪거의 哭聲에 흐르고

아 이밤의 祭曲이 흐르고

墓所를 지키는 망두석의
소태처럼 쓰디쓴 孤獨이여
서거픈 幸福이여

이 詩는 『凝香』에 있어서의 具常이란 詩人의 無氣力한 憂欝과 宿命의 노래였다. 같은 詩集 속에서 康鴻恩이란 詩人은 "끓는 물 한말 드려 마시고 세상사 모도 잊어버리고 싶을 때" 그는 어떻게 生覺했는가 하면 "世上에 몸을 두고 世上밖에 뜻을 두고 하늘에 구름같이 떠나시며 사오리" 이것은 結局 '北朝鮮에 몸을 두고 北朝鮮밖에 뜻을 두고 民主建設 다 버리고 떠다니며 사오리'라는 그러한 노래로 밖에는 들리지 않는다. 이러한 詩들은 무엇을 말함이냐 悲嘆과 憂鬱과 逃避와 絶望은 祖國建設을 위한 朝鮮人民들의 英雄的 勞力과 鬪爭과는 아모런 聯關性 없는 다 죽어가는 낡은 思想의 信奉者들만이 理解할 수 있는 過去의 遺物들이다.

『關西詩人集』이 解放記念特輯號라는데 不拘하고 民主建設의 우렁찬 行進을 逃避하여 홀로 鏡濟里 뒷골목 뒷골방 낡은 女人을 차저가는「푸른 하늘이」라는 詩의 作者 黃順元이란 詩人은 이 詩에서 暗黑한 氣分과 色情的인 氣分을 읊었던 것이며 그러다가 이 詩人은 解放된 北朝鮮의 偉大한 現實에 對하여 惡意와 露骨的인 비방으로밖에 볼 수 없는 狂詩를 放送을 通하여 發表하였었던 것이다.

「비록 내앞에 불의의 총칼이있어
내팔다리 자르고
내머리마저 베혀버린대도
내죽지는 않으리라
오히려 내 잘린 팔다리는
어느버레마냥 하나하나 살아나리라
그리고 사오나운 짐승처럼 노하리라
가슴은 불떵이냥 살아있어
바다처럼 노래부르리다
눈은 그냥 별처럼 빛나고
오 떠러저나간 내머리는
하나의 유구히 빛나는 해가되리라
내 살리라
내 이렇게 살리라」

여기에 있어서 이 詩人은 北朝鮮에 있어서 民主改革의 우렁찬 行進을 '不義의 칼'로 象徵하였던 것이며 이것은 反民主主義反動派들이 民主主義 祖國建設을 反對하며 民主朝鮮建設의 根據地 北朝鮮의 民主建設을 怒氣를 가지고 비방하며 破壞하려는 썩어저가는 무리의 心情을 이 作品에서 보혀주었던 것이다. 이 詩를 發表한 후 얼마 되지 않어 이 詩人이 北朝鮮을 逃避해간 것도 決코 偶然한 일이 아니다.

이러한 日常的 낡은 思想의 殘滓物들은 비단 文學作品에 있어서 뿐만 아니라 다른 藝術作品에 있어서도 더한층 極甚한 例를 發見할 수 있었던 것이다. <사랑에 속고 돈에 울고>라는 케케묵은 演劇을 비롯하여 아모런 思想性도 없고 藝術性도 없는 低劣한 世紀末的 演劇들이 最近까지 上演되여있었음은 무엇을 말함이냐 <女子의 마음은 바람과같이>라는 노래를 爲始하여 甚之於 醜惡한 色情의 氣分과 頹廢的 雰圍氣만을 造成하는 '째쓰'의 曲들이 最近에 있어서까지 劇場과 放送에서 불리여 있었다는事實은 참으로 奇怪한 일이다. 이러한 모든 것들은 우리 祖國과 人民에게 何等의 利益을 주지 못하며 北朝鮮의 民主主義現實性과는 아모런 關聯도 없는 朝鮮人民의 高尙한 稟性과 道德과는 아모런 共通性 없는 다만 썩어저가는 무리들만의 低劣한 趣味와 風習을 爲해서만 存在하는遺物들이다. 이러한 無思想性과 政治的 無思想性으로써 우리 人民들을 敎育한다면 民主主義祖國建設의 偉業의 達成은 不可能할 것이다. 結局 이러한 것은 無思想의 假飾밑에서 낡은 思想과 感情을 傳播하는 朝鮮人民들의 高尙한 思想的 原動力을 허무려트리려는 反動的 企圖에 服務하는 것들이다.

　眞正한 朝鮮藝術과 文學은 政治에 不關할 수 없고 '藝術을 爲한藝術', '美를 爲한 美'는 될 수 없다. 낡은 思想의 信奉者들은 政治와 이데오로기—에 대한 關係에 있어서 中立을 主張하며 이데오로기—는 政治와는 關係없이 '獨立的'으로 存在하고 있는 같이 主張한다. 그들은 藝術과 文學의 '純粹性'을 藝術과 文學의 '自由'를 謳歌하려한다. 그러나 이것은 一個의 虛僞에 不過하다는 것이다. "이데오로기—에 對한 政治的 作用及影響에 關한 問題는 무엇보다도 먼저 思想을 流布하며 創作하는 者들 그 者들의 階級的 所屬性으로써 卽 그들의 政治的 同感及反感 그들의 政治的 見解 信念 思想으로써 決定되는 것이기 때문이다. 불죠아社會에 있어서의 支配的 文學과 藝術은 支配的 階級의 思想의 本質인— 哲學的 政治的 道德的 法律的 等等— 支配的인 社會的 思想의 形象으로 再溶解된다. 文學과 藝術은 모든 다른 이데오로기의 形態가 奉仕하고있는 亦是 그와 같은 政治的 思想에 奉仕하는 것이다"라는 어느 評論家의 말과 같이 僞造的 言說에 不過하다는것이다. 낡은 思想의 信奉者들이 말하는 政治的 法律的 諸觀念에 있어서의 '自由', '平等', 道德에 있어서의 '善', '眞理', 藝術에 있어서의 '純', '美'等은 이러한 虛僞的인 抽象의 助力에 依하여 낡어 빠진 自己들의 階級的 政治의 性格을 隱蔽 및 假裝하지 않을 수 없기 때문에 맨들어낸 言說에 不過하다는 것이다. 實로 이러한 言說들은 歷史的 發展人類의 利害에 敵對되는 것이다. '藝術을 위한 藝術'의 理論은 眞正한 藝術의 本質自体와 反對되는 것이다. 이러한 것은 人間과 人間을 分裂시키는 낡은 社會에 있어서만이 發生될 수 있었으며 普及될 수 있었던 것이며 새로운 民主主義的 朝鮮社會와는 全然 一致될 수 없는 물건이다.

人民正權이 樹立되고 決定的 經濟土臺가 人民的 所有로 되여 있는 北朝鮮에 있어서는 藝術과 文學은 우리 政權의 政策으로써 意識的으로 指導되면 될사록 自体의 役割을 보다 더 成功的으로 完遂할 수 있을 것이다. 北朝鮮에 있어서의 民主主義的 政治는 眞正한 藝術과 文學과 科學의 빛나는 發展의 强大한 動因으로 된다. 그럼으로써 우리는 藝術과 文學에 남어 있는 無思想性 政治的 無思想性 '藝術을 위한 藝術'의 各樣形態에 對하여 堅決히 鬪爭하여 왔으며 鬪爭하고 있는 것이다.

藝術家 文學家뿐만아니라 全이데오로기 一戰線의 從事者들은 朝鮮人民들의 高尙한 民主主義思想을 鞏固케하기 爲하여 그것을 '百風不入'의 要塞으로 맨드는데 있어서 敵對的 이데오로기의 모든 誘惑과 試圖에 對한 不絶한 鬪爭에 있어서 英勇한 鬪士가 되여야 한다. 모든 手段을 다하여 朝鮮人民들의 高尙한 思想的 原動力을 强化시키는 것이 思想戰線의 모든 從事者 새 朝鮮인테리켄차들의 榮譽로운 任務의 하나인 것이다.

實로 이러한 任務의 達成은 思想戰線에 있어서의 重要한 戰士들인 우리 藝術家 文學家들에 있어서는 高尙한 思想性과 高尙한 藝術性을 가진 優秀한 藝術作品과 文學作品을 豊富히 創造해내며 高尙한 藝術的 文學的 活動을 가져와야만 可能하다는 것이다. 참다운 '人間精神의 技師'로의 資格을 具備하여야 된다는 것은 우리 藝術家 文學家自身이 高尙한 思想的 水準과 高尙

한 藝術的 手段을 所有하여야 함을 말하는 것이다.

아직도 우리 藝術家 文學家들의 高尙한 思想的 武裝을 위한 先進的 科學的 理論으로써의 教養事業이 너무나 弱하며 또한 高尙한 藝術的 水準을 戰取키 위한 不斷한 研究와 鍊磨가 부족하다. 우리 周圍에 '藝術을 위한 藝術'의 殘滓物의 各樣形態가 아직도 나머 있고 '藝術以前의藝術'이라 부를 수 있는 粗製品이 적지 않게 나타나고 있다는 事實은 우리 藝術家 文學家들이 이 偉大한 時代에 適應한 高尙한 思想으로써 圓滿히 武裝되지 못하였고 이 偉大한 時代에 適應한 高尙한 藝術的 手段을 圓滿히 所有치 못하였음을 말함이다. 그럼으로써 藝術家 文學家들에 對한 政治的 思想的 藝術的 教養事業을 强化시키는 問題는 現下에 있어서 緊急한 問題의 하나이다.

그와 同時에 藝術家 文學家들이 思想的 文化的 水準을 높이며 燦爛한 民主主義民族藝術과 民族文學의 開化를 위하야서는 朝鮮民族文學藝術遺産을 正當히 繼承하며 쏘련을 爲始한 先進的 外國藝術과 文學을 積極的으로 攝取하기 위한 具體的 事業들을 보다 强力히 그리고 廣汎히 展開할 必要性을 갖게 하는 것이다.

一部 文化建設者들은 現段階에 있어서 建設될 새로운 朝鮮文化가 어떠한 文化임을 또한 우리가 말하는 民主主義民族文化하는 것이 어떠한 文化임을 또한 그것이 어떠한 길을 通해서 樹立되어야 함을 具體的으로 理解치 못한다. 半萬年의 優秀한 朝鮮民族文化遺産에 對하여 認識이 不足하며 그것을 正當히 批判 繼承 發展시키기 위한 緊張한 努力이 圓滿치 못하다.

우리 藝術作品과 文學作品 가운데 高尙한 民族的 特性과 民族的 香氣가 圓滿히 發揚된 眞實로 優秀한 民族的 形式을 通한 作品이 너무나 적다는 것이다. 우리 朝鮮民族이 新羅, 高句麗, 百濟, 高麗, 李朝時代를 通해서 蓄積해온 값 높은 文化財에 對한 先進的 科學的 方法에 依한 研究事業이 强力히 展開되어 있지 않다. 우리 民族古典이 갖는 線과 形과 音과 色等에 있어서 우리들의 새로운 藝術文學創造에 있어서 피가 되며 살이 될 만한 燦爛한 것이 豊富히 있음에도 不拘하고 우리 藝術家 文學家 가운데는 自己

들의 古典美術 古典音樂 古典舞踊 古典演劇 및 古典文學等에 對한 높은 關心과 熱誠있는 研究가 不足하며 그것을 새로히 正當히 繼承發展식히는 事業에 圓滿한 注意를 돌리지 못하고 있다는 것이다.

'피아노'나 '바이오링'이나 '후룻'은 배우려하나 '伽倻琴'이나 '牙箏'이나 '大笒'은 돌보지 않으며 '베―토벤'의 名曲은 사랑할 줄 아나 雅樂의 名曲은 드를여 하지 않는다. '로단' 彫刻을 본바드려하나 '石窟庵'의 '菩薩'은 돌보지 않으며 '세산누'나 '도가'의 繪畵는 理解할 줄 아러도 '檀園'나 '安堅'의 그림을 아는 이가 적다. 勿論 우리는 先進的 外國文化의 經驗을 積極的으로 攝取함으로써 새로운 朝鮮民族文化를 보다 豊富한 것으로 보다 優秀한 것으로 建設할 수 있음은 勿論이다. 그러나 우리는 또한 우리 民族文化遺産을 正當히 繼承發展식히지 않고서는 이 偉業을 圓滿히 達成할 수 없음을 또한 깊이 認識하여야 한다. 例를 한아든다면 우리는 '바이오링'을 배워야 할 것은 勿論이려니와 엇지하여 一部音樂家들은 '牙箏'은 배우려 하지 않는가 '牙箏' 같은 樂器는 그것을 先進的 音樂經驗을 基礎로하여 正當히 發展식힌다면 能히 '바이오린'과 같은 優秀한 樂器로써 完成식힐수있으며 '牙箏'의 演奏法을 高尙한 水準까지 이끄러 올리고 '牙箏' 曲을 새로히 作曲 또는 編曲해 본다면 이 樂器는 世界音樂史上에 '바이오링'과 같이 獨奏樂器로써도 커다란 位置를 차지할 樂器가 될 수 있으리라 確信한다. 뿐만 아니라 萬若 우리 音樂家들의 피투성이의 努力이 蓄積된다면 우리가 가진 雅樂의 各種樂器를 더욱 發展식히고 그것을 先進的 科學的 方法으로써 再編한다면 머지않은 將來에 '신호니오케스트라'에 그다지 遜色이 없는 '民族交響樂'을 形成할 수 있을 것이며 그럼으로써 人類의 音樂史를 보다 豊富케 하는 빛나는 役割을 다할 수 있을 것이다. 이러한 高貴한 任務는 實로 새로운 朝鮮音樂家들의 雙眉에 있는 것이다.

우리의 一部文化建設者 가운데 自己의 民族文化遺産을 히손이역이며 그 優秀한 것까지 正當히 繼承發展식힐 줄 모르는 옳지 못한 思想은 日本帝國主義가 朝鮮民族文化傳統의 抹殺을 爲한 奴隸的 文化政策이 남기고 간 害

毒이다. 그럼으로 朝鮮民族文化遺産을 唯我獨尊的 傳統萬能을 信奉하는 反動的인 國粹主義的 立場에서가 않이라 高尙한 先進的 科學的 立場에 서서 그것에 높은 關心을 가지며 버릴 것은 버리고 고칠 것은 고치고 發展식힐 것은 發展식히며 그것을 우리의 새로운 文化創造에 피가 되며 살이 되게 하는 具體的인 事業들을 强力히 展開하여야 할 것이다.

그와 同時에 아직도 一部文化建設者들은 朝鮮民族의 顯著한 文化的 落後性을 急速히 克服하고 世界最高의 水準에까지 우리 民族文化를 끌어올리기 爲하야서는 무엇보다도 쏘련文化를 爲始란 先進的 外國文化를 積極的으로 攝取하지 않고서는 不可能함을 明確히 認識치 못한다. 쏘련文化는 人類文化史에 그 類例를 볼 수 없었던 最高의 偉大하고도 豊富한 文化이다. 社會主義 十月革命의 勝利로부터 祖國戰爭을 거처 오늘날 平和建設期에 드러선 쏘련人民들이 그 英勇한 勞力과 鬪爭으로써 建設해논 藝術 文學 科學을 우리 朝鮮人民들이 보다 많이 攝取할수록 朝鮮人民은 보다 文明해질것이요 우리 民族文化는 보다 燦爛한 것으로 될 것이다.

그럼에도 不拘하고 쏘련文化를 攝取키 爲한 가장 좋은 條件을 具備하고 있는 北朝鮮의 幸福스러운 條件을 빠짐없이 使用하는데 있어서 우리는 아직도 圓滿치 못하다는 것이다. 이미 北朝鮮에 있어서는 쏘련의 빛나는 文學者 쇼로호브, 파제예프, 지호노부, 시모노브, 와시레부스카야, 레오노브, 에렌부르그, 고르바토브 等의 勞作을 비롯한 小說, 戱曲, 詩, 評論뿐만이아니라 로서아文學傳統의 巨大한 實庫들을 언제든지 硏究할 수 있는 最良의 環境에 놓여있음에도 不拘하고 우리 文學家들은 이러한 쏘련文學을 攝取키 爲한 組織的으로 되는 硏究事業을 强力히 展開하고 있지 않으며 많은 쏘련音樂의 成果가 樂譜 레코트 래듸오 뿐만 안이라 쏘련音樂家의 再三의 來訪을 通해서 紹介되여있음에도 不拘하고 또한 演劇分野에 있어서나 映畵分野에 있어서나 거기에 對한 높은 關心과 硏究가 아직도 圓滿치 못하다는 것이다. 이것은 무엇을 말함이냐. 이것은 一部藝術家 文學家들이 朝鮮民族藝術과 民族文學建設을 爲한 勞力과 鬪爭에 있어서 아직도

忠實치 못함을 말하는 것이다.

雜誌 ≪별≫과 ≪레닌그라드≫에 關한 베·까·뻬中央委員會決定書 밀즈다놉의 報告는 朝鮮藝術과 文學에對하여서도 全思想戰線에 對하여서는 값 높은 教訓을 주는 莫大한 意義를 가지든 것이다. 그럼에도 不拘하고 一部藝術家 文學家들 가운데는 文献이 發表된 以後에 있어서 거기에 對한 높은 關心이 圓滿치 못하였다는 것은 이 事實을 넉넉히 말하는 것이다. 그럼으로 오늘날 朝鮮藝術과 文學의 高尙한 水準을 위하여 쏘련藝術과 文學을 積極的으로 攝取키 위한 事業을 보다 廣汎히 보다 偉力있게 展開하는 것은 가장 重要性을 갖는 問題이다. 이 事業을 圓滿히 遂行치 못하고서는 우리 藝術家와 文學家들의 高尙한 思想的 藝術的 水準의 戰取는 不可能할 것이며 朝鮮民族藝術과 民族文學의 偉大한 開花는 있을 수 없는 것이다.

우리 藝術家 文學家들이 先進的 外國文化를 不絶히 攝取하고 朝鮮民族 文化遺産을 正當히 繼承發展식히여 새로운 民主主義朝鮮民族文化로 하여금 先進的 外國文化의 水準을 뒤따르며 그것을 世界最高의 높이에 끄러올리며 朝鮮文化의 燦爛한열매로 하여금 人類의 幸福을 위하여 貢献하는 그러한 榮譽로운 偉業의 達成을 위하여 百年大計를 세우고 準備함이 아직도 圓滿치 못하다. 많은 우리 藝術家 文學家들이 아직도 狹小한 테두리에서 버서나지 못하있고 廣大한 世界舞台에 雄飛할 빛나는 날을 바라다보며 勇敢히 나아가는 높은 目標와 信念과 努力이 너머나 微弱하다는 것이다.

實로 日本帝國主義는 朝鮮民族文化發展을 野蠻的인 方法으로 抑壓하였었고 朝鮮民族文化와 世界文化와의 交流를 위한 모든 길을 封鎖하고 있었든 것이다. 그러나 오늘날 富强하고도 文明한 民主主義祖國建設의 勝利의 길을 勇敢히 나아가는 朝鮮人民들 앞에는 또한 그藝術部隊와 文學部隊 앞에는 世界에로의 無限히 廣大한 길이 열리여 있는 것이다. 우리는 今後에 있어서 朝鮮民族藝術과 民族文學의 優秀한 열매들이 世界藝術史와 世界文學史에 燦爛한 光彩를 가저와 人類의 文化財를 보다 豊富케하며 그리하여 祖國의 榮光을 全世界에 높이 떨치리라는 것을 確信한다. 要는 우리藝

術家 文學家들이 視野를 世界的 規模에 돌리여 그 高尙한 役割의 完遂를 위하여 不斷히 準備하여야 한다는 것이다. 高尙한 目的을 向하고 언제나 準備하는 者만이 勝利할 수 있는 것이다.

끝으로 우리 藝術家 文學家들이 眞實로 祖國과 人民에게 服務하는 藝術家 文學家로써 自己들의 責務를 圓滿히 達成키 위하여 自己들의 모든 缺點을 아주 짤븐 期間에 克服하고 우리의 民主主義民族藝術과 民族藝術建設의 水準을 祖國과 人民이 要請하는 그러한 高度에 까지 끌어올릴 것을 疑心치 않는다. 藝術文學分野의 全精神的 勞力者들이 高尙한 思想性과 藝術性을 가진 偉大한 時代에 適當한 藝術과 文學을 가저오기 위하여 莊嚴한 創造的 勞力과 鬪爭에 蹶起하리라는 것을 疑心치 않는다. 우리 民族藝術과 民族文學에 榮譽가 있거라.

附記― 이 論文은 '文藝總' 創立一週年記念大會에있어서의 報告와 '文藝總' 主催 文藝講演會에서의 發表한 講演原稿를 短縮한 것이다.

≪문화전선≫, 1947.8

제2장

조국해방전쟁 시기(1950~1953)

조선 문학에 있어서 사회주의 레알리즘의 발생조건과 그 발전에 있어서의 제 특징

한 효

해방 후 조선 문학에 있어서는 사회주의 레알리즘의 방법이 고상한 레알리즘으로 불리여 왔고 또 불리우고 있다. 이렇게 불리우게 된 것은 사회주의 레알리즘이라는 그 슬로간에 대한 순전한 정치적 고려에 근거한 것이다. 해방 직후 一九四六─四七년 당시의 우리나라의 정치적 형편에서 본다면 고상한 레알리즘이라는 이 슬로간은 지극히 정당하였으며 당해시대의 정형이 완전히 부합되였었다.

三八선에 의한 우리 조국의 인공적 분렬과 미제와 리승만 도당들에 의한 민족분렬 정책, 민족 문화의 건전한 발전을 백방으로 방해하는 한편 침략자들의 사상적 무기인 코스모뽈리찌즘과 그 다른 일면인 부르죠아 민족주의의 전파, 미국식 퇴폐문학과 일제잔재인 문학상 온갖 형식주의적 자연주의적 요소의 발호─이러한 모든 정형 하에서 고상한 레알리즘의 슬로간은 민주와 평화를 지향하며 새로운 민주주의적 민족문화 건설의 길에 들어선 우리 문학의 당면한 슬로간으로서 충분한 긍정적 의의를 가지였던 것이다.

이 슬로간과 관련하여 오늘 우리들이 반드시 지적하여야 할 두 가지 그릇된 견해가 있다. 그 하나는 이 슬로간을 순전히 해방 후 우리나라의 민주제도와 민주건설이 낳은 창작상 방법으로 보는 견해며 다른 하나는 고상한 레알리즘을 마치 사회주의 레알리즘과는 별개의 그 어떤 방법인 것처럼 따라서 그것이 사회주의 레알리즘에로 발전해 나가고 있는 그 무슨 방법인 것처럼 오인하는 그러한 견해다. 이 기계적이고 극히 유해한 견해가 한동안 일부 평론가들과 작가들 사이에 부질 없은 혼란을 일으켰던 사실을 우리들은 반드시 상기해야만 한다.

첫번 잘못에 대하여 만일 이 견해를 그대로 따른다면 八.一五해방 전에는 우리나라에는 어떠한 진보적인 문학도 없었다는 그런 허망한 결론에 도달하게 될 것이며 따라서 이것은 쏘베트 문학에 있어서의 사회주의 레알리즘의 발생조건을 리해하는 데 있어서는 커다란 지장을 주는 결과를 초래하게 된다.

고상한 레알리즘의 슬로간은 물론 해방 후에 생겼으며 우리 인민들의 거창한 민주건설 과정에서 생겼다. 그러나 그렇다고 해서 그것은 결코 방법으로서의 고상한 레알리즘이 지향하고 있는 그런 진보적이고 민주주의적인 정신으로 쓰여진 문학이 八.一五 이전에 우리나라에 없었다는 것을 의미하지는 않으며 또 그럴 수도 없는 것이다. 이것은 十월혁명 이전에 이미 로씨야에서 사회주의 레알리즘의 창시적인 로작들이 출현하였던 사실에 비추어 보아 또 우리나라에 있어서의 사회주의 레알리즘의 발생조건과 그 발전의 제반 특징으로 보아 그러한 것이다.

다른 잘못에 대하여 말한다면 이것은 다만 창작 방법에 대한 완전한 몰리해일 뿐만 아니라 문학사에 대한 완전한 공식적 해석인 것이다. 사회주의 레알리즘은 쏘베트 문학에 있어서의 어떤 다른 진보적인 창작 방법의 발전인 것이 아니라 로씨야 로동계급의 혁명 투쟁에서 그 사상적 무기인 문학의 전혀 새로운 방법으로서 출현하였다. 그 이전에 로동계급의 투쟁을 반영하는 그 어떤 문학의 방법도 없었으며 또 있을 수 없었다. 그럼에도 불구하고 우리나라에 있어서 사회주의 레알리즘을 지향하여 나아가는 그 어떤 방법이 사회주의 레알리즘 이전에 있을 수 있다고 생각하는 것은 극히 어리석은 생각이며 또 그런 일은 실지로 생각도 할 수 없는 일인 것이다. 그리고 또한 八.一五 이전에 로동계급의 혁명 투쟁이 진행되였고 그 목적과 지향에 립각하여 씌여진 문학 작품들이 실지로 존재하고 있는 조건 밑에서 八.一五 이후의 조선 문학에만 고상한 레알리즘의 방법으로 해당시키려는 것은 우습고 놀라운 일일 수밖에 없다. 이 모든 혼란들은 그 혼란에 빠진 사람들이 모두 사회주의 레알리즘에 대한 깊은 리해를 가지고 있지 못하며 또한 그 발생 조건과 아울러 우리 문학사에 대한 초보적인 연구도 하지 않고 있다는 것을 말해주는 것이다.

그런데 여기서 고상한 레알리즘과 관련하여 한 가지 이야기해야 할 것은 사회주의 레알리즘의 발생에 관한 일부의 기계적인 견해로 말미암아 이 방법을 다만 사회주의 사회에서만 적용되는 방법처럼 간주하는 그러한 견해가 있다는 사실이다. 이것은 문제를 쓸데없이 복잡하게 만드는 것이며 부질없는 혼란을 야기 시키는 옳지 못한 견해이다. 이러한 견해에 대하여 평론가 예르밀로브는 "매개 해당 국가에서 사회주의 레알리즘이 발생할 조건은 제각기 다르다"는 것을 상기시키면서 다음과 같이 지적하였다.

"사회주의 레알리즘 방법의 발생 형성에 관한 문제에 대하여 우리가 지적한 옳지 못한 견지는 인민민주주의 제국가의 문학 발전과 또한 자본주의 제국하의 진보적 문학의 발전을 위하여 부정적 결과를 가져올 수 있는 것이다. 왜 그러냐 하면 이러한 견지는 사회주의 레알리즘의 요구에 일치하여 현실을 진실하게 표현하기 위한 투쟁 문학에 있어서의 볼쒜위끼적 당성 원칙과 인민성을 위한 투쟁을 하고 있는 예술가, 비평가, 리론가들의 립장을 약화시킬 수 있기 때문이다."

모든 나라들에 있어서 사회주의 레알리즘이 발생할 조건은 제각기 다르다. 그것은 로씨야에 있어서 "혁명 전의 앙양기와 一九〇五一七년의 로씨야 제 一차 혁명년간의 로동계급의 혁명적 투쟁 과정을 통하여 로씨야 문학에 발생하고 형성된"(예르밀로브) 것처럼 다른 나라에 있어서도 로동계급과 그가 령도하는 근로대중이 자기의 목적과 과업을 실천하기 위하여 투쟁하는 과정에서도 발생하게 되는 것이다.

문제를 간단히 해명하기 위해서 먼저 사회주의라는 말의 정의를 설명할 필요가 있다. 브 이·레닌은 "근로 대중들의 착취에 대한 반항과 투쟁, 이 착취를 완전히 근절시키려는 투쟁을 사회주의라 칭한다"라고 말하였다. 이 명백한 정의에 립각한다면 로동계급의 투쟁을 묘사하며 그 목적과 과업을 실천하는 과정에서 발생한 방법이 사회주의 레알리즘이 되어야 한다는데 대하여 아무도 부정적 태도를 취할 수 없을 것이다.

조선에 있어서 사회주의 레알리즘의 문학이 발생한 시기는 카프문학이 자기의 존재를 처음으로 문학상에 나타내이던 시기다. 년대상으로 본다면 카프가 창건된 해인 一九二五년으로부터 또한 카프가 재조직되고 자기의 새로운 강령을 내걸게 된 해인 一九二七년에 이르는 기간을 우리나라에 있어서의 사회주의 레알리즘 문학의 발생기로 볼 수 있다.

우리나라에 있어서 사회주의 레알리즘 문학이 발생할 조건에 대하여 말하려면 두말할 것도 없이 로동계급 령도하에 진행된 민족 해방투쟁에 고려를 돌려야만 한다. 특히 로씨야 十월혁명의 승리가 조선 인민들에게 준 고무추동과 또한 十월혁명의 영향하에 一九一九년 三월에 일본 략탈자들을 반대하는 조선 인민들의 첫 폭동, 그리고 一九二五년의 조선 공산당의 창건, 및 조선 프로레타리아 예술동맹의 출현등 현저한 력사적 사실들을 고려함이 없이 그 문학의 발생조건을 이야기할 수는 없다.

"十월혁명의 승리의 결과에 맑쓰·레닌주의 선진적 혁명 사상이 조선에 침투되어 급히 전파되기 시작하였으며 점차적으로 조선 민족해방 운동의 전략전술의 기초로 되었다. 우리나라의 산업 중심지들에서 선진 로동자들과 인테리들 속에서는 비밀리에서 맑쓰·레닌주의의 소조들이 발생하였다. 운동의 다음 계단에 이르러 맑쓰·레닌주의는 분산된 소조 형태로부터 대중적 로동운동과 농민 운동의 령역에 출현하여 그에 조직성과 목적지향성을 주게 되었다."(김일성―『十월혁명과 조선 인민들의 민족 해방투쟁』)

一九二五년에 있어서의 조선 공산당의 창건은 "민족 해방운동의 급속한 발전에 주동력을 주었다"(김일성) 공산주의자들은 이 시기에 일제의 온갖 비인간적 탄압을 박차고 인민들을 투쟁에로 궐기시켰으며 근로자들의 반(절반) 합법적 대중단체인 로동 조합들과 농민 조합들을 수많이 조직하였다. 바로 이러한 반(절반) 합법적 대중단체의 하나로서 이 시기에 창건된 것이 카프였다.

로동계급과 그의 전위당인 조선 공산당의 민족해방을 위한 투쟁은 카프에 많은 진보적 작가들을 망라시키였으며 벌써 그 첫 시기에 리기영 한설야 송영과 같은 우수한 작가들을 출현시키여 그들로 하여금 우리나라에 있어서의 민족 해방투쟁을 반영하는 작품들을 쓸 수 있도록 고무하였다.

카프재조직 후에 더욱 많은 새로운 작가들과 시인들이 카프에 망라되었다. 특히 이 시기에 림화, 박세영, 리찬, 권환 등 여러 시인들이 카프에서 출현한 사실이 주목을 끄은다.

一九三O년에까지 이르는 시기는 우리나라에 있어서 사회주의 레알리즘 문학의 첫 출발의 시기다. 아직 어린 이 문학은 예술적으로 대단히 낮은 수준에 있으면서 자기의 고상한 창의에도 불구하고 아직 다채로운 형식들과 스타일들을 선택하지 못하였다.

그러나 그 시기에 있어서도 이 어린 문학은 퇴폐와 와해의 과정을 밟고 있은 부르죠아 문학—세기말적 연애문학—을 벌써 완전히 능가하고 있었다. 이 어린 문학은 사회주의 레알리즘의 방법을 지침으로 삼으면서 인민들에게 새로운 말을 돌려주었으며 놀랄만치 거대한 의의를 가지는 이데올로기적 및 예술적 재산을 창조하였다.

당시 소위 민족주의의 간판을 뒤집어쓰고 공연하게 일본 제국주의자들에게 복무하는 길에 들어선 리광수 최남선 주요한등은 문학을 인민과 로동계급의 리익을 반대하는 방향으로 내몰고 있었으며 김동인 박종화 렴상섭등은 문학이 사회적 투쟁에 있어서 하나의 무기로 리용되는 것을 반대하면서 형식주의의 심연으로 문학을 이끌어가고 있었다.

一九二六年 一월에 리광수는 「철저와 중용」이라는 론문에서 조선 로동계급의 해방투쟁을 로골적으로 반대하여 "혁명은 병이다. 때로는 불가피의 것이라 하드라도 홍역이나 마마와 같이 무서운 병이다. 될 수만 있으면 동포가 서로 증오하고 살륙하는 혁명은 없이 살기를 원할 것이다" ≪동아일보≫라고 썼다. 그리하여 문학에 있어서의 계급성의 부인, 민족주의 사상의 고취의 립장에서 많은 장편들과 단편들을 썼다.

렴상섭은 순수예술의 기치를 들고 문학이 사회적 투쟁에 종사하는 것을 반대하여 "문학은 아무 것에도 예속된 것이 아니다. 어떠한 종교나 운동에 종속적 리용물이 되고 어떠한 계급의 특유물이 되거나 선전기관이 되어 희롱물이 될 것이 아니다. 그러한 한 시기가 있다 하드라도 그릇된 현상이였다"(一九二五년 二월 잡지 ≪개벽≫)라고 썼다.

이때 잡지 ≪창조≫, ≪폐허≫, ≪백조≫의 동인들이 각각 자기들의 공중루각과 같은 립장이 와해되어 가면서 한결같이 '상아탑'으로 도피하고 있었던 사실은 이미 널리 알려진 바이다. 이 자들은 일시 동인잡지 형태로 각각 자기들이 무슨 문학상 조류를 대표하는 그런 류파인 것처럼 가장하고 있다가 카프문학의 출현 앞에 급속히 그 정체가 폭로되면서 허둥지둥 '상아탑'의 문을 두드리게 되였던 것이다.

그러나 이 자들에 의하여 전파된 '상아탑'에로의 도피의 사상은 인민과 민주주의를 반대하여 나선 리광수 등의 문학과 더불어 그 자체가 이미 로동계급의 혁명투쟁에 대한 반기였었다. 바로 그렇게 함으로써 그들은 인민들 앞에서 비판과 신념결핍의 정신을 전파하여 인민들로 하여금 리성과 리지의 무장을 해제케 하려고 들었던 것이다.

바로 이런 시기에 카프문학은 재조직 당시의 카프의 강령에서 명백히 선언된 바와 같이 "무산계급운동에 있어서의 맑쓰주의의 력사적 필연성을 인정하고 무산계급 운동의 일부문인 무산계급 예술운동에 의하여 봉건적 자본주의적 관념을 철저적으로 배격하고 전제정치에 항쟁하여 계급의식을 인식시킬 것"을 지향하고 출현하였던 것이다. 이 시기에 카프문학의 중요한 테―마는 로동자 농민 및 혁명적 인테리들의 생활과 민족의 자유와 독립을 위한 그들의 투쟁이었다. 그리하여 리기영은 「농부 정도룡」, 「쥐이야기」, 「원보」 등 작품에서 농민을 공개적인 주인공으로 삼았고 또 한설야는 「씨름」과 기타 작품들에서 로동자를 새 주인공으로 삼았었다. 그리고 그들은 다만 자기들의 문학에 새로운 주인공만을 등장시킨 것이 아니라 그들을 착취의 모든 형태를 반대하는 투쟁에로 동원하는 그런 문학을 창조하였다.

카프문학은 카프의 강령이 명시하고 있는 바와 같이 맑쓰·레닌주의의 진보적 세계관을 량식으로 삼고 발전하였다. 과거의 레알리스트들―특히 신경향파에 속한 작가들의 작품에 있어서는 항상 생활의 발전과 전진에 대한 개념이 생활자체의 여러 사실과 여러 현상으로부터 나온 자연변증법의 형태를 취하였었다. 그러나 맑쓰·레닌주의의 세계관은 카프작가들에게 생활을 리해하는데 가장 론리적이며 과학적인 방법을 주었다. 이 세계관에 립각하여 그리고 이 세계관을 지침으로 삼고 카프작가들은 우리나라에서 가장 진보적이며 가장 사상적인 문학을 창조하는 길에 들어섰다.

여기서 카프문학이 자기가 계승한 가장 고귀한 유산으로 삼고 있는 신경향파 문학과 카프문학과의 차이점에 대하여 간단히 말하는 것이 필요하다.

다 아는 바와 같이 우리문학에서 신경향파로 불리우는 이 문학은 조선문학사에서 특별한 자리를 차지하고 있다. 이 문학은 카프문학 이전의 조선 문학에서 가장 진보적이고 민주주의적인 문학이었다. 최서해, 리익상, 리상화, 그리고 카프 이전 시대의 리기영의 작품들은 항상 인민의 생활과 밀접히 결부되어 있었다. 이 문학에서는 분노 복쑤, 닥쳐올 폭풍우에 대한 호소 등 많은 문제들이 제기되였다. 그러나 신경향파 문학은 다만 문제를 제기하였을 뿐으로 그 문제들에 대하여 진정한 해답을 주지 못했었다. 여기에 그들의 방법상 약점이 있었다. 이 약점은 그들의 방법이 맑쓰·레닌주의의 진보적 세계관의 토대 위에 서있지 못한데서 불가피적으로 그들의 문학상에 나타나게 된 것이다.

한 사람의 작가 리기영에 대하여 말해 보더라도 신경향파 시대의 그의 작품과 카프 시대의 그의 작품과의 사이에 개재하는 차이는 전자에 있어서는 다만 문제가 제기되기만 하였던 것이 후자에 이르러서 비록 불충분하나마 그 해답이 주어지고 있다는 사실로써 설명될 수 있는 것이다. 가령 「가난한 사람들」과 「제지 공장촌」을 비교해 보더라도 전자에서는 가난한 사람들이 자기의 운명을 어떻게 개척해 나갈 것인가에 대하여 아무런 해답도 부여되어 있지 못한데 반하여 후자에 있어서는 벌써 자기들의 단결과 견결한 투쟁으로써 스스로 그것을 개척해 나가야 한다는 해답이 부여되고 있다.

一九三〇년대에 들어서면서 카프문학은 비록 사회주의 레알리즘의 방법이 요구하는 그런 높은 수준의 작품을 내놓지는 못했으나 二〇년대에 비하여 훨씬 우수하고 의의 있는 작품들을 생산하였다.

리기영의 『고향』과 한설야의 『황혼』을 비롯한 여러 장편들과 송영의 희곡 「산상민」과 기타 주로 흥남 질소 비료공장 로동자들의 생활을 주제로 한 리북명의 단편들과 평양 고무공장 로동자들의 투쟁을 묘사한 김남천의 단편들과 리동규 엄흥섭 등의 수다한 단편들이 이 시기에 발표되었다.

시분야에 있어서도 림화 박세영 리찬 안막 권환 안룡만 등 많은 시인들의 작품이 창작되였으며 특히 림화의 「네거리의 순이」, 「양말속에 든 편지」, 「우리 오빠와 화로」, 안룡만의 「강동의 품」 등 작품들은 널리 인민들의 애송을 받은 우수한 작품들이다.

이 시기의 카프문학의 특징은 매개 작가들이 근로자들의 투쟁으로 그 주제의 방향을 전적으로 돌리면서 단순히 인물들의 화면을 그려내려는 것이 아니라 현실의 상태 바로 그대로의 투쟁에서 피를 흘리고 있는 사람들의 모습을 보여주면서 그들의 내적 심도를 충분히 탐사하려는 노력을 보여주었다는 그 점에 있다. 『고향』과 『황혼』은 바로 이러한 노력의 결정이며 또한 그러한 노력만이 리기영과 한설야로 하여금 단편으로부터 장편으로 즉 '대폭 칸바쓰'의 창조에로 나아갈 수 있게 하였던 것이다.

김일성 장군께서는 자기의 저서 『十월 혁명과 조선 인민들의 민족 해방 투쟁』에서 三○년대의 민족 해방투쟁의 새로운 발전에 언급하시여 "이 시기의 운동의 특징은 투쟁의 새로운 적극적 형태의 발생이였다"고 하였는 바 이 시기의 카프작가들의 새로운 진출은 바로 '투쟁의 새로운 적극적 형태'의 하나로 설명되여야만 할 것이다.

> 자 좋다 바루 종로 네거리가 예 아니냐!
> 어서 너와 나는 번개처럼 두 손을 잡고 래일을
> 위하여 저 골목으로 들어가자
> 네 사내를 위하여
> 또 근로하는 모든 녀자의 연인을 위하여
> 이것이 너와 나의 행복된 청춘이 아니냐! (림화 작 「네거리의 순이」)

시인 림화가 모든 근로하는 녀성들을 향하여 번개처럼 두 손을 잡고 들어가자고 외친 골목—그것이 바로 래일을 위한 투쟁의 골목인 것이다. 그리하여 그는 여기서 그 투쟁 속에서만 자기들의 행복된 청춘을 느낄 수 있는 그런 적극적 인물들에 대하여 노래하고 있는 것이다.

三○년대의 카프문학의 새로운 발전은 이 시기의 투쟁의 적극적 형태에 적응하는 진정한 적극적 전형들을 창조하려는 노력을 낳게 되였다. 이 적극적 주인공들에 대한 부당하고 도식적인 묘사들—카프문학의 초기에 범하였던 그런 잘못이 이 시기에도 부분적으로 있기는 하였으나 그러나 三○년대 카프문학의 폐—지들 위에는 이미 인민 속에서 나와서 새로운 적극적 투쟁으로 나아가고 있은 새로운 주인공들의 은하가 나타나고 있었던 것이다.

그러나 카프문학은 그의 새로운 노력과 현저한 발전에도 불구하고 그것이 사회주의 레알리즘의 방법을 더욱 심오하게 체득함으로써 더한층 탁월한 문학으로 발전할 기회를 일제는 그의 야만적인 문화 탄압으로써 박탈하였다. 一九三四년에 일제는 카프작가 예술인 八○여 명을 검거 투옥한 후, 이 기회를 리용하여 一九三五년에 이르러 카프를 강제로 해산시켰다. 카프작가들의 활동은 이때부터 더욱 심대한 타격을 받게 되었다. 조선말의 사용 금지와 발표기관의 축소와 발표의 제한 등으로 많은 작가들이 붓을 꺾지 않으면 안 되었다. 그러나 이 시기에 들어와서도 부분적으로 카프작가들은 꾸준히 노력하여 왔으며 계급문학의 지향성을 살리기에 노력하여 왔다.

一九四五년 八월에 위대한 쏘베트 군대는 일본 관동군을 격파하고 우리나라를 일제 기반으로부터 해방시키였다.

"一九四五―四八년간에 쏘련군 사령관은 조선 인민으로 하여금 자립적으로 자기의 뜻대로 자기의 민족적 민주 국가를 건설케 하기 위하여 그에게 관계되는 모든 것을 다하여 놓았다. 그는 북조선의 통치권을 인민 자체들이 창건한 인민위원회들의 수중에 전적으로 넘겨줌으로써 조선 인민의 자주권을 인정하였다. 그리하여 북조선에서는 지주의 토지 소유제도를 청산하고 조선 농민의 빈궁을 없이하는 토지개혁과 중요산업, 은행, 운수 및 체신들의 국유화, 진보적 로동법령과 남녀평등권 법령의 실시, 민족문화와 예술의 발전을 위한 제반 민주개혁들을 결정적으로 실시할 수 있는 가능성을 가지게 되었다."(김일성, 『十월혁명과 조선 인민들의 민족 해방투쟁』)

쏘베트 군대에 의한 조선 해방―북반부에 있어서의 제반 민주개혁의 실시와 그 빛나는 성과, 이 모든 사실들은 우리나라에 있어서 사회주의 레알리즘 문학이 진정으로 개화될 수 있는 그런 조건으로 되었다. 된 서리를 맞은 우리 민족 문학은 이 새롭고 자유로운 그리고 그를 위하여 모든 유리한 조건들이 갖추어져 있는 환경 속에서 양양한 자기 발전의 길에 들어서게 되였다.

사실 카프문학의 성격은 그것이 그의 전 력사를 통하여 진정한 인민적인 것이 되려는 경향, 또 인민 자신이 작품 중의 적극적인 주인공이 되여 있는 그러한 경향 속에 나타나고 있다. 그러나 해당한 시대의 제약성으로 말미암아 그 성격은 충분히 나타나지 못했다. 인민 자신이, 다시 말하면 인민 속에서 나온 한 인간이 문학에서 모든 전형성을 갖춘 진실한 주인공으로서 충분히 살기 위해서는 무엇보다도 인민 자체가 력사의 주인공으로 즉 력사의 자유롭고 자각적인 창조자가 되여야만 하는 것이다.

해방 후, 우리 문학은 우리 문학의 력사에서 처음으로 인민이 자기 국가를 관리하며 자기의 생활을 건설하는 시기의 새로운 력사적 현실을 그리여내도록 호소되였다. 인민주권에 의하여 보장되여 있는 새로운 질서는 작가들의 창조사업에 무한한 가능성과 방조를 주었다.

一九四六년 九월에 김일성 장군께서는 문화인들의 회합에서 민주건설 사업에 있어서의 문화인들의 역할을 높이 평가하고 "우리 민족과 인민은 당신들의 활동에 대하여 크게 기대하고 있습니다. 그러므로 여러분은 이와같은 민족과 인민의 기대에 어그러지지 말고 힘 있게 민주 독립국가 건설을 위하여 민주주의 기수로서 돌진할 것을 바란다"고 말씀하시였다.

수령에 의하여 이렇게도 작가 예술가들의 역할이 높이 평가된 일은 특히 '민주주의의 기수'로서의 영예스러운 이름이 부여된 일은 일찌기 없었고 또 있을 수도 없었다.

우리 작가들은 사회주의를 향하여 힘차게 전진하는 인민 민주제도하의 새로운 생활과 그 생활의 법칙을 그리는 영예스러운 길에 들어섰다. 우리 작가들은 우리 인민들이 처음으로 경험한 새로운 감정을 그리며 새로운 인간관계와 인류의 청춘에 대하여 이야기하게 되였다.

새로운 긍정적 성격을 창조함에 있어서 우리 작가들이 가지는 유리한 점은 인민들의 모든 투쟁이 특히 새로운 호상관계가 긍정적인 인민민주주의적 형태들 안에서 발전되고 있다는 사실에 의존한다. 개인적 리익과 사회주의적 리익과의 사이에 존재하던 오래인 충돌의 경제적 및 사회적 토대는 무너졌다. 인민민주주의 사회에 있어서는 사회적 리익과 개인적 리익 사이에 아무런 충돌도 있을 수 없다. 그것은 이 사회에서는 개인의 리익이 곧 이 사회전체의 리익에 의존하고 있는 까닭이다. 한설야의 단편

「남매」의 주인공 원주가 오랫동안 병원에서 치료를 받다가 퇴원하는 날에 "선생님 인젠 일을 해도 좋습니까?"하고 의사에게 물었을 때, 이것은 사회적 리익과 개인적 리익이 일치한 그런 환경 아래서만 들을 수 있는 말인 것이다.

그러므로 자기의 조국과 인민에게 바치는 애국적 헌신, 민주주의적 경쟁, 자유로운 로동, 이러한 고상한 감정들이 새로운 인간활동의 원동력으로 되였으며 또한 원주와 같은 그런 새로운 주인공이 여기서 출현하게 되였다.

새로운 주인공은 새로운 환경의 필연적 소산이다. 이러한 주인공들은 다만 원주에게서만 볼 수 있는 것이 아니라 리기영의 장편『땅』의 주인공 곽바위에서 리태준의 중편『농토』의 주인공 억쇄에서 조기천의 장편 서사시「생의 노래」의 주인공과 리북명의 단편「로동일가」의 주인공 등에서 볼 수 있다. 사회주의 레알리즘의 방법에 의하여 창조된 이러한 인물들은 새로운 조선 인민들의 훌륭하고도 진실한 성품들을 구체적으로 보여주면서 그리고 고도로 개성화된 형태로써 자기의 생활을 건설하면서 독자들로 하여금 그들의 생동하는 인간성을 깊이 느끼게 한다.

그 중에서도 곽바위의 성품에 대하여 깊이 연구해본다면 이 인물에게는 식량증산을 위한 농민들의 투쟁, 또 그들에게 토지를 나누어준 인민정권의 고수를 위한 투쟁에 헌신하는 외에는 다른 어떠한 생활도 있을 수 없는 것이다.

이 생활은 그에게 커다란 헌신적 행위를 요청하면서 그로 하여금 커다란 난관을 겪어내도록 그를 추동한다. 끝장을 모르는 열렬한 정열의 소유자인 곽바위는 어떠한 난관 앞에서도 비탄하거나 겁을 집어 먹거나 할줄을 모른다. 그에게 있어서 그의 생활의 원동력으로 되는 것은 다만 자기 자신의 리익의 증대를 위한 투쟁인 것이 아니라 자기 조국의 찬란한 앞날과 전인민적 행복을 위한 투쟁인 것이다. 거기에는 어떤 탐욕적인 경쟁과 자극도 없으며 또 어떤 광신적인 순교자적 리상도 없다. 그의 목적은 그의 인품 그대로 끝없이 깨끗하고 고상하다. 그러므로 이 고상한 목적은 그의 소박하고 선량한 정신, 전인민적 사업에 바치는 그의 헌신성, 그의 안해와 마을 사람들에게 대한 그의 고상한 태도를 결정시키면서 그의 덕성 전체 위에 영향을 준다.

사회주의 레알리즘의 방법은 곽바위의 형상을 통하여 작가가 새로운 질서 아래에서 새로운 인간이 어떻게 탄생하며 어떻게 장성하는가를 가장 심오하게 그릴 수 있도록 도움을 주었다. 다만 이 방법만이 새로운 질서의 진실한 의의와 그 질서 아래서의 인민들의 투쟁 모습을 옳게 파악할 수 있도록 작가에게 도움을 줄 뿐만 아니라 그것을 진실하게 묘사할 수 있는 가능성을 보장하여 주는 것이다.

사회주의 레알리즘 문학의 장성은 우리나라에 있어서도 쏘베트 문학의 고귀한 모범을 보이면서 새로운 인간관계의 묘사에로 작가들의 주의를 이끌었다. 이 요청에 원만한 대답을 준 작품이 한설야의 「자라는 마을」이다. 이 작품에서 작가는 다만 문맹퇴치 사업에 있어서의 수길이와 금복 어머니와의 관계 또 금복 어머니와 육국통사와의 갈등만을 그린 것이 아니라 개간 사업에 있어서의 선진적 농민들과 최기수와의 관계—즉 새 것과 낡은 것과의 갈등을 옳게 묘사하였다.

쓰딸린은 일찌기 새 것과 낡은 것과의 갈등을 그리는 사업이 작가들에게 있어서 가장 중요한 사업이라는 것을 말씀하시면서 "무엇보다도 중요한 것은 이 순간에는 견고한 듯이 보이지만 그러나 벌써 사멸하기 시작하는 그런 것이 아니고 이 순간에는 비록 그것이 견고하지 못한 것 같이 보일지언정 발생하며 발전하는 그런 것이다"라고 지적하였다.

새 것과 낡은 것과의 싸움을 그리며, 새 것의 진실한 의의와 그 불패성을 그리는 것은 작가들이 현실을 옳게 파악하며 새 것에 대한 감각을 자신 속에 키우며 작품 속에 우리 생활의 새로운 것에 대한 감각과 사랑이 나타나는 것을 의미한다.

사회주의 레알리즘의 방법은 우리 작가들에게 우리의 새로운 생활 자체 내에서 아름다운 것과, 랑만적인 것의 원천을 찾아내도록 가르치고 있다. 당과 인민 정권은 가장 아름다운 시와도 같이 장엄하고 랑만적이고 건설적인 현실을 창조하였으며 모든 억압의 쇠사슬로부터 인간의 로동을 해방시키였다. 그리하여 우리의 하루 한 시간은 당과 인민정권이 길러낸 수많은 근로자들—즉 고리끼가 "작고도 위대한 사람"들이라는 감동적인 말로써 부른 그 사람들의 영웅적인 로력의 공적들로 충만되어 있다. 이렇듯 시적인 현실은 우리나라 력사에 일찌기 있어본 일이 없다. 시인 조기천의 장편서사시 「생의 노래」는 바로 이러한 시적 현실에 대한 시인의 끓어 넘치는 정열의 용솟음인 것이다. 그렇기 때문에 조기천은 현실을 노래하기 전에 먼저 자기 자신의 벅찬 감격을 노래하였으며 "시인들이여! 여기로 오라!"하고 불꽃 튀는 로력의 터전으로 시인들을 불러내였던 것이다.

이 시가 보여준 장엄한 리즘과 벅찬 정열의 토로와 아름다운 언어와 줄기찬 랑만은 이것이야말로 우리의 새로운 현실자체이며 새로운 생활자체이며 또한 체르니쉡쓰끼에 의하여 지어진 '아름다운 것이 생활이다'라는 저 유명한 명제가 그 미학적 전통으로 되여 있는 우리 사회주의 레알리즘 문학의 진정한 모습이다.

작가 리북명은 단편 「로동일가」에서 인민경제의 계획적 실천을 위한 아름다운 경쟁 운동을 그리면서 시적이며 랑만적인 한 로동자 가정의 생활 모습을 보여주었다.

「로동일가」와 더불어 황건의 「탄맥」과 박웅걸의 「류산」과 같은 극히 중요성을 띤 작품들이 또한 독자들 앞에 나타났었다. 이 작품들은 다만 생산 장면을 취급하였다는 점에서만 중요한 것이 아니라 우리의 새로운 제도에서만 탄생될 수 있는 그런 필승의 기백에 불타는 인물—인민의 창조적인 에네르기—를 자기자체 속에 집중시키고 있는 그런 새로운 인물을 형상화하였다는 점에서 또한 중요한 것이다.

시인 민 병균은 인민의 근본적 리익을 반영하려는 점에 자기의 주제를 집중시키면서 오늘의 향기로운 생활의 창조로 모든 사람들을 불러내는 진정한 조국애에 대하여 노래하였다.

무엇이
그대들로 하여
눈보라 지동치는 밤 지열 뜨거운
대낮을
부르며 내달아
항시 피곤할 줄 모르게 하는가―

　조국에 실현된 새로운 질서는 모든 인민들의 심장을 뜨겁게 하였다. 우리 문학의 새로운 주인공들은 모두 단순하고 평범한 사람들이다. 그들이 바로 우리 시대의 선구적 인간들이다. 이 다감한 주인공들은 어느 한순간에나 새로운 생활의 창조와 젊은 민주주의 조국 건설을 위한 투쟁에서 눈을 떼지 않는다. 이 사람들 속에서 우리나라의 새로운 사회구조 위에 튼튼히 립각하고 있는 새로운 도덕적 원리의 새로운 인간관계가 형성되었다. 현실을 진실하게 묘사할 뿐만 아니라 그 혁명적 발전에 있어서 그것을 훌륭히 묘사하여야만 할 사회주의 레알리즘의 요청에 대하여 우리 작가들은 또한 전적으로 옳은 대답을 주고 있으며 그 요청에 응하려는 꾸준한 노력을 보여주고 있다. 작가 리종민은 그의 단편 「령」에서 삭풍이 휘몰아치는 높은 령마루 위에 홀로이 서 있는 한대의 전선주에서까지 자기 조국의 아름답고 부요한 미래를 예견하는 그런 새로운 형의 인물을 보여 주었다. 근로자들의 영예스러운 로력의 성과에 대하여 항상 뜨거운 애정을 느끼고 있는 작가는 자기의 회화적인 형상을 통하여 그 로력의 성과 위에 꽃피게 될 조국의 아름다운 미래를 확인하는 것이다.
　시인 안룡만은 인민민주주의의 현실이 지향하고 나아가는 길을 '태양에의 길'로 확인시키면서 다음과 같이 노래하였다.

참말로 우리들의 생활은
어떻게 향기 높은 것인가
기쁨이 꽃포기로 향내 떨치며 흩어질

풍만한 생활의 가지가지 이야기
별과 샘과 풀포기
이름없는 풀 한 포기도 기쁨에 젖는
오! 빛나는 태양에의 길—

　　우리 문학이 보여주는 이와 같은 시적이고 랑만적인 묘사들은 사회주의를 지향하고 나아가는 우리 민주주의 현실자체가 깊이 시적이고 랑만적인 묘사들은 사회주의를 지향하고 나아가는 우리 민주주의 현실자체가 깊이 시적이고 랑만적이라는 데서부터 유래한다. 과거와 현재뿐만 아니라 미래에의 발전법칙에 대한 과학적인 리해 위에서 현실을 묘사할 것을 요청하고 있는 사회주의 레알리즘의 방법은 우리 작가들에게 현실생활과 련결되여 있는 진실한 공상과 꿈 그리고 그에 대한 과장의 권리를 보여주고 있다. 사회주의 레알리즘에 의거하고 있는 우리문학에 있어서 랑만적 묘사는 그것이 곧 우리 인민의 생활 안에 실제로 존재하고 있으며 발전하고 있는 본질적인 것과 의의 있는 것을 강조하는 것을 의미하며 우리의 미래의 진보에 이바지하려는 견지로부터 생활을 묘사하는 것을 의미한다.

　　위대한 조국해방전쟁이 일어나면서 우리 문학은 더욱 심각히 사회주의 레알리즘의 방법과 선진 쏘베트 문학을 지침으로 삼으면서 불패의 인민 고상한 애국주의 사상으로 고무된 인민당과 인민정권에 의하여 교양을 받고 유일한 의지로 통일된 인민—이런 인민의 빛나는 영웅성의 묘사에로 전적 주의를 돌렸다. 우리 인민들은 그들이 찬란한 건설사업에 참가한 것처럼 또한 전쟁에 참가하였다. 원쑤를 반대하여 싸우는 점에서 전선과 후방의 차이는 없었다. 모두 다 한 사람처럼 일어나 싸웠고 또 싸우고 있다.

　　전쟁의 가장 가혹한 시기에 시인 조기천은 전방도 후방도 없이 온통 불덩어리가 되여 싸우는 조선의 모습을 노래하였다.

수백만 형제의 성스러운 주검으로써
그들이 흘린 붉은 피로써

세계의 평화진영에
조선은 들어선다!
꽃피는 자유의 땅
행복의 땅을 위하여
三천만의 봄을 위하여
조선은 싸운다!

불타는 조국 싸우는 조국의 이름으로 이 나라의 모든 어머니들의 이름
으로 조기천은 세계에 부르짖었다. 조선은 싸운다고—

시인 민 병균은 어떤 가상적인 철학적 탐색을 통하여 시와 진실과의 융합
에 접근하려는 것이 아니라 생활에 대한 진실한 묘사 즉 이 융합의 현실적인
실현을 통하여 그에 접근하려는 태도로써 '고향'을 노래하였다. 고향—그것
은 다만 우리 인민들의 향기로운 생활의 터전일 뿐만 아니라 그것이 바로
우리의 조국인 것이다. 김일성 장군께서는 작가 예술가들에게 주신 격려
의 말씀에서 "애국심은 그 어떠한 추상적인 개념에 그치는 것이 아닙니다.
애국심은 자기 조국의 강토와 력사와 문화를 사랑함과 아울러 자기 고향
에 대한 애착심 고향 사람들에 대한 생각과 감정 부모 안해 자식들에 대한
애정에도 표현되는 것입니다"라고 하셨되는 바 민 병균은 바로 이러한 견지
에서 자기의 고향과 고향사람들을 노래하였다.

공화국 북반부에 창설된 새로운 제도와 새로운 생활은 전쟁시기에 들
어와서 시인 민 병균이 노래한 바와 같이 이 전쟁의 전민족적이며 전설적
인 위업으로 인민을 궐기시킨 위대한 힘으로 나타났으며 또한 모든 나라
들의 시인들이 몇 세기 동안에 걸쳐서 노래 불러 나려온 가장 훌륭한 인간
적 성품들을 길러낸 위대한 교양자로 나타났다.

무엇이 너로하여
스물두살 젊은 나이 보다도
심장 속 끓는 피 보다도

더 존귀한 것을 알게 하였더냐
더 숭고한 것을 위하는
결심을 택하게 하였더냐

젊은 시인 김학연은 적의 화구를 자기의 가슴으로써 막은 그의 손꼽시절의 벗 김옥근 영웅을 이렇게 노래하면서 그와 또한 영웅의 고향인 독로강 기슭의 향기로운 생활에로 독자들을 인도한다. 그리하여 그는 위대한 쏘베트군대에 의하여 해방되던 그 날부터 그들의 젊음이 '때를 만나'게 되였음을 그리고 그때부터 '서로 보람 큰 길 위에' 나서게 되였음을 노래 불렀다.

우리문학은 전쟁에서 우리 인민들이 발휘하고 있는 그 영웅성을 개별적 특질을 통하여 구체적으로 묘사할 것을 지향하고 있다. 평화적 건설시기에 의식적인 건설자로서 당과 인민정권에 의하여 교양 받은 새로운 인간들이 어떻게 전쟁에서 영웅주의를 발휘하고 있는가에 대하여 그의 역할과 의의에 대한 한층 더 진실한 묘사를 할 수 있도록 사회주의 레알리즘의 방법은 작가들을 도와주고 있다.

시인 림화는「흰 눈을 붉게 물들인 나의 피 위에」에서 신계 부근 전투에서 적화구를 몸으로 막아 전사한 조선의 마뜨로쓰브 김창걸 영웅을 노래하였으며 작가 박웅걸은 그의 단편「상급전화수」에서 목숨이 끊어지는 최후의 순간에 자기의 몸으로서 절단된 전화선을 련결하여 중대의 통신을 보장한 전화수를 형상화하였으며 또한『불타는 섬』에서 작가 황건은 인천 방어전투에서 무비의 영웅성을 발휘한 리대훈부대의 무전수들의 영웅적 모습을 그리였으며 작가 김만선은 단편「사냥꾼」에서 미제 살인귀들의 공중비적과 대담하게 싸우는 사냥꾼 조원들의 영용한 전투모습을 그리였으며 작가 천청송은「정찰병들」에서 적후방에 들어가서 정찰활동을 계속하고 있는 정찰병들의 백전불굴의 투지를 묘사하였다.

전쟁에서 우리 인민들이 발휘하고 있는 영웅성은 다만 전투 영웅들의 형상에서만 나타나는 것이 아니라 후방에서 싸우는 근로자들의 형상에서도 나타나고 있다.

「기관사」의 작가 최명익은 적의 군용렬차를 운전하다가 자기의 몸과 더불어 그 군용렬차를 철교에서 전락시킨 한 기관사의 영웅적 모습을 묘사하였으며 희곡 「탄광 사람들」의 작가 한봉식은 우리의 새로운 로동자들이 어떻게 자기들의 탄광을 지키였는가를 진실하게 묘사하였다. 또 작가 임순득은 단편 「조옥희」에서 적 강점시기에 적 후방에서 유격투쟁을 전개하다가 영예스러운 로동당원으로서 영웅적 최후를 맞은 조옥희 영웅을 그리였고 작가 리태준은 단편 「고향길」에서 역시 영웅적 빨찌산의 모습을 묘사하였고 작가 박찬모는 단편 「밭갈이」에서 식량 증산을 위한 투쟁에서 자기의 헌신성과 창발성을 유감없이 발휘하고 있는 젊은 농민을 그리였다.

이 모든 인물들을 묘사함에 있어서 우리작가들은 이 인문들이 생활에 대하여 가지는 진실한 관심을 보여주어 그의 조국인 공화국의 업적을 보여주며 자기들에 수령인 김일성 장군에 대하여 그들이 가지는 존경심을 보여주며 원쑤에 대한 그들의 증오심과 전선과 후방에서 그들이 일상적으로 발휘하고 있는 힘을 보여준다. 이것이 바로 사회주의 레알리즘의 요구이며 또한 그의 특징인 것이다.

와씰라예브는 쏘베트 작가들이 쏘베트 인민 속에서 나온 보통사람들의 천성과 이 보통사람들이 현대력사에서 가지는 역할과 의의를 진실하게 묘사하고 있는 것을 높이 평가하고 "이러한 태도는 쏘베트 생활 자체가 보통사람을 미증유의 높이에 까지 제고시켰으며 보통사람의 위대한 성실들과 덕성들을 과거의 어느 때 보다도 한층 더 완전하게 심원하게 그리고 다면적으로 세상에 나타냈다는 사실과 불가분리적으로 결합되여 있는 것이다" (사회주의 레알리즘의 제특징)라고 썼는바 이 말은 전적으로 우리의 인민민주 제도하의 새로운 생활에 대하여서도 해당되는 것이다. 전쟁시기에 우리문학에 나타난 새로운 주인공들—그들은 모두 우리 인민 속에서 나온 보통사람들이다—은 모두 우리 공화국에 창설된 새로운 제도의 산 아들이다. 새로운 제도를 빼놓고 우리들은 이 주인공들의 위대한 성질들과 덕성들을 말할 수 없으며 그들의 힘의 원천을 말할 수 없다. 인민민주주의의 새로운 제도만이 그들을 그렇듯 영웅적 인물로 우리 시대의 진정한 서사시의 주인공으로 길러낼 수 있었던 것이다.

김일성 장군의 격려의 말씀이 있은 뒤에 우리 문학에는 특히 영웅 형상화 문제가 매우 간절하게 제기되었고 또 여러 번 론의되었다. 그러나 이 문제가 아직 우리 작가들 사이에서 충분히 리해되지 못하고 있다는 사실을 말하지 않을 수 없다.

김일성 장군의 고무하신 말씀 가운데는 "우리 인민군대의 영웅성은 그 어떠한 개개인이 영웅심을 발휘하여서가 아니라 문자 그대로 완전히 대중성을 갖고 있음에 그 의의가 더 큰 것입니다"라고 명백히 지적 되어 있다. 이 말씀에서 이미 우리 문학의 심미상 문제들과 창작상 문제들의 해결을 짓는 기초가 명시되였다.

장군께서는 여기서 개성들 간의 협동의 탄생 인간의 행복과 조국의 미래를 위한 집체적 투쟁의 장성 이것의 묘사를 통하여서만 영웅의 형상화가 가능하다는 것을 가르치고 있는 것이다. 그렇기 때문에 문학 구상에 있어서 가장 중요한 문제의 하나는 개성이 사기의 주위 환경의 영향하에서 어떻게 변화하며 발전하는가 하는데 대한 묘사이다. 이것은 쏘베트 문학에서 널리 보급된 문제이며 쏘베트 작가들이 가장 진실한 노력을 경주하고 있는 문제이다.

그런데 우리 작가들 가운데는 번번히 영웅을 묘사하면서 그가 자라난 주위환경과 개성들 간의 협동에 대하여 심오한 주의를 돌리지 않는 사람들이 있다. 특히 실제적인 영웅들을 주인공으로 삼은 작품들에서 흔히 그 주인공을 집체의 일부분으로 또한 그 주인공과 주위 인물들과의 단결된 투쟁을 통하여 묘사하는 것이 아니라 그를 고립화시키며 그의 투쟁을 마치 자기의 주위환경 안에 자기 자신을 위한 자리를 획득하려는 투쟁과 같이 그리는 경향이다.

이 문제와 관련하여 쏘베트 문학이 달성한 제성과에 대하여 말하면서

와씰리예브는 "주인공이 특별히 뚜렷하게 들어나 있는 작품들에 있어서도 그 주인공은 인재나 집체의 일부분인 것이며 그는 자기의 힘을 다른 사람들과의 결합에서 길러내는 것이다. 뿌르마노브의 챠빠예브나 오스또롭쓰끼의 꼬르쨔긴은 이러한 인물들이다"라고 썼으며 또한 그는 "파제예브의 『청년 근위대』는 쏘베트의 남녀 청년들이 독일놈들에게 대항하여서 죽기까지 싸우는 단결된 투쟁을 보여 준다"고 말하였다.

인간과 집체 이 량자간의 통일 이 량자의 특수한 특징들에 대한 구체적이며 개성화된 묘사의 수단들 이것이 바로 사회주의 레알리즘의 요청이며 그 특징들 중 하나인 것이다.

영웅의 형상화와 관련하여 우리 문학에서는 기록주의에 대한 상당히 강렬한 비판들이 전개되었다. 그럼에도 불구하고 아직 우리 작가들 사이에는 어떤 실재하는 한 영웅의 투쟁 기록을 그것도 순전히 전기형식으로 쓰여진 작품을 소설로 오인하는 경향들이 있다.

이것은 문학을 기록과 대치시키려는 지극히 위험한 경향이다. 이러한 경향을 견결히 반대하여 엘린쓰끼는 작가들이 "사실들이나 자료들이나 실증문헌들의 노예"가 되어서는 아니 된다고 경고하고 자기 자신을 '충실한 기록자'로 자인하고 있는 『블로끌람스크의 도로』의 작가 알렉싼도르 벡크를 가르켜 "창조적 사상의 령기를 상실"한 작가라고 지적하였다. 그리고 그는 청년 근위대에 있어서 파제예보가 채택한 방법을 높이 평가하면서 "파제예보는 하나의 인물에다가 여러 사람들에게서 관찰한 수다한 특징들의 결합된 것을 부여한다. 또 어떤 때에는 관찰에 기초한 어떤 하나의 기본 원칙으로부터 출발하여 자기가 그 인물에 대하여서 가지고 있는 의견과 부합되는 부차적인 모티브들과 특징들을 그 기본 원칙에다 부가하면서 인물을 수식하기도 한다"고 그의 「파제예브론」에서 썼다.

널리 알려진 바와 같이 『청년 근위대』는 실증적 자료에 기초하여 쓴 작품이며 인물들의 대다수가 작가가 지여낸 이름들이 아니라 실생활에서 가졌던 이름들을 그냥 그대로 가지고 있기까지 한 작품이다. 그럼에도 불구하고 작가는 그 증건문헌의 기록적 디테일들과 그 반면의 진실로부터 이 작품을 자유로울 수 있게 하였으며 바로 이 점에서 사회주의 레알리즘의 작가로서의 그의 비범한 수완을 보여주었던 것이다.

실재 인물들을 그냥 그대로 작중인물로 삼으면서 생활의 위대한 현상의 일반화를 표현하는 그러한 쏘베트 문학작품은 결코 『청년 근위대』만이 아니다. 이러한 작품들로 우리는 찌호노브의 『낄로브는 우리들과 함께 있다』 도브젠꼬의 『꽃피는 인생』 말리세르의 『죠야』 뽈레보이의 『참된 사람의 이야기』 등을 들 수 있다. 이 모든 작품들에 있어서도 그 인물들을 실생활의 인물들과 동일시하려는 것은 어리석은 일이며 만일 이 작품들의 인물들이 실생활의 원형들과 아무런 차이가 없이 행동하고 있다면 그것은 벌써 소설이기 전에 전기의 범주를 벗어날 수 없을 것이다.

소설과 전기는 애당초부터 별개의 것이며 이것을 동일시한다는 것은 벨린스끼의 말과 같이 "창조적 사상의 령기를 상실"하였다는 것을 의미하는 것 외에 아무 것도 아니다.

그럼에도 불구하고 우리 문단의 일부에 창조적 사상의 령기를 완전히 상실한 순전한 기록을—그 서술 전체가 전기의 범주를 벗어나지 못하였을 뿐만 아니라 인물을 묘사함에 있어서 모든 소설적인 약속을 무시하고 쓰여진 작품을 소설로 평가하는 폐단이 존재하고 있다는 것은 참으로 놀라운 일이라 아니 할 수 없다.

이런 일은 우리 문학의 발전에 아무런 도움도 주지 못하며 특히 사회주의 레알리즘의 방법과 배치된다.

쏘베트 작가동맹의 규약에는 "사회주의 레알리즘은 예술적 창조력 즉 창조적 독창성을 발휘하고 여러 가지 형식과 스타일과 쟌르를 선택할 커다란 가능성을 보상한다"고 명시되어 있는바 아무런 창조적 독창성도 없고 케케묵은 전기적 서술로 일관한 '영웅전'이 소설의 령역에 들 수 없다는 것은 너무도 명백한 일이다.

우리 문학은 오늘 전 세계의 선량한 벗들로부터 영웅적 인민으로 불리우며 무한한 존경을 받고 있는 그런 인민들의 전형을 창조하는 데 자기의 가장 중심적인 목표를 두고 있다. 사회주의 레알리즘은 우리 문학으로 하여금 우리 인민 속에서 나온 특출한 인물들이 자기의 투쟁과 창조 사업에서 자기의 정신적 특성들을 발전시키고 있는 복잡한 과정을 반영하도록 추동하고 있다.

그러나 우리의 새로운 생활과 우리 인민들이 원쑤와의 싸움에서 보여준 영웅적 모습들은 아직도 만족할만한 예술적 표현을 부여받지 못하고 있다. 선진 쏘베트 문학의 제탈성에서 배우며 또한 그의 방법인 사회주의 레알리즘의 탁월한 방법을 또한 자기의 창작상 방법으로 삼고 있음에도 불구하고 우리 문학은 우리 인민들이 요구하고 지향하고 있는 그런 높은 수준에 도달하지 못하고 있다.

"영웅적 인민이 요구하는 예술은 또한 영웅적이 되여야 하며 세계무대에 오른 인민이 요구하는 예술은 또한 세계 수준에 도달하여야 하는 것입니다."

김일성 장군께서 주신 이 격려의 말씀을 과연 어느 한 순간엔들 우리가 잊을 수 있겠는가!

우리 문학은 비록 나이는 어릴지언정 그래도 자기의 사회적 유리성들이 제공해 주는 모든 가능성을 충분히 리용하면서 한층 더 매개 작가들이 자기의 사업에 심혈을 기울인다면 반드시 가까운 앞날에 사회주의 레알리즘의 모든 특징을 갖춘 참으로 높은 수준의 문학으로써 장성하게 될 것이다.

≪조선문학≫, 1952.6

김일성 장군의 령도 하에
장성 발전하는 조선민족문학예술

김남천

1

장구한 력사를 가진 우리 조선사람은 고유한 전통을 지닌 자기의 민족 문화를 가지고 있다. 우리 선조들이 생활 속에서 창조한 인민의 문학과 예술들은 문자상으로 남아 있으며 구비 전설과 구전 민요로서 혹은 탈과 악기 등 유물로서 오늘날까지 전해져 내려왔다. 이러한 인민의 문학예술들은 당해 사회 지배 계급들의 억압과 착취 밑에서도 우리 선조들이 얼마나 자기들의 사상과 생활 감정을 풍부한 정서와 높은 예술적 표현으로 즐겨 이야기하며 노래 불러 왔는가를 증명하여 주고 있다. 그렇기 때문에 그것은 아무런 국가적 배려와 비호가 없었을 뿐 아니라, 도리여 혹심한 박해와 홀시가 있었음에도 불구하고 오늘날까지 꺼지지 않고 전해져 내려온 것이다.

그러나 우리 조선사람이 자기의 력사상 처음으로 인민의 손에 정권을 장악한 오늘의 공화국에서처럼 민족문화의 발전에 대한 문제가 국가적 정책으로 된 적은 한 번도 없었으며, 민족문화가 오늘처럼 륭성해 본 적도, 문학예술이 인민을 위하여 철저히 복무한 적도, 광범한 인민 대중 속에 침투 보급된 적도, 그리고 새 문학적 예술적 재능들이 인민 속에서 배출한 적도 일찌기 없었던 것이다.

암매한 봉건 리조의 뒤를 이은 일본제국주의의 악독한 식민지 통치는 우리의 력사와 말과 모든 고유한 아름다운 것을 말살하고 문학적 예술적 창조와 향유의 일체의 권리를 인민으로부터 박탈했으며, 우리 민족을 기아와 더불어 무지와 몽매 속에 허덕이는 노예로 만들려고 하였다.

오직 영웅적인 쏘베트 무력에 의하여 우리 민족이 일제 통치의 기반에서 벗어난 八·一五 해방으로 인하여 우리들은 다시금 광명한 세계를 보게 되었으며, 인민 정권의 수립과 우리 민족의 경애하는 수령인 김일성 장군의 정확한 령도와 각별한 배려에 의하여서만, 비로소 우리들은 민족 문화의 찬란한 개화를 맞이하게 되었으며, 인민을 위하여 철두철미 복무하는 문학예술을 인민 자신이 자기의 무기로서 소유하게 된 것이다.

一九四六년 三월 二三일 력사적인 二〇개조 정강 가운데 민족 문화 건설을 위한 강령을 발표한 이후 김일성 장군께서는 병마공총한 오늘에 이르기까지 루차에 걸쳐 격려와 교시의 말씀을 주심으로써 우리 문학예술의 발전이 당면하는 매개 단계에서마다 맑스—레닌주의 원칙에 립각한 구체적이고 정확한 지도를 내리시였다.

조국의 통일 독립과 민주화를 위한 투쟁에서 조선인민이 당면한 매개 정치적 단계와, 장구한 일제 통치의 해독과 문화적 락후성을 극복하고 급속한 시일 내에 전반적 문화수준을 제고시키기 위한 투쟁에서 인민들이 달성한 성과들에 상응하여 문학예술 앞에 제기되는 과업들을 제때에 정확히 실천할데 대한 김일성 장군의 옳바른 령도가 없었다면, 우리 민족 문학예술은 단시일 내에 자기의 어려운 투쟁에서 그처럼 눈부신 승리를 쟁취할 수는 없었을 것이며, 공화국 북반부에 구축된 튼튼한 민주 문화의 기지가 없었다면, 포학하고 간악한 무력 침공자들을 반대하는 정의의 조국 해방 전쟁에서 오늘날처럼 문학예술이 인민의 예리한 무기로서 자기 역할을 놀 수는 없었을 것이다.

김일성 장군의 가르치신 정확한 문화 로선과 끊임없는 배려와 두호에 의하여서만 유사 이래 처음으로 우리 문학예술은 인민의 것으로 전변되였으며, 새 나라와 새 사회의 주인공으로 된 조선의 근로인민은 자기의 예술을 즐기며, 자기 자신이 문학예술의 주인공으로 된 것을 보며, 자기 속에서 수다한 새 재능들이 자라나며, 문학예술이 다름 아닌 자기들의 강하고 예리한 사상적 무기라는 것을 발견할 수 있게 된 것이다. 오늘의 조선 민족 문학예술의 발전과 륭성은 오로지 김일성 장군의 령도에 의하여서만 있을 수 있는 것이다.

2

'인민 대중의 속으로!'—새로 건설될 문학예술의 찬란한 개화가 이에 의하여서만 가능하다는 김일성 장군의 확고한 신념은 이미 二〇개조 정강 속에 그 광범한 전모를 보이고 있거니와, 그로부터 두 달 후인 一九四六년 五월 二四일과 동년 九월 二八일에 열린 두 차례의 선전원 문화인 예술가들의 련석회의에서 진술하신 연설 말씀 가운데는 벌써 우리의 문학예술이 인민의 것이 되기 위하여 가져야할 가지가지 과업들이 구체적으로 제기되여 있다.

첫째로 토지개혁을 위시한 제반 민주개혁들이 실시되여 조선 인구의 절대 다수인 농민들이 토지의 주인공이 되였으며, 로동자들의 물질 문화 생활이 급격히 향상될 조건이 보장되였고 문맹 퇴치사업을 포함한 대중 속에서의 정치 계몽사업이 광범히 전개되고 있으며, 문화 보급망인 선전망 써—클맹들이 직장과 농산어촌들에 널리 조직되고 있는 조건하에서 민주주의적인 자유독립국가 건설을 위한 당면한 정치적 과업과 관련하여, 김일성 장군께서는 우선 인텔리겐챠의 자기 개변의 문제를 크게 제기하였던 것이다. 문학예술이 인민을 위하여 복무하는 인민의 것이 되기 위하여는 우선 그것이 인민대중의 속으로 들어가야 할 것이며, 문학예술이 인민

대중 속으로 들어가기 위하여는, 그것을 받아들일 물질적 기반과 조건들이 인민 대중 속에 지어지는 것이 요구되었으며, 다음으로는 그것을 가지고 인민 대중 속으로 들어갈 작가 예술가―인텔리겐챠의 주체적 문제 즉자기 개변의 문제가 제기되지 않을 수 없었던 것이다. 민주건국 사업에서의 인텔리겐챠의 사명과 역할의 중대성을 강조하시면서 김일성 장군은 지식인들이 자기 사상과 작풍의 개념을 위하여 또 인민을 알고 인민에게서 배우기 위하여 인민 대중 속으로 들어갈 것을 열렬히 호소하시었다.

"여러분은 인민 속에서 배울 줄 알아야 합니다. 우리는 인민대중의 힘을 믿고 인민대중의 천재를 믿는 자들입니다. 군중 속에 들어가 우선 군중을 알아야 하겠고 군중의 모든 것을 리해하여야 하겠습니다. 그들의 숨어 있는 지혜와 창조력을 배워야 합니다. 우리는 군중의 선생이 될 뿐 아니라 군중의 학생이 되어야 할 것입니다'라 하시었고 토지개혁을 위시한 진보적 로동법령, 남녀평등권법령, 중요산업 국유화법령 등 해방 후 ―년동안에 실천한 제반 민주개혁의 실시와 교육 문화 부문에서의 획기적인 성과에 언급하면서 민주건설 사업에서의 문학예술인들의 역할을 높이 평가하고 "예술인들은 제 민주주의 개혁 운동에 있어서 농촌과 공장에 들어가 농민과 로동자들과 손을 잡고 부담된 그들의 임무를 완성하였던 것입니다.…… 한 마디로 말하면 북조선의 문화인들은 그전처럼 일본제국주의의 식민지 정책을 위하여 또는 기타 모든 반동세력을 위하여 복무하는 문화인이 아니고 자기의 조국을 위하여 인민 대중을 위하여 복무하는 문화인이 되었습니다. 북조선 문화인들은 민주개혁에 있어서 위대한 공적을 남겼을 뿐만 아니라 그 과정에서 그 자신도 위대한 전변을 하게 된 것입니다."

작가 예술가들의 의식 개변과 자체교양에 관한 문제를 문학예술의 대중화에 있어 작가 예술가들의 주요 과업으로 생각하며, 이것 없이는 인민을 애국주의 사상으로 교양 주는 높은 인민의 문학예술을 창조할 수 없다는 일관한 립장은 김일성 장군의 오늘까지의 변함없는 문학예술상 기본적 관심의 하나로 되어 있으며, 정치적 예술적 자체수준의 제고와 관련하여 이 과업에서 자기 목적을 달성하기 위하여는 맑스―레닌주의 선진 학설을 더욱 높은 수준에서 학습하며, 선진 쏘련의 문학예술에서 더욱 열심히 섭취하며, 인민 생활을 연구하며 인민 속에서 함께 투쟁하며, 자신의 창조사업과 일상 행동거조를 인민을 위하여 복무하는 립장 위에 철저하게 세우기 위하여 피나는 투쟁을 전개할 것을 강조하시였다.

둘째에 있어서는 문화의 락후성을 극복하고 급속한 시일 내에 우리들의 문학예술을 광범한 인민대중의 것으로 륭성 발전시키기 위하여 특히 신인의 육성문제에 대하여 깊은 배려를 돌리시였다.

"조선의 민주건설에 있어서 또 조선 민족 문화 수립에 있어서 문화인 여러분은 가장 중요한 일꾼입니다. 그러나 아직 우리는 일본제국주의의 악독한 노예화 정책으로 말미암아 지식층 문화인은 유감이나 퍽 적습니다."

一九四六년 九월 二八일 연설에서 민족 간부 양성문제의 중대성과 관련하여 김일성 장군께서는 『일본제국주의는 조선 민족 간부의 성장을 의식적으로 눌러왔던 것입니다. 솔직히 말하면 민족 간부가 없으면 우리 민족은 또 다시 망할 것입니다. 여러분은 이 조국의 운명을 좌우하는 민족간부 양성에 적극적으로 협력하여야 되겠으며 참가하여야 하겠습니다』라 하시였다. 광범한 군중문화운동을 통하여 직장과 농산어촌에서 움터나오는 문혔던 인재들의 새 싹에 대하여 이렇듯 높은 의의를 부여한 것은 이 새로운 재능들에 의하여서만 소수분자의 손에 독점된 문학예술이 아니라 광범한 인민적 기반 위에 선 문학예술의 고도의 발전과 륭성을 가져올 수 있기 때문이다. 루차의 연설과 담화 가운데서 언제나 자라나는 새 싹에 대하여 높은 관심을 표명하신 김일성 장군께서는, 오늘 "인민대중 속으로부터 풍부한 인민재능을 계발시킨 직장 예술들이 발생된" 성과 위에서 一九五一년 一二월 一二일 의연히 "이 청년 신진 예술인들은 우리들이 주의깊이 육성하여야 할 유망한 싹들일 것입니다"라 하시였고, 특히 위대한 레―닌의 교시를 다음과 같이 인용하여 신인 육성문제의 중요성을 강조하시였다.

"우리는 반드시 가장 심중한 방법으로 새로운 싹들을 세밀히 연구하여야 하며 그들의 장성에 온갖 방조를 주어야 하며 또한 이 연약한 싹들을 애호하여야 하겠습니다."

광범한 근로인민 가운데 깊이 뿌리를 박은 고도의 민족 문학예술의 장래 발전에 대한 웅혼한 구상을 가지고, 인민대중의 가운데로 들어가는 문제와 관련하여, 그 전제조건이 되는 제반 민주개혁의 실시, 문맹퇴치를 포함한 정치 계몽사업의 전개, 선전망 써—클망의 조직 등을 해결하고, 문학가 예술가들의 주체적인 의식 개변과 자체 교양문제와 더불어 새로운 인민 재능에 대하여 전망에 찬 교시를 주심으로써 문예 공작이 지향할 중심방향을 가르키신 김일성 장군께서는 이와 아울러 우리가 건설하고 있는 문화—문학예술의 기본 성격의 과학적인 규정을 주실데 대하여 깊은 관심을 기우리였다.

이 문학예술의 기본적 성격에 대하여는 이미 二O개조 정강의 발표 이전부터 인민적이요 민주주의적인 내용을 가진 민족 문학예술의 수립이라는 명확한 개념을 주신바 있었고, 그 뒤 루차의 연설과 담화를 통하여, 취급되는 문제와 관련하여 여러 가지 각도로 이에 언급한바 있었으나, 특히 一九五一년 一二월 一二일 예술단 접견 석상에서 주신 말씀 가운데서는, 이 문제에 대한 과학적인 규정과 이와 부수되는 여러 가지 문학상 예술상 문제까지를 아울러서 제시하시였다.

"예술 일꾼들은 우리의 예술이 민족적 형식과 민주주의적 내용을 가진 인민적 예술로 또는 국제주의 정신으로 일관하고 형식주의를 배격한 심각한 사상성을 가진 예술로 발전되는 때에라야만 성과 있게 발전될 수 있다는 것을 자기들의 창작적 활동에 있어서 항상 기억하고 고려하여야 하겠습니다."

이 말씀 가운데는 우리가 창조 건설하고 있는 문학예술의 성격과 특수성에 대한 규정과 그와 관련되는 여러 가지 중요한 문제들에 대한 시사적인 교시가 취급되여 있다.

김일성 장군의 이 교시를 받들고 앞으로 우리 문예과학이 더욱 심오하게 연구 해명하여야 할 문학예술에 있어 민족적 특성의 문제, 형식주의의 문제, 민족적 특성과 국제주의 정신 체현의 문제 등등이 간단하나 평이한 말씀으로 시사 깊이 제기되어 있다.

"……인민생활을 많이 연구하여야 하며 자기들의 창작 사업에 있어서 인민들이 창조하고 인민들의 감정과 숙망을 정당하게 반영한 민족고전과 인민 가요들을 널리 리용하여야 하겠습니다. 모든 공연들에 있어서 우선 연기자 자신이 인민의 감정으로 체현되여야 하며 반드시 인민성을 반영하여야 하며 인민적 선들을 선명하게 표현하여야 하겠습니다. 오직 이러한 조건하에서만 우리의 예술은 우리 인민의 민족적 특성을 반영할 수 있습니다."

우리 문학예술의 민족적 특성은 인민성—인민의 감정, 인민의 선들 인민의 숙망들이 반영되는 때에라야만 달성될 수 있으며, 그것은 인민의 감성과 숙망을 정당하게 반영한 민족 고전과 인민 가요 등의 광범한 리용에서 이루어질 수 있다는 이 말씀은, 쓰딸린 대원수의 민족문제와 언어학문제에 관한 고전적 재 로작들이 보여준바, 민족의 질적 특수성과 특징은 민족문화의 특징의 공통성에 나타나는 심리적 상태의 공통성에서 명백히 발로된다고 하는 사상위에 튼튼히 서 있는 것이다. 이로부터 우리는 전통의 역할을 평가하게 되며 민족의 문화유산의 의의를 강조하게 되는 것이다. 진일보하여 우리들은 어떤 작가 예술가의 창조물이 나타나는 토대로 되여 있는 민족적 및 구체적 력사적 기초를 확정할 필요성에 이르는 것이며 아·므·에골린이 「이·웨·쓰딸린과 문학의 제문제」에서 언급한바 "민족문화의 자립성의 승인에, 민족적 허무주의와의 투쟁에, 문학의 무(없을무) 민족적 및 외(밖외) 력사적 규정에 대한 자기의 옳지 않은 지향을 가진 뿌르죠아적 꼬스모뽈리찌즘을 근절"하는데 이르게 하는 것이다.

민족적인 것과 국제주의 정신의 체현과의 호상관계에 대하여 달한다면 김일성 장군의 연설 속에 들어있는 사상은 아·즈다노브가 一 九 四 八년 쏘베트 음악가협회에서 진술한 연설과 전혀 동일한 립장에 서 있는 것이다. 아·즈다노브는 다음과 같이 말하고 있다.

"로씨야 민족 음악이나 쏘련의 정원에 들어가 있는 쏘베트 제인민의 음악의 개화가 예술에 있어서 국제주의의 어떠한 감소를 의미한다고 인정하는 사람들은 큰 오류를 범하고 있는 것이다. 예술에 있어서의 국제주의는 민족예술의 축소 또는 련합의 토대 위에서 생기는 것이 아니라 반대로 국제주의는 민족 문화가 개화하는 그 곳에서 생기는 것이다. 이 진리를 망각하는 것은 지도로선을 상실하는 것을 의미하며 자기의 면목을 상실하고 혈연 없는 꼬스모뽈리뜨로 되는 것을 의미한다."

우리들은 김일성 장군의 교시에 향도되어 형식주의와 꼬스모뽀리찌즘의 해독으로부터 청소한 우리 문학예술을 지켜왔으며 앞으로 장군의 명제를 더욱 심오하게 연구 실천함으로써 우리 민족 문학예술은 예술상의 형식주의와 그와 내부적 관련을 가지고 있는 꼬스모뽈리찌즘과의 투쟁에서 보다 높은 성과를 거둘 것이다.

이상 우리들이 건설하려고 하며 건설하고 있는 문학예술의 특성과 기본 성격에 대한 김일성 장군의 교시는 전체 문학예술 일꾼들에게 명확한 로선으로 되었을 뿐 아니라 자신심으로 되게 하였으며 확신으로 되게 하였다.

김일성 장군은 민족문화 건설을 국가적 중요 시책으로 내세우는 첫날부터 문학예술가 작가 예술가들의 당파성의 문제를 민주주의 조국건설이 당면한 정치적 단계와 련결시켜 작가 예술가들의 중요한 과업으로 제시하였다.

당파성의 문제의 제출에 있어 김일성 장군은 선진 리론의 고전적 창시자들과 그를 계승 발전시킨 레닌 쓰딸린의 학설 위에 립각하여 이를 우리나라 형편에서 구체화하였다. 다 아는 바와 같이 맑스는 "자본주의적 생산은 예술 및 시와 같은 일부 종류의 정신적 생산에 적대된다"라고 썼다. 레닌은 맑스·엥겔스의 사상을 발전시키면서 문학의 당성에 관한 유명한 학설을 창설하였다. 자본주의 사회에서의 작가들과 예술가들의 창작의 '자유'에 관하여 위선적으로 정명한 뿌르죠아 리론가들과는 반대로 레닌은 적대적 제계급으로 분립된 인간사회에서 반동 세력과 진보적 세력간의 투쟁이 진행되고 있는 한 이 투쟁 밖에 서 있는 문학이란 있을 수 없다는 것을 론증하였다.

一九四六년 五월 二四일 김일성 장군은 문화인 예술가 회의에서 "오늘날 조선에 있어서는 당신들이 입을 통하여 당신들이 붓대를 거쳐서 조선 사회를 뒷걸음질 시키려는 반동 세력을 치는 책임이 있으며 민주주의적 발전을 위한 새 사회를 움직여 나아가는 추동의 힘도 당신들에게 있는 것이다"라 하시였고, 동년 九월 二八일 회의에서는 북반부에서 진행되고 있는 력사적 민주건설 사업들을 널리 인민 대중 속에 침투시키며 조선 인민이 전개하고 있는 일체의 정치투쟁에 작가 예술가들이 적극 참여할 것을 호소하시였다. 그리고 작가들과의 루차의 담화에서 "무당파성의 가면을 벳기고 투명하고 명확한 정치 로선을 꾸준히 실천에 표시할 것—이것이 우리들의 구호이다"라고 한 쓰딸린의 말씀을 언제나 념두에 두고 문학의 당적 원칙을 튼튼히 고수하라고 격려하시였다.

一九四七년 봄 원산에서 출판된 시집 『응향』 속에 엄폐된 순수문학의 탈을 쓴 반인민적 요소에 대한 작가 비평가들의 투쟁에 대하여 언급하시면서 시집 『응향』이 범한 "이 과오는 결코 우연히 발생하였거나 일시적인 과오가 아니다. 이것이야 말로 미 제국주의자들이 북조선의 민주건설을 파괴하려고 뿌려놓은 유해한 독소의 하나이다"라고 지적하시였다. 이러한 지적은 『응향』의 뒤를 이은 함흥의 『문장독본』과 『예원 써클』 등 일련의 사건들과의 투쟁에 있어서 작가 비평가들을 고무 격려하여 드디어 우리 문학예술에서의 '순수문학'의 가면을 쓴 퇴폐적이오 형식주의적인 반인민적 요소를 단시일 내에 일소하는데 성공을 가져온 것이다.

또한 김일성 장군은 루차의 회합에서 자유로운 민주 독립국가를 건설하는 투쟁에 있어 문학예술가들의 단결을 강조하였고 一九四六년 三월 북조선에 거주하는 전체 작가 예술가를 총망라한 북조선 문학예술 총동맹의 결정을 친히 지도하였으며 동년 九월 二八일 회의에서는 당면한 정치정세하에서 문화전선의 통일과 단결을 긴급한 과업이라고 제시하시였다.

"오늘 조선 반동파들은 문화인의 대렬까지를 분렬시키여 자기네의 반동적 문화진영을 꾸미고 있습니다. 오늘 조선의 진보적 문화인들은 이 사실에 대하여 최고도의 경각성을 높여야 할 것입니다. 문화 전선에 있어서의 반동, 민주건국에 있어서의 반동을 소탕하는 투쟁에 있어서 우리들의 유일한 투쟁방법은 민주주의적으로 된 첫째도 단결이오 둘째도 단결이요 셋째도 단결입니다. 이리하여 여러분은 민주주의 민족 통일전선의 가장 힘 있는 기초의 하나가 된다는 것을 잊어서는 안 될 것입니다."

이러한 당파성의 문제들과 관련하여 작가 예술가들과의 담화를 즐기시는 김일성 장군께서는 여러 차례의 회석에서 작가 예술가들에게 사실주의적 방법으로 작품을 표현 묘사할 것을 언제나 교시하시었다. 一九四六년 九월 二八일 회의와 一九四七년도에 자주 가진 작가 예술과들과의 회석에서 그리고 一九四九년 겨울에 가진 회석에서 사실주의에 대한 맑스주의의 고전적 학설과 특히 쏘련의 사회주의적 사실주의의 발전된 리론에 립각하여 이를 구체적으로 실제적인 창작 사업에 적용할 것을 교시하시면서 쏘련 작가 예술가들이 창조한 고도의 사실주의적 작품에서 모범을 배울 것을 강조하시었다.

다 아는 바와 같이 엥겔스는 一八八八년 四월부로 마가렛트 허크네스에게 보낸 자기 서한에서 사실주의적 예술을 다음과 같이 특징지었다. "나의 견해에 의하면 사실주의란 세부 묘사의 진실성 이외에 전형적인 환경에서 전형적인 성격을 묘사함에 있어서의 진실성을 말하는 것입니다."

이것을 발전시킨 쏘련의 사회주의적 사실주의 방법에 대하여 一九三四년에 즈다노브는 그것을 다음과 같이 특징지었다.

"그것은 첫째로는 생활을 리해하고 예술 작품 속에서 이를 올바루 표현하는 것을 의미한다. 그것도 말로써만 무감각적으로 또한 '주관적현실'로서 표현하는 것이 아니라 생활의 혁명적 발전에서의 현실로서 그것을 묘사하여야 하는 것이다. 여기에 있어 진실하게 표현된 그리고 력사적으로 구체적인 예술적 묘사는 사람들을 사상적으로 조직하고 또한 사회주의 정신에 립각하여 그들을 교양하는 과업과 연결되어 있지 않으면 안된다. 문학이나 문학 비평에서 우리들이 사회주의적 사실주의 방법이라고 부르는 방법은 이러한 것이다."

김일성 장군은 작가 예술가들에게 첫째로 창조적 사업에 있어 현실로부터 생활로부터 출발할 것을 권하시였다. '새로운 조선의 현실을 그리라!'라는 구호와 관련하여 자기들의 작품 안에 현실과 생활을 옳바루 표현하기 위하여서는 생활을 그의 발전과정에서 고찰하여야 한다고 말씀하시였다. 다시 말하면 현실 속에서 생활 속에서 새로운 것을 찾아 낼 줄 알아야 하며, 외곡되지 않은 생활로부터 리탈되지 않은 형상을 창조하는 것이 요구된다고 하시였다.

一九四六년 九월 二八일 회의에서 김일성 장군은 "북조선은 과거 일 년 동안 획시기적 전변을 가져왔습니다. 제 민주주의 개혁을 통하여 북조선의 사회는 변했고 경제 정치 문화 각 방면에 있어서 대변혁을 일으켰습니다"라 하시여 작가 예술가들은 모름지기 이 변혁된 현실과 이 변혁된 생활 속에 들어가서 이것을 외곡됨이 없이 표현하라고 교시하신 것이다.

이러한 견지에서 一九四七년도에 있은 작가들과의 회합에서 김일성 장군은 새로운 문학예술의 주인공으로 될 수 있는 자가 누구인가 하는 문제에 대하여 참석자들에게 충격과 커다란 감명을 준 담화를 하시였다. 새 시대의 진정한 주인공만이 우리 문학예술의 주인공이 될 수 있다는 것을 말씀하시면서 새 시대의 주인공은 다름 아닌 쓰딸린이 말씀한바 "떠들지 않고 호언장담함이 없이 공장과 제작소, 탄광과 철도, 꼴호즈와 쏩호즈를 건설하며 생활의 모든 복리를 창조하고 온 세상을 먹여 살리며 입히는 로동자들과 농민들", 그 사람들이라고 가르치시였다.

여기에 표현되여 있는 김일성 장군의 새 문학예술의 주인공에 대한 사실주의적 방법의 리론은 말할 것도 없이 엥겔스가 특징지은 '전형적 성격'론의 발전인 것이다.

예술과 문학에 있어서의 생활의 묘사는 현실이 그의 력사적 구체성 가운데서, 항상 혁신되는 과정 가운데서 나타나는 그런 경우에만 옳은 것이다. 생활의 옳은 묘사는 부분적 현상을 력사 발전의 일반 법칙과 경향에 비추어 해명하며, 새 것과 낡은 것과의 투쟁을 반동적인 것에 대한 진보적인 것의 승리로써 보여주는 때에만 가능한 것이다. 당사에서 쓰딸린은 다음과 같이 썼다. "변증법적 방법에 있어서는 무엇보다도 먼저 현 모멘트에는 튼튼한듯하나 그러나 벌써 쇠멸하기 시작하는 그것이 중요한 것이 아니라, 현 모멘트에는 비록 튼튼치 못한 듯이 보이드라도 발생하며 또 발전하는 그것이 중요한 것이다. 왜 그러냐 하면 변증법적 방법에 있어서는 발생하고 발전하는 것만이 극복될 수 없는 때문이다."

여기에 있어 우리들은 새 문학예술의 주인공론에서 전형적 환경에서의 전형적 성격을 창조할 필요에 관한 엥겔스의 테제의 보충된 또는 풍부히 된 것을 볼 수 있는 것이며, 아직 오늘은 완전히 전형적인 것으로 보이지 않을 수도 있으나 이미 그러한 것으로 되고 있으며 또 의심할 바 없이 명일에는 그렇게 될 새 것과 장성하는 것을 창조 묘사하는 것이 작가 예술가들의 의무라고 하는 새 사실주의적 방법의 가장 본질적인 면을 볼 수 있는 것이다.

둘째로 김일성 장군은 인민들의 기본적 과업을 해결하는 정신에 립각하여 사람들을 조직 교양하는 과업과 련결되도록 창작하는 것이 사실주의적 방법의 중요 특징이라고 강조하시였다.

이 교시에 근거하여 전체 작가 예술가들은 자기들의 창조사업의 기본 방향의 설정에 있어 또는 일체 문예 공작상 중심 방향의 설정에 있어서 인민들로 하여금 자기들의 기본적 과업을 해결하는 장엄한 투쟁 속으로 총 궐기하도록 그 지향과 의지를 배양하고 고무 추동하는 과업과 밀접히 련결시키는 데 성공을 거두었던 것이다. 철저한 현대성(시사성)의 보장─이것은 김일성 장군의 교시의 말씀 이후 전체 작가 예술가들이 자기들의 주제와 제재의 선정에 있어 움직일 수 없는 원칙으로 확립되였으며 현대성(시사성)과 영원성과의 통일이야말로 예술적 표현에 있어 문학예술이 쟁취할려는 커다란 목표로 된 것이다.

그렇기 때문에 작가 예술가들의 창조적 및 공작상 활동이 제반 민주개혁 실시를 위한 투쟁에 제반 민주개혁의 성과를 공고 발전시키는 투쟁에, 인민정권을 강화 발전시키는 투쟁에 모스크바 三상회의 결정지지 및 쏘미 공동위원회 사업의 성공을 위한 투쟁에, 인민경제 부흥발전의 계획달성을 위한 투쟁에, 민족통일전선 강화를 위한 투쟁에, 등등 조국의 민주발전과 자유독립국가 건설을 위한 투쟁에로 자기 인민을 총 궐기하도록 선전 교양하는 과업과 밀접히 련결되어 있었으며 인민공화국을 창건하고 조국의 평화적 통일을 위한 제반 투쟁과도 또한 분초의 간격이 없이 그 통일적인 보조를 보장하는데 성공을 거둔 것이다.

영웅적인 쏘베트 군대에 의하여 일제의 악독한 식민지통치의 기반으로부터 해방되어, 문화건설에 있어서 결코 충분하다고는 말할 수 없는 약 五년의 짧은 기간 동안에, 장구한 식민지통치의 해독과 락후성을 극복 청산하고 획기적인 발전을 가져오기 위하여 김일성 장군께서 친히 령도하고 조직하신 민족 문학예술의 제반 기본적인 과업들은 이상과 같은 것들이였다.

이러한 기본적인 과업들을 위한 투쟁의 령도에 있어 김일성 장군이 간곡히 념원한 바는 새로운 조선의 땅 위에 찬란하게 개화할 민족 문학예술은, 인민대중이 즐길 수 있고, 인민대중이 창조할 수 있고, 인민대중이 교양 받을 수 있는, 인민자선의 건설과 투쟁과 성장 및 발전이 반영되고, 인민 자신의 생활과 감정이 표현된 철두철미 인민의 리익에 복무하는 문학예술이어야 한다는 일관된 정신이였다. 그러기 위하여서만이 문학예술이 인민대중의 속으로 들어갈 수 있는 물질적 전제조건의 조성으로, 제반 민주개혁의 실시와 문화선전망의 조직과 문맹퇴치를 위시한 제반 계몽사업과 문학가 예술가의 활동의 자유 보장 등이 특히 민족 문학예술의 발전과 련관된 국가적 사회적 시책으로 되였던 것이며, 지식인—작가 예술가들의 의식개변의 수단으로서 맑쓰—레닌주의 학습과 선진 쏘련 문학예술에서의 섭취와 더불어 인민대중 속으로 들어가는 문제들이 제기되였으며, 새 인민의 재능을 육성하는 문제와 문학예술의 기본 성격의 규정 및 그의 당파성의 문제, 창작방법의 문제들이 작가 예술가들 앞에 크게 제기되였던 것이다.

이러한 영명한 지도방침의 정확성이 실증되는데 결코 긴 세월이 필요치 않았다.

싸우는 인민대중의 속으로 들어간 지식인—작가 예술가들은 인민의 말을 배우며 인민의 생활을 연구하며 그들과 함께 투쟁함으로서, 자기들의 의식 가운데 남겨가지고 있는 낡은 일제사상 잔재와 봉건사상 잔재를 급속한 시일 내에 청산할 수 있다는 확신과, 인민의 생활 속에서 전개되고 있는 투쟁 가운데서 새 인물이 새 전형이 새 주인공이 생겨나고 있다는 것과 이것을 반영하고 이것을 그림으로서만이 진정한 사실주의적 방법에 립각할 수 있으며, 방법상 수법상의 자본주의적 영향으로부터 해방될 수 있다는 신념을 안고 공장, 농어촌으로부터 자기 서재에 돌아왔다.

오랜 시일동안 문화와 오락에서 격리되였던 인민 대중 가운데서는 군중문화 운동이 불길처럼 일어났다.

공장과 기업소와 학교들에서 농어촌의 부락들에서 각종 문학예술 써클이 다체하게 일어났으며, 이 가운데서 짓밟히우고 억눌리였던 묻힌 재능들이 계발되기 시작하였다.

인민들 속에서는 문학예술에 대한 치렬한 욕구와 창조적 의욕이 급속하게 장성하였다.

이러한 민족 문학예술의 급속한 장성 발전에 있어 언제나 모범이 된 것은 말할 것도 없이 위대한 쏘련의 선진 문학예술이였다.

수령의 정확하고 구체적인 교시와 간곡한 격려에 고무된 작가 예술가들이 새 정신과 새 방법에 립각한 새 내용을 가진 사상적으로 예술적으로 고상한 작품들을 창조하기 시작한 것은 결코 우연한 일이 아니였다. 그들의 창조적 로력은 인민의 기본적 과업들과 깊이 련결되였으며, 인민의 생활감정과 그들의 투쟁사실의 진실한 반영이였으며, 새 사회의 영광스러운 주인들인 로동자 농민 애국 투사들을 주인공으로 한 것이였다.

우리의 경애하는 수령 김일성 장군의 항일 유격투쟁을 그린 한설야의 「혈로」와 조기천의『백두산』등은 인민의 사랑을 받았으며 인민들을 애국주의와 헌신성으로 교양함에 커다란 역할을 놀았다. 그리고 리기영의『땅』과 리태준의『농토』는 토지개혁의 결과로 여러 세기동안의 억압과 착취와 예속에서 해방된 토지의 주인이오 또 민주조국의 주인인 농민들의 투쟁과 행복된 생활을 그린 작품들이며 한설야의 「탄갱촌」과 조기천의『생의 노래』는 부강한 민주조국 건설을 위한 투쟁의 선봉대인 로동자들의 생산투쟁을 그린 작품들이다. 미제와 리승만 매국도당을 반대하여 조국의 평화적 통일달성을 위한 남반부 인민들의 투쟁을 그린 조기천의 「항쟁의 려수」 림화의『영웅전』등은 역시 인민들은 애국주의와 헌신성으로 교양함에 커다란 역할을 놀았다. 영웅적 쏘베트 군대와 위대한 쏘련에 대한 친선을 그린 조기천의 「우리의 길」 한설야의 「얼굴」 등은 조선의 통일 독립을 위한 투쟁에 있어 필승의 담보로 되는 조쏘 인민간의 영원한 친선감으로 인민을 교육하고 인민대중 속에서 국제주의 정신을 배양하는데 큰 역할을 놀았다.

중앙과 지방과 군대 내에는 극단과 가극단과 협주단과 이동 예술대들이 무수히 생기였다. 각 직장마다 자기들의 직장 예술가들로서 조직된 극단과 합창단들이 발생하고 성장하였다. 김일성 장군께서는 이러한 사실에 근거하여 "해방 후 우리의 음악 연극 무용 등 예술들은 광범한 인민대중 속에 널리 보급되었으며 인민대중 속으로부터 풍부한 인민 재능을 계발시킨 직장 예술들이 발생되였습니다"라고 하시여 이 직장 예술에 거대한 의의를 부여하였다.

그들은 모두 민족적 전통에 립각한 고상한 애국주의적 내용을 가진 예술들을 창조 상연하였으며, 즐거움 속에서 배양되는 도덕적 품성과 예술적 감상력은 인민대중 속에서 그들을 새로운 인간으로 교양하는데 막대한 역할을 놀았다. 이들 속에서 새로운 재능은 계발되고 발전하였으며 이 자라나는 재능들에 의하여 작가와 예술가들의 집단은 나날이 그 성원을 확대 강화하였다.

이들이 창조한 문학예술은 자국 내 인민에서뿐 아니라 선진 우방 국가 인민들 속에서 높이 평가되였으며 제 인민간의 친선과 문화교류에 막대한 기여를 하였다. 一九五O년 쏘련을 방문 순회한 방쏘 예술단은 가는 곳마다에서 큰 성공을 거두었으며, 이들의 공연을 관람한 쏘련 인민들은, 그 경이적인 발전과 고도의 예술적 기량과 창조적 내용의 고상한 도덕성에 크게 감탄하였다. 一九五一년 가랄한 전쟁의 환경 속에서 벨르린과 구라파의 제 민주주의 국가와 쏘련 및 중국에 파견된 두개의 조선 인민예술단들이 거둔 성공은 결코 우연한 일이 아니었다. 그렇기 때문에 조선의 민족 문학과 예술을 친히 지도하시고 길러내신 김일성 장군께서는 "우리 인민들은 단지 로력 할 줄만 아는 것이 아니라 우리 인민들은 로력에 있어서나 예술에 있어서도 창조적 지력을 발휘하고 있습니다"라 하시였고, "우리는 쏘베트 군대에 의하여 일본 침략자들이 조선으로부터 구축된 후 지여진 자유 발전의 조건하에서 문학예술 부문에 있어서 적지 않은 성과들을 쟁취하였다는 것을 기탄없이 말할 수 있습니다"라고 말씀하신 것이다.

3

미제국주의 침략 군대를 반대하여 조국의 독립과 자유를 고수하기 위한 정의의 조국 해방전쟁이 개시되자 김일성 장군은 조선의 문학예술 앞에 일찌기 없었던 중대한 과업을 제시하시였다. "우리 작가 예술가들은 인간 정신의 기사로서 자기들의 작품에 우리 인민이 갖고 있는 숭고한 애국심과 견결한 투지와 종국적인 승리를 위한 철석같은 결의와 신심을 가장 뚜렷하게 표현할 뿐만 아니라 자기들의 작품이 싸우는 우리 인민의 수중에서 가장 강력하고도 예리한 무기가 되게 하며 전체 인민을 최후의 승리로 고무 추동시켜야 하겠습니다"라 하시여 병마공총한 가운데서도 전후 세 차례 이상에 걸쳐 친히 작가 예술가들을 접견하시고 교시와 격려의 말씀을 주신 것이다.

전쟁이 개시될 직후 一九五〇년 七월 김일성장군은 포학하고 강대한 적의 침공으로부터 조국의 영예와 독립을 고수하기 위하여 작가 예술가들은 이 전쟁과 관련하여 무엇을 할 것인가에 대하여 다음과 같이 말씀 하시었다. "무엇보다도 중요한 것은 이 전쟁이 정의의 전쟁이라는 것을 보여주는 일이며 이 전쟁에서 발휘되고 있는 조선 인민들의 영웅성을 보여주는 일이며 특히 작가들이 이 전쟁을 방관하고 있을 것이 아니라 직접 전투 대렬 속에 나서서 싸우는 일이다"라고 말씀하시었다.

일찌기 인민대중 가운데 들어가 인민에게서 배우며 인민과 더불어 싸우는데 의하여서만 진정한 인민의 문학예술이 창조될 수 있다고 가르치신 김일성 장군은 이 전쟁이 정의의 전쟁이며 이 전쟁행정에서 조선인민이 얼마나 영웅적으로 싸우고 있는가를 형상화하기 위하여는 싸우는 전투대렬 속에 작가 예술가들이 적극 참가하는데서만 가능하다고 가르치신 것이다.

전체 작가 예술가들은 '모든 것을 전선으로', '모든 것을 전쟁의 승리를 위하여'라는 구호 밑에 수령이 주신 교시를 실천에 옮기기 위하여 五〇명에 이르는 다수 작가들이 전선에 종군하였으며, 소 편대로 나누인 수백 명의 예술가들이 전선 공연에 출동하였으며, 서울에서는 수많은 작가 예술가들이 직접 총을 메고 의용군으로 전선에 나섰다. 이들은 자기들이 눈으로 보고 몸소 체험한 바를 형상화하여 전체 인민들에게 전쟁의 정의적 성격과 조선인민의 영웅성을 보여 주었을 뿐 아니라 전선에서의 예술 공연으로서 싸우는 전사들을 고무하였고, 의용군으로 나간 수다한 작가 예술가들은 군무자로서 화첩에서 복무하고 있다.

두 번째 격려의 말씀은 一九五一년 六월 三〇일부로 신문지상에 발표된 바, 일시적 후퇴에서 돌아온 전국의 작가 예술가들이 남북으로 나누어져 있던 자기들의 단체를 통합하고 유사 이래 처음으로 강력한 단결이 이루어졌을 때 주신 교시로서, 이 말씀 가운데서 김일성 장군은 작가 예술가들 앞에 그 어느 때보다도 무거운 사명을 제시하였고 창조상 구체적인 중요 과업들을 제기하였다.

조선인민이 받고 있는 가혹한 시련과 조선의 새로운 문학예술이 五년이 넘는 기간을 자기의 성장과 진정한 발전의 력사로서 가지고 있다는 조건과 상응하여, 격려의 말씀은 또한 엄격한 비판 정신에 립각한 것이였다.

"우리 조선 작가 예술가들은 과거 해방 五년간 또는 전쟁기간을 통하여 조선 력사에 있어 보지 못한 빛나는 업적을 세웠습니다"라 하신 뒤, "그러나 아직도 우리 작가 예술가들은 조국과 인민이 요구하는 그러한 창조적 성과는 올리지 못하였습니다"라 하시여 우리 창조사업이 가지고 있는 결함들에 대하여 낱낱이 지적하시였다.

"아직도 우리 작가 예술가들은 인민의 사상 감정 및 그의 사업을 높은 예술적 경지에서 표현하지 못하였으며 현실을 앞서 나가면서 우리 인민이 나갈 바 방향을 가르칠 대신에, 현실에서 뒤떨어질 뿐만 아니라 현실 그 자체를 작품에 예술화하지 못합니다. 아직도 작가 예술가들은 새로운 생활을 창조하는 인간을 명확하게 가장 높은 형상성과 예술성을 가지고 묘사하지 못하였으며 생활에서 교과서가 되여야 하는 예술작품의 역할을 제고시키지 못하였습니다. 아직도 우리 작가 예술가들은 인민 생활의 각부면을 통하여 인민의 창조적 로력과 투쟁을 잘 묘사하지 못하였고 낡은 것에 대한 비판과 증오심, 새 것에 대한 애호심과 동경심을 잘 표현하지 못하였습니다.

조국 전쟁 기간을 통하여 우리 작가 예술가들은 많은 문학예술작품을 창작하였으나 그 사상적 내용으로나 그 예술성으로 보아 우리 영웅적 인민이 응당히 가져야 될 고상한 예술 작품을 창작하지 못하였습니다."

이러한 기본적 결함의 지적으로부터 출발하여 이 력사적인 격려의 말씀가운데서 김일성 장군은 창조상의 당면한 중요 과업으로 조선 인민의 애국심과 긍지와 자부심을 표현할 것과 인민군대의 영웅성과, 공화국 영웅을 묘사할 것과, 후방 인민의 로력적 투쟁과, 적 강점시기의 영웅적 투쟁을 형상화 할 것과, 원쑤에 대한 조선 인민의 참을 길 없는 증오심을 형상화할 것과 조쏘 조중을 위시한 제 민주국가 인민간의 국제적 단결과 친선감을 표현할 것 등 과업들을 제기하시였던 것이다.

"실로 우리 조선인민은 유구한 력사를 통하여 오늘날 우리들이 진행하고 있는 위대한 조국 해방전쟁시기에서처럼 숭고한 애국심을 발휘한 때는 없었습니다. 전선에서와 후방에서 도시에서와 마을에서 우리 인민은 그 어느 때는 상상조차 할 수 없던 고귀한 긍지의 애국심을 발휘하고 있습니다. 이 사실은 우리 인민이 그 어느 때 보다도 자기의 력사적 사명과 자기 조국의 운명에 대한 인식이 고도로 앙양되고 있다는 것을 명시하는 것입니다."

애국심과 자부심의 표현에 있어 추상성과 협소한 민족적 국한성을 경계하고 자기 조국의 과거, 민족이 가지는 우수한 전통, 아름다운 풍습, 문화 및 자기 향토와 력사에 대한 극진한 사랑에 립각할 것을 권고하면서 특히 국제주의 정신의 체현을 강조하시였다. 이러한 모든 말씀들은 애국주의와 민족적 자부심의 형상화에 있어 제기되는 가지가지 문제들을 해명하는 창조적 및 문예학적 실천상 획기적인 의의를 가지는 것이다.

또한 원쑤에 대한 증오심의 형상화를 중요한 과업으로 제시함으로써 원쑤에 대한 철저한 증오 없이 조국에 대한 극진한 사랑이 있을 수 없음을 가르치시였다.

끝으로 쏘련인민과 중국인민 및 민주주의 제국가 인민들간의 친선을 형상화함으로써 "침략자들과 전쟁 방화자들에게는 엄중한 경고와 공포로 되게 하며 세계 평화 애호 인민들에게는 고귀한 정열과 친선의 노래로써, 자유와 행복을 위한 인민들의 노래로써, 만민이 부르도록 하여야 하겠습니다"라 하시여 이 테—마의 중요성을 강조하시였다.

이러한 창조상 기본 과업들을 제시하면서 격려의 말씀은 일관한 정신으로 작품의 대상이 다름 아닌 인민 대중이오, 문학예술이 승리에 대한 자선심으로 교양주고 종국적 승리를 위한 투쟁에로 고무 격려할 대상은 다름 아닌 인민과 그의 아들인 인민군대라는 것을 강조하시였다.

"우리 작가들은 언제든지 자기들의 작품이 인민의 수중에 들어간다는 것을 잊어서는 안 되며 또한 인민은 예술 작품을 대할 때, 낮잠 대신에 심심풀이로 읽으려고 하는 것이 아니라 지식과 투쟁 의욕을 얻으며 자기의 창조 사업에서와 원쑤와의 투쟁에서 리용할 강력한 무기를 얻자고 읽는다는 사실, 오늘날 우리 인민이 갖고 있는 그 엄연한 사실을 망각하여서는 안 되겠습니다."

우리 문학예술의 고상한 교육적 의의를 강조하면서 인민성의 체현에 극력류의 하고 우리 선조들이 오랫동안 대대손손이 지니여 내려온 인민고전의 계승에 있어 일정한 원칙을 제시하시였다.

또한 자연주의 잔재를 청산하고 꼬스모뽀리찌즘과 형식주의와의 투쟁을 강화하고, 끝으로 자기비판과 호상 비판의 강화만이 문학예술 발전의 담보가 된다는 것을 명시하시면서 작가 예술가들의 자체교양에 큰 의의를 부여하시였다.

六월 三○일부 격려의 말씀이 주로 창조상으로 제기되는 중요 과업들에 대하여 말씀하였다면 동년 一二월 一二일 벨르린 청년 평화 축전에 참가하였다가 쏘련을 위시한 구라파 제민주국가의 방문공연을 마치고 귀국한 예술단들과의 접견석상에서 주신 연설 말씀은 민족 문학예술이 당면한 전반적이오 총괄적인 프로구람이라 하여 마땅하다. 여기에서 김일성 장군은 해방 五년동안에 우리 문학예술이 거둔 성과의 기본적인 부면에 대하여 말씀하였으며, 예술단이 거둔 성공의 의의가 형제적 친선에 있어서나 문화교류에 있어서나 조국의 현실을 널리 국외에 선전한 점에 있어서나 지극히 크다는 것을 념두에 두시면서, 민족 문학예술의 당면한 기본 강령들로 전체 작가 예술가들을 격려 고무하시였다.

우리 민족 문학예술의 기본 성격의 규정, 인민성의 체현문제, 고전 계승과 그 발전문제, 창작 방법문제, 선진문화 섭취문제, 형식주의와의 투쟁문제, 신인 육성문제, 정치적 예술적 수준 제고문제, 자체 교양 문제 등 문학예술 발전상 기본 문제들이 명시되여 있다.

"우리의 새로운 민주주의적 예술은 반드시 깊은 사상성을 가져야 하며 인민에게 투쟁적 무기로 복무하여야 하겠습니다. 예술성으로 더욱 강하여진 고상한 사상성, 이것은 어떤 예술 작품을 평가함에 있어서든지 유일하고 정당한 범주입니다."

"당신들에게는 우리의 예술을 새롭고 높은 수준으로 향상시키면서 배우고 노력하며 창작할 한 가지 임무가 남아있습니다."

이렇게 우리 경애하는 수령께서는 극진한 애정으로 충만 된 교시의 말씀으로 전체 작가 예술가들을 고무 격려하시었다.

이러한 수령의 교시와 격려에 근거하여 전쟁 기간 중 조선의 작가 예술가들은 가렬한 전쟁환경 속에서 모든 애로와 난관을 극복하며 자기의 창조적 활동에 모든 정력과 기량을 기우렸다. 조기천의 「조선은 싸운다」, 「조선의 어머니」, 림화의 「너 어느곳에 있느냐」, 한설야의 「승냥이」, 리태준의 「누가 굴복하는가 보자」 등은 싸우는 조선 문학이 거둔 성과 중 가장 인민의 사랑을 받은 작품들이며, 최승희의 <조선의 어머니>, 윤용규의 <소년 빨찌산> 등 무용과 영화는 국내 국외에서 조선 인민의 영용한 투쟁모습을 널리 소개하여 커다란 감명을 주었다.

이에 대하여 최고 인민회의 상임 위원회는 량차에 걸쳐 조국 해방 전쟁 과정에서 조선의 민족 문학예술 발전에 특출한 공훈을 세운 작가 예술가들에게 훈장 및 메달을 수여하였다. 一九五一년 四월 二四일 백여 명에 달하는 작가 예술가, 그리고 동 一二월 一二월에는 八〇여 명의 예술가들이 영예의 국기 훈장 로력훈장 및 군공메달 공로메달들을 수여받았다. 조선의 문학예술은 수령이 기대하신바 인민의 수중에서 예리한 무기의 역할을 더욱 높은 단계에서 놀게 되었다.

4

우리나라에 있어 문학예술은 유사 이래 처음으로 사람들의 의식을 조직하는 힘으로 되였으며 새로운 생활의 창조자로 되였다. 오늘날처럼 우리 문학예술이 고상한 도덕적 품성을 그의 내용으로 가져본 적은 일찌기 우리 력사에서는 찾아볼 수 없다. 그것은 조선 인민의 창조적 로력의 미를, 조국에 대한 애국심과 영웅주의와 수령에 대한 헌신성과 충성을 표현하고 있다. 그것은 인민 대중의 성스러운 생활과 발전의 진실한 묘사로 되였다. 그것은 수백만 인민 대중의 교양의 도구로 되였다. 원쑤를 물리치고 자기의 자유와 독립과 영예를 수호하는 전쟁 과정에서 인민의 승리와 신심의 고무자로 되였다. 그것은 인민의 수중에서 예리한 무기로 되고 있는 것이다.

우리나라에 있어 이러한 민족 문학예술 발전의 가능성을 만들어 준 것은 위대한 쓰딸린이 령도하는 영웅적 쏘베트 무력과 그 인민들이였다. 그의 해방적 무력의 승리로 말미암아 조선 인민은 일제의 기반에서 일제의 야만적 문화 말살정책과 우민화 정책에서 해방되였으며, 쏘련인민의 사심 없는 원조와 모범에 의하여 비로소 조선 인민은 자기 문학예술 발전의 창조적 시대를 마지 할 수 있는 가능성을 가진 것이다. 이 가능성을 현실로 만든 문학적 예술적 위업의 조직자이오 고무자는 김일성 장군이시다.

문학예술의 뿌르죠아적 자연 성장 발전의 리론은 우리나라에서 김일성 장군의 조직력과 고무력에 의하여 완전히 타도되였다. 인민정권만이 그리고 그의 령도자에 의하여 제시되고 결정된 민족 문학예술에 대한 국가적인 현명한 시책만이, 장구한 시일 동안의 일제 식민지 통치의 해독과 문화적 락후성을 극복하고 五년이라는 단시일에 인민의 문학예술로 눈부신 발전을 가져올 수 있다는 것을 증명하였다. 영명한 수령의 정확한 지도와 세심하고 애정에 찬 배려는 인민 대중들로 하여금 문화를 즐길 수 있게 하고 그 속에서 계발된 무수한 새 재능이 단시일에 성장 발전하여 국제무대에까지 진출할 수 있다는 것을 증명하였다.

오랫동안 빛을 보이지 못하였고 반세기동안 악독한 일제의 노예 정책으로 말살의 운명에 처하였던 우리 민족의 인민적 고전은 김일성 장군의 교시와 배려로 비로소 햇빛을 쏘이기 시작했으며 계승 발전의 옳은 길로 들어섰다. 우리 선조가 생활 속에서 창조한 오랜 전통을 지닌 민족적 고전은 이제 우리들의 인민적 재산으로 되고 있는 것이다.

우리나라에서는 민족 문학예술 발전에 관한 어느 하나의 문제도 김일성장군의 이름과 관련되지 않은 것이 없다. 전체 작가 예술가들은 수령의 교시와 격려에 고무되어 모든 것을 전쟁의 종국적 승리를 위하여, 자기들의 창조적 실천이 제기하는 일체의 문제를 인민적 립장에서 해결하며 만난을 극복하고 자기 과업을 완수하기 위하여 싸우고 있다. 그리고 이 투쟁에서 조선의 민족 문학예술은 앞으로 더욱 큰 승리를 쟁취할 것이다.

五二, 四
≪조선문학≫, 1952.7

로동 계급의 형상과
미학상의 몇 가지 문제

엄호석

우리 당 중앙 위원회 제六차 전원회의에서 진술한 김일성 원수의 보고 "정신 협정 체결과 관련하여 전후 인민 경제 복구 발전을 위한 투쟁과 당의 금후 임무"와 그에 대한 결론 "모든 것은 전후 인민 경제 복구 발전을 위하여"는 정치 경제 분야뿐만 아니라 문학 창작 분야에 있어서도 거대한 의의를 가진다. 그것은 이 보고와 결론 가운데는 우리 문학의 금후 창작 방향과 강령이 완전무결하게 명시되어 있기 때문이다.

이와 관련하여 전후 인민 경제의 방대한 복구 발전 사업은 우리나라의 장래 발전에 있어서 뿐 아니라 우리 문학의 금후 발전에 있어서도 새로운 단계를 열어 놓았다. 이 전인민적 위업이 우리 작가들 앞에 이루 펴 낼 수 없는 다양한 소재 세계의 넓은 문을 열어 놓았다는 한 가지 사실만으로도 그렇게 말할 수 있다. 이 소재 세계의 다양 풍부성은 다만 작가들의 창작 령역이 확장되고 또 예술적 묘사의 대상이 풍부하게 전개되어 작가들의 창조적 시야가 넓어졌다는 거기에만 그 의의가 있는 것이 아니다.

전후 인민 경제 복구 발전이 작가들에게 약속하는 소재 세계 가운데는 우리 문학의 예술적 질을 금후 높은 수준으로 끌어 올릴 수 있는 온갖 조건들과 계기들이 한없이 많으며 작가들이 자기 창작 속에 리용할 열의와 그에 해당한 노력만 들인다면 탁월한 작품을 쓸만한 그런 미학적 요소들로 충만되어 있다는 거기에, 보다 더 큰 의의가 있다. 거기에는 다양한 쟝르, 주제 슈제트뿐 아니라 인간 전형의 다채로운 화랑이 펼쳐져 있으며 극적 갈등과 시적 정서, 사실주의적 묘사를 위한 서사시적 장면과 혁명적 랑만주의 기타 가치 있는 모든 미학적 요소들과 가능성들이 형상화를 요구하면서 작가들의 붓을 기다리고 있다.

그러나 이 훌륭한 소재 세계의 어떠한 현상과 대상도 그것이 문학의 토양 위에 직공의 손으로 이식되어서만은 그 손이 아무리 주의 깊고 정교하다 하드라도 작품 속에서 예술로 피여 날 수는 없다. 우리는 조국 해방 전쟁 시기의 부분적 작품들이 실지의 사건을 추구하면서 그것을 그대로 정교한 직공의 손으로 작품에 옮겨 놓은 기록주의적 비속화의 경향으로 말미암아 번번히 비판을 받은 경험을 가지고 있다. 기록주의는 사실주의적 미학의 견지에서 볼 때 예술적 일반화의 원쑤로 되며 현상의 본질과 생활의 진실을 외곡하는데로 나아간다.

훌륭한 소재는 그것이 아무리 작가의 심미감을 만족시키며 그 외 관찰의 눈을 매혹할 만큼, 그런 극적 요소와 랑만적 정서를 내포하고 있는 경우에도 작가의 예술적 일반화를 위한 창작 과정을 통함이 없이는, 고안과 과정의 예술적 수단으로써 가공하며 재구성함이 없이는 예술적 형상으로 창조될 수 없다. 예술적 작품은 실지의 소재를 정교한 직공의 손으로 문학적 토양 위에 기계적으로 이식하여서가 아니라 생활에서 령감을 받으며 사색하는 작가의 넋으로서 의식적으로 전형적 형상 속에 일반화됨으로서만이 창작될 수 있다.

전후 인민경제 복구 발전의 거대한 창조적 무대에 나선 우리 작가들에게 무엇보다 중요하게 제기되는 임무는 전적으로 이 전인민적 위업을 어떻게 하면 생동 발랄한 완전한 예술적 형식 속에 묘사하는가 하는 거기에 있다. 그러기 위하여 어떠한 미학적 과제들이 자기 앞에 제기되는가에 주

목을 돌리고 그것을 연구하고 해결하는 데로부터 모든 것을 시작하여야
할 것이다.

<h1 style="text-align:center">1</h1>

우리의 견해에 의하면 종래의 우리 문학 평론은 우리 문학 발전 행정에
서 중요하게 제기되였으며 또 제기하여야 할 그런 미학상 문제들에 대하
여 아주 등한시하였으며 창작된 매개 작품의 평가에 있어서도 그것을 맑
쓰—레닌주의 미학의 견지에서 미학적 평가를 내리기보다 많은 경우에 다
만 주제의 의의와 그 사상적 내용의 일반적 주석에 그쳤으며 만일 미학적
평가가 매개 작품에서 시도되는 경우에도 심오한 분석적 태도 대신에 공
인된 개념과 상투적인 구호로 그것을 대치하는 것이 보통이였다.

그러한 문제 가운데 하나가 바로 아름다운 것에 대한 문제이다.

이 문제에 대하여 종래 어느 누구도 구체적으로 분석 해명한 일이 없으
며 우리 시대에 있어서 아름다운 것이란 무엇인가에 대하여 제기한 사람
조차 없었다. 다만 작품의 분석에 있어서 우리 주인공들의 성격을 해명하
는 때 "아름다운"이란 말투가 요란스럽게 나오기는 하지만 그것은 주인공
의 성격 속에 내포되여 있는 아름다운 면모를 밝히기 위하여 써지는 과학
적 도구라기보다는 주인공을 외부로부터 인공적으로 미화하기 위하여 골
라낸 찬란한 미사 려구가 아니면 주인공의 성격에 대한 미학적 분석의 무
능력을 호도하기 위한 붓 재간에 지나지 않았다. 그러한 때 이 "아름다운"
이라는 문구는 주인공의 성격 안에 있는 많은 미학적 측면을 무산시키고
그 빈 자리를 메꾸는 완전히 공허한 개념으로 되며 아무도 의의를 제기함
이 없이 받아들이는 그런 공인된 개념으로 되여 있다. 공인된 개념이기 때
문에 쓰기에 무척 무난하고 편리하다. 그러나 문제는 "아름다운"이라는
이 문구가 우리에게 주는 개념이 주인공의 성격을 구성하는데 불가피한
뚜렷한 특징의 하나로 되여 있는 때에 그 아름다운 것에 대하여 해명하지

않고 이 무난하고 편리한 "아름다운"이라는 공소한 문구 속으로 문학가들이 도피하여 버리는데 있다.

이리하여 많은 문학가들은 "아름다운"이라는 문구를 한정 없이 쓰고 있으나 쓰는 자신도 그것을 읽는 독자와 마찬가지로 무엇이 어찌하여 아름다운가에 대하여는 모르고 있으며 의문을 제기하지도 않는다. 바로 공인된 개념이기 때문이다! 그러나 우리의 평론은 생활 내용의 심오한 리해와 분석에 기초하고 있으며 결코 안일한 정서의 부드러운 자리에서 미끌고 있지 않다. 우리의 평론은 과학이며 목가가 아니기 때문이다.

전후 인민 경제 복구 발전에 있어서의 우리 문학에 등장될 로동 계급의 형상을 모사하며 또 그것을 우리 문학 평론에서 미학적으로 해명함에 있어서 아름다운 것에 대한 문제는 아주 중요한 의의를 가진다.

전후 복구 발전에 나선 작가가 만일 우리 로동자들의 투쟁과 생활, 그 도덕적 품성과 내부 정신 속에서 아름다운 것의 특징을 감각하고 거기에 감동되지 못할 때 그는 그들을 아직 완전히 알았다고 할 수 없으며 자기 작품의 주인공으로 성실한 사랑을 가지고 그릴 수도 없으며 자기 재능을 깊이 자극하는 어떤 창조적 령감을 받지도 못할 것은 명백한 일이다. 이러한 성실한 사랑과 창조적 령감이 없이 만일 작가가 '의무적'으로 작품을 쓴다면 그 작품은 반드시 예술적으로 가치가 없으며 따라서 독자들에게 아무런 감동도 주지 못하는 무미건조한 것으로 될 것도 또한 명백하다. 왜 그런가 하면 작가가 느끼지 못한 것은 독자가 작품 속에서 느낄 수가 없기 때문이다.

우리 문학은 인민 경제 복구 발전을 묘사한 경험을 과거에 가지고 있다. 해방 후 전쟁 직전까지의 평화적 건설시기의 우리 문학이 주로 이에 해당된다. 그리고 이 시기에 인민 경제 복구 발전에서 취재하고 우리 로동 계급의 형상을 묘사한 적지 않은 문학작품이 창작되였음을 우리는 잘 알고 있다. 그럼에도 불구하고 솔직히 말하여 전후 인민 경제 복구 발전에 대한 창작 사업을 위하여 우수한 경험을 우리에게 제공하여 줄만한 작품이 얼마 있겠는가가 매우 의심스러울 만큼 그 대부분이 우리의 기억으로부터 멀어지고 있다. 이 사실은 당시의 작품의 예술적 성과가 불만족하다는 것을 의미하며 그 속에 묘사된 로동 계급의 형상들이 무엇보다 독자들의 머리를 오래 지배할 수 있는 깊은 감동적 인상 속에서 구성되여 있지 못하였다는 것을 또한 의미한다. 다시 말하면 로동 계급의 형상을 아름다운 성격으로 미학적 견지에서 구성하지 못한데 그 당시의 작품들의 예술적 성과가 부족한 큰 원인의 하나가 있다. 왜 그런가 하면 한 작품의 내용이 독자들의 머리 속에 오래도록 고착되는 것은 그 속에 묘사된 주인공의 성격 때문이며 그 성격이 긍적적인 것일 때 무엇보다 거기에서 아름다운 것에 대한 특이한 리상을 독자들이 발견하고 감동하기 때문이다.

아무리 탁월한 사상도 그에 해당한 완전한 예술적 형식 속에 형상화되지 않고서는 문학의 내용을 이룰 수는 없다. 그리고 완전한 예술적 형식 속에 묘사되지 않은 어떠한 탁월한 사상도 문학 작품 속에서 독자들을 붙잡을 수는 없다. 완전한 예술적 형식, 그것은 예술의 특성에 의하여 개성 속에 체화된 어떤 아름다운 것을 자체 속에 불가피적으로 내포하지 않을 수 없다. 그러기 때문에 탁월한 사상, 생활의 진리를 문학 작품을 통하여 인민에게 교양하기 위하여서는 해당한 작품의 주인공의 성격이 무엇보다 아름다운 것에 대한 독자들의 심미감을 만족시킬 것이 요구된다. 이것은 독자들의 증오감을 자아내도록 묘사된 부정적 인물에 대하여도 해당된다. 왜 그런가 하면 부정적 인물을 미워하는 것은 독자가 그 반면에 아름다운 것에 대한 높은 리상을 가지고 있기 때문이다. 무엇인가 사랑하지 않으면서 무엇인가를 미워한다는 것은 있을 수 없다. 인민을 선진 사상으로 교양하며 온갖 반동적 사상의 영향과 유혹으로부터 방지함에 있어서 문학 작품은 독자들로 하여금 그 선진 사상을 긍정하도록 설득하면서 위선 그것을 사랑하게 하며 그 반동적 사상을 반대하도록 설득하여 그것을 미워하게 한다. 문학의 예술적 특성도 바로 이 점에 있다. 바로 이러한 견지에서 아름다운 것에 대한 문제는 작가들의 협소한 예술적 취미의 문제가 아니라 정치적 문제이며 당적인 문제로 된다.

그러기 때문에 우리 시대에 있어서 아름다운 것이란 무엇인가 하는 문제는 구명되여야 할 중요한 문제이며 매개 작가들이 채득하지 않고서는 자기 창작의 예술적 성과를 보장받지 못하는 그런 절실한 문제다. 이 문제의 멸시는 곧 예술의 부정인 동시 생활 속에서 아름다운 것을 더 잘 감각할 줄 아는 예술가의 재능의 부정이며 인민의 훌륭한 교사로서의 작가적 자격의 부정으로 된다.

그러나 문제는 이 문제가 우리 문학에서 아직 전혀 구명되지도 제기되지도 않은 새로운 것이라는 거기에만 있는 것이 아니라 미학 리론에 있어서도 가장 많은 혼란과 론의를 일으키고 있는 복잡한 문제 가운데 하나라는 바로 거기에 있다.

미학 리론의 전 력사를 통하여 고대로부터 벌써 아름다운 것에 대한 무제는 모든 철학자들의 관심사로 되였음에도 불구하고 항상 애매하고 붙잡을 수 없는 신비로운 것으로 남아왔다. 이러한 사태를 마치 총화나 하듯이 플라톤은 "아름다운 것 그것은 어려운 것"이라고 인정하면서 이 문제를 포기하지 않을 수 없었다.

유물론과 관념론과의 투쟁은 아름다운 것에 대한 문제를 둘러싸고 예리하게 벌어진 투쟁이기도 하다. 그러나 이 투쟁 과정에서 제기된 어떠한 해명도 이 문제에 대하여 완전한 해결을 지여주지는 못했다. 플라톤으로부터 칸트, 셸링, 헤겔에 이르기까지의 모든 관념론적 미학자들이 제기한 리론들은 그 철학 전체가 그러한 것처럼 본질에 있어서 반동적이다. 그들은 아름다운 것을 현실 속에서 보는 것이 아니라 "신의 원리"나 "절대 리념"의 발현 혹은 우리 인간으로서는 인식할 수 없으며 어떠한 리해 관계나 애정도 일으키지 않는 그 어떤 순수한 형식으로서 설명하였다.

이와 반면에 비속한 유물론적 미학자들도 과거에 자기의 철학적 토대의 제한성으로 말미암아 이 '신비로운'문제의 완전한 해결에 도달하지 못하였다. 그들은 아름다운 것을 다만 조화, 균제, 다양성의 통일 등 물질적 대상의 특성으로서 설명하려고 한데 그쳤다. 바로 이러한 사정으로 말미암아 헤겔의 반동적 견해가 널리 전파되였으며 문학에 있어서의 반사실주의적 모든 사조들에 그 리론적 근거를 주게 되었다.

'예술을 위한 예술'의 지지자들과 형식주의의 예술 도배들은 아름다운 것을 순수한 감각적 요소들의 결합 속에서 찾으며 색채, 음향, 선 등의 이러저러한 결합 형태로써 아름다운 것을 조작하며 그것만으로써 예술이 가능하다고 주장하면서 문학에 있어서의 사상적 내용과 그의 이데올로기적 역할을 반대하여 나섰다. 해방 전 형식주의 시인의 한사람인 정지용은 「따리야」라는 자기 시에서 형식주의의 극악한 모범을 남겨 놓았다. 그는 다음과 같이 썼다.

물오리 떠돌아 다니는
흰 못물 같은 하늘 밑에
함박 피여 나온 따리야
피다 못해 터져 나온 따리야

보다 싶이 이 시는 시인의 부질 없은 환각을 모아 놓은데 지나지 않으며 여기에서 인간의 생활을 련상시키는 그 어떠한 상징이나 비유조차 찾아볼 도리가 없는 단순한 감각의 장란으로 바께 되여 있지 않다. 이와 같이 하여 형식주의자들은 순수한 형식으로 생활의 진실한 반영인 사실주의를 반대함으로써 청년들을 생활에 대한 관심으로부터 떼내여 무사상과 무능력 속으로 끌고 들어갈 것을 자기 임무로 하고 있다.

형식주의 미학자들과 예술가들이 아름다운 것을 생활에서 찾지 않고 순수 형식 속에서 찾을 때 로씨아 혁명적 민주주의자 체르늬쉐브쓰끼는 "아름다운 것 그것은 생활"이라고 부르짖고 나옴으로써 관념론적 반동적 미학자들의 모든 공담에 종말을 짓게 하였다. 모든 반동적 미학자들이 생활을 초월한 그 어떤 허무 속에서 아름다운 것을 찾았다면 그것은 그들이 몰락하는 반동적 계급의 립장에 서서 생활에 대하여 신념을 잃은 까닭이다. 몰락하는 계급의 미학자나 예술가들에게 아름다운 생활과 미래란 있을 수 없으며 그들을 둘러싼 현존 생활도 또한 그들에게 있어서 아름다운 것을 찾아내기에는 너무나 추악한 것만이 지배하였다.

추악한 것이 지배하는 사회에서 아름다운 것이란 다만 이 추악한 것을 제거하기 위하여 그것의 근원으로 되는 낡은 제도를 반대하며 아름다운 것이 지배하는 새 제도를 거기에 대립시켜 싸우는 인민들의 투쟁일 뿐이다.

『춘향전』의 작가가 『춘향전』을 쓰게 된 동기는 리조 봉건 사회의 부패한 통치 계급을 개선하기 위하여 통치계급의 생활에서 벌어지는 모든 추악하고 허위적인 것들을 비판하는데 있었다는 것은 더 말할 것도 없다. 그러나 『춘향전』자체가 우리에게 보여주는 바와 같은 그런 심오한 사실주의적 통찰력은 이 작자로 하여금 자기 개인의 봉건적 세계관으로부터 벗어 나와 인민의 립장에서는 데로까지 나아가게 하였다.

『춘향전』의 작자와 리몽룡은 자기 계급의 추악하고 허위적인 모든 것을 증오하면서 그에 대립되는 아름다운 것의 리상을 인민들의 생활과 량반 통치에 항거하는 그들의 투쟁 속에서 보았다는 것은 당연한 일이다. 동시에 인민들의 생활 속에 실지 있는 아름다운 것과 도덕적으로 우월한 모든 것을 성춘향의 형상 속에 인격화하면서 춘향전의 원작자와 그 후 창극 속에서 개작을 거듭한 광대들이 그를 무엇보다 아름다운 것에 대한 리상의 상징으로 묘사하였다는 것은 우연한 일이 아니다. 성춘향의 형상 속에 체현된 아름다운 것의 리상 바로 이것이 리몽룡으로 하여금 자기가 태여나고 교양 받은 바로 그 환경인 량반통치 제도와 충돌케 하였으며 인민과 그 투쟁의 편에 서서 량반 통치의 화신인 변학도와 같은 탐관오리들을 징벌케 하였다.

『춘향전』의 작자와 창극으로 실연하면서 많은 것을 보충한 광대들이 이 작품을 창작 실연한 것은 추악한 것이 지배하던 리조 봉건 사회 속에서였다. 그러기 때문에 생활이 아름다운 것이라는 우리의 개념은 모든 생활 즉 생활 일반이 아름다운 것이 아니라 아름다운 것이 지배하는 생활과 또는 그것을 위하여 싸우는 인민들의 투쟁, 그리고 아름다운 것에 대한 인민들의 리상과 그 실현을 위하여 투쟁하는 인민들의 고상한 풍모가 아름답다는 것으로서 보충되여야 한다.『춘향전』은 추악한 것에 대한 인민들의 아름다운 것의 리상의 표현으로 되며 추악한 것에 대한 증오의 상징으로 된다.

2

아름다운 것과 추악한 것과의 투쟁 그것은 불가피적으로 새 것과 낡은 것과의 투쟁을 의미한다. 왜 그런가 하면 새 것은 아름다운 형태로 낡은 것은 추악한 형태로 나타나기 때문이다.

맑쓰─레닌주의는 생활 속에는 항상 새 것과 낡은 것과의 투쟁이 진행되고 있음을 우리에게 가르치고 있다. 생활을 그 혁명적 발전 속에서 묘사할 것을 요구하는 사회주의 레알리즘 문학에 있어서 그 기본 임무의 하나는 새 것과 낡은 것과의 투쟁을 반영함에 있다. 그것은 생활의 혁명적 발전은 새 것과 낡은 것과의 투쟁 속에 항상 나타나기 때문이다. 우리 문학은 생활 속에서 중요한 모순과 갈등으로부터 외면할 것이 아니라 그것을 탐구하며 묘사할 것이 요구된다.

그러나 문학의 예술적 특성은 생활에 대한 우리의 태도 속에 생활에 대한 미학적 태도로 포함시킬 것을 요구한다. 이것은 생활 속에서 벌어지는 새 것과 낡은 것과의 투쟁을 다만 신진적인 것과 반동적인 것 도덕적인 것과 비도덕적인 것, 진실한 것과 허위적인 것, 찬연한 것과 부패한 것 등 다시 말하면 아름다운 것과 추악한 것과의 투쟁으로서 묘사하여야 한다는 것을 의미한다. 아름다운 것과 추악한 것과의 투쟁은 새 것과 낡은 것과의 투쟁이 그러한 것과 마찬가지로 생활의 객관적 법칙으로 된다.

『춘향전』이 가지고 있는 아르다운 것과 추악한 것은 오늘에 와서 우리 시대에도 타당하다. 우리 사회에 변학도와 같은 부정적 관료배가 없다고 누구도 말할 수 없다. 오늘의 탐오 랑비 분자들과『춘향』시대의 량반 관료와의 사이에서 인민의 리익을 배반하는 그 본질에 있어서 아무러한 차이도 우리는 발견할 수 없다. 우리 시대에도 고골리나 『춘향전』의 작자가 필요하다.

그러나 생활에서의 아름다운 것 그것은 곧 생활에서의 새 것을 말하며 동시에 모든 낡은 것의 배제를 반면에 예상한다. 체르늬쉐브쓰끼가 "아름다운 것 그 것은 생활"이라고 하였을 때 자기가 그처럼 증오하던 낡은 제도까지를 포함한 모든 생활에 대하여 말한 것이 아니라 있어야 할 생활 새 생활에 대하여서만 말하여 올 것은 더 말할 것도 없다.

우리 생활에 있어서 새 것 그것은 새 사회에 대한 높은 리상과 그 실현을 위하여 전진하는 근로 인민들의 창조적 건설 사업이며 인민 경제를 복구 발전시키며 나아가서는 사회주의의 단계로 우리나라를 앞으로 발전시키고 있는 로동 계급의 찬연한 투쟁이다. 그러기 때문에 우리 생활에 있어서 아름다운 것은 이 모든 투쟁 과정에서 로동 계급의 형상 속에 표현된다. 즉 새 사회를 건설하는 투쟁 속에서 다면적으로 발현되는 새 인간들의 면모와 그 행동 속에서 또는 우리 생활 속에 남아있는 낡은 부르죠아 이데올로기 잔재와 조국을 침해하며 통일 독립을 방해하는 온갖 내외의 원쑤들과의 그들의 적극적 투쟁 속에 우리는 아름다운 것의 특징을 발견한다.

전후 인민 경제 복구 발전은 조국의 통일 독립을 평화적으로 달성하기 위한 튼튼한 민주주의 혁명기지를 구축하며 나아가서는 우리나라를 사회주의 단계로 발전시킬 수 있는 공업 토대를 창조하는 데로 지향 되어 있다. 이에 궐기한 근로 인민들의 로력 투쟁 속에서 새로운 특징의 인민들이 매일 같이 탄생하고 있다. 이 새 인간들은 해방 직후 평화적 건설시기에 보던 로동자들과는 이미 견줄 수 없으리만큼 그 정신적 면모와 도덕적 품성에 있어서 고상하며 월등하다는 것은 더 말할 것도 없다. 우리 로동 계급의 핵심은 三년간의 정의의 전쟁 속에서 정신적으로 더욱 단련되고 발전된 우수한 사람들이며 해방 후 평화적 건설 시기의 로동자들보다 더욱 선진적이며 더욱 새로우며 따라서 더욱 아름다운 사람들이다. 오늘의 우리 로동 계급의 핵심은 우리 시대에 있어서의 가장 선진적인 것과 가장 도덕적인 것을 대표하며 동시에 가장 아름다운 것을 체현하고 있다. 뿐만 아니라 우리 시대에 있어서의 아름다운 것이 오늘의 우리 로동 계급의 핵심 속에서처럼 명확하고 뚜렷하게 또는 군중적으로 발현된 적은 해방 전후를 통하여 그 어느 때에도 없었다.

특히 해방 직후의 복구 건설 시기의 우리 로동 계급은 아직 청소하였으며 공장을 자기 손으로 관리하며 새로운 현대적 기술을 생산에 도입하며 증산 경쟁을 조직하는 등 모든 방면에 있어서 아직 경험이 적었을 뿐 아니라, 아직 로동자들의 의식 속에 가치 있는 창조적 개성이 급속히 발현될만한 그런 지반이 공고하게 발전되지 못했었다.

이러한 시기에 우리의 재능 있는 시인 조기천은 벌써 서정서사시 「생의 노래」에서 해방 후 개변된 새로운 생산 관계가 어떻게 우리 로동자들을 새 생활의 주인공으로 새 사회의 건설을 위한 영웅들로 재생시키는가에 대하여 노래하였다. 새로운 생산 관계 그것은 우리나라의 장래 발전을 위한 무한한 창조의 원천으로 되였으며 사회와 국가와 인간과 가정에 대한 모든 새로운 관계를 발생시키는 토대로 되였을 뿐 아니라 사람들의 머리에서 낡은 개인주의적 의식을 낱낱이 극복하면서 새로운 세계관과 새로운 도덕을 창조하는 조건으로 되였다. 시인 조기천이 「생의 노래」를 창작하면서 견지한 신념은 이것이였다. 그는 무엇보다 새로운 생산 관계에서 탄생하는 새 특징의 인간들에 대하여 이 작품에서 노래하였으며 그것을 적극적으로 지지하면서 반동적이며 락후하며 전진을 방해하는 모든 낡은 것과의 결결한 투쟁을 통하여 그들이 어떻게 성장하여 가는가에 대하여 썼다. 「생의 노래」는 이와 같이 아직도 새로운 생산에 의한 전형적 정황이 확고히 발전되지 않은 그런 시기에 벌써 선진적 로동자 영수의 형상을 통하여 장려할 새 인간의 전형적 형상을 창조하였다는데 그 가치가 있다. 이 사실은 조기천이 작가로서 새 것에 대한 감각이 민감하였음을 말한다. 그의 이러한 새 것에 대한 적극적 지지야말로 그대로 이 작품 속에서 구성

묘사 형상 기타 모든 요소들을 떠받들고 있는 시인의 빠포스로 되어 있다. 이 시를 오늘에 와서 읽드라도 새 것에 대한 독자들의 리상을 만족시키면서 큰 감명으로 고무하는 까닭도 전혀 여기에 있다. 이 작품 속에서는 모든 것이 새 것의 급류에 휩싸여 사람들의 머리에 남아 있는 일제시대의 오물들을 씻어 내리면서 깨끗한 새 인간으로 재생케 한다. 이에 대하여 조기천은 작품 속에서 다음과 같이 쓰고 있다.

> 이야기를 들어 보라
> 솟아 오르는 싹의 이야기
> 붉게 피는 꽃의 이야기
> 고이 맺힌 열매의 이야기—
> 어느 것인들 결사의 싸움에서 이긴
> 새 삶의 내력이 아니랴!

그러나 조기천은 「생의 노래」에서 우리 시대의 가장 새로운 것을 노래하였다는 것과 못지않게 우리 시대의 가장 아름다운 것을 또한 노래하였다고 말하여야 할 것이다. 이것을 리해하는데 충분한 근거는 작품 자체가 제공하고 있다.

「생의 노래」의 주인공들인 영수와 그 동료들은 그 시기에 아직 우리 로동자들 속에 흔치 않은 그런 새 인간형으로 등장하고 있을 뿐 아니라 동시에 가장 아름다운 성격들로 미화되어 있다. 이것은 조기천이 아름다운 것에 대한 예리한 심미감으로서 그 시기에 흔치 않은 우수한 로동자들의 미학적 특징들을 일정한 개성 속에 인격화함으로써 의식적으로 자기의 주인공들을 아름다운 것의 새 전형으로 창조하였다는 것을 말한다.

영수와 그 동료들이 참말로 아름다운 것은 그들이 하는 사업이 무엇보다 아름답기 때문이다. 「생의 노래」는 생산 경쟁을 주제로 하고 있다. 즉 영수와 그 동료들의 사업 그것이 곧 증산을 위한 생산 경쟁으로 되어 있다. 이 생산 경쟁은 전혀 새로운 현상일 뿐 아니라 또한 동시에 가장 아름다운 현상으로 된다. 이 생산 경쟁에 대하여 조기천은 다음과 같이 쓰고 있다.

경쟁은 새로운 로력의
아름다운 모습,
새로운 사람들의
아름다운 륜리―

부강한 조국 창건과 새 사회의 건설을 위한 그들의 로력 자체가 만일 어떤 추악한 것에 근거하였다면 그들이 아름다울 수는 만무한 일이다.

해방과 더불어 생산 관계가 변하였을 뿐 아니라 로력 자체의 성격도 일변하였다. 과거 착취에 근거한 일제시대에 있어서 로력은 고통스럽고 천하고 모든 불행의 원천이었다면 오늘에 와서는 그것이 영광스럽고 영웅적인 일로, 모든 행복의 원천으로 되었다. 만일 이 로력이 영광스럽고 영웅적인 일이며 따라서 즐겁고 아름다운 일이라는 사실이 영수와 그 동료들 자신의 의식 속에 느껴지고 체험되지 않는다면 그들의 성격의 아름다움은 허위적일 수바께 없다. 만일 그들 자신은 자기들의 로력을 아름다운 것으로 느끼지 않고 다만 작가의 개인적 관찰로만 그렇게 보인 것이라면 그가 창작한 작품도 허위적이며 고통스러운 로력을 주관적으로 리상화한 밀레의 <리삭 줍기>나 <만종>과 조금도 다를 수 없는 목가적 화폭으로 바께 되지 않을 것이다. 그러나 영수와 그 동료들은 우리 시대의 로력이 얼마나 가치 있으며 모든 아름다운 것의 원천인가를 체험하고 또 그러한 로력에 복무하는 자기들을 아름다운 것을 스스로 체현한 존재로 느끼고 있으며 그러기 때문에 그들은 정호와 같은 반동적이며 락후한 자들을 추악한 것으로 증오하며 외면하는 것이다. 이 사실은 무엇보다 금순이가 영수에게서 커다란 애착을 느끼는 반면 정호에게 대하여는 어떤 징그러운 물건을 대하듯이 꺼려하는 그런 애정 관계에서도 명백히 들어나고 있다.

이와 같이 조기천은 영수와 그 동료들 그리고 미닌 기사와 당 위원장들의 형상 속에서 무엇보다 아름다운 사람들을 느끼고 그들을 아름답게 미화하는 데 주목을 돌렸다. 그러기 위하여 이 작품에서는 그런 아름다운 성격적 특징을 표현함에 있어서 심지어 주인공들의 사색과 기분이 흔적 찍혀진 자연 풍물들까지 허다하게 리용하면서 그것을 아주 아름답게 묘사하고 있다는 것은 매우 특징적이다.

서정 서사시 「생의 노래」가 보여주는 이 모든 사실들은 우리 생활 속에서 새 것은 자체의 속성에 있어서 동시에 아름다운 것이며 둘은 분리된 두 개의 개념으로 독립할 수 없다는 것을 중시한다. 생활을 진실하게 반영하는 진정한 예술적 문학 작품에 있어서는 생활과 인간에 대한 정치적 평가가 그것에 대한 미학적 평가와 항상 통일 되어 있다. 「생의 노래」의 예술적 진가도 바로 여기에 있다.

3

로력에 대한 긍정적 묘사와 로동 계급에 대한 형상은 사회주의 레알리즘의 발생과 그 시초를 같이 하고 있다. 주지하는 바와 같이 로동 계급의 형상은 사회주의 레알리즘의 정초자인 고리끼에 의하여 비로서 처음 세계 문학의 력사 위에 등장하였다. 그 이전의 모든 부르죠아 문학에 있어서 로력과 로동계급에 대한 묘사는 비 시적이며 비 랑만적인 것으로서 예술의 미학적 대상으로부터 제외되었거나 절망적이며 생활에서 희망을 잃은 그런 허무적인 계급으로 묘사되었다. 조기천은 로력과 로동 계급의 형상에 대한 이러한 부르죠아적 견해에 대하여 「생의 노래」에서 다음과 같이 규탄하면서 자기의 포부를 토로하였다.

예전 시인들은
로동과 땀내를
시가의 죽음이라 하였다.
허나 우리는

『작업량』을 말하련다
『생산 능률』을 웨치련다

최근 인민의 원쑤로 폭로된 미국 간첩 럼화와 그리고, 리태준 김남천 등은 일제시대에 가혹한 박해에도 굴함이 없이 조국의 해방을 위하여 투쟁하는 우리 로동 계급의 혁명적 형상을 아주 절망적인 생활과 희망 없는 투쟁 앞에서 우는 그런 비겁한 허위적 형상으로 대치시킨 작품들을 허다하게 내여 놓았다.

우리 문학의 과거의 력사에서 다만 신경향파와 카프 작가들만이 자기 시대의 로동 계급의 처지와 그 투쟁에 대한 진실한 화폭을 묘사하여 우리 문학에 물려주었다.

신경향파 문학이 발생한 시기인 二〇년대 초두까지 조선 로동 계급은 아직 조직적 력량으로 장성하지 못하였으며 자기의 혁명적 정당을 가지지 못하였다. 그러기 때문에 이 시기의 로동 계급의 투쟁은 조직적으로 전개되지 못하고 반대로 방화 살인 등의 개인적 테로로서 착취 계급을 공격하는 일이 빈번하였다. 그러나 아직 미숙한 이런 단계에 있어서도 근로 계급의 투쟁은 앞으로 싹터갔으며 일제의 야만적 학정과 자본가 지주의 가혹한 착취를 반대하여 투쟁하였다는 것은 그 당시의 력사적 조건에 있어서 가장 새로운 것의 발현이며 가장 아름다운 것의 표현으로 되였다. 신경향파는 근로 계급의 투쟁에 보여 주는 이 새 현상을 묘사할 사명을 띠고 출현하였다. 그들은 이 투쟁을 묘사하면서 무엇보다 방화 살인등과 같은 개인적 테로의 유치한 투쟁 속에서도 인간 정신의 가장 고귀한 발로를 보았으며 아름다운 행위의 모범을 보고 찬양하였다.

그러나 항간에서 일부 문학가들 가운데는 당시의 근로 계급의 투쟁 면모를 반영한 이 사실주의적 문학 속에서 근로 계급이 감행한 계급투쟁의 본질적 면을 보지 않고 다만 방화 살인과 같은 형식상 표상만을 확대하여 봄으로써 이 문학을 생활의 추악한 면모를 묘사한 자연주의 문학이라는 터무니없는 표지를 붙이기를 좋아하는 단순한 사람들이 있다. 더우기 저주할 미군 간첩 림화가 자기의 저서「조선 문학」에서 우리 문학 유산을 백방으로 깎아내리면서 우수한 사실주의 작가 최서해 리상화 등으로 대표하는 신경향파 문학에 대하여 그것이 명확히 사실주의적이 아니고 자연주의적이었다고 비방한 것은 우리 문학의 사실주의적 전통에 대한 참을 수 없는 모독이 아닐 수 없다. 신경향파로 불리워지는 이 새로운 문학은 시대적 제약에 의하여 개인 테로적 해결의 투쟁 방법을 그렸다는 결함이 있기는 하지만 그 당시의 로동 계급의 처지와 투쟁을 사실주의적으로 묘사함으로써 자기 시대의 거울로 되었으며 카프 문학의 합법적인 전신으로 되어 그에 고귀한 유산을 물려주었다.

우리 로동 계급의 혁명적 형상에 대한 전면적 묘사는 신경향파 문학이 보여준 우수한 유산을 계층 발전시킨 카프 문학에 이르러 비로서 사실주의 문학 창작의 기본 임무로 나섰다. 이 시기에 벌써 우리 로동 계급은 자기의 혁명적 정당인 공산당의 령도 밑에 사회주의 쏘련의 존재에 고무되면서 의식적이며 조직적인 선봉으로서 민족 해방 투쟁의 첫 대렬에 나섰다. 카프 문학은 리기영의「제지 공장촌」,『고향』(하) 한설야의「씨름」,『황혼』,「청춘기」송영의「산상촌」,「일체 면회를 거절하라」리북명의「질소 비료 공장」등의 많은 작품들을 통하여 로동 계급의 우수한 아들딸들이 어떻게 암담한 착취의 멍에를 떠밀고 힘차게 일어서서 새 시대의 영웅들로 등장하고 혁명 투쟁의 길로 들어서는가 하는 력사 과정과 그 투쟁 면모, 그들의 격렬한 투지와 광명한 명일에 대한 신념, 그들의 동지애와 단결력 등을 사실주의적으로 표현하였다. 이 작품들에 묘사된 혁명 투사들은 우리 로동 계급 속에서 나타난 새로운 현상이었으며 그 당시로서는 새 인간의 장엄한 탄생이었다. 그러기 때문에 이 작품들의 작자들은 그들을 자기 시대에 있어서 가장 훌륭할 뿐 아니라 가장 아름다운 인간으로 사랑하였으며 그 묘사에 자기들의 창조적 정열을 다 바치면서 일제의 박해 앞에서도 붓을 꺾지 않았다. 바로 이러한 리유로 우리는 카프 문학을 사회주의 레알리즘 문학이라고 서슴없이 불러오며 해방 후 우리 새 문학의 전통으로서 항상 그 력사적 계층 관계를 튼튼히 유지하고 있는 것이다.

사회주의 레알리즘 문학에 있어서의 가장 기본적 주인공은 선진 로동자들이며 그 기본 주제는 창조적 로력이다. 왜 그런가 하면 새 사회를 위하여 투쟁하며 새 생활을 위하여 건설하며 인민의 행복과 재부를 창조하는 진정한 주인은 바로 생명을 걸고 투쟁하며 헌신적으로 로력하며 로력을 조직하며 개혁하면서 그 로력 속에서 부단히 장성되여가는 혁명적 선진 로동자들이기 때문이다.

해방 후 우리 문학에 있어서 로동 계급의 형상에 대한 묘사는 그의 사회주의 레알리즘 문학으로서의 성격을 특징짓는 가장 기본적 창작 임무로 되였다. 그러나 유감스럽게도 해방 후 오늘까지 로동 계급의 형상을 묘사한 작품은 조기천의 『생의 노래』 한설야의 「탄광촌」 리북명의 『로동 일가』 박웅걸의 「류산」 리종민의 「령」 등 우리 기억에 남은 것을 열 손가락으로도 꼽지 못하는 형편에 있다.

사회주의 레알리즘 문학에 있어서 로동 계급의 형상이 차지하는 그 심오한 의의를 리해하기 위하여 우리는 위대한 쓰딸린께서 시인 제미얀, 베드늬에게 거작을 창작하기 위하여 그 풍부한 소재를 제공하는 바꾸로 떠날 것을 권고한 말을 군이 회상하거나 고리끼가 사회주의 레알리즘 문학의 기본 주제로서 로력에 부여한 거대한 가치와 의의에 대하여 군이 인용할 필요는 없다. 다만 로씨야 로동 계급의 혁명적 진출의 시기에 「소시민」에서 새 인간인 기계공 닐의 형상을 창조하였으며 「어머니」에서 빠벨, 울라쏘브의 혁명적 형상을 창조한 사실이 고리끼를 사회주의 레알리즘 문학의 창시자로 만들었다는 것과 조선 문학에 있어서 청소한 우리 로동 계급이 프로레타리아 혁명의 가치를 높이 들고 민족 해방 투쟁의 선두에 나선 二〇년대 카프의 우수한 작가들의 창작을 통하여 로동 계급이 자기 형상을 문학에 나타낸 사실이 조선에서 사회주의 레알리즘을 발생시켰다는 이 일련의 사태를 고려하는 것만으로도 그것을 리해하기에 충분하다.

해방 후의 우리 새 문학이 과거의 문학 유산 가운데서 우수한 것들을 계승한다면 그것은 무엇보다 카프 문학이며 카프 문학이 창조한 귀중한 혁명적 로동자들의 형상과 이 형상들을 창조하는데 바친 카프 작가들의 불굴의 창조적 정열과 그리고 이 혁명적 투사들에 대한 카프 작가들의 인도주의적 애정과 존경 등이다. 카프 문학이 남긴 이런 우수한 유산들을 계승할 것을 우리는 구호로 선포도 하고 많이 론의도하였지만 실제에 있어서 우리 창작의 성과위에 그것이 요구대로는 충분이 표시되어 나오지 못하였다. 그것은 상술한바와 같이 해방 후의 우리 문학에 로동 계급의 형상이 요구되는 비중보다 말할 수 없이 적으며 특히 조국 해방 전쟁 시기에 전쟁 승리를 위하여 불굴의 영웅성으로서 생산 증상을 위하여 싸운 로동 계급의 고귀한 형상을 우리 문학에서 찾아 볼 수 없는 실지의 사실이 잘 말하여 준다. 더우기 우리 로동 계급은 조국 해방 전쟁이 개시되자 그 우수한 부분이 다수 전선으로 나갔음에도 불구하고 우리 인민군대를 묘사한 작품의 주인공 가운데서 로동자들의 형상이 극히 희귀한데는 놀라지 않을 수 없다.

이 모든 사실은 우리 작가들이 아직 프로레타리아 의식에 얕으며 맑쓰—레닌의 세계관으로서 생활을 연구하며 리해하는데 불만족하다는 것을 의미한다. 만일 우리 작가들이 프로레타리아 의식에 철저하며 맑쓰—레닌주의로 생활을 깊이 연구할 줄 안다면 우리나라 장래 발전을 위하여 그 동인으로 되는 로동 계급의 형상의 중요성과 새 것으로서의 그의 아름다운 미학적 면모와 도덕적으로 우월한 그의 고귀한 품성에 창조적 정열을 돌리지 않을 수 없을 것이다. 왜 그런가 하면 모든 생활 현상에 대한 가장 새롭고 고상한 심미감과 도덕적 견해는 맑쓰—레닌주의 세계관에 립각하고 있으며 또 거기로부터 흘러나오기 때문이다.

새로운 심미감과 도덕적 견해는 자본주의 조건하에서 공산주의를 위한 로동 계급의 투쟁 속에서 로동 계급의 리해 관계를 대표하면서 형성된 것은 물론이다. 그러나 우리 시대에 있어서 그것들은 전체 인민들에게 복무하면서 인민에 대한 새로운 교양이 목적으로 되고 있다. 이리하여 맑쓰—

레닌주의 교양은 동시에 고상한 도덕과 심미감에 대한 교양을 동반하여 둘은 이 관련되어 있다. 그러기 때문에 생활에 대한 작가의 고상한 심미감과 도덕적 견해의 완전한 체득은 맑쓰—레닌주의 세계관의 완전한 소유와 분리하여 생각할 수 없는 문제로 된다. 작가들에게 있어서 가장 필요하며 절박한 문제 가운데 하나는 작가들의 머리에서 일제시대의 부르죠아 이데올로기적 잔재를 퇴치하는 것과 동시에 생활과 인간에 대한 일제시대의 낡은 심미감과 비속한 도덕적 관념의 잔재를 청산하는데 있다. 이러한 낡고 비속한 미학적 도덕적 잔재를 버리지 않는 한 우리 생활에서 새 것을 가장 아름다운 것으로 가장 도덕적인 것으로 감수할 수 없으며 우리 로동 계급과 그 위업에 대하여 새로운 미학적 관점으로 볼 수 없으며 따라서 그 것을 깊이 리해할 수도 없을 것은 명백한 일이다.

리태준 김남천 박찬모등은 일제시대의 반동적 이데올로기를 고수하고 맑쓰—레닌주의를 반대하였을 뿐 아니라 북반부의 모든 민주주의 성과를 증오하면서 자기들의 부르죠아 반동사상을 애매 몽롱한 형상 속에 숨겨 인민 속에 은밀히 전파시키려고 시도하였다. 이자들의 이러한 반동적 반인민적 문학 활동의 동기 속에는 무엇보다 제국주의 주구들의 시상 이외에 그 심미감과 도덕적 견해가 동물적이며 퇴폐적이였다는 사실이 더 첨부되여 있다. 림화 리태준 김남천 박찬모 등은 작가로서 그 심미감에 있어서 부르죠아적 퇴폐주의와 야비한 동물주의를 지니고 있었기 때문에 우리 로동 계급과 그들의 위업을 아름다운 것으로 볼 수도 없었으며 또 의식적으로 증오하면서 그 고상한 형상의 묘사를 거부하였다. 그들의 작품 속에서 생산 직장에서 취재한 것이거나 로동자들의 형상을 묘사한 작품을 단 한편도 찾아볼 도리가 없는 것은 기이한 일이 아니다. 이자들은 자기 자신이 로동 계급의 고상한 형상을 모사하지 않았을 뿐 아니라 로동 계급을 형상화한 많은 시인들의 작품들과 생산 직장 써클에서 투고하여 올라온 로동자들의 생기 있는 작품들의 발표를 봉쇄하는데 광분하였다. 해방 후 우리 문학에 로동 계급의 형상이 그 량에 있어서 당이 요구하는 만큼 많이 나오지 않은 데는 이 반당적 파괴 분자들이 우리 사회주의 레알리즘 문학 발전을 후퇴시키려고 시도하면서 그의 가장 선진적이며 중요한 주인공으로 되는 로동 계급의 형상을 반대한 파괴 행위가 가장 큰 원인의 하나로 되였다.

림화 리태준 김남천 박찬모 등이 숭봉하는 제국주의 부르죠아지의 심미감은 그들의 계급적 몰락과 이데올로기적 총파탄을 반영하면서 절망, 무기력, 애수, 비애, 통곡으로부터 동물적 본능의 촉발, 죽엄의 오뇌, 류혈의 스릴에 이르기까지 가장 폭악하고 야속한 동물적 표상들로 특징 지여진다. 따라서 그들의 작품의 주인공들은 주정뱅이, 살인마, 강도, 색정가, 정신병자 등등이다. 그리고 이 모든 수치스러운 주인공들을 로동 계급의 형상 속에 끌어 들이는 것은 그들의 문학의 중요한 임무의 하나로 된다. 그들은 로동 계급을 명일에 아무 희망도 가지지 못하고 그 본성에 있어서 비도덕적이며 사회에 아무 리익도 주지 못할 뿐 아니라 살인, 강도, 주정 싸움 등으로 해독을 끼치며 계급투쟁과 파업으로 사회질서를 문란케 하는 아무런 가치도 없는 무의미한 인간들이라는 견해를 문학을 통하여 인민들 속에 퍼뜨리고 그들로 하여금 로동 계급을 증오하도록 고무하고 있다. 이러한 추악한 문학이 바로 림화와 리태준 김남천 박찬모등의 문학이였다.

미국 간첩 림화는 해방 전에 로동계급의 형상을 묘사한 「현해탄」, 「오빠와 화로」, 「네거리의 순이」 등의 반동적 작품에서 절망과 통곡과 비애를 노래하면서 로동 계급의 혁명 사업은 아무러한 전망도 없는 절망의 길이며 일제에 반항하는 것은 무의미하다는 사상을 인민에게 퍼뜨렸다. 실례로 「오빠와 화로」에서 림화는 홀로 외로이 잡혀가는 혁명 투사의 모습을 뒤에 홀로 남은 그의 깨여진 화로와 그 화로를 부여안고 슬퍼하는 어린 누이의 영탄으로써 상징하였다. "외로이 남은 깨여진 화로" 이것이 림화가 로동 계급의 위업에서 찾은 결론이며 그의 모든 작품들의 결론으로 된다.

리태준은 일제시대에 쓴 「밤길」에서 실업한 로동자의 갈 길을 혁명 투쟁에로 이끌 대신에 암담한 「밤길」로 이끌면서 주림과 무서운 절망 끝에 젖먹이를 산채로 땅에 생매장하다가 가냘핀 숨결이 사나이의 손끝에 감촉

되는 순간을 황홀하고 아름다운 것으로 묘사하였다.

　이와 같이 이 자들에게 있어서는 로동 계급의 형상을 비관적으로 그리면서 그런 비관 속에서 소위 그들의 '아름다운 것'을 찾는 것이 당연한 습성으로 되어 있다. 이 자들의 황폐한 심미감은 이자들로 하여금 로동 계급의 형상 속에서 그 생기롭고 씩씩하고 용감한 성품을 아름다운 것으로 보는 것이 아니라 반대로 그것을 절망적인 것으로 뒤집어 놓고 절망이 주는 아늑한 심경 속에서 혹은 그로부터 오는 무기력하고 창백한 것에 대한 병적 페소스 속에서 아름다운 것을 느끼던가 그렇지 않으면 아슬아슬한 에로찌즘의 황홀 속에서 아름다운 것을 느끼는 그런 정신 착란자와 변태 성욕자들의 도착된 환각을 만들어내게 했다. 그리고 이 절망적 페소스와 에로찌즘에 대한 황홀감은 이 자들의 전 창작을 짓누르고 있는 무서운 병독으로 된다.

　리태준은 전쟁 기간에 쓴 「고귀한 사람들」에서 중국 청년과 조선 처녀와의 단순한 련애, 유희의 아슬아슬한 선정적 황홀감을 가장 아름다운 것으로 묘사하고 그들을 고귀한 사람들이라고 이름 짓기를 꺼려하지 않았다. 뿐만 아니라 해방 전의 리태준의 문학은 『청춘 무성』, 『제二의 운명』, 『딸 삼형제』, 『별은 창마다』 등 모든 장편이 모주리 음란한 성욕을 내용으로 하고 있는바 설례로 『청춘 무성』에서 생식주의자이며 독신인 선생의 방에 밤중 뛰어든 녀학생이 벌거벗고 선생의 잠자리에 들어 누웠을 때 '고결한' 선생이 성경을 자기와 녀학생의 두 육체 사이에 놓고 밤을 새는 회괴 망칙한 장면을 묘사하고 이 사나이를 아주 도덕적이며 아름다운 인물로 찬양한 것과 같은 그런 변태적 색정가의 소행으로 꽉 차있다.

　김남천은 해방 후 그의 작품 「원뢰」에서 주정뱅이가 술에 만취하고 인력거에 앉아 자택으로 가면서 마태복음을 중얼대는 괴의한 장면과 인력거를 끄는 로동자가 주정뱅이 앞에서 막걸리 값을 구걸하는 비굴한 광경을 묘사하였으며 박찬모는 「혈액」에서 빨찌산들의 영웅적 형상에서 아름다운 것을 보지 않고 정찰 도중 기아와 피로에 지친 패배주의적 기분과 처녀의 불룩한 젖가슴과 우연히 부딪치는 동물적 모순에서 아름다운 것을 찾았다. 또 최명익은 「기관사」에서 후퇴 기간의 우리 기관사의 투쟁을 묘사하였으나 그것은 적의 기차를 다리에서 전복한 사건에서 우리 로동자들의 영웅적 면모를 들어 내기 위하여서가 아니라 그의 자연주의적 지향에 알맞는 어떤 특이한 렵기적 취미에 만족을 느꼈기 때문이다. 이리 하여 그는 주인공의 영웅적 행위에서 아름다운 것을 볼 수 없었으며 따라서 애착과 존경을 느끼지 못하고 아주 랭랭하게 객관주의적으로 묘사하였기 때문에 주인공은 보잘 것 없는 창백한 형상으로 비속화 되었다.

　이와 같이 이 자들은 우리의 모든 현실을 아름다운 것으로 느끼려 하지도 않았다.

4

　림화 리태준 김남천 등이 우리 시대와 우리 생활을 아름다운 것으로 보지 않았다는 사실은 그 사실 자체로만 그치는 것이 아니라 거기에는 우리 시대와 우리 생활을 아름다운 것이 아니라고 부정하는 그 어떤 다른 대립적 심미감이 서있다. 그것을 우리는 그들이 우리 시대의 모든 것을 슬픈 것으로 보는 비관주의에서 보고 있다. 미국 간첩 림화에게 있어서 이 비관주의가 그의 문학 전체를 묶어내는 지배적 경향으로 되어 있다는 것은 세상이 다 아는 일이다. 그러기 때문에 그의 작품들을 여기에서 더 장황하게 설명할 필요는 조금도 없다. 그러나 문제는 이 못난 울기쟁이의 비관주의와 비극적 정서가 그의 작가적 개성에서 흘러나온 어떤 스타일이 아니라 모든 반동적 부르죠아 문학들의 심미감에 통유한 중요한 특징의 하나로 되어 있다는데 있다. 림화의 문학의 반동적 정체 폭로되기 전에 항간에서는 림화의 이런 비관주의를 그 사상적 본질에서 보지 않고 그것을 이 자의 시 창작의 독특한 스타일로 보면서 그것에 센치멘탈이라는 이름을 붙여가며 장려할만한 긍정적 경향으로 시인한 사람들이 실지에 있었다. 그러나 림화의 문학에서 가장 지배적으로 표시되는 이 비관주의는 이 반동적 그

루빠의 문학을 깊이 관류하는 공통적 특징으로 되어 있다는데 우리의 관심사가 있다. 실례를 들어 보자.

리태준은 자기 온갖 '작가적 정열'과 존경을 가지고 모시고 다니던 「복덕방」, 「손치부」, 「녕월영감」, 「불우선생」 등의 주인공을 해방 후에까지 끌고 와서 「해방전후」에 김직원으로 등장시켰으며 마지막으로 「먼지」에서 한뫼 선생으로 분장시킨 다음 비극적 종말을 짓게 하였다. 이 인물은 그의 해방 전후의 여러 작품에서 각이한 이름으로 불리지지만 모두 동일한 인물이며 그 프로타이프는 리조 봉건 시대로부터 일제시대로 넘어온 몰락한 량반 계층에 속하는 인물로써 그들은 일제시대의 일변한 생활 관계에 별안간 적응하지 못하고 자기의 보수주의적 견해와 유습을 버리지 못함으로서 급격히 전변하는 자본주의적 생활의 급류에서 찌꺼기로 뒤에 남아 거기에 발붙일 자리를 잃은 말하자면 자기 시대를 다 산 무의미한 존재이며 그 이데올로기에 있어서는 리조 왕권의 회복을 몽상하는 복고주의로 특징지여진다. 리태준이 사생활에서 애지중지하는 골동품에 대한 완상 취미는 이 복고주의와 인연이 없다고 할 수 없으며 두 가지는 그의 낡은 봉건 귀족적 심미감의 각이한 표현에 지나지 않는다. 이러한 반동적 심미감은 리태준으로 하여금 이 낡은 복고주의자들을 해방 후에까지 버리지 않고 끌고 오게 하였으며 '세속을 초탈한 가장 청렴한 처사'로 까지 받들어 올리게 하였다. 「해방 전후」에 김직원으로 등장한 인물은 일제시대의 자기의 불우한 처지에서 풀려나온 기쁨으로 해방을 맞이한다. 그러나 김직원과 그를 존경하는 리태준은 이미 지난 시대에서 발을 빼지 못한 복고주의자들인 만큼 일제시대를 '반대'한 것처럼 해방 후 북반부의 인민 민주주의 제도를 반대하지 않을 수 없다. 김직원은 해방 직후 리조 왕권의 회복에 큰 기대를 가지고 서울로 올라갔다가 좌익 세력의 힘찬 파도에 삐여져 나와 다시 자기 고향인 북반부로 돌아온다. 그러나 그는 북반부의 새 제도 앞에서 동요하다가 「먼지」에서 한뫼 선생으로 변신한 다음 자기의 동요와 의혹을 "좌도 우도 아니다"라는 중립의 허위적 가면으로 가리우면서

"백문이 불여일견"이라 하여 다시 서울로 가서 미군정하의 리승만 통치를 직접 눈으로 보게 되었다.

만일 리태준이 남반부 정세로서 한뫼 선생을 깨우치며 북반부의 인민민주주의 제도에 대한 인식을 고치고 그 품속으로 다시 돌아오게 할 의도 덕에 그를 서울로 끌고 갔다면 그는 백번도 정당하였을 것이다. 그러나 리태준은 한뫼 선생으로 하여금 서울 네거리에서 탈선 반대에 서명하 거절케 하였으며 북반부로 돌아오는 길에 三八 에서 총살하게 하고 북반부에 다시 돌아오지 못하게 함으로써 그 자신이 북반부에대한 반대를 표시하였다. 한뫼 선생을 쏜 총알이 또한 한뫼 선생과 같이 좌도 우도 아닌 중립이며 어느 편에서 쏜 것인지 모르게 되어 있다. 그리고 한뫼 선생의 중립이 북반부에 대한 반대의 가면인 것과 마찬가지로 총알의 중립도 북반부 편에서 쏘았다는 사실의 은폐에 지나지 않는다. 이리하여 한뫼 선생으로 불리워진 리태준의 문학의 기본 주인공은 모든 것을 봄의 태양 밑에서처럼 재생시키는 북반부의 새 제도 밑에서도 비극적 처지에서 방황하다가 종시 그 불우한 생애를 비극적 죽엄으로 끝마치였다.

박찬모는 「수류탄」에서 장엄한 서울 방어 전투의 서사시적 력사적 사건을 보잘 것 없는 빈약한 사건으로 축소하여 묘사하면서 그 속에서 주인공들의 영웅적 죽엄을 비극적인 것으로 그렸다. 이 작품의 주인공 영우가 수류탄으로 땅크 밑에 기여들어 자폭하는 장렬한 순간을 슬픈 최후처럼 묘사하면서 박찬모는 "세상이 꿈속 같이 노랗게 잦아들"며 "걷잡을 수 없이 잠에 취해 버리는 것이였다"라고 하였으며 또 계속하여 어머니의 부르는 소리에 "눈을 뜨려고 하였으나 다만 아득한 벌판에 두 줄기 철로 길이 한없이 벋어 나간 풍경이 보이다가 사라지군"하였다라고 하였는가 하면 또 "무학재 저쪽에 비껴앉은 태양이 한강 물올기에 붉은 노을을 던진 채 움직이지 않는 것과 치솟은 삼각산 봉우리에 자주빛 양광이 뒤덮혀 언제까지나 꺼질 줄 모를 것 같이 황홀하기 비할 데 없는 서울의 석양 한 순간이 나타났다"가 "⋯⋯그것마저 서서히 또 고요히 가물어버린 다음—그 다음에는 모두가 잠잠해지고 말았다"고 하면서 소설을 끝냈다. 만일 박찬모처럼 비극이 아름다워 그것을 아름다운 문구로 묘사할 필요가 있다면 이「수류탄」의 주인공의 '비극적'죽엄을 묘사하기 위하여 박찬모가 자기 지혜를 짜내면서 골라낸 것보다 더 아름다운 문구를 누구도 골라낼 수 없을 것이다. 그만치 박찬모에게 있어서 영웅의 죽엄은 한없이 비극적이며 또 비극이 그대로 비극으로만 느껴졌기 때문에 또한 한없이 "아름다운 것으로" 반영되었다. 즉 이자들에게 있어서는 죽엄과 눈물과 비애가 아름다운 것으로 된다.

「수류탄」이 보여주는 영웅의 죽엄에 대한 비극적 묘사는 최명익의「기관사」의 주인공 현준의 영웅적 자폭에 대한 묘사 속에 그대로 번복되어 있다. 최명익은 현준의 영웅적 죽엄의 순간을 묘사하면서 "아득 아득 감기려는 눈에 창공이 쳐다보였다"고 하면서 "그렇게 높고도 깊고 또 그렇게 푸른 하늘을 현준은 지금 처음 보는 것 같았"으며 "그런 창공에 희게 빛나는 구름 덩이 둥둥 떠돌았다"하였으며 계속하여 또 "탁 피곤해졌다"라고 하면서 박찬모와 같이 세상을 하직하는 사람의 심정의 한없는 슬픔을 표현하였다. 끝머리에서 당중을 만져보는 인공적으로 밀어 넣은 장면도 이 비극적 묘사에 아무런 변동도 가져오지 못했다.

김남천 역시 여기에서 례외로 될 수 없다. 그는 북반부에 와서 겨우 쓴 단 한편의 소설「꿀」에서 남반부에 진주한 인민군대 전사가 우연히 만난 외로운 八〇세의 파파 늙은이의 애처러운 처지와 그로부터 얻어먹은 꿀에 대한 이야기를 슬픈 회상으로 묘사하면서 우리 인민군대가 남반부에 진주한 감격적인 사건과 그들의 영웅적인 씩씩한 면모를 애수의 흐느낌 속에 잠기게 했다.

위에 인용한 작품들은 이 자들의 반동적 심미감을 증명함에 있어서 그 일부분으로 바께 되지 않는다. 그리고 이 작품들은 그들이 모두 우리 생활을 아름답게 볼 대신에 비극적으로 보며 또 우리 시대의 활발하고 씩씩하고 용감한 모든 락관적인 것에서가 아니라 비극적인 것에서 오히려 어떤 아름다운 것을 찾고 있다는 것을 표시하여 준다. 이 사실에서 그러나 그들의 반동적 문학 활동이 다만 그들의 예술적 취미가 퇴폐적이며 형식주의적이기 때문이라는 결론이 나오지 않는다. 예술적 취미가 문제인 것이 아니라 생활에 대한 태도로써의 그들의 심미감이 문제로 되며 이 심미감 자체는 자률적으로 그들의 머리에서 우연히 형성된 것이 아니라 반동적 부르죠아 이데올로기에 그 근원을 두고 있다는 것이 문제로 된다. 우리 생활을 비극적으로 보는 것이 어찌 단순한 예술적 취미의 문제일 수가 있겠는가. 그리고 우리 생활을 반대하지 않고 동시에 그것을 비극적으로 볼 수 있겠는가?

비극과 비극적인 것에 대한 감각과 그 견해는 계급적 범주이며 동시에 력사적 범주다. 희랍 비극이 문학사에 남긴 비극과 비극적인 것에 대한 개념은 생활에서 아무런 전망도 출구도 없는 그런 해결할 수 없는 모순에 대한 관념으로부터 발생하였다. 과거의 문학은 헤여 날 수 없는 처지에 선고된 그런 불행한 운명과 주인공과의 갈등을 묘사하면서 결국 희망없는 투쟁에 있어서의 주인공의 고독한 비극적 죽엄으로 종말을 지였다. 그것은 그들이 착취에 근거한 개인주의 사회에서는 자기 개인의 일을 달성하기 위하여 고립적으로 싸우는바 그 싸움에서 환경과의 충돌로 말미암아 항상 개인의 패배로, 슬픈 종말로 끝난다는 것을 의미한다. 이러한 비극에서는 개인의 외로운 투쟁으로 말미암아 항상 허무주의적이며 비관주의적인 성격으로 되지 않을 수 없다. 이와 같이 비극은 개별적 인간의 범위 안에서 보거나 개인적 리해 관계의 견지에서 취급하는 경우에만 해결될 수 없는 것의 관념으로 남는다.

그러나 이와는 반대로 만일 인간이 자기 개인을 위하여서만 아니라 조국과 동포를 위하여 사는 경우에 그 사람은 죽엄의 비극 속에서도 개인적 모순과 해결할 수 없는 모든 것을 극복하고 나설 것이다. 그리고 만일 그가 죽는 최후의 순간에 자기 죽엄은 외로운 것이 아니라 자기에게 가장 친근하고 귀중한 사람들과 동포들을 죽엄으로부터 구원하며 조국과 동포들의 공동사업의 승리에 길을 열어 놓는 것으로 된다는 신념을 가지게 된다면 그는 해결할 수 없는 무희망의 비극 의식으로부터 풀려 나올 것이다. 그리고 스스로 감행하는 자기 멸각의 광휘 속에서 위대한 생명감을 느끼면서 떳떳이 죽엄을 맞이할 것이다. 우리 영웅들의 죽엄은 고립된 개인의 비극적 죽엄에서 보는 것과 같은 그 어떤 무의미한 희생인 것이 아니라 조국과 동포를 위한 공동 사업으로서 수많은 사람들과 련결되여 있는 집단적 인간의 죽엄이며 자기 개체의 운명을 방위하기 위하여 그것을 가로막는 사회 환경과 희망 없는 투쟁을 시도하는 그런 비극적 주인공의 죽엄인 것이 아니라 그와 반대로 조국과 새 제도를 방위하기 위하여 오히려 자기 개체의 운명을 희생하면서 감행하는 락관적인 죽엄이다. 그들의 죽엄은 개인적 견지에서는 비극임에 틀림없으나 죽엄의 순간에 인민들과 련결되여 있다는 의식과 자기 죽엄이 인민의 승리의 달성에 길을 개척한다는 의식은 그를 비극의 의식으로부터 초월케하며 위대한 희생의 자부감으로 죽엄을 극복하는 락관주의로 나아가게 한다. 일제시대의 우리 혁명 투사들이 이러하였으며 조국 해방 전쟁에서의 수많은 우리 영웅들이 또한 이러하였다. 그들은 모두 죽엄의 개인적 비극과 맞섰을 때 비겁하지 않았으며 스스로 죽엄을 감행함으로써 그것을 극복하는 락천적 인간들이었다. 이러한 락관주의적 죽엄만이 우리의 용기를 고무하는 위대한 감정으로 우리를 교양하며 인간의 고귀성에 대하여 우리로 하여금 깊이 명상케 한다. 따라서 이러한 락관주의적 죽엄만이 도덕적이며 아름다운 것으로 된다. 우리 문학에 묘사된 수많은 영웅들의 죽엄은 모두 이러하다. 그리고 그것은 위에서 본바와 같은 림화 리태준 김남천 등의 그것과 그 얼마나 판이한가.

우리 시대에 있어서도 비극은 있으며 새 것과 낡은 것과의 투쟁이 있는 우리 사회에 비극이 없을 수 없다. 그와 동시에 새 것과 낡은 것과의 투쟁을 극적 갈등의 기본으로 하고 있는 우리 극작품에 또한 비극이 없을 수 없다. 그러나 그 비극 즉 해결할 수 없는 모순으로서의 비극은 우리 생활에서 낡은 것의 패배와 종말과만 관련된다. 낡은 것의 비극적 운명을 우리는 작품에서 무수히 찾아볼 수 있으며 특히 선진 쏘베트 작가 꼬르네츄끄의 『전선』은 여기에 대한 명백한 해답을 주는 비극의 실례로 된다. 『전선』은 무엇보다 낡은 것을 대표하는 고를로브 장군의 비극이며 그러기 때문에 고를로브 장군의 비극적 운명을 특징짓기 위하여 작가는 그 아들의 죽엄을 중요한 사건으로 내놓았다. 이와 반대로 새 것과 그 승리적 전진 앞에 비관적인 비극이 있을 수 없으며 낡은 것과의 투쟁 과정에서 일어나는 영웅들의 죽엄도 패배와 파탄의 결과가 아니라 새 것의 승리를 확장하는 거기의 의식적 창조이며 따라서 비관적인 비극이 아니라 락관주의에 지나지 않다. 이것을 비관적인 비극으로 보고 비극적으로 묘사하는 것은 새것을 부인하거나 리해하지 못하는 자들만의 일이다. 미군 간첩 림화와 그 추종자들의 작품이 바로 이 사실을 증명한다.

바로 그러기 때문에 우리 사회에 비극과 비극적 현실이 있느냐 없느냐의 여부가 문제인 것이 아니라 그 비극이 어떤 비극인가 하는 비극의 성격과 또 그것을 어떻게 느끼느냐 하는 심미감이 문제로 된다.

이와 관련하여 우리 영웅들의 죽엄을 독자로 하여금 공포와 혐오를 일으키도록 묘사하는 경향도 있다. 특히 그 죽엄이 적들의 만행에 의하여 이루어지는 때 그러하다. 조국 해방 전쟁을 반영한 우리의 모든 작품들에는 원쑤들과의 가렬한 투쟁 과정에서 야수적인 만행과 모멸과 육체적 고통을 일으키는 온갖 형태의 고문으로 박해를 당하는 영웅들에 대한 묘사로 충만되여 있다. 그러한 영웅들의 묘사에 있어서 적들의 만행을 사실주의적으로 재생시키려는 작가의 지향이 그의 영웅에 대한 정당한 심미감과 일치되지 못하는 경우에 우리는 묘사된 만행의 장면에서 공포를 느끼며 영웅에게서 혐오의 감정을 느끼게 되는 일이 자주 일어난다. 그것은 작가가 적들의 만행을 폭로하는 목적이 그러한 만행에도 굴하지 않는 영웅의 용감성과 불굴의 희생성을 아름다운 것으로 표현하는데 있음에도 불구하고 만행의 장면 자체를 묘사의 목적으로 불필요하게 확대하면서 고립적으로 묘사하기 때문에 독자들의 흥미와 인상의 초점이 영웅의 불굴의 현상으로부터 떠나서 만행 그 자체에 쏠리게 되기 때문에 일어나는 착오로 된다. 이러한 실례를 우리는 흔히 보고 있다. 그리고 이것은 작가들이 영웅의 불굴의 희생정신이 모든 육체적 고통을 극복하여 나아가는 그런 고상한 정신적 변모 속에서 한없이 아름다운 것의 전형을 볼 줄 모른다는데 기인한다.

작가가 만일 적들의 만행을 영웅의 불굴의 성격을 구성하기 위한 목적에 복종시키면서 묘사한다면 그때에는 그 만행이 처참하고 심각할쑤록 그것을 극복하는 영웅의 불굴성이 그만치 뚜렷하게 떠오르게 된다. 적의 만행이 독자들로부터 공포와 혐오감을 일으키는 것은 그것이 다만 처참하기 때문인 것이 아니라 묘사의 목적으로부터 리탈하여 그것을 자연주의적으로 고립시켜 묘사하기 때문이다.

영웅의 불굴의 성격을 창조하기 위하여 채용되는 때의 적들의 만행은 그것이 어떠한 것이던 독자들로부터 공포와 혐오감을 일으키지 않을 뿐 아니라 영웅의 불타는 애국적 정열과 적들에 대한 다할 줄 모르는 증오심에 독자들도 함께 공감함으로써 가장 처절한 만행도 영웅과 함께 독자들도 극복하여 나아갈 수 있게 된다. 만일 선진적인 작가가 느끼는 고상한 어떤 감정이 주인공을 통하여 독자에게 작가가 느낀 것처럼 느껴지도록 전달된다면 그 작품은 사상성과 예술성이 통일된 최상의 것이라 아니할 수 없다. 그러기 때문에 작가의 심미감이 아무리 고상하다 하더라도 그것이 독자의 것으로 되도록 작품의 주인공속에 구현될 것이 요구된다.

5

우리 시대에 있어서의 아름다운 것, 추악한 것, 비극적인것 등에 대한 문제의 해명은 미학 문제에 있어서 중요할 뿐 아니라 당면한 우리 작가들의 고상한 심미감의 배양에 있어서나 작품 창작에 있어서 또한 중대한 가치를 가진다.

작가들은 생활을 묘사하면서 자기의 일정한 태도를 표시하며 그 태도

여하에 따라서 사랑하기도 하고 슬퍼하기도 하고 미워하기도 하는바 이러한 심미감의 각이한 표현은 작가의 정치적 태도에 의하여 결정된다. 이 사실은 림화와 그 추종 작가들의 정치적 반동성이 그자들의 생활에 대한 태도의 표시로 되는 반동적 심미감을 결정하였다는 실례가 말하여준다. 그러기 때문에 무엇을 사랑하여야 하며 무엇을 슬퍼하여야 하며 또는 무엇을 증오하여야 하는가를 작가들은 생활을 리해하는데 열쇠로 되는 맑쓰— 레닌주의에서 배울 줄 알아야 하며 정치에서 리해할 줄 알아야 한다.

우리 사회는 아름다운 것을 위한 미학적 소재뿐만 아니라 위에서 지적한바와 같이 비극적인 것과 추악한 것에 대한 미학적 소재로 작가들에게 제공하고 있다. 비극적인 것과 추악한 것에 대한 소재는 낡은 것에서 표현된다. 작가의 임무는 아름다운 것에 대한 사랑을 표현함과 동시에 추악한 것을 폭로하며 비극적인 것을 표현함으로써 그것들을 체현한 낡은 것의 박멸을 촉진하는데 있다. 바로 그러기 때문에 우리 당은 작가들에게 새 것과 낡은 것과의 투쟁에 적극적으로 간섭하여 새 것과 그 성장을 지지하며 낡은 것을 제거하기 위하여 그것을 폭로할 것을 호소하게 되는 것이다.

낡은 것을 폭로함에 있어서 풍자와 비극은 작가들이 가지고 있는 가장 강력한 무기로 된다. 이 무기들이 그러나 우리 문학에서 유효하게는 리용되고 있지 못하다. 우리 문학에 있어서는 풍자의 대상에 대하여 많은 경우에 분노로써 묘사되는데 그치고 있다. 그러기 때문에 풍자의 대상이 내포하고 있는 추악한 것의 본질이 명료하게 들어나지 못하는 경우가 적지 않다. 진정한 예술가는 낡은 현상에 대하여 느끼는 증오와 분노의 감정을 그대로 작품 속에 옮기는 것이 아니라 그것을 그 성질에 따라 추악한 면모를 폭로하기 위하여 풍자의 날창을 돌리기도 하고 혹은 그 비극적 말로를 특징짓기 위하여 비극의 무대를 내놓기도 한다. 「생의 노래」에서 조기천은 낡은 것에 대한 자기의 불붙는 증오에도 불구하고 분노의 감정을 터뜨려 고함을 친 것이 아니라 그것을 혹은 풍자들로 혹은 비극으로 다각적으로 묘사하였다. 경리 과장으로 기여든 반동 정호의 형상이 바로 그러한 실례로 된다. 조기천은 정호의 형상에 대하여 마야꼽쓰끼적 풍자의 날창을 둘러대고 다음과 같이 썼다.

웃 사람 앞에선
잦아지는 웃음
(웃 사람의 비위에 맞추어
달기도 쓰기도 하고)
그러면서도 눈치 채여
길데면 설설 기고
뛸데면 미친듯 뛰고
서 있어야 될데면
당나귀도 부럽게 발톱을 붙이고
그러면서도 묘하게
간에 가 붙고 염통에 가 붙고
큰 고기는 제 중태에 넣고─

그리고 그의 말로─대하여는 "그렇게 번들거리던 안경도 못 걸고" 보안대원의 앞에서, 걸어가는 비극적 모습으로서 표현하였다.

조기천은 이와 같이 정호라는 일정한 개성 속에 전형화된 이 종류의 사람들의 허위적 반동적 본질을 폭로하였으며 그것으로서 낡은 것에 대한 증오감과 정치적 경각성으로써 독자들을 교양하였다. 단순한 증오와 분노의 표현으로는 독자들을 교양할 도리가 없다. 작가의 임무는 증오와 분노의 대상을 그 추악한 본질에서 풍자의 무기로 폭로하여 독자들의 편으로부터 분노와 증오감을 자아내게 하는데 있으며 결코 자기 자신이 분노하고 증오하여버리는데 있는 것이 아니다.

그러나 낡은 것은 새 것과 마찬가지로 그 표현되는 형태와 그 정격이 복잡하고 다면적이라는데 반드시 작가들의 주의가 울려져야 한다. 우리 사회에 있어서는 적대적인 허위적 형상뿐 아니라 낡은 일제시대의 사상 잔재를 체현할 형상 속에도 낡은 것의 표현을 볼 수 있다. 그러기 때문에 작가들에게 있어서는 낡은 것을 폭로하기 위하여 그것을 전형화하게면서 허위적 타이프와 우리 공민으로서 일시적 과오를 범한 사람들의 타이프와를 구별할 것이 요구된다.

허위적 인간은 낡은 사회와 항상 련결되어 있다. 그는 조국과 인민보다 일신의 안전을 더 존중하는 개인주의 사상으로 물젖어 있다. 이런 인간은 우리 사회에 대하여 적대적이며 따라서 비타협적으로 투쟁하여야 하며 그 묘사에 있어서는 그의 낡은 사회와의 련결을 밝히기 위하여 그사 어떠한 환경에서 성장하고 교양 받았는가 하는 전형적 환경을 밝혀야 하며 또 모멸과 조소와 풍자로써 폭로하면서 그러한 인간이 나아가야할 말로를 비극적으로 그려야 할 것이다. 이런 인물의 말로는 자멸의 길로써 비참한 죽엄으로 끝나는 것이 보통이며 그 죽엄이 그런 종류의 인간끼리의 모해에 의하여 이루어지는 수가 적지 않다.

우리 사회에는 한편으로 낡은 사회와 련결되고 다른 한편으로 우리 사회와 련결된 그런 애매하고 어리석은 자들과 다만 일시적 과오를 범하였거나 어제에 물젖었고 새 것을 접수하는데 대담하지 못한 일부 공민들의 타이프도 있다. 이런 타이프들에 대하여 우리는 비판과 자기비판으로 자신을 고치고 나오도록 이끌어야 할 것이다.

즉 이상 두 가지 경우에 있어서 작가들이 그들을 묘사하는 태도와 미학적 견지가 각각 다르다.

첫째 경우에 있어서는 그 허위적 인간의 내면세계의 추악성과 도덕적 부패성을 들어내면서 사멸하여야할 또는 부정하여야할 그런 것으로 묘사한다면 둘째 경우에 있어서는 낡은 것으로부터 새 것으로 재생하도록 또는 자기의 일시적 과오를 시정하도록 동지적으로 비판하며 또는 자기비판하게 한다. 이러한 실례를 우리의 우수한 작품들에서 볼 수 있으며 「생의 노래」의 주인공의 한사람인 덕보의 형상 속에서 또한 볼 수 있다.

덕보는 과거에 지주이던 정호와 련결되어 있다. 그는 과거에 정호에게 빚진 일도 있고 해방 후에 선술집에 몇 번 끌려간 일도 있다. 덕보는 그러나 허위적 인간이 아니다. 그는 생산에 헌신적으로 참가한 새 제도의 공민임에도 불구하고 어제에 물젖은 낡은 세대의 한 사람으로서 생산 경쟁이라는 새 현상을 바로 인식하지 못하고 그것을 일제시대의 이데올로기로 판단하여 상호간의 개인적 갈등과 질투로 느꼈기 때문에 정호의 사수에 쉬이 결려든 것뿐이다. 전기로를 파괴하였다는 사건의 결과는 매우 심중함에도 불구하고 그것은 일시적 과오이며 덕보는 그것을 청산하고 새 인간으로 재생할 수 있다. 그러기 때문에 "당원은 아니지만" 당에 찾아와서 자기비판하고 돌아가는 덕보의 뒷모습을 가리키며 당 위원장은 "이 사람 보는가 새로운 사람들을—"하고 외치면서 자기비판한 덕보의 모습 속에서 새 인간의 탄생을 똑똑히 보는 것이다.

덕보의 형상은 해방직후의 우리 생산 직장에서 그런 류의 전형이였을 뿐 아니라 하나의 사회적 타이프로서는 오늘의 우리 생산 직장에서도 전형적으로 된다. 주지하는바와 같이 조국 해방 전쟁 기간에 우리 로동 계급에서 숙련된 로동자들의 과반수가 전선으로 출동한 사정은 우리 로동 계급의 질적 구성에 커다란 변화를 일으켰다. 전선으로 나간 숙련 로동자들을 대신하여 공업 생산에 전혀 경험이 없는 많은 농민들과 소시민들이 소소유자적 이데올로기를 가진 채 들어와서 우리 로동 계급을 보충하였다. 이러한 사정은 우리 생산 직장에서 덕보와 같은 사회적 타이프를 낳을 수 있는 전형적 정황을 조성하지 않을 수 없다. 이런 타이프는 우리 문학에서 전형화할 충분한 가치를 가지고 있다. 왜 그런가 하면 이 타이프를 묘사하여 이 타이프에 속하는 모든 덕보들을 교양하는데 작가들의 임무의 하나가 있기 때문이다.

변증법적 유물론은 사회의 어떠한 현상도 자기의 부정면과 긍정면, 자기의 과거와 장래, 자기의 락후면과 발전면을 가지고 있다는 것을 우리에게 가르치고 있다. 우리 사회의 모든 현상과 그리고 특히 전후 복구 발전을 위하여 모든 창조적 로력이 집중되여 있는 우리 생산 직장에도 부정적 현상이 없을 수 없다. 이 부정적 현상은 생산을 저해하며 나아가서는 우리 인민의 전진 운동을 지연시킨다. 태공, 국가 재산의 탐오, 내부 질서의 위반, 자재 랑비 등 온갖 부정적 현상을 일부 지도 일꾼들과 로동자들의 락후한 부분으로부터 일소하는 것은 우리 작가들의 고상한 당적 과업으로 된다. 그리고 이 과업은 사회주의 레알리즘의 기본적 요구의 하나이기도 하다. 그것은 우리 사회의 장래 발전에 기여하기 위하여 새 것의 성장을 원조하며 우리 사회의 장래 발전을 저해하는 모든 부정적 현상들과 투쟁하는데 사회주의 레알리즘 문학의 당성이 표현되기 때문이다.

이 전투적 과업의 실천을 위하여 작가들은 생산직장에서 무엇이 새 것이며 무엇이 낡은 것인가를 구별하며 그 낡은 것이 현재에 있어서 부정적인 면의 전형인가 또 현재에는 그렇치 않드래도 앞으로 그렇게 되어 우리 생산을 저해하는 사회적 요인으로 될 수 있는가 하는 점에 주목을 돌리고 그것을 작품에서 풍자와 조소와 야유 그리고 비극 등의 예리한 무기로 비타협적으로 박멸하는데 동원되여야 할 것이다.

그러나 문제는 그 과업이 정당하고 고상하다는데만 있지 않다. 그 과업이 높은 미학적 견지에서 완전한 예술적 형식 속에 구현되여야 하는데 문제가 있다. 고상한 과업의 예술적 구현, 이것이 우리 작가들이 전후 복구 발전에서 우리 로동 계급의 형상을 취급하면서 견지하여야할 구호로 된다. 바로 그렇기 때문에 작가들과 평론가들이 우리 시대에 있어서의 아름다운 것에 대한 깊은 체득과 연구에 주목을 돌려야 할 때가 바로 지금이라고 우리는 인정한다.

一九五三, 一〇, 一三
≪조선문학≫, 1953.1

제3장

전후복구기(1953~1958)

우리 문학에 있어서의
전형과 갈등 문제
— 전후 인민 경제 복구 건설 투쟁과 관련하여

김명수

1

정의의 조국 해방 전쟁 행정에서 우리의 사실주의적 인민 문학은 영웅 조선이 낳은 우리 시대의 전형들을 진실하게 묘사하면서 우리 인민들을 용감성과 조국에 대한 헌신성으로 교양하는 사업에서 당과 국가에 적지 않은 방조를 주었으며 전선 승리를 보장함에 있어서 커다란 기여를 하였다. 조선 로동당은 문학의 볼쉐위끼적 당성 원칙을 고수하며 문학의 선봉적 교양적 역할을 계속 수행하면서 전후 인민 경제 복구 건설 투쟁에 있어서도 우리 인민을 불굴의 투지와 강의한 정신으로 배양하여 건설과 생산 의욕을 드높이 불러일으킬 것을 매개 작가들에게 요구하고 있다.

이러한 작가적 과업과 의무를 수행함에 있어서 작가들에게 요구되는 것은 무엇보다도 먼저 전개되고 있는 사변의 본질을 심오하게 인식하며 그것이 나아가는 방향을 투철하게 파악하는 것이다.

이미 많은 작가들이 당과 수령의 호소에 호응하여 불꽃 튀는 복구 건설장과 생산 직장에로 동원되어 세찬 력사의 흐름 속에서 로동자들과 생활을 함께 하면서 자기들의 창조적 로력을 기울이고 있으며 벌써 수다한 작품들이 제작되어 그 첫 성과들이 나타나고 있다. 그러나 현실의 발전 속도가 도달하고 있는 수준에 비하여 우리의 문학은 너무나도 굼뜨고 미약하게 새로운 현실과 정세를 뒤따르고 있다.

이러한 실정들은 전후 인민 경제 복구 건설 투쟁이 가지는 본질적 의의와 그것을 형상화함에 있어서 제기되는 창작상의 몇 가지 문제에 대하여 구체적 해명이 요구된다는 것을 말해 주고 있다.

우리 인민 경제의 골간은 공업의 발전에 있으며 전후 인민 경제의 복구 건설은 다만 전쟁으로 인하여 파괴된 우리의 인민 경제를 복구하는데 그치는 것이 아니라 앞으로 우리나라의 완전한 공업화의 토대를 닦는 것을 예견하고 있다. 그러므로 이 투쟁은 전쟁 행정에서 나타난 공업의 부족점들을 시정하며 일본 제국주의의 장구한 식민지 통치의 악독한 결과인 공업의 식민지적 편파성을 퇴치하고 장래의 공업화를 위한 기초를 닦는 사업으로 된다.

김일성 원수는 당 중앙 위원회 제六차 전원 회의에서 전후 인민 경제 복구 발전을 세 개의 기본 단계로 구분하고 첫 계단은 반년 내지 一년을 기간으로 하고 파괴된 인민 경제를 복구 발전함에 필요한 전반적 준비 사업과 정리 사업을 전개할 것이며 다음 둘째 계단은 인민 경제 복구 발전 三개년 계획을 작성하여 인민 경제 각 분야에 걸쳐 전전 수준에 도달할 수 있도록 할 것이며 세째 계단으로는 국가의 전반적 공업 발전을 위한 五개년 계획을 작성하고 그를 실천할 것이라고 지적하였다.

이 방대한 계획들은 바로 우리 조국의 찬란한 미래를 밝혀주는 장엄한 설계도이며 우리 인민의 오늘의 건설 투쟁은 바로 조국의 평화적 통일과 사회주의의 미래를 향하고 나아가는 우람찬 전진 운동이다. 그리고 이 전진 운동은 수령께서 강조하신바와 같이 우리나라가 아직 통일되지 못하고 국토가 량단되어 있다하여 결코 멈출 수 없으며 정체될 수 없다. 이 전진 운동은 바로 사회 발전의 합법칙성의 표현이다.

"변증법은 형이상학과 정 반대로 자연을 정지와 부동, 정체와 불변의 상태로 보는 것이 아니라 끊임없는 운동과 변천 끊임없는 갱신과 발전의 상태로 보는바 거기에서는 항상 그 무엇이 발생하고 또 발전하며 그 무엇이 파괴되고 또 쇠멸되는 것으로 본다" (쓰딸린)

우리는 오늘의 인민 경제 복구 건설 투쟁을 반드시 이러한 맑쓰주의적 변증법의 견지에서 보아야 하며 어떠한 힘도 그것을 제지할 수 없는 사회 발전의 줄기찬 전진 운동으로 리해해야만 한다. 이러한 견지와 리해를 토대로한 우에서만 우리 작가들은 오늘의 전 인민적 투쟁 모습을 문학적으로 옳게 형상화할 수 있다.

사회주의 레알리즘은 현실을 그 력사적 합법칙성 가운데서 부단히 갱신되며 발전하는 과정 우에서 묘사할 것을 요구하고 있다. 작가에게 있어서 중요한 것은 현재에는 견고한 것으로 보이나 벌써 사멸하기 시작하는 그것이 아니고 발생되고 있으며 발전하고 있는 그것이다. 작가들은 이 발생되고 발전하는 새로운 것을 지지하며 옹호하며 육성할 의무가 있다.

그리고 이 새로운 것이 우리 시대의 주인들이며 새 생활의 창조자들인 선진적 로동 계급과 농민들 속에 있다는 것은 두말할 필요도 없다. 우리 작가들은 반드시 이 사람들에 의거해야 하며 그들의 의지와 희망과 신념을 자기들의 것으로 해야만 한다.

그러나 우리는 여기서 이러한 새로운 것들이 온갖 낡은 것과의 가렬한 투쟁을 통하여서만 발전한다는데 대하여 인식을 새롭게 할 필요가 있다. 오늘의 인민 경제 복구 발전 투쟁이 바로 새 것과 낡은 것 간에 진행되는 우리 사회의 치렬한 계급투쟁인 것이다. 레닌이 말씀한 것처럼 발전이란 대립물의 투쟁인 것이며 우리는 사물의 본질 그 자체에 내포된 모순을 연구해야만 하는 것이다. 이러한 연구 없이 우리는 도저히 우리 앞에 복잡다단하게 전개되고 있는 현실을 옳게 파악하며 그를 진실하게 형상화할 수 없을 것이다.

이상과 같은 관점 우에 립각 할 때 전후 인민 경제 복구 발전 투쟁을 형상화함에 있어서 우리 작가들에게는 창작에 있어서 전형과 갈등 문제가 선차적으로 제기되지 않을 수 없으며 문학에 있어서의 이러한 기본적 문제들이 오늘의 력사적 전환기에 처한 새 현실 앞에서 어떻게 적용되며 해결되여야 하는가에 대하여 정확한 인식을 가질 것이 먼저 요구되는 것이다.

2

"정치에서 오류를 범하지 않기 위하여는 뒤를 돌아다 볼 것이 아니라 앞을 내다보아야 한다"는 쓰딸린의 유명한 명제는 바로 문학에도 적용되는 것이다. "앞을 내다 본다"는 이 말은 성장하며 발전하는 새 것에 의거함을 의미하는 것이며 현재에는 비록 우월한 세력이 되지 못하더라도 발전하며 장래성을 가진 그러한 사회층을 표준해야 한다는 것을 말하는 것이다. 그리고 이것을 문학상에 적용하면 곧 우리 시대의 진정한 전형을 창조하라는 말로 된다. 우리 시대의 진정한 전형―그는 바로 온갖 새로운 것, 자라나는 것, 긍정적인 요소들을 내포하고 있는 우리의 로동 계급 속에서 그 대표적인 것을 찾아 낼 수 있으며 우리 작가들이 전후 인민 경제 복구 발전 투쟁에 동원되며 참가한다는 것은 바로 이러한 전형의 창조에 그 첫째가는 임무가 있는 것이다.

말렌꼬브 동지는 쏘련 공산당 一九차 당 대회의 자기 보고 가운데서 다음과 같이 말하였다.

"사회주의 예술의 힘과 의의는 그것이 일반인의 높은 정신적 품성과 전형적인 긍정적 특질들을 규명하며 밝혀내며 또 사람들의 모범으로 되며 구감으로 될 만한 빛나는 예술적 형상들을 창조할 수 있으며 또 창조하여야만 하는데 있다"

문학이 가진 교양적 역할의 원천은 이러한 전형의 형상 속에 그 기본적인 첫 자리가 있는 것이며 조국 해방 전쟁 시기에 있어서와 마찬가지로 오늘 전후 인민 경제 복구 발전 투쟁 시기에 있어서도 문학은 반드시 이러한 형상을 통하여 전체 인민을 애국적 로력 위훈에로 힘차게 불러 일으켜야만 한다.

말렌꼬브 동지는 계속하여 다음과 같이 말하였다.

"맑쓰—레닌주의적 인식에 있어서 전형적이라는 것은 결코 어떤 통계적 평균성을 의미하는 것이 아니다.

전형성이라는 것은 그 당시 사회 력사적 현상의 본질에 합치되는 것이나 단순히 가장 많이 보급되어 있으며 자주 반복되어 일상적으로 일어나는 현상을 말하는 것은 아니다. 현상에 대한 의식적인 과장과 강조는 전형성을 잃지 않으며 오히려 그것을 더욱 완전히 발로시키여 그것을 강조한다."

맑쓰—레닌주의 미학의 가일층의 발전이며 사회주의 레알리즘 문학에 있어서의 전형 창조에 대한 심오한 분석으로 되는 이 말은 우리 작가들에게 있어서 그대로 창조상 지침으로 되지 않을 수 없다.

전형은 통계적 평균성을 의미하는 것이 아니며 사회 력사적 현상의 본질을 표시하는 것이라고 할 때 그것은 바로 문학상의 전형이 사회 발전의 합법칙성을 반영해야 한다는 말로 된다. 또한 현상에 대한 의식적인 과장과 강조가 전형성을 잃지 않는 리유는 그것이 사회 발전의 합법칙성에 완전히 부합되기 때문이다. 현재에는 비록 미미하고 튼튼치 못한 것으로 나타나는 온갖 새로운 것은 반드시 성장하고 발전하기 때문이며 현재에는 비록 완강하고 튼튼한 것으로 나타나는 온갖 낡은 것은 반드시 쇠멸하고 패망하기 때문이다. 그러므로 작가들이 새로운 긍정적 타이프들을 형상함에 있어서 의식적인 과장과 강조를 부여할 때 그것은 하등 진실을 의곡하는 것이 아니며 주관주의적 오류와는 근본적으로 다른 것이다. 이것은 작가가 사물의 발전의 견지에 튼튼히 립각하고 있는 것을 말하는 것이다.

오늘 우리의 일부 작가들 가운데서 전후 인민 경제 복구 발전 투쟁을 형상함에 있어서 건설 투쟁이 아직 본 궤도에 오르지 않았음을 창작 상의 난점으로 생각하고 있는 경향이 없지 않은바 이러한 유해한 관념은 전형, 창조에 대한 몰리해에서 오는 것이며 사회 개혁의 사상적 루사로 되여야 하는 작가가 현실의 앞장에 설 대신에 추미주의와 기록주의에 빠지고 있음을 증명해 주는 것이다. 이것은 또한 반당적 파괴 종파 분자 리원조가 자기의 「영웅 형상론」에서 전형을 통계적 평균성과 대치하면서 문학을 기록주의의 함정에 처넣으려고 한 시도와 다를 것이 없다.

우리 당 중앙 위원회 제六차 전원 회의의 자기 결론에서 김일성 원수는 전후 인민 경제 복구 발전의 방대하고 중요한 과업이 승리적으로 수행될 수 있는 제반 조건들을 낱낱이 분석한 다음 이렇게 말씀하였다.

"문제는 우리들이 국가의 주인답게 일을 잘하느냐 못하느냐에 달려 있으며 이 모든 유리한 조건들과 가능성들을 어떻게 잘 어떻게 신속하게 우리 국가 인민 생활의 현실성으로 전변시키느냐에 달려 있는 것이다"

이 말씀은 비단 복구 발전 사업에 직접 참가하고 있는 당 및 국가의 모든 일꾼에만 해당되는 것이 아니라 우리 작가들이 심오하게 리해하고 그를 자기들의 창조 사업에 적용해야 할 지침으로 된다.

우리 작가들은 자기들의 작품을 통하여 인민 경제 복구 발전 사업에서 현재 가지고 있는 온갖 가능성을 현실성에로 전변시키는 사업에 능동적이며 적극적으로 참가해야 한다. 우리의 문학 작품은 전체 인민을 오늘의 장엄한 전 국가적 투쟁에로 불러일으키는 고무자로 되여야 할뿐만 아니라 현재의 가능성을 현실성에로 전변시킴에 있어서 정신적 계기를 지여주는 매개자로 되여야 한다. 이러한 매개자적 역할을 수행함에 있어서 중요한 것은 새 것의 장래 발전의 견지에서 우리 시대의 긍정적인 인물들을 과장하고 강조하는 전형의 창조이다.

우리는 막심·고리끼리의 유명한 소설 『어머니』가 二○세기 초엽 로씨야에 있어서의 로동 계급의 혁명 투쟁이 아직 본 궤도에 오르기 전에 어떻게 선도적 역할을 놀았는가를 잘 안다. 우리는 또한 위대한 혁명의 령도자 브·이·레닌이 이 작품을 어떻게 높이 평가하였는가를 기억하고 있다. 레닌은 이 작품에 대하여 다음과 같이 말씀하였다.

"많은 로동자들이 무의식적으로 또 온건하게 혁명 투쟁에 참가하기 시작했는바 그들은 지금 자기 자신들을 위한 거대한 리익으로서 『어머니』를 읽고 있다"

소설 『어머니』가 당시의 로동자들에게 준 '거대한 리익'은 확연한 계급 의식과 혁명을 수행하기 위한 강철같은 투지와 단결의 정신으로 로동자들을 무장시킨 거기에 있는바 당시의 로동자들은 이 소설에 등장하는 빠벨 블라소브와 그의 어머니 뻴라게야·닐로브나의 형상에서 자기들의 본받을 구감을 발견했던 것이다. 고리끼는 이 형상들에 로동 계급 속에서 싹트니 자라나고 있는 온갖 우수한 품질들을 집약하고 또 대담하게 과장하기를 꺼리지 않았다. 그러나 이러한 과장이 조금도 진실을 의곡하지 않은 까닭은 그것이 로동자들이 반드시 그길로 성장 발전하고야 말 미래의 모습을 정확한 눈으로 예견했던 거기에 있는 것이며 실지로 얼마 후 무수한 빠벨과 벨라게야가 현실 속에서 머리를 들고 일어섰던 것이다.

오늘 우리의 로동 계급은 해방 후 민주개혁과 평화적 건설의 시기에서와 가렬한 조국 해방 전쟁 시기를 거쳐 우리나라의 믿음직한 주인으로 성장 발전하였으며 강철의 대오로 되였으며 되고 있다.

이미 우리의 현실 속에는 인물 그대로가 우리 문학의 빛나는 형상으로 될 수 있는 우수한 로력 영웅과 로력 혁신자들이 태동하고 있다. 이 자랑스러운 시대에 살고 있는 우리 작가들이 우리 시대의 전형을 창조함에 있어서 어떤 주저와 애로가 있을 수 있겠는가?

우리 작가들에게 있어서 현재의 가능성을 현실성에로 전변시키는 과업은 우리 로동 계급 속에서 자라나고 있는 온갖 새롭고 우수한 요소들을 장래 발전의 견지에서 대담하게 강조하고 과장하는 긍정적 전형의 창조에 있으며 이러한 전형을 통하여 수많은 로력 영웅과 로력 혁신자들을 현실 속에서 배양하고 육성하는 사업에 그 중요한 고리가 있다.

로선이 결정된 다음에는 모든 것은 인재 여하에 달려있다. 전후 인민 경제 복구 건설 투쟁에 있어서 그 주동 세력이 되는 로동자들을 새 형의 인간으로 개조하는데 얼마만큼 기여했는가에 따라 우리 작가들의 당성이 검열되는 동시에 오늘의 전 당적 전 인민적 과업 수행에 작가들이 얼마나한 방조를 당과 국가에 주었는가가 판정된다.

우리는 로동 계급의 진정한 전형을 그 발전의 견지에서 형상하면서 기기에는 반드시 계급의 본질적 특성이 집약적으로 반영되도록 예술적 일반화를 해야만 한다. 전형적이라는 것은 당해 사회적 력량의 본질을 가장 완전히 가장 예리하게 표현하는 것임을 우리는 잠시도 잊어서는 안될 것이며 전형적 형상 속에는 당해 사회의 본질적 모습과 일정한 계급의 생활과 정신 상태가 반드시 반영되여야 한다. 전형성은 온갖 우연적 말초적 비본질적인 것을 근본적으로 배격한다. 그러나 우리의 일부 문학 작품들 가운데는 로동자를 형상하면서 그에게 기름 묻은 옷을 입히고 망치와 뺀치를 들려주었을 뿐 그 알맹이는 로동자와는 하등의 공통점도 없는 사이비 로동자들이 등장하고 있다. 이러한 바지 저고리식 사이비 로동자의 형상을 우리는 견결히 배격하며 규탄한다. 이러한 경향은 김상오의 장편 서사시 「조국의 깃발 아래」의 로동자 출신의 주인공 '태호'에서 여실히 볼 수 있는 것이다. 이러한 경향은 비단 김상오 한 사람에 그치는 것이 아니라 일부 우리 문학 작품 가운데 아직 청산되지 못한 유해한 독소의 하나다.

　아직 우리는 전후 인민 경제 복구 건설 투쟁에서 주동적 역할을 담당하고 있는 로동자들을 형상한 작품이 극히 희귀한 형편에 처해 있으므로 이러한 작품 속에서 그 례증을 찾아내기는 곤난하다. 그러나 우리는 현실의 움직임에 비하여 그 보조가 너무나도 굼뜬 이와 같은 사태를 준렬하게 비판하기 전에 먼저 로동자를 형상함에 있어서 아직까지 존재하고 있던 그릇된 경향들에 대하여 말하지 않을 수 없다. 이와 같은 경향에 대하여 경종을 울리며 그것이 더는 반복되지 않도록 하는 것은 앞으로 왕성하게 창작될, 또 반드시 되여야 할 로동 계급을 주인공으로 하는 창작 사업에 있어서 하나의 필요한 조치가 될 것으로 인정한다.

　조령출의 시 「강변에서」의 속에 형상된 로동자 출신의 귀환병과 그 안해의 모습은 우리에게 로동자를 형상함에 있어서 어떤 문제를 제기하여 주는가?

　이 시는 전선에서 돌아온 남편과 안해가 달밤에 강변길을 걸으며 지나간 행복에 대하여 애절하게 회상하는 것으로부터 시작한다. 그들은 "강철을 구어내는 강 건너 공장에서 강철의 의지를 배우며 일하였"는바 밤늦게 돌아오는 강변길에서 가장 즐거운 인생을 보냈음을 회상하며 잊을 수 없는 그들의 화촉의 밤을 회상하며 강변의 아담스러운 붉은 집에서 한 쌍의 비둘기처럼 살았던 일을 회상한다. 물을 것도 없이 그들은 공화국의 믿어운 한 쌍의 남녀 로동자들였음이 분명하다. 그런데 그들은 오늘 어떤 정신 상태에 있으며 무엇을 회상하는가? 원쑤들의 폭격에 의하여 황량한 돌무지 언덕과 저주로운 폭탄구덩이로 화한 자기 집이 자리 잡고 있던 곳에 이르러—

그의 안해는 불연듯
남편의 가슴에 얼굴을 묻으며 울었다.
울음 소리를 깨물며 울었다

이 울음에 대하여
세상 사람들이여 함께 울라

그의 남편은 안해의 등만 어루만지며
그제서야 말하였다

—나는 분하오 분하오
복수는 이제부터인데
전선에서 이렇게 돌아온 몸…

안해는 울음을 그치고 안타까이 말하였다
—그래요 아 그래요 나도 분해요
허지만 당신은 훌륭히 싸우고 돌아오셨어요
그리고…

이 어인 비극의 한 장면인가? 이들이 과연 "강철을 구어내는 강 건너 공장에서 강철의 의지를 배우며 일하였다"는 사람들인가? 물론 작자는 끝 련에 가서 복수를 말하고 "조국을 위하여 싸우라!"라고 외치는 것을 잊지 않았다. 그러나 이 부르짖음은 이 시에 있어서는 떼여다 붙인 군더덕이에 불과함이 마치 이 비극의 두 남녀 주인공이 강철을 구어내는 공장에서 일하였다는 대목의 억지와 방불한 것이며, 이 시의 바닥을 흐르고 나가는 주정은 그대로 애수와 영탄이다.

물론 로동자라고 해서 전혀 애수와 영탄에 잠길 줄 모르는 쇠로 만든 인간은 아니다. 인간성의 고귀한 특질을 모두 소유하고 있는 새로운 타잎으로서의 로동자들에게는 명랑하고 활달한 웃음과 함께 뜨거운 눈물도 있다. 그러나 그들은 결코 때와 장소를 가리지 않고 또 그럴 경우가 아닌데 주책없이 눈물을 흘리는 쎈치멘탈한 문학소녀가 아니다. 전선에서 돌아온 로동자 출신의 귀환병과 그를 맞는 역시 로동자 출신의 안해의 감정 세계에 있어서 본질적인 것은 상봉의 환희와 함께 끓어 넘치는 복수심과 지하에서 계속 힘차게 고동치고 있을 자기들의 공장에 대한 긍지감 및 새로운 증산 의욕 등이 아니여서는 안될 것이다. 이러한 기본적 측면에 대한 고려 없이 작자 자신의 저속한 취미로써 회색 칠해 놓은 이 로동자의 형상은 결코 진실한 것이 될 수 없는 것이다.

로씨야의 혁명적 민주주의자들인 벨린쓰끼, 체르늬쉡쓰끼, 도부롤류보브는 문학에 있어서의 전형적인 것에 대하여 고전적 정의를 내렸다. 벨린쓰끼는 부분적이며 우연적인 것이 아니라 전체 자기 시대에 색채와 의미를 부여하는 그런 전반적이며 필연적인 것을 그려야 한다고 말하였으며 체르늬쉡쓰끼는 한 개별적 인간으로는 완전한 사회적 타잎이 될 수 없으며 시인은 수많은 인간들 속에 있는 보편적이며 전형적인 특질을 개괄하여 그것을 한 인물 속에 집약하여야 하며 이렇게 하여 창조한 인물은 참으로 생동하는 성격의 정수로 된다고 말하였으며 도부롤류보브는 작가의 눈이 얼마나 현상의 본질 자체 속에 깊이 침투하였는가, 자기 형상 속에 생활의 다양한 면들을 얼마나 널리 포괄시켰는가에 의하여 그의 재능이 규정 된다고 말하였다. 이러한 말들을 발전시키어 브·이·레닌은 위대한 예술가는 자기 작품 속에 혁명의 본질적 측면을 얼마간이라도 묘사하지 않을 수 없는 것이라고 말하였는바 전형적이라는 것은 당해 사회적 력량의 본질을 가장 완전하고 예리하게 표현하는 것이라는 말렌꼬브 동지의 지적은 바로 이와 같은 명제들에 의거한 함축 있는 교시인 것이다.

전형성에 대한 이와 같은 고전적 명제로부터의 리탈은 불가피적으로 형상의 편협화 왜소화를 초대하지 않을 수 없다.

리상현의 소설「고압선」역시 얼굴에 화상을 입고 전선에서 귀환한 로동자 출신의 긍정적 인물을 묘사한 작품인바 이 소설에 등장하는 주인공 '진수'는 우리 로동자들의 강의하고 순결하고 새로운 모습들을 잘 반영하지 못하였으며 차라리 인테리적인 내향성, 자의식 소심한 고민이 너무나도 많은 사람이다. 이러한 경향들은 구시대적 소 부르죠아 인테리의 유물은 될지언정 해방과 함께 그 정신적 면모가 일신되였으며 조국 해방 전쟁 과정에서 더욱 강철로 단련된 우리 로동 계급의 정신적 특질로는 될 수 없다. 작자는 '진수'의 이러한 경향이 주로 얼굴에 입은 흉한 화상에 기인하는 것이라고 말할 것이나 이러한 화상으로 말미암은 고민을 작품 전면에 클로즈엎시킴으로써 작자는 어떤 효과를 노리는 것인지 알 수 없다. 대체 전선 귀환병을 취급한 우리 작품에는 완다·와씰렙쓰까야의『사랑』을 본 받는 이런 식의 귀환병이 자주 출현되는데 귀환병을 첩경 이런 흉한 얼굴로 만드는 작가의 취미를 나는 리해할 수 없으며 반드시 이러한 작품을 써야 할 필요가 있다면 여기서 주동적인 인물은 부상된 귀환병 자신이기 보다는 얼굴의 용모 여부를 가리지 않고 고결한 사랑을 끝내 굽히지 않는 그러한 녀성을 자신이여야 할 것이다.

「고압선」≪문학예술 九호≫은 귀환병의 불굴의 로력 투쟁을 묘사하려고 시도한 작품이면서 그 효과가 박약한 것은 이야기의 줄거리가 주로 '진수'의 고민 많은 내면세계의 추구에서 시종된데 기인하는 것인바 '진수'에게 있어서 더욱 핍절한 것은 '원희'에 대한 지울 수 없는 사랑과 화상을 입은 자기 자신에 대한 자격지심이다. 이러한 감정이 '진수'에게 있어서 얼마나 지배적이며 주동적인 자리를 차지하고 있는가 함은 전선에서 돌아오는 길에 그렇게도 궁금하던 어머니와 동생들이 폭격에 모두 희생되고 말았음에도 불구하고 여기에 대하여는 복수심은 쥐꼬리만큼도 생각하지 않는데서도 찾아 볼 수 있다. '원희'에 대한 생각이 자나 깨나 꼬리를 물고 '진수'를 따라 다니며, 그럴 때마다 화생 당한 자신에 대한 자의식이 머리를 들고 일어선다.

우리는 이러한 우울하고 소심한 로동자보다는 대담하고 명철하고 쾌활하며 볼쉐위끼적 새로운 특질들을 소유한 로동자들을 사랑하며 우리의 사업을 그들에게 의탁하고 있다. 우리에게는 모범과 구감이 될 수 있는 전형이 어디에 있는가를 살필 것이 요구된다. 부단한 사회생활의 발전과 각 부면에 있어서의 새로운 사물의 부절한 맹아 및 양양은 여기 관여하는 인간들의 품질 속에 락인을 찍으며 그들의 성격과 정신세계에 새로운 인간 타잎을 형성케 한다. 작가는 여기에 반드시 눈을 돌려야 하며 여기에 예술적 조명을 퍼부어 그를 육성하고 보급시켜야 하는 것이다.

나는 여기서 브·아쟈예브의 빛나는 소설 『모쓰크바로부터 먼 곳』에 대하여 언급할 필요를 느낀다. 쏘련의 위대한 조국 전쟁 시기에 원동에서 혁신적인 방법에 의하여 급속도로 진행된 급유관 건설 투쟁 모습을 형상한 이 소설이 우리에게 큰 감동을 주는 리유는 바로 이 소설이 높은 국가적 견지에서 모든 사건들을 중요하고 기본적인 측면에서 묘사한 데 있는 동시에 활동하며 투쟁하겠다는 의욕이 무한히 끓어 넘치며 행복이라고 부를 수 있는 생활로 충만한 새로운 인간들로써 형성된데 있다. 이 소설에서 로력은 그대로 하나의 창조이며 정신적 환희로 된다. 이러한 로동에 종사하는 인간들이 전혀 새로운 타잎의 인간들임은 두말할 필요도 없다.

작자는 자기 소설을 시적으로 서술된 생산 보고에 불과하다고 말하였으며 "조국 앞에서의 보고"라는 명칭을 소설의 한 장은 가지고 있다. 급유관 건설 책임자 바뜨마노브는 지도적 일꾼들의 회의를 소집하고 보고 작성에 관한 의견을 제기할 과업들을 주었다. 바뜨마노브가 보고 작성에 관하여 언급한 말은 대단한 중요성을 가진다. 그는 사람들이 '주체 없는'의식을 가지지 말며 그들의 하고 있는 사업의 전체 범위를 알며 자기 자신을 리해하며 소소한 사리사욕에 빠지지 말 것을 가르치였다. 그는 공급 책임자에게 다음과 같이 말한다.

"만일 당신네 과에서 창고 계원의 시야바께 가지지 못한 사람이 보고를 준비한다면 그는 신발 각반 쟈께쯔 및 바지를 얼만큼 로동자들에게 지급하였으며 식량을 얼마큼 소비하였으며 또한 우리는 소비 규준을 어떻게 조정하였다는 것을 무미건조하게 지껄이게 될 것이다. 국가적 견식을 가진 사람은 이와 다르게 말할 것이다…."

국가적 견식을 가진 사람은 이렇게 말할 것이라고 바뜨마노브는 말한다― 즉 엄동설한이 닥쳐왔으나 건설자들에게는 옷이 거의 없었다. 그럼에도 불구하고 그들은 국가 기금을 쓰기를 거부하였으며 이미 지급 받은 것을 붉은 군대에게 보내였으며 그들 자신은 부대에서 이미 패물로 등록된 군복들로써 만든 저고리나 바지와 같은 것을 입었다고 말할 것이다.

이러한 말은 우리 작가에게도 적용되는 것이다. 우리에게는 이러한 국가적 견식 대신에 아직도 각반과 쟈께쯔의 수량 바께 눈에 안 보이는 전기한 바와 같은 창고 계원의 견식을 소유한 작가들이 수다하게 있다. 국가적 견식으로 자기 자신과 사물을 고찰하는 것은 쏘련의 조국 전쟁 시기의 원동의 급유관 건설자들에게만 필요한 것이 아니라 오늘 인민 경제 복구 건설 사업에 종사하는 매개 일꾼은 물론 우리 작가들에게도 요구되는 것이다.

이러한 국가적 견식으로 일관된 이 소설에는 쏘베르의 새로운 인간들이 가진 제 특질들, 로력에 대한 영예감과 사랑, 비타협적이며 자각적인 국가적 책임성, 솔직하며 정직한 비판 정신, 볼쉐위끼적 새로운 제반 도덕적 품성들이 생동하게 묘사되고 있다. 소설 중에서 엄격하고 강의한 투지의 소유자인 녀 공청원 따냐 와썰리첸꼬에 관한 일화는 그 한 실례로 된다.

따냐는 도시의 남녀 청년들이 대단히 견디여 나가기 곤난한 대 밀림 속에서의 로동—녀 공청원 련락대를 엄격히 지도하면서 헌신적인 활동을 보여주는바 여기에 건설 책임자 바뜨마노브가 찾아 왔다. 바뜨마노브는 녀공청원의 애국적 투쟁 모습과 자기 지도자에 대한 그들의 헌신성을 익히 보았으며 그들이 많은 사업을 하였다는 것을 곧 리해하였다. 그러나 책임자는 사람들이 기대하고 있던 칭찬 대신에 작업대원의 눈앞에서 련락선을 완전히 가설하지 못했다고 따냐를 준렬하게 비판하는 것이다. 사람들은 처음 의아하였으며 따냐에 대한 지적이 부당한 것으로 인정하였다. 그러나 청년들 중에서 젊은 공청조직원 코랴·쓰미르노브는 건설 책임자가 따냐에게 대하여 엄격한 태도를 취하게 된 원인을 알았으며 그것을 해설해 주었다.

—그는 엄격히 함으로써 대원들 앞에서 따냐의 엄격성을 정당화하려고 한 것이다.

실로 바뜨마노브는 그 준렬한 지적으로써 따냐의 위신을 제고시켜 주었으며 그의 엄격한 사랑으로써 따냐의 사업을 방조하여 주었던 것이다.

브·아쟈예브는 이처럼 쏘베트 인간들의 새로운 도덕적 품성을 예리한 시선으로 밝혀내고 그것을 일반화하는데 놀라운 예술적 재능을 보여 주었다.

전후 인민 경제 복구 건설 투쟁은 그 자체가 하나의 시이며 여기서 예견되고 있는 방대한 三개년 및 五개년 계획들은 그대로 화려하고 찬란한 꿈의 실현을 의미한다. 우리 작가들은 이 거창스러운 투쟁에 참가하고 있는 우리의 로동 계급을 비롯한 근로 대중 속에서 싹트고 있으며 꽃 피고 있는 온갖 새롭고 고귀한 도덕적 품성들, 선진적 계급의 전위들만이 가질 수 있는 제반 정신적 특질들을 찾아내고 그를 개괄하고 예술적으로 일반화함으로써 수백만 독자들에게 산 교양 재료로 될 수 있는 작품들을 창작해내는 때라야만 인간 정신의 기사로서의 자기 임무를 수행했다고 말할 수 있는 것이다.

그러나 우리는 여기서 예술적 일반화는 반드시 개성적인 것 개인적인 것과의 통일 속에서 묘사되여야 한다는 것을 잊어서는 안 될 것이며 예술적 라이프에 있어서 일반적인 것과 개인적인 것과의 유기적 통일에 관한 엥겔쓰의 명제를 명심해야 할 것이다. 그러나 우리 문학 작품들 가운데는 아직도 어떤 사회적 그룹빠의 일반적인 특질들이 도식적으로 묘사될 뿐 그것이 생동하는 개성 속에서 포착되여 생기 발발하고 약동하는 하나의 개인적 인간으로 묘사되지 못하는 실례들을 왕왕히 본다. 이러한 경향은 최명익의 소설 「기관사」의 주인공 '현준'이 그 대표적 실례의 하나로 되는 것인바 이것은 비단 「기관사」에 그치는 것이 아니라 특히 로동자를 취급한 우리의 많은 작품들에서 허다하게 볼 수 있는 실례들이며 최근에 있어서는 최재홍의 희곡 「지죽」(八・一五기념 희곡집 『돌격』)에 등장하는 로동자, 당부 위원장, 지배인, 직맹 위원장들은 모두 많거나 적거나 간에 도식적으로 묘사된 실례의 하나다. 우리는 현실의 본 줄거리를 보지 못하는 창고 계원의 견식을 배격하는 동시에 인간을 류형화하는 도식주의적 경향에 대하여도 견결히 반기를 들어야 하겠다. 이와 같은 요소들과의 투쟁이 없이 우리 문학에 진정한 전형은 등장할 수 없다.

3

우리 작가들은 오늘의 전 인민적 복구 건설 투쟁이 바로 치렬한 계급투쟁이며 전 인민적 민주 혁명의 당면 과업이라는데 대하여 깊은 리해를 가져야하겠다. 전후 인민 경제 복구 건설 투쟁에 대한 이러한 기본적 의의와 성격에 대한 리해 없이 우리는 전혀 옳바른 문학 작품을 창작할 수 없으며 우리의 현실을 진실하게 반영할 수 없다.

오늘 전 당적 전 인민적 인민 경제 복구 건설 투쟁은 전쟁에서 입은 상처를 복구하는데 그치는 것이 아니라 조국의 평화적 통일과 미래의 사회주의 사회를 지향하는 사회 발전의 합법칙성의 표현이며 따라서 여기에는 사회 발전의 내용을 이루고 있는 대립물의 투쟁, 새것과 낡은 것과의 투쟁이 기본적으로 수반된다.

오늘 우리 인민들은 정의의 조국 해방 전쟁에서 력사적 승리를 쟁취하였으며 영예로운 정전을 성립시키였다. 그러나 흉악한 미 제국주의 야수들은 계속 남반부에 주둔하여 정전을 파탄시키며 다시금 전쟁을 도발하기 위하여 온갖 수단과 방법을 다하고 있으며 탐정 파괴 암해 분자들을 계속 북 반부에 파송하고 있다. 이자들은 우리 진영 내의 우울분자 동요분자 권태분자 및 사상적으로 튼튼치 못하고 준비가 약한 일부 인민들을 자기들의 파괴 사업에 리용하며 그들에게 반동사상을 침투시키려고 시도하고 있다. 이러한 사정은 우리들이 혁명적 경각성을 더욱 높이며 일체 낡은 요소들의 발현에 대하여 예리한 눈추리를 돌릴 것을 요구하고 있다.

이와 함께 우리에게는 경제의 소규모적 생산의 성격으로 인하여 브르죠아 사상이 발현될 내재적 조건이 있으며 특히 전쟁 환경 중 로동 계급의 중견 부대들이 다수 전선으로 동원된 환경으로 말미암아 농민 소상인 가정부인 등이 공장으로 대량 진출한데로부터 로동 계급의 질적 구성에 일부 변화를 가져온 특수한 조건들이 있다. 이러한 조건들은 로동 계급 속에 락후한 사상들이 배태할 수 있는 현실적 기반으로 되지 않을 수 없다. 로동 계급 속에 일부 남아 있는 일제 사상 잔재와 소 생산자적 근성 및 일체 락후한 사상 의식과 생활 풍습은 로동 계급의 계급적 각성과 혁명적 단결과 투쟁 의욕을 마비시킬 수 있으며 우리의 전진 운동에 지장을 줄 수 있다. 그러므로 김일성 원수께서는 "우리의 근로 대중의 모든 낡은 관습 낡은 의식을 씻어버리고 자각적인 새로운 프로레타리아적 규률을 확립하는 고상한 과업이 제기되고 있다"고 말씀하시였으며 로동 계급의 핵심을 육성 단련하며 그들의 계급적 의식을 제고시킬 것을 강조하시였다.

그러므로 전후 인민 경제 복구 건설 투쟁을 형상화하는 작가들은 오늘의 전 인민적 이 투쟁이 바로 치렬한 계급투쟁이라는 인식 밑에서 사물을 새 것과 낡은 것과의 투쟁의 견지에서 관찰하며 새 것을 지지 육성하고 온갖 낡은 것에 폭로와 비판의 채찍을 들 것이 요구되는 것이다.

이러한 과업들은 구체적으로 어떤 문제들을 제기하여 주는가?

그것은 첫째로 전형을 창조하되 그것을 반드시 모순의 투쟁 속에서 형상화 할 것을 작가들에게 요구한다.

우리의 문학 작품에는 그 성격이 모호하고 개념적이며 사람에게 아무런 감동도 주지 못하는 만세적 인물들이 허다하게 등장하며 어떤 사업이나 모두 순조롭게 진행되는 듯이 묘사하는 실례가 많은바 그 원인의 하나는 작가들이 현실 속에 내재하는 모순의 투쟁과 전형 창조와의 관계를 심각하게 리해하지 못한데 있다.

현실 속에 내재하는 모순은 문학 작품 속에서 반드시 작중 인물의 성격 속에 반영되는 것이며 전형적 인물의 전형적 성격은 현실 속에서 진행되는 모순과 갈등의 투쟁에 의하여 결정되는 것이다. 그리고 그 성격은 현실 속에서의 대립물의 투쟁이 발전하는데 따라서 그도 함께 발전하는 것이다. 그러므로 우리 작가들이 현실 생활의 모순과 갈등을 표현하지 않고, 모순과 갈등 속에서 인물의 성격을 형상화하지 않고 진정한 전형의 창조는 불가능한 것이다. 작품 인물의 성격의 풍부성과 심오성은 바로 현실 속의 모순과 갈등의 풍부성과 심오성의 표현으로 된다. 이 점에 있어서 우리에게 고전적인 모범으로 되는 수다한 작품들 중에서 우리는 우선 숄로호브의『개간된 처녀지』를 들 수 있다.

이 소설은 주지하는 바와 같이 一九三〇년 농업의 전면적 집체화와 꿀라크를 청산할 데 관한 쏘련 공산당 (볼쉐위크) 의 결정이 있은 이후 돈 강 고사크 농촌에서 일어난 격렬한 계급투쟁을 주제로 하여 젊은 당원 다위도브가 농민들을 행복한 사회주의의 길로 이끌기 위하여 악랄한 부농층들과 견결하고 치렬한 투쟁을 전개하여 드디여 농민들의 락후한 사상 의식을 개변시키고 승리를 쟁취하게 되는 전말을 보여 주고 있는바 주인공 다위도브의 성격의 그 생동하는 모습의 비밀은 바로 현실 속의 모순과 갈등이 이 인물 가운데 풍부하고 심오하게 표현된데 기인하는 것이다.

여기서 우리는 문학상에 있어서의 갈등을 다만 사건을 구성하고 전개하는 뜨라마뚜루기적 창작 기법으로서만 리해할 것이 아니라 그것은 생활의 합법칙적인 반영으로서의 전형의 창조에 있어서 불가분리의 관계를 가지고 있다는데 대하여 깊은 인식을 가져야 하겠다.

우리는 일체 무 갈등론적 유해한 경향에 대하여서만 반기를 드는 것이 아니라 갈등의 도식화 기계화 또는 편협화적 경향에 대하여서도 견결한 반기를 드는 자이다. 왜냐 하면 이러한 경향은 생활의 진실, 현실의 합법칙성을 전혀 무시하며 의곡하기 때문이다.

송영의 희곡「두 처녀」는 정전 후 농촌 로력 특히 녀성 로력을 광범히 생산 직장에 인입시키며 그들을 고착시키는 문제가 중요하게 제기되고 있는 이때시기에 적절한 작품이며 이러한 점에 기동성 있게 수응하고 이러한 주제를 정면으로 들고 나온 작자의 높은 정치적 안목과 성실한 태도를 높이 평가하는데 있어서 나는 조금도 주저하지 않는다. 그러나 이 작품은 문학상의 갈등 문제를 단순한 형식적인 창작 수법으로서 도식화한 하나의 실례로 된다.

작품에는 같은 이름을 가진 '김정옥'이란 두 처녀가 등장하는바 그들은 서로 이름만 같을 뿐이지 한 사람은 모범 로동자며 한 사람은 락후한 신입 로동자이다. 신입 로동자인 작은 김정옥은 공장에 익숙치 않으며 언제나 두고 온 집과 농촌이 그리워 집으로 돌아갈 것을 생각하고 때로는 꾀병을 부리고 태공을 하며 심지어 탈출까지도 기도한다. 이때 그의 어머니가 신문에 게재된 모범 로동자 김정옥의 기사를 자기 딸의 이야기로 오인하고 부락 민청의 격려 편지와 선물들을 가지고 공장을 찾아오는데서 사건은 크라이맥스로 진전한다. 그의 딸은 어찌할 바를 몰라 당황하며 더우기 부락 민청과 자기 동생의 격려와 찬양의 편지를 읽고 울음이 터진다. 마침내 진짜 모범 로동자인 큰 정옥과 직맹 위원장이 등장하여 사건의 전말이 밝혀지며 어머니는 속은 것을 알고 놀라지 않을 수 없다. 이러한 충격을 받고 사건의 장본인인 작은 정옥은 진심으로 자기 잘못을 뉘우치고 자비하며 어머니도 락심할 대신!에 그러한 딸의 모습에 떳떳함을 느끼고 마음을 진정시키는 것으로 희곡은 끝난다.

물론 희곡을 창작함에 있어서 하나의 기법으로서 같은 이름을 가진 두 인물을 등장시킬 수도 있으며 이것만을 가지고 사건의 우연성이 로출된 것으로 배척할 필요는 없다. 그러나 나는 이 작품을 읽으면서 이 신입 로동자가 어째서 공장을 그처럼 싫어하고 태공하는지 리해할 수 없었으며 이 사람은 우연적으로 공장에 들어온 사상적으로 락후한 분자임에 틀림없다고 생각하였다. 그러나 사건의 진전과 함께 그의 어머니가 가지고 온 부락 민청의 편지에 의하면 그는 모범 농민으로서 녀성 보잡이였으며 누구보다도 솔선하여 공장 로동자로 자원해서 들어온 사람이였음이 판명되였다. 그러므로 이 인물은 적어도 애국심이 결핍된 까닭에 공장을 리탈하려고 하는 반동분자는 아닐 것이며 자기 고향 사람들의 지지와 격려가 없기 때문에 공장을 떠나려고 생각지도 않을 것이다. 그런데 이 처녀는 부락 인민들의 착각으로 인한 격려와 어머니의 방문이 준 충격으로 인하여 자기 잘못을 뉘우치고 공장에 주저앉게 된다. 그러면 이 녀성은 동요하는 자기의 심정을 완전하게 진정시키고 기쁜 마음으로 자각적으로 공장에 고착될 수 있겠는가? 나는 그렇게는 보지 않는다.

나는 이러한 처지의 녀성이 공장에서 리탈하려는 주요 원인으로서 공장의 프로레타리아적 규률과 농민의 소 생산자적 습성의 부조화에 기인하는 것으로 보며 그런 까닭에 이러한 농촌 로력들을 공장에 안착시키는 주요한 고리는 기발한 창안에 의한 어떤 우연한 충격에 있는 것이 아니라 농민들의 소부르죠아적 계급 의식을 들추어내고 그것을 개변시키는데 있다고 생각한다. 그리고 이러한 사상 개변이 도식적이며 기계적인 투쟁에 의하여 이루워질 수 있다고는 생각지 않으며 더욱이 현실 그 자체의 투쟁이 이와 같이 진행되는 것이 아니라 이 작품의 주인공과 같은 처지에 있는 신입 로동자들은 이 희곡을 보고 공장을 리탈하면 안 된다는 것을 막연하게 알기는 할 것이나 그것이 어째서 나쁘며 공장에 안착하기 위하여는 무엇이 필요한가를 아무것도 찾아낼 수 없을 것이다. 이와 같은 사정은 이 작품에 설정된 갈등이 생활의 합법칙성에 립각하지 않고 억지로 연극을 만들기 위하여 창안해 낸 도안에 불과할 뿐더러 인물 성격이 전혀 계급적 본질에서와 모순의 투쟁 속에서 포착되고 형상화되지 못했다는 것을 말해 주는 것이다. 동시에 이것은 생활에 진실한 문학만이 인민 대중의 유력한 교양자로 될 수 있다는 것을 다시금 깨우쳐 주는 것이라고 생각한다.

4

작가들은 우리의 생활과 인물 성격을 현실의 모순 갈등과 투쟁 속에서 형상화하는 동시, 오늘 우리 사회의 온갖 낡은 것들을 비판 폭로하는 사업에 적극적으로 동원되며 이 부면에서 좀 더 대담하고 예리하고 신랄할 것이 요구된다. 이상에서 나는 전형 문제를 주로 긍정적 인물의 형상화에 대하여 중점적으로 이야기하였거니와 우리는 현실에 존재하고 있는 일체 낡은 것들을 전형화하는 사업에 정력적인 창조적 력량을 기울여야 하겠다.

문학에 있어서 부정적 인물이 전형이 될 수 없다는 것은 이미 진부한 리론이며 이 리론은 마치 문학작품 속에 풍자적 형상이 등장할 수 없다는 괴상한 론리와 통하는 것이다. 그러나 우리 사회에는 전진할 것을 희망하며 따라서 우리의 전진을 가로 막는 일체 부정적인 인물과 경향들을 풍자의 불길로 불살라 버릴 것을 요구하고 있다. 문학은 그 작품 속에 긍정적 전형만이 아니라 각 계급 각 사회층과 그룹빠들의 특질들을 반영하는 다양한 전형을 포괄하는 것이며 이러한 전형들은 자기들이 소속한 계급과 사회적 그룹빠의 사상과 감정, 그들이 나아가는 방향―발전과 쇠멸을 반영한다. 따라서 문학에 있어서의 부정적 인물의 전형화는 이러한 인물이 속한 계급과 사회적 그룹빠의 운명을 채찍질하는 것이며 그들을 우리의 전진 운동의 행로에서 깨끗이 쓸어버리는 거대한 정치적 의의가 있다.

전형성의 문제는 비단 긍정적 인물의 형상에 있어서만이 아니라 부정적 인물의 형상에 있어서도 정치성의 문제로 된다.

그러나 우리 작가들은 우리 인민이 소유하고 있는 고상한 애국주의와 영웅주위를 형상하는데 열중하면서 그 반면에 우리의 현실 내부에 아직 뿌리 깊이 존재하고 있는 일체 부정적 측면에 대하여는 눈을 덜 돌리려는 경향이 있다. 그러나 부정면 없이 긍정면이 있을 수 없고 낡은 것이 없이 새 것이 있을 수 없다는 것은 명백하다.

"모순은 운동이며 사물 자체이며 과정이며 또 사상이기도 하다. 사물의 모순을 부인하는 것은 일체의 것을 부인하는 것으로 된다"(모택동) 만일 우리사회에 모순이 없고 모순을 해결하려는 신구사상의 투쟁이 없다면 사회는 정지되고 말 것이다. 만일 일부 우리 작가들에게 존재하는 부정면에 대한 경원주의가 사물의 본질에 대한 인식 부족에서 오는 것이 아니라 진실을 두려워하는데서이라면 그는 곧 사회주의 레알리즘을 배반하며 영웅적 조선 인민의 억센 투쟁 의욕을 무시하는 것으로 되지 않을 수 없다. 이미 우리 인민들은 어떠한 부정면의 발악일지라도 능히 이를 제압 극복할 수 있는 거대한 력량으로 장성하였다. 비단 작가만이 진실을 두려워할 아무런 현실적 리유도 없는 것이다. 일찌기 쓰딸린은 진실을 두려워 하지 않으며 그것이 아무리 불리한 것일지라도 진실을 정면으로 바라다보기를 두려워하지 않는 것이 볼쉐위끼의 특성이라고 말씀하였다. 이러한 볼쉐위끼의 특성이 또한 사회주의 레알리즘 작가의 특성으로 되지 않을 수 없다. 생활의 진실을 두려워하고 생활의 모순을 묘사하기를 기피하는 것처럼 자가에게 있어서 큰 범죄는 없을 것이다. 혁명적 발전 과정 속에서 생활을 충실하게 묘사하는 것이야말로 사회주의 레알리즘의 가장 중요한 특징이라는 것을 우리는 재삼 명심해야 할 것이다.

우리는 이 문제에 대하여 쏘베트 연극계에 존재했던 '무갈등의 리론'에 대한 정당하고 심오한 비판들에서 특히 많은 교훈들을 받아들이게 된다.

쏘베트의 일부 무갈등론자들은 심각한 생활상의 갈등을 무시하며 쏘베트 사회에 있어서는 모든 것이 다 좋고 리상적인 것처럼 인식하면서 생활 속에 있는 나쁜 것 부정적인 것에 대한 비판을 포기하였다. 그러나 이러한 관점이 어떻게 생활의 진실에 배치되는 것인가함은 두말할 필요도 없다. '쁘라우다'는 다음과 같이 지적하였다.

"쏘베트 문학은 최선단의 쏘베트 사람, 공산주의 건설자들의 모든 아름다움과 위관을 보여준다. 생활을 온갖 그의 다양성과 움직임 속에서 묘사하는 것은 쏘베트 문학의 의무인바 그것은 생기 없고 침체한 모든 것, 인민에 적대되는 모든 것, 비판과 자아비판의 청신한 입김을 치명적으로 두려워하는 모든 것들을 엄격히 폭로하며 인간의 의식 속에 남아 있는 자본주의 잔재를 일소하고 이러한 진재가 아직도 억세게 남아 있는 사람들 우에 풍자의 불길을 퍼부어야 한다"

이러한 풍자의 불길은 그 대상이 억세일쑤록 강렬한 것이 되지 않을 수 없으며 그것이 적용되는 시기의 여하가 문제되지 않는다. 그러나 우리의 일부 작가들은 현재 우리 사회의 과도기적 성격에 비추어 일체 낡은 것과 부정적인 것들에 대한 풍자 또는 묘사를 당분간 보류하는 것을 작가적 모달인 것처럼 느끼고 있는 경향이 없지 않다. 이것은 부질없는 로파심이라고 말하지 않을 수 없으며 환자에게 주는 정신적 육체적 고통을 고려하여 수술을 연기하자는 엉터리 외과 의사와 다를 것이 없다. 버려두면 종처는 더욱 곪을 것이며 병을 완치하기 위하여는 시급하고 근본적인 수술이 필요하다. 시련이 큰 때일쑤록 자체 력량을 더욱 강화할 것이 요구된다.

사회의 온갖 낡은 것들은 언제나 근기있게 살아남을 것을 시도한다. 일체 낡은 것들이 가렬한 투쟁의 결정적 타격을 받음이 없이, 자기의 생존을 유지하기 위하여 모든 나머지 힘을 다 써 보지 않고 스스로 자기 자리를 내주고 물러선 일은 일찌기 인류 력사에 있어 본적이 없다. 계급을 없새는 것은 장구하고 어렵고 완강한 계급투쟁을 거쳐서만 가능한 것이며 이러한 투쟁은 부르죠아지의 주권이 전복된 후, 프로레타리아트의 독재가 수립된 후에 있어서도 자체의 형태를 변하여 많은 관계에 있어서 더욱 가혹해지는 것이라고 레닌은 일찌기 교시하였다.

인간의 사상 의식은, 그것이 의거하고 있던 토대가 사라진 후에도 근기 있게 살아남을 것을 주장할 뿐만 아니라 사회의 발전을 저해하며 오늘과 같은 전후 인민 경제 복구 건설 시기에 있어서는 장엄한 전 인민적 투쟁과 그 무진장한 힘의 발동을 방해하고 좀 먹는 것이다.

무릇 인간의 이데올로기적 형태는 일단 발생하면 사회의 경제적 토대에 대하여 상대적 독립성을 획득하고 어느 정도 까지는 사회의 물질적 생활로부터 분립하여 있는 까닭에 이것을 청산 변혁함에 있어서는 부단하고 완강한 투쟁이 필요하다. 그러므로 김일성 원수께서는 력사적 二월 연설 가운데서 특히 이 낡은 사상 잔재와의 투쟁을 강조하시면서 그러나 이 투쟁은 단 시일에 끝날 수 없다는 점을 다음과 같이 명시하였다.

"첫째로 일제 사상 잔재와 낡은 봉건적 사상 잔재와 투쟁하며 그를 근절하여야 하겠다.

그것은 이 사상 잔재가 각 방면에서 우리의 사업에 막대한 해독을 주기 때문이다. 물론 일제 사상 잔재를 근절하는 문제는 단시일 내에 해결될 문제가 아니라 오랜 시일을 통하여 부단한 투쟁을 계속하는 조건하에서만 그의 근절이 가능하다."

이러한 낡은 것과의 투쟁에서 우리 작가들이 그 전위적 역할을 놀아야 할 것은 물론이며 여기에 아무런 이의도 있을 수 없다.

특히 전후 인민 경제 복구 건설을 형상화함에 있어서 이 문제는 첨예하게 제기되는 긴요한 문제로 되지 않을 수 없다.

전후 인민 경제 복구 건설의 방대한 국가적 계획을 수행함에 있어서 국가 일꾼들의 지도 수준을 제고하며 사업 작풍을 개진하는 문제는 중요한 의의를 가진다. 우리의 간부 일꾼들이 낡은 사상 잔재와 낡은 사업 작풍을 견지하는 한 우리의 국가적 계획의 실천은 그 전진 속도가 완만할 수밖에 없으며 우리의 사업에 막대한 해독을 줄 것이다. 이미 이러한 락후한 사상 잔재와 사업 작풍은 오늘의 복구 건설 투쟁에 있어서 중요하게 제기되는 내부 원천 동원 문제 로력 확보 문제 기술 문제 건설 자금 확보 문제 등의 각 분야에서 허다하게 로출되고 있으며 경애하는 수령께서는 우리 당 중앙 위원회 제六차 전원 회의에서 진술한 결론 가운데서 이러한 제반 문제에 강령적인 교시를 주시는 한편 그릇된 경향들을 비판하시였으며 내부 원천 동원에 동한한 일군들을 "코막고 숨막힌다"는 격으로 풍자적으로 지적하시였다.

그러나 우리 작가들은 이러한 문제들에 대하여 적게 머리를 돌리고 있으며 락후한 사상 잔재와 사업 작풍에 대하여 신랄하고 예리한 비판과 풍자의 채찍을 들지 못하고 있다. 이러한 경향은 비단 오늘에 있어서만 존재하고 있는 것이 아니라 조국 해방 전쟁 시기에 있어서도 근기 있게 지속되여 온 그릇된 현상인바 전 인민적 운동으로 전개되는 반관료 탐오 랑비 투쟁을 형상한 작품이 극히 희귀한 형편에 처하여 있음은 그 단적인 표현으로 된다. 일부 우리작가들 중에는 우리 시대의 부정적 인물로서는 '치안대'나 '간첩'을 등장시키면 문제는 다 해결되는듯이 생각하는 사람조차 없지 않으며 사실 우리 작품 가운데 등장한 부정 인물이 고작해야 '치안대'나 '간첩'에 그치였다는 실정이 또한 이러한 사실을 여실히 립증하는 것이다. 우리 사회의 부정적 인물로 '치안대'나 '간첩'밖에 없다면 문제는 아주 수월하고 간단한 것이나 사실은 이와 같지 않으며 우리의 사업을 좀먹는 관료주의자 탐오 랑비 분자 우울 분자 권태 분자 및, 그밖에 온갖 백주의 요괴 등이 얼마든지 있는 것이다. 이러한 사태를에 대하여 작가들이 눈을 감는다는 것은 그대로 당성의 문제이며 정치성의 문제로 되지 않을 수 없다.

우리는 관료주의자를 취급한 희귀한 몇 개의 작품이 전쟁 중에 발표된 것을 알고 있으며 그 중에서 조벽암은 시 「거울 하나씩은 걸라」로써 고군분투의 기개를 보여 주었다. 그 점에 있어서 우리는 이 시인을 높이 평가한다. 그러나 그 작품들은 앞으로 우리 문학에 있어서 활발해져야 할 관료주의자를 비롯한 부정적 타잎들의 형상에 있어서 적지 않은 문제들을 제기해 주며 이것을 검토하는 것은 부정적 인물의 전형화 사업에 있어서 필요한 일이 될 것으로 생각한다.

시 「거울 하나씩을 걸라」 ≪문학예술 一九五三, 二≫는 관료주의자들에 대한 비판과 풍자를 그 주제로 하고 있으며 '김일성 장군의 二월 말씀을 받들고'라는 부제가 붙어있다. 이 작품은 우리에게 사회의 부정적 측면을 취급함에 있어서 하나의 좋은 참고를 제공해 주는 것이다.

우리는 부정적 인물을 전형이 아닌 개별적 인물이라고 단정하는 비속한 리론에 좌단하는 자는 아니다. 그러나 부정적 인물의 일반화는 어디까지나 그가 속하고 있는 사회적 그룹빠와 카테고리에서 한발자국도 벗어날 수는 없으며 그것이 우리 시대의 참된 전형으로는 될 수도 없고 되어서는 안 될 것이다. 왜냐 하면 우리 시대의 진정한 전형은 불굴의 영웅주의와 고상한 애국심을 소유한 새로운 인간들 가운데 있는 것이며 이러한 쇠멸할 운명에 처한 낡은 것들에 있는 것이 아니기 때문이다.

시 「거울 하나씩을 걸라」는

둥근 의자 옆에는
거울 하나씩을 걸라

라는 말로 시작되어 이 거울은 그러나 고급 양복에 묻은 티겁지나 먼지를 털라는 것도 부연 볼따기를 만져보며 만족스런 웃음을 지어보라는 것이 아니라 거만스레 그대를 바라다보는 그 눈을 살펴보라는 것이다라고 발전한다. 적어도 이 시에 의거하면 우리 인민 정권 기관의 지도적 일꾼들은 모두 관료주의자로 되어 있으며 거만한 눈을 가진 사람들로 되어 있다. 어떻게 이럴 수 있겠는가? 그들은 모두 당과 정부의 신망이 높은 까닭에 지도적 자리에 앉은 사람들이며 오랜 혁명 투쟁을 거쳤거나 또는 해방 후 당과 인민 정권의 품속에서 새로 자라난 새 형의 인간들이며 새 형의 지도 일꾼들이다. 이러한 지도 일꾼들의 일부에 자리 잡고 있는 관료주의를 그들의 전 계층에 확대한다는 것은 현실의 의곡 외에 아무 것도 아니며 이것은 잘못 발전하면 쏘베트 문학에서 현실 생활 중의 결점을 악용하여 쏘베트 제도와 쏘베트 사람들을 비방하고 나온 죠쉔꼬의 아류를 밟게 되지 않는다고 아무도 단정할 수 없을 것이다.

우리 작가들은 전 쏘베트 제一차 작가 대회에서 고리끼가 말한바와 같이 멸망의 길을 걷는 세계에 대한 심판자이며 혁명적 프로레타리아트의 진정한 인도주의를 확립하는 투사들이다. 우리 작가들은 세계의 온갖 낡은 폐물들을 폭로 비판하고 심판함에 있어서 반드시 혁명적 프로레타리아의 견지에 튼튼히 립각하여 새 것과 낡은 것을 엄연히 구별할 줄 알아야 하며 자기가 의거하고 있는 사회의 주도적 력량인 새 것의 진지를 조금도 내 주어서는 안 되며 낡은 것을 비판한다고 해서 옥석구분의 어리석음을 범해서는 안 될 것이다. 그리고 낡은 것에 대한 풍자는 어디까지나 무자비하고 신랄하고 예리하고 또 진실해야 하며 "그래도 정히 모르겠으면 그 자리를 물러가라"는 식의 설교나 위협이 되여서는 안 될 것이다.

그러므로 부정적 타잎을 형상함에 있어서 작가들에게는 이러한 인간들의 정체를 예리하게 벗겨내며 그들이 밟지 않을 수 없는 운명을 철저하게 추구할 것이 요구되며 여기에 어떤 동정과 관용도 허용될 수 없다. ―만일 적이 투항하지 않을진대 그를 소멸하라 ― 이것은 고리끼의 전투적 격언이다.

이 격언은 비단 현실의 생활에 있어서만 적용될 것이 아니라 문학의 창작 수법에 있어서도 귀중한 지침이 되지 않을 수 없다.

만일 작가가 적을 미워하는 정신이 철투철미할진대 그는 자기 작품 속에서 반인민적 분자들이 자기 과오를 뉘우치고 사상 개변을 하지 않는한 그에게 분에 넘친 은전을 오래 베풀어 줄 수 없는 것은 물론 이러한 자들이 밟지 않을 수 없는 운명을 집요하게 추구하고 예리하게 표현하지 않고는 못 견딜 것이다. 이것이 곧 현실 생활의 발전 법칙이기도하다. 부단한 전진 운동을 하고 있는 현실 생활은 이러한 반인민적 분자들을 떨구어 내 버릴 것을 조금도 꺼려하지 않는 것이다. 하물며 어찌 작가만이 이것을 꺼려할 수 있겠는가! 이것은 우리들에게 다음과 같은 진리를 일깨워 준다. 즉 작가가 현실 생활을 진실하게 표현하려면 그는 반드시 새것의 편에 견결히 서서 온갖 낡은 것들을 미워하는 사상이 용광로의 불길 같아야 한다. 만일 적을 미워하는 그의 사상이 미온적일 때 그는 현실을 옳고 진실하게 표현할 수 없을 것이다. 적을 미워하는 사상의 열도는 곧 현실 생활을 옳고 참되게 표현할 수 있는 능력의 '바로메터'로 된다. 적에게 무자비하자!—이것은 우리들의 구호로 되여야 한다.

이런 문제와 관련하여 상기되는 작품은 리춘영의 소설 「투쟁」 ≪문학예술 一九五二, 七호≫ 이다.

이 소설은 구역 진료소에서 신임한 젊은 녀의사 '은희'가 부패한 알콜중독자인 소장 '강인훈'의 그릇된 사업 작풍을 반대하여 어떻게 생기발랄한 투쟁을 전개하여 진료소를 일신하며 간호원들의 두터운 신임과 사랑을 받게 되는가를 박진미 있는 필치로써 그리고 있다. 특히 긍정적 인물인 '은희'에게 각광을 집중시키면서 그를 주동적인 위치에 두고 그의 성격과 행동을 생동하게 형상화하려는 작자의 노력은 높이 평가할 만 하다.

그러나 이 소설에서 작자는 은희의 일거일동에 정신을 너무 집중시키면서 '소장'을 두루뭉실하게 처리하고 말았다. 이 작품에 나타난 바에 의하면 소장은 용서 못할 탐오분자인 듯이 추측되며 증오하고도 남을 반인민적 분자라고 해석해 좋을 것이다. 그런데 작자는 어찌하여 이런 자의 정체를 신랄하게 폭로하는 것을 주저하고 있는가. '소장'은 오직 약품 경리 관계에만 열성적일뿐 진료 사업에는 전혀 태공한다. 그는 약품 정리를 하고 약국을 설치하자는 '은희'의 의견에는 언제나 펄쩍 뛰며 노기등등해진다. 이런 것으로 미루어 이 자의 사생활에는 탐오적 행동과 이에 따르는 죄악이 충만하고 있을 것이다. 그러나 작자는 그의 정체를 추구하는 것을 그만두고 있으며 여기에 분노와 조소를 던지기를 꺼리고 있다. 이자는 또한 술이 거나하게 취했을 때 미국을 숭배하고 이남을 넌지시 넘겨다보는 말지껄이를 하고 있다. 이런 것으로 미루어 또한 이 자의 사상 의식이 얼마나 봉건적 일제 잔재적 응어리로 곪아 있는가를 아무도 의심할 수 없을 것이다. 그러나 작자는 이 더러운 종처에 예리한 분석의 메쓰를 가하기를 주저하였으며 신랄한 비판을 나리는 것을 삼가고 있다. 그 대신 '알콜 중독'이라는 생리적 결함을 내세우고 있을 뿐이다. 소장은 그이 일상적인 언행으로 보아 조금도 자기의 과오를 뉘우치는 빛이 보이지 않는다. '소장'의 사상 개변을 력설하는 '은희'에게 그는 도리여 노기등등하여 호통을 치고 있다. 그러나 작자는 이런 자에게 해당한 응분의 징벌을 나리기를 그만 두고 있으며 도리여 '은희'의 피나는 노력이 애처롭게 보일만큼 '소장'은 고답적인 위치에 자존 망대하여 앉아 있다. 혹시 작품 말미에 가서 적기의 악랄한 폭격하에서 '은희'와 간호원들이 결사적으로 싸우는데 혼자 이틀 동안이나 방공호 속에 숨어 있다가 내무서원에게 발견되는 것으로써 이 자는 응분의 자기 운명을 밟았다고 말하는 사람이 있을런지 모르나 이것으로써 문제는 결코 해결되지 않는다. 본대 앓기 잘하는 '소장'인지라 그는 필시 내무서원에게 자기는 그날 몸이 아파서 그랬느라고 병을 핑계대고 나와서 그 후 다시금 그 뻔들뻔들한 상판때기를 백일하에 들어 내놓고 다닐 것이 틀림없다. 문제의 해결은 이러한 반인민적 분자를 내무서원에게 안내하는데 있는 것이 아니라 이러한 분자가 결국은 정치 도덕적으로 패배하여 시대의 락오자로서 인민의 저주와 조소와 분노를 받으면서 비참한 몰락의 길로 나아가게 하는데 있다. 이것이 생활의 리성이며 요구이다. 이 자들을 덮어 두는 것은 생활의 리성과 요구에 대한 묵살로 된다. 그런데 작자는 작품 끝에 가서 '은희'로 하여금 다음과 같이 독백하게 한다.

"론의할 여지조차 없는 강소장 따위가 문제가 아니다. 그보다도 몇 배나 커다란 투쟁 대상이 우리 앞을 가로 막고 있지 않는가?"

결코 '강소장' 따위가 문제 아닌 것이 아니다. 이런 강소장 따위 탐오 분자들이 전쟁 시기에 우리 후방의 공고화를 좀 먹으려고 했으며 오늘 전후 인민 경제 복구 건설 투쟁을 저해시키려고 시도하고 있다.

우리 작가들은 이러한 반인민적 분자들에게 선전 포고를 해야 하며 이자들을 끝까지 타도 숙청해야 한다. 인민의 적들을 형상화함에 있어서 작가의 정신과 붓 끝이 신랄하고 무자비할쑤록 그 작품은 독자의 마음을 치는 생동한 것이 된다는 것을 세계의 수많은 고전적 작품들이 말해주고 있다.

우리의 전진 운동을 가로막는 일체 부정적인 낡은 것들을 폭로 규탄함에 있어서 우리에게는 고골리 또는, 박연암등 해내 해외의 고전작가들의 전통을 계승 발전시킬 것이 요구되며 뼈를 쑤시는 듯한 가채 없는 풍자 문학이 필요하다. 풍자 문학은 우리 문학에 있어서 반드시 큰 비중을 차지해야 할 것임에도 불구하고 이 분야처럼 한산하고 버림받은 분야는 없을 것이다. 이러한 환경에서 나온 김형교의 소설「뼈다구 장군」, 『八・一五 해방 八주년 기념 소설집』은 풍자 문학의 기치를 들고 작가들에게 자극을 준 점에 있어서 높이 평가해야 할 것이며 특히 남반부의 암흑상을 폭로하는 문학이 희귀한 오늘 하나의 수확이라고 보아 무방할 것이다. 이 소설은 앞으로 활발히 추진되여야 할 풍자 문학에서 하나의 좋은 시험이라고 보아야 할 것이다. 동시에 이 작품이 가지는 부분적 결함들 즉 풍자와 웃음의 부족, 사건 전개에 있어서 작위적이며 인공적인 번잡한 디테일의 라렬 등은 풍자 문학 창작에 있어서 해결되어야할 몇 개의 문제들을 제기하고 있다.

　전쟁의 승리적 종결과 함께 우리 사회의 투쟁 형태는 바뀌여졌으며 따라서 문학에 있어서의 갈등도 전후 인민 경제 복구 건설을 좀먹고 이에 적대되는 일체 부정적이며 낡은 것들을 극복 타도하는 승리적 투쟁으로 옮겨질 것을 요구하고 있다. 우리는 오늘의 장엄한 현실을 형상화함에 있어서 우리 사회의 주요 모순이 문학의 주요 갈등으로 묘사되여야 하며 그 갈등은 반드시 사회 발전의 합법칙성의 진실한 반영이 되어야 할 것을 잊어서는 안 되겠다.

　모택동 동지는 사물을 연구함에 있어서 다음과 같은 관점에 립각할 것을 우리들에게 가르치고 있다.

　"이로부터 알 수 있는 것은 어떤 과정에 허다한 모순이 있을 때 그 중에서 반드시 한 가지 모순이 주요한 것으로서 주도적 결정적 역할을 놀고 그 타외 모순은 부차적 종속적 위치에 처하여 있다는 것이다. 그렇기 때문에 어떠한 과정을 연구하던지 그것이 만약 두 가지 이상의 모순이 존재하는 복잡한 과정이라면 전력을 다하여 그 주요 모순을 발견하지 않으면 안 된다. 이 주요 모순을 파악하면 일체 문제가 순순히 풀린다.…

　…그러나 각종 모순에는 주요한 것이거나 부차적인 것이거나를 막론하고 모순되는 두 측면을 일률적으로 취급할 수 있는가? 역시 그럴 수 없다.… 모순되는 두 측면 가운데서는 반드시 한 측면은 주요한 것이고 다른 측면은 부차적인 것이다. 그 주요한 측면은 모순이 주도적 역할을 노는 측면이다. 사물의 성질은 주로 지배적 지위를 차지하고 있는 모순의 주요 측면에 의하여 규정된다." ―「모순론」

　작가들은 응당 오늘 우리 사회에서 주요 모순이 무엇이며 모순의 주요 측면이 어디 있는가를 깊이 파악해야 할 것이다. 이러한 파악 우에서만 우리는 현실을 진실하게 반영할 수 있을 것이다. 그리고 이 문제는 바로 문학에 있어서 전형과 갈등의 문제로 되며 그것을 어떻게 작품 속에 옳바르게 처리하느냐하는 문제로 된다. 그러기 위하여 우리 매개 작가들에게 요구되는 것은 근로 대중 속으로 깊이 파고 들어가 그들의 생활과 감정과 의지를 심오하게 리해하고 체득해야 하며 전위적 프로레타리아트의 관점에 튼튼히 립각해야 한다. 그리하여 근로 대중의 선진적 형상을 묘사한 작품이 오늘과 같이 빈약한 처지에 더는 머물러 있지 않게 해야 하며 무갈등론적 도식적 작품이 더는 계속되지 말도록 해야 한다.

　경애하는 수령 김일성 원수께서는 당 중앙 위원회 제六차 전원 회의에서 진술한 결론 가운데서 다음과 같이 말씀하였다.

　"우리는 먼저 우리 자체의 힘, 즉 우리 당과 우리 인민과 우리 정권의 힘을 믿어야 할 것이다. 이 무궁무진한 힘은 원쑤들과의 가혹한 전쟁에서 승리한 것과 가찬가지로 전후 인민 경제 복구 발전을 위한 투쟁에서도 승리할 것이다.

　오늘, 영웅적 조선 인민의 전진을 가로 막을 세력과 곤란은 존재하지 않는다고 우리는 감히 말할 수 있다"

　우리 작가들은 영웅적 우리 시대의 주인들 새 인간들을 진실하고 생동하게 형상하며 우리의 앞길을 가로 막으려는 낡은 세력들을 날카롭고 준엄하게 심판함으로써 우리의 승리적 전진 운동의 힘찬 고무자로 되며 전위적 투사로 되여야 하겠다.

一九五三, 一一

《조선문학》, 1954.1

소설 문학의 발전상과
전형화상의 몇 가지 문제

안함광

1

조국 해방 전쟁 시기의 우리의 문학은 미제 무력 침공배와 그의 주구 리승만 괴뢰군을 격파하는 투쟁에서 값 높은 사상적 무기의 역할을 놀았다. 우리 문학의 전투성과 영웅적 빠뽀스는 이 시기에 특히 힘차게 나타났으며 그것들의 창조 과정은 우리 문학 발전을 진일보한 상태로 끌어올렸다. 원쑤들의 강도적 본성을 폭로하며 인민들을 조국의 영예를 고수하기 위한 정의의 투쟁에로 호소하는 우리 작가들의 목소리는 전선과 후방에 세차게 울려나갔다.

우리의 문학은 국가의 전체 력량을 조국의 영예와 세계의 평화를 고수하기 위한 투쟁에로 동원하며, 인민들을 고상한 애국주의 사상으로 교양하면서 우리의 당이 집행한 거대한 사업들에서 력사적인 역할을 놀았다.

"모든 것을 전선의 승리를 위하여"라는 당의 이 호소는 우리 문학의 사업 방향을 규정하였다. 우리의 문학은 미제 무력 침공배를 반대하는 투쟁에서 조선 인민들이 발휘한 위력한 불패의 력량과 영웅적 위훈을 반영함으로써 인민들을 승리의 길에로 불러 일으켰으며, 그들의 머리에 승리에 대한 신심을 고착시키는 사업에 있어서 당과 정부를 방조하여 값 높은 역할을 놀았다.

내가 여기에서 취급하게 되는 문학예술지 一九五三년 三월호부터 九월호까지에 수록된 六편의 단편 즉 김형교의 「조가령 삭도」 엄흥섭의 「다시 넘는 고개」 변희근의 「행복한 사람들」 조정국의 「불꽃」 리상현의 「고압선」 리춘진의 「고지의 영웅들」 등과 一九五三년도 八·一五기념 단편집에 수록된 五편의 작품 즉 천세봉의 「소나무」 리춘진의 「말」 리춘영의 「솔가문 초소」 박임의 「은막」 김형교의 「뼉다구 장군」 들도 이상에서 말한 바와 같은 사상적 특질로써 공통된다.

조선 로동당 중앙 위원회 제五차 전원 회의에서의 보고 중에서 김일성 원수는 조국 해방 전쟁과정에서 더욱 강철로 단결된 조선 인민의 정치적 통일을 표현하는 우리의 문학이 그의 전투적 기능을 더욱 제고 강화하기 위하여 대렬 내에서의 일체의 종파적 경향을 숙청할 데 대한 교시를 주었다. 이 당적 교시를 계기로하여 문학상에 있어서의 종파 사상에 대한 투쟁은 우리 대렬 내에 있어 중심적 과제로 수행되였으며, 그것은 현실 발전의 합법칙성을 의곡하며 현실 생활의 전투성을 제거함으로써 문학으로 하여금 계급적 및 민족적 배신의 선동자로서 되게 하려던 림화, 리태준, 김남천 도당의 반인민적 시도에 대한 견결한 결정적 타격을 주었다. 이 투쟁 과정에서 우리 문학 대렬은 더욱 공고해졌으며 문학 력량은 더욱 제고되였다. 우리의 당은 우리 문학가들로 하여 금 맑쓰—레닌주의 미학 리론의 우월성으로 일체의 종파적 문학 리론의 반동성을 여지없이 폭로하는 사업을 조직 지도하였으며, 우리의 문학을 자연주의 및 형식주의의 길에로 인도하려던 간악한 의식적 행동을 분쇄하는 사업을 조직 지도하였다.

물론 이 말은 자연주의 및 형식주의에 대한 투쟁은 이미 종지부를 찍었다는 것을 의미하는 것이 아니며 또 그래서는 안 된다. 계획적인 의도 밑에서의 소산은 아니라 할지라도 작가들의 낡은 사상적 잔재에 의하여 우리에게는 아직도 자연주의 및 형식주의가 하나의 경향 내지 요소로서 우리 문학 가운데 나타날 수 있는 가능성이 있다는 사실을 잠시도 잊어서는 안 된다.

그러나 문학 종파들과의 투쟁 과정에서 더욱 장성된 우리 문학 력량은 현실 발전의 합법칙성을 의곡하거나 현실 생활의 전투성을 제거하려는 그들의 시도와는 달리 현실 생활의 진실을 력사적 과정에서 혁명적으로 반영하려는 인민적 특질을 더욱 선양하는 길에서 부절히 발전하고 있다.

이상에서 렬거한 몇 개의 최근의 작품들이 또한 이러한 사정을 여실히 말해준다. 이리하여 이 작품들은 우선 전반적인 성격에 있어 전형적 정항에 있어서의 전형적 성격을 창조하려는 노력으로 자기를 특징짓고 있으며 그러한 의식적인 노력은 자기 작품에 상응한 흔적을 남겨 놓으면서 자기 문학의 사상적 계급적 성격을 뚜렷이 내놓고 있다. 즉 이것은 오늘의 우리의 작가들이 력사적 및 현실적 제사실과 현상들의 외견상 혼돈성과 복잡한 미궁 속에서도 자유롭게 또 의식적으로 본질적인 진리를 구명 표현하기 위하여 더욱 진지한 노력들을 기울이고 있다는 것을 의미한다.

현실의 본질적 측면을 형상적 수단에 의하여 일반화하는 것 즉 전형화는 우리 문학의 가장 중요한 특징적인 속성이다.

그·므·말렌꼬브 동지가 쏘련 공산당 제十九차 대회에서 한 보고 중에서 전형성의 문제의 해명을 위하여 규정한 명제는 우리의 문학 발전에 심중한 의의를 갖는다.

"전형적이란 것은 맑쓰—레닌주의적 리해에 있어서는 결코 어떤 통계적 평균성을 의미하지 않는다. 전형성이란 소여의 사회 력사적 현상의 본질에 합치하는 것이며 단순히 가장 많이 보급되어 있으며 자주 반복되며 일상적으로 일어나는 현상을 말하는 것은 아니다.……(중략)……

전형적인 것은 사실주의 예술에 있어서 당성이 발현되는 기본 분야이다. 전형성의 문제는 항상 정치적 문제이다"

때문에 사실주의적 예술의 일반화는 복잡한 사실들을 단순히 통계하는 것이 아니며 그것들을 랭담하게 고착시키거나 라렬하는 것이 아니다. 예술가는 주어진바 생활 현상에 대하여 스스로 해석 판단하며 또한 평가와 선고와 전망을 내려야만 한다. 때문에 "전형적이라는 것은 가장 자주 만날 수 있을 뿐만이 아니라 또한 소여의 사회적 력량의 본질을 가장 완전히 가장 예리하게 표현하는 것이다"라고 말렌꼬브 동지는 말했다.

무릇 예술가는 이러저러한 현상의 물결 속에서 본질적인 것을 캐여내며, 그것들을 호상 련계 속에서 전형화 할 수 있는 능력을 가져야만 한다. 이것은 곧 작가에 의한 예술적 개괄의 힘, 예술적 일반화의 능력이다.

우리 작가들은 일반적으로 이러한 능력을 보여주고 있으며, 그들의 작품에는 많은 경우에 우리 현실생활의 가장 본질적이며 전형적인 측면들이 일반화되여 있다.

김형교는 「조가령 삭도」에서 적의 일시적 강점시기에 있어 인민이 얼마나 불패의 영웅성을 다하여 싸웠느냐 하는 것을 천보 령감의 투쟁 및 빨찌산 투쟁으로써 형상하고 있다. 우리는 여기에서 단순히 보급된 사실들과 사건들의 기록에로 안내되여지는 것이 아니라 현상의 본질을 정당하게 해명하기 위해서 분투하고 있는 작가의 노력과 만나게 된다.

엄홍섭은 「다시 넘는 고개」에서 휴가를 받아 고향으로 돌아온 인민군대 윤수의 눈을 통하여 모든 것을 전선의 승리를 위하여 바쳐 싸우고 있는 후방 인민들의 투쟁과 장성 모습을 보여주고 있으며 변희근의 「행복한 사람들」과 리상현의 「고압선」은 조국과 인민의 승리를 위한 정의의 싸움에서 단련된 새로운 인간들의 새로운 사랑의 륜리에 대하여 이야기 해주고 있다.

우리 작가들은 인민에게 의지하면서 인민들의 분투에 대한 투철한 존경과 인간 그 자체에 대한 깊은 사랑을 가지고 인민 생활의 전형적 측면들을 일반화하였으며 조국과 인민의 승리를 위한 투쟁에서의 그들의 영웅적 불패성과 고상한 도덕적 품성을 형상하였다.

리춘진은 「고지의 영웅들」에서 사만의 작전 계획을 위하여 八〇二고지를 피로써 사수한 안철민 중대장과 황덕수 정치부 중대장을 비롯한 인민군 장병들의 영웅적 헌신성을 감동적으로 표현하고 있다.

조정국은 「불꽃」에서 자기의 육체로써 아군의 돌격 조원들이 철조망의 장애를 뛰여 넘어 승리를 보장할 수 있게 한 신중섭 분대장의 희생정신을 그리였으며 천세봉은 「소나무」에서 신대원으로서 처음에는 용감하지 못하던 마학기 전사가 어떻게 하여 용감한 모범 전사로 장성되여 갔느냐를 그리였고 리춘진은 그러한 인민군대의 장성 과정을 「말」과 리경식 전사와의 관계로써 표현하고 있다. 리춘영은 「솔가문 초소」에서 후방과 전선을 맺는 가장 중요한 통신 선로를 적의 폭격 속에서 유지 복구하기 위한 리명조 철호 등 초소 동무들의 위훈을 인민과의 굳은 련계 밑에 그리였으며 박임은 「은막」에서 쩨냐에 대한 은희의 회상 형식을 통하여 조쏘 친선 사상을 표현하였다.

이렇게 우리 작가들은 대중적인 규모에서의 영웅정신의 각성과 그 위훈에 대하여 이야기하였으며 우리 시대의 선진적 인간의 제반 전형적 특성에 대하여 이야기 하였으며 그것들을 훌륭한 리상으로서 예술적으로 일반화하기 위한 사업에 자기의 력량과 정력들을 기울였다.

김형교는 「뼉다구 장군」에서 미제 침략군과 그의 주구 리승만 괴뢰군의 강도적 본질과 그들의 부패상 무력상 내부 모순상 필멸의 운명 등을, 「뼉다구 장군」을 중심으로 한 반동 군상들에 대한 풍자적 폭로로써 신랄하게 표현하였다.

작자는 이 작품에서 자기의 작가적 빠뽀스를 부패한 반인민적 현실 정항에 대한 완강한 거부에로 경주하면서 그것의 불가피적 멸망에 대하여 무자비한 선고를 언도한다.

이상의 작품들은 우선 그 테—마의 여하를 막론하고 고상한 애국주의가 어떻게 하여 인민들의 량심과 용기로써 힘차게 발전하였으며 또 그것이 어떻게 하여 벅찬 투쟁의 매 걸음마다에서 승리의 확실한 담보자로 되고 있느냐 하는 것에 대하여 말해 주고 있을 뿐만이 아니라 이와 관련하여 우리의 당과 우리의 수령 김일성 원수에 대한 애국적 조선 인민의 무한한 사랑과 충직성을 해명하여 주고 있다.

이 작품들은 한결같이 우리 조국의 사회적 기초가 얼마나 튼튼하며 확실한가에 대하여, 우리의 인민 무력과 후방이 얼마나 불패의 위력인가에 대하여, 조국의 영예는 고수되여야 하며 생활은 올바르게 설정되여야 한다는 것에 대하여, 그리고 우리는 반드시 승리하며 원쑤는 반드시 멸망하고야 만다는 굳은 신념과 투지와 전망에 대하여 이야기하고 있다.

주지하는 바와 같이 오늘 우리의 현실에 있어서는 대중적인 규모에서의 영웅주의의 표현, 투철한 애국자로서의 그들의 고상한 도덕적 품성, 원쑤에 대한 끝없는 증오와 인민에 대한 무한한 사랑, 이런 것들이 우리 사회 발전에 있어서 전형적인 것으로 된다.

오늘 우리의 작품들은 현실 생활에 대한 깊은 연구에 기초하여 이러한 제반 사실에 눈추리를 돌리며 우리 생활의 기본 내용을 이루는 새 것과 낡은 것과의 투쟁을 사회 발전의 필연 법칙에 의거하여 추구하면서 사회생활의 가장 본질적이며 전형적인 것을 일반화하기에 값 높은 로력들을 경주하고 있는 것으로서 특징된다.

2

이상의 작품들은 테―마와 제반 형상적 특질이 동일한 것이 아닌 것과 마찬가지로 전형적인 것의 일반화의 정도에 있어서도 결코 동일한 것은 아니다. 현실에서 작가가 취재한바 전형적인 것들이 통일된 형상 속에서 하나의 전형성으로서 자기를 주장하기 위하여는 구체적 개성을 통하여 일반화되지 않아서는 안 된다. 이상의 작품들 중에는 물론 일반적으로는 구체적 인간상의 창조에 있어 어느 정도 성과를 보이는 작품도 있으나 일반적으로는 개성을 통한 일반화의 체현의 불원만성으로 특징되고 있다는 사실을 우선 지적해야 하겠다.

문학적 형상은 두말할 것도 없이 개념과는 달라서 감성적이며 구체적이여야 한다. 그것은 언제나 감성적이며 구체적인 형상을 통하여 현실을 반영하여야 하며 따라서 창조 과정에 있어서의 일체의 형식적 수단이라든가 수법은 전체를 들어 주어진바 재료들을 생기 있게 구현하는데로 조직 동원되지 않아서는 안 된다.

그러나 여기에서 한 가지 언급하고 넘어가야 할 것은 이 말은 대상의 객관적 실재성을 부인하면서 예술의 형식적 특수성을 절대화하려는 림화, 리태준, 김남천 도당의 관념론적 반동적 문학관에 안전변적 구실을 제공하는 것일 수는 도저히 없다는 점이다.

기실 그들은 예술적 형상의 특수성만을 절대화하면서 예술의 무사상성 정치에 대한 무관심성의 리론적 기초를 형성하려고 하였다. 그들은 작자의 감정 주관의 세계를 절대화하면서 예술의 형상적 본질이 예술의 수단에 의한 현실 생활의 사실주의적 인식에 있다는 점을 교묘한 수단을 다하여 백방으로 반대하여 나섰다. 다시 말하면 그들은 예술의 감성적 특수성에 빙자하며 또 그것을 절대화하면서 예술의 형상적 특수성의 문제를 예술적 기교의 문제로 단순화하려고 하였으며 그리함에 의하여 현실 생활의 맑쓰주의적 인식의 문제는 '문학 이전의 세계'이니 '부질 없은 원칙의 세계'이니 하여 이를 완강히 거부하여 나섰다.

그러나 우리는 예술적 및 과학적 인식은 각기 특수성이 있음에도 불구하고 공통적인 인식론적 기초를 가지고 있으며 따라서 현실의 예술적 일반화는 맑쓰주의적 인식의 일반 법칙에 종속된다는 사실을 부인하지 않는다.

때문에 우리 문학이 예술적 일반화에 있어 감성적 구체성으로써 자기를 구별한다는 이 특수성에 대한 우리의 요구는 결코 형상적 본질에 대한 형식주의적 견해와는 애초부터 아무런 공통성도 없다. 기실 정당하며 엄밀한 의미에서는 현실에 대한 사실주의적 인식에 형상의 본질을 설정함이 없이는 문학의 형상적 특수성도 결코 옳게 리해할 수 없는 일이다. 때문에 일체의 반동적 형식주의적 견해와는 달리 가장 진실하며 정당한 의미에서 형상의 명료한 개성화에 대하여 말하는 것이며 그것은 또한 우리 문학의 기본적 요구의 하나이라는 점을 주장한다.

리춘진의 「고지의 영웅들」과 김형교의 「뼉다구 장군」은 작중 인물들이 개성적인 특징를 가지면서 일반성을 체현하는데에 어느 정도의 성과를 거둔 작품이다.

리춘진의 「고지의 영웅들」에서 단편으로는 비교적 많은 인물들을 취급하면서도 그 인물들을 대체로 도식성에서는 벗어나게 다루어 나갔다. 특히 외면적 사회적 특징과 내면적 특징을 유기적으로 런계시키는 상태에서 작중 인물들을 형상하였다. 내면적 특성의 부여에 있어 정치부 중대장의 경우에 있어서와도 같이 때로는 지나치게, 김종길 전사의 경우에 있어서와도 같이 때로는 부자연하게 처리된 점도 부분적으로 없는 것은 아니다. 그러나 인물의 내적 및 외적 특징의 부여로하여 이 작품은 작중 인물들을 도식화의 경지에서는 구원하려 하였으며 그 노력은 상응한 흔적을 남겨놓았다.

작자는 작중 인물들의 용감성과 영웅성을 그리면서 그 기초와 과정에는 어떠한 사상과 감정이 있느냐 하는 것까지를 보여 주었으며 우리들은 그들 인물과의 교섭을 통하여 행동에 있어 위훈적인 인간들은 또한 얼마나 아름다우며 존귀한 내면적 인간의 소유자이냐 하는 것에 대한 예술적 해명을 보게 된다.

그러나 이 작품에 있어 황덕수 정치부 중대장은 다분히 작자의 취미에 의하여 각색되어지고 있으며 그 결과는 그 인물의 경력 및 사업의 특성들과 그 인간의 성격 간에 캽프를 조성했다. 이 인물은 한마디로 말하면 선이 가늘고 내성적이며 따라서 자주 고민하는 인물로 그리여졌다. 민청 사업과 당 사업의 경험이 많으며 현재는 화선에서 정치부 중대장의 책임을 맡고 공작하는 이 인물에 대한 이러한 성격의 설정은 그 자체로서는 그것이 제아무리 개성적이라 할지라도 일반성을 체현하고 있지는 못하며 전형에로까지 도달하지는 못한다. 물론 정치 공작을 하는 인물이라 해서 멋없이 뻣뻣하기만 한 인간을 만들어야 한다는 의미에서가 아니다. 오히려 정치적 인간일쑤록 그 주위에서는 신선한 대기와 온화한 분위기가 방출되는 새로운 형의 인간이 요구되여진다. 그러나 섬세한 정서 아름다운 감정 고상한 품성이라는 것은 결코 과단성과 모순되는 것이 아니며 내성에로의 편집과 동일한 것이 아니다. 비단 정치부 중대장의 형상에 있어서만이 아니라 강봉호 전사, 손창수 류무장… 등 기타 주요 인물들에 대해서도 지내 의표에 나게 하려는 부당한 노력으로서 그 인물들의 현실적 진실성을 손상시키였다.

김형교의 「뼉다구 장군」은 「리원진 장군」 쫀스, 한부일, 명호, 철수, 등 일련의 부정적 인물들을 초상의 회화적 명료성을 부여하면서 신랄한 풍자의 도가니 가운데서 삶아내고 있다. 이 작품은 미제 침략군과 그의 주구 리승만 괴뢰에 복무하는 일련의 부정적 인물들의 전형을 창조하였다는 점에서만 관심을 자극하고 있는 것이 아니라 싸찌—라의 긴요성이 이야기 되여지고 있는 이 때에 풍자의 수법으로 자기의 형상을 관통한 유일의 작품이란 점에 있어 더우기나 주목을 끈다. 무릇 우리의 문학은 긍정적인 것과 아울러 긍정적인 세력을 방해하는 일체의 낡고 사멸하여 가는 것도 형상할 필요가 있다. 이 점에 관하여 말렌꼬브 동지는 쏘련 공산당 제十九차 대회에서의 보고 중에서 다음과 같이 말했다.

"우리에게는 모든 부정적인 것 부패한 것 전진을 방해하는 모든 것을 풍자의 불길로써 불살라 버릴 수 있는 쏘베트의 고골리 쉐드린들이 필요하다"

작자 김형교는 이 작품에서 악독한 낡은 것들을 풍자의 불길로 불살라 버리기 위하여 부정적 인물들의 구체적 인간상을 형상해 냈으며, 그것을 통하여 그들의 무능력 부패성 필멸성을 공감적인 설득력으로 표현해 주고 있다. 이 작품은 쫀스의 쎄파트가 살해되는 데에다가 사건 발전의 주요한 모찌—브를 설정하였다. 작자는 그것을 그들 자신이 개의 행동을 실지 연출하는 씨튜에슌의 설정과 결합시키며 또는 '뼉다구 상자' 사건에로의 발전과 련계시킴에 의하여 풍자의 묘미와 효과를 거두면서 그것들을 부정적 인물의 구체적 인간상을 형상하는 사업과 내면적으로 련결시키는 수완을 보여주었다. 여상의 장점을 인증하면서 그러나 여기에서 한 가지 말하여야 할 것은 부정적인 인간의 형상은 그 인간들이 의거하고 있는바 부정적인 현실의 본질을 폭로하는 사업과 굳게 결부되어 있어야만 한다는 점이다.

이러한 본질적인 것의 일반화를 위하여 예술가에게는 과장의 권리가 옹호된다. 때문에 "현상의 의식적인 과장과 강조는 전형성을 잃지 않으며 오히려 그것을 더욱 완전히 발전시키며 그것을 강조한다"라고 말렌꼬브 동지는 말하였다.

이 과장은 예술적 창조 과정에 있어 성격의 묘사에는 물론 디테일 에피소—드 씨튜에슌의 설정 사건의 전개 기타 모든 것에 적용된다. 때문에 모든 부정적인 인간의 풍자적 폭로는 그 인간이 발을 붙이고 있는 사회적 현상의 본질이 더 많이 적발되도록 형상을 의식적으로 첨예화할 것을 요구한다.

그럼에도 불구하고 「뼉다구 장군」에 있어서는 그 인물들에 대한 풍자적 폭로가 그들이 의거한 낡은 사회 제도에 대한 본질적 폭로를 원만히 대동하지 못했다.

작자는 뼉다구 장군 쫀스 등의 인물에만 흥미를 느끼고 그 인물들을 내놓은 사회 제도 그 자체에 대한 깊은 동찰에로 자기의 빠뽀스를 원만히 경주하지 못했다. 때문에 인물 묘사에 있어서도 불필요한 디테일의 설정에 작자의 흥미를 경주하면서 그 사회적 현상의 본질을 폭로하기 위해서는 적은 노력 바께는 지불하지 않고 있다.

가령 뼉다구 장군이 아비 어미가 누구인줄도 모르고 자라난 고아이였다는 것 다시 말하면 "서울 장안의 번창한 거리들에서도 멀리 떨어진 북악산 밑 삼청동 뒷골목의 다 쓰러져가는 곤들막에서 그 자신과는 아무런 혈연관계도 없는 퇴관직의 홀애비 품에 안겨 이웃 안악네들의 젖꼭지를 빌어 빨고 등뼈가 굳어진 고아였다"는 것은 그가 어떤 왕족의 혈연이였다는 주석이 작자에 의하여 있기는 할지라도 결코 그 인물에 대한 독자의 증오심과 경멸심을 기필코 자아내게 하는 조건일 수는 없다. 오히려 그러한 기구한 운명은 독자의 동정심을 자극할 수 있는 가능성과 보담 가깝다. 생각컨댄 실제적인 인물을 작품의 주인공으로 하는 경우에 왕왕히 있을 수 있는 실지적 사실에 대한 작자의 지나친 흥미와 애착의 소치인지도 모르나 작자는 차라리 이 인물에다 인민들로부터의 완전한 고립을 첨예하게 표현할 수 있는 에피소—드적 사건들을 부여할 필요가 있었다.

우리 문학의 예술적 일반화는 전형적 환경에서의 전형적 성격의 묘사에 있다. 때문에 우리는 성격을 환경의 변화 발전에 조응함이 없이 고정적으로 응고된 상태에서 취급하는 것을 반대한다. 우리는 성격의 일정한 설정 발전 및 행동이 환경과의 유기적 련계 속에 있을 것을 요구한다. 이 말은 그 성격을 그것이 나타난바 생활적인 진실한 정황에서 묘사하며 따라서 제반 생활적인 갈등 낡은 것과 새 것과의 투쟁을 구체적으로 진실하게 보여줄 것을 요구한다. 물론 이러한 사업은 예술가가 생활의 실제적인 모순과 갈등을 잘 리해할 때에만 가능하며 예술 '그 자체'를 위하여 생활의 진실을 의곡하지 않을 때에만 가능하며 안이한 도식적 개괄을 위하여 생활을 무시하지 않을 때에만 가능하다.

엄흥섭씨의 「다시 넘는 고개」에서는 모든 것이 만세식으로만 되여 있다. 그러나 생활에서 일어나고 있는 모든 것을 주의 깊게 관찰한다고 하면 우리는 조국의 승리를 위하여 분투하는 인민들의 길에서 허다한 난관과 애로들을 간과할 수는 없다. 이러한 애로와 난관을 극복하며 사업의 성취를 위하여 분투하는 과정에서의 새 것과 낡은 것의 투쟁은 그것이 없이는 생활이 없으며 따라서 예술도 없는 다양한 생활적 갈등의 토대로 된다.

사회주의적 레알리즘의 작가는 긍정적 리상의 표현이 강함과 동시에 그것들을 방해하는 일체의 부정적인 것의 폭로에도 강해야 한다. 새 것과 낡은 것의 투쟁을 생활 속에서 발견하지 못하며 축복받은 제반 사실만을 평면적으로 라렬하게 될 때에 거기에 자리를 잡고 나설 것은 예술적 생동성인 것이 아니라 개념적 도식이다. 물론 긍정적인 제반 사실이 가지는 심중한 의의를 부인하는 것은 아니다. 그러나 그러한 제반 사실이 어떠한 애로 어떠한 장애물들과의 어떠한 투쟁을 통하여 이룩되여져 왔느냐 하는 것을 안다는 것은 더욱이나 중요한 일이다. 이러한 본질적인 측면의 파악이 없이는 생활의 기반을 갖고 있는 산 인간을 창조할 수는 도저히 없다. 「다시 넘는 고개」는 전반적 특질에 있어 개념적으로 안이하게 처리되어 있으며 그러기 때문에 여기에 나타난 것은 개념적인 상식의 세계이며 작중 인물들은 그러한 상식적인 이야기를 라렬해나가기 위한 하나의 운반적인 도구로 바께는 구사되어 있지 못하다.

생활의 갈등을 의곡하는 것은 생활의 갈등을 무시하는 것과 동양으로 잘못이다.

리춘진은 자기의 작품 「말」에서 생활의 갈등을 주관적으로 의곡하여 그곳에다 작품의 기본적 모티브를 설정하였다. 이 작품의 슈제트는 말에 대해서는 극단의 공포감에서 자유로울 수 없던 리경식 전사가 전투적 애국심으로 하여 능히 「말」을 다룰 수 있는 사람으로 장성하였다는 것을 중심 골자로 삼는다. 때문에 이 작품은 리경식 전사의 말에 대한 그러한 공포감의 발생 원인이 어디에 있느냐 하는 것을 우선 공감적인 설득력으로써 해명해 놓아야 한다. 이것이 잘된다고 하면 우선 이 작품은 반분 이상의 토대를 닦은 것이라고 말하여야 할 것이다. 그런데 사태는 그렇게 되어 있지를 못하다.

작자는 리경식 전사가 말에 대해서는 병적으로 공포감을 가지게 된 것은 十二년전 그가 여덟 살 나던 어린 시절에 지주의 말에 어린 동생이 회생되는 장면을 목도한 때부터이라고 말하면서 다음과 같이 묘사한다.

"'저ー기라니 어디냐? 빌어먹을 새끼야'……하고 지주는 말고삐를 잡아채였다.

말은 머리를 추켜들고 몸을 빙 돌리였다. 어린 그는 주춤하고 서서 울고 있는 동생의 주름 잡힌 새빨간 얼굴을 말끔히 쳐다보았다. 지주는 길다란 가죽채로 말 잔등을 내려 갈기였다. 말은 네 다리를 걷어안고 뛰여나가 한 바퀴 돌면서 뒷다리를 공중으로 걷어 올리는 것이다. 그와 동시에 와ー하고 울던 동생은 요술이나 놀듯이 뒤로 곤두박질을 치는 것이였다. 어린 경식이 '앗' 하고 소리를 지르기도 바쁜 순간이였다. 동생은 노—란 머리털이 내려덮인 이마를 땅바닥에 처박고 누워 있었다. 어린 그는 놀래여 밭으로 뛰여나갔다. 달려온 어머니는 피투성이 된 아이를 량 손에 끌어안고 소리를 죽이고 흐느껴 울고 아버지는 그 뒤에가 말뚝처럼 서 있었다. '이 범이 물어갈 새끼야' 하고 그의 아버지는 한참 후에야 주먹으로 어린 경식의 등어리를 후려 갈기였다. 지주가 탄 말은 코를 불며 앞발로 땅을 긁고 있다. 어린 경식은 동생의 죽엄보다 어머니의 울음보다 아버지의 주먹보다 말이 무서워서 논 밭 사이 오솔길을 달음질쳤다"

  물론 우리는 작자가 설정한 이러한 정항에서 경식이는 여덟 살 때였는 지라 그러한 어린 아이가 무서워 달아났다는 사실을 충분히 수긍할 수 있는 자연스러운 일이라고 해두자! 그러나 작자는 다음의 두 가지 점에 대하여 생각해 볼 필요가 있었다. 그러한 시뷰에—슌의 설정 그 자체가 자연스러우냐. 그 다음으로는 그 때의 인상이 +二년 후인 오늘에 이르기까지 즉 해방 후 민청 사업에서 모범 맹원으로 있었으며 조국 해방 전쟁에 용약 참가하는 의식의 장성 과정을 밟은 오늘에 있어서까지 그렇게까지 그의 생활을 괴롭히며 지배할 일종의 병마의 힘으로, 작용하였다는 것이 자연스러우냐. 우리는 이 두가지 점에 대하여 모두 긍정적으로 대답할 수가 없다.

  사랑하는 어린 것이 지주놈의 포악한 행동으로 그의 말에 희생되여 피를 흘리며 죽어 쓰러진 것을 눈 앞에 보면서도 그의 아버지와 어머니는 지주놈에 대하여 행악 한마디 하지 못하고 애꿎인 경식이만 때렸다는 이러한 정항을 우리는 도저히 진실한 것이라고는 생각할 수 없다. 이렇게 뱃머리가 없고 태만 길러낸 허수아비와 같은 사람이 이 세상에 있겠는가. 이렇게 인정과 인도의 피가 없으며 절박된 순간에도 격정이 발동되지 않는 사이비한 인간이 있겠는가. 작자는 지주의 무도성과 인민 생활의 비극적 수난의 심각성을 보이려고 한 것인지도 모른다. 그러나 수난의 심각성은 작자에 의한 인간의 멸시를 수반해야 한다는 법은 없다. 무엇 때문에 작자는 리경식의 아버지라는 개성을 통하여 표현되여지는 농민의 형상을 이렇듯 외곡하였는가 이러한 씨튜에―슌의 설정에 대하여 불만과 불쾌감에서 자유로울 수 없다고 하면 그는 그렇게 생각한 사람의 잘못이겠는가?

뿐만이 아니라 작자는 어렸을 때의 인상은 강하다는 심리학적 개념으로서 인간의 심리 사상은 발전하는 환경에 조응하여 변화 발전한다는 생활적 진리를 완강히 거부하고 있으며 그리함으로써 말에 대한 리경식 전사의 공포감이 그의 사업을 괴롭힌다는 이야기로서 작품의 거의 전부를 허비하였다. 뿐만 아니라 이 작품은 리경식 전사의 발전을 인간 대 인간의 관계로 해결할 대신에「말」대 인간의 관계로서 대치해버렸다. 이와 같이 현실의 진실이 의곡된 기초 위에서 진행된 이 소설은 필연으로 작중 인물을 전형화하지 못하였으며 전 형상 과정의 특질을 사상적으로 극히 불건전한 것으로 만들었다.

우리가 오늘에 있어 자연주의나 형식주의에 대하여 말한다고 하는 것은 오늘 우리 작품들에 패륜 치정에로의 병적 집착의 세계가 있다거나 오늘 우리 작품들에 꽃피는 아침이나 달뜨는 저녁만을 노래하는 경향이 있기 때문인 것은 아니다. 현실 생활 발전의 진실성 그것의 합법칙성을 무시하며 주관적 개념으로서 생활의 본질을 대치하는데로부터 오늘의 형식주의 및 자연주의는 자기의 응달진 자리를 찾는 경우가 많다는 것을 기억하는 것은 대단히 중요한 일이다.

김형교는「조가령 삭도」에서 원쑤들의 일시적 강점 지구에서의 인민들의 투쟁에 취재하여 조선 인민의 영웅적 불굴성과 불패성을 형상하였다. 하나의 평범한 보통 인간이 놈들을 반대하는 영웅적 투쟁에서 어떠한 위훈을 세웠으며 그러한 영웅적 행동의 사상적 과정은 어떤 것이였느냐에 대하여 이야기 해주고 있다. 그러나 이 말은 작중 인물이 모두 전형적으로 창조되였다는 것까지를 의미하는 것은 아니다.

작자는 이 작품에서 주인공 천보 령감의 대척적 인물로서 림재철을 설정하고 있는데 이 인물은 전연 살지를 못했다. 말하자면 감성적으로 구체적으로 그리여져 있지 못하다. 그는 왜 놈들에게 복무하게 되였는가. 그의 성격의 우유부단성과 그의 행동의 반동성은 어떠한 련계를 갖는 것인가. 이런 것이 전연 모호하다. 이 인물의 이러한 모호성과 관련하여 그에 대한 평가의 립장에 있어서도 그에 대한 천보 령감의 태도가 애매하듯이 그에 대한 우리의 태도 역시 애매하달 수바껜 없다.

작자는 우선 인물을 명확히 보여주어야 하며 이와 아울러 작중 인물에 대한 독자의 태도를 일정한 방향에로 명확히 규정해 주어야 한다. 그러나 이 작품은 이러한 것과 관련된 아무런 노력도 지불하지 않았다.

성격 창조에 있어 기본적으로 요구되여지는 필수의 조건은 인물의 일정한 생활적 토대의 제시이며 해명이다. 때문에 작품상의 갈등과 대립은 그것이 성격상의 것이든 사상적 지향상의 것이든 간에 그것은 언제나 생활 그 자체에 뿌리를 가진 것이여야만 한다. 때문에 많은 작품에서 보는바와 같이 작품상의 갈등 대립을 위하여, 말하자면 진보적인 인물에다가는 반동적인 인물을, 적극적인 인물에다가는 소극적인 인물을, 공개적인 인물에다가는 내성적인 인물을 대척적으로 안배해 놓고 그들의 생활적 본질을 현실적 토대에서 진지하게 연구함이 없이 그저 안이하게 개념적으로 구사해 나갈 때 우리는 그곳에서 아무러한 전형도 기대할 수는 없다. 리춘진의 「고지의 영웅들」에서의 안인철 중대장의 콘트라스트로서의 정치부 중대장의 인물 형상의 불원만성, 김형교의 「조가령 삭도」에서의 천보 령감의 콘트라스트로서의 림재철의 인물 형상의 불성공 등은 모두 앞에서 말한바와 같은 사정과 관계된다. 작중 인물에게 구체적 행동의 세계를 부여하려 하지 아니하고 주로 심리적 굴절면의 추구로서 성격을 창조하려한 탓으로하여 예술성에 어쩔 수 없는 손상을 가져온 작품으로서는 리상현의 「고압선」이 있다. 사건 그 자체의 전개가 개념적으로 진행될 뿐으로 예술적 공감성을 수반하지는 못하고 있는바 그것은 그 사건들의 주재자 또는 결절처로서의 인간의 형상이 개연성을 갖고 있지 못하다는 사실과 관계된다. 작중 인물 진수는 무엇 때문에 원희를 의심하여 고민하게 되는지 알 수 없다. 물론 얼굴에 화상을 입은 그로서는 고민이 없을 수는 없다. 그러나 이 작품에 그려진 바와 같이 원희의 사랑에 대한 의심이 거기에 있는 것이라면 이 소설은 우선 진수의 화상된 얼굴을 대하게 되는 원희 그 자신의 고민을 면밀히 묘사해야 할 것이다. 동시에 원희의 그러한 심정에 현실성을 부여하기 위해서는 그 화상의 정도와 초상적 특성이 거기에 상응하게 표현되여졌어야 할 것이다. 이런 것이 없는 탓으로 해서 기실은 원희의 고민이란 것도 심각한 것으로는 표현되여 있지 않다. 진수의 귀향 후 얼마 동안 원희가 진수에게로 오지 않았다는 사실로부터 진수의 고민을 끄집어 내고 있으나 단순히 그것으로서 사랑을 의심한다는 것은 진수에게 있어 진실감을 주지 못한다. 말하자면 진수가 실로 고민하지 않을 수 없는 정형의 묘사가 원만히 배치되여 있지 못하다.

뿐만이 아니라 진수의 심리적 특성 사고방식 그것은 로동자의 성격이 아니다. 특히 로동자 출신으로 화선에 나가 싸운 사람의 성격이 아니다. 편굴하며 선이 가는 온실적 인테리의 성격으로 특징된다. 원희도 역시 로동 과정에서 단련된 새로운 성격으로서가 아니라 수집은 규방 처녀의 형으로 그리여졌다.

이리하여 그것은 필연으로 행동과 심리의 부조화, 정황과 성격의 부조화를 초래했다.

구체적인 인간상의 창조가 원만치 못하다는 오늘 우리 작단의 공통적인 약점은 앞에서 이미 말한 바와 같이 그 기본 원인을 생활 그 자체에 대한 과학적 인식의 불원만성에 가지고 있다. 그것은 인간의 성격을 생활환경의 변화 발전에 조응시킴에 있어서와 형상 과정에 갈등을 생활 그 자체의 새로운 것과 낡은 것과의 투쟁에 련결시킴에 있어서와 형상적 인물에다 생활적 토대 및 구체적 행동을 부여함에 있어서의 제반 불원만성으로서 표현되여진다.

이와 관련하여 구성의 미약성 언어 수법 기타 등 제반형상력의 미약이 또한 우리 작단의 일반적 약점이라는 점을 인간상 창조의 문제와의 호상 련계 밑에 상기한다는 것은 지극히 유익하며 필요한 일이다.

3

현실 그 자체의 모든 현상의 복잡하고 광범한 제 관계에 기초하여 작품 구성의 복잡성 작품의 모든 부분의 호상 관계는 이루워진다.

한데 제반 현상은 그것이 어떤 것이든간에 운동과 발전과 다른 현상들과의 관계 속에서만 우리에게 리해되여진다.

때문에 작품은 항상 많은 사건과 인물과 행동과 사람들의 환경과 그들의 호상 관계 기타의 요소를 포섭하면서 전체적 통일적 형상을 조직하기 위하여 그것들을 합리적으로 련결 결합시키지 않아서는 안 된다. 따라서 작품에 있어서는 수많은 에피소드가 중심적 테마에 종속되게 되는 것이며 그 에피소드들을 비롯하여 제반 사건의 전개는, 작중 인물의 접촉이라든가 사건의 전개라든가 행동의 결정이라든가 성격의 전환 등을 단초적 원인에서 설정하며 표현하는 구체적 모찌브에 의하여 안바침되여져야 한다. 기본적 모찌브의 주위에 제二의적 모찌브를 통일하는 방법에 의하여 작품의 부분들을 작성하며 호상 련계시키면서 유기적 통일체로서의 전체적 형상을 창조해내지 않아서는 안 된다.

한데 오늘 우리 작단의 기본적 결함의 하나는 작품의 구성력이 약하다는 바로 거기에 있다. 이 점을 좀 더 분석적으로 말하자면 작품이 담고 있는 사건이나 인물의 내적 외적 체험이나 그들의 호상 관계 및 기타의 요소들이 광심한 현실 그 자체의 풍요성과는 비교도 안 되리만치 단순하며 빈약하게 되여 있는 경우가 있는가 하면, 다른 한편에 있어서는 작품의 모든 부분들이 전체적 통일적 형상을 위하여 유기적으로 련계되고 조직되는 힘이 극히 미약하게 되여 있는 경우들이 있다.

임의의 일례로서 박임의 「은막」에 대하여 먼저 말하자.

이 작품의 주제는 조쏘 친선 사상이다. 따라서 이 작품은 구체적 인간상을 통하여 조쏘 친선 사상의 정치적 본질과 의의를 형상하는 것을 자기의 기본 과제로 하였어야 할 것이다. 다시 말하면 조쏘 친선사상을 시정적인 인정 미담의 범위와 단순한 도의적인 세계에서는 좀 더 발전한 것이 되게 함으로써 그것의 정치적인 본질과 의의의 해명을 전면적으로 수행했어야 할 것이다. 물론 이 작품은 그러한 정치성의 문제를 고려하지 않은 것은 아니다. 그것을 작품의 구성을 통하여 처리하지는 못하였다. 시간 전도의 회상 형식으로 된 이 작품은 회상의 거의 전부가 시정적 미담의 소개로 허비되였을 뿐으로 조쏘 친선 사상의 정치적 본질과 의의는 개념적으로 처리 첨가 되였다. 이것은 요컨댄 작품의 구성 그 자체가 조쏘 친선 사상을 정치적 본질에서 통일적으로 형상하기에는 극히 빈약하게 설계되였다는 사정과 개합된다. 리상현의 「고압선」도 구성상 또한 이러한 카테고리에 속한다. 이 소설의 구성은 기본적으로 인간들의 삼각 관계에 의기한다. 한데 진수 원희 응선간의 삼각 관계가 그들의 구체적 생활 행정 즉 그들의 로동 행정과 굳게 유기적으로 결부되게 구성되여 있지 못하다. 그 때문으로 해서 인물들의 성격이 살아나지 않았으며 오직 심리적 세계의 추구를 거기에다 대치하였다. 이리하여 작중 인물들의 의의 있는 행동의 세계보다는 그들의 심리의 세계가 중심적으로 과다하게 설정되였으며 그들의 행도의 세계는 그들의 심리상의 문제를 제기하며 해결하기 위한 보조수단으로 채택되고 있다.

이러한 본 말 전도성은 두말할 것도 없이 이 작품의 구성의 빈약성 내지 불합리성과 관계된다.

구성의 조직성 결구성의 부족은 필경 중심 테마를 두드러지게 부조해낼 대신에 그것을 제다의 평면 세계로 무산시켜 버리거나, 또는 형상 과정에서의 이러저러한 불합리성으로 자기의 예술성을 손상시킨다.

리춘진의 「고지의 영웅들」은 사단 이동의 작전을 위하여 八〇二고지의 사수 명령을 받은 ××련대 二대대 一중대가 사단의 이동이 완료되며 승리적 원호작전이 시작될 때까지 자기의 전투 임무를 수행하는 과정의 이야기 즉 모든 사건 인물 체험 성격들을 구성적으로 배치 련결시킨다.

이 작품이 구성상 커다란 파탄이 없음에도 불구하고 좀 더 집약적인 인상을 주지 못하는 리유는 어디에 있는가.

그것은 첫째로는 이 작품은 사건을 시종여일하게 평면적으로 라렬해 나갔을 뿐으로 구성의 립체성에 대해서는 전연 고려를 돌리지 않았기 때문인 것이며 둘째로는 기본 사건의 범위 이외의 부분 또는 성격 폭로와 직접적으로 관계 없는 부분들을 지나치게 람용하고 있기 때문이다.

물론 작품 창조에 있어서는 기본 사건 범위 외의 부분 또는 성격 폭로와 직접적으로 관계 없는 요소들도 개입할 수는 있다. 그러나 이러한 요소들이 작품 창조상에 있어 자기의 의의를 주장하기 위해서는 그것들이 독자들을 작품의 슈제트 속에 더 깊이 들어가도록 도와주며 묘사된 성격들에 대하여 일층 더 명확한 인상과 평가를 가질 수 있도록 도와주어야 한다. 그러나 「고지의 영웅들」에 있어서는 말하자면 거듭되는 다람쥐의 이야기라든가 거의 동일한 색채 뉴안스로 중복되는 자연 묘사라든가 매개 인물에게 균등적으로 배정되어 있는 래력 소개라든가, 부질 없는 감상적 심리 세계의 자기 취미적 로출이라든가…… 이러한 것들은 전적으로 또는 부분적으로 오히려 슈제트의 산만성을 초래하였으며 성격의 생활적 진실성을 손상시키였다. 이러한 특질들은 이 작품에 있어 단편의 소재를 장편 소설의 수법으로 서술하고 있다는 사정과도 관계된다는 점을 첨언할 필요가 있다.

이 작품의 구성의 결정적 약점은 앞에서도 말한바와 같은 사건의 평면적 라렬성과 함께 그 조립의 불합리성에 있다. 이 작품에 있어서 사건의 평면적 라렬은 구경 누가 주인공인지를 명확치 못하게 만들었으며, 작중 인물들의 계통적 발전을 무의미한 죽음의 련속적 투적으로서 안이하게 대치 처리하는 결과를 가져왔다. 한편 이 작품에 있어 사건 조립의 불합리성은 례하자면 적의 공격을 격퇴하는 영웅적 전투 사건의 바로 앞에 반권호 최기준 등의 인물 소개의 형식으로 비겁 회의 준순 동요 등의 심정에 대한 장황한 묘사를 배치함에 의하여 또는 작중 인물들의 내면세계와 심리적 굴곡에 대하여는 비교적 소상히 이야기 하면서도 제五장 이후부터 전개되여지는 그들의 위훈에 대하여는 그것을 안바침 할 수 있는 충분한 사건을 부여함이 없이 다만 개념적으로 처리해버림에 의하여 그리여진 성격과 그들이 수행한 행동 간에 원만한 조화를 형상적으로 성취하지는 못하는 결과를 초래했다.

천세봉은 「소나무」에 있어 인민 군대의 영웅성과 전사 마학기의 발전상을 테마로 하였다. 이 작품은 제반 씨튜에슌의 발전과 사건의 전개가 자연스러우며 성격의 호상 관계가 사건의 전개에 따르는 제 조건의 변화에 의하여 합리적으로 처리되여 있다. 전투적 현실에서의 인간의 발전상이 누구에게나 수긍될 수 있으며 감동될 수 있게 그려졌으며 그 과정에서의 성격들의 호상 관계가 인간 그 자체에 대한 믿음과 사랑으로 하여 극히 행복스러운 분위기 가운데서 그려지고 있다.

그러나 이 작품은 전반적 구성의 특질에 있어 자기의 기본 테마를 하나의 굵은 력선으로 끌고 나가게끔 충분한 집약성으로서 조직되여 있지는 못하다. 전체적 형상의 특질에 있어 커다란 파탄을 일으키고 있지는 않으면서도 대체로 소설이 지루한 감을 주며 비교적 스릴이 많은 사건들을 취급하면서도 형상의 밀도성이 부족하여 처진 감을 주는 리유는 여기에 있다.

문학 작품은 단순히 생활을 복사하지 않는다. 그것은 생활의 일반화된 묘사를 주며 그것의 기본 특징을 강조하며 력설하며 과장하면서 중심적 사건을 뚜렷하게 집대성하여야 한다.

이 작품은 대체적으로 말하여 전반이 변득수 마학기의 인물 소개, 마학기의 첫 전투 및 그의 고민 소개 등으로 소용되고 후반이 부대의 전반적 포위 작전 즉 적의 사단처 습격 및 전면 공격의 전투상으로 소용되고 있다. 그 과정에서 이 작품은 많은 시간 전도의 라선적 수법을 사용하고 있음에도 불구하고 구성의 산만성 평면성을 미연에 방지하지는 못하였다. 그것의 기본 원인은 이 작품의 전반이 지내 길게 산만히 처져 있다는 거기에 있다.

이 작품은 성격의 매우 심각한 묘사를 위하여 행동의 보담 비상한 발전을 위하여 슈제트의 명료성과 매혹성에 보담 많이 류의할 필요가 있었다. 작자는 이 작품의 전반은 대담히 축약함과 아울러서 후반에 있어서는 영웅적 특징이 명확히 밝히여질 수 있는 긴장된 전투 마당에 있어서의 마학기와 변득수와의 행동이 좀 더 기술적으로 묘사되여질 필요가 있었다.

김형교는 「조가령 삭도」에서 이 작품의 주제상 중요한 비중을 주었어야 할 빨찌산 투쟁을 상응한 자리와 비중으로서 구성안에 결구하지 못하고 다만 그것을 에피소드적으로 명멸시켜 버렸다. 이 탓으로 하여 천보 령감과 빨찌산과의 조직적 련계를 거부하여 버렸으며 그리함으로써 주제의 규모성과 선명성과 교훈성을 삭감하여 버리였다. 뿐만 아니라 사건의 부자연한 련계성 및 처리 방식, 불합리한 디테일의 설정 불필요한 장면의 장황한 제시 등으로 자기 형상을 손상하였다.

천보 령감은 어째서 의의있는 결정적 행동으로 들어가기 직전에 그 자신으로도 "공연한 짓을 해가지고 놈들의 주의를 끌게 하였다"고 자신의 경망성을 꾸짖으리만치 서투른 생각 없는 장난을 하였는가. 이러한 경망성은 우선 강직하며 고정한 그의 성격과 어울리지 않는다. 그러면 작자는 왜 이렇게 부자연한 디테일적 행동을 주인공에게 부여하였는가 그것은 천보 령감의 위훈적 행동을 극히 긴장된 상태에서 진행시키기 위한 수법상 필요이였으리라. 이렇게 단순히 수법상 필요가 현실의 론리를 무시할 때에 그것은 산 현실에 의하여 무침히도 보복되지 않을 수 없다. 때문에 이 작품은 천보 령감 곁을 지키던 미국놈이 그 순간에 일이 잘 되느라고 밖으로 나갔기에 말이지, 종내 버티고 있었더라면 혹은 수행되지 못하였을 수도 있는, 그러한 우연적 계기에서 그 위훈이 수행되여지고 있는 부자연성을 초래하였다.

고문 장면과 노친네가 죽는 장면의 묘사는 필요 이상으로 장황한 대신에 디테일의 극명성을 위한 필요한 노력이 성략되여 있으며, 부분들이 전체를 향하여 떠받고 일어서는 힘이 원만치 못하게 되었다.

작품 구성의 정형은 작가가 이야기 하고져 하는 생활 관계의 정형을 반영한다. 때문에 작가에 의한 생활 현상의 련결과 그 발전의 반영은 바로 작가가 생활 과정을 어떻게 리해하고 있으며, 생활에서 무엇을 가장 중요하게 보며, 어떠한 사실에 주의를 돌리고 있는가를 이야기해 주는 것이 아닐 수 없다.

리춘영의 「솔가문 초소」는 그 주제의 성질상 전신 선로공 초소의 본신 사업이 형상의 중심과 주선을 이루웠어야 할 것이다. 인민과의 련계 기타 등등은 이 주선의 형상에 종속되여야 하며, 그렇지 않고서는 기본 테마의 전체적인 통일적 형상을 이룩할 수가 없다. 작자는 초소원들의 인민들과의 련계성에 대하여 비상히 많은 지면을 제공하여 노력하였고 그 노력은 상응의 성과로서 보답되였다. 그러나 그것들은 전체적 통일적 형상과의 내면적 련계의 유기성을 불충분하게 바께는 가지지 못하였으며 기본적 테마와 관계되여지는 사건들은 빈약하게 바께는 조립되여 있지 못하다. 뿐만 아니라 대화가 내재적 련계성이 없이 라렬된 부분들이 많으며 탄실과 동수와의 련애 관계가 전연 부자연하게 설정 진행되였다.

한마디로 말하면 선로공들의 투쟁을 주제로 한 이 작품은 그 주제를 원만히 형상하기에는 준비 설계된 사건 그 자체가 빈약하며, 이러한 사건의 빈약성을 제二의적인 것으로서 미봉하려 한데로부터 이러저러한 상식적인 이야기를 평면적으로 라렬하는 결과를 초래하였으며, 그것은 급기야 자기 형상의 산만성과 지루성을 미연에 방지하지는 못하였다.

변희근의 「행복한 사람들」 엄흥섭의 「다시 넘는 고개」 박임의 「은막」 등은 형상 과정의 어떤 부분적 수법에서가 아니라, 작품의 구성 그 자체를 회상의 형식으로 개괄하고 있다. 「행복한 사람들」에 있어서는 주로 '나'라는 현지 파견 작가의 음악회장에서의 회상이 「다시 넘는 고개」에서는 '고개'가 「은막」에서는 '은막'이 인물의 호상 관계와 사건 발전의 결절점으로 된다.

변희근의 「행복한 사람들」을 제외한다고 하면, 기여의 두 작품은 구성을 이루고 있다기보다는 회상을 통한 상식적인 이야기의 라렬에서 벗어나지를 못하였다. 상식적인 이야기의 라렬, 그것은 결국 작품의 비속화와 통한다. 독자가 작품에 대하여 요구하는 바는 표면적인 사실들의 단순한 기록인 것이 아니라 그 사실들을 주재하며 그 밑을 관통하고 있는 사상의 세계이며 빠뽀스의 세계이다. 그러나 「다시 넘는 고개」와 「은막」은 상식적인 이야기의 평면적 라렬 또는 개념적 서술이 일체의 사상적 투시력과 현실적 진실의 구체적 파악을 가로 막고 있다. 뿐만 아니라 이 작품들은 그것들이 담고 있는 사실들에 대하여 어느 정도 가감 첨착을 임의로 하드라도 전체적 형상에는 별반 손상이 없을 정도로 구성의 유기적 결구성이 아주 미약하다. 변희근은 「행복한 사람들」에서 새로운 사회 제도에서 교양받고 훈련되고 장성하며 투쟁하는 새로운 인간은 그 행동의 위훈성에 있어서만이 아니라 그 정신의 도덕적 품성에 있어서도 역시 탁월하다는 것에 대한 예술적 해명을 주고 있다. 조국의 통일 독립을 위한 민주 건설의 로동 행정에서 뺏어진 창선이와 탄실이와의 사랑은 조국의 심각한 시련기에 처하여 미제 무력 침공배를 반대하는 헌신적 투쟁 속에서 영웅적 위훈으로 자라났다. 뿐만 아니라 탄실이가 원쑤놈들의 폭격 속에서 전기로를 구해내는 투쟁 과정에서 얼굴에 화상을 입어 변모된 후에 있어서도 창선이는 무서운 상처를 입으면서도 조국과 더불어 엄연히 서 있는 싸움의 고지이기에만 그것을 더욱 사랑하듯이 탄실이에 대한 더욱 열렬한 사랑을 약속하며 결의한다. 이를 젊은 청춘은 자기들이 하는 사업의 숭고한 의의에 대한 정당한 인식으로 하여, 조국과 인민에 대한 애국적 헌신성으로 하여 그들의 사랑을 더욱 굳건히 하면서, 인간의 아름다움에 대한 평가의 기준은 결코 의식적인 부분에 있는 것이 아니라 그의 사상과 행동의 세계에 있다는 사상적 자각으로 무장되어 있다. 그들에게 있어 개인간의 사랑 련애는 결코 조국에 대한 사랑과 분리되어 있는 것이 아니다. 이러한 사상을 담은 이 작품은 전쟁 기간 중 또는 전후에 있어서의 남녀간의 사랑의 륜리에 대하여 의의 깊은 교양적 의의를 체현한다.

그러나 이 작품은 자기 주제의 통일적 형상을 위하여 사건들을 본격적으로 구성하였다기 보다는, 하나의 회상을 통하여 소품적 형식으로 처리하여버렸다. 이 작품에 그리여진 이야기가 모두 수긍될 수 있으며 감동

될 수 있는 이야기임에도 불구하고 상응한 중량감과 사상적 심도성을 갖지 못하는 리유는 여기에 있다.

작자는 창선 동무가 모범 근무자가 되여 가슴에 훈장을 그득 달고 휴가를 받아 공장에 왔을 때 탄실이에게 하였다는 말 즉 이 작품의 라쯔뱌즈키를 이루는 부분에서의 그 한마디 말을 하기 위하여 이 작품을 썼을 것이다. 그 한마디 말—"꽃다운 얼굴을 바쳐 원쑤들의 폭격에서 전기로를 구했소. 얼마나 훌륭하고 자랑스러운 일이오! 얼굴의 화상쯤 무엇이 문제 될게 있소. 나는 반드시 이겨서 동무의 곁으로 동무가 지켜낸 전기로 곁으로 오겠소"라는 이 말을 하기 위하여 작자가 선택한 직접적 재료는 적의 폭격 중에서 전기로를 구해내는 탄실이의 투쟁 모습에 대한 묘사이며 그 다음으로는 락동강 도하 작전에 있어서의 창선이의 영웅적 투쟁 모습에 대한 묘사이다. 그러면 써—클의 밤에서 탄실이가 랑송한 시는 작자가 무엇 때문에 선택한 재료냐. 탄실이의 성격 창조를 위해서이거나 또는 주제 형상의 직접적 재료로서이라기 보다는 보다 많이 작자의 회상을 끌어내기 위한 방편으로 사용되여졌으며 또 그것을 위하여 그 시 랑송의 장면은 필요하였던 것이다. 그럼에도 불구하고 작자는 형상의 중심과 초점을 위한 직접적 재료에 대해서보다는 작자의 회상을 위한 방편적 장면에 더 많은 흥미와 정력을 기울이고 있는 결과를 가져왔으며 이러한 구성상의 특질은 이 작품의 예술성을 손상시키였다.

뿐만 아니라 이 작품은 회상의 형식을 빌고 있기 때문에 작중 인물의 초상이라든가 외면적 행동 등은 묘사하고 있으나 그 인물의 내적 체험, 그 인물의 언어의 특징…… 말하자면 성격 창조에 있어 중요한 의의를 담당하는 부분들의 제시가 필연으로 제약을 당하고 있다.

나는 물론 회상 형식에 의한 작품 구성은 용인되지 않는다는 것을 말하는 것은 아니다.

그러나 회상 형식이 만약 구성에 대한 작자의 안이한 방편적 태도로 사용되여지는 일이 있어서는 안 되겠다는 점과 그것은 필연으로 인상과 감동의 직접성을 제한할 가능성이 있다는 점에 대하여는 특히 지적해 두는 것이 필요하다고 생각한다.

하나의 일반적 약점으로 되어 있는 우리 작품들에 있어서의 구성력의 미약성은 작품에 있어 슈제트를 조직하는 기초적 요소들의 설정이 미약하다는 사실과도 관계된다. 말하자면 우리 작품들 가운데는 발단은 있는데 사건의 장성이 없이 사건의 라렬만이 있는 작품이 있는가 하면, 종말은 있는데 클라이맥쓰가 없는 작품도 있다. 이것은 요컨대 일정한 사건의 주선적 전개와 성숙이 미약하다는 사실을 말한다. 우리가 상당한 페—지의 작품을 읽기는 읽었는데 그 내용 이야기를 다른 사람에게 체계 있게 또는 흥미 있게 전달하기에는 좀 곤난한 작품과도 때로는 만나게 되는데, 그 원인을 우리는 이상의 사리, 즉 구성력의 미약에서 찾는다.

작품의 구성력의 미약은 필연으로 성격 창조를 손상시킨다.

실로 구성은 그 작품에 묘사된 성격과의 관계를 떠나서는 리해되여질 수가 없다. 일정한 작품이 생생한 설득력을 체현키 위하여는 작품 구성상 성격에 적응한 사건이 필수적으로 묘사되여야 하며, 그 사건은 생활 자체에 적응한 전형성을 가져야만 한다. 필연으로 성격은 사건을 빚어내는 또는 그것과 관계되는 인간의 행동 속에 표현된다. 때문에 작가의 언어, 및 작중 인물 자신의 언어와 아울러 인물의 행동과 사건은 성격 묘사의 구체적 수단이다. 따라서 작자는 작가의 언어나 대화의 수단을 빌어오는 이외에, 사건과 행동 속에서 그 성격들의 특성과 특징을 보여주며, 이 인물을 다른 인물과 관계시키는 방법으로 성격을 창조한다.

구성의 빈약성은, 일정한 행동과 사건 속에서의 성격의 창조에 제한을 주며 성격 묘사의 전 수단을 원만히 활용시키지 못하는 결과를 가져온다.

이상에 말한 작품들의 거의 전부가 사건과 행동이 전개되여져야 할 자리에 작중 인물의 래력 소개가 장황히 소개되며 또는 내용에 비하여 잔소리가 많은 경우도 있다는 것은 모두 이상에서 말한 구성의 빈약성과 관계한다.

4

전형적 정항에 있어서의 전형적 성격의 창조는 우리 문학의 기본 요구이다. 전형적 성격의 창조에 있어 디테일의 극명성은 엥겔쓰가 이미 명확히 말하고 있는 바와 같이 필수의 요건의 하나이다. 우리는 물론 디테일을 위한 디테일, 즉 자연주의적 디테일의 취급 방식을 반대한다. 그러나 우리는 이와 아울러 디테일 그 자체를 소홀히 하려는 창작 태도를 또한 경 해야 할 것이니 레알리즘은 묘사의 세밀화를 반대하지 않는다.

조정국은 「불꽃」에서 인민 군대의 숭고한 희생정신과 헌신적 위훈을 신중섭 분대장의 형상을 통하여 비교적 인상적으로 그리고 있다. 조국 해방 전쟁은 우리 인민이 철석 같이 단결되었다는 것을 다시 한 번 보여주었으며 우리의 인인 군대가 조국의 영예를 고수하기 위한 민족의 보루로서 유감없이 훈련되였으며 준비되였다는 것을 중시하였다. 우리의 새로운 인간들에게 있어 시련의 물결은 그의 의지를 꺾기는커녕 오히려 강철을 단련하며 원쑤 미제를 타승하기 위한 정의의 싸움에 있어 신명을 바쳐 불패의 위훈을 쟁취한다. 작자는 「불꽃」에서 산다는 것의 가치 일체를 오직 조국과 인민의 승리를 위한 헌신적 투쟁속에서만 발견하는 신중섭 분대장의 불멸의 위훈에 대하여 이야기하면서 동시에 그것의 정신적 과정에 대하여도 소상히 전달해 주고 있다.

사람의 생명은 누구에게나 두 번 다시 주어지는 것이 아니다. 그러나 그렇듯 귀중한 생명을 가장 가치있는 사업에 복종시키는데로부터 솟아오르는 정열 이상의 커다란 힘이란 것을 우리는 알지 못하며 그 이상의 커다란 영예란 것도 또한 우리는 알지 못한다. 신중섭 분대장이 다시는 돌아올 수 없는 귀중한 자기의 생명을 바쳐 그러한 커다란 힘을 발휘하며 그러한 커다란 영예를 쟁취한 것은 오로지 조국과 인민을 위한 자기의 사업이 그 의의에 있어서나 그 목적에 있어서나 가장 정당하며 가장 고귀한 것이라는 데에 대한 투철한 자각을 가졌기에만 가능하였던 것이며, 이러한 애국적 타잎의 명백한 표현은 인민들의 애국적 정열을 더욱 고무하며 추동한다.

그러나 이 작품은 필요한 디테일의 극명성을 위하여 상응한 노력을 지불하지 않고 있기 때문으로 해서 자기 작품의 예술성을 적잖이 손상시키고 있다. 가령 신중섭 분대장의 부상의 정도와 그 경과가 세밀히 묘사되지 않고 있기 때문으로 해서, 처음에는 리경식 전사에 의지해서나마 제 발로 걷던 그가 그 후에는 어찌하여 적진으로 향해 걷게 되였는가 하는 것이 공감적인 설득력을 갖고 해명되여 있지 못하다. 이 작품의 종국적인 장면은 확실히 감동성으로서 특징된다. 그러나 그 종국적인 장면에로 이르기까지의 과정의 묘사가 어느 편인가 하면 회상적 심정 세계의 점철에다가 주로 힘을 돌리고 그 정형이며 모찌브들을 더욱 두드러지게 하기 위한 노력이며 이와 관련된 디테일의 극명성에 대하여는 적은 노력바께는 지불하지 않았다.

리춘진은 「고지의 영웅들」에서 八○二 고지의 사수가 작전상 아주 심중한 의의를 가진다는 점을 력설하면서 자기의 작품을 진행시키기는 하였다. 그러나 그 력설은 작가의 주문이였을 뿐으로 독자에 의하여 공감되는 세계는 아니였다. 왜냐하면 작자는 독자들이 공감할만한 아무러한 세부적인 묘사도 이 점에 대하여는 주지 않았기 때문이다. 八○二 고지는 사단 이동 개시 직전까지 전략상 필요로 내놓은 채로 두었던 고지다. 그렇다면 사단이 작전상 이동하게 되는 그때에 무엇 때문에 또 어떠한 조건에 의하여 많은 희생과 어려움을 당해가면서까지 그 고지를 사수해야만 하게 되였던가. 디테일의 극명성을 다해 이러한 점에 대한 예술적 해명을 응당 이 작품을 수행했어야만 할 것이다.

김형교는 「조가령 삭도」에 있어 천보 령감 내외에 대한 미군의 고문으로서 자뱌즈카를 삼고 있는데 그 모찌브에 대한 충분한 형상적 노력을 지불하지 않았다. 천보 령감의 아들의 소재 즉 빨찌산 본거지를 대라는 것이 놈들의 천보 령감 내외에 대한 고문의 동기로 되어 있는데, 그렇다면 공화국 북반부 지역에 일시 강점해 들어온 미제국주의 군대가, 그 경우에 있어 천보 령감의 아들이 많은 사람들과 함께 조직적 후퇴를 한 것이 아니라 정녕 그 지방에 남아 빨찌산을 조직하고 있는 것이라고만 생각하게 된 리유와 조건은 어디에 있었던가. 이런 것에 대한 예술적 해명이 없는 탓으로 해서 우리는 사건 발단에서부터 그 모찌브에 대한 무조건적이며 자연스러운 공감의 세계에 얼싸 안길 행복을 누리지는 못한다. 여기에서 우리는 형상 창조 과정의 치밀성과 신중성을 볼 대신에 오히려 작자의 성급한 작위성의 로출을 보는 것이며 이런 것은 요컨댄 디테일의 극명성에 대한 관심의 부족성과 관계되는 사실이 아닐 수 없다.

변희근의 「행복한 사람들」이나 리상현의 「고압선」은 그 주제의 성질로 보아 주인공의 초상적 디테일에 대하여 좀 더 성실한 노력을 경주할 필요가 있었음에도 불구하고 오히려 그런 것은 경원히 하고 있는 유감스런 흔적을 보인다.

앞에서도 말한 바와 같이 우리는 물론 디테일에 대한 자연주의적 취급 방식을 단호히 반대하는 것이나 디테일의 극명성 그 자체를 반대하는 것은 아니다. 똘쓰또이의 『전쟁과 평화』 발작크의 『농부』, 『록피』 꾀ー테의 『파우스트』 등 기타 고전적 작품들은 례외없이 디테일의 풍부성과 극명성으로 또한 특징된다.

자연주의 문학가들에 있어서와 같이 전형화를 반대하며 사회 현실에서 얼굴을 돌리며 사회생활의 현실적 모순에서 도망하기 위하여 디테일을 위한 디테일에 집착하는 태도를 우리는 반대한다. 그것은 문학의 반사회성에 립각한 자연주의적 문학관의 반영 이외에 아무것도 아니며, 그런 한에 있어서 이러한 디테일의 취급 방식에 대하여 반대하며 타격을 준다는 것은 일체의 자연주의적 및 형식주의적 반사회적 문학을 반대하여 사회적ー전형적 형상을 창조하려는 사회주의 사실주의 문학의 당연한 길이며 요구이다. 그러나 이와 아울러 오늘 작단의 실정에서 볼 때에 정당한 의미에서의 디테일의 극명성에 대한 요구는 형상적 창조를 통한 현실 생활의 전형화에 있어 하나의 심중한 의의를 갖는다는 점을 특히 강조해 둘 필요가 있다고 생각한다.

문학에 있어 언어의 문제는 전형화의 제 원칙과 관련하여 또 하나의 중요한 의의를 갖는다. 만약 작가들 가운데에 우리네 현실은 특별한 기교 없이도 훌륭한 예술 작품을 만들어 낼 수 있는 감격적인 사건들로서 충만되여 있으며 따라서 현실적인 사건 그 자체가 어떠한 예술품보다도 훨씬 우월한 예술이기 때문에 기교는 오히려 군더더기라고 생각하는 사람이 있다고 하면 이것은 큰 잘못이다. 언어는 그 도움으로써 예술적 형상이 창조되며 전형적 사건이 묘사되는 귀중한 수단이며 요소이다. 즉 문학에 있어 언어는 형상의 성과와 사상적 내용의 가장 정확한 표현을 보장한다. 뿐만 아니라 우수한 예술은 언제나 사상의 질과 량과 더불어 민족어의 보물고에 귀중한 재산을 기여하는 점에 있어서도 빛난다.

　문학 창조에 있어의 언어에 대한 작가들의 신중한 태도는 이 방면에 있어서도 일단의 전진을 보여주고 있다. 그러나 그 성과의 제고를 위하여 여기에서는 표현상 결함의 한두 가지 실례에 대하여 지적해 두는 것이 필요하다고 생각한다.

　"바람결이 창문을 떠밀듯이 부수고 지나간다"의 '부수고'라는 형용사는 적당하지 않으며 "천보 령감은 이 말을 들드니 불쾌한듯이 붓털 같이 숱한 눈섭을 치켜 올리며 술 붙은 미간을 찡그렸단 다시 웃는다"라는 표현은 진실하지 못하다. 눈섭을 치켜 올리면서는 미간을 찡그릴 수가 없는 것이니 이것은 실지와 부합되지 않는 표정 묘사다. (「조가령 삭도」 중에서) "하루 일을 마치고 향기가 코를 찌르고 숨이 막힐듯한 길을 원희는 용선이와 함께 걸으며"란 표현은 숨이 막힐 정도로 향기가 코를 찌르는 길이란 뜻인지. (아마 그런 뜻이기는 하겠으나) 또는 가파른 언덕길에 숨은 막히고 꽃 향기는 무르익어 코를 찌른다는 의미인지 불명확하게 표현되여 있으며 "낮은 밤을 이여"라고 한것은 '낮에 밤을 이여'라는 것의 잘못된 표현이다. (「고압선」 중에서) "진행자가 무대에서 물러난 뒤 중얼중얼하던 장내는 갑자기 물뿌린듯 잠잠해졌다"의 '중얼중얼'은 '웅성거리던'이라고 바꾸어 놓음이 더 자연스러웠을 것이고 "관중들은 손 하나 까딱하지 않고 모두 동상

같이 무대를 바라보고 앉아 있을 뿐이다"라는 표현은 사물에 대한 사실주의적 진실한 감각이 아니며, 인간을 무기체와 동일시하는 그릇된 비유며 형용이다. "정신이 아찔아찔하고 눈앞이 갑자기 회감해지자 온몸에서 맥이 탁 풀리는 것을 느끼였다" 중의 '회감해지자'란 말은 자기의 자리를 찾지 못하였으며 "복순이를 옆구리에 메고 기여나오다가 배전실을 채 못나와 의식을 잃고 말았다"라고 하였으나 사람을 옆구리에 낄 수는 있어도 멜 수는 없는 일이다.(「행복한 사람들」 중에서)

"소대장의 량 다리는 적탄에 관통되였던 것이다. 그가 주저앉은 홈채기의 이름 모를 노란 꽃 위에 핏방울이 떨어져 더욱 붉다"라는 표현은 그러한 정항에서의 진실한 감성, 즉 적개심의 격정을 보지 못하는 단순한 객관주의적 형식주의적 묘사에로 떨어지고 있다. "바깥은 여름 태양이 무덥게 내려 쪼이고, 고지 일대는 형언할 수 없는 화약 냄새 땀 냄새 피 비린내 나무껍질과 잎새 냄새가 꽉 차있다" 중의 '차있다'라는 형동사는 그 여러 냄새가엄불런 취각적 특성을 전하지는 못하여 "따바리 소리 경기 소리 고함 소리가 휘황히 얽히여 들려왔다" 중의 '휘황히'라는 부사는 자기의 자리를 얻지 못하였다. (「고지의 영웅들」 중에서)

*

이상에서 필자는 여기에서 취급하게 된 +여편의 작품의 정형 즉 그것의 장점과 아울러 단점들을 고찰하여 보았으며 그 과정에서 결함에 대한 지적에 더 많은 부분을 소용하였다. 그러나 이것은 이 작품들이 예술적으로 성과가 없는 작품이기 때문인 것은 아니다. 물론 「고압선」 「은막」 「솔가문 초소」 「다시 넘는 고개」 「조가령 삭도」 등과 같이 실패한 작품들도 있다. 그러나 김형교의 「뼉다구 장군」 리춘진의 「고지의 영웅들」 천세봉의 「소나무」 등을 비롯하여 변희근의 「행복한 사람들」 조정국의 「불꽃」 등은 각기 상응한 정도로 우리 문학의 발전 도정을 표시하는 성과 있는 작품들이다.

그럼에도 불구하고 여상의 립론의 체계를 취한 리유는 우리 문학의 일단의 발전을 위하여는 상찬의 말보다는 공통적으로 되는 몇 개 결함에 대하여 이야기하는 것이 더 필요하며 유익한 일이라고 생각하였기 때문이다.

우리의 문학은 반동적 문학 로선, 즉 문학의 계급성을 반대하며 문학으로 하여금 사회적 및 민족적 배신의 교양자로 되게 하려던 흉악한 악당 림화 도당의 종파 분자들에 대한 투쟁을 통하여 또 그 투쟁의 전개 이후 뚜렷한 발전을 보여주고 있다. 물론 우리 문학에는 아직도 자연주의적 형식주의적 요소 및 경향이 완전히 극복되여지지는 못하였다. 그러나 그것은 종파 분자들의 반인민적 문학과 동궤의 것이 아니며, 또 반 종파 투쟁을 통하여 우리의 문학이 빛나는 발전을 수행하면서 있다는 엄연한 사실을 부인하는 재료일 수도 없다. 우리는 우리 문학에 아직까지 남아 있는 제반 결함들을 시급히 또는 더욱 원만한 정도로서 극복하면서 당면한 현실적 임무에 보다 성과적으로 보답해 나가기에 만전을 기하여야만 하겠다.

우리는 지금 우리 조국이 조국 해방 전쟁을 승리적으로 종결하고 새로운 발전 단계에로 들어간 새로운 정세 하에 처하여 있다. 우리의 당과 우리의 경애하는 수령 김일성 원수께서는 승리적 정전 이후 모든 것을 민주기지 강화를 위한 인민 경제 복구 발전에로 총 경주해야 할것을 호소하였으며 평화적 건설의 웅장한 강령을 제시하였다. 지금 조선 인민은 당과 수령의 호소를 받들어 전쟁에서 입은 상처를 회복하며 조국 통일의 물질적 기초를 축성하기 위하여 웅장한 건설 사업에 애국적 열정을 다해 총 진출하고 있다.

우리의 문학 앞에는 형상의 수단을 들어 전후 건설 사업을 방조 추동하여야 할 거대한 과업들이 새로이 제기되였다. 오늘의 우리의 문학은 전후기에 있어 조선 인민들을 고상한 애국주의 사상으로 더욱 원만히 교양하며 로동에 대한 새로운 사장으로 무장시키며 그들을 부절히 건설의 위훈에로 고무 추동함으로써 당과 정부의 시책과 그 성과의 보장을 위하여 강력한 방조를 주어야만 한다. 조국 해방 전쟁시기에 있어서는 오직 전쟁의 승리를 위한 사업에 복무하여 온 우리의 문학은 오늘에 있어서는 민주 기지 강화를 위한 평화적 건설의 촉성을 위해 자기의 전투적 기능을 제고하여야만 한다.

이러한 현실적 과제에 잘 호응하기 위해서는 우리는 무엇보다도 맑쓰—레닌주의 사상을 더욱 튼튼히 소유하며 생활을 더욱 깊이 구체적으로 파악하며 국내 문화 유산과 아울러 선진한 쏘련의 문화 유산들을 열성적으로 섭취하여야만 한다. 이와 동시에 작품의 사상적 기초의 제고와 관련되는 전형화 상의 제반 원칙 성격의 개성화와 일반화, 작품의 구성 예술의 언어 기타 형식 및 기교의 제 문제를 또한 보다 원만히 체득하기에 우리 문학가들은 백방으로 최선의 노력을 다 기울여야만 한다.

이리함으로써 작품의 사상성과 예술성을 더욱 제고하며 사회주의 사실주의 문학의 보다 빛나는 성과들을 더욱 많이 창조하여야만 한다.

一九五三, 十一
≪조선문학≫, 1954.2

흉악한 조국
반역의 문학

— 림 화의 해방 전후 시작품의 본질—

김명수

민주와 반민주, 평화 진영과 침략 세력이 대립되고 있는 환경에서 인류의 평화와 진보와 자유를 위한 투쟁이 지금 전 세계적 범위에서 진행되고 있다. 그리고 이 투쟁은 오늘 위대한 쏘련을 선두로 하는 평화와 민주 진영의 계속적인 장성과 확대 강화로 특징적인바, 그 대렬 속에 영웅적 조선 인민들이 당당한 한 자리를 차지하면서 자기들의 인민민주 제도를 더욱 공고 발전시키고 있다.

그러나 조선 인민들의 투쟁은 국제 반동의 원흉인 미 제국주의자들과 직접 장기간 상치되어 있는 환경에서 진행되는 까닭에 그 간고성과 첨예성이 큰 것도 사실이다. 미 제국주의자들은 공개적인 무력 침공을 감행했을 뿐만 아니라 그것이 만회할 수 없는 실패로 돌아간 오늘에 있어서도, 계속 그러한 음모를 진행하며 온갖 파괴와 암해 공작을 책동하는 동시에 썩어 빠진 자본주의 사상을 침투시키기에 광분하였으며 또 하고 있다.

그러나 이 모든 도발적 음모들이 성공한 례를 우리는 알지 못한다. 박헌영 간첩 도당은 바로 미 제국주의자들의 이러한 흉악한 음모의 한 표현일 뿐만 아니라 그것이 매양 수치스러운 실패로 돌아가지 않을 수 없다는 명백한 례증으로 되는 것이다.

　주지하는 바와 같이 림 화는 극악한 미국 고용 간첩 도당의 핵심적 성원이였으며 미 제국주의자들의 밀령을 간직하고 우리 문예 전선에 잠입했던 악독한 조국 반역자다. 이 양의 가죽을 쓴 승냥이의 정체는 이미 백일하에 폭로되여 인민들의 참을 길 없는 중오와 격분 속에서 이 자는 그 도당들과 함께 공화국 법률에 의하여 준엄한 심판을 받았다. 박 헌영 도당에 대한 준엄한 심판은 자기 조국과 인민을 반역하는 어떠한 음모도 조선 로동당과 공화국 정부의 주위에 굳게 결속된 우리 인민의 불패의 통일된 력량 앞에 반드시 분쇄되고야 말며, 적들이 우리 인민을 굴복시키기 위하여 온갖 수단과 술책을 다한다 할지라도 그것은 마침내 성공할 수 없다는 것을 다시금 확증해 주었다. 이제 이 흉악한 반역 도당들이 그 독사의 머리를 다시 쳐들고 나올 수 없다는 것은 극히 명백하다.

　그러나 명심하여야 한다. 즉 비록 이러한 독사들은 거꾸러졌으나, 독사가 뿌린 반동적 부르죠아 사상의 여독과 악영향은 깨끗이 청산되지 않았다는 사실에 대해서다.

　우리 당은 반동적 부르죠아 사상을 뿌리채 숙청하는 꾸준하고 완강한 사상 투쟁을 전개할 것을 가르치고 있다. 여기서 우리는 림 화에 대하여 다시금 예리한 눈초리를 당연히 돌리게 된다. 림 화야말로 원쑤들이 문학예술 분야에 파견한 이데올로기 전선의 괴수였으며 그 점에서 이 자는 박 헌영 간첩 도당 중에서도 특수한 자기 자리를 차지하고 있었기 때문이다. 또한 이 자가 해방 전후를 통하여 장기간 문학 창작 분야에서 반역적 활동을 감행해 온만큼 그 사상적 독소의 뿌리도 간단하지 않다는 점에서 그러하다.

　림 화의 창작 활동은 그의 조국 반역과 간첩 활동의 한 구성 부분이다. 그는 一九五三년 八월 공판정에서 다음과 같이 진술하였다.

　"나는 八·一五 해방 후 문화적 및 예술적 면에서 권위를 획득하려는 야망을 가지게 되였습니다. 그리하여 一九四五년 一〇월경 서울시 중구역 태평통에 있는 미군 정탐 기관인 씨·아이·씨와 결탁하여 조국과 인

민을 팔아먹는 간첩 행위의 길에 들어섰습니다.″

(≪민주조선≫ 一九五三년 八월 七일부)

자기 자신이 솔직히 인정한 바와 같이, 림 화는 미 제국주의자들의 힘을 빌어 문학예술 분야에서 자기의 주도권을 장악하고 미제의 어용 문학으로서의 반동적 문학 로선을 수립하며 조국과 인민을 팔아먹는 간첩 활동을 수행하는 한 수단으로써 문학 활동에 종사했던 것이다. 조국과 인민을 팔아먹는 그의 이러한 반역 행동은 八・一五 이후에 시작된 것이 아니며 그것은 장구한 력사적 근원을 가지고 있다.

그는 해방전 혁명적 문화 단체인 카프 지도부에 가면을 쓰고 잠입하여, 카프 문학의 정당한 발전을 좀먹기 위하여 온갖 수단을 다 썼을 뿐만 아니라, 一九三五년 六월 일제 경찰과 야합하여 카프 맹원들을 밀고 체포케 한 후 카프를 해체시키었으며, 一九三七년 一〇월부터는 변절자 집단인 '보호 관찰소'에 가담하는 한편 친일 '문인 보국회' 리사의 직위에 등용되었으며 '조선 방공 협회' 기관지인 ≪반공의 벗≫에 반쏘 반공적 사상을 선전하는 글을 열성적으로 발표하였다. 또한 그는 조선 청년들을 일제의 대포밥으로 내몰기 위하여 일제의 '조선군 사령부 보도부'에서 지도한 영화 <기미도 보꾸> 제작에 참가하였으며, 부르죠아 순수 문학의 대본영인 리 태준 등의 '九인회'에 접근하여 조선 문학의 사실주의적 발전을 말살하기 위하여 광분한 자다.

이러한 반역 활동의 씨가 미 제국주의자들의 조종과 비호 밑에 더욱 자라고 성장한 것이 해방 후의 그의 활동이다. 一九四五년 一二월에 조선 문제에 관한 모쓰크바 三상회의 결정이 발표되자, '신탁 통치 반대'의 구호를 들고 솔선 대중 강연에 동원된 '핵심 분자'가 림 화다. 리 태준, 리 원조, 김 남천 등과 공모하여 '조선문화 건설 중앙 협의회'를 조작하여, 문학의 계급성을 말살하면서 반동적 문학 로선을 수립하기 위하여 온갖 책동을 감행한 것도 이 자며, 남조선에서 반동적 반인민적 '문화 로선'을 작성하는 데 주동적 역할을 논 것도 이 자다. 전쟁 시기 미제의 야수적 폭격에 의하여 공장이 파괴되자 공장 로동자들에 대한 작품을 쓰지 않게 되어 통쾌하다고 독사의 혓바닥을 놀린 것도 이 자며, 아직 로선이 결정되지 않았으니 작품을 쓰지 않는 것이 좋다고 책동한 자도 이 자다. 박 헌영, 리 승엽의 지시 밑에 작가 대렬 중에서 락후한 분자들을 자기 주위에 끌어 모으며 사상적 대립을 조장하면서 공화국 정부를 정복하는 무장 폭동에 그들을 리용하기 위하여 문예총을 탈취하려고 책동한 흉악한 반역 도당의 한 사람이 림 화다. 여기에 극악한 간첩 활동을 가산한다면 극히 축소된 이 몇 가지 사실로써도 림 화의 본질적 면모를 충분히 립증하고도 남음이 있다. 그러나 이것은 그의 문학 창작 분야 이외에서 감행한 사실에 불과하다. 림 화의 시문학의 본질이 무엇인가를 분석하는 것을 위주로 하는 이 글에서 그의 이러한 반역 활동에 대한 이야기로부터 시작하는 리유는 그의 문학이 바로 이러한 반역 행위의 한 표현이기 때문이다. 이러한 반역 행위를 떠나서는 그의 문학은 존재하지 않는다. 그것은 우선 그의 평론들에서도 명백히 실증된다.

림 화는 자기 자신을 프로레타리아 시인으로 애써 묘사하며 맑쓰주의자로 자처했다. 악랄한 문학사 위조 문헌인 그의 저서 『조선 문학』에서 그는 자기 자신을 마치 카프 문학의 창시자의 한 사람인 것처럼, 조선에 있어서 사회주의 레알리즘 문학의 개척자들인 한 설야, 리 기영과 자기 이름을 나란이 병렬시킴으로써 프로레타리아 문학의 공로자인 것처럼 묘사하였다. 이 너무나 파렴치한 사기 수단에 속아 넘어갈 사람은 없다. 그가 카프 단체에 기여든 것은 카프가 조직된 훨씬 이후이며 그의 문학의 첫 출발은 형식주의의 세기말적 변종인 따따이즘으로부터 시작되었다는 사실을 우리는 알고 있다. 출발이 그러했을 뿐만 아니라 발전과 종말이 또한 그러했다.

림 화는 한번도 맑쓰주의자인 적이 없었으며 단 한번도 프로레타리아 시인인 적이 없었다. 그가 카프에 잠입하여 혁명적 언사들로 위장한 문학 활동에 종사한 것은 카프의 지도권을 장악하여 프로레타리아 문학을 부르죠아 문학으로 대치시키기 위한 음흉한 목적을 추구하기 위하여서였다.

따라서 그는 카프 맹원이 총검거되던 一九三四년도에 변절한 것이 아니며 림 화는 최초의 림 화 그대로였을 뿐만 아니라 제국주의의 악독한 사상적 머슴꾼인 림 화로서 더욱 성장 발전한 데 불과하였다. 그리고 그것은 마침 내 미 제국주의자의 더러운 간첩으로서 자기 생애를 끝마치는 것으로 추 악한 종말을 고하였다.

림 화는 해방 전후를 통하여 수 많은 문학 평론들을 집필하였다는 점에 서 유상무상의 다른 부르죠아 시인들보다 자기의 '정연한 문학 리론'을 소 유한 자이며 또 그 점에서 더욱 악랄성을 띠고 있는 자다.

편의상 그의 문학 평론 활동을 세 단계로 구분한다면, 그 첫 단계는 카 프 조직에 잠입하여 활동하던 시기며, 그 둘째 단계는 일제와 야합하여 카 프를 해산시킨 이후 八 · 一五 이전까지의 시기, 그리고 마지막 세째 단계 는 해방 이후 미제 간첩 활동 시기에 해당된다. 물론 이 세 시기를 관통하 는 기본 사상은 문학에서 사상성, 계급성을 거세하며 문학이 근로 인민들 에게 복무하는 것을 그만두게 하며 사실주의에 대한 란포한 외곡과 유린 으로써 문학을 계급적 원쑤들의 리익에 이바지하는 도구로 만드는 데 있 었다. 이상 세 시기에 표현된 그의 문학 리론은 이러한 기본 목적에 립각 하여 시대와 환경의 특수성과 차이에 따라 여러 가지 바리안트로 표현된 데 불과하다.

카프 조직에 잠입하여 활동하던 첫 시기에 있어서 그의 평론들에 표현 된 기본 사상은 공허한 혁명적 언사로 위장하면서 카프 문학의 정상적 발 전을 와해시키기 위하여 적 앞에서의 무장 해제를 선전하며 문학의 고상 한 사상성과 예술성을 위한 투쟁을 마비시키는 데 있었다.

카프를 해체시킨 이후의 림 화의 평론 활동은 더욱 악랄성을 띠면서 이 미 자기 자신을 위장하기 위하여 사용했던 공허한 혁명적 언사들을 벗어 버리고 리 태준 등과 야합하여 자기 정체를 로골적으로 드러내기 시작했 다. 즉 자연주의 형식주의 문학의 공개적인 선전자로 등장한 것이다.

그는 앞서 례증한 저서 『조선 문학』에서 카프 문학을 공격하여, "그 문학 리론에 있어 쏘련 라쁘가 범한 사상적 창작적 오유를 범했으며 일체 애국주의적 작가들을 민족 해방 운동에 궐기시키고 포섭하지 못하였으며 예술의 계급성과 정치성을 강조하면서 예술성을 등한시하는 등 오유를 범하였다."고 하였다. 이 허위적인 론박을 다시 론박할 필요는 없다. 왜냐하면 라쁘의 오유를 의식적으로 범한 것은 림 화 자신과 박 영희, 김 기진 등이다. 또한 이자들이 카프의 진정한 성원으로 될 수 없다는 것은 명백하다. 또한 진정한 카프 문학은 예술의 정치성과 계급성을 강조하면서 예술성을 등한시한 례를 알지 못한다. 그것은 『황혼』과 『고향』을 비롯한 이 시기의 대표적 작품들이 스스로 말해 주고 있다. 그리고 카프가 일체 애국주의적 작가들을 포섭하지 못하였다는 중상은 언어도단인바, 림 화를 중심으로 한 반역 도당을 제외하고는 카프가 진보적이며 애국적인 작가를 기피하고 경원한 례를 알지 못한다. 이 교활한 문장에서 림 화가 의도한 목적은 실로 딴 곳에 있었는바 그것은 카프가 리 태준 등과 같은 부르죠아 순수 문학 도당들과 손을 잡지 않았음을 외곡 선전함으로써 카프와 그 문학의 고귀한 업적을 말살하며 중상하려는 데 있었으며 카프 해체 이후 오늘에 이르기까지 그가 리 태준 등 순수 문학 도당과 결합되고 그들을 적극 옹호하여 나선 자기의 죄행을 합리화시키려는데 있었다.

이 시기에 림화는 「사실주의 재인식」(一九三七년 一〇월 ≪동아일보≫)이라는 론문에서 자연주의 세대문학이 사실주의의 정로인 것처럼 공개적으로 주장하면서 카프 문학을 온갖 험구로써 비방 중상하였을 뿐만 아니라, 호상 대립되는 계급 사이의 투쟁을 마비시키고 은폐하며 '총체적이며 유일적인 문학'의 허위적인 주장을 더욱 전면적으로 내세우면서 프로레타리아 문학을 부르죠아 문학 속에 용해시키려는 악랄한 기도 밑에 소위 「신세대론」을 비롯한 허다한 반동적인 평론을 집필하였다. 그리하여 림 화는 八・一五 해방을 맞이하는 그날까지 일제를 반대하는 조선 인민의 민족 해방 투쟁을 암해하고 파괴하기 위한 평론 활동을 멈추지 않았다.

八・一五 해방은 그에게 새로운 활동의 무대를 열어주었으니 그것은 남조선에 미국 군대가 상륙 주둔한 것이다. 여기서 남다른 기운과 야망을 가지게 된 림 화는 남조선에 있어서의 문학 로선을 미 제국주의자들의 침략 정책에 수응하도록 하는 데 또한 남다른 '공훈'을 세웠다.

해방 직후 림 화는 마치 앞으로의 민족 문화 건설의 방향과 로선을 제시하는 듯이 가장한 여러 편의 평론을 썼다. 그 한 실례가 一九四六년 二월 박 헌영 도당의 지시에 의하여 소집된 '전국 문학자 대회'에서 미국 침략자들의 의사를 충분히 반영하면서 출연한 「조선 민족 문학 건설의 기본 과제에 대한 일반 보고」다. 그는 이 보고에서 조선 문학이 걸어가야 할 길이 계급적인 문학이냐 민족적인 문학이냐 하고 자문한 후, "그것은 완전히 근대적인 의미의 민족 문학 이외에 있을 수가 없다."라고 자답하고 있다.

이러한 문제 설정 자체가 극히 반동적인 것은 더 할 말 것도 없거니와 거기에 내린 그의 해답 역시 반역적인 내용으로 충만되어 있는 것은 물론이다.

만일 이것을 림 화 자신의 자문자답이 아니라고 친다면, 그것은 림 화가 묻고 미국 씨·아이·씨 고문인 언더우드가 대답한 내용의 전달이라고 보아 무방할 것이다. 왜냐하면 림 화 자신이 공판정에서 진술한 바와 같이, 그는 이미 一九四五년 一二월 전기 언더우드와 만나 미제 어용 문학 로선을 토의하고 앞으로의 활동 계획을 밀약했는바, 민족 문화는 "계급 문화가 되여서는 안 되며" 그것은 또한 "근대적인 의미의 민족 문화"로 되여야 한다는 이 주장은 완전히 문학의 계급성을 부인하면서 서구라파 부르죠아 문화의 이식을 념두에 두고 있는 것이다. 특히 그가 우리 문학의 '장래 발전'에 지장으로 되는 객관적 사실에 대하여 언급하면서 우리 인민들을 다시 식민지 노예로 만들려는 미 제국주의 침략 세력에 대하여 고의적으로 말하지 않았다는 것은 두말할 것 없이 미국의 예속 하에 들어가는 부르죠아 문학을 수립할 것을 지향하고 나왔다는 것을 의미하며, 공화국 북반부에 수립된 인민 민주주의 제도를 민족 문학의 현실적 토대로 볼 것을 거부할 때 그것은 우리 문학으로 하여금 로동 계급이 령도하는 인민 민주주의 혁명의 한 구성 부분이 되는 것을 그만두게 하려는 악랄한 시도가 내포되여 있었다는 것을 실증하는 것이다.

이러한 반동적 부르죠아지의 민족 문학을 당면한 조선 민족 문화의 나아갈 방향이라고 규정한 반역자의 견해는 당에 잠입한 미제 간첩 박 헌영 도당에 의하여 '문화 로선'으로써 채택되었으며 장차 리 승만 괴뢰 정부의 문교부 역할을 담당할 것을 예견한 림 화 도당의 '조선 문화 건설 중앙 협의회' 선언서에서 또한 강조되었다.

그러나 이 파렴치한 반역 도당이 아무리 흉악한 암해 공작을 시도할지라도 우리 당 혁명 사업의 한 구성 부분으로 되여 당의 정확한 문예 정책에 의하여 급속히 개화 발전하는 조선 문학의 정진을 저해할 수 없었다.

여기에 당황하고 초조한 이 반역자는, 또한 각성된 인민들과 작가 대렬의 예리한 감시 속에 불안해진 이 고용 간첩은 또 하나의 교활하고도 어리석은 음모를 꾸며내였는바, 이러한 음모 속에서 세상에 나온 것이 그의 저서 『조선 문학』이다. 이 팜프렛트는 조선 문학사에 대한 란포한 위조 행위로써 충만된 사기 문건인바 이 책이 시도하는 첫째 목적은 해방 전 혁명적 문학 전통을 말살하고 현대 조선 문학의 전통을 리 태준 등 부르죠아 문학에 세우며 자기 자신을 현대 조선 문학의 창시자의 한 사람으로 내세우는 데 있었다.

그는 신경향파 문학을 가르쳐 "주관적이며 감상적이며 자연주의적" 작품이라고 타매하였으며, 카프를 적극 중상 비방하였으며, 그 반면에 자기 자신의 시 작품들과 리 태준, 김 남천 등의 작품들을 추켜세우는 파렴치한 날조 행동을 감행하였다.

이러한 허위적이며 종파적이며 반동적인 견해는 바로 문예총을 탈취하고 그 지도권을 장악하여 무장 폭동의 선전자 역할을 담당시키려던 박 헌영 도당의 의사, 아니 미 제국주의자의 의사가 반영되여 있는 것이다.

그러나 정치 사상적으로 통일되고 단결되고 각성된 조선 인민 앞에서 원쑤들의 추악한 의사는 폭로되고 저주와 격분 속에서 분쇄될 수밖에 없었다.

전체 조선 인민들은 격동되는 심장의 분노와 저주와 증오로써 이 월가의 더러운 머슴꾼들과 그들의 사상을 죽음터로 보내면서 그들의 사상이 남겨 놓은 악영향을 깡그리 불태워버릴 의지에 충만되어 있다.

2

림 화의 시, 그것은 이상과 같은 활동과 리론에 립각한 조국 반역의 시며 반혁명의 시며 제국주의자들의 더러운 사상적 머슴꾼의 시다.

림 화는 그의 악독한 위조 문건인 『조선 문학』에서 자기의 일련의 작품들 즉 「신호」, 「네거리의 순이」, 「우리오빠와 화로」, 「우산 받은 요꼬하마 부두」 등이 마치 조선 로동 계급의 생활과 그 전위들의 애국주의, 영웅주의 등을 노래한 듯이 사태를 외곡하고 나왔으며 자기를 마치 프로레타리아 시인인 듯이 묘사하면서 자기 정체를 은폐하려고 시도하였다.

이 너무나도 파렴치한 자기 선전의 허위성은 그가 례중한 작품들 자체가 말해 준다.

그는 자기의 처녀작을 「신호」라고 말한다. 그러나 一九二六년도에 그는 「신호」가 아니라 「지구와 박크테리아」라는 괴상한 시를 들고 문단에 진출하였다. 이 시는 제목 그 자체가 암시하는 바와 같이 인간과 생활에 대한 랭소와 저주와 멸시의 정신에 립각하여 쓴 따따이즘의 시다. 형식주의의 세기말적 변종인 따따이즘은 타락과 퇴폐와 해체 과정을 걷는 반동적 부르죠아 문학의 막다른 길인바 림 화는 이 막다른 길에서 자기의 문학생활을 출발하여 전망이 막힌 절망과 비관과 패배의 뒷골목으로부터 조국 반역의 필연적인 코스에로 줄달음쳐 나아갔다. 그런데 림 화는 이러한 따따이스트로서의 자기 문학 생활 출발에 대하여 큰 자랑과 사랑을 가지고 있었다.

그는 이러한 심정을 자기 시집 『현해탄』 후기에서 다음과 같이 서술하고 있다.

"자꾸 변명 같아서 구구하지만 하나 더 미진한 점을 말하면 「네거리의 순이」 이전 내 전향기의 작품과 그보다도 전 어린 '따따이스트'이였던 시기의 작품을 넣고 싶었다가 구할 수도 없고 초고도 상실되여 못 넣은 것이다.

이것은 내 지나간 청춘과 더불어 영구히 돌아오지 않는 희망일지도 모른다."

우리는 이 글에서 그가 얼마나 따따이스트로서의 자기 자신에 미련을 가지고 있었는가를 알 수 있을 뿐만 아니라 또 하나의 사실을 발견하게 되는바 즉 그는 「네거리의 순이」 이전을 자기의 전향기라고 스스로 보고 있는 점이다. 그는 본래부터 우리 인민의 변절자로 되여 카프 문학에 기여들었으며 따따이스트 림 화는 림시 프로레타리아 시인의 분장을 갖추고 곡예사처럼 무대에 등장하였던 것이다. 그런데 이 곡예사는 교묘한 수단으로 독자들을 기만하면서 은밀히 혁명에 대한 불신과 비관과 자포자기의 사상으로 물젖게 하는 데 자기의 역할이 있었다.

우선 그가 자화 자찬한 시들 중의 하나이며 그의 '대표작'의 하나인 「우리 오빠와 화로」를 례증해 보기로 하자.

이 시는 일제 경관에게 체포되여 간 자기 오빠를 생각하는 한 처녀의 감정을 노래하고 있는 작품이다. 림 화는 교활하게도 이 작품에 나오는 오빠가 혁명가인 듯이 위장하였으며 오빠를 생각하는 처녀가 각성하는 로동자인 듯이 겉치레를 꾸며 놓았다. 그러나 이러한 위장과 겉치레의 밑바닥을 흐르는 것은 로동 계급에 춤 뱉고 혁명에 등을 돌린 부르죠아 인테리의 반혁명적 감정이다. 시의 첫 구절은 다음과 같다.

사랑하는 우리 오빠
어저께 그만 그렇게 위하시던 오빠의
거북 무늬 화로가 깨여졌어요.

그런데 이 화로는 연초 공장에 다니는 그의 동생이 푼전을 모아 사온 것이며 그의 오빠가 그렇게도 소중히 하던 화로라는 것을 말함으로써 혁명 정신의 한 상징으로 표현되고 있다. 즉 이 화로에서 오빠는 혁명 사업을 생각했다는 것이다. 시는 다음과 같이 계속된다.

> 그리하여 지금은 화젓가락만이 불쌍한
> 영남이하고 저하구처럼
> 똑 우리 사랑하는 오빠를 잃은 남매와 같이
> 외롭게 벽에가 나란이 걸렸어요.

우리는 벌써 이 작품이 무엇을 말하려고 하고 있는가에 대하여 명백한 개념을 가지게 된다. 혁명 정신의 상징으로 된 화로는 깨어졌으며 남은 것은 벽에 걸린 화젓가락과 화젓가락처럼 고독하고 가련한 오누이 뿐이다. 벌써 패배주의 사상이 소리 높이 울리고 있다. 그러나 그것만이 아니라 동시에 이 시는 혁명가의 가족이 얼마나 고독하고 비참한 운명에 빠지는가를 말해주고 있는바, 작자의 악의에 찬 기도는 특히 그 가족을 의지없는 고독한 오누이로 묘사함으로써 독자들의 슬픈 동정을 유도하고 있는 것이다. 그리하여 시는 다음 련에 가서 누이는 오빠의 체포를 계기로 하여 방직 공장에서 해고되어 "백장에―전짜리 봉투에 손톱을 뚫어뜨리고" 영남이도 연쵸 공장에서 쫓겨나 누이의 "봉투 꽁무니를 물고" "만국 지도 같은 누더기 밑에서" 잠들고 있는 것이 노래되고 있다. 특히 이 시가 감옥에 갇힌 오빠에 보내는 편지 형식으로 씌여진 것을 생각할 때 건전한 상식을 가진 누이라면 오빠의 혁명적 정열을 북돋아주는데 아무런 기여도 하지 못할 뿐만 아니라 도리여 그의 투지를 크게 저상시킬 수 있는 사실들―깨어진 화로, 벽에 걸린 화젓가락, 해고당하여 더욱 가련한 오누이의 신세 등을 알리며 하소연하려고는 조금도 생각지 않을 것이다. 뿐만 아니라 오빠가 이미 알고 있을 사실들, 가령 "만국 지도 같은 누더기"를 다시금 강조하고 상기시킬 필요가 어디에 있는가. 따라서 우리는 이 시의 주인공인 처녀

로동자의 감정은 로동 계급의 혁명 사업과 아무런 인연도 없을 뿐만 아니라 절망과 비탄과 감상에 물젖은 소부르죠아지의 감정이며 혁명에 대한 비방과 불신에 충만된 반혁명의 감정이라고 단정할 수 있다. 그리하여 이 녀성 로동자의 가면을 쓴 소부르죠아 처녀는 자기 오빠를 향하여 말하는 것이 아니라 전체 로동 계급의 투사들에게 슬프고 애처로운 목소리로 혁명을 그만두며 일제 앞에 투항할 것을 호소하고 있는 것이다. 그리고 이 소부르죠아 처녀는 바로 다름 아닌 림 화의 변신이다. 이 시에서 서정적 주인공은 누이의 '나'로 등장한 림 화 자신이기 때문이다.

그러나 이 시에서 우리는 또 하나의 림 화 얼굴을 보게 된다. 그것은 '혁명가'로 분장한 오빠다. 즉 이 오빠는 거짓 '혁명가'의 행세를 할뿐, 혁명가는 아니다. 앞서 인용한 시 구절에서 이 남매의 주고받는 대화를 들어보라, 누이는 "오빠 몸에서 신문지 냄새가 난다"고 하면 오빠는 "네 몸에선 누에똥 내가나지 않니" 하고 말한다. 이 극히 저속하고 무내용한 언사를 쓰는 사람이 림 화에 의하면 '혁명가'의 '혁명적' 말로 되는 것이다. 그리고 이 오빠는 항상 "파란 얼굴에 피곤한 웃음"을 웃고 있다. 이것은 로동 계급의 투사가 아니라 절망과 자의식에 사로잡혀 혁명적 전망을 소유하지 못한 소부르죠아 인테리의 초상이다. 그것은 특히 일제 경찰에 체포되기 직전의 그의 태도에서 더욱 뚜렷하게 표현되고 있는바 몇 시간 후면 부자유의 몸이 될 것을 아는 이 '혁명가'는 어째서 자기 동생들에게 희망과 투지를 잃지 않으며 오빠의 사업을 계승할 데 대하여 단 한마디의 말도 암시조차도 남기지 않고 런거퍼 담배만 피우고 있으며 또 어째서 자기가 체포될 것을 알면서 태연히 방에 도사리고 앉아 경찰이 올 것만을 기다리고 있어야 하는지 알 수 없다. 그러나 이것은 알 수 없는 일이 아니라 너무나 명백한 일이다. 즉 이 청년은 자기 동생들에게 투쟁의 불씨를 안길 수도 없으며 다만 자기 운명에 굴종하는 것이 고작인 숙명적이며 무력하고 타락된 소부르죠아 인테리 외에 아무 것도 아니기 때문이다. 그런데 이런 청년을 림 화는 '혁명가'로 내세우고 있는 것이다. 이러한 통간을 통하여 림 화는 자기의 은폐된 목적을 추구하고 있는바, 즉 로동 계급을 이러한 무기력과 암담과 패배의 사상으로 교양하며 일제에 대한 투쟁의 무의미를 설교하려는 것이다. 또한 이러한 오빠로부터 로동 계급의 사상적 영향을 받을 수도 없으며 투사가 될 것을 원하지도 않는 누이의 '계급적 각성'이란 애당초 성립도 되지 않는다. 그리하여 시의 마지막 부문에 가서

> 화로는 깨여져도 화젓갈은 깃대처럼
> 남지 않았어요.

라고 말하고 있는바, 이것은 혁명 투쟁에 대한 모멸과 불신을 말할 따름이다. 화로는 깨여지고 벽에 외로이 걸린 화젓가락이 어떻게 깃대가 될 수 있으며 절망과 비애에 잠긴 이 처녀와 어린 동생이 어떻게 투쟁의 계승자로 될 수 있겠는가?

결국 이 시에서 누이와 오빠는 서로 목소리를 합하여 제국주의자들의 전성기 역할을 담당하면서 혁명은 비극이며 투쟁은 무의미하며 미래는 암담하다는 사상을 설교하고 있는 것이다. 초기의 따따이스트는 이렇게 '발전'하였다.

그의 또 다른 해방전 '대표작' 「네거리의 순이」 역시 비슷한 모찌브와 비슷한 구상에 의하여 집필된 것이다. 「우리 오빠와 화로」에 있어서와 마찬가지로 이 시도 역시 남매의 이야기로 구성되고 있는바, 다만 다른 점은 이 작품에는 누이의 애인이 중간에 개재해 있는 것과 전자와는 반대로 오빠는 말하고 누이는 듣고 있는 점이다. 그러나 그 내용과 작자의 빠포스는 동일한 반혁명 사상의 립장에 기초된 것이다.

시는 "네가 지금 간다면 어디를 간단 말이냐?"라는 비극적 대사로부터 시작되는바, 그것은 이 시에 등장하는 누이의 애인이 경찰에게 체포되여 간 때문이다. 대체로 림 화는 거짓 혁명가를 내세워 놓고 그가 체포되여 간 후의 공허하고 비극적인 감정을 노래하는 것을 자기의 최대 과업으로

삼아왔다. 이 시는 청년이 체포된 후 자기 누이에게 자기들의 눈물어린 지난 생활을 상기시키면서 그 비극적 감정을 더욱 조장시켜 주는 내용으로 그 전반이 채워져 있다.

과연 어느 사람이 이 시를 가리켜 '로동 계급의 전위'들의 생활과 감정을 노래한 것이라고 말할 수 있겠는가? "근로하는 여자"라는 순이는 체포된 자기 애인을 찾아 미친듯 이 종로 네거리로 나와 쓰러져 울고 있다. 우리는 여기서 '사랑에 속고 돈에 울고'식 비극의 녀주인공의 영상을 그려보게 된다. 그리하여 이 시의 서정적 주인공인 시인 자신이며 오빠인 '나'는 "네가 지금 간다면 어디를 간단 말이냐"하고 자기 누이와 독자들의 눈물을 재촉한다. 이것이 '투사'의 말이다. 그런데 이 '투사'는 "믿지 못할 얼굴, 하얀" 모습을 하고 있으며 "근로하는 여자" 순이는 '가냘픈' 모습을 하고 있으며 또 이 오누이는 한 어머니를 잃고 '서글프고 가난한' 생활을 계속하고 있다. 이러한 속에서 처녀에게 산 보람을 느끼게 하는 것은 어떤 정체 모를 한 청년과 사랑을 속삭이는 것이었다. 그런데 이 청년 남녀는 무엇을 하며 어디에 정열을 바치는가?

오직 하나 거리에서 만나 거리에서 헤여지며
골목 뒤에서 중얼대고 일터에서
충성되던
꺼질 줄 모르는 청춘의 정열 그것이었다.

이것이 그들이 생활의 보람을 느끼던 전부다. 그러나 거리에서 만나고 헤여지며 골목 뒤에서 중얼대는 일들은 애욕에 잠긴 시정배 청년들에게 흔히 있는 일들이며 그것은 '혁명가'의 사업과 아무런 공통점도 없다는 것은 너무나도 명백하다. 이 시에는 다만 투쟁하는 로동 계급의 전위들의 의지, 기쁨, 전망, 신념 등에 대한 악의에 찬 외곡과 모독이 있을 따름이다.

이 눈물 나는 가난한 젊은 날이 가진
불쌍한 즐거움을 노리는 마음하고
그 조그만 참말로 풍선보다 엷은 꿈을 안 깨치려는 간지런 마음하고
말하여 보아라, 이곳에 가득찬 고마운 젊은이들아

혁명 사업에 종사하는 젊은이들의 즐거움은, 불타오르는 격정으로 충만된 혁명적 락관주의가 아니라 "불쌍한 즐거움"이며 미래가 자기들 편에 있으며 그것을 투쟁을 통하여 쟁취하려는 로동 계급의 꿈은 "조그만 참말로 풍선보다도 엷은 꿈"이며 자기들의 신념을 견지하고 굽힘없이 나아가려는 그들의 심정은 "엷은 꿈을 안 깨치려는 간지런 마음"이라는 것이다! 로동 계급의 투쟁과 그 생활 감정에 대한 이 얼마나한 모독과 중상이며 혁명 사업과 그 전망에 대한 이 얼마나 악독하고 비렬하고 파렴치한 비방이냐! 제국주의자의 주구, 부르죠아지들의 머슴꾼이 그 더러운 본성을 더욱 명백히 발휘하기 시작하고 있다. 이러한 반혁명의 감정은 다음과 같이 앙양선을 그으며 종말에로 나아간다.

순이야 누이야!
……
젊은 날을 부지런한 일에 보내던 그 여윈 손가락으로
지금은 굳은 벽돌담에다 달력을 그리겠구나!
또 이거 봐라, 어서.
이 사내도 네 커다란 오빠를…
남은 것이라고는 때 묻은 넥타이 하나 뿐이 아니냐!
오오, 눈보라는 '튜럭'처럼 길거리를 휘몰아간다.

림 화는 목청을 높여 이제 우리 앞에는 기대할 것이 아무 것도 없는 암담한 현실뿐이라고 부르짖고 있다. 자기의 누이에게 네 사내는 여윈 손가락으로 굳은 벽돌담에다 달력을 그리고 있을 것이라고 말하면서 다시 또 한 번 절망에 찬 슬픔을 유도하고 있으며, 자기에게도 남은 것은 때 묻은

넥타이 뿐이라고 절규함으로써 투쟁의 깃발을 땅바닥에 내던지라고 근로하는 청년들에게 호소하고 있는 것이다. 시의 마지막 부분에 이르러 교묘한 위장을 갖추기 위하여 "어서 너와 나는 번개처럼 두 손을 잡고 래일을 위하여 저 골목으로 들어가자"고 말하고 있으나 이것은 너무나도 졸렬한 눈가림이다. 그가 말하는 래일이 어떠한 래일이며 그 골목이 무엇을 하기 위한 골목인지는 그 후의 림 화의 문학 활동과 사회 활동이 명백히 증명해 주고 있다.

그후 림 화는 다시 한 번 이 네거리에 나왔다. 그리하여 「네거리의 순이」에서 쓴 눈가림이 허위적인 눈가림이었다는 것을 스스로 실토하였다. 「다시 네거리에서」가 바로 그것이다.

> 오오, 그리운 내 고향의 거리여! 여기는 종로 네거리.
> 나는 왔다, 멀리 락산 밑 오막살이를 나와 오직 네가 네가
> 보고싶은 마음에…

락산 밑 오막살이에서 다시 종로 네거리로 나온 것은 그 뒷골목에서 오래 준비한 절망과 비관과 반혁명의 철학을 푸념질하기 위하여서였다. 그 뒷골목에서 이 흉악한 따따이스트는 좀 더 비분강개식의 대사와 더 철저한 형식주의 및 자연주의 수법과 반혁명의 사상을 련마하였다는 것을 다음의 인용에서 찾아볼 수 있다.

> 간판이 죽 매여달렸던 낯익은 二층
> 지금은 신문사의 흰 기가 죽지를 늘인 넓은 마당에
> 장꾼 같이 웅성대며 확 불처럼 흩어지든 네 옛 친구들도
> 아마 대부분은 멀리 가버렸을지도 모를것이다.
> 그리고 순이의 어린 딸이 죽어간 것처럼 쓰러져 갔을지도 모를 것이다.
> ……
> 원컨대 거리여! 그들 모두에게 전하여다오!

잘 있거라! 고향의 거리여!

그리고 그들 청년들에게 은혜로우라,

지금 돌아가 내 다시 일어나지를 못한채 죽어가도

불쌍한 도시! 종로 네거리여! 사랑하는 내 순이야!

나는 뉘우침도 부탁도 아무 것도 유언장 우에 적지 않으리라.

三○년대 초기 이후 국내에서 근로 대중의 혁명 투쟁은 큰 불ㅅ길로서 타올랐다.

一九三一년에서 一九三五년까지만 하여도 좌익 로조 검거 건수가 七○ 건에 달하였으며 체포된 관계자만하여도 一,九七五명에 달하였다. 로동 계급의 혁명적 투쟁과 병행하여 이 기간에 좌익 농민 조합 검거 건수가 一 四三건에 그 피검자는 一四,一二一명에 달하고 있는바, 이 한 가지 실례만 으로도 우리는 三○년대 이후 국내에서 근로 대중의 혁명적 투쟁이 얼마 나 앙양되였는가 하는 것을 짐작하고도 남음이 있다.

이러한 국내 투쟁은 바로 一九三○년대부터 민족 해방 투쟁의 새 단계 를 열어놓은 김 일성 원수의 항일 무장 투쟁의 거대한 불ㅅ길에 직접 간접 으로 고무된 것이였으며, 一九三五년도의 조국 광복회 창건은 국내 국외 에서 반일 투쟁을 더욱 광범한 대중적 기반 우에서 조직 전개하는 계기로 되였다. 이렇게 장엄한 투쟁의 분위기 속에서 림 화가 들고 나온 것이 이 런 사기 문건과 같은 「다시 네거리에서」다. 적어도 이 시에 의하여 판단한 다면 우리의 투쟁은 이미 불이 꺼져 "순이의 어린 딸이 죽어간 것처럼 쓰 러져"버린 것으로 되였다. 그리고 더욱 악랄한 것은 마치 혁명 투쟁의 대 변자처럼 이 시의 서정적 주인공(림 화)은 나서면서 뉘우침도 부탁도 없는 유언장을 쓰고 있는 것이다. 이 시에 표현된대로 해석하여, 동지들의 쓰러 짐에 대하여도 뉘우치지 않으며 이 이상 아무런 부탁도 없다는 '비분'한 심정은 자포자기한 반역자의 심정이며 그의 유언장은 바로 혁명 투쟁이 종식될 데 대한 유언장이다.

이러한 것들이 그가 자화자찬한 작품들이다. 하물며 그 밖의 시작품들이야 더 말해 무엇하겠는가. 그럼에도 불구하고 인간 량심의 마지막 한 조박까지도 내다 버린 이 철면피의 반역자는 자기가 쓴 『조선 문학』에서 그의 시집 『현해탄』이 마치 조선에 있어서 암흑 시기는 일시적이며 인민의 승리의 기쁜 날이 반드시 머지않아 도래할 것을 예고한 것처럼 허위 선전하였다.

아무도 이 말을 믿을 사람은 없다. 시집 『현해탄』은 전혀 그 반대의 것을 시종 일관 주장하고 있기 때문이다.

우리는 해방 전의 그의 시 창작을 대개 세 계단으로 분류할 수 있을 것이다. 첫 시기는 초기 따따이스트로서의 활동 시기, 둘째는 혁명을 가장하고 나왔던 카프 잠복 시기, 세째는 가장했던 혁명 도구마저 벗어버리고 로골적인 반동 문학에로 줄달음질친 시기들이다. 그런데 시집 『현해탄』에는 이 세째 시기의 작품들이 대부분 수록되어 있는바, 이 작품들이 "승리의 미래"를 예고한 작품들이라고 그는 떠벌인다. 그러나 그는 암흑의 오늘과 미래를 온 정력을 다하여 노래했을 뿐이며 원쑤들에게 우리의 모든 것을 다 내주라고 력설했을 뿐이다.

그는 「암흑의 정신」에서 "오라! 어둠이여! 울어라 폭풍이여! 노호하라! 죽음과 암흑의 '마르세이유'여!"라고 웨치면서 생활이란 밑창 없는 암흑의 굴속이며 그 속에 사는 자기는 "유리제의 량심"을 가진 자라고 노래하고 있다. "유리제의 량심"을 가진 이 자는 피도 눈물도 없는 랭혈 동물로 되어 인간의 가치에 해당한 모든 것은 다 팽개쳐버리고 다시 "주리라 네 탐내는 모든 것을"이라고 썼는바 이 시는 일제에 대한 굴종을 아무 꺼리낌 없이 기고만장하여 력설하고 있는 작품이다. 탐욕한 "암흑의 심장, 죽음의 악령"이 탐낸다면 "심장, 두 팔 두 다리…청년의 온 몸을" 다 내줄 것이며, 만일 그것으로도 만족하지 않는다면 "평생의 요람이였고·모든 벗의 성곽이였던 청년의 정열과 진리의 무대까지도" 내줄 것이며, 또 만일 그것으로도 부족하다면

열 몇해 오랜 동안 그 배 우에서

산 같은 풍랑의 두려움에도,
신기루의 달큼한 유혹에도,
……
킷자루를 어지럽히지 않았던
이 검은 쇠로 굳게 무장한
전함 돛대끝 높이 빛나는 우리들
'××××'의 깃발까지도,
네 그칠 바 모르는 오장의 밑바닥을 메우려고
검은 두 손을 벌린다면,
벌레의 구물대는 그 우에
내놓기를 아끼지 않으리라!

라고 짖어대였다.

더 무슨 설명이 필요 있겠는가! 그가 말한 '××××'의 깃발은 곧 로동계급의 깃발이며 사회주의의 깃발이다. 이 깃발을 원쑤들에게 내주어도 좋다는 이 악랄하고 추악한 반혁명 분자의 광증에 대하여 타기와 저주 외에 더 무슨 분석적인 말이 요구되겠는가!

이러한 반혁명적인 설교와 함께 고독과 슬픔과 불안의 감정을 불러일으킴으로써 인민들의 정신에 마약을 풀어 넣어 주고 있는 것이 시집 『현해탄』의 또 다른 시편들이다. 그는 「최후의 념원」에서 자기는 "최후의 항구로 외로이 돌아오지 않는 손"이 되며 "밤하늘에 흩어지는 五색 불꽃"이 될 것을 념원했으며, 「행복은 어디 있었느냐」에서

돌아갈 집도 멀고
걸을 길도 아득한
나의 젊은 마음아.
외딴 교외의 푸랫트폼 우
나의 따르는 꿈은 무엇이냐?

라고 슬픈 읊조림을 뇌까리였으며

「월하의 대화」에서는 춘화도를 남기고 바다 속에 투신 정사한 남녀를 찬양하고 있다.

바로 이러한 것들이 림 화의 해방전 시문학이다. 그의 해방 전 시작품들을 한마디로 요약하여 규정한다면, 맑쓰주의에 적대적인 위치에 있는 반혁명 분자가 맑쓰주의자의 탈을 쓰고, 극악한 반동적 부르죠아 인테리가 프로레타리아 시인의 분장을 갖추고 나와 혁명을 내부로부터 파괴할 목적 밑에 혁명에 침 뱉고 그것을 비웃으며 제국주의자와 부르죠아지들에 굴종할 것을 찬양하고 절망과 패배주의를 선동하면서 인민 대중을 반일 민족 해방 투쟁으로부터 분리시킬 것을 추구한 반혁명의 흉악한 사기문서다.

3

림화의 해방 후 시작품들은 이상과 같은 '력사적 전통'에 기초하여 더욱 악랄하게 핀 '악의 꽃'이다.

해방과 함께 림 화는 국제 반동의 원흉인 미 제국주의자들의 사상적 종복으로 곧 전변되였다. 즉 일제로부터 미제로 자기 상전을 바꾼 것이다. 이리하여 흉악한 조국 반역의 새 출발이 개시되였다.

위대한 쏘베트 군대에 의하여 우리나라가 악독한 일제 식민지 통치 기반으로부터 해방되자, 미국 고용간첩 림 화가 자기의 시 창작에서 착수한 첫 사업이 반쏘 선전이였으며 해방과 함께 이룩될 우리의 새 생활에 대한 모멸이였다는 것은 극히 자연스러운 일이다. 해방 후 첫 작품인 「발자국」은 바로 이러한 반역적 범죄의 첫 발자국이다.

이 시는 해방 후의 그의 다른 시들이 다 그러한 것처럼 외견상에는 사람을 속이는 그럴듯한 분장을 갖추고 있다. 그러나 그 분장의 모든 소도구들을 헤치고 보면 그 속에는 인간 증오와 씨니즘과 랭소로 굳어진 반역자의 얼굴이 드러나고 있을 뿐만 아니라 위대한 쏘련 군대를 맞이하는 우리 인민들의 감정을 말하는 대목에 이르러 하나씩 정체는 로출되기 시작하며 마침내 종말에 이르러는 분장 속에 숨어 있을 수 없어 자기가 말하려고 한 진담을 털어 내고야 만다.

> 즐거움도 반가움도 모르는 우리 동포
> 그대들의 무겁게 이끄는 군화를
> 바라보는 우리 동포
>
> …… (중간 二련 략)
>
> 그대들이 가져오는 것은 우리의 령토인가
> 그대들이 들고 오는 것은 우리의 깃발인가
> 그대들이 부르고 오는 것은 우리의 노래인가
> 우리는 어느 것이 그대들의 것인지
> 어느것이 우리의 것인지 알 수가 없다

一九四五년 八·一五! 해방의 군대를 맞는 인민들의 전 민족적 감격과 환호의 목소리는 조국 강로를 진감시켰으며 위대한 쏘베트 군대에 대한 감사와 해방의 기쁨은 영원히 우리의 기억에서 사라지지 않을 것이다. 그런데 보라! 이 반역자의 언어도단인 외곡 행위를! 사실 이러한 반역자들은 해방의 은인들에 대하여 "즐거움도 반가움도 모르는" '족속'들이며 위대한 쏘베트 군대들을 공포와 불안 속에서 바라다보았을 것이 틀림없다. 그러나 이러한 반역자들의 심정을 "우리 동포"의 심정으로 대치시키는 무도한 짓을 누가 용인하겠는가? 그뿐만 아니라 쏘베트 군대들이 가져오는 것이 "우리의 령토인가… 우리의 깃발인가… 우리의 노래인가" 하고 반문하면서 "어느 것이 우리의 것인지 알 수가 없다!"라고 회의와 의구심에 찬 독설을 내던지고 있는 데 대하여 분격하지 않을 사람이 없다. 결국 이 시는 위대한 쏘베트 군대의 해방적 역할을 부인하며 인민 민주주의 제도 우에 꽃피게 될 자유와 행복의 새 생활을 비방하며 우리 인민들의 애국주의와 국제주의 감정을 외곡하고 모독하는 반역자의 자체 표현의 시다. 미제국주의자들을 새로운 상전으로 모실 것을 결심 채택한 림 화의 '솔직'한 심정이 토로되고 있는 것이다.

그의 이러한 심정은 그 후 공화국 북반부에 대한 불신, 혁명적 민주 기지에 대한 반대의 정신으로 더욱 강화되였다. 그는 간첩 박 헌영, 리 승엽 도당의 지시에 좇아 一九四七년 一一월 암해 파괴 공작 및 간첩 활동을 하기 위하여 공화국 북반부로 넘어오면서 느낀 감상을 적어 몇 편의 시를 발표하였는바, 그 가운데 「망명」이라는 작품이 있다. (그는 북반부로 넘어오는 것을 '망명'이라고 일커르고 있는 것이다. 전부 五련으로 된 이 작품의 마지막 三련을 인용하면 다음과 같다.

우리 이제 손길을 난호며
무엇을 말하리…

나루마다 푸른 물이
다른 산과 들을 흘러
산하―
남북에 아득하여도

바람소리 들레는 밤중
눈 감으면
나란한 어깨
우리 평생
조국의 지척에 있어라

三八 경계선을 이루고 있는 나루를 건느기 직전, 그를 바래우기 위하여 따라갔던 모양인 간첩의 졸개들과 작별하면서 느낀 감상을 노래한듯 싶다. 완곡하나 압축된 표현 속에 담겨진 내용은 실로 몸서리칠만한 반역적 사상으로 충만되고 있는바 "나루 마다 푸른 물이 다른 산과 들을 흘러"에

서 "다른 산과 들"이라고 말할 때 그것은 자기와는 인연이 없는 이방 산야 (異邦 山野)라는 감정을 표시하며 "산하— 남북에 아득 하여도"에서는 남반부와 북반부의 사이가 지리적으로 그런 것이 아니라 림 화에게 있어서는 정신적 사상적으로 아주 먼 거리에 있다는 뜻을 나타내면서 공화국 북반부에 대한 림 화의 감정을 표시하고 있다. 시의 마지막 련은 간첩의 졸개들과 헤여지면서 석별의 정을 금할 수 없어, 어깨 나란이 활동하던 일제시의 지난날을 다시금 회상하며 자기가 공화국 북반부로 간첩 활동을 하기위하여 넘어가기는 하나 자기의 목숨이 다할 때까지 자기가 두고 가는 '조국'의 품을 항상 지척에 느끼며 잊지 않을 것을 약속한 것이다.

얼마나 전율할 만한 반역자—간첩의 사상인가! 그의 '조국'은 미군 주둔하에서 군정이 실시되고 있는 (一九四七년) 남반부이며 나아가서는 미국의 팬다곤이다. 그러기에 그에게는 인민 정권의 품속에서 새 생활이 꽃피고 있는 강 건너 북반부가 '이방'처럼 멀리 또 생소하게 느껴지며 한번 가면 오지 못할 길인듯만 싶어 (사실 그의 예감은 적중되였다!) 다시금 '조국'의 품이 그리워지는 것이다.

一九五○년 六월 二五일 미 제국주의자들과 리 승만 매국 도당이 공화국 북반부에 무력 침공을 개시하자 적들에게는 군사적 침공과 병행하여 우리의 공고한 후방을 약화 와해시키는 침략적이며 반동적인 사상의 선전이 더욱 요구되였다. 이 악독한 미국 간첩은 자기 상전의 요구와 지시에 좇아 더욱 악랄한 반역적 활동을 계속하였다.

전쟁 시기에 쓴 그의 모든 시작품들은 오직 한 가지 목적에로 귀결되는바, 곧 우리 인민들이 전쟁에서 승리를 거두지 못하도록 전선에 있는 미군과 보조를 맞추는 것이다. 그의 시, 그것은 원쑤의 흉탄이다.

이 커다란 목적 밑에 그는 대체로 세 가지 방향으로 흉탄을 재우듯 작품을 썼다.

첫째, 당과 정부의 주위에 굳게 결속된 인민들의 단결된 력량을 와해시키며 전선과 후방과의 공고한 련계를 약화시키도록,

둘째, 인민 군대의 고상한 애국주의와 대중적 영웅주의를 와해시키며

그것을 비극적이며 절망적인 감정으로 유도하도록,

세째, 전쟁은 무섭고 비참한 것이라는 것을 확대 강조하며 인민들에게 염전 기분과 패배주의 사상을 침투시키도록 하는 것들이다.

그는 먼저 우리의 인민 정권과 인민 대중을 리탈시키며 전선과 후방의 공고한 련계를 약화시키기 위하여 우리의 후방 인민들이 고독하고 비참하고 절망에 사로잡힌 생활과 기분 속에 방임되어 있는 것처럼 전혀 사실을 외곡 선전하는 데 광분하였다. 이러한 특징이 가장 잘 표현되고 있는 것이 「바람이여 전하라」다.

우리 당과 정부의 제반 시책과 지도와 배려 밑에 안정된 생활 속에서 전쟁 승리를 위한 투쟁에 총궐기한 영웅적 후방 인민들을 그는 서슴없이 다음과 같이 외곡 선전하였다.

그는 우리의 후방 인민들이 "해 저무는 저녁 달지는 새벽에 불타 허물어진 폐허 우를 외로이 걸어가는… 머리 흰 분들… 애처로운 사람들"이며 "남편과 어린 것들과 그밖에 살아 있는 모든 것을 잃어 홀로 망연한 어머니들… 집과 낟가리와 마을까지를 잃고 바람 속에 섰는 어머니들"이며 "또한 참을 수 없는 오욕 속에선 차라리 죽음을 결심한… 어머니들"이며 슬픔과 원한 속에서 "머리 더욱 희고 가슴 더욱 얇아진… 어머니들"이라고 턱없이 '비분 강개'하며 뇌까린다. 우리의 후방 인민들, 특히 어머니들이 버림받은 고아처럼 비참한 운명 속에 있는 것처럼 외곡 선전함으로써 인민들과 인민 정권 사이를 리간시키며 인민군 전투원들의 사기를 저상시킬 것을 책동한 그는 계속하여 이러한 어머니들에게 다음과 같이 호소한다. 즉 당신들의 귀여운 아들은 이미 "비와 바람과 눈발에 돌처럼 찌들었고" "피와 죽음과 마지막 비명소리를 노래처럼 그리워하여 돌과 쇠로 굳어"진 끔찍하고 흉악한 사람으로 되였는바 그렇기 때문에 그들 전선 군무자들은 이러한 전쟁보다도 고향의 "버들 숲과 앞내 물소리와 종다리 울음"과 어머니의 "향그런 품"을 못내 그리워한다는 것이다. 이 참을 수 없는 악독하고 교활한 기만 수단으로써 림 화는 두 가지 음흉한 목적을 추구하고 있다. 즉 그 첫째는 인민군 전투원들을 그 이마가 돌처럼 찌들고 그 마음은 "피와 죽음과 마지막 비명소리를 노래처럼 그리워하며" 돌과 쇠로 화한 병적이며 기형적인 전쟁 히쓰테리로 묘사함으로써 아들을 전선으로 보낸 후방 어머니들을 공포와 전률과 련민의 감정으로 물젖게 하여 후방 인민들을 염전 사상으로 고취하는 것이며, 그 둘째는 인민군 장병들에게 송아지 울음소리, 버들 숲과 앞내 물소리, 종다리 울음소리들을 상기시키여 전투 사기로 충만된 그들의 마음을 '비전투적' 기분으로 물젖게 하며 어머니의 품속으로 빨리 돌아가고 싶다는 마음을 불러일으킴으로써 인민 군대의 사기를 저상시키려는 것이다. 그는 이러한 감정을 더욱 조장시키기 위하여 앞서 례증한 바와 같이 어머니들을 제멋대로 폐허와 바람 속에 의지 없이 외로이 방황케 하고 있는바 그리하여 우리 인민 군대들에게 인민 정권에 대한 불신의 감정을 고취하며 정의의 전쟁에 궐기한 자기들의 정당한 투쟁에 회의심을 품게 하려고 시도한 것이다. 그러나 이러한 사기 수단에 속아 넘어갈 사람은 없으며 우리 인민들은 우리의 현실이 전혀 이와 같지 않다는 것을 너무나도 잘 알고 있다.

다음에 그는 우리 인민 군대의 고상한 애국주의와 대중적 영웅주의를 말살시키며 외곡 선전하기 위하여 우리 인민군 군무자들이 조국에 대한 헌신성을 가지지 못하고 마치 외부적 강요에 의해서만 움직이며 전쟁 승리에 대해서 무관심하고 절망과 불안 속에 사로잡힌 인간으로 묘사하는 것을 자기의 더없는 사명으로 삼았다. 외견상으로는 김 창걸 영웅을 노래한 듯 가장한 「흰 눈을 붉게 물들인 나의 피 우에」가 그것을 단적으로 말해 준다.

이 시는 적 화구를 막기 위하여 전진하는 우리의 영웅을 그 허두에서부터 비극적인 정황 속에서 제시하기 시작한다. 즉 "찬 바람 산허리에 부딪쳐 요란히 울고 눈보라 하늘에 닿아 머리를 덮는 벼랑"에 대하여 먼저 말함으로써 영웅의 심정에 어두운 그림자를 던진 다음 인민 군대의 전투 명령과 군무자들의 대중적 영웅주의 및 애국주의와의 깊은 내부적 통일을 무시하면서 전투 명령이 어떤 강요의 성격을 띤 것처럼 우리 전투 영웅이 어떤 애국심도 용감성도 없는 것처럼 암시하기 위하여 적진을 향하여 육박하는 순간의 영웅의 심정을 이렇게 외곡한다.

눈 밟는 소리는
나의 발길이 분명
앞을 향하여 나아가는
틀림 없는 흔적인가
……

비록 고지가
절벽으로 높이
五〇메터의 지척이
이렇듯 천리로 멀 수 있으며…

적 화구를 노리여 육박하는 전사의 심정을 이처럼 외곡하고 모독할 수는 없다. 모든 일념이 적 홧점을 소멸할 데 대한 생각으로 긴장되며 적정에 대하여 예리한 감시의 눈을 번쩍이면서 포복 전진할 전사가 마치 천천히 사형장에 끌려 나가는 사람처럼 자기의 눈 밟는 발자국소리에 침울하게 귀를 기울이면서 자기의 발길이 앞으로 가는 것인지 뒤로 가는 것인지 채 분간 못하는 몽환 상태에 빠져 있을 수는 없다.

(적 화구 앞에서 서서 가는 전투원도 없을 것이지만 특히 그것이 마지못해 가는 길이라는 것을 암시해 주는 그 문맥의 느리고 무거운 절주를 주의해 보라) 그리하여 그에게는 五〇메터의 지척이 천리로 멀어 보이는 것이다. 시의 종말 부분에 가서 주인공의 비창한 목소리는 이렇게 더욱 고조된다.

눈발 부연 하늘
어느 곳에서 조국은
나의 가는 길을 바라보고 섰느냐
종일토록 울어 끊지 않는

바람 속 어느 곳에서 어머니는
나의 마지막 숨결소리를
들으려는 것이냐

눈발 부연 하늘 어느 곳에 조국이 있겠는가?
　바로 우리의 전투원들이 촌토를 사수하여 딛고 섰는 땅이 영광스러운
우리의 조국 땅이며 영웅들의 육박 공격을 사랑과 존경의 눈으로 주시하
는 지휘관과 전투원들의 눈길이 조국의 눈길이며 영웅의 고동치는 심장이
바로 조국의 심장이다. 그럼에도 불구하고 눈발 부연 하늘 어느 곳에 있는
조국을 부를 때 이 반역 도당은 자기 자신의 다른 '조국'을 생각하고 있는
것이며, 바람 속에 서 있는 어머니를 (대체로 이자에게 있어서는 어머니는
항상 바람 속에서 있는 것으로 되여 있다) 애통하게 부르짖게 함으로써 영
웅의 죽음을 애통하고 비장스러운 것으로 만들고 있다. 우리의 영웅적인
군무자들은 원쑤들과의 가렬한 싸움에서 자기의 팔다리가 끊어지고 목숨
이 다하는 마지막 순간에 이르러서도 수류탄을 입에 물고 적진으로 기여
들어가 미소를 품고 조국에의 충실한 최후 복무를 마지하는, 그러한 대중
적 영웅주의와 혁명적 락관주의로 충만된 용사들이였다. 이상의 시 구절
들은 우리 영용 무쌍한 인민군 군무자들에 대한 그 얼마나 파렴치한 외곡
이며 비방인가를 더 말해 무엇하겠는가. 이렇게 하여 림 화는 우리 군무자
들의 영웅주의와 애국주의의 원천과 그 진실한 모습을 모독하고 외곡 선
전하며 군무자들의 사기를 저상할 것을 시도하였으며 시의 종말 부분에
가서 다시 "외로운 한 어머니"를 다음과 같이 끄집어내옴으로써 독자들을
슬픔 속에 잠기게 하여 그 투지를 마비시키려고 하였다.

그대들이 만일 또한
옛 전우를 잊지 않았거든
기억하라 그의 먼 고향에
외로운 한 어머니가

살아 있었음을…

……
슬퍼하는 그를
위로해 달라

    우리의 따뜻한 인민 정권의 품속에서 전체 인민들의 뜨거운 사랑과 존경을 간직하고 있는 영웅의 어머니를 이렇게 "외로운" 어머니로 묘사하며 영웅적인 자기 아들에 대하여 자랑과 긍지로써 충만된 그 어머니를 다만 아들의 죽음을 "슬퍼하는" 속된 어머니로 외곡하는 것은 미국 간첩만이 할 수 있는 일이다.

    이 간첩의 목적은 너무나도 명백하다. 그것은 온갖 가능한 수단을 다 리용하여 우리 인민들을 슬픔과 절망과 고독의 감정으로 물젖게 하며 원쑤들을 반대하는 우리 인민의 강철의 투지를 마비시켜 보려는 외에 아무것도 아닌 것이다. 그리하여 그는 될 수 있는 대로 슬픔과 눈물을 자아낼 수 있는 정경과 감정을 날조해 내며 "외로운" "슬퍼하는" 말들을 람용한다. 슬픔과 눈물에 대하여 말한다면 이것은 이자가 력사적으로 애용해온 전술이다. 이 전술은 전쟁 시기에 와서 더욱 활용되였으며 우리의 승리의 전망을 먹칠하며 인민들에게 패배주의와 염전 사상을 고취하는 데 유감없이 리용되였다. 그 대표적 실례로 되는 것이 「너 어느 곳에 있느냐」다.

    미제 침략 군대가 공화국 북반부 깊이 침공하여 들어오고 우리 인민 군대가 일시적으로 전략적 후퇴를 하게 된 간고한 시기에 미국 간첩 림 화는 전선에서의 미군의 '공세'에 발맞추어 우리 인민들의 단결된 력량을 내부적으로 와해시키는 발악적 기회라고 생각하였다. 바로 이러한 것이 완강하게 저항하면서 재진격을 준비하는 우리 인민 군대와 맞선 미 제국주의 침략자들에게는 절실히 요구되였으며, 원쑤들의 이데올로기 전선에서 충실한 초병 역할을 한 림 화는 자기 상전의 의도를 제때에 받들고 나와, 시 「너 어느 곳에 있느냐」를 제작하였다.

이 시는 '사랑하는 딸 혜란에게'라는 부제가 붙어 있으며 행방불명이 된 자기 딸에게 보내는 아버지의 호소로 되어 있다. 그러나 이것은 조선 인민들에게 흉탄을 던지는 미국 간첩의 호소다.

그는 먼저 우리의 정의의 조국 해방 전쟁이 자기의 귀여운 딸을 뺏아다 어느 황량한 눈보라 속에 내다버린 것처럼 묘사하기 위하여 다음과 같이 시의 허두를 꺼낸다.

아직도 이마를 가려
귀밑머리를 땋기
수집어 얼굴을 붉히던
너는 지금 이
바람 찬 눈보라 속에
무엇을 생각하여
어느 곳에 있느냐

머리가 절반 흰
아버지를 생각하여
바람 부는 산정에 있느냐
가슴이 종이처럼 얇아
항상 마음 아프던
엄마를 생각하여
해 저무는 들길에 섰느냐

모든 간고함과 어려움을 극복하고 앞날의 승리를 위하여 더 큰 투지와 용감성을 고취하는 말이 우리 작가들의 슬기로운 붓끝에서 더욱 소리 높이 울려 나올 때, 림 화는 이렇게 독기 어린 붓끝을 놀려 자기 딸의 이름을 빌려 전체 인민들에게 "바람 부는 산정에 있느냐" "해 저무는 들길에 섰느냐" 하고 뼈저린 슬픔과 불행에 통곡할 것을 강요하면서 마치 우리의 현실이 암담하며 처량한듯이 이렇게 짖어댔다.

사랑하는 나의 아이야
벌써 무성하던
나무잎은 떨어져
매운 바람은
마른 가지에 울고
낯익은 길들은
모두다 눈 속에 묻혀
귀 기울이면 어데선가
들려오는 얼음장 터지는 소리

아버지는 지금
…… (중간 략)
절벽으로 첩첩한 산과
천리 장강이 여울마다 우는
자강도 깊은 산골에 와서
어데메에 있는가 모를
너를 생각하여
이 노래를 부른다

　문학 작품에 있어서, 특히 서정시에 있어서의 자연 묘사는 바로 서정적 주인공의 성격, 그의 내부적 체험, 그의 정치적 미학적 리상의 직접적인 표현 형식으로 된다는 것을 우리는 알고 있으며 림 화의 경우에 있어서도 그것은 례외로 되는 것이 아니다. 따라서 여기 인용한 자연 묘사들— 무성하던 나무잎은 떨어져 매운 바람은 나무가지에 울고 낯익은 길들은 모두 눈 속에 파묻혀 얼음장 터지는 소리만이 들린다는 이 구절은 생활의 조락, 우리 인민 민주 제도의 쇠멸에 대한 림 화의 희망적 감정이며 "절벽으로 첩첩한 산과 천 리 장강이 여울마다 우는" 소리는 이제 더 갈 길이 없으며 전망은 암담 그것뿐이라는 그의 간첩적인 선동의 로골적 표현이다. 그런 까닭에 림 화에 의하면 이제 우리는 애통하게 울어야 할 뿐이며 잠 못 이루는 밤을 새워야 할 뿐이라고 다음과 같이 처량하게 부르짖는 것으로 자기 작품을 끝내고 있다.

> 한밤중 어느
> 먼 하늘에 바람이 울어
> 새도록 잦지 않거든
> 머리가 절반 흰 아버지와,
> 가슴이 종이처럼 얇아
> 항상 마음 아프던
> 너의 엄마와
> 어린 동생이
> 너를 생각하여
> 잠 못 이루는 줄 알아라
>
> 사랑하는 나의 아이야
>
> 너 지금
> 어느 곳에 있느냐

우리의 후방 인민들 속에는 전선에 있는 자기 자식을 생각하여 이렇게 머리가 희거나 가슴이 종이처럼 얇은 사람이 없다. 있다면 그것은 림 화와 같은 반역 도당일 뿐이다. 이 명백한 사실을 외곡하여 인민들을 비탄에 잠기게 하려는 시도가 무엇을 의미하는가도 또한 너무나 명백하다.

그것은 바로 미제와 리 승만 도당의 무력 침공을 방조하기 위하여 우리 후방의 공고성을 와해시키려는 데 있었다.

즉 림 화의 이러한 시작품은 미제의 군사적 공세에 병행한 미제의 이데올로기적 '공세'였다.

미제의 이러한 이데올로기적 '공세'의 한 측면을 담당한 림 화의 반역적 시문학 활동은 여기에 그치는 것이 아니다. 그는 조쏘 조중 인민의 고상한 국제주의적 친선을 랭소적 빠포스로 엮어놓았으며, (「쏘베트 런맹」, 「한 전호 속에서」) 일시적 후퇴시기에 영웅 도시에서 항쟁의 불ㅅ길을 든 우리 지하 당원들의 투쟁을 말살했으며, (「평양」) 원쑤들을 반대하는 결사 전에 궐기한 우리 인민군 전투원의 고상한 애국적 감정을 모독했다. (「한번도 본 일 없는 고향 땅에」, 「밟으면 아직도 뜨거운 모래밭 건너」 등)

만일 그의 작품들에서 극소한 부분에서 나마 그럴듯한 '애국적 언사'들을 사용한 대목이 있다면, 그것은 오직 간첩 활동을 자유롭게 할 목적 밑에 일시적으로 빌린 분장 도구에 불과한 것이다. 만일 어떤 락후 분자든지 이러한 분장 도구에 현혹되는 일이 있다면 그것은 바로 이자들의 속임수에 보기 좋게 걸려든 것을 의미한다.

림 화의 문학, 그것은 제국주의적 부르죠아지에 복무하는 매국 역도의 문학이며 인민 대중의 정신을 퇴폐와 타락과 절망과 패배로 이끄는 것을 목적으로 한 반인민적 반동 문학이며 공화국의 인민 민주 제도를 전복하고 변생된 자본주의 국가를 수립하려는 극악한 반혁명의 문학이다. 이 문학은 이미 '문학'이라는 명칭에도 해당되지 않는 일종의 흉악한 허위 문서인바, 그것은 현실을 외곡하고 변형시키는 그 수단에 있어서 악랄 무비하며 제국주의적 이데올로기를 선전하기 위하여는 어떠한 방법이든지 다 리용하고 있는 까닭이다.

우리의 지나간 모든 경험은 객관적 력사 발전 법칙에 항거하며 인민 대중의 혁명적 전진을 방해하려는 모든 시도는 마침내 수치스러운 패배를 당하였다는 것을 가르쳐주고 있다. 특히 오늘 우리 인민들은 조선 로동당과 공화국 정부의 주위에 굳게 결속되여 자기들의 자유 행복을 침해하는 어떤 원쑤이든지, 또 어떤 반동사상이든지 타승하고야 말 의지에 불타고 있으며 또 그러한 위력을 소유하고 있는 영웅적인 불패의 인민이다. 국제 반동의 원흉인 미제와 그 주구들이 우리 인민을 정복하기 위하여 감행한 정치 군사적 '공세'와 사상적 '공세'들을 우리 인민들은 타승하였으며 계속 승리적 전진을 하고 있다. 그것은 우리에게 인민들의 무궁무진한 통일된 력량이 있으며 위대한 쏘련과 중화 인민 공화국을 비롯한 세계 민주 진영이 함께 있기 때문이다. 이 거대한 력량 앞에 반기를 들고 나온 미제의 졸개들인 림 화를 포함한 박 헌영 간첩 도당의 반역 행위는 주먹으로 철벽을 치는 것과 다를 것이 없으며 그 반역 행위의 한 구성 부분인 림 화의 시 문학은 더러운 휴지 조박으로도 되지 않는다.

그러나 이 더러운 휴지 조박을 아끼고 소중히 한 사람은 없는가? 이 반역 도당의 사상과 내통한 사람들은 없는가? 우리 당의 문예 정책을 외곡한 사람은 없는가? 아무도 없다고 말하기 곤난할 것이다. 그것은 기 석복, 전 동혁, 정 률 동무들이 범한 비당적 활동이 오늘 대중적 규탄을 받고 있는 사실이 여실히 증명한다.

이와 아울러 박 헌영, 리 승엽 간첩 도당이 우리 문학예술분야에 뿌린 사상적 악영향은 아직도 깨끗이 숙청되지 못한 채 잔존하고 있으며 부르죠아 이데올로기의 잔재가 모든 분야에서 계속 작용하고 있다는 사실들이 말해준다.

우리 인민들은 박 헌영, 리 승엽 간첩 도당들에게 준엄한 전 인민적 처단을 내리였다. 그와 동시에 우리는 이자들이 남겨놓은 사상적 악영향을 깨끗이 불태워버리는 사상 투쟁의 불ㅅ길을 높여야 한다. 오늘 특히 미 제국주의자들이, 평화와 민주 진영의 력량이 날로 확대 강화되며 공화국 북반부에서의 사회주의 기초 건설이 성과적으로 진행되고 있는 사실에 당황 망조하여 우리 사업에 대한 암해 파괴 공작을 더욱 강화하며 우리 내부에 잔존한 낡은 사상 잔재를 리용할 것을 백방으로 시도하면서 새 전쟁 도발에 광분하고 있다는 사실은 우리들에게 혁명적 경각성을 더욱 고도로 높일 데 대한 신호로 된다.

조선 로동당의 영광스러운 기치 밑에 더욱 굳게 단결되여 모든 인민의 원쑤들에게 무자비한 죽음을 주며, 일체 적대 사상에 다시 일어설 수 없는 타격을 가하기 위하여 높은 혁명적 경각성 밑에 완강하게, 치렬하게, 끊임없는 투쟁을 전개하여야 하며 우리 문학의 당성과 계급성을 고수하고 더욱 빛내여야 한다.

　원쑤들을 반대하는 투쟁에서 희생된 우수한 우리 혁명 렬사와 애국자들이 그것을 요구하며 우리의 전진 운동이 그것을 요구하며 평화적 조국 통일의 위업이 또한 그것을 요구한다.

一九五六, 一, 二〇
≪조선문학≫, 1956.4

문학 유산
연구에 대한 의견

김하명

八·一五 해방 후 一〇년간에 조선 로동당의 정확한 문예 정책을 받들고, 우리 문예학은 고전 문학을 계승 발전시키기 위한 연구 사업에서도 적지 않는 성과를 거두었다.

우리는 짧은 기간에 고전 작품들을 대량적으로 출판하여 진실로 그것을 인민 대중의 소유로 되게 하였으며, 동시에 과거 문학 유산의 과학적 연구의 면에서도 많은 사업을 하였다. 우리는 문학사에서의 '유일 조류론'을 반대하여 투쟁하면서 우리 문학을 프로레타리아 사상, 맑스—레닌주의 사상 관점에서 분석 평가하였으며, 부르죠아적 객관주의, 라렬주의에 대한 치명적인 타격을 주었다. 해방 후 발간된 문학 교과서들, 연구 서적들에서 보는 바와 같이 우리는 조선 인민의 사상과 감정, 자유와 행복에 대한 열렬한 지향과 념원을 반영한 우수한 작품들을 문학사의 중심 위치에 올려 세웠으며, 그의 사상 예술적 가치를 천명하며, 그의 문학사상 위치를 밝히는 면에서도 적지 않은 성과를 달성하였다.

그러나 문화 유산을 계승 발전시키기 위한 우리들의 사업은 오늘 우리 혁명의 현실적 요구의 수준에 비추어 멀리 뒤떨어져 있으며, 우리 당 사상 사업의 전투적인 구성 부분의 하나로서 자기 역할을 원만히 수행하고 있다고 말하기는 어렵다. 우리 문예학의 성과는 우선 량적으로도 적거니와, 우리가 사업을 수행하는 과정에서 범한 리론적 및 사상적 오유들이 또한 적지 않게 있다.

우리나라에 조성된 오늘의 현실은 빠른 시일 내에 우리 선조들이 남겨 놓은 과학 문화 유산을 창조적으로 계승 발전시키는 사업에서 획기적인 전변을 요구하고 있다. 조선 로동당 제三차 대회는 해방 후 새로운 인민 민주주의 제도 우에서 개화 발전하고 있는 과학 문화의 제반 성과를 총화 평가하면서 전체 과학자들 앞에 자기들의 매개 연구 분야와 사업령역에서, 멀지 않은 장래에 세계의 선진적 과학 수준에 따라 가야 한다고 호소하였다. 김 일성 원수는 자기의 보고에서 특히 사회 과학 부문 일꾼들 앞에 중요하게 제기되는 과업의 하나가 "과거의 우리나라 과학 문화의 우수한 유산을 계승하며 일체 과학 연구 자료를 수집 정리함으로써 장래의 찬란하고 건전한 과학 문화 발전을 위한 토대를 구축하는 사업"임을 강조하고 지금까지 이 사업의 중요성의 철저한 인식이 부족하였으며 과학 연구의 기초를 축성하는 사업이 매우 불만족하게 진행되고 있다는 것을 지적하면서 계속 다음과 같이 말씀하시였다.

"우리의 선조들이 남겨 놓은 우수한 작품들에 대한 연구 분야가 아직도 거의 미개척지로 남아 있으며, 귀중하고 많은 고문헌과 사료들이 분산되고 파묻힌 채 유실되어 가고 있으며, 우리 인민의 영웅적 투쟁과 업적들이 단편적인 재료들로써 소개되고 있을 따름입니다. 이러한 현상이 지속된다면 우리 민족 문화 발전에 큰 지장을 초래하게 될 것입니다."

당 대회가 과학 문화 일꾼 앞에 제기한 과업은 우리 문예학자들로 하여금 자기 사업의 재검토, 그의 혁명적인 전변을 요구하고 있다. 이 과업의 성과적 완수를 위하여는 여러 가지 대책—결코 지체할 수 없는 결정적인 대책이 필요할 것이다. 김 일성 원수가 자기 보고에서 정당하게 교시하신 바와 같이 과학자들의 사상 개조, 새로운 과학 간부의 대량적인 양성, 과학 연구 사업과 생산 및 현실 생활과의 련계의 강화, 연구에서의 수공업적

사업 태도의 제거 등은 그 대책의 기본 조항으로 될 것이다. 나는 이 모든 문제들에 대하여 여기서 장황한 해설을 붙이려고 하지 않는다. 다만 우리 사업을 시급히 개진하고 발전시킴에 있어서 우리들 행당 전문가들이 해야 할 사업들과 취해야 할 원칙적 태도, 특히는 과거의 우리 사업에서 발로된 약한 고리들에 대하여 한두 가지 의견을 제기하려고 한다.

그러면 오늘 우리 사업의 전진 운동을 저해하고 있는 가장 주되는 장애물은 무엇인가?

나는 우선 과학 연구 사업의 사상성과 과학성을 제고하기 위한 비판 사업의 부진, 반동적 부르죠아 사상을 반대하는 투쟁의 미약을 지적해야 하리라고 생각한다.

우리 문학 분야에서 일반적으로 비판 사업이 미약한 편이지만, 특히 고대 중세 문학 분야에는 거의 리론 투쟁다운 비판 사업이 없었다. 물론 부분적인 문제들에 대해서 전혀 론쟁이 없은 것은 아니나, 우리 사업의 용적에 비해서 그것은 너무도 미미한 소리로 밖에 울리지 못했다. 과연 우리에게는 더는 이야기해야 할 재료가 없고, 모든 사업이 다 원만하였기 때문에 이런 무풍 지대와 같은 분위기를 조성한 것일가? 아니다. 앞서도 간단히 지적한 바와 같이 우리 사업에는 적지 않은 리론적 및 사상적 과오들과 부족점들이 있다. 그것은 새로 출판되는 고전 작품들의 어구 주해로부터 그 해제, 개별적 론문들과 자서들에서 수다히 찾아 볼 수 있다.

가령 나 자신이 주해한 중세 단편 소설집인 『요로원 야화기』에는 「어우야담於于野談」에 대한 해제에서 그의 작가 류 몽인(柳夢寅)이 류 인몽으로 되어 있는채, 정오표를 붙이지 않고 독자들의 손에 들어 갔으며, 그 어구 해석에 있어서도 적지 않은 착오들이 있다. 이런 착오는 많은 경우에 주해자들의 무책임성과 관련된다. 또한 졸저 『연암 박 지원』을 비롯하여 나의 개별적 론문들에도 이러저러한 결함들, 특히 형상 분석에서의 도식주의와 교조주의가 적지 않았다.

물론 이 사업은 복잡하며 광범하고도 심오한 지식을 요하는 만큼 아무런 착오도 부족점도 없이 완전무결하기는 어려운 일이다.

그러나 때로는 우리의 노력에 의하여 미연에 그것을 방지할 수 있었을 것도, 또 이미 비판 시정되었어야 할 것도 그대로 남아 있고, 독자들에게 그릇된 지식을 오래도록 가지고 있게 한 것은 우리의 비판 사업이 부진한 데 그 주되는 원인이 있다고 본다.

이제 一九五四년에 국립 출판사에서 간행된 『청구영언선』을 례로 들어 보자. 이 시조집은 그 편찬 의도도 옳았고 일정하게 자기의 사명을 수행하였으나 역시 몇 가지의 결함을 내포하고 있다.

우선 이 시조집은 그 표제로 보아 一八세기 초에 김 천택(金天澤)이 편찬한 시가집 『청구영언(靑丘永言)』의 작품을 골라 엮은 것으로 되어 있다. 그러나 편작자인 리 웅수 동지는 『청구영언』의 독특한 편찬 체제─작품을 곡조별로 분류 배렬한─를 완전히 무시해 버렸을 뿐 아니라, 『청구영언』 이후의 작품들도 첨부하였기 때문에, 『청구영언』의 원형은 어디서도 찾아 볼 수 없게 되었다. 더구나 서론이나 례언에서 청구영언 편찬이 가지는 문학사적 의의에 대해서도, 그 편자인 김 천택에 대해서도 언급이 없는 것은 고전에 대한, 또 문학사적으로 공헌 있는 인물에 대한 신중하지 못한 태도였다고 생각된다. 그 내용으로 보아 이 책은 오히려 『시조집』 혹은 『시조선』 표제가 적당하였을 것이다.

이와 함께 이 책에는 그 작품 배렬에서 편작자의 의도를 수긍하기 어려운, 력사주의와는 아무런 공통성도 없는 방법이 취해졌다는 사실을 지적하는 것이 필요하다고 생각한다. 편자는 작품을 '기본적으로 시대적 순서에 따라 배렬'하는 원칙에 의거했으나 실제 내용에 있어서는 一六九○년에 출생하여 주로 一八세기에 창작 활동을 전개한 김 수장의 작품을 一六─一七세기(전반기 즉 그가 아직 출생하기도 전 시기)에서도, 一七(후반기)─一八세기에서도 취급하고 있다. 편자는 그 례언에서 이것은 "계급적 성격과 사조적 특징을 주게 되는 까닭에" 취해진 특수한 례임을 지적하였으나, 이렇게 함으로써 각 시기 문학 사조간의 복잡한 교호 관계, 그 투쟁의 양상을 단순화하고 도식화하면서 문학 발전 과정의 진실한 면모를 외곡하였다.

이리하여 이『청구영언선』은 그 편찬 의도에 부합되는 교양적 기능을 충분히 수행할 수 없었다. 그러나 우리는 이 문제들에 대해서 벌써 간행 후 二년이 지나간 오늘에까지 아무런 론의도 없이 지내왔다. 그것은 이것을 사소한 문제라고 생각하였거나, 이 결함을 알지 못했었기 때문에가 아니라, 주로는 비판을 꺼리는 우리의 그릇된 태도에 기인한다고 생각한다.

우리들에게 있어서 비판 사업은 과학자 자신들의 단순한 리론적 흥미, 공명심의 추구 등과는 아무런 인연도 없다. 우리의 비판은 독자 대중에 대한 복무감으로부터, 또 우리 사업을 집체적 노력에 의하여 발전시키려는 협조 정신으로부터, 특히는 당 문예 정책에 충실하려는 당적 립장으로부터 출발한다.

그러나 적지 않은 경우에 우리는 서로 친한 사이, 사제 관계, 기타 이러저러한 면목에 구애되면서 시급히 비판 시정되었어야 할 문제들을 그대로 묵과하여 왔다.

이러한 사태를 조성한 데는 해당 전문가들에게만 책임을 추궁하기 어려운 객관적 조건들도 없지는 않다. 우선 우리에게는 이 분야의 전문가들의 수가 너무도 적다. 조선 고대 중세 문학사를 연구하는 사람을 세기 위해선 열 손가락을 다 꼽을 필요가 없는 정도다.

그러다 보니, 동일한 시대의 문학, 동일한 주제를 연구하는 사람이 극히 적으며, 따라서 남이 심혈을 기울여 내여 놓은 과학적 성과에 대하여 확정적인 조언을 주며 시비를 걸기에는 너무도 자신이 없는 수가 많다. 이렇게 그의 정당한 평가를 위해서는 일정한 전문적인 지식이 필요하다는 사정이 고대 중세 문학을 전공하는 과학 일꾼들의 사업으로 하여금 거의 대중적 비판의 권외에 서있을 수 있게 한 조건의 하나로 되였던 것도 사실이다.

이렇게 비판 사업의 제고와 아울러, 과학 연구 사업에서의 사상성과 과학성외 제고는 반동적 부르죠아 사상을 반대하는 투쟁을 떠나서 기대할 수 없다. 왜냐하면 이 투쟁은 과학자 자신의 맑스—레닌주의적 사상 관점의 확립을 위한, 사상 개조를 위한 투쟁의 일면이기 때문이다. 그 시기 여하를 불구하고 문학 현상에 대하여 맑스—레닌주의 사상 관점, 당적 립장에서 평가하지 못할 때에, 불피코 부르죠아 사상의 침해를 막을 수 없게 되며, 우리 문학 유산에 대한 옳은 평가를 주지 못하게 되며, 결과적으로 근로자들의 의식에 부르죠아 사상을 주입하는 것으로 된다.

그러나 종래에 고대 중세 문학을 연구하는 사람들 중에는 반동적 부르죠아 사상이란 주로 창작 분야나 현대 문학사, 특히는 프로레타리아 문학에 대한 과소 평가 중에서만 발로되며, 원쑤들의 사상 공세도 주로 이러한 분야에만 집중된다고 안이하게 생각하면서 전당적 전인민적 운동으로 전개되는 반동적 부르죠아 문예 사상을 반대하는 투쟁에 적극적으로 참가하지 못한 면이 없지 않았다. 문학 사업은 그 어느 부문임을 불구하고 반드시 당적으로 되여야 하며 당사상 사업의 일환으로서 적극적으로 근로자들, 청소년들의 교양 사업에 참가해야 한다는 데 대하여 여기서 다른 설명이 더는 필요치 않다.

그리하여 오늘 우리에게서 가장 긴급한 것의 하나가 집체적 지혜의 발양을 위한 론쟁적 분위기의 조성, 비판 사업의 제고이며, 반동적 부르죠아 사상을 반대하는 투쟁의 전면적인 전개이다.

우리는 이러한 원칙적 태도에서 지난날의 자기 사업을 재검토하고 새로 출발하는 것이 필요하다. 실상 우리의 문학사의 연구는 아직도 자기의 기본적 체계를 원만하게는 확립하지 못하였다고 해도 과언이 아니다.

우리 문학사 교재들과 교수 요강은 우리 문학사에 있어서의 진보적 문학가들 및 작품들의 역할과 의의를 만족할 정도로 보여 주지 못하였고, 특히 진보적 문학의 반동 문학과의 투쟁, 그 투쟁과 인민 대중의 해방 운동과의 관계를 명확히 보여 주지 못하였다.

또 개별적 작품들과 작가들의 사상 예술적 특성도 창작 방법과 각 쟌르들의 발생 발전에 대하여도 충분한 과학적 해명을 주지 못하였다. 특히 우리 민족 문학의 독창성이 밝혀지지 못하였으며 세계 문화의 보물고에 기여한 조선 문학의 자랑스러운 공적을 밝히지 못하였다.

그러므로 우리는 우리 문학의 쟌르의 기원, 어느 문학 작품의 창작을 오로지 외국 문학의 영향에서만 찾는 반동적 견해들과 날카롭게 투쟁해야 하겠다. 오늘 남조선 반동 문학사가들이 류포하고 있는바, 금오신화(金鰲新話)는 중국의 전등신화(剪燈新話)의 모방이며, 임진록 등의 군담은 삼국지연의의 모방이며, 홍 길동전은 수호전(水滸傳)의 모방이며, 조선의 현대 문학은 서구 문학의 이식이라고 하는 비과학적 견해에 최종적 타격을 주어야 한다. 그것은 우선 당해 시기의 조선 사회 현실이 그것을 요구하였고 준비하였으며 달성한 성과이다. 그것은 조선 인민의 창조적 력량과 재능의 전취물이며 승리이다.

이러한 주장은 당해 시기 문학의 외국 문학과의 호상 영향을 무시하거나 거부하는 것은 결코 아니다. 말할 것도 없이 우리 문예학자들은 우리 문학의 외국 문화와의 호상 관계를 정당하게 구명해야 할 것이다.

그러나 그 호상 관계의 일면만을 강조하면서 조선 민족은 자기의 힘으로 어떤 독창적인 문학을 창작할 수 없는 듯이, 오직 '더 문화적인' 어떤 외국 문학만이 그것을 할 수 있는 듯이 주장하며 조선 인민의 창조적 력량을 부인하거나 과소평가함으로써 조선 민족에 대한 제국주의자들의 식민지 정책을 합리화하는 자들의 사이비 리론을 방임할 수 없다.

다음으로 우리 문학사 연구자들은 아직 우리 문학 발전에서 진보적 역할을 논 활동가들의 력사적 의의를 옳게 평가하며, 특히 종래에 부르죠아 학자들에 의하여 무시되였거나 과소 평가되여 온 작가와 작품들을 자기 위치에 올려 세우는 사업을 더 활발히 진행해야 하리라고 생각한다. 물론 지금까지 우리가 이 분야에서 한 사업은 적지 않다. 오늘 우리의 문학 교과서들과 교재들을 해방 후 남조선에서 간행된 문학사와 비교해 보기만 한다면 대번에 그것을 간취할 수 있다. 남조선 반동사가들의 문학사에는 조선인민의 애국주의와 해방 사상을 반영하는 선진적 문학이 의식적으로 무시되고 있으며, 량반 사대부들의 공허하고 개념적이며 만네리즘에 빠진

음풍영월적 시들을 마치 우리 문학의 대표작인 듯이 떠벌리고 있다. 어떤 자들은 임진록, 박씨 부인전, 림 장군전 등과 심청전, 홍부전, 춘향전 등 우수한 작품들을 취급하지 않았거나, 취급하였다 해도 그의 참된 문학적 가치를 모독하고 있다. 가령 심청전은 '도덕소설'의 항목에서, 홍부전, 토끼전, 두껍전, 서동지전 등은 '우화소설'이란 항목에서 각각 이름만 들었을 뿐, 이 작품들의 높은 사상성, 그 강한 사회적 경향과 사실주의적 성과에 대하여는 일언 반구도 언급하지 않고 있다. 이자들은 심지어 一七세기에 봉건적 량반 관료 제도를 반대하는 인민들의 해방 투쟁을 주제로 한「전우치전」, 병자 전쟁 시기 조선 인민의 애국적 항전을 보여 준「박씨부인전」 등을 "그야말로 그 내용이 기괴하여 현실 우리의 생활로는 판단할 수 없다"고 규정한 '괴담 소설'의 항목에서 이름만 들고 지나갔다. 반면에 이자들이 전면에 내세운 것은 "충효를 강조하고 정절을 절규한 소설", "그 구상이 매우 재미있는" 작품 즉「장한절효기(張韓節孝記)」등이다.

오늘 우리의 문학사는 부르죠아 문학사의 반동성과 제한성을 일정하게 극복하였으나, 현재에 도달한 성과만으로 만족할 수 없다.

우리에게는 아직도 문학사에 인입하지 못하고 있는, 사상 예술적으로 우수한 작품들이 적지 않게 남아 있으며, 또 취급되고 있는 작품들의 평가에 있어서도 부분적으로 재검토를 요하며 적지 않은 보충과 시정이 필요하다. 현재 대학에서 문학 교재로 씌여지고 있는 윤 세평 저『一五―一九 세기 문학사』만 례를 들더라도 리 순신 장군의 일기와 장계문(狀啓文), 림제(林悌)의 여러 산문 작품들과 한시들을 보충하며, 박인로를 취급함에 있어서 루항사(陋巷詞), 령남가(嶺南歌)들에까지 그 범위를 확대하며, 一九세기 문학에서도 일부 재료의 보충과 함께 부분적으로 정확하지 못한 평가들을 시정하는 사업 등등이 필요하다.

특히 지금까지 일부 교과서들과 교수 요강들에서는 一九세기 사회 정세를 "삼정(三政)의 문란", 농민 봉기의 확대와 "양이(洋夷)"의 침범 등에 의하여 리왕조 봉건 사회가 붕괴의 길을 걸은 그 일면을 강조하면서 민심이 극도로 소란하여 갔으며 "동요와 불안" 속에서 싸여 있었다고 하고, 이러한 사회 정세를 반영하여 "문화적으로 극히 저조한 침체 상태를 정시하였다"고 서술되어 왔다. 그리하여 일부 저서들에는 이 시기에 "문화적 암흑기"를 초치하였다고 하고, 시가나 산문이나간에 일반적으로 "창작이 저조하였다"고 주장하고 있는바, 이는 이 시기 문학에 대한 정당한 평가라고 보기 어렵다. 一八세기의 창작 부면의 발전에 비해서 一九세기 문학은 다만 그 대중화의 측면에서만이 아니라 창작면에서도 결코 뒤떨어진다고 볼 수 없다.

다 아는 바와 같이 이 세기 시초부터 극단적인 정치적 반동기에 들어갔으나, 一八一一一二년의 홍 경래 폭동 등 전국적 규모의 반봉건 투쟁이 두 차례나 있은 시기로서, "소란스럽다"느니 "동요와 불안" 운운은 현존 질서를 부정하고 새 사회를 지향하여 궐기한, 확신적이며 락관적인 인민들의 기분으로 될 수 없다.

이 시기의 급격한 사회 정치적 변동을 반영하면서 실학 사상은 정 다산에게서 집대성되었으며, 시가와 소설의 창작 분야에서도 결코 침체 상태에 빠져 있지 않았다.

한양가(漢陽歌), 연행가(燕行歌), 북천가(北遷歌), 추풍감별곡(秋風感別曲), 초당문답가(草堂問答歌) 등 우수한 가사 문학 유산들은 이 시기의 창작이고, 가곡원류(歌曲源流), 고금가곡(古今歌曲), 객악보(客樂譜), 동가선(東歌選), 남훈태평가(南薰太平歌), 녀창가요록(女唱歌謠錄) 등은 대체로 이 시기에 편찬된 시가집들이다. 정 다산과 김립(金笠)은 과연 우리 문학사에서 중요한 위치를 차지할 만한 시인들이 아닌가? 이런데 어찌 一九세기의 시가 창작의 저조에 대하여 이야기할 수 있겠는가?

조선 인민의 예술적 재능을 과시하는 판소리는 대체로 一八세기 말엽으로부터 一九세기 초엽에 걸쳐 三명창, 八명창을 배출하면서 발전하였고 중엽의 신재효(申在孝)에게서 대성을 보았다.

소설 창작에서도 배비장전(裵裨將傳), 숙영랑자전(淑英娘子傳), 채봉감별곡(彩鳳感別曲) 등이 모두 소위 "재자가인(才子佳人)의 기연기봉(奇緣奇峰)을 제재로 한 통속적 작품"(조선 통사, 과학원 력사 연구소 一九五六년도판 五三五페지)이라고 경시할 수 없다. 례컨대 배비장전은 봉건 량반들의 환상을 무자비하게 폭로 조소하였으며, 당시 사회의 각이한 계층들의 생활을 반영하면서 그 제재의 현실성에 있어서, 그 풍자적 폭로의 힘에 있어서 우리 문학의 귀중한 유산으로 된다. 이 시기 소설을 일반적으로 제국주의 시기의 퇴폐적인 부르죠아 '통속 소설'과 동일하게 론할 수 없다.

이와 함께 우리 문예학은 문학 현상에 대한 속류 사회학적인 평가, 특수한 사회적 의식 형태로서의 예술의 고유한 법칙을 충분히 고려하지 못하고 작자의 출신에 의하여 작품의 계급적 성격을 규정하는 류의 일면적이며 도식적인 태도를 시급히 극복해야 할 것이다.

물론 한 민족의 문학의 력사를 과학적으로 정확하게 서술한다는 것은 쉬운 일이 아니다. 우선 자료의 수집 정리, 개별적 작품과 작가들에 대한 평가, 각종 창작 방법, 문학의 여러 형태들과 쟌르들의 발생 발전에 관한 문제들의 연구 등 그 기초 작업이 필요하며, 이를 위하여는 더 많은 전문가들의 집체적 로력과 협조, 국가적인 조직적 대책이 요구된다. 그러나 우리는 모든 조건이 구비될 시기까지 앉아서 기다릴 수는 없다. 조선 로동당 제三차 대회가 지시한바, 우리 문예학의 연구 사업을 멀지 않은 장래에 세계의 선진 과학의 수준에 올려 세우기 위하여, 당과 정부가 취하는 제반 조직 지도 대책을 받들고 우리 문학 일꾼들 모두가 주인공답게 자기 사업을 재검토하며 활발히 토론하고 비판하면서, 서로 힘을 단합하는 것이 필요하다.

≪조선문학≫, 1956.8

풍자문학과
사회주의적 사실주의

― 최근에 발표된 풍자 작품을 중심으로―

김하명

오늘날 풍자 문학은 우리 생활에서 거대한 교양적 기능을 수행하고 있다.

력사는 이미 낡은 소유자 사회의 모순, 불합리성을 폭로하면서 그것의 사멸의 불가피성을 락인 찍은 지 오래다. 오늘 우리 시대는 제국주의 전쟁 방화자들, 식민주의자들이 자기 정체를 위선과 궤변으로 감싸지 않고는 처세할 수 없는 력사적 단계에 처해 있는 것이다. 맑스가 말한 바와 같이 "세계사적 형태의 마지막 단계는 그것의 희극이다"(맑스―엥겔스『예술론』1957년 조선 작가 동맹 출판사 86페지).

오늘 평화와 사회주의 진영의 력량이 더욱 강화되고 그의 승리가 더욱 확대될수록 사멸하는 자본주의인 제국주의는 더욱 희극적 존재로 된다. 놈들은 전쟁의 불을 지르면서 오히려 '공산주의 위협'을 요란스레 떠벌리며, 야수적인 파시스트화의 길을 재촉하면서 '자유'와 '민주주의'를 고창한다. 머리부터 발끝까지 무장한 자칭 '평화의 녀신'은 과연 웃음'거리가 아니겠는가!

오늘 사회주의가 승리한 곳에서 아직도 생명을 연명해 보려고 발악하고 있는 낡은 사회의 쓰레기들은 또한 얼마나 우스운 존재들인가!

그러나 이것들은 우리가 악수하고 웃으면서 달라질 수 있는 선량한 '족속'들이 아니다.

'벽력 같은 웃음'으로 불살라 버려야 하며 날카로운 '웃음'의 종창으로 숨통을 찔러서 최후의 심판을 내려야 한다.

그리하여 오늘 풍자 문학 앞에는 인민 대중의 교양자로서, 위력 있는 공격 무기로서 평화와 사회주의의 승리를 위하여 복무해야 하며, 당 사상 사업에 적극적으로 참여해야 할 과업이 나서고 있다. 이러한 현실적 요구에 의하여 오늘날 풍자 문학은 각양한 쟌르—펠레톤, 풍자시, 풍자 소설, 풍자극 등에 걸쳐 다채롭게 개화 발전하고 있으며 인민들의 열렬한 사랑을 받고 있다.

특히 조선 로동당 제 3차 대회 이후 기간에 발표된 풍자 문학 작품들은 당의 교시를 실천하기 위한 투쟁을 통하여 그 사상적 높이와 예술적 기교에 있어서 우리 풍자 문학의 새로운 지표로 되었다.

경험은 풍자 문학의 이러한 성과는 그가 오직 사회주의적 사실주의 창작 방법에 튼튼히 립각할 때에만, 바로 당의 사상으로 사물 현상을 분석하고 평가할 때에만 달성할 수 있다는 것을 확증해 주고 있다.

윤 세중의 단편 소설 「상아 물뿌리」(≪조선 문학≫ 1956.8), 전 재경의 단편 소설 「나비」(≪조선 문학≫ 1956.11), 김 형교의 단편 소설 「검정 보자기」(≪조선 문학≫ 1957.1), 박 춘택의 단막 희곡 <들팽이>, 백 인준의 시 「아메리카에 대하여」 등은 이 사정을 단적으로 론증해 준다.

이 작품들은 한결같이 풍자 문학의 특성을 살리여 사멸에 직면한 낡은 것에 대한 섬멸적 타격을 가하면서 오늘 조선 로동당의 정확한 정책에 의하여 정치, 경제, 문화의 각 분야에 걸쳐 전반적 양양의 길을 걷고 있는 우리 현실의 거대한 생활력을 진실하게 전달하고 있다.

이 작품들이 보여 주는 바와 같이 오늘 우리 풍자 문학은 그 과업과 성격에 있어서 해방 전의 그것과 구별된다. 어떤 사소한 부정적 요소도 용납될 수 없는 인민 민주주의 제도의 새로운 현실과 우리 문학의 유일하게 정당한 창작 방법인 사회주의적 사실주의 원칙이 우리 풍자 문학의 새로운 과업과 성격을 규정한 것이다.

오늘 우리 풍자 문학의 과업 역시 우리 문학의 일반적 과업으로부터 자유로울 수 없다. 우리 풍자 문학은 우리 인민 민주주의 제도의 공고화를 위하여 조국의 평화적 통일과 공화국 북반부에서의 사회주의 건설을 위하여 복무해야 하며, 우리 당의 정책과 사상의 정당성을 확인하고 선전하며, 그의 승리를 촉진시키는 문학이여야 한다. 다시 말하면 우리 풍자 문학은 오직 우리 당에 의하여 지도되는 혁명 발전의 매 시기, 매 단계에 제기되는 가장 주요한 현실적 문제들의 해결에 복무해야 하는바, 현실을 혁명적 발전에서 력사적이고도 구체적으로 진실하게 묘사함으로써만 이 과업을 원만하게 달성할 수 있다.

그러나 이 말은 풍자 문학에만 고유한 특성이 없다는 것을 의미하지 않는다. 풍자 작품의 특성은 그가 어느 사회 현상을 묘사 대상으로 하든 우선 생활에서의 부정적 현상에 자기주의를 집중시키면서 그것을 폭로 비판하는 데 기본 빠포쓰가 돌려지며, 따라서 묘사의 중심에 부정 인물이 서 있다는 데 있으며, 그것이 반드시 웃음을 환기한다는 데 있다.

말하자면 풍자 문학은 우리의 전진 운동을 저해하는 이러저러한 원쑤들을 웃음으로 무찌르는 위력한 공격 무기이다. 혹은 비수가 되고 총창으로 되며, 혹은 폭파조, 돌격조로 된다. 공격 대상에 따라 웃음—무기의 종류가 규정되여야 하는 만큼, 풍자 작가에게 있어서 가장 중요한 것은 묘사 대상의 사회적 성격을 정치적으로 정확히 규정하는 데 있다.

우리가 공격 대상의 본질을 정확히 규정하지 못할 때에, 모기에다 대포를 겨누는 수도 있을 것이고, 코끼리를 잡겠다고 새총을 들여 댈 수도 있다. 이렇게 되면 무기는 자기의 역할을 제대로 수행할 수 없을 것이요, 그것 자체가 오히려 웃음'거리로 될 것이다. 특히 오늘 우리 사회 현실에 잔존하는 부정적 현상을 풍자적 형상으로 폭로 비판함에 있어서는 작자의 예리한 정치적 민감이 요구된다.

오늘 우리 사회에서는 정직하고 성실한 근로 인민이 주인으로 되였으며 사회주의가 전면적으로 승리하고 있다. 부정적 현상이 전혀 없는 것은 아니나, 그것은 낡은 사회의 잔재로서 조만간 사멸할 운명에 있는 부분적 현상이다. 그런데 우리의 풍자 문학은 이렇듯 긍정적 력량이 지배적인 우리의 새 현실을 진실하게 묘사할 과업을 제기하면서, 그 화폭의 중심에 부정적 형상이 서 있게 묘사해야 하는 것이다. 바로 이 점에 우리 풍자 문학의 새로운 특성이 있으며, 부정적인 것의 폭로 비판을 통하여 우리 사회 제도의 공고화에 복무한다는 데 그의 변증법이 있다.

우리 풍자 문학의 새로운 성격에 대한 리해가 충분치 못한 작가들이 왕왕 부정적인 것을 비판한다는 의도 밑에서 부정적인 현상을 비대하게, 마치 우리 사회에서 지배적인 것처럼 묘사함으로써 현실을 외곡하며 엄중한 정치적 과오에까지 이르는 수가 없지 않았다. 이로부터 일부 작가들은 풍자 문학의 변증법을 체득할 대신에, 작품에 등장하는 긍정 인물의 량적 비률을 많이 하는 방법으로써 과오를 면할 수 있다고 착각하였다.

물론 오늘 우리의 새로운 현실을 묘사한 우리 풍자 문학에서는 긍정적 주인공들이 주요한 역할을 논다.

그러나 작품의 성과는 긍정 인물이 몇 프로를 차지하는가에 달려 있지 않다. 긍정 인물의 비률이 적거나 그의 역할이 거의 없는 작품도 성공한 것이 있으며, 반대로 긍정 인물은 수'적으로 많이 등장하고 있으나 예술적으로 실패한 경우도 있다. 윤 세중의 「상아 물뿌리」는 전자의 례이고, 권 준원의 <쪽제비>는 후자의 례이다. 뿐만 아니라 우리의 풍자 작품에서도 그 쟌르와 묘사 대상과 묘사 수법에 따라서는 하나의 긍정 인물도 등장시킴이 없이 승승장구하는 우리 현실의 승리적 전진 면모를 진실하게 전달할 수 있다.

문제는 작가가 당의 사상—맑스—레닌주의 사상으로 튼튼히 무장하며, 사회주의적 사실주의 방법을 옳게 체득하는 데 있다.

나는 이러한 관점에서 상기 성과작들을 중심으로 오늘 우리 풍자 문학 앞에 제기되는 몇 가지 문제를 고찰하려고 한다.

우선 우리 풍자 문학은 사상적으로 건실하며 그 주제에 있어서나 수법에 있어서 다양해졌으며 전반적으로 예술적 수준이 현저히 제고되었다. 전 재경의 「나비」는 이 점에 있어서 우리에게 많은 시사를 준다.

「나비」는 자기의 거의 전 생애를 통하여 남의 로력을 긁어 먹으면서 살아 온 '돈벌레'같은 리기주의자요, 사기'군이며 건달뱅이인 고 영수 같은 자를 우리 제도가 어떻게 개조하며 그로하여금 어떻게 사회주의 건설에 참가할 각오를 하는 데까지 이르게 하는가를 보여주는 작품이다.

작자는 자기의 이러한 착상을 그 표제 「나비」에서 상징적으로 이야기하고 있으며 또 자주 주인공들의 입을 빌어서 직접적으로 강조하고 있다.

그렇게 간교하고 암팡스럽고 도저히 의식 개변이 될상 싶지 않던 고 영수가 모'짐을 지고 나타났을 때 작중 인물인 순이와 탄실은 한편 희한하기도 하고 의아스럽기도 한 기분을 가지고 다음과 같은 말을 주고받는다. 순이가 먼저 감탄'조로 말했다.

"아주 달라졌지?"

"응 외양만은 변했다. 속까지 달라졌으면 오죽 좋겠니." 탄실이가 받는 말이었다.

"속도 달라졌기 지게를 지고 나왔지."

"그래, 하긴 돈벌레도 나비될 날이 있으니까, 벌레 때야 끔찍하고 더럽지. 그러나 그것도 나비가 되면 고우니까."

이 말 속엔 부정적인 것을 비판하고 개변시키려는 긍정적 리상의 힘에 대한 확인과 그 념원이 표현되어 있다. 작자는 조합 초급당 위원장인 장달현의 입을 통하여 고 영수 같은 사람도 "조합에 두고 교양을 주어서 새 사람 근로하는 성실한 사람으로 개변시키는 것이 우리의 의무"이며 "조국 통일을 돕는 길이며 농촌에서 사회주의를 건설하는 우리의 임무"라는 것을 자주 강조하고 있다.

이 때에 작자는 작품의 사상 주제적 과제에 의하여 낡은 의식을 개변하는 사업이 그리 손쉬운 일이 아니며 그것은 부단한 교양에 의해서만 달성될 수 있다는 것을 강조하면서 '건달'군이며 사기한인 고 영수의 해방 전후를 통한 더러운 기생충적 생애를 낱낱이 적발 규탄하는 행정을 이야기의 기본 줄거리로 하였다. 그리하여 이야기의 중심에는 로력을 죽기보다 싫어하고 정직한 사람들의 로력을 갉아 먹고 사는 사기한인 고 영수의 형상이 서 있다. 작품은 슈제트의 전개에 따라 오늘 우리의 영웅적 현실 속에서 더러운 여명을 연장시켜 보려고 발버둥치는 낡은 사상 잔재의 구체적 발현 형태를 생생한 풍자적 형상으로써 보여준다.

여기서 겸하여 이야기하고 넘어 갈 것은, 작품에서는 시종 고 영수의 사기적 습성을 개조해야 하며 또한 개조할 수 있다는 사상으로 일관되어 있으면서 조금도 부정적인 것에 대한 비판의 강도와 예리성을 늦추지 않고 있다는 사실이다. 고 영수의 착취자적 근성, 로력을 싫어하며 간교한 사기적 방법으로 공동 재산을 좀먹는 행동은 결코 용납될 수 없으며, 이런 자는 우리 사회에 있을 자리가 없다.

만일 어떤 작가가 이러한 사기한에 대한 우리의 관대한 처분과 교양적 태도를 이에 대한 비판의 완화로써 바꾸어 놓는다면 그는 그런 자를 교양해 내지도 못할 것이며, 그런 자들에게 '활동의 자유'를 보장해 주는 것으로 하여 우리 당의 사상에 배치되는 결과를 초래하고 말 것이다. 비판의 강도는 결코 행정적 조치에 의하여 규정되는 것이 아니다.

「나비」에서는 고 영수를 조합에서 내여 쫓지 않았으며, 그의 개변을 참을성 있게 기다렸다. 그러나 그의 사기한적 정체를 폭로하는 작자의 필치는 얼마나 신랄한가. 고 영수의 더러운 착취자적 습성의 사회적 근원으로부터 그 사기 행위를 하나씩 하나씩 적발하고 규탄하는 작자의 목소리에는 인민적 분노가 서리여 있다.

그러면서 작자는 그 비판에 있어서 당적 립장에 확고히 서 있었다. 우리의 비판은 항상 구체적이여야 한다.

고 영수—그는 가증스러운 사기한이다. 그러나 그는 전시에 미제와 리

승만 괴뢰 군대의 무질서, 략탈과 야수적 본성을 직접 보고 손수 체험하면서 행여나 그들에게서 덕을 볼 수도 있으리란 부질 없은 기대를 걸고 있던 지난날의 자기 생각을 뉘우쳤으며 "북조선만한 데는 없"으니 "여기서 살아야지 별수가 없다"는 결론을 얻은 것이다. 이것은 사기 행위에 습성화된 고 영수에게 있어서 아주 귀중한 싹이다. 만일 그가 우리 제도를 증오하며 반대하여 나섰다고 하면 그에 대한 우리의 태도는 근본적으로 달라져야 할 것이다.

그러나 작품의 중심에 부정 인물이 서 있으며, 그것을 비판하고 있다는 조건만으로는 고 영수를 풍자적 형상이라고 할 수 없다. 문제는 그 비판이 풍자적 웃음으로 채색되어 있다는 데 있다. 작품은 고 영수의 초상 묘사로부터 그의 사기 행위를 폭로하고 비판하는 전체 행정을 통하여 독자의 참을 수 없는 웃음을 환기한다. 그 웃음은 「검정 보자기」의 방 기풍이 환기하는 웃음과는 약간 뉴안스를 달리한다. 그러나 이 웃음은 사회 정치적 내용이 풍부한 풍자적 웃음이다.

그의 초상 묘사 장면을 보기로 하자.

"고 영수는 금년에 쉰다섯의 중늙은이였다. 그러나 혈색이 좋고 피둥피둥 살이 찐 그는 나이보다 훨씬 젊어 보이였다. 그는 해방 직후 남포서 이 부락으로 이사를 와서 10여 년째 사는데, 그때로부터 오늘까지 그는 한결같은 차림을 하고 한결같이 곱게 살았다. 그의 외양부터 농촌 사람과는 어울리지 않았다. 두루마기를 늘 입었는데 그것을 입지 않을 때는 반드시 조끼를 입었다. 커다란 그 주머니에는 유딴 쪼각으로 싼 '엘진'은시계를 줄을 늘이여 찼고, 글을 볼 때에는 꼭 꺼내는 갑에 넣은 안경과 두툼한 수첩, 말쑥한 만년필 등이 꽂혀 있었다."

이 어엿한 몸차림이 왜 우리의 웃음을 자아내는가? 그것은 그가 살고 있는 환경, 그,의 처지와 어울리지 않기 때문이다.

만일 행길가에서는 벌거벗고 나선 사람이 웃음의 대상으로 된다면, 목욕탕에서는 오히려 옷을 입은 채 물 속으로 뛰여 드는 사람이 웃음'거리로 된다. 고 영수의 이 몸차림 속에는 농민들에 대한, 특히는 로동에 대한 그의 낡은 사상 관점이 그대로 표현되여 있으며 거세찬 현실의 흐름을 거슬러 보려는 소부르죠아적 유습의 발악하는 '항거'가 반영되여 있다. 저자는 아주 곡진한 사실적 필치로 그의 초상 묘사를 계속하며 이것으로써 그의 내면세계도 비쳐 낸다.

"이마가 번듯해서 신수가 좋은 그였으나, 코가 지나치게 높고, 크지도 작지도 않은 눈이 다소 모밀눈 기미가 있어서 일견해서 고만하고 간린스러운 인상을 받게 하였다. 반백의 머리는 언제나 '상고머리'로 했고, 수염은 우의 것만 길렀는데 좌우 옆을 좀 치고 가위로 짧게 다스러서 신통히도 옛날에 류행하던 '챠플린' 수염 그대로였다. 몸'집에 비하여 다리가 좀 짧은 편인데 그 때문에 키 전체는 작아 보였다. 이런 차림에 '도리우찌'를 비스듬히 쓰고, 권연을 피워 물고 째깃째깃 걸어가는 야무지고 당돌한 그의 모양은 꼭 찔러도 피도 안 날 사람이라는 느낌을 가지게 하였다."

작자는 이 초상 묘사로써 자기의 착상을 재확인하면서 그의 소소유자적 근성이 생활에서 어떻게 구현되여 왔는가를 차례로 밝혀내며, 그의 낡은 사상 잔재와 전진하는 현실과의 모순에서 웃음을 자아낸다. 그는 스스로 현명하다고 자처하며 주위를 속여서 자기의 리'속을 얻으려고 하나 실제는 늘 반대의 결과를 가져 온다. 그는 현금 거래에 대한 소상인적 '정확성'과 약간의 실무 능력으로 하여 세곡 창고장, 소비 조합 위원장, 리 인민위원회 서기장 등을 력임하나 번번이 "소스락소스락 공금을 먹는 일"로 물러나지 않을 수 없었다. 그는 "결코 크게는 먹지 않았고 또 먹을 생각도 하지 않았다. 그는 이런 행동을 장사와 별로 다름이 없다고 생각하였다."

그는 몸차림만이 농촌에 어울리지 않을 뿐 아니라 그의 사상 행동의 일체가 어울리지 않는다. 만일 해방 전이라면 그의 몸차림이나 그의 속된 욕망과 행동은 증오의 대상으로는 되였으나 웃음'거리로 될 것은 없었다. 그 제도에서는 응당 그런 존재가 있을 수 있는 것이기 때문이였다. 그러나 같은 몸차림과 사상 행동이 오늘날에 와서는 웃음을 환기한다. 그도 자기 처지를 모르지 않기 때문에 항상 정직한 척 해야 하고 성실한 듯한 가면을 써야 한다. 작자는 일관하여 그의 속된 욕망과 결과간의 불일치, 그의 행동과 현실 환경과의 모순을 적발함으로써 신랄한 웃음으로 그의 더러운 사상 잔재를 매질하고 있다.

"그를 너무 속이 좁고 답답한 옹졸한 사람이라고 해서 처음에는 '대빨죽'이라고 불렀다. 그러다가 '딱딱이'로 고쳤는데 대통을 재떨이에 딱딱 턴다는 의미에서였다. 그러나 그것도 재미없다고 해서 '딱딱이'보다는 좀 더 함축이 있는 '똑똑이'로 고쳤다. 얼른 들으면 똑똑하다는 의미로 취할 수도 있었다. 그러나 실상 그것은 여전히 대빨죽과 같이 속이 좁은 사람이라는 뜻이였다. 속이 좁은 본인은 "내가 무던히 똑똑스레 구는 모양이야. 직원들이 나를 똑똑이라고 이름 지었답네."하고 자랑 삼아 이 말을 퍼뜨리였다."

이것은 물론 하나의 희극적 모찌브에 불과하다. 그러나 이것은 고 영수의 형상 창조에 있어서 한 단면인 것이 아니다. 그는 호미 한 번 쥐지 않고 농사를 지으면서 "후퇴기에 매를 맞은 팔이 도져서", "치질이 있어서"등의 구실을 붙였다. 그는 자기 말의 '정당성'을 인정받기 위하여 언제나 두툼히 솜을 둔 조그마한 방석을 끼고 다녔으며, "리 위원장이나 리 당 위원장이 참석한 회의 에서는 …반드시 맨 앞자리에 앉으면서 "난 이놈의 치질 때문에 참 괴로워서… 밤낮 이건 끼구 다녀야 하니."하고 누가 묻지도 않은 말을 혼자 큰 소리로 중얼거렸다."

그는 동네에 농업 협동 조합이 조직되자 쌍수을 들어 찬성했고 조직 전부터 오히려 부락 사람들에게 그의 우월성을 선전까지 했다. 그가 남 먼저 사회주의 사상으로 자기를 개조했기 때문이 결코 아니다. 그의 소유자적 리기주의, 소시민 근성은 더욱 '무장'을 단단히 하면서 "일반 조합원과 같이 로동은 하지 않을 것"인 조합 "간부 한 자리 벌면" 오히려 유리할 수도 있을 것이란 타산에서 였다.

제가 쓰는 만년필을 두 자루나 공금으로 사고, 제가 차고 있는 시계를 공금으로 수리하고서도 버젓이 사무비로 지출한 전말을 설명하는 그의 이야기나, 열세 살 난 양딸을 학교에도 안 보내고 새끼를 꼬여 오다가 탄로가 나자 "원 천만에요, 제가 심심하다구 장난삼아 해 보던 거지요. 착취라니 부녀간에 착취가 무슨 착취갔소." 하는 그의 뻔뻔스러운 대꾸는 밉살스러우면서도 고소를 금할 수 없게 한다. 이러한 점에서 고 영수의 형상은 기본적으로 풍자적이다.

풍자라면 흔히 연암의 「량반전」이나 「범의 꾸중」, 고골리의 <검찰관>, 『죽은 넋』 등을 련상한다. 그러나 풍자란 그렇게 단순하고, 단조로운 것이 아니다. 풍자에는 연암이나 고골리적인 것도 있고 또 체홉류의 독특한 풍자 작품도 있다

체홉은 재능있는 풍자 작가였다. 권위있는 체홉 연구가인 웨. 에르밀로브는 자기의 저서『아. 뻬. 체홉』에서 "체홉은 풍자 및 희극 작가로서 자기 문학의 길을 시작하여 역시 자기의 천재적인 서정적 및 풍자적 희극인 <벚나무 동산>으로 그것(문학 활동)을 마쳤다. 그는 항상 자기 재능의 풍자적 및 희극적 성품에 충실하였다."(동상서 63페지)고 썼다. 체홉의 단편 소설 「관리의 죽음」, 「조회(照會)」, 「뚱뚱보와 말라꽹이」, 「건달'군들」, 「탈」, 「카메레온」, 「하사 쁘리시베에브」 등은 그의 유명한 풍자 작품들이다. 이 작품들은 체홉의 독특한 풍자적 수법으로 씌여졌다. 에르밀로브는 상기 저서에서 체홉의 풍자 작품들을 특징지으면서 다음과 같이 썼다.

"풍자 작가 체홉에게는 풍자적 인또나찌야 중에서 경멸의 인또나찌야에 그중 가깝다. 그의 풍자에는 고골리적인 무자비하고 통쾌한 뢰성 벽력이나 쉐드린적인 단죄하는 신성한 격분이 없다. 그러나 이것은 그의 풍자를 고골리나 쉐드린의 풍자보다 약하게 하지 않으며, 원쑤들을 단죄하는 것을 방해하지 않는다. 각자에게는 각각 자기 특성이 있다. …체홉의 풍자는 많은 경우에 생활의 진실하고 정확한 재현 외에 어떠한 다른 임무도 제기하지 않는 현실의 화폭의 형식으로 표현된다. 이로써 그것은 풍자이기를 그만두지 않는다."(동상서 73페지)

나는 여기서 전 재경의 「나비」를 체홉적인 풍자로서 특징지으려고 하

는 것이 아니다. 다만 풍자는 한 빛깔이 아니라 다양하고 다채로우며, 그 수법 역시 다양하다는 것을 강조하고 싶을 따름이다. 이와 함께 반드시 부언할 것은 '순진한'풍자 작품 뿐만 아니라 하나의 작품에 풍자적 해학적, 비극적 요소들이 배합되어 있는 경우도 자주 만날 수 있다는 사실이다. 판소리 대본 <홍부전>은 그 실례의 하나이다. 이에는 유모아도, 풍자도 그리고 강한 비극적 모찌브도 있다.

전 재경의 「나비」는 작품의 허두와 종말에 오늘 농업 협동 조합에서의 씩씩하고 흥거운 전체적 로력에 대한 서정적 묘사를 배합하고 있으며 중심 주인공인 고 영수의 자기 개조에 대한 결의로써 끝을 맺고 있다. 그럼에도 불구하고, 앞에서도 이야기한 바와 같이 이 작품은 주로 고 영수의 사기 행위를 폭로하면서 그를 교양해 나가는 우리 인민 민주주의 제도의 불패의 력량을 밝히였다. 그것은 연암의 「량반전」이나, 송 영의 <황금산>에서 울리는 폭소는 아니나 작품의 전 과정에 걸쳐서 중심 주인공 고 영수에 대하여 각양한 웃음으로 배색된 증오와 경멸감으로 일관되어 있다.

그리하여 이 작품은 부정 인물의 형상화에 있어서 풍자적 수법이 다양하게 구사될 수 있다는 훌륭한 실례로 된다.

그 예술적 구성에 있어서 「나비」와 대조적이면서 풍자 소설이 제기하는 여러 가지 문제에 대한 좋은 해답을 주는 작품으로서 윤 세중의 「상아 물뿌리」는 우리의 주목을 끈다.

「상아 물뿌리」는 「나비」에서와 같이 긍정적 력량과 부정적 력량과의 직접적 대립 관계를 기본 갈등으로 하지 않았다. 「나비」에서는 고 영수의 이야기가 중심이긴 하나, 그는 긍정적 력량의 포위 속에서 의로이 행동하고 있다. 이에 비해서 「상아 물뿌리」는 작자의 기본 지향도 다르고 이에 따라 그 쓔제트 구성도 독특하다. 작품을 창고계장 허 동지와 출고원 박 구와의 관계 발전을 기본 쓔제트로 하면서 주로는 허 동지의 형상에 각자의 주목이 돌려지고 있다. 허 동지는 '선량한'품성을 가졌고 자기 사업에 대하여 주관적으로는 성실하나 소소유자적인 낡은 사상 잔재로 혁명적 경각성이 해이된 결과 출고원 박 구의 국가 재산 질취를 협조하고 옹호까지 하는 결과를 초래한다. 작품은 아주 거대한 정치 교양적 의의를 가진다. 우리 주위에는 내심까지 부패 타락한 것이 아니나, 자기 사업에 대한 자만자족과 하찮은 물욕에 눈이 어두워 사물 현상에 대한 옳은 당적 평가를 내리지 못한 결과에 국가 사업에 손해를 끼칠 뿐 아니라 자기 자신의 파멸에까지 이르는 현상도 없지 않기 때문이다.

작품의 쓔제트 구성은 비교적 단순하며 등장인물도 허 동지와 박 구 외에는 검열원이 잠간 얼굴을 보일 뿐이다. 다시 말하면 이 작품에서는 긍정 인물이 주요한 역할을 놀고 있지 않으며, 주로 부정 인물 허동지의 평가와 결과간의 불일치, 그의 소소유자적 사상 잔재와 오늘 우리의 사회적 환경 간의 모순이 희극적 모찌브로 되고 있다.

이렇게 이 작품에서는 부정 인물간의 호상 련계와 모순이 주로 묘사되여 있음에도 불구하고 낡은 세력은 결코 주인 행세를 하지 못하고 있다. 이 주인공들이 자기가 범한 죄과에 의하여 각각 해당한 제재를 받았다는 데서만이 아니라, 이네들의 사고와 행동은 일관하여 우리 사회의 긍정적 력량에 의하여 제약되고 있다.

오늘 사회 제도의 근본적 변화는 부정 인물의 성격에도 변화를 가져 왔다. 부정 인물의 성격, 행동은 계급 사회의 그것과는 다르다. 그들로 하여금 범죄 행동을 감행케 하는 근원은 낡은 사회의 유물이지만, 그것이 표현되는 구체적 형태는 달라졌다. 그들도 오늘의 현실을 무시할 수 없으며, 자기네들도 우리 사회의 우수한 사람들과 같이 보이기 위하여 가면을 쓰지 않을 수 없다. 작자는 그 가면을 벗기면서 이네들의 성격과 행동을 규정하는 힘을 감득할 수 있게 묘사하는 것이 필요하다. 그리고 또 하나 중요하게 강조해야 할 것은 부정적 현상을 폭로 비판하는 작자의 빠포쓰의 문제다. 작자가 그 부정적 현상을 폭로하면서 그것을 우리 사회 제도 자체의 산물로 보며 그것을 조소하는 데 그친다면 그는 독자들을 잘못된 결론에로 이끌어 갈 것이다. 작품의 비판적 빠포쓰는 우리 사회이 높은 리상으로 안받침되어 있어야 하며, 우리 사회의 이러저러한 부정적 현상들은 구 사회의 유물로서 조만간 우리 제도 자체의 전진 운동에 의하여 격파될 운명에 있는 것으로 락인 찍어야 한다. 풍자 작가에게서도 가장 중요한 것은 생활의 합법칙성을 발견하며 포착하는 능력이다.

작자가 현실 생활에서 본질적인 것을 보지 못하며, 잡다한 현상들에 현혹되어 그 속에서 헤여 나지 못한다면 그는 기필코 예술적 전형을 창조하지 못할 것이다. 나는 이 점에 있어서 박 춘택의 단막 희곡 <들'팽이>와 권 준원의 장막 희곡 <쪽제비>는 우리에게 좋은 교훈으로 된다고 생각한다. 이 두 작품은 그 표제로부터 쉬제트 구성, 인물 형상 체계에 이르기까지 아주 류사한 점이 많다.

두 작품이 다 농촌에서의 건달뱅이들, 일은 하기 싫으면서 로력의 열매는 혼자 차지하려는 자들, 낡은 씨족 관념을 악용하여 조합의 지도적 지위를 차지하려고 음모 술수도 꺼리지 않는 자들을 '들팽이' 혹은 '쪽제비'로 락인 찍고 있다.

<들팽이>에서는 작업반장이 관리 위원장의 출장을 기회로 현재 결원 중인 부위원장 자리를 탐내고 음모를 진행하고 있다면 <쪽제비>에서는 현 관리 위원회 부위원장이 역시 관리 위원장의 출장을 기회로 그를 내여쫓고, 자기가 올라앉을 음모를 꾸미고 있다.

두 작품에서 이들 주인공은 마찬가지로 게으름뱅이요, 입으로만 일에 열성을 다하면서 뜯어 먹기만 위주 하는 위인들이요, 조합의 단결을 파괴하는 허위 중상을 일삼는바 마지막 장면에서 그들의 음모는 농촌의 건실한 일'군들에 의하여 폭로되고 파탄된다. 제기된 문제가 같으며 도달한 결론이 비슷하다. 그러나 그 사상 예술적 성과에 있어서는 현격한 차이가 있다.

<들'팽이>는 예술적으로 비교적 성공한 작품이라고 한다면, <쪽제비>는 영웅적인 오늘의 우리 농촌의 주인들을 왜소화하였으며 예술적으로 훨씬 전자에 미치지 못하다. <들'팽이>를 읽을 때에 독자들은 작업반장 대식이나 작업반원 갑성의 더러운 행위에 인민적 증오를 느끼는 동시

에, 낮에 밤을 이어 헌신적으로 사회주의 건설에 분투하고 있는 세 인간들의 모습을 보며 그들의 승리를 확신한다. 각자는 생활 속에 깊이 침투함으로써 오늘 우리 농촌에서 버려지고 있는 거대한 전진 운동의 합법칙성, 그의 심각한 변화를 혁명적 발전에서 진실하게 묘사할 수 있었다. 작품에서 부정 인물의 비렬한 음모는 '조신스럽고'은밀하다.

대식은 작업반장으로서 열성을 다하는 척 가장하며 공모자인 갑성이와 만나기까지 애써 자기 내심을 털어 보이기를 주저한다. 그렇게 하지 않고는 한시라도 배겨 날 수 없기 때문이다.

작자는 이들에다 긍정적 주인공들의 영웅적 로력 투쟁, 그들의 높은 사회주의적 리상을 대치시킴으로써 농촌 건달군들의 부질 없는 소원의 정치 도덕적 파산성을 강조하였다. 봉수를 중심한 긍정적 주인공들의 행동은 언제나 직각적이고 원칙적이며 진공적이다. 그들에게는 개인의 리해 관계가 안중에 없다. 그들은 김매기를 젖혀 놓고 풀베기만 하라는 작업반장 대식의 암해적인 지시를 단호히 거부하고 밤작업으로 풀베기의 계획량을 달성하면서 낮에는 논'김을 보장하자는 창발적 방안을 제시하며 실천에 옮긴다. 이 때에 그들은 상급인 작업반장에 대한 례절과 민주주의 중앙 집권적 질서를 엄격히 지킨다. 그들의 모든 사색과 행동은 오로지 농업 협동 조합 전체의 운명, 전체 조합원의 리해 관계와 관련되어 있다. 작품은 생활 발전의 론리에 의하여 대식 등의 음모의 전면적인 파탄으로, 봉수네의 우렁찬 개가로 끝이 난다.

일상적인 생활적 충돌을 통하여 점차 그들의 정체를 폭로해 나가다가 대단원에서 점심'밥 도적하는 들'괭이로 락인 찍는 작자의 솜씨도 무던하다. 인물 형상은 살아 있으며, 작품의 사상은 예리화된 극적 쓔제트의 발전을 통하여 자연스럽게 표현되고 있다.

그러나 <쪽제비>의 경우에는 그렇게 되지 못하였다. 앞서 이야기한 바와 같이 이 작품은 <들'괭이>와 사상 주제적 과업이 같으며 형상 조직의 체계도 많은 점에서 류사하다.

<쪽제비>는 장막인 것만큼 <들'팽이>에 비하여 에피소드가 더 풍부하고 등장인물의 수도 많다. 그러나 이것은 작품의 사상 예술성을 규정하는 주요 표징으로 될 수는 없다. 실상 이 작품은 잡다한 에피소드 속에 작자의 지향이 묻혀 버리고 인물들의 성격은 희미하게 되었으며 제기된 문제에 대한 전면적이고 심각한 추구도 보여 주지 못하였다.

우선 작품의 기본 갈등을 조성하는 사건들이 너무도 사말적이다. 어느 하나도 오늘의 농촌에서 버러지고 있는 그 힘찬 전진 운동의 규모를 담을 만한 그릇이 되지 못한다. 게다가 이 에피소드들은 서로 유기적으로 련계되여 있지 못하고 극적 집중성이 결여되여 있으며 쓔제트의 발전과 장면 전환은 대부분의 경우에 우연적인 계기에 의하여 지어지고 있다.

쓔제트 발전의 전 행정을 통하여서도 매개 막의 사건 전개에서도 그러하다.

그런데 내가 여기서 주요하게 이야기하려는 것은 이 문제가 아니다. 주요한 것은 이 작품이 연극의 약속을 무시하면서 생활의 진리를 위반하고 우리의 벅찬 현실을 진실하게 반영하지 못하였다는 데 있다. 작품에는 오늘 우리 현실의 전진 운동이 옳게 반영되지 못하였다. 새 것과 낡은 것의 력량 대비는 거꾸로 되었다. 그것은 주로 부정 인물인 관리 위원회 부위원장 최 치삼과 긍정적 주인공 양계반원 허 탄실의 형상과 관련된다. 최 치삼과 같은 인물은 오늘 우리나라의 농업 협동 조합의 책임적 지도 간부로서는 찾아보기 어려운 존재다. 그는 탐오 랑비 분자이며, 개인 리기주의자이며, '종파적 수법'으로 조합의 단결을 파괴하는 탐위 분자이며, 도덕적으로 타락한 패덕한이다. 그런데 이러한 자가 첫 장면부터 자기 정체를 드러내놓고 활개치며 행동하고 있다. 우리는 밭에 놓은 덫에 자기네 고양이가 걸린 줄도 모르고 쪽제비를 잡았다고 좋아하다가 고양이라는 것이 알려지자 눈물까지 글썽해진 치삼이와의 첫 대면에서 벌써 전체 조합원이 그를 머저리로 치부하고 있다는 것을 감득한다. 과연 이 장면은 포복절도할 폭소를 터뜨린다. 그러나 나는 이 점에서 우선 작자의 구상에 잘못이 있었다고 생각한다.

우선 작품은 이렇듯 모든 조합원들이 쓸모없는 머저리로 락인 찍고 있는 이 자가 어떻게 부위원장으로 공작하고 있는가에 대하여 해답을 주지 못하고 있다.

만일 의식적인 암해 분자가 자기 정체를 교묘하게 숨기고 잠입했다가 점차 폭로된 것이라면 문제가 다르다. 작자는 한 사람에게 너무도 많은 부정성을 부여했고, 너무도 서둘러 그의 정체를 드러내 놓았으며 첫 장면의 웃음소리를 너무 높이 터뜨렸다. 그것은 마치 자기 성량을 타산하지 않고 첫 음을 지나치게 높이 내었다가 실패한 가수의 노래와 같다.

작품에서 최 치삼 등 부정 인물과 대치되어 있는 긍정 인물 허 탄실의 형상은 오늘 우리 농촌에서 장성하고 있는 새 인간의 의식과 품성을 체현하지 못하였다. 그는 다른 인물들의 입을 통하여 사회주의적 로동에 헌신적인 모범 일'군으로 찬양되고 있으나 작품에서 묘사된 그의 행동은 그 사상을 안받침해 주지 못하고 있다. 제 2막에서 그는 점심참에까지 양계장에 와서 일하는 부지런한 일'군으로 소개되였으나, 3막부터 4막에 걸쳐서 줄곧 닭도적의 루명을 벗기 위하여 어디로인지 자취를 감추고 부정 인물들에게 독판을 치도록 자리를 비여 주고 있다. 그리하여 3막, 4막은 순전히 탄실이가 닭을 훔쳐다느니 그럴 수 없다느니의 '사말적'인 이야기로 엮어져 있다. 작업 시간에 행방불명이 되여 소동을 일으키는 허 탄실의 행동은 오늘의 사회주의 건설자답지 못하며 독자들의 미'적 공감을 자아 내지 못한다.

이 작품에서는 작자의 기본 의도와는 달리 우리의 건실한 일'군들이 치삼이 따위들에게 오히려 우롱 당하고 있으며, 긍정 인물들이 희화화된 감을 준다. 작품에는 웃음을 자아내는 '희극적 모찌브'들이 허다하나 너무나도 부자연스럽고 트리크적이다. 풍자 작품에 있어서 왕왕 형상을 의식적으로 과장하며 쓔제트를 첨예화한다. 그러나 그것은 언제나 생활과 그 인물의 성격 발전의 론리에 확고히 립각해야 한다. 우리 풍자 작품에서 웃음을 환기하는 희극적 원천들이 한낱 넌센스로 끝나서는 안 된다. 그것은 우리 생활에서 중요한 의의를 가지는 본질적인 것의 전형화에 의하여 달성되여야 하며 따라서 풍자 작가는 항상 웃음의 사회 정치적 내용에 대하여 깊은 관심을 돌려야 한다.

*

풍자 작품에 있어서도 생활의 진리의 정당한 반영은 등장인물의 전형화에 의하여 달성된다. 더구나 부정 인물이 작품의 중심 주인공으로 되여 있는 자기의 예술적 특성에 의하여, 풍자 작품에 있어서 부정 인물의 전형화 문제는 특별히 중요한 의의를 가진다.

조선 로동당 제 3차 대회 이후 도식주의를 반대하는 투쟁을 통하여 우리 풍자 작품들에서 그 전형화의 수법은 아주 다양해졌다. 그 사상 주제적 과제에 의하여 쓔제트 구성은 각이하며 형상 체계 역시 자기 특성을 가지고 있다. 그 등장인물의 처지와 성격, 사회주의 제도에 대한 태도와 행동에 따라 부정 인물에 대한 비판의 심도는 구체적이며, 그 웃음의 뉴안스는 다채롭다.

우리 작가들은 생활에서 각이한 형태로 존재하는 희극적 모찌브들을 포착하여 생동한 풍자적 전형들을 창조하고 있다. 「나비」의 주인공 고 영수, 「상아 물뿌리」의 주인공 허 동지, 「검정 보자기」의 주인공 방 기풍, <들'꽹이>의 주인공 대식 등은 우리 문학의 다채로운 화랑을 보충한 새로운 풍자적 전형들이다. 이 작품들을 읽으면서 우리가 주인공들의 개성과 함께 작자 자신들의 창조적 개성도 감득하게 되는 것은 얼마나 기쁜 일인가!

오늘 우리의 전진 운동을 이러저러하게 저해하는 낡은 세력의 체현자들의 모습은 서로 비슷하지 않으며 그것을 폭로하는 수법 역시 다르다.

내가 읽은 작품 중에서 그 생동한 형상의 매력으로나 재치있는 형상화의 수법면에서나 오래 인상에 남는 것은 「상아 물뿌리」의 허 동지다. 이 작품에서는 창고계장 허 동지의 판단과 그 결과와의 불일치, 그 주관적 열성과 정치적 경각성의 해어간의 모순의 적발로써 웃음을 터뜨리면서 독자들에 대한 교양적 기능을 강화하고 있다.

"금년 꼭 40이 되는 창고계장 허 동지는 요지음 더욱 명랑하고 유쾌해졌으며 자기 사업에 대한 영예감도 그 어느 때보다 높아졌다. 그도 그럴 것이 조선 로동당 중앙 위원회 4월 전원 회의 문헌이 나온 지 근 1년이 되지만 창고에서는 한 건의 티끌만한 사고도 없다."

이렇게 시작하여 작품은 '성실하고 착한' 주인공 허 동지의 자만자족이 자라서 저도 모르게 범죄의 구렁에까지 떨어지는 행정을 심각하게 추구하고 있다. 작자의 필치는 담담하면서 신랄하다.

그는 자기 직장의 정돈된 제도와 질서, 무사고를, 겉으로는 입고와 출고에서 일하는 동무들이 4월 전원 회의 문헌 정신을 받들고 책임감이 제고된 때문이라고 하나 속으로는 오로지 자기가 젊은 사람들을 옳게 교양하고 통솔을 잘 하기 때문이라고 생각한다. 그는 자기 '공적'을 인정받고 싶었기 때문에 기회만 있으면 자기 직장 자랑을 일수로 하게 되었다. 그것은 바로 자기 자신을 자랑하고 싶어서였다. 그에게는 자기의 '숨은 공로'에 대한 지나친 자만심이 자라난다. 이것은 보통 사람에게 항용 있을 수 있는 소시민적 근성이며 '인간적 약점'이다.

작자는 이러한 평범한 인정의 기미를 포착하여 일상적인 생활적 충돌 속에서 바로 보통 사람에게 흔히 있을 수 있는 소시민적 근성의 사회 정치적 성격을 아주 다듬어진 예술적 형상으로써 밝혀낸다. 제기된 문제의 해명은 출고원 박 구와의 관계에서 이루어진다. 작자는 결코 서두르지 않으면서 박 구의 행동에 관찰의 초점을 돌린다. 작자는 이 어수룩한 '웃사람'을 속이여 국가 재산을 좀먹는 탐오 분자의 행동도 놓치지 않고 추구하고 있다.

허 동지와 박 구간에 진행되는 사건을 기초로 하는 쓔제트의 전개를 따라 한길을 걷고 있는 이 두 사람의 서로 상이한 지향이 밝혀진다. 박 구는 아주 교활한 탐오 분자이다. 그는 허 동지의 정직한 성품을 아는 만큼 자기의 불순한 의도를 드러내 놓고 자기의 범죄 행동에 그의 협력을 바랄 수는 없다. 그는 허 동지의 인정을 받음으로써 경각심을 해이시키려고 점차적으로 마수를 뻗쳐 간다. 박 구는 상대방이 알아차리지 못하도록 아주 자연스럽게 상아 물뿌리를 선사함으로써 허 동지의 마음을 사로잡는다. 그는 일상적으로 "겸손하고 인사성 밝고 년장자나 상급을 알아 볼 줄 알며 존대할 줄 아"는 어진 사람으로 점차 신임을 두터이 해 간다.

작자는 되도록 자기의 견해와 판단을 독자에 강요하지 않으면서 두 사람간에 진행되는 사건의 결말을 추구해 한다.

허 동지는 뜻밖에 "굴어 떨어진 호박을 얻고" 자만자족이 더욱 자라며 한 걸음 한 걸음 자기의 본의 아닌 죄행에로 휩쓸린다. 그는 결국 박 구의 국가 재산을 략취하는 도적질을 방조하며 오히려 그를 감싸 주게까지 된다.

상아 물뿌리를 받은 허 동지의 '속물적' 환희를 전달하는 작자의 예술적 묘사는 매혹적이다. "'이런 귀중품이 내 손안에 들어오다니!'

허 동지는 생각만 하여도 날을 것 같은 기분이였다. 그러나 허 동지는 계장의 위풍만을 생각하여 상아 물뿌리를 마구 물고 다니지는 않는다. 회의 때나 여러 사람이 모인 데서는 결코 내 무는 일도 내 보이는 일도 없다. 그리다가 웃사람이라도 보고 탐을 내여 자꾸 달라고 졸라대면 체면을 생각해서라도 안 줄 수도 없고 줄 수도 없고 어떻게 한단 말인가! 그저 보이지 않는 것이 상수다. 그래 허 동지는 자기 책상에 혼자 있을 때나 집에서 아침 저녁 식사 후 한 번씩 내 무는 것으로, 그리고 보통 때는 주머니 속으로 만져 보는 것으로 만족한다. ……"

이 함축성 있는 표현의 문장을 읽으면서 독자들은 슬그머니 가슴을 밀고 올라오는 웃음을 참을 수 없을 것이다.

그는 얼마나 모순된 행동을 하고 있는 것일가! 상아 물뿌리란 사치품이요, 사치품이란 남의 눈을 홀리자는 것이다. 그의 허영심은 버젓이 물고 다니고 싶어 죽을 지경이다. 그러나 그는 그렇게 할 수 없다. 웃사람에게 뺏길 념려가 있기 때문이다. 자기는 자기 밑사람 것을 공짜로 얻었으면서 웃사람에게 드러나서 뺏기지 않으려고 주머니 속에서만 만지작거리며 자기 만족하는 그의 소시민성은 '사랑'스럽지 않은가!

작품에서 박 구의 간교한 행동이 더 엄중하고 증오스럽다. 그러나 독자들의 관심은 허 동지에게 더 쏠린다.

작자는 자기의 사상 주제적 과업을 제기하면서 작품을 아주 독특하게 구성하였다. 다 아는 바와 같이 예술 작품은 각이한 성격들의 충돌을 갈등으로 하여 쓔제트를 전개시킨다. 갈등의 가장 기본적 형태의 하나는 낡은 것과 새것의 투쟁이다. 이 때에 작자는 낡은 것을 폭로하며 새것을 지지하고 찬양하면서 독자들로 하여금 낡은 것을 미워하고 새것을 본받도록 교양할 것을 지향한다.

이와는 달리 부정적 현상을 폭로하면서 공모자들간의 련계와 모순을 통하여 그들의 정체를 동시에 폭로하는 경우도 있다. 가령 「검정 보자기」에서 전 지주방 기풍과 '대한 민국 법관' 장 만수와의 관계—그들이 묵은 문서를 가지고 흥정하는 장면이 그러하다. 전혀 찾을 가망도 없는 빈 문서를 놓고 좀 더 후하게 하라느니 깎자느니 서로 제 속을 감추면서 승강이질하는 이 자들의 정체는 장기쪽의 량면과 같이 전혀 동일하다. 이들에 대한 비판이 다를 수 없고 증오의 감정 역시 차이가 없다.

그런데 허 동지와 박 구와의 갈등을 통하여 우리에게 환기하는 감정은 이와 다른 경우다.

허 동지와 박 구는 국가 물자에 대한 태도에 있어서 근본적으로 다르다.

전자는 적어도 그것을 자신이 축내려는 의도는 없다. 그러나 국가에 손해를 주는 그 후과의 엄중성에 있어서는 객관적으로 볼 때에 경중을 가릴 수가 없다. 허 동지는 박 구의 범죄 행동을 제때에 적발하지 못했을 뿐 아니라 그것을 조장하였다고까지 말할 수 있다는 점에서 자기가 직접 한 것이 아니라고 하더라도 그의 과오는 오히려 더 엄중하다고 할 수도 있다.

그러나 이 두 인물은 사상 관점에 현격한 차이가 있는만큼 교양 방법과 비판의 심도가 달라야 한다. 독자들은 박 구의 형상에서 참을 수 없는 증오를 느끼면서 허 동지에 대해서는 '그러지 말아야'하며, 언제나 혁명적 경각성을 높여야겠다는 교훈을 얻는다.

허 동지의 형상이 환기하는 웃음은 분노에 찬 폭소라기보다 련민의 정까지도 동반한 경멸의 웃음이다. 그는 기본적으로 비판의 대상이지만 독자들은 이 작품을 읽으면서 "허 동지, 정신을 차라시오, 철따구니가 없구려." 하고 충고를 주고 싶어 견디지 못한다.

작자는 주인공의 성격 발전의 론리에 따라 자주 역설적 수법을 써서 자기주장을 강조하면서 웃음을 환기하고 있다.

허 동지는 멋도 모르고, 창고 물자를 훔쳐 내고 거짓 울'상을 하는 박 구를 도리여 위로하고 격려하며, 창고를 검열하러 온 검열원더러 "로력 랑비가 아니냐"고 희떠운 소리까지 한다. 그런데 웃음은 독자들이 다 아는 사실을 그만이 모르고 진심으로 그렇게 생각하고 있다는 데서 환기된다.

"그런데 참 이상한 일이다. 기억이 사라질 만하면 또 수량 부족의 사건이 생기였다. 허 동지는 뒤'수습을 하기에 땀을 흘리면서도 하필 이런 사건이 왜 순진하고 착하고 성실한 박 구에게만 생기나, 박 구 보기가 도리여 미안하였다.

"박 동무, 사업을 할려면 이러저러한 사고도 있는 법이야. 문제는 그것으로 실망하고 락심할 것이 아니라 그것을 토대로 다시는 그런 일이 없도록 더욱 경각성과 용기를 내야해—알겠어?"

허 동지는 순순히 타일렀다."

이것은 제가 도적질해 가고서 울'상을 하고 허위 보고하는 박 구를 위로하는 장면이고,

"무엇 때문에 검열이 필요한가요? 창고부에 손톱만치라도 잘 못 되는 일이 있나요? 한 사람도 아니고 셋씩이나, 이런 것은 로력 낭비에 들지 않나요?"

이것은 뜻밖에 나타난 지도부 검열원에 대하여 제편에서 자존심이 상해 가지고 빈정거리는 허 동지의 말이다.

작자는 솜씨 있는 풍자적 묘사로, 허동지의 과오의 엄중성을 신랄하게

천명하였고 해당한 비판을 주었다. 작품의 종말에서 작자의 솜씨는 더욱 빛나고 있다. 응당한 비판을 가하면서 그의 심각한 자기반성을 전달한다.

작품 허두에서 더욱 명랑해지고 유쾌해졌으며 자기 사업에 대한 영예감으로 벙글벙글하던 허 동지와 첫 대면한 독자들은 간부부로부터 사색이 되어서 후들후들 떨리는 발'걸음으로 간신히 걸어 나와 그렇게 소중히 여기던 상아 물뿌리와 라이타를 미련도 없이 괭이 대가리로 힘껏 내리치고 있는 허 동지와 리별하면서, 한편 그의 재출발을 기대하며 다른 한편 스스로도 더욱 경각심을 높여야겠다고 다짐한다.

「검정 보자기」의 주인공 방 기풍도 비교적 성공한 풍자적 형상이다. 이 형상에는 미제의 일시적 강점 시기에 다시 옛날의 영화를 누리게 되였다고 망상하면서 고향으로 달려 온 해방 전 지주들의 돈키호테적 망상이 예술적으로 일반화 되여 있다.

작품은 력사의 발전을 지각하지 못하고 '떡 줄 사람은 생각도 않는데 김치국부터 마시는' 이들 추악한 강도배들에게 거세찬 웃음으로 최후 판결을 내리였다. 작품은 그 자들의 기대와 가능성간의 불일치, 그 표면상의 허장성세와 내심의 불안, 공포간의 모순을 희극적 모찌브로 웃음을 터뜨리면서 해방 후 조선로동당의 교양을 받은 인민들의 자기 주권에 대한 확고부동한 지지와 신뢰, 그 필승불패의 신심을 전달하였다. 작자는 그 초상 묘사에 있어서나 그 내면세계의 추구에 있어서 이미 자기의 「뼈다구 장군」에서 보여 준 능숙한 풍자적 전형화의 솜씨를 다시 한 번 보여 주었다. 격파 당한 옛지주 방 기풍의 형상은 생동적이며 비교적 높은 전형화로써 독자들의 열렬한 반향을 일으키고 있다.

그러나 이 작품은 전형적 환경의 묘사에서의 적지 않은 부족점으로 말미암아 거둘 수 있는 성과를 놓치고 있다.

작품은 주인공 방 기풍을 둘러 싼 강도배들에게 고유한 포악하고 잔인한 측면의 예술적 해명이 미약하기 때문에 이 시기 현실 생활에서 진행된 계급투쟁의 첨예성을 진실하게 재현하지 못하였으며, 온갖 간고한 시련을 싸워 이기며 전진하는 인민들의 영웅성과 불패의 력량을 왜소화하였다.

그것은 주인공 방 기풍의 형상이 지주들의 린색하고 탐욕적이며 도덕적으로 저렬한 성격적 측면을 훌륭히 전달하고 있으나, 이런 자들에게 고유한 권세욕, 지위욕을 구현시키지 않고 있는 사정과도 관련된다. 이런 자들은 흔히 '관권'을 등에 업고 인민을 수탈하며 제멋대로 행세한다. 사실상 방 기풍은 일제 관헌에 빌붙어서 지주가 되였었다.

성격의 론리가 그렇기 때문에 작자 자신이 바로 방 기풍의 입을 통하여 어느 날 자기는 "서울에다 큰 집을 두고 평양, 부산, 원산, 금강산 같은 데 작은집을 정하고는 번차로 돌아다니며 호강을 해보자고도 마음먹었고, 무슨 정당 같은 것을 만들어서 총재가 되여서는 대신 같은 벼슬이나 수완 있는 세력가가 돼 보고 싶었고 또 미국이나 일본이나 영국 같은 나라를 상대로 큰 무역상도 돼 보고 싶은" 공상을 하였다는 것을 고백케 하고 있다. 그러니 이 자는 이런 기회에 하다못해 군수 한 자리라도 꿈꾸었을 것이요, 우선 동네의 치안대라고 제 손아귀에 쥐고 싶었을 것이다. 그러나 작품에서는 그의 지주적 성격, 특히는 리 승만 역도의 졸개인 지주 방 기풍의 성격의 한 측면을 무시해 버렸다.

원쑤들이 이렇게 '온순'한 탓인지 애국자들의 분노와 증오는 그들의 행동을 통하여 표현되지 못하고 있다. 이 말은 이 마을 인민들이 이 강도 무리들과 공공연히 맞서지 않았다든가, 그들의 말을 들었다고 탓하는 의미가 아니다. 그것은 오히려 불필요한 희생만을 초래하는 무모한 일일 것이다. 놈들에 대한 증오, 놈들을 반대하는 투쟁은 조성된 정황에 맞게 달리 표현될 것이다.

그런데 작품에서는 박 치덕 로인이나 리 갑산과 같은 농민들이 '국군'놈들이 들어오면 박해를 받을 것이 뻔한데도 피하지 않고 있다가 "하나도 남기지 말고 모두 끌어내라"는 놈들의 호통에 제 발로 '도청' 앞마당에 나났으며, 한 마디의 항의도 없이 군중 앞에 끌려 나오고 있다. 이것은 생활의 진리에 부합되지 않는다.

만일 작자가 새로운 력량의 불가극복성을 강조하기 위하여 적대 력량을 인위적으로 약화시키는 방법을 취한 것이라면, 그것은 사회주의적 사실주의에 대한 일면적 리해라고 할 밖에 없다. 놈들은 교활하고 음흉할 뿐만 아니라 잔인하고 독살스럽다. 놈들은 대포에 기대여 호통을 치며 을러대기도 하고 "십자가를 들고 목소리도 …부드럽게 "아멘 아멘! 에헴! 아—멘…""(백 인준 「물러가라! 아메리카」)도 부른다. 그런데 「검정 보자기」에서는 원쑤들의 성격의 한 측면만이 강조되였으며 그 정체의 전면적 폭로가 미약하였다.

*

이상에서 보아 온 바와 같이 우리 풍자 문학은 아직 부분적 결함은 있으나 당의 정당한 문예 정책을 받들고 사회주의적 사실주의의 궤도 우에 확고히 서서 급속한 발전의 길을 걷고 있다. 사회주의적 사실주의 창작 방법을 고수하고 발전시키기 위한 투쟁은 우리 풍자 문학의 사상 예술성을 제고하는 주요 담보로 되였으며, 앞으로도 그럴 것이다.

나는 이제 이야기를 끝내려고 하면서 마지막으로 우리 풍자 작가들이 혁명 발전의 소여 단계에 있어서 당의 정책과 로선에 튼튼히 립각하여 그의 전략 전술에 일치하게 주요 공격 대상을 결정하는 것이 주요하다는 것을 특히 강조하고 싶다.

우리 풍자 문학은 자기의 과업과 성격으로 말미암아 우선 우리 혁명의 제 1차적 과업인 미 제국주의의 침략 세력과 그의 동맹자로 되고 있는 리승만 역도의 정체를 폭로 규탄하는 데 공격의 기본을 두어야 할 것이다. 놈들의 '원조'의 가면 밑에 숨은 침략의 본성을, '자유'와 '민주주의'의 레텔을 붙인 파시스트의 정체를 낱낱이 그려내 보여 주는 것은 현 단계에 있어서 특히 중요한 의의를 가진다.

김 일성 동지는 조선 로동당 중앙 위원회 12월 확대 전원 회의에서 진술한 연설에서 젊은 후대들에게 지주 부르죠아 제도의 본질을 인식시키기 위한 교양 사업을 강화할 필요성에 대하여 강조하시면서 다음과 같이 말씀하시였다.

"해방 후 자라난 우리 젊은 후대들은 과거 우리 사회의 착취적 관계를 직접 당하여 보지 못하였고 그를 잘 모르기 때문에 오늘 남조선에서의 지주 부르죠아 제도의 반동성에 대하여 똑똑히 인식하지 못하고 있습니다.

우리 조국 보위와 사회주의 건설의 중요한 역군으로 될 그들에게 지주 부르죠아 제도의 본질에 대하여 철저히 인식시킴으로써 인간의 의한 인간의 착취가 없고 로동자, 농민이 주인으로 되여 있는 사회주의 제도와 자기의 사회주의적 조국을 사랑하는 애국주의 정신으로 그들을 교양하는 사업을 더욱 강화하여야 하겠습니다."

이 말씀은 풍자 문학의 기본 방향으로 되여야 한다.

우리 선조들이 그 질곡 속에서 눈물로 살아 왔으며 오늘도 남조선 인민들을 얽매고 있는 봉건 지주 제도의 반동성을 명백히 인식하게 될 때에, 그들은 우리 혁명의 력사적 의의를 옳게 깨닫게 될 것이며 그것을 수호하고 더욱 강화하기 위한 싸움에서 더욱 용감해지며 더욱 자각적으로 될 것이다.

우리 문학은 이미 미제와 그 주구들의 정체를 생동한 예술적 형상으로 보여 준 우수한 작품들을 적지 않게 창작하였으나 아직 량적으로나 그 예술적 질에 있어서나 현실적 요구의 수준에서 멀리 뒤떨어지고 있다. 일부 풍자시, 막간극, 만담, 재담 등을 제외하고 남조선 현실을 그 부패 타락의 심도에서 미제와 리 승만 역도를 반대하는 남조선 인민들의 격앙된 분노와의 첨예한 대조 속에서 거대한 화폭으로 묘사한 서사적 형태의 풍자 작품은 극히 희소하다. 물론 오늘 우리 작가들이 그 현실 속에 직접 가서 생활을 연구할 수 없는 것이 이 주제의 선정을 주저케 하며, 그 성과에 많은 지장을 주고 있는 것은 사실이다. 그러나 우리 작가들에게 있어서 남조선은 생소한 곳이 아니다. 미제의 야수적 본성은 남조선까지 가지 않고서도 천 년을 두고 잊을 수 없게 우리 뇌리에 새겨져 있다. 하물며 남조선에 사는 인민들은 우리의 형제 자매임에랴! 그들이 생활 풍속과 오늘의 처지, 그들의 사상과 감정을 상상하기는 그리 어려운 일이 아니다. 더구나 전쟁 전까지도 남반부에서 미제와 리 승만 역도의 시달림 속에 살아 온 작가들의 생활 경험은 이 주제의 창작에 많은 도움이 될 것이다. 남조선 현실을 소재로 한 풍자 작품을 더 많이 창작하는 것은 우리 작가들의 가장 현실적 과업의 하나다. 이로써 풍자 문학은 근로자들과 특히 청소년들을 사회주의적 애국주의로 교양할 데 대한 당적 과업을 영예롭게 수행할 수 있을 것이다. 우리의 풍자 문학은 보람찬 우리 생활의 급속한 전진 운동을 따라서 더욱 빠른 걸음으로 달려 나가야 한다.

≪조선문학≫, 1958.7

제4장

천리마운동기(1958~1967)

천리마 시대에
맞는 문학예술을 창조하자

— 작가, 작곡가, 영화부문 일군들과 한 담화 1960년 11월 27일

김일성

나는 오늘 동무들에게 우리 문학예술의 발전문제에 대하여 몇 가지 이야기하려 합니다.

우리의 문학예술은 오랜 력사적 전통을 가지고 있습니다. 옛날부터 우리의 노래와 춤은 아름다왔습니다. 해방 후 우리의 문학예술은 빨리 발전하였으며 오늘 찬란하게 꽃피고 있습니다. 지금 우리의 예술은 참말로 '황금의 예술'이라는 칭찬을 받을만합니다.

그 동안 우리의 작가, 예술인들은 당의 문예정책을 받들고 많은 일을 하였습니다. 나는 오랫동안 침략자들에 의하여 짓밟혔던 우리의 민족예술을 오늘과 같이 발전시키기 위하여 몸 바처 싸워온 동무들의 노력을 높이 평가합니다.

그러나 우리는 이미 거둔 성과에 만족할 수 없습니다. 우리의 생활은 빨리 전진하고 있으며 인민들은 더욱 아름답고 힘 있는 예술을 요구하고 있습니다.

지금 우리의 문학예술은 발전하는 우리 인민의 생활에서 뒤떨어져있으며 인민들의 요구에 따라가지 못하고 있습니다.

사람들은 정당하게도 우리 시대를 천리마의 시대라고 부르고 있으며 이 위대한 시대에 살며 일하는 것을 끝없는 행복으로 생각하고 있습니다.

우리는 사회주의건설의 모든 분야에서 남이 열 걸음 걸을 때에는 백 걸음을 걸으며 남이 십리를 달릴 때에는 백리를 달리는 기세로 투쟁하고 있습니다. 참으로 천리마의 정신은 우리 인민의 생활의 신조로 되였습니다.

우리는 몇 해 동안 천리마의 대진군을 계속하여 사회주의 공업화의 기초를 쌓았으며 부강한 사회주의조국 건설의 튼튼한 토대를 마련하여놓았습니다. 아직 우리의 생활이 넉넉하다고는 말할 수 없지만 우리 인민은 먹고 입고 쓰고 사는 문제에 대하여 근심걱정을 하지 않게 되였으며 모두다 희망에 가득 찬 행복한 생활을 누리고 있습니다. 우리가 이제 한 번 더 용기를 내여 7개년계획을 수행하는 날에는 우리나라가 발전된 사회주의공업국가로 될 것이며 인민생활은 획기적으로 높아질 것입니다. 우리가 해놓은 업적은 위대하며 우리의 앞날은 휘황합니다.

우리의 문학과 예술은 응당 천리마의 기세로 내달리고 있는 우리 인민의 이 위대한 창조적 생활을 힘 있게 형상화하여야 할 것입니다. 우리의 문학과 예술은 천리마시대 사람들의 보람찬 생활과 영웅적 투쟁모습을 그려야 하며 그들의 희망과 념원을 뚜렷이 나타내야 할 것입니다.

그러나 유감스럽게도 우리의 문학과 예술은 우리 시대의 정신을 잘 반영하지 못하고 있으며 사회주의 건설자들의 생활감정과 지향을 뚜렷하게 형상화하지 못하고 있습니다.

무엇보다도 먼저 우리 인민의 약동하는 현실생활을 주제로 한 작품이 매우 적습니다. 창극 <춘향전>도 좋고 연극 <리순신장군>도 좋습니다. 우리는 지난날도 잘 알아야 합니다. 그러나 우리에게 더 절실히 필요한 것은 지난날보다도 오늘입니다. 우리는 지난날을 취급하는데 있어서도 오늘 우리 인민의 혁명투쟁과 직접 관련된 문제부터 시작해야 할 것입니다.

우리는 혁명전통교양과 계급교양을 위하여 항일무장투쟁 시기의 우리 혁명가들의 불굴의 투쟁과 민주혁명시기, 조국해방전쟁시기, 전후복구건설시기의 우리 인민의 영웅적 투쟁을 보여주는 작품들을 계속 많이 창작하여야 합니다. 이와 같은 문제들을 취급한 작품들 가운데는 성공한 것이 적지 않습니다. 그리고 그 작품들은 근로자들을 공산주의적 혁명정신으로 교양하는데 크게 이바지하고 있습니다.

그런데 지금 제일 부족한 것은 오늘의 현실을 그린 작품입니다. 우리 천리마시대가 낳은 새 영웅들을 그린 예술작품이 매우 적습니다. 우리의 작가, 예술인들은 지난날의 영웅들은 우러러보지만 위대한 새 생활을 창조하고 있는 우리 시대의 영웅들은 볼 줄 모릅니다. 이것이 오늘 우리 작가들의 큰 약점입니다.

물론 오늘의 생활과 영웅들을 그리는 것이 지난날의 생활과 영웅들을 그리는 것보다 훨씬 더 어려운 것은 사실입니다. 오늘의 생활은 지난날의 생활보다 그 내용이 더욱 복잡하고 다양합니다. 현대영웅들의 복잡하고 풍부한 생활내용을 잘 형상하기 위하여서는 많은 연구와 노력이 필요합니다. 그러나 만일 우리가 오늘의 현실을 그린 작품을 하나 잘 만들기만 한다면 그것은 근로자들을 교양하는데서 지난날을 그린 작품보다 훨씬 더 큰 작용을 할 수 있습니다.

결국 모든 문학예술작품들은 오늘의 우리 인민들에게 어떻게 살며 일하며 투쟁할 것인가를 가르쳐주는데 복무하여야 합니다. 그러므로 작가, 예술인들은 지난날보다도 현실에 더욱 관심을 돌려야 합니다. 현실생활에 가까운 것을 그릴수록 작품이 더욱 가치 있는 것으로 될수 있습니다.

다른 나라의 어떤 작가는 우리에게 조선에서는 연극 <리순신장군>을 자주 상연하고 있는데 조선인민의 조국해방 전쟁 때에는 수많은 리순신이 나오지 않았는가고 말하였습니다. 나는 이 작가의 말이 옳다고 생각합니다. 지금 우리 시대에는 리순신보다 더 슬기롭고 용감한 애국자가 수많이 있습니다.

우리의 문학과 예술이 형상화하여야 할 새 인간들은 가는 곳 마다에 있습니다. 기계제작공장, 야금공장, 방직공장 등 공장, 기업소들과 농촌과 어촌들에 수많은 천리마기수들이 있습니다. 지금 천리마작업반만 하여도 850여 개나 되며 모범농업협동조합만 하여도 1,000여 개에 이르고 있습니다. 천리마 기수들은 모두다 우리 시대의 훌륭한 영웅들입니다. 문제는 작가, 예술인들이 오늘의 진정한 영웅들을 잘 볼 줄 모르는데 있습니다.

문학예술분야에서 특히 영화예술이 뒤떨어져있습니다. 영화는 대중교양의 수단으로서 매우 중요한 자리를 차지하고 있습니다. 그런데 우리의 영화는 낮은 수준에 있습니다. 우리의 영웅적 로동계급을 그린 것도 없고 우리의 농민을 그린 것도 볼만한 것이 없습니다.

우리가 불과 4~5년이라는 짧은 기간에 농촌에서 개인경리를 협동화하고 착취와 빈궁의 뿌리를 영원히 없애는 혁명사업을 완수하였는데 이 위대한 변혁을 그린 영화는 하나도 없습니다. 황해제철소의 기계설비를 만들어주기 위한 룡성기계공장 로동자들의 로력투쟁을 그린 영화는 하나 나오기는 하였으나 만족할만한 것이 못됩니다. 이 영화의 결함에 대하여서는 말하지 않겠습니다. 좀 결함이 있어도 좋으니 우리의 현실을 주제로 한 작품을 많이 만들어내야 합니다.

나는 요즘에 와서 어떻게 하면 우리의 영화예술이 우리 시대의 새 인간들, 근로자들 속에서 나온 영웅들, 천리마기수들의 보람 있는 생활과 투쟁 모습을 그릴 수 있도록 하겠는가에 대하여 많이 생각해보았습니다. 만일 우리가 이런 영화를 하나라도 잘 만들어낸다면 그것은 우리 근로자들을 크게 고무할 것이며 수천수만의 새로운 인간들을 교양해내는 힘 있는 무기로 될 것입니다.

우리 시대의 요구에 맞는 영화를 만드는데서 가장 중요한 것은 새것과 낡은 것과의 투쟁을 잘 반영하며 사람들에게 끝없이 넓은 앞길을 열어주는 사회주의제도의 우월성을 생동하게 보여주는 것입니다.

영화에는 생산에서 결정적인 역할을 하는 것은 기계가 아니라 사람이라는 사상이 강조되여야 하며 위대한 생활은 어떤 한둘의 탁월한 사람의 힘에 의해서가 아니라 자기의 력사적 사명을 자각한 수백만 근로자들의 투쟁에 의해서 창조된다는 맑스—레닌주의적관점이 명백히 나타나야 합니다. 이러한 영화의 주인공은 쾌활하고 락천적이며 난관 앞에 굴할 줄 모르며 앞으로 나아가려는 의지가 매우 강한 전형적인 새 인간으로 그려져야 합니다. 그리고 지난날 천대받고 압박받던 사람이 끊임없는 노력과 수양으로, 헌신적로동의 시련을 거쳐 마침내 성공하고야마는 그런 생활과정을 잘 그려야 합니다.

지금 우리나라에는 이런 주인공으로 될만한 사람들이 얼마든지 있습니다. 수천수만에 이르는 우리의 천리마기수들은 모두가 다 자기의 영웅적 투쟁과 창조적 로동으로 온갖 뒤떨어진 것을 짓부시고 훌륭한 새 사회를 창조하고 있는 우리시대의 영웅들입니다. 그런데 천리마기수들을 형상화한 영화가 하나도 없다는 것은 매우 유감스러운 일입니다.

물론 우리 영화에서 배우들의 연기에도 부족점이 있지마는 그것이 큰 문제인 것 같지는 않습니다. 어떤 사람들은 좋은 영화가 나오지 않는 것은 영화촬영소가 일을 잘하지 못하는 탓이라고 하지마는 그런 것도 아닙니다. 영화촬영소가 하는 일은 주로 영화제작의 기술적 측면이지 영화의 사상적 내용은 아닙니다.

문제는 사상적 내용에 있습니다. 영화의 사상적 내용이 아주 빈약합니다.

례를 들어 어떤 영화에서 련애 문제를 취급한 것을 보면 아무 사상적 내용도 없고 싱겁기 짝이 없습니다. 우리는 련애를 위한 련애를 그려서는 안됩니다. 련애를 위한 련애는 한갖 자연에 지나지 않습니다. 그것은 우리에게 아무런 교양적 가치가 없을 뿐 아니라 도리여 해로울 수 있습니다.

새형의 인간들의 련애는 반드시 혁명위업의 숭고한 목적에 복종되여야 하며 혁명의 승리를 위한 투쟁과 밀접히 결부되여야 합니다. 그러므로 우리의 영화는 혁명사업을 잊어버리고 개인적인 향락에만 몰두하는 퇴폐적인 련애를 쳐야하며 사회주의건설의 위대한 목표를 향하여 서로 돕고 이끌면서 영웅적으로 투쟁하고 있는 새형의 청년남녀들의 고상하고 아름다운 사랑을 모범으로 내세워야 합니다.

사상적 내용문제는 누구보다도 먼저 영화문학작가들이 해결하여야 합니다. 영화문학작가들이 좋은 작품을 쓰지 못하기 때문에 좋은 영화가 나오지 못하는 것입니다. 영화문학 작가들이 좋은 작품을 내놓기만 한다면 비록 영화촬영소에 결함과 부족점이 좀 있다 하더라도 좋은 영화가 나오지 못할리 없는 것입니다. 지금 문제는 영화문학작품에 걸렸습니다.

우리 영화의 질이 떨어지는데는 작곡에도 많이 달려있습니다. 용기를 복돋아 주어야 할 장면에 가서는 씩씩하고 희망에 끓어 넘치는 노래가 나와야 하겠는데 그렇지 못합니다. 영화의 장면과 맞지 않는 노래를 아무렇게나 주어다붙이니 사람들에게 감명을 주지 못합니다.

우리의 음악도 현실에서 많이 뒤떨어져있습니다. 그것은 질풍같이 내달리고 있는 우리 인민의 위대한 전진운동을 잘 반영하지 못하고 있습니다. 우리 천리마 기수들이 씩씩하고도 흥겹게 부를만한 좋은 새 노래가 나오지 못하고 있습니다. 푸른 물줄기가 산을 타고 강을 넘어 논밭을 적시고 있으며 뜨락또르와 자동차가 사람의 손발을 대신하여 밭을 갈고 짐을 실어내고 있으나 우리는 아직도 농촌에서의 이와 같은 천지개벽을 노래한 힘차고 아름다운 노래를 듣지 못하고 있습니다.

음악무용서사시 〈영광스러운 우리 조국〉은 물론 큰 작품이지만 그것은 이것저것 긁어모아 만든 것이지 통일적인 하나의 대작은 못됩니다. 이것을 하나 만들었다고 하여 자만할 근거는 조금도 없습니다.

노래는 반드시 인민들의 생활감정에 맞게 지어야 합니다. 전투할 때는 전투에 맞는 노래가 필요하고 로동할 때는 로동에 맞는 노래가 필요합니다. 로동 할 때 부르는 노래라도 모내기할 때 부르는 노래와 목도를 멜 때 부르는 노래가 서로 다릅니다. 이와 같이 격에 맞는 노래를 불러야 전사들은 용감히 싸울 수 있으며 로동자, 농민들은 생산을 올릴 수 있습니다. 아무 때 아무데서나 좋은 노래란 있을 수 없으며 시대의 정신을 반영하고 정형에 맞는 노래라야 사람의 심금을 울릴 수 있는 것입니다.

지금은 배꽃타령만 할 때가 아닙니다. 오늘 우리에게는 사람들을 창조적 로동에로 불러일으키는 즐겁고도 씩씩한 노래가 더욱 필요합니다. 사람들의 용기를 돋우어주는 씩씩한 노래를 부르면 고달픈 것도 잊어버리게 되고 피곤한 것도 잊어버리게 됩니다.

사람들이 <천리마 행진곡>을 좋아하는 것은 그것이 우리 시대의 정신을 반영하였으며 우리 사람들의 정서에 맞기 때문입니다. 서도창으로 부르는 <강 건너 마을에서 새 노래 들려온다>라는 노래도 마음에 듭니다. 그것은 조선맛도 있고 들으면 용기도 납니다.

방직공의 노래, 샘물터의 노래도 좋습니다. 그러나 이 몇 개의 노래만 밤낮 부를 수는 없습니다. 우리는 새로운 노래를 많이 지어내야 합니다. 그런데 요사이 용해공의 노래요, 기계공의 노래요 하고 많이 나오는 새 노래들을 들어보면 모두 다 낡은 곡조들을 이리저리 따다 고쳐놓은 것이여서 그 곡조가 그 곡조 같고 새 맛이 나지 않습니다.

노래에서도 중요한 것은 사상적 내용입니다.

노래를 위한 노래는 아무 소용도 없으며 그저 자연만 찬미하는 노래도 별로 가치가 없습니다. 아름다운 자연을 찬미하는 노래도 물론 사람의 마음을 즐겁게 합니다. 그러나 더 값이 있는 것은 사람들의 참된 생활과 위대한 목적을 이룩하기 위한 그들의 투쟁을 표현한 노래입니다. 사회생활과는 동떨어져서 자연만 노래하려는 태도는 자연주의나 예술지상주의의 표현이며 그것은 근로자들을 투쟁에서 물러서게 하는 해로운 작용을 합니다.

인민들은 사상성이 높은 노래를 좋아합니다. 인민이 받아들이고 인민이 사랑하며 즐겨 부르는 노래라야 쓸모가 있지 몇몇 전문가들만이 리해하고 좋아하는 노래야 무슨 소용이 있겠습니까. 예술은 전문가들만이 알 수 있다고 하는 사상 관점부터 잘못된 것입니다.

예술의 진정한 평론가는 인민들입니다. 인민들보다 더 총명한 평론가는 없습니다. 인민들의 판정에 합격한 작품은 좋은 작품이고 인민들의 판정에 합격하지 못한 작품은 좋지 못한 작품이라고 보아야 합니다. 소설, 시, 음악, 영화 그밖에 다른 모든 예술은 인민대중이 알 수 있는 것으로 되여야 하며 인민대중을 위하여 복무하여야 합니다.

오늘 우리의 문학예술부문 사업에는 확실히 결함이 있습니다. 모든 사람들이 천리마를 탄 기세로 내달리고 있는데 오직 영화문학작가나 작곡가들만이 뒤떨어져있어야 할 근거는 없습니다. 우리의 작가, 예술인들도 반드시 천리마를 타고 위대한 작품을 창조하여야 하며 또 할 수 있는 것입니다. 문제는 이 부문의 사업에 있는 결함들을 하루빨리 없애는데 있습니다.

문학예술부문의 사업에서 주요한 결함은 첫째로 작가, 예술인들이 아직도 당정책을 깊이 체득하지 못하고 있는 것이며, 둘째로는 작가, 예술인들이 인민들의 생활 속에 깊이 들어가지 못하고 있는 것이며, 셋째로는 이 부문에 대한 조직지도사업이 잘 되지 않고 있는 것입니다.

우리의 작가, 예술인들은 다 우리 인민이 사회주의를 더 빨리, 더 잘 건설하여 더욱 행복하게 살게 될 것을 바라고 있으며 우리 인민의 천리마운동을 지지하고 있습니다. 그러나 작가들의 창작활동에는 천리마정신이 잘 구현되어 있지 못합니다. 이것은 결국 우리 작가들이 아직도 천리마의 정신을 완전히 받아들이지 못하고 있으며 인민대중과 함께 숨 쉬지 않고 있다는 것을 말해주는 것입니다. 만일 동무들이 천리마의 정신을 받아들였다면 응당 그러한 정신을 반영한 작품을 만들어내야 할 것입니다.

나는 먼저 우리 작가, 예술인들이 시대의 정신을 잘 체득하지 못하고 있는 사상적 근원이 어디에 있는가를 심중히 연구해볼 필요가 있다고 생각합니다. 병집은 역시 우리 작가들이 당정책을 깊이 파악하지 못하고 있는데 있는 것 같습니다.

우리 인민의 선두에는 우리 당이 서있습니다. 당의 의도를 잘 모르고서는 우리 인민의 위대한 전진운동을 정확하게 리해할 수 없습니다. 당정책을 깊이 연구하지 않고 덮어놓고 공장이나 농촌으로 내려만 간다고 하여 우리의 현실을 잘 알 수 있는 것은 아닙니다. 오직 우리 당 정책으로 튼튼히 무장한 사람만이 복잡한 현실 속에서 새것과 낡은 것을 가려낼 수 있으며 본질적인 것을 정확하게 찾아낼 수 있습니다. 그러므로 작가, 예술인들은 무엇보다도 먼저 우리 당의 정책을 깊이 연구하여 현실에 대한 당의 혁명적립장과 맑스—레닌주의적인 과학적 태도와 방법을 체득하여야 합니다.

우리의 문학예술은 절대로 혁명의 리익과 당의 로선을 떠나서는 안 되며 착취계급의 취미와 비위에 맞는 요소를 허용하여서도 안 됩니다. 오직 당의 로선과 정책에 철저하게 의거한 혁명적 문학예술만이 진정으로 인민대중의 사랑을 받을 수 있으며 근로대중을 공산주의적 혁명정신으로 교양하는 당의 힘 있는 무기로 될 수 있습니다.

우리 당의 모든 로선과 정책은 우리나라의 현실에서 출발한 것이며 우리 인민의 리익을 반영한 것입니다. 당의 정책은 근로대중의 실천투쟁에 의하여 실생활에 구현됩니다.

현실 속에서 우러나오고 대중의 실천 활동과 밀접히 결합된 문학예술만이 진정으로 당적이고 혁명적인 문학예술로 될 수 있는 것입니다. 실생활을 생동하게, 심도 있게 그려낸 사실주의적 문예작품만이 사람들의 심금을 울릴 수 있습니다.

그러므로 작가들은 현실을 잘 알아야 하며 인민대중의 생활 속에 깊이 파고들어가야 합니다.

작가, 예술인들이 평양에만 앉아있어서는 아무것도 나올 것이 없습니다. 사람을 흥분시키는 생활과 투쟁은 공장에 가야 볼 수 있으며 농촌에 가야 체험할 수 있습니다. 로동자, 농민들과 늘 접촉하고 그들의 생활 속에 깊이 들어가야 현실을 잘 알 수 있습니다.

로동자, 농민들의 생활을 세심히 관찰해야 합니다. 그러나 관찰하는 것만 가지고는 모자랍니다. 우리의 작가, 예술인들은 로동자, 농민들의 투쟁의 불길 속에 용감하게 뛰여들어 가야하며 투쟁하는 로동자, 농민들과 같은 심정을 가지고 현실생활을 볼 수 있게 되여야 합니다. 이렇게 되여야만 우리 인민의 생활을 체험한 작가, 예술인이라고 말할 수 있으며 인민대중의 사랑을 받고 인민대중에게 복무하는 작품을 창작할 수 있습니다.

인민들의 생활을 잘 모르고서는 우리 현실을 옳게 그릴 수 없으며 오늘의 새 인간들의 사상과 생활감정과 그들의 풍모를 제대로 표현할 수 없습니다.

오늘의 젊은이는 그전의 젊은이와 다르며 오늘의 늙은이도 그전의 늙은이와 같지 않습니다. 배우들도 현실에 파고들어가지 않고서는 끊임없이 변화발전하고 있는 새 인간들을 연기에서 옳게 표현할 수 없습니다.

오늘 우리의 작가, 예술인들이 공장이나 농촌에 내려가 특별히 관심을 돌려야 할 것은 새형의 인간들을 찾아내고 그들의 생활을 구체적으로 잘 연구하는 것입니다. 만일 우리 작가들이 한사람의 천리마기수의 행복하고 보람찬 생활을 잘 그려낸다면 그것은 수천수만의 근로자들을 교양하는 좋은 자료로 될 수 있습니다.

지금 우리 당은 군중을 교양 개조하는데 커다란 힘을 돌리고 있습니다. 군중을 교양 개조하는데는 학교교육만으로도 안 되며 선전선동만으로도 안 됩니다. 대중교양의 훌륭한 수단들인 소설, 시, 연극, 영화, 음악 등 모든 형태의 문학예술을 다 동원하여야만 군중을 교양 개조하는 사업을 효과적으로 할 수 있습니다.

특히 천리마기수들을 그린 작품들은 사람들을 긍정적 모범으로 교양할데 대한 우리 당의 방침을 실현하는데서 매우 좋은 수단으로 됩니다.

최근에 우리 당은 사람들에 대한 교양방법을 좀 고쳤습니다. 이전에는 부정적 사실을 비판하는 것을 위주로 하여 사람들을 교양하였다면 지금은 긍정적 모범을 내세우는 것을 위주로 하고 있습니다.

우리는 신문에 펠레톤을 쓰는 것도 그만두었습니다. 펠레톤이라는 것은 다른 나라에서 가져온 것인데 본래 조선사람의 성격에는 잘 맞지 않습니다. 우리는 사람들의 결함만을 들춰내는 이러한 교양방법을 교조주의의 쓰레기통에 집어던졌습니다. 우리 신문은 펠레톤을 쓰는 것이 아니라 모범적인 사실, 감동적인 아름다운 이야기에 대하여 쓰고 있으며 그것으로 사람들을 교양하고 있습니다.

당중앙위원회 1958년 3월전원회의 이후에 우리 인민군대에서는 영창

제도를 없애버리고 내무규정도 고쳤습니다. 이 영창제도 역시 우리 사람들에게는 맞지 않습니다. 강압적방법이 아니라 꾸준한 설복과 긍정적 모범으로 사람을 교양하여야 합니다.

영창제도를 없앤 결과는 어떻게 되였습니까? 얼마 전에 내가 인민군부대들에 나가 군인들과 이야기하여본 일이 있습니다. 그때 어느 특무장에게 영창제도를 없앤 다음에 규률을 위반한 사건이 있는가고 물었더니 그는 하나도 없다고 대답하였습니다. 그래 나는 2년 동안에 어떻게 한 건의 규률위반사건도 없었겠는가고 하니 그는 다음과 같은 일이 있었다고 말하였습니다. 어느 전사동무가 회의 때마다 잘 졸았다고 합니다. 그래서 특무장은 자기가 대원들에게 충분한 휴식을 보장하지 않았기 때문이라고 생각하고 대원들을 일찌기 재운 다음부터는 회의에서 조는 동무가 없어졌다는 것입니다.

그 후 나는 동해안에 있는 어느 려단에 나가서 같은 것을 물어보았습니다. 한 군관동무는 한 가지 규률위반사건이 있었다고 대답하였습니다. 그의 말에 의하면 한 전사가 사랑하는 처녀를 만나기 위하여 밤중에 가만히 나갔다가 돌아온 일이 있었다고 합니다. 그래서 나는 이와 같은 규률위반사건도 만일 정치일군들이 전사들의 생활에 깊이 파고들어가 그들이 아파하는 문제를 제때에 풀어주기 위하여 노력하였더라면 미리 막을 수 있었을 것이라고 말하였습니다.

사람은 누구나 다 낡은 사상의 잔재를 가지고 있는 까닭에 과오를 범할수 있으며 결함을 나타낼 수 있습니다. 낡은 사상을 가진 사람들, 과오를 범한 사람들을 버리는 것은 우리당의 방침이 아닙니다. 우리 당은 시종일관 낡은 사상을 가진 사람들을 꾸준히 교양하여 새로운 인간으로 개조하는 방침을 견지하고 있습니다.

어떤 특출한 한두 사람의 힘으로는 공산주의사회를 건설할 수 없습니다. 모든 근로자들이 다 잘살 수 있는 사회를 건설하기 위하여서는 그들이 다 발동되여야 합니다. 우리는 모든 근로자들이 사회주의와 공산주의의 위업을 자기 자신들의 사업으로 받아들이고 자각적으로 투쟁하도록 계속 그들을 교양 개조하여야 합니다.

오늘 우리 사회제도하에서는 누구나 다 공산주의적 새 인간으로 될 수 있습니다. 우리 제도하에서 나쁜 길로 나가는 사람은 례외이고 절대다수 는 좋은 길로 나가고 있습니다. 그러므로 좀 도와주면 그들은 다 훌륭한 공산주의자로 될 수 있습니다. 또 이렇게 모든 사람을 공산주의적으로 개 조하지 않고서는 사회주의의 완전한 승리를 이룩할 수 없으며 공산주의사 회를 건설할 수 없습니다.

지금 우리나라에서는 사람을 교양 개조하는 사업이 군중적 운동으로 전개되고 있습니다. 나어린 처녀들까지도 계급적 원쑤를 내놓고는 모든 사람을 다 개조할 수 있다고 자신 있게 말하면서 사람을 교양 개조하는 사 업에 떨쳐나서고 있습니다.

이리하여 우리나라에서는 아주 고치기 어려운 부랑자들도 개조하고 있 습니다. 장사군의 처가 개조되여 교화소에 갇혀있는 남편을 개조한 사실 까지 있습니다. 그 녀자가 한 주일에 한 번씩 면회 가서 남편에게 교양을 준 결과 그 장사군이 자기의 잘못을 뉘우치게 되였으며 마침내 자기 처에 게 아무데 금가락지와 다른 금붙이를 묻어놓았으니 그것을 파내여 나라에 바치라고 말하는 데까지 이르렀습니다.

이와 같이 엄중한 죄를 범한 사람들까지도 다 개조할 수 있으니 좀 말썽 을 부리는 사람을 교양 개조 할 수 있다는 것은 말할 것도 없습니다.

당에서는 월남자가족가운데서도 극소수의 악질분자들을 내놓고는 모 두 다 포섭하여 교양 개조하는 방침을 취하고 있습니다. 당은 또한 귀환병 에 대하여 부당하게 의심하는 태도를 엄격히 비판하고 그들을 따뜻하게 대하도록 지도하고 있습니다. 강선제강소 용해공 진응원동무는 귀환병입 니다. 천리마작업반운동을 처음으로 발기한 사람은 바로 이 동무입니다. 당은 진응원동무의 훌륭한 발기를 적극 지지하여주었습니다. 오늘 천리마 작업반운동은 료원의 불길처럼 일어나 전국에 계속 확대되고 있으며 우리 인민의 사회주의건설을 힘 있게 추동하고 있습니다.

사람을 교양 개조하는 것은 작가, 예술인들이 지니고 있는 영광스러운 임무입니다. 우리의 작가, 예술인들은 자기 대렬에서 뒤떨어진 사람들을 교양 개조하여 모두가 다 우리 당의 훌륭한 문예전사로 되도록 하여야 합니다. 그리고 모든 작가, 예술인들이 한마음 한뜻으로 단결하여 사람을 교양 개조하는 우리 인민의 위대한 군중운동을 그려냄으로써 이 운동을 더욱 힘차게 추동하여야 하겠습니다. 사람을 교양 개조하는 사업이 성과적으로 진척되면 될수록 우리 인민은 사회주의건설의 모든 분야에서 더욱더 위대한 힘을 내게 될 것입니다.

지금 세상 사람들은 천리마의 속도로 사회주의를 건설하고 있는 우리 인민의 투쟁을 경탄의 눈으로 바라보고 있으며 우리 인민의 승리의 비결이 어디에 있는가를 알고 싶어 하고 있습니다. 우리의 작가, 예술인들은 자기의 예술작품을 통하여 우리 인민의 힘의 원천이 어디에 있는가를 똑똑히 보여주어야 하겠습니다.

문학예술 부문 사업이 잘 안 되는 데는 조직지도상 결함도 있습니다. 이 분야에서 당의 령도가 약하며 군중로선이 잘 관철되지 않고 있는 것 같습니다.

교육 문화성에서는 행정식으로 다스리는 사업은 하고 있으나 문학예술 일군들 속에서 정치 사업은 잘하지 않고 있습니다. 교육문화상이 직접 영화문학작품을 보고 있다는 말을 들었는데 그렇게 하여가지고는 문제가 풀리지 않습니다. 상이 간혹 영화문학작품도 볼 수 있지마는 그것은 주로 작가들이 할 일입니다. 교육문화성은 개별적인 문제를 붙잡고 행정적으로 지도할 것이 아니라 정치 사업을 잘하여 작가, 예술인들의 집체적 지혜를 동원하도록 하여야 합니다.

문학예술부문에 대한 지도체계를 좀 고치는 것이 필요할 것 같습니다. 문학예술의 모든 부문을 망라하는 련합조직을 만들고 당에서 직접 지도하는 것이 좋겠습니다. 작가, 작곡가, 무용가 등 집단들을 그전과 같이 다시 문예총으로 묶어가지고 당의 령도 밑에 집체적으로 사업하도록 하는 것이 필요할 것 같습니다.

지금 여러 부문이 호상교양과 호상비판을 받지 못하고 제멋대로 나가고 있습니다. 문학예술의 어느 부문을 막론하고 혼자하면 자기의 결함을 모릅니다. 다른 사람이 보아야 잘못을 알 수 있습니다. 작곡하는 사람은 자기의 작곡이 제일인 것으로 생각하지만 다른 사람이 그 곡을 들으면 본인이 모르는 결함을 찾아낼 수 있고 좋은 의견을 줄 수 있습니다.

합평회를 많이 조직하는 것이 필요합니다. 합평회에는 로동자, 농민, 학생들도 청하는 것이 좋습니다. 작가들은 비교적 이런 회합을 많이 가지는 것 같은데 작곡가들은 그렇게 하지 않습니다. 노래에 대하여서도 로동자, 농민들이 좋은 의견을 줄 수 있습니다.

문학예술도 군중의 힘에 의거하여야만 빨리 발전시킬 수 있습니다. 몇몇 전문가들의 힘만으로는 안 됩니다.

가는 곳마다에 통신원들을 많이 두는 것이 필요합니다. 통신원들은 늘 군중 속에서 생활하고 있기 때문에 사무실에만 들어앉아있는 전문작가들보다 오히려 좋은 작품을 쓸 수 있습니다. 공장에서는 많은 중학교졸업생들과 대학졸업생들이 일하고 있습니다. 좀 도와주면 그들도 역시 작품을 쓸 수 있을 것입니다. 영화문학작품은 전문작가들만이 쓸 수 있다는 그릇된 생각을 버려야 하겠습니다.

전문가들만이 작곡할 수 있다는 관점도 역시 잘못된 것입니다. 로동자나 농민도 다 작곡할 수 있습니다. 음악에 대한 소양이 부족한 로동자, 농민들의 작곡에는 음악의 규범에 맞지 않는 결함들이 있을 수 있습니다. 그런 것은 전문가들이 고쳐주면 될 것 입니다.

동무들도 다 아는바와 같이 지금 지방예술소조들에서 창작한 촌극이나 그밖에 다른 작품들이 중앙에서 만든 것보다 더 좋은 것이 있습니다. 농촌학교의 선생들이 만든 작품들 가운데도 아주 훌륭한 것이 있습니다. 그것은 이 작품들이 실생활에서 우러나온 것이기 때문입니다.

항일빨찌산들의 노래가운데서 많은 것은 빨찌산들 자신이 창작한 것입니다. 그들은 물론 예술가도 아니고 음악대학에 다닌 적도 없습니다. 많은 사람들이 기껏해야 중학졸업정도의 지식밖에 가지지 못한 근로청년들이였으며 대학졸업생이라고는 얼마 없었습니다. 그들이 자기의 생활과 투쟁에서 느낀 것을 자연스럽게 있는 그대로 그린 것이 오늘 우리가 부르는 혁명가요들입니다.

이 모든 것은 영화문학작품을 쓰거나 작곡을 하는데 아무런 신비한 것도 없으며 로동자, 농민들이 문예창작에 참가할 수 있을 뿐 아니라 그들의 적극적인 참가 없이는 진정으로 인민적인 예술의 개화를 가져올 수 없다는 것을 말하여줍니다.

우리에게는 재능 있는 작가, 예술인들이 많습니다. 모든 작가, 예술인들이 당의 령도를 받들고 진지하게 노력한다면 우리의 문학예술을 우리 시대에 맞게 빨리 발전시킬 수 있을 것입니다.

문예활동에서 많은 경험을 쌓은 작가들이 직접 앞장에 서서 젊은 사람들을 이끌고 나아가야 하겠습니다. 물론 젊은 사람들의 의견도 많이 들어야 합니다. 일상적으로 활발한 집체적 토론을 전개하여 모든 사람들의 건설적인 의견들을 적극 지지하여주어야 합니다.

당은 모든 힘을 다하여 당신들의 사업을 도울 것입니다. 나는 동무들이 당의 문예정책을 관철하기 위하여 더욱 정력적으로 투쟁하여 문학예술발전에서 획기적인 전환을 일으킬 것을 충심으로 바라는 바입니다.

『김일성전집』, 조선로동당출판사, 1999

시인과
개성
— 시인 민 병균을 론함—

박종식

1

매 사람마다 그만이 가지고 있는 얼굴의 외형과 풍채가 있고 또 다른 사람들에게서 느낄 수 없는 심정과 내면세계를 가지고 있는 것처럼 이미 성숙된 한 시인은 시인으로서의 그의 풍모, 그 외 시가 가지는 독자적 세계를 가지고 있는 것이 보통이다.

시인이 가지는 이 독자적 세계— 이것이 없이는 그에 대하여, 다른 사람이 아니라 바로 그에 대하여 우리가 무엇이라고 말할 수 있겠는가? 말할 수 없으며 말하기 어렵다.

그러기 때문에 시인이라는 이 영예롭고 고상한 호칭은 시인과 동시대의 인민의 감정 속에 남긴 시인의 목소리와 독자적 풍모가 형성되기 시작할 때 주어진 사랑스럽고 고귀한 인민적 호칭이다.

시인의 독자적 세계, 그의 시인적 개성은 그것이 다른 시인의 세계와 구별되는 비반복적인 세계이면서도 인민의 감정과 기대, 그의 사랑 속으로 통하는 개성으로 되어야 하며 이 같은 인민적 지반을 상실하고 있는 그 어떠한 개성도 진정한 우리의 개성이 아니다.

참다운 시인의 개성은 마치 우주를 그 속에 반영하고 있는 하나의 작은 물'방울이라고 할가! 그렇다면 인민의 감정은 전 세계, 전 우주를 한 품에 안고 있고 비쳐 주고 있는 바다라고 말할 수 있다.

물'방울은 언제나 바다의 품으로 돌아가는 것. 그것은 바다와 하나로 되어 온 우주와 삼라만상을 보다 넓은 품속에서 반영할 수 있는 것.

형상적으로 말한다면 이렇게 시인과 자기 인민과의 관계, 시인의 개성과 자기 인민의 감정 사이의 호상관계가 이루어지고 있다고 말할 수 있다.

'인민'이라고 우리가 말할 때 거기에는 응당 '생활'이라는 개념이 결합되고 있다는 것은 자명하다. 우리는 생활이라는 이 고귀한 것도 오직 인민의 것, 그의 넓은 창조의 세계와 일치시켜 생각하고 있기 때문이다.

인민의 감정, 인민의 생활에 태'줄을 물고 그의 태반에서 자라나고 있는 시인, 그의 개성은 항상 시대라는 일정한 울타리 속에 있으며 그 밖을 벗어 날 수 없다.

다만 오늘 악독한 인류의 원쑤 미 제국주의 강도매들과 그의 이데올로 그들만이 시인을 인민의 넓은 품에서 떼여 내고 시대와 력사의 밖으로 내몰려고 발광한다. 이것은 알 만한 일이다. 인민의 감정을 실은 시인의 말— 그것은 때로 폭탄보다 강할 수 있으며 력사의 흐름 속에 합류하여 부르짖는 시인의 목소리는 대하보다 힘차기 때문이다. 오늘 우리 조국의 남반부에서 인민의 우렁찬 목소리에 당황망조한 미제 침략자들을 보라!

인민의 생활은 참다운 시인에게 있어서 어머니— 대지와 같다면 시대와 력사는 시인의 개성이 그 속에서 자라나는 대기(大氣)이다. 시인은 인민의 생활 속에서 자양을 얻어 낼 뿐만 아니라 그를 둘러 싼 대기 속에서도 자양을 빨아들인다.

전통은 때문에 스승과 제자와 같은 직접적인 사제 간의 관계도 있지만 그 밖에, 아니 보다 많이는 하나의 거창한 대기처럼 시인들의 정신적 세계에 침투하고 있다. 이 경우에 위대한 맑스의 말을 빈다면 "마치 몽마와도 같이 산 사람들의 두뇌를 중압"하고 있는 정신적 요소이며 대기이다.

시인을 이야기하는 작가론의 과업은 바로 시인의 정신적 세계가 형성되는 인민적 토양과 그를 둘러싸고 있는 대기 속에서 그가 어떻게 자라나고 있었으며 그의 풍모는 어떠한 것인가를 뚜렷하게 드러내 놓는 일이다. 다시 말하면 시인의 개성, 시인의 독자성을 생활과 시대의 조명 속에서 찾아내는 사업이다.

오늘 우리 시인들은 그들이 자라나는 풍요한 토양으로 하여, 그들이 호흡하는 맑은 대기로 인하여, 그들을 조명하는 공상주의적 리상으로 인하여 싱싱하고 굳건한 뭇참대처럼 아름답게 자라나고 있다.

내가 앞으로 이야기할 시인 민 병균도 바로 이런 우리 시대와 사회의 행복한 시인으로 장성하고 당과 인민의 넓고 따뜻한 품속에서 자기의 독자식 개성을 가지고 오늘 우리 인민의 가슴 속에 힘차게 울려 퍼지고 있는 40대의 중년 시인이다.

2

시인 민 병균은 1914년 황해남도 신천군에서 출생하였다. 우리는 시인 민 병균을 말 할 때 그리고 그의 시에서 풍기는 농민적 감정을 말할 때 그가 나서 자라난 고향의 자연과 떼여서 생각할 수 없다(앞으로『민 병균 시선집』에 수록된 시를 중심하여 이야기할 것이다).

그는 재령강반의 시인이다. 아니 그의 시가 가지는 시'적 향취와 풍모에서 볼 때 그를 나무리'벌의 시인이라고 부르는 것이 보다 적절할지 모른다. 그 만치 그의 시는 이 지방의 자연과 향토와 밀접히 련결되고 이곳의 순박한 농민의 감정과 깊이 관련되고 있다.

철철 흘러 넘치는
재령강의 풍만한 유방은

언제나, 나무리'벌 백성들의
순박한 마음들을 유혹하고도 남았나니

하고 1934년 「해빙기의 재령강반」에서 젊은 시인이 노래한 바로 그 농민적 감정은 그의 시의 첫 출발부터 거의 오늘에 이르기까지 그의 시의 풍격을 규정하고 있다.

내가 시인 민 병균의 시'적 세계가 가지는 일종의 독특한 독자성을 념두에 두면서 그를 재령강반의 시인이라고 부르기보다는 굳이 나무리'벌의 시인이라고 부르는 리유는 어데 있는가?

그의 시는 결코 '강반의 시인'이 그러한 것처럼 결코 어떤 고독과 뼈다귀만 앙상한 사색을 불러일으키지 않으며 이와는 달리 그의 시는 풍만하고 넓은 대지와 구수한 흙의 냄새가 무르흐르는 넓고 풍요한 전야의 감정을 불러 일으켜주고 있기 때문이다.

그의 시는 시인으로서 민 병균이 출발할 초기부터 오늘에 이르기까지 많은 변천과 발전을 내포하고 있다. 그러나 그의 시가 오늘에 이르기까지 조선 농민의 순박한 감정, 그 넓고 줄기차고 억센 감정의 세계를 계속 유지하고 있으며 이 점이 시인 민 병균의 시를 다른 시인과 구별케 하는 독자적 세계의 하나이라고 말할 수 있을 것이다.

그는 이처럼 시인의 첫 출발부터 순박한 조선 농민의 아들로 태여났으며 자기 향토의 유방 그 젖줄기를 물고 커난 시인이였다. 그 만치 그의 시는 첫 출발부터 향토적이며 인민적이고 그 만치 말의 좋은 의미에서 민족적이였다.

한 시인의 유년기와 소년기 및 청년기를 둘러싸고 있는 자연과 향토는 그 시인이 장성하는 과정에서 지울 수 없는 흔적을 남기고 지나간다. 그것들은 마치 어머니의 포곤한 품처럼 시인의 성장을 품어 주고 그의 정신세계 속에 랑만적인 꿈을 아롱지게 하며 시의 풍부한 색소와 음향을 던져 준다. 물론 어떤 시인의 시를 모조리 그의 자서전적인 략력에 의하여 자막대기로 재여야 한다는 것은 위험한 것이나 그러나 시인의 정신세계를 길러 주고 풍부히 하여 준 자연과 향토만은 다시 찾을 수 없는 순박성을 가지고 항상 시인의 아름다운 시 속에 혈관처럼 흐르고 있으며 물'결치고 있다.

시인 민 병균도 바로 나무리'벌 조선 농민의 풍부한 정신세계, 그 영원히 흘러 숨 쉬고 있는 아름다운 도덕의 세계에서 생장하고 장성하였다.

그가 1930년대 초에 처음으로 시인으로서 재령강반 나무리'벌에서 자라나고 있을 때에는 이 나라의 현실은 희망과 슬픔, 광명과 암흑의 두 갈래의 길로 뻗어 있었다. 한편으로 조선 인민의 희망과 운명을 두 어깨에 걸머지고 일제를 반대하여 직접 손에 무장을 들고 민족 해방의 홰'불을 높이 든 김 일성 원수를 선두로 하는 조선 공산주의자들의 불굴의 투쟁이 줄기차게 일어나고, 이 봉화는 조선 인민과 량심적이며 진보적 인테리들의 가는 길에 광명과 희망을 던져 주었다.

다른 한편으로 일제의 가혹한 착취와 압박도 더욱 가중하며 이 나라의 방방곡곡에서 슬픈 현실이 수없이 버려지던 시기였다.

이 시대의 발'자취는 젊은 시인의 창작의 길 우에도 깊은 흔적을 남기지 않을 수 없었으며 젊은 시인은 시대의 모든 선진적 무대 특히는 카프 시인들이 힘하게 걸어가는 길에 따라 그들의 정신적 영향 밑에서 슬픈 현실 속에서도 희망을 붙들고 앞으로 나아가고 있었다.

> 나는 그 거칠은 땅
> 푸른 잔디 우에 싱싱한 숲에
> 영원히 님네들의 넋을 느끼나니
> 님네들의 가르침으로
> 내 또한 아무데도 굽힘 없을 것을
> 하늘 땅에 맹세하겠습니다.
>
> (「날개」에서)

그는 풍요하고 기름진 넓은 대지, 농민의 생황 감정 속에 튼튼히 발을 붙이고 그 머리를 항상 어떤 빛발이 쏟아지는 광명과 미래에로 돌리고 있었다.

그는 20년대에 우리나라의 농민들의 생활 감정, 그들의 가슴에 맺힌 조선적인 슬픈 현실을 자기 시 속에서 독특한 운률과 음향을 가지고 반영하고 있는 시인 소월의 시의 세계와 리 상화의 시 속에서 힘차게 튀여 나오는 현실 반항의 정신적 분위기 속에서 호흡하면서 자라나고 있었다. 말하자면 시인 민 병균의 시를 형성시킨 바탕은 소월과 상화의 두 거대한 정신적 세계이다.

우리는 시인 민 병균의 「굴포의 애가」가 간직하고 있는 전설과 향토의 그윽한 향기 속에서 소월의 시가 가지고 있는 슬픈 조선적인 현실과 전설을 능히 발견할 수 있다.

물론 민 병균의 시의 어떠한 형식도 소월을 닮은 것은 하나도 없다. 그럼에도 불구하고 소월이 호흡하던 시대적 분위기 특히는 가난한 조선 농민의 생활감정, 압박 받고 천대 받는 조선 농민의 억울하고 슬픈 생활 감정은 민 병균의 초기 시 속에 완연히 흐르고 있음을 우리는 발견한다.

> 오, 분아 분아
> 생각만 해도 가슴이 터져 오거니
> 그 때 닥쳐 온 기구한 운명을 막을 길 없는
> 너는 차라리 고향의 깨끗한 넋이 되여
> 우리들의 사랑을 맺어 준
> 어머니 물'가 장풍밭에
> 돈을 저주하며 세상을 원망하며 한 많은 네 몸을 던졌구나!
>
> (「굴포의 애가」에서)

이 애가, 이 슬픈 전설은 소월의 시가 가지고 있는 그 비애와 애수의 감정, 그 전설의 세계에로 련결되고 있다.

동시에 우리는 30년대 민 병균의 파릇파릇하게 자라나는 시 속에서 리 상화의 시가 가지는 그 독특한 울림, 빛을 향하여 폭풍을 뚫고 내닫는 그 반항의 웨침이 울리고 있다는 것을 발견한다.

　그러나 우리가 민 병균의 초기의 시에서 그의 선배들의 정신을 어떤 조목에 따라서 찾으려는 것은 헛된 시도로 될 것이다. 오히려 민 병균의 초기 시 속에서는 소원과 상화의 시 정신이 머리 우에서 포착할 수는 없으나 그러나 흐르고 있는 대기처럼 흐르고 있었다. 아니 이것은 시인 민 병균뿐이 아니라 당시 량심적인 젊은이들은 누구나 부닥치는 정신세계이다.

　　오 여름 밤
　　무더운 밤이여 어서 오라
　　우뢰 소리나마 그 소리가 듣고 싶고나!
　　그 군중이 보고 싶고나!

(「내가 여름 밤을」에서)

　그러나 우리가 시인 민 병균의 첫 출발의 시에서부터 상화의 시가 가지는 '우뢰'의 정신과 박 팔양의 시가 가지는 '군중'의 정신을 뚜렷하고 구체적인 형상, 긍정적인 서정적 주인공의 형상 속에서 찾지는 못 한다. 그의 시 속에는 이 모든 광명과 리상이 선언적으로 울리고 있다는 것은 물론이다.

　그러나 시인 민 병균은 어쨌든 그 시창작의 첫 출발부터 풍요하고 기름진 대지— 농민의 생활 감정에 튼튼히 자리 잡고 30년대 우리나라의 앙양된 민족 해방 투쟁의 밝은 홰'불에 조명된 선진적 시 정신 특히 카프의 시 전통 속에서 자기 시를 육성시켜 나갔다.

　우리나라에서 카프의 선진적 시인들이 이룩한 시의 혁신성은 무척 많은 것을 들 수가 있으나 그 중에서도 가장 첫째 자리에 올려 세워야 할 문제는 그들의 선진적 세계관에서부터 흘러나온바 생활에 대한 미래의 밝은 전망을 시 속에 불러 넣음으로써 사람들로 하여금 미래를 확신케 하고 광명한 전망을 잃지 않게 한 데 있다.

　김 창술의 미래를 향하여 나래 피는 시들을 상기하라!

네 활개를 벌리고 큰길 우에 활보한다.
무한한 리상 위대한 사색으로
맑게 개인 푸른 하늘을 전망하며…

(김 창술의 「대도행」에서)

어찌 김 창술뿐이리오. 발 팔양의 「새로운 도시」가 "새로운 아침"을 우러러 새 시대를 노래하였으며 박 세영의 「산'제비」가 구름을 헤치고 안개를 헤치며 닥쳐오는 맑은 하늘을 향하여 나래 펴는 산'제비를 노래하였을 때 사람들의 가슴에 밝은 미래를 안겨 주었고 때로는 식어 가는 가슴과 심장에 뜨거운 불씨를 보내 주었으며 싸움에로 향하는 용사들의 발 앞에 울리는 북 소리가 아니였던가?

이것은 조선 시 문학의 거대하고 자랑찬 전변이며 혁신이였다. 이것은 또한 20~30년대를 일관하여 허무적 절망과 암흑을 노래한 부르죠아 퇴폐 문학과 저물어 가는 황혼과 미네르바의 박쥐를 노래하는 상징파 퇴폐 시인들에 대한 철추 같은 타격으로 되지 않을 수 없었다. 이것은 동시에 잃어버린 것, 사라진 것을 붙들고 놓지 못 하고 애모와 슬픔으로 통곡하는 애수파 시인들에 대한 뼈아픈 경고가 아니였던가?

시인 민 병균은 슬픈 현실 즉 일제 강점 시기의 구석진 측면만을 붙들고 거기에만 매달리면서 영탈하고 슬퍼하고 절망한 그러할 시인으로는 있지 않았나. 아니 그는 소월이 바로 그러한 것처럼 소박하고 락관적인 조선 농민의 생활 감정이 그로 하여금 이 구석진 그늘 아래 머물러만 있기를 원치 않았으며 소박하고 정직하고 강인하고 억새며 다정다감하며 락천적인 우리 농민의 성격을 그의 서정시의 정서적 바탕으로 함으로써 생활에 대한 미래, 닥쳐오는 광명을 결코 잃지 않고 있었다. 마치 우리의 근로하는 농민이 생활의 미래를 잃지 않듯이.

어제도 십 리 오늘도 십 리
아방 지금도 저렇게 낡은 것을 사르는

'붉은 화로'불이 타번지고 있거니
　　그렇다 멀지 않아 우리 삼간 영창에도 정녕 봄은 오리라.

(「대춘부」에서)

　　서정시에서 진실이란 무엇을 의미하는가. 이 물음에 대하여 민 병균의 시는 우리들에게 깊은 시사를 던져 주고 있다. 그것은 민 병균의 해방 전과 후의 전체시를 통하여 일관하게 흐르고 있는 서정적 체험과 씨뚜아찌야가 이를 말하여 주고 있다.,

　　그는 어데서나 무엇에나 그 자신이 그렇게 느낀 것을 또는 강하게 느낀 것을 자기 시대의 선진적이며 량심적인 사람들의 심정에 합류시킬 줄 알고 있으며 반대로 당해 시대의 가장 절실한 인민적 념원과 심정을 자기 시의 서정적 주인공의 심정으로 삼을 줄 알았다. 이것은 두말할 것 없이 서정시의 진실성을 의미한다. 주관과 객관의 통일— 이것이 없이는 그 어떠한 서정시의 진실성에 대하여도 말할 수 없기 때문이다. 또한 시인 민 병균은 소위 기발한 표현, 대상에 대한 기상천외한 과장을 그렇게 좋아하지 않으며 온전하고 상식적이면서도 사태의 진상을 절박하게 드러내 주는 그러한 표현을 즐겨한다. 이 점은 그의 시로 하여금 더욱 진실성을 얻게 하며 그의 시가 생활의 형식 그 자체를 하괴 하지 않는 사실주의 시 문학의 정수를 애써 고수하고 있다는 사실을 말하여 준다. 다시 말하면 시인 민 병균은 랑만주의적 시인이라기보다는 보다 사실주의적 시문학의 전통을 고수하고 이를 자기의 특유한 개성 속에서 풍부히 하고 있다.

　　그의 서정시는 진실성을 가지고 있으며 답답하지 않고 푸근하며 넓은 서정적 씨뚜아찌야를 사람들의 마음속에 일으킨다.

　　저기 저 산'비탈에
　　보습날을 메따치는
　　무쇠 불꽃이라도 한 번
　　붉게 튀여 나 보렴

저기 저 무덤에
두 주먹을 두드리는
통곡 소리라도 한 번
높이 일어 서 주렴

(「산마루 우에서」에서)

이 시 속에는 해방 전 일제 강점하에 있는 현실의 한 측면 즉 슬픈 현실에 대한 시인의 감정이 생활의 생동한 형식 그 자체의 화폭을 통하여 아주 진실하게 울려오지 않는가! 보습을 메따치는 농민들, 무덤에서 두 주먹을 두드리며 통곡하는 사람들에 대한 시인의 다함없는 동정과 시인의 념원이 수식 없는 농민의 감정 그 대로 노래되고 있다.

"무쇠 불꽃이라도 한 번 붉게 튀여 나 보렴"—— 시인의 이 념원은 「폭풍우를 기다리는 마음」에서 보여 주는 바와 같이 리 상화를 비롯한 우리나라 선진적 카프 시인들의 공통적인 념원이였고 사상이였으며 그들의 서정적 주인공들의 성격적 한개 특징이였다.

시인 민 병균은 이 선진적 시인의 대렬이 힘차게 걸어가는 투사의 길을 두뇌와 리성으로 리해하고 실천과 투쟁을 통하여 개척할 것이 아니라 오히려 거창한 새 시대의 조류, 로동 계급이 령도하고 창조하는 새 시대의 력사, 그 간고하고 고난에 찬 길, 그러나 영예와 광명으로 빛나는 사회주의 길을 다감하고 소박한 시인의 감정으로 접수하고 그 자신도 모르게 이 거창한 시대의 물'결 속에 휩쓸려 들어갔다. 그것은 마치 정의를 사랑하는 순진한 청년이 걸어가는 길과도 류사하다고 할가! 하여튼 시인 민 병균은 우리나라 선량하고 량심적인 인테리——시인들이 로동 계급이 령도하는 길에로 나오지 않으면 광명을 찾을 수 없는 력사적 시기에 태어나서 다감하고 정의로운 시인으로 이 새 시대를 영접하고 그 길을 따라 한 걸음 한 걸음 다가 나왔다.

그러기 때문에 우리는 시인 민 병균의 해방 전 시에서 투사의 형상, 투사의 정기를 찾을 수 없으며 1920년대 이후 열리는 새 시대의 첨예한 갈등을 엿볼 수가 없다.

그러나 시인 민 병균은 새 시대를 다감하게 영접하였으나 투쟁이 없는 리상주의자였으며 밝아 오는 새 나라, 새 아침을 시로써 맞이한 시인이었다.

> 과연 한 마리의 아침 종달새와 같은
> 훌륭한 산상의 리상주의 시인이 되여
> 명랑한 희망의 노래를 읊조리며
>
> (「산상의 오전 6시」에서)

3

마침내 쏘베토 군대에 의한 8.15 해방은 오고야 말았다. 이제부터 해방된 공화국 북반부에서 당과 인민 정권이 열어준 혜택과 배려 아래 우리나라 선진적 시인의 대렬과 함께 시인 민 병균도 자유로운 창조의 날개를 활짝 펼 수가 있었다.

실로 그의 창조적 재능은 해방과 함께 공화국 북반부의 새 제도, 당이 펼쳐 준 새 생활의 조건 아래서만 개화할 수 있었다. 사실 시인 민 병균이 그처럼 풍부하게 가지고 있는 창조적, 시'적 재능의 온갖 잠재력은 해방 후 그의 정열적이며 다양한 쟌르의 시 활동 속에서 유감없이 드러났다.

그는 해방 후 공화국 북반부에서 이미 서정시집으로 『해방도』, 『나의 노래』, 『분노의 시』, 『고향』, 『우리의 친선』, 『민 병균 시 전집』을 세상에 내놓았으며 「어래리' 벌」, 「조선의 노래」, 「사랑의 집」을 비롯한 여러 편의 장편 서사시를 창작 발표하였다.

그는 평화적 민주 건설 시기에는 해방의 감격과 토지 개혁을 비롯한 민주개혁을 노래하였으며 조선 인민의 경애하는 수령 김 일성 원수의 개선을 노래하였고 조국 해방 전쟁 시기에는 '모든 것을 전쟁 승리에로!'라는 당의 호소를 받들고 종군 작가로서 펜을 총으로 하여 조선 인민군을 선두로 한 조선 인민의 영웅적 투쟁을 노래하였고 형제적 중국인민이 보내 준 지원군에 대한 국제주의적 친선을 노래하고 쏘련 및 중국 방문 시초에서 이 나라 인민들에 대한 조선 인민의 형재적 친선의 감정을 노래하였다. 또한 전후시기에 있어서는 사회주의 건설에서의 로력적 위훈과 조선 로동당의 현명한 령도와 그 인민적 제반 시책들을 감격적으로 노래하였고 우리 당의 혁명 전통을 뜨거운 심장으로 노래하였다.

해방 후 15년에 걸쳐 창작된 이 수백의 노래들은 시인 민 병균이 당의 시인으로서 나라의 거대한 사변들과 사회적 문제들에 어떻게 적극 참여하였는가를 여실히 보여 주고 있으며 이 모든 시의 테마들은 그가 어떻게 새 사회 제도를 뜨거운 심장으로 노래하였는가를 여실히 보여 주고 있다.

해방 후 모든 시인들이 거의 그러하지만 특히 시인 민 병균의 전체 시들을 만일 하나의 테마로 결합하여 부를 수 있다면 그것은 곧 새 제도 즉 인민 민주주의 및 사회주의 제도에 바치는 시인의 끓어 넘치는 송가라고 말할 수 있으며 이 제도의 우월성을 체현하고 있는 새 인간, 긍정적 인간들의 아름다운 정치도덕적 품성을 노래한 것이라고 말할 수 있을 것이다.

해방 전에 그처럼 우리의 선진적 시인들이 이런 사회를, 꿈속에서 그리던 그 사회, 민 병균이 「대춘부」에서 그처럼 목마르게 기다리던 '봄'은 시인의 면전에서 열리기 시작하였다.

이리하여 새 제도, 새 생활은 바로 시신의 눈앞에서 시'적 현실로 전변되었으며 그는 이 시'적 현실 우에서 과거 억눌리던 정서를 개방하고 시의 날개를 마음껏 펴기 시작하였다.

> 오, 그러나 이제는
> 산도 물도 마을도 나라도
> 민주 태양이 솟는 곳마다
> 모두가 모두가 우리의 것
> 노랑아, 막동아, 우리도 함께

허리를 펴고 땅을 구르며 일어 나자

(「고향」에서)

지난 시대에 있어서 사회 제도와 시인과의 관계— 이것은 오랜 력사의 숙제'거리로 남아 있으면서 마치 집 없는 류랑객들이 해'볕 쬐는 거처를 찾아 이리저리 다닌 것처럼 오랜 해결의 길을 더듬었다

소월은 까마귀 까악 까악 우는 부르죠아 사회 제도 우에서는 어쩔 수 없이

하루를 바다 우에 구름이 캄캄
구름도 해 못 보고 날이 저무네

하고 애걸하게 노래하지 않았던가!!

이것은 비단 소월에게서 뿐만 아니였다. 부르죠아 사회 자체가 시인에게 가져 오는 일반적인 불행이었다. 그러기 때문에 엘겔스는 당시대의 독일 시인들을 향하여 '당분간'은 다른 어떤 곳으로 이주하라고 말하지 않았던가.

시인 민 병균은 민주 태양이 솟는 곳, 당의 품 안에서, 행복한 새 사회 제도 우에서 자기의 시의 거처를 발견하고 목청껏 노래하는 새 생활의 가수로, 사회주의 가수로 되었다.

해방 직후 우리 시 문학은 무엇보다 모든 시인들이 해방의 감격을 먼저 노래한 것으로 특징화된다. 그것은 위대한 쏘베트 군대에 의한 조국의 해방뿐만 아니라 공화국 북반부에서 조선 로동당의 령도 아래 전개되고 건설되는 모든 현실 그 자체가 가장 다감한 시인들을 포함하여 인민들의 눈물겨운 감격과 감사를 불러 일으켰다는 것으로 충분히 설명할 수 있다. 토지 개혁에 대한, 로동 법령에 대한 전 인민적 감격을 상기해 보라!

해방의 감격— 이것은 시인 민 병균에게 있어서 다시 찾은 고향을 의미하였으며' 이 고향을 다시 찾아 준 당과 인민 정권을 의미하며 다시 찾은 조국을 의미 하였다. 그러기 때문에 이 나무리' 벌의 시인은(독자들이여!

내가 이렇게 부르는 것을 허락하라!) 다시 찾은 재령 강반을 노래하였고 고향을 노래하였고 토지 개혁을 그가 가지고 있던 고유한 목소리로 즉 구수하고 당의 입김이 스며드는 대지의 뜨거운 목소리로 노래하였다.

시인 민 병균의 이 해방과, 잃은 것을 다시 찾은 감격은 송두리째 그의 시집 『해방도』 속에 수록되어 있다.

> 강이여 재령강이여
> 너의 옛 눈들과 한숨의 기슭
> 이제는 노래와 웃음만 차 흐르는
> 푸른 물'굽이 흰 물'결― 우에
> 허리 구부려 목 축이노라, 입맞추노라
>
> (「다시 재령강반」에서)

하고 시인이 다시 찾은 고향의 땅 재령강을 노래하였을 때 그가 1934년 「해빙기의 재령강반」에서 노래한 그 슬픈 현실은 환희화 감격으로 바뀌여진다.

아름다운 현실에 대한 시인의 환희와 감격은 우리의 서정시에서 긍정적 빠포스의 원천이다. 객관적 현실에 대한 시인의 주관적 동정과 반감의 가장 구체적 표현으로 되는 서정시의 빠포스는 마치 두 물체의 충돌에 의한 음향과 같이 강하게 부딪치면 칠수록 강하게 울린다.

그러기 때문에 우리 사회에서 시인의 빠포스는 언제나 강하면 할수록 좋다는 법칙 아닌 일종의 법칙이 나온다.

환희의 빠포스도 강하여야 좋고 분노의 빠포스도 강하여야 하며 증오의 빠포스도 강하여야 한다.

높이 웨치라! 그러면 멀리서 들릴 것이고, 뜨겁게 태우라! 그러면 녹을 것이다―이것이 서정시의 빠포스가 부르는 노래이다.

물론 수정 같이 맑은 지성이 서정시에서 아주 필요하며 두뇌와 사색의 시가 요구된다. 그것 없이는 심장의 연소도 멎을 수 있다. 그러나 서정시에서 시인의 대상에 대한 심장으로서 고동과 연소가 없이 서정시는 결코 강하게 울리지 않는다.

시인 민 병균을 말할 때 그를 지성의 시인이라고 부르기보다는 심장의 시인이라고 말할 수 있을 것이다.

시인으로서 그의 개성을 말한다면 이미 앞에서 언급한 바와 같이 조선의 농민적 감정에 뿌리를 박고 있는 이 시인은 또한 정열의 시인이라는 것을 여기에 첨부할 필요가 있다.

그는 사실 정열의 시인이다. 특히 해방 후에 그의 시는 우리의 아름답고 영웅적인 현실에 대한 시인의 심장의 높은 고동이며 연소이며 작열의 노래이다. 그는 결코 시를 두뇌에 의하여 고안하지 않으며 심장의 연소를 통하여 우리의 생활에서 특징적이며 본질적이며 의의 있는 것을 노래한다. 또한 비록 우리의 생활에서 사소한 것일지라도 그것이 한 번 이 시인의 정열 속을 통하여 나온다면 강한 시대적 의의와 색채를 띠고 정열에 불붙는 시의 대상으로 일어서는 것이다.

> 트럭아 우리의 트럭아
> 어서 한 포대 검정 숯과
> 한 초롱 도랑물을
> 큰 입 벌려 왈칵 삼키여라
> 그리고 다시 먼지와 잔돌을 박차며
> 고개를 내리고 내를 건너
> 저 하늘 및 흰 구름 피여 오르는 곳으로
> 우리의 열정을 태우고 태워 가자
>
> (「조국 창업」에서)

시인의 해방 초기의 작품에 속하는 이시에서 우리는 해방 직후 해방의 감격과 민주 창업에 분초를 아끼여 분망하는 이 시기의 전형적 환경과 이에 적응한 서정적 주인공의 성격을 직각적으로 느낄 수 있을 뿐만 아니라 시인의 정열 즉 작은 대상도 그것을 정열의 도가니 속에서 녹이여 시로 되게 하는 시인의 재능을 능히 엿볼 수 있을 것이다.

그러나 시인 민 병균은 결코 자기의 시를 시로 되게 하기 위하여 재간과 수공업적인 잔손질을 부리는 시인이 아니다.

그의 수백 편의 서정시의 량과 질의 사이에는 그다지 큰 간격이 없으리만큼 매 편의 시들이 시로서의 자기의 주장과 의의를 가지고 있다. 이것은 시인 민 병균이 우리 시대와 새 생활의 가수로서 그의 눈앞에 열리고 있는 모든 현실이 바로 그 대로 시'적 현실이라는 것을 그의 심장과 정열로써 확인하고 대답하고 있는 증거로 된다.

시인은 조국 해방 전쟁 시기에 같은 높은 정열로 우리의 영웅적 인민군들의 영용한 투쟁 모습을 그들의 내면세계, 그들의 자치 도덕적 품성의 높이를 통하여 노래하고 있다.

시인의 조국 해방 전쟁 시기의 시편들을 읽어 보라. 「전설에 봄' 달이 뜰 때」, 「마사원 전사」, 「습격의 밤」 등 기타 적지 않은 서정시들은 시인의 적에 대한 강한 증오의 빠포스 속에 우리 전사들의 높은 정치 도덕적 품성을 자랑과 긍지로 노래하고 있다.

> 불모래 타는 락동강'가에서
> 전사들은 포옹하며 입맞춰 주던
> 중대장의 마지막 모습을 이야기하며
> 그는 더 참을 수 없는 듯 땅을 두드리며 일어 선다
> 그렇소이다
> 원쑤를 갚아야겠소이다
> 락동가 물'가에서 묻고 온
> 중대장의 원쑤 전우들의 원쑤를
> 이 내 목숨이 다 탈 때까지
>
> （「전선에 봄'달이 뜰 때」에서）

시인 민 병균의 서정시들은 조국 해방 전쟁 시기부터 적측에 인간 성격의 장성, 그의 내면세계의 개방이 현저한 자리를 차지하고 등장한다.

해방 직후에 그의 시에서 많은 경우에 시인의 서정시 체현, 주정의 토로가 전면에 등장하였다면 조국 해방 전쟁 시기로부터 그 이후 오늘에 이르기까지 그의 시에는 서사적 인간 현상들과 그들의 내면세계가 두드러지게 나타나고 있다. 이것은 시인 민 병균이 전쟁 시기부터 수편의 장편 서사시를 썼다는 것만을 결코 의미하지 않는다. 그의 서정시 속에도 이 서사성은 현저하게 증대되고 있는바 이것은 무엇으로 설명할 수 있겠는가? 이는 우리의 영웅적 현실 그 자체의 속성에서 흘러나온다는 사실로 설명 할 수 있다.

즉 우리 시대 우리 현실의 산 인간 모범들, 근로자들의 영웅주의적 군상들은 벌써 조국 해방 전쟁 시기에 그들의 우월한 정치 도덕적 자질들을 훌륭히 지위하였으며 전후 시기에는 사회주의 건설 투쟁에서 세인을 놀래우는 로력적 위훈을 통하여 그들의 영웅성을 발휘하였다. ― 이 모든 사실은 정열의 시인 민 병균으로 하여금 그의 서정시 속에 시대의 증인으로 실제적인 투사들을 등장케 하였고 반대로 이 정열적인 시인은 우리 시대의 가장 감격적인 사실들과 영웅적 인간들을 노래함으로써 시로써 인간 전형과 모범을 창설하고 이것을 일반화하는 시'적 정열로 불타고 있다는 것을 말하여 준다. 물론 그의 서정적 주인공의 성격이 전투적인 투사의 정열과 강인한 의지로 일관되고 있지는 않다(이것은 그의 서정시의 약점이다). 그럼에도 불구하고 그의 시는 끓는 시'적 정열로 가득 차 있으며 이것이 노래하는 시적 대상을 녹이고 있다.

서정시에서 서사적 화폭의 증대는 일반적으로 우리 시 문학 전반에 걸친 하나의 특징이다. 이 특징은 특히 조국 해방 전쟁 시기 이후 오늘에 이르는 기간에 증대하여 가고 있다고 우리는 충분한 근거와 확신성을 가지고 말할 수 있다.

시인 민 병균의 서정시도 이 일반적 경향성을 반영하면서 그의 서정적 빠포스, 정열은 모든 서사적 화폭과 성격 속에 강한 입김을 불어 넣고 있다.

서정시 속에 있는 모든 서사적 요소들은 시인의 강한 서정적 입김을 거기에 불어 넣어 주지 않고는 살아나지 못 한다. 이 살아나지 못 한 시들을 우리는 우리의 시인들의 서정시 속에서 때로 발견할 수 있는데 시인 민 병균은 이 점을 항상 경계하면서 자기 서정시의 서사적 성격과 화폭들을 감격적인 것으로 살리고 있다.

「전선에 봄' 달이 뜰 때」, 「우리의 저격수들」, 「습격의 밤」, 「과수원에서」, 「기념비」, 「빛」 등 허다한 서정시들은 그 속에 우리 시대의 모범적인 인간들, 공산주의자들의 전형이 아름답게 창조되고 있으며 그들의 매혹적인 성격 속에 시인 민 병균의 뜨거운 입김이 강하게 울려 퍼지고 있다.

> "누구야 섯!"
> "당신에 사람이요"
> 이렇게 두 발이 물에 빠지며
> 십 리나 넓은 구내를 돌아 온 공장 당 위원장
> 마지막 한 끝에 닿아
> 초병의 어깨 두드리며
> 비옷 벗어 주고 돌아 가자
> 바람도 비도 멀리 달아 났다.
>
> (「빛」에서)

이리하여 시인 민 병균의 서정시는 시인 그 자신이 항상 어떤 푸근한 이야기를 많이 가지고 있는 개성처럼 이야기를 많이 가지고 나선다.

이 점은 그가 다만 서정 시인일 뿐만 아니라 우리나라 서사시 작가로서 서사시인으로서도 일정한 위치를 차지할 수 있는 길을 열어 놓았다. 사실 그는 우리나라 서사시 발전에 기여한 시인의 한 사람이다(이점은 4항에서 다시 이야기 하자).

그러나 시인 민 병균은 여전히 서정 시인이며 그의 적지 않은 서정시는 우리 시 문학 발전에서 혁신적 가치를 가지고 있다는 점도 반드시 강조할 필요가 있다.

그의 『시 선집』에서 특히 「로동 속에서」의 시편들과 『산과 강물과 이야기 하노라』 중에 수록된 서정시들은 그가 시인으로서 얼마나 높은 정신적 고소에 서서 전후 사회주의 건설 시기의 새 인간들의 전형을 창조하고 오늘 우리 시대 높은 인간의 정신을 어떻게 감명 깊게 노래하고 있는가를 보여 주고 있다.

> 언제나 땀에 젖은 그의 옷자락 밑에서
> 금모래알들이 사락사락 속삭이는 소리
> 이제는 처녀의 가슴 가득 여문 소원
> 당원으로 받아 들일 기쁜 때가 온 것을
>
> (「금모래 사락사락 속삭이는 소리」)

전후 우리 서정시의 특성은 로동을 그 중심 테마로 등장시킨 사실이다. 이 로동의 테마 속에는 전후 우리의 사회주의 건설의 대약진, 천리마 시대의 정신이 가장 생동하게 반영되고 있다.

시인 민 병균은 전후 시기 작가들과 생활과의 련계를 강화할 데 대한 우리당의 정당하고 정확한 문예 정책을 받들고 근로 인민들의 생활 속에 깊이 침투하고 그들의 생활 감정 속에서 우러나오는 아름다운 정신세계를 탐구하고 이를 시화하였다.

시인은 「대답」에서 전후 시기 당의 인민적 시책에 의하여 날로 향상하는 인민 생활에 감격하고 당에 보답하는 우리 로동 계급의 심정을 다음과 같이 노래한다.

> 높은 사상도 끓는 감정도
> 우리 선반공 로동자들에겐
> 쇠를 깎아 기계를 만드는 일
> 이보다 가까운 대답은 없어라

시인은 또한 우리 시대의 로동의 의의와 그 영예로운 사명에 대하여 결코 선언하지 않고 소리쳐 웨치지 않으면서 가장 생동한 인간 형상을 통하여 서정시 「왕자와 공주」를 이렇게 끝마치고 있다.

아이들아 어서 더 크게 웃어라
로동이 영예인 나라에 로동자의 자식으로 태여난
너희들은 세상에 제일 가는 복동이
왕관을 쓰지 않은 왕자들이다, 공주들이다.

로동을 테마로 하는 서정시 분야에 시인이 첨가한 기여는 사람들로 하여금 사회주의적 로동이 얼마나 영예로운 것인가를 쉽게 감득케 할 뿐만 아니라 이 로동이 얼마나 우리의 생활 속에서 이미 친숙한 것, 일상적인 것으로 되었는가 하는가를 감지케 한 데 있다.

우리는 그의 시 속에서 로동의 아름다움을 진실하게 느끼게 된다.

한 사람의 시인에게 있어서 시의 완성은 무엇을 의미하는가? 세계관의 완성인가? 혹은 기교의 완성인가? 한 사람의 완성된 시인에게 있어서 이 두 개 범주의 완성은 서로 뗄 수 없이 하나로 결합되고 통일되고 있다.

사상성으로 더욱 강하여진 예술성은 다른 모든 예술 분야에서와 마찬가지로 시인에게 있어서도 전적으로 해당되며 이 두 개 범주의 완미한 통일은 시인의 완성, 따라서 그의 시의 완성을 의미하지 않는가!

한 시인이 제아무리 기발하고 재치 있게 현실을 표현하여 세인의 이목을 한 몸에 집중한다고 하더라도 이것을 우리는 그의 시의 완성이라고 보지 않는다. 물론 현실의 본질적 측면을 예리하게 표현하는 표현의 예리성이 서정시의 완성에 필요하다.

그러나 참다운 의미에서 시의 완성은 현실 표현의 예리성의 무수한 과정을 거쳐서 결국 평범한 말 속에서도 언제나 진리가 숨어 있고 시인의 말이 언제나 당해 시대의 인민의 사랑과 감정, 기대와 념원을 대변하여 준다는 거기에 있는 것이다. 이 경지는 시인의 세계관의 높이와 예술적 기교가

동시에 높은 단계에 도달한 것을 의미한다.

다시 말하면 한 시인의 완성은 자기 시대의 가장 선진적인 계급의 대표자로서 자기 시대의 인민의 충직한 아들로 자신이 복무하고 있다는 자각에 도달하는 경지가 바로 그것을 의미한다. 그러나 물론 이것은 결코 어떤 눈에 보이는 한계가 있는 것은 아니다. 참다운 시인들은 이 경지를 톺아 올라가는 것이다.

우리의 시인 민 병균도 그의 「산과 강물과 이야기하노라」에 수록된 시 속에서 보건대 바로 이 경지를 향하여 오르고 있다는 것! 즉 그는 오늘 우리 시대의 선진적 지향을 가장 집약적으로 대표하는 당의 시인으로, 인민의 충직한 아들로 자신을 자각하는 높은 사상적 고소에 서서 평범한 일상생활 속에서 항상 무엇인가 시대정신을 이야기하고 진리를 이야기하는 경지에 도달하고 있다.

시인 민 병균은 결코 예리한 말로 사람을 놀라게 하지 않는다.

그러나 그의 시는 우리의 가슴을 후덥게 한다. 이 공감은 그의 시가 항상 인민적 감정, 공민적 감정을 대변하여 주며 우리 시대의 모범적인 것, 영웅적인 것을 뜨거운 사랑으로 대하고 있는 거기로부터 흘러나온다.

> 내 인생이 저물도록
> 사랑과 눈물의 노래 마치 온 땅
> 빈궁의 옛자락 벗어 던지고
> 청춘의 제방으로 되살아 나는 흙
> 등이 뜨겁도록 업어 보리라
>
> 그리고 해가 지거든
> 나도 함께 초막에 눕게 해 달라
> 사랑하는 어머니 땅 위하여
> 내 가슴 아직도 다 타지 못 한 심장의 노래
> 청년들이여 그대 조국의 새 창조자들에게 바치리
>
> (「나도 함께 서게 해 달라」에서)

시인 민 병균은 1959년 우리 인민의 민족 해방 투쟁 력사에서 그 불멸의 위훈을 영원히 빛내인 항일 유격 전적지를 답사하고 조국의 해방과 자유를 위한 투쟁의 선두에 서서 직접 무장을 들고 싸운 김 일성 원수를 비롯한 공산주의자들의 애국주의적 높은 정신세계를 묘사하는 많은 서정시들을 창작하였다.

『장백산맥』이라는 표제 밑에서 시인은 사랑하는 조국과 인민을 위하여 청춘도 목숨도 아끼지 않고 오직 혁명에 끝까지 충성한 우리나라의 공산주의자들과 그들의 선두에 서서 그들을 승리에로 인도하신 김 일성 원수의 혁명 정신을 감명 깊게 노래하고 있다.

> 항일의 선렬들이시여
> 붉은 투사들이시여
> 그대들은 우리의 뿌리
> 우리는 그 속에서 솟아 난 붉은 꽃
>
> (「렬사탑 앞에서」)

시인은 우리나라 공산주의자들의 높은 정신세계, 열렬한 조국애와 혁명 정신을 다만 력사적 과거의 것으로만 노래한 것이 아니라 이 숭고한 정신은 오늘 우리 시대, 우리 세대의 정신 속에 계승되며 빛을 발휘하고 있음을 노래한다.

> 우리도 그대들처럼 피 한 방울까지
> 당과 수령 앞에 충성하리라
> 우리도 그대들처럼 목숨이 다할 때까지
> 조국과 인민을 사랑하고 사랑하리라
>
> 「동상」

시인은 결코 우리 력사의 기념비에 대하여 단순한 력사가처럼 영웅적 현실을 기록하고 증언한 것이 아니라 그 자신을 투사의 정신세계에까지 높이 끌어 올려 자신의 노래로써 30년대의 우리의 위대한 력사적 사실들을 노래하고 있다.

그 만큼 30년대의 공산주의자들의 빛나는 영웅적 투쟁은 시인으로 하여금 높은 심장의 격동과 강한 시'적 빠포스를 불러일으키게 하였다.

『장백산맥』에 수록된 시편들은 바로 이 사실을 이야기하여 주고 있다.

이리하여 해방 후에 시인 민 병균이 노래한 모든 서정시는 노래하는 대상이 과거이나(30년대의 영웅적 사실) 현재이나 그 현실의 영웅적 성격 자체로 인하여 또는 시인 자신이 가지는 강한 시'적 정열로 하여 우리 시대 우리 혁명을 반영하는 열렬한 노래로 되고 있다.

4

시인 민 병균의 개성 즉 시인으로서 그의 개성을 말할 때 앞에서 이미 언급하였지마는 그의 시는 언제나 이야기를 가지고 있다는 것을 다시 강조할 필요가 있다.

즉 그의 서사시뿐만 아니라 지어는 서정시까지 많은 경우에 이야기(에 뽀스)를 가지고 있다. 이것은 그의 시가 가지는 특징의 하나이다.

이 특징은 그 어떤 시인보다 먼저 그를 서사시 작가로 쉽게 출현케 하였다.

그러나 이것만을 가지고는 일반적으로 해방 후 우리 시 문학에서 그처럼 다양하고 풍부하게 개화되는 서사시 출현의 원인을, 따라서 그의 시에서 서사시의 다양한 출현을 설명할 수 없을 것이다.

서사시의 광범한 진출— 이것은 확실히 해방 후 우리 문학 특히 시 문학의 뚜렷한 특징의 하나이다. 그것은 무엇보다 해방 후 우리 사회, 우리 시대가 영웅 서사시로 가득 차고 있다는 사실에서 설명할 수 있으며 사회주의적 사실주의 창작 방법은 서사시 발전의 광활한 길을 열어 주고 있다는 사실로써 설명할 수 있다.

부르죠아 사회를 보라! 그리고 그의 문학에서 얼마나 서사시가 고갈하고 있는가를 살펴보라! 현대 부르죠아 사회가 가지는 특성 즉 그의 무기력과 로쇠, 몰락과 파멸은 그 문학에서 서사시 출현을 불가능케 하고 있다.

서사시는 시라는 형식 속에 표현되는 광활한 인민의 력사이라고 말할 수 있다. 또한 서사시는 서정 서사시를 포함하여 그 표현 방법의 측면에서 볼 때에는 "생활을 그 숭고한 모멘트"(벨린스끼), 전형적인 모멘트, 리상적인 모멘트에서 포착하는 광활한 시'적 화폭이다.

따라서 참다운 서사시의 개화—그것은 현실 그 자체 속에 인민의 창조적 에네르기로 충만된 시'적이며 리상적인 사회에서만이 가능하다.

시인 민 병균의 경우에 있어서 서사시는 조국 해방 전쟁 시기부터 전면적 출현을 보게 되었다. 이것은 알 수 있는 현상인바 이 시기의 영웅적 우리 인민의 투쟁! 그 숭고하고 전형적인 모멘트는 이야기를 좋아하는 시인 민 병균의 가슴을 격동시켰던 것이다. 바로 시인이 「조선의 노래」에서

우리 남방 화실엔
신기로운 이야기도 많았다.

하고 노래한 그 이야기의 근원은 우리 사회가 바로 영웅적 이야기로 가득 차 있다는 것을 말하지 않는가!

시인은 조국 해방 전쟁 시기에 장편 서사시 「어러리'벌」을 창작하고 이 서사시에서 조국 해방 전쟁 시기에 있었던 실재한 인물의 영웅적 후방 투쟁을 묘사 하였다.

주지하는 바와 같이 사회주의적 사실주의 문학은 실재한 인물을 작품의 주인공으로 등장시키는 가능성을 비상히 증대시킨다. 이 같은 특성은 앞에서 말한 바와 같이 우리의 현실 그 자체가 영웅들과 그들의 영웅성으로 충만되고 우리의 사회 제도 그 자체의 우월성에서 설명되는 것이다.

시인 민 병균은 「어러리'벌」에서 우리 공화국 북반부에 실재한 보통 녀성 유만옥의 애국주의적 영웅성을 자기의 서사시에 보임으로써 우리 사회

제도의 우월성, 그 무궁무진한 생활력, 그리고 당과 인민의 통일성에 기초한 우리 제도의 불패성을 이야기하고 싶었다. 이리하여 시인은 조국 해방 전쟁 시기에 적 강점 지구에서 미제 침략자들의 전고미문의 야수적 만행에도 굴하지 않고 땅과 고향과 조국을 지키며 우리 인민군의 원호 사업에서 무비의 대담성과 용감성, 강인성을 보인 보통 녀성 유 만옥의 영웅적 투쟁과 그 애국주의적 희생성을 노래하였다.

여기로부터 서사시 「어러리'벌」은 사랑과 증오의 서사시라고 부를 수 있게 하였다. 즉 시인은 이 서사시의 첫 장에서

> 내 고향 녀인들이
> 대지에 기록한
> 사랑과 증오의 서사시를
> 내 무한한 심장의 뜨거움으로
> 노래하나니―

하고 노래함은 바로 이 때문이다. 다시 말하면 서사시 「어러리'벌」은 미제국주의 강도배들의 야수적 만행과 인간 증오에 대한 참을 수 없는 분노와 증오를 한편으로 하고 다른 한편으로 우리 조국의 보통 녀성의 애국주의적 영웅성을, 그 무한한 자기희생적 헌신성을 '뜨거운 심장'을 가지고 노래하였다.

남편도 자식도 원쑤들에게 빼앗기고 오직 원쑤에 대한 치솟는 증오와 복수의 일념으로 후방에서 벼 증산의 불'길을 높이는 유 만옥의 투쟁은 이 정열의 시인으로 하여금 뜨거운 '심장의 노래'로 변하게 하였다. 따라서 서사시 「어러리'벌」은 유 만옥과 같은 수천수만의 조선 녀성, 조선의 어머니에 대한 시인 민 병균의 헌시이며 이런 영웅적 녀성을 있게 한 조국 즉 조선 민주주의 인민 공화국에 바치는 뜨거운 심장의 서사시이다.

아 그러나 우리 조국은
가슴마다 불도가니를 품은
수천 수만의 어머니들보다
얼마나 더 뜨겁고 억센
힘과 사랑의 태양이라!

(「어러리'벌」에서)

서사시 그것은 이야기의 문학인 동시에 또한 성격 창조의 문학이다.

서정시가 시인의 시'적 체험의 직접적 표현이라면 서사시는 서사적 성격의 창조에 의하여 간접적으로 시인의 시'적 체험을 토로한다.

시인 민 병균은 「어러리'벌」에서 유 만옥의 긍정적 성격을 창조하였으나 이 서사시의 특징은 시인의 주정 토로가 범람하여 그 속에 서사적 성격이 매몰되고 있는 감을 주고 있다.

그러나 시인의 다음의 서사시 「조선의 노래」에서 이 점을 완전히 극복하고 서사시를 성격 창조의 문학으로 발전시켰다. 말하자면 시인 민 병균은 서정 서사시 「고향」, 「어러리'벌」을 거쳐서 서사시 쟌르의 탐구의 길을 걸었으며 자기 경험에 의하여 서사시는 무엇을 요구하는가의 결론을 가지고 「조선의 노래」에 이르렀다.

「조선의 노래」는 3년간의 간고한 조국 해방 전쟁 시기 조국의 자유와 영예를 고수하는 조선 인민의 투쟁의 한 폭의 력사이며 이 전쟁에서 기록된 조선 인민의 승리의 한 폭 력사이다. 그것은 이 서사시가 미제와 리 승만 역도들이 도발한 불의 침공을 격파하고 남조선 인민을 노예의 쇠사슬에서 해방하는 시기로부터 시작하여 일시적 후퇴를 거쳐 다시 민주 수도 평양을 적의 강점으로부터 해방한 전 시기를 포괄하고 있다는 그런 의미에서 력사일 뿐만 아니라 이 전쟁에서 기록된 조선 인민의 승리의 발'자취를 항상 바라볼 수 있다는 그런 의미에서 「조선의 노래」는 한 폭의 력사에 필적할 서사시이다.

우리 자신을 지나간 먼 곳에서부터 다시 돌아다보는 데 도움을 주는 거울(그리끼)로서 「조선의 노래」는 참된 력사와 비견하여 적지 않은 의의를 가지고 있다.

시인 민 병균은 미숙한 력사가가 그러한 것처럼 결코 착잡한 사건과 여러 현상들을 이것저것 라렬한 것이 아니라 영웅적 조선 인민군의 한 부대의 력사를 가장 전형적인 사건에서 보여 주고 자기 주인공의 자서전을 우리 인민의 력사와 련결시키는 데 전적으로 주의를 돌리였다.

첫 페지를 열면 우리는 장 명 중대의 한 집단을 본다. 장 명 중대의 중심에 뚜렷이 서 있는 장 명 중대장은 인민의 참된 분신으로 드러나며 그의 개인의 력사 속에서 조선 인민의 과거와 현재를 볼 수 있는 그런 인물로서 등장하고 있다.

"징용 딱지 목에 걸고", "규슈마루"1천 톤 화물선에서 "다나까" 기관사의 민족적 학대에 반항하여 묶이운 바' 줄을 이' 발로 끊고 바다에 뛰여 내려 구출된 후

> 압록강 떼'목을 타고
> 날고랑 이삭을 먹으며
> 장백의ー 깊은 산'골로만 찾아 가는
> 두 소년의 새 날(2장)

속에서 진실로 조선 인민의 과거의 한 토막 력사를 볼 수 있지 않는가? 조선 인민의 과거, 그 중에서도 전형적이며 선진적인 력사를 우리는 장 명의 개인 자서전에서 볼 수 있으며 김 일성 원수가 령도하신 항일 유격대의 빛나는 전통에서 자라나고 다시 조국의 땅에 돌아 와 침략자들을 반대하여 싸워서 이긴 조선 인민군의 한 토막 력사, 따라서 조선 인민의 참된 력사를 우리는 장 명에게서 볼 수 있다.

서사시의 특징은 그 화폭의 력사적 광활성, 그 화폭의 인민적 성격과 뗄 수 없이 련결되고 있다. 따라서 서사시에는 항상 인민의 력사에서 가장 숭

고하고 전형적인 모멘트가 반영되여야 한다. 뿌쉬낀이 "인민의 력사는 시인에게 속한다"고 하였을 때 바로 이 말은 시의 서사적 화폭을 념두에 둔 것이다.

시인 민 병균은 「조선의 노래」에서 예술적 허구를 동원하였음에도 불구하고 이 예술적 허구에 진실성을 부여하기 위하여 등장하는 인물의 성격 창조에 있어서 또는 그 등장인물들의 행동하는 상황에 있어서 진실하고 실감 있는 에피소드들과 디테일들을 많이 리용하였다. 가령 미래에 대한 꿈과 전망으로 가득 찬 장 명 중대의 용사들이 원쑤들과의 가렬한 싸움이 끝날 후 짤막한 휴식을 리용하여 서로 이야기하는 장면이라든가 전우의 주검 앞에 "백 번 천 번 복수를 맹세하며"탄원서를 안고 적과의 육박전에 나서는 용사들, 또한 련대장이 장 명의 가슴에 매달린 훈장을 보고 칭찬할 때

　　내 가슴의 훈장보다
　　우리 중대 희생된 전우들이 더 많습니다.

하고 전우들을 사랑하고 아끼는 장 명 중대장의 성격 등에 이르기까지 많은 에피소드들은 서사시 「조선의 노래」를 일층 생동하고 산 화폭으로 만들었다.

그러나 서사시가 보다 진실성을 획득하기 위하여는 무엇보다 전형적 갈등의 설정과 그 해결에 의존하고 있다는 것은 물론이다. 물론 서사시는 그 어느 것이나 반드시 일정한 갈등이 있어야 한다는 것은 결코 아니다. 그러나 서사시가 항상 인민의 력사에서 전형적인 모멘트, 숭고한 모멘트를 선택하는 사실로부터 항상 일정한 갈등의 세계가 흐르고 있으며 또 이 갈등의 세계가 없이는 시인의 강렬한 시'적 빠포스가 발흥되기가 어려운 것이다.

시인 민 병균은 「조선의 노래」로 하여금 우리 시대 현대사의 력사적 진

실을 말하기 위하여 우리 시대의 기본 갈등—미 제국주의 침략자들을 반대하는 조선 인민의 투쟁을 그 중심에 두었다.

시인은 「조선의 노래」에서 미 제국주의 침략자들과 그들의 주구 리 승만 도배들로 대표되는 낡은 세계 즉 파멸에 직면한 자들의 말로가 어떠한 것인가를 전투 묘사에서 적들의 패배를 통하여 묘사하고 에피소드적인 간첩의 등장과 처단으로 보여 주었을 뿐 그들의 각양한 타잎과 부정 인물의 성격의 발전을 보여 주지 않았음에도 불구하고 사실주의적 서사시로 성공하게 된 원인은 이 작품의 기본 갈등 즉 미제 침략자를 반대하는 투쟁 속에 뚜렷이 서 있는 장 명의 성격을 훌륭하게 창조한 데 있다. 따라서 서사시 「조선의 노래」가 거둔 성과도 장 명의 인물 형상이 살아 있다는 것과 긴밀히 련결되고 있다.

시인은 장 명의 성격을 창조함에 있어서 결코 평면적인 전기로 대치시키지 않았으며 또 이미 마련된 기성복처럼 미리 준비되고 완성된 인물로도 만들지 않고 그 성격을 발전과 다양성 속에서 창조하였다. 즉 장 명 중대장은 그의 자서전에서 볼 때에는 조선 인민의 대표자들이 그러한 것처럼 일제를 반대하는 반항 정신에 가득 찬 선진적 인물로서 항일 유격 투사의 한 사람으로 발전하였고 미제를 반대하는 가렬한 전쟁 속에서 일층 단련되고 발전되었다. 그 뿐만 아니라 그의 긍정적 성격들은 다양한바 강인하고 불굴하며 동시에 다정하고 혁명적 동지애가 깊으며 인민의 원쑤에 대한 비타협적인 전투성과 함께 포옹력이 넓은 그런 전형적 인물로 되고 있다.

동시에 이와같은 장영의 긍정적 성격들은 그렇게 만드는 전형적 환경 속에서 묘사되고 있음으로 하여 일층 진실성과 생동성을 얻고 있다.

이리하여 서사시 「조선의 노래」는 서사시가 응당 그렇게 있어야 할 성격 창조의 문학으로 됨으로써 우리 서사시 문학 발전에 크게 기여하였다.

실로 서사시 「조선의 노래」는 해방 후 우리의 서사시 문학 발전에 이러 우수한 성과이며 우리 문학에서 달성한 서사적 인물 형상의 화랑 속에는 장 명의 형상이 뚜렷하게 들어 있다.

시인 민 병균의 서사시를 이야기할 때에는 또한 「어러리'벌」「조선의 노래」와 함께 반드시 서사시 「사랑의 집」을 말해야 할 것이다. 보다 정확하게 말하면 서사시 「사랑의 집」은 시인의 서사시 문학의 창조에 있어서 가장 높은 위치를 차지하고 있다고 말할 수 있다. 그것은 이 「사랑의 집」이 서사시로서 즉 성격 창조의 문학으로서 오히려 「조선의 노래」보다 완성된 경지에 이르고 있기 때문이다.

서사시는 이야기의 문학, 성격 창조의 문학이니만치 보다 많이 '보여 주는 문학'이다. 즉 서정시를 표현하는 문학이라고 한다면 서사시는 주인공의 성격을 보여 주는 문학이라고 말할 수 있다. 따라서 시인의 주정 토로와 빠포스가 아무리 높다고 하더라도 인물 형상이 살아나자 않을 때에는 이런 서사시는 실패를 면치 못 한다. 그러기 때문에 서사시 작가는 마치 소설가와 같이 표현 대상에 대하여 주관적으로 너무 흥분해서는 안된다. 성격 창조의 문학에 있어서는 침착하게 주인공들의 성격을 이모저모 보여 주라— 이렇게 항상 서사시 작가 앞에 문제가 제기된다.

시인 민 병균은 바로 「사랑의 집」을 이런 소설가의 립장에서 썼다. 그만큼 「사랑의 집」에 등장하는 매개 인물들은 자기의 개성을 가지고 있는 생동한 인물 성격들로 우리 앞에 나선다.

서사시 「사랑의 집」은 두 다리가 없는 영예 전상자가 어떻게 당과 국가의 배려에 의하여 영예 경제 전문학교에서 배우는 과정에서 한 녀성의 동지애적 사랑으로 재생과 희망, 새 생활에 들어서는가 하는 이야기가 슈제트의 기본으로 되고 있다.

그러나 이 극히 평범하고 짧은 슈제트의 발전 속에는 어떤 성공한 단편 소설의 성격에 필적할 개성을 가지고 우리의 눈앞에 뚜렷이 나타나는 옥실과 윤호 및 춘수 고장과 신진 당 위원장이 들어 있다.

이 같은 생동하고 선명한 개성들은 그들의 호상관계에 있어서 공산주의자의 높은 도덕적 품성을 가지고 맺어졌으며 자기 희생성과 높은 인도주의 정신으로 움직이고 있다.

시인은 특히 옥실의 성격 속에 우리나라 녀성들이 력사적으로 가지고 내려온 민주적 특성, 긍정적 성격을 구현시켰다.

> 오, 너는 보았으나
> 너의 눈'동자 너의 량심은
> 원쑤와 싸움에 상처 받은 윤호에게서
> 네 목숨을 구원해 준 그런 사람들을

시인 민 병균은 「사랑의 집」에서 결코 젊은 남녀의 사랑 문제의 해결만을 위한 교양 재료로 이 서사시를 쓰지 않았다. 그와는 달리 시인은 윤호와 옥실의 사랑을 통하여 표현되는 공산주의자적 도덕 문제와 애국주의를 보여 주고저 하였다.

우리의 사회 제도 우에서 얼마나 사람들의 관계가 깨끗하고 순박하며 고상한가(돈의 노예로 화하는 부르죠아 사회의 녀성을 상기하라), 또한 우리 제도는 얼마나 사람에 대한 뜨거운 배려를 가장 높은 도덕적 원칙으로 하고 있는가, 또 이 순박한 젊은 남녀의 사고와 행동이 얼마나 애국주의 정신에 가득 차 있는가를 시인은 이 서사시에서 보이고저 하였다. 이리하여 서사시 「사랑의 집」은 조국의 따뜻하고 넓은 품에서 자라난 젊은 남녀들의 내면세계에 발화되는 고상한 공산주의 도덕 품성과 조국애에 바쳐진 노래라고 특징화할 수 있을 것이다.

> 조국이여
> 사랑하는 어머니 품이여
> 그대처럼 억센 인내와
> 무궁한 사랑의 힘으로
> 인민의 새활 가꾸는 땅
> 세상에 또 어데 있으랴?

억센 인내와 무궁한 사랑의 힘으로 인민의 생활을 가꾸는 우리 조국의 품속에서 낡은 도덕에서 해방되고 새로운 공산주의적 륜리로 아름답게 꽃 피는 젊은 세대들에 대한 시인의 뜨거운 사랑은 시인 자신의 공산주의적 인도주의 정신의 강렬한 표현으로 된다.

생활과 인간— 우리 조국에서 이 얼마나 아름답고 자랑스럽게 불려 오는 말인가!

시인 민 병균은 「사랑의 집」을 우리의 생활의 새 륜리와 새 륜리의 소유자들인 새 인간들을 높이 찬양하는 찬가로 만들었다.

> 나는 시인의 공상보다 더 아름다운
> 우리의 생활을 보았다.
> 나는 다만 어머니 땅이 낳은 대로
> 이 소박한 ‘사랑의 집'을 지었다.

서사시 「사랑의 집」이 오늘 우리 사회의 참다운 륜리와 결부되고 있느니만치 결코 사회와 고립된 순수한 사랑, 더우기 안온과 향락의 보금자리를 찾아 헤매는 소시민적인 ‘사랑'에 바쳐진 작품은 아니다. 그러나 서사시 「사랑의 집」의 구성과 결말은 약간의 결함을 면치 못하고 있다는 것을 지적할 필요가 있다.

시인은 주인공 윤호와 옥실의 첫사랑에서 붓을 들어 가정생활에 들어가는 데서 붓을 놓았다. 이리하여 독자들이 윤호와 옥실에게서 진실로 기대하는 것, 알고 싶어 하는 것, 즉 그들이 벅차고 보람찬 우리의 사회적 생활, 창조적 로동의 문턱에 어떻게 들어섰는가를 보여줄 필요가 있었다. 그러나 시인은 애타게 바라보는 독자들 눈앞에서 이애 대한 대답이 없이 붓을 놓고 말았다. 만일 시인이 자기의 주인공들과 그들의 아름답고 참다운 사랑을 낳게 한 우리 사회의 우월성과 당의 뜨거운 품을 높은 시'적 빠포스에 의하여 노래하지 않고 또한 그들에 대한 시인의 참다운 인도주의 정신이 없었던들 이 서사시는 그 구성으로 인하여 독자들로부터 약간의 반발을 야기하였을 것이다.

그러나 시인의 강한 시'적 빠포스는 시종일관 우리의 가장 인간적이며 가장 참다운 사회 제도와 그 속에서 꽃피는 가장 참다운 인간의 륜리를 노래함으로써 이 모든 약점을 짓눌러 버렸다. 여기서 우리는 서사시의 주제와 주제에 바쳐진 시'적 빠포스가 얼마나 거대한 역할을 하는가의 좋은 교훈을 찾을 수 있을 것이다.

시인 민 병균은 「어러리' 벌」에서 우리 사회 제도 우에서 생활하고 있는 한 평범한 녀성이 인민의 원쑤들에 대하여 얼마나 강인하며 무서운가를 보여 주었으며 「조선의 노래」에서 이런 사람들, 즉 조선 인민의 승리의 한 토막 력사를 보여 주었고 「사랑의 집」에서는 이 제도 우에서 꽃피는 생활과 새 인간의 륜리를 이야기하였다.

이리하여 시인 민 병균은 우리 사회 제도의 우월성과 이 제도 우에서 개화하는 인간의 우월성, 그 정치 도덕적 품성의 우월성을 정열적으로 노래하는 가수로 되였다.

*

시인 민 병균의 예술적 수법들과 언어 사용법 및 그의 운률 조성의 수법들을 연구하는 것은 매우 흥미 있는 일이다. 왜 그러냐 하면 시인 민 병균은 시인으로서 우리의 말을 비교적 풍부히 소유하고 있고 그 기초 우에서 다양한 예술적 수법들을 자유스럽게 사용하고 있으며 또한 그의 시가 가지는 운률도 비교적 정제하여 있기 때문이다

그러나 이 모든 문제는 별개의 큰 론문이 될 수 있으므로 다음 기회로 밀고 여기서는 략한다.

(―1960.5―)

≪조선문학≫, 1960.8

천리마 기수들의
전형창조와 작가의 시대적 감각

로금석

들끓는 생활 현실 속에서 바로 시대정신의 정수를 잡아 내여 독자들의 가슴 속에 작렬하는 불꽃을 안겨주는 그러한 작품을 창작함으로써 우리 작가들은 인민들을 혁명적 투사의 사상으로 교양해야 할 과업이 더욱 첨예하게 제기된다.

사람들은 사상과 성격, 재능과 개성에 있어서 전면적으로 발전된 인간으로 형성하며 사회주의 건설에서 공산주의적으로 일하며 생활하는 참다운 혁명 투사로 교양하는 과업을 떠나서 우리 문학을 생각 할 수 없다.

그렇기 때문에 경애하는 수령 김일성 동지는 승리자의 대회 제 4 차 당대회보고 가운데서 "…오늘 우리의 생활은 새 사회를 더 빨리 건설하려는 근로자의 불굴의 의지와 락천적인 정열로 들끓고 있으며 인간에 대한 지극한 사랑과 집단주의적 도덕이 구현된 무수한 미담들로 차 있습니다. 작가, 예술인들은 이 보람찬 생활 속에 깊이 침투하여 우수한 문예 작품을 세상에 내 놓음으로써 사람들의 사상을 개조하고 대중을 혁명 위업에로 고무하는 데 적극 기여하여야 하겠습니다."라고 교시하셨다.

김일성 동지의 이 교시는 우리 근로인민들에 대한 공산주의 교양을 위한 당사상 사업 분야에서 우리 문학이 차지하는 위치가 얼마나 큰 것인가를 다시금 느끼게 한다.

인간들의 사상을 개조하고 대중을 혁명 위업에로 고무하는 데 적극 기여하기 위하여 우리 문학 앞에 나선 중심 과업은 더 말할 것도 없이 천리마 기수들의 전형 창조에 있다.

오늘 우리는 우리 문학예술 작품들에 대하여 말하면서 그것이 급격한 창조적 앙양과 새로운 예술적 발전의 징조를 보여주고 있다는 점에 대하여 매우 기쁘게 생각하게 된다. 무엇보다도 우리를 기쁘게 하여 주는 것은 최근 시기 창작된 일련의 작품들에서의 시대정신의 뚜렷한 구현이다.

시대정신과 작가— 이것은 한 작가로 하여금 시대의 가수로 되게 하며 한 작가로 하여금 시대 전초선에 나서게 하는 현실적 미학적 관계를 이야기 해 준다.

시대정신의 구현, 그것은 작가의 현실에 대한 열도, 리상의 높이, 바로 작가의 빠포스를 전제로 한다는 것은 주지의 사실이다. 시대정신의 구현, 또한 이것은 두말할 것도 없이 작가들의 현실 체험과 떼어서 생각할 수 없다. 현실 체험— 이것은 또한 작가의 시대정신과 시대적 감각의 체득을 의미한다. 우리 작가들이 오늘의 현실에서 버려지고 있는 무수한 아름다운 이야기를 찾아다닌다는 것으로 현실 체험을 대신할 수 없으며 그것만으로 매우 부족하다. 시대성은 단순히 현실적인 주인공들을 작품에 묘사하였거나 이러저러한 현실적 사건을 도입하는 것으로써 해결될 수 없다. 현대성의 해결은 천리마 기수들의 고상한 정신세계와 매혹적인 성격적 미를 풍부하게 발굴할 때에만 가능하다. 문학 작품의 성과는 언제나 그의 형식의 여하를 불문하고 시대정신의 예술적 일반화의 깊이에 의하여 규정된다.

김 북향의 단편 「당원」, 권 정웅의 단편 「백일홍」, 리 윤영의 단편 「진심」에서 작가들은 천리마 시대의 전형을 재현하면서 우리 시대 로동 계급의 당적 성격을 훌륭히 창조하였다. 이 소설들을 읽노라면 거기에 그 어떤 특이한 것이란 하나도 없다. 얼핏 보기엔 하나의 미담과도 같다. 그런데 이 작품을 읽는 우리 독자들은 무엇 때문에 감동을 받는 것인가. 이 작품들에 아름다운 사실이 그려지고 있는 바로 그 사실 때문인가? 아니다. 우리가 이 작품들에서 감동을 받게 된 것은 이 미담 같은 사건 속에 천리마 시대의 당적 인간의 성격이 집약적으로 표현되어 있으며 비교적 생동하게 전형화되었으며 거기에서 무엇인가 새로운 것 시대적 감각을 느낄 수 있도록 그렇게 작품이 형상화되었기 때문이다.

천리마 기수들의 전형창조는 그를 현대인의 사상 감정, 시대정신을 통하여 형상화되어야 한다.

작가의 미학 속에는 구체적이고도 풍부한 생활 체험과 지식이 있어야 하며 천리마 기수들의 영웅적 기개를 새로운 시대정신의 관점에서 실증하려는 고상하고 나래치는 리상이 있어야 한다. 무엇인가 새 시대 천리마 기수들의 본질을 탐구하는 작가 정신이 없을 때 그 작품은 독자들의 감흥을 조금도 불러일으키지 못한다.

천리마 기수들의 성격을 그 사회적 본질 자체로써만이 아니라 사회적 본질까지 포함한 다른 모든 인간적 본질들로 다면적으로 묘사하며 그가 동시에 훌륭한 심리—륜리적 특징과 고상한 품성의 소유자로 창조한다는 것은 작품의 사상 예술적 질을 위하여서만 의의가 있는 것이 아니다. 그것은 예술의 요구이기 전에 우선 무엇보다 생활의 요구이다. 생활은 천리마 기수들의 대중적 탄생과 그 급속한 장성으로써 날마다 풍부하여지고 있다. 따라서 천리마 기수들의 정신세계도 날마다 풍부하여지고 있다. 그들은 사회적 실천에서 투사로 장성하고 있을 뿐만 아니라 세계에 대한 철학적 시야와 사람들에 대한 인도주의적 감정이 더욱 심오화하여지고 있으며 도덕적 품성과 생활에 대한 미적 감각, 애정과 생활의 의의에 대한 심각한 침투 등으로 더욱 발전하고 있다.

우리는 로동 계급의 형상을 취급한 작품들의 약점을 종전에 이야기하는 때마다 자주 주인공의 내면세계의 천명의 부족을 말해 왔다. 물론 주인공에 대한 평가의 기준은 역시 생활 자체이다. 독자들은 작품에 묘사된 천리마 기수들의 내면세계가 우리 현실의 천리마 기수들의 정신세계의 예술적 재현으로 되지 못할 때 불만을 표시하는 것은 당연한 일이다. 전형의 개성이란 반드시 작가의 사회 미학적 리상과 시대정신의 빛을 띨 때 비로소 생활보다 높이 선 형상 속에 더욱 빛날 것이며 이래야만 그의 생활적 진실성은 더욱 뜻 깊을 것이다.

현대 생활의 제반 현상들과 현대의 생활 문제들을 높은 공산주의적 리상과 립장으로 밝히면서 독자들을 흥분시키는 시대정신을 표현할 줄 하는 일반화의 능력, 바로 여기에 우리 문학으로 하여금 공산주의 지평선을 향하여 내닫는 우리 시대의 사람들의 교과서로 되도록 그 질을 제고시킴과 동시에 현대성의 진정한 구현자로 되게 하는 길이 있다.

의의 있고 보람찬 생활에 대한 작가의 탐구적이며 적극적인 태도, 빠포스의 명백성, 그로부터서만 흘러나오는 아름다운 정신, 이것이 언제나 우리 작가들에게 필수적이다.

우리가 「당원」이나 「백일홍」, 「진심」 등을 로동 계급에 대한 형상화의 길에서 거둔 성과로 인정한다면 그것은 바로 우리 시대 인간들의 새로운 정신— 도덕적 높이를 기순, 우혁, 주렬 등의 형상을 통하여 심오하게 해명하는 데서 기본적 성공을 거둔 때문이다. 또한 이것은 수수한 보통 로동자의 성격에 우리 현실의 높은 지혜와 지성을 결합시키고 그를 공산주의 교양의 모범으로 될 수 있는 훌륭한 공산주의적 전형으로 끌어 올렸기 때문이다.

「당원」에는 참으로 동지를 사랑하고 진심으로 동지를 위하는 바로 그 동지적 사랑의 뜨거운 불도가니 속에서는 설복 못 할 인간이란 하나도 없다는 우리시대의 위대한 진리가 힘차게 울려 나오고 있다. 허심하고 겸손하며 이신작친하는 기순의 인간에 대한 관점은 그대로 그의 풍모에서 높은 공산주의적 인도주의의 구현을 엿볼 수 있게 한다. 실로 시대의 정신에 민감하며 생활에 대한 열렬한 호응과 인간에 대한 깊은 관심을 가지고 있는 작가들은 우리 사회에서 더욱 새로운 문제성과 주제들을 탐구해 내기 마련이다. 한 작가에 의하여 주어진 구체적인 정황이나 그를 통한 문제의 제시는 비단 한 작가의 개성적 특성을 해명함에 있어서 중요할 뿐만 아니라 그 작가의 현실에 대한 태도, 더우기는 현실과 인간들에 대한 그의 철학적 사상을 집중적으로 표현한다. 왜냐 하면 작품에서의 문제의 제시나 그를 표현하기 위한 정황의 선택은 작가의 현실과 인간들에 대한 관계에 있어서 그의 미학적 리상에 의하여 무엇인가 해결하고저 하는 지향이 시대정신과 밀접히 결부되어 있기 때문이다.

긍정에 대한 확고한 계급적 관점에 기초하여 기순의 아름다운 풍모들이 문수의 부정적 측면에 적극적인 영향을 주는 그 미적 본질을 천명함으로써 우리 시대의 전형으로서의 기순의 성격, 그의 긍정적 륜리를 진실하게 보여 주었다.

「당원」의 예술적 가치는 문수의 개변 과정을 충분한 정황과 진실한 계기를 통하여 보여 주면서 그의 정신적 파동을 묘사함으로써 작가는 그들이 자기의 시대적 임무와 자기의 계급적 위치를 투철하게 파악하고 천리마 기수들의 고귀한 정신세계에로 육박하는 과정을 심도 있게 보여 준 데 있으며 보다 더 설득력 있게 보여 주기 위한 작가의 가식 없는 심장의 연소와 높은 정서가 동반된 데 있다. 문수의 로동 생활에서 발로된 일련의 결함들을 주인공이 길어온 실천적인 활동과 산 모범을 통하여 하나하나 일깨워 나가는바 이와 같은 육친적인 애정과 원칙적인 요구성은 주인공의 성격을 해명하는 기본 초점으로 된다. 작가는 바로 이 초점을 향하여 그들의 성격 해명에 필요한 몇 개의 계기들을 설정하였다. 이것은 그들의 정신세계의 특성을 해명하는 가장 전형적인 사실과 정황들이었다. 즉 빗가게 세운 전주를 바로 세우려고 흙을 파던 3년 전 그날 밤의 희상, 당 보증서를 써 주던 때의 사건들은 문수의 생활 중에서 감동된 몇 개의 사실을 더듬어 회상하는 것이지만 사실에 있어서 그것은 평범하고 일상적인 생활로부터 시작하여 문수의 개변 과정에 커다란 도움을 줌으로써 기순 아바이의 공산주의자다운 품성의 해명에 요구되는 계기들의 정확한 설정으로 되게 하였다. 바로 여기에 제기되는 문제를 하나의 초점에로 집중시켜 해명하는 면밀한 구성의 힘이 나타나고 있는 것이다.

그러나 일부 평론가들은 자기의 론문에서 「당원」에는 정연한 구성이 없고 선명한 성격들이 없다고 하였다. 물론 이 소설에는 작가의 지나친 해설적 서술과 단편 소설이 가져야 할 집중성, 함축성이 부족한 데가 있다. 주지하는 바와 같이 단편 소설은 생활에서 특징적이며 또한 그 사실이 생활의 본질적인 측면을 반영하고 있는 사건과 현상을 묘사하며 인간 성격 형성에서 특징적이며 의의가 있는 한 측면을 보여 주는 것을 과업으로 하고 있는 것만큼 많은 세부 묘사와 여러 개의 정황을 량적으로 반복 축적할 것이 아니라 보다 하나의 세부 묘사와 정황이라도 절약하여 주인공의 성격 창조에 리용해야 하는 것이다. 이런 견지에서 볼 때 「당원」은 일정한 부족점이 있는 것이다.

그러나 「당원」 속에는 실로 오늘의 산 인간의 맥박과 색채가 주어져 있으며 새로운 생활이 주는 명랑하고도 능동적인 성격의 움직임이 부여되어 있음을 보게 된다.

구성을 두고 말할 때 일부 사람들은 문수를 만나기 전의 기순의 일련의 행동들을 필요 없는 것으로 또한 필요 이상 장황한 것으로 보는 견해들이 있다. 그러나 슈제트의 구성상 두 인물이 직접 상봉한 이후부터만이 이야기의 기본적인 선으로 협애하게 볼 수 없다. 그것은 주제 해명을 위한 계기의 일부이며 주인공의 행동 전 과정이 주제 해명 과정이며 천리마 시대 인간들의 아름다운 정신세계의 천명 과정이다. 이리하여 하나의 보통 입당 보증인의 마음속에 자리 잡은 고무적 힘, 당에 대한 높은 책임감—영웅적 현실의 전형적 감정의 체현은 각이한 색조와 뉴안스를 발산하는 기순의 비반복적인 개성의 미를 통하여 이루어진 것이다.

어느 때나 작품의 사상 예술성은 실제 사실이 어느 만큼 담겨 있는가 하는 데 달려 있는 것이 아니라 인간의 성격 창조를 통하여 생활의 진실과 시대정신이 얼마나 힘차게 형상화되였는가 하는 데 있다. 문학은 그 기본 대상이 미학적 특성을 띤 현실의 모든 생활 측면을 자체 안에 종합적으로 결부시킨 인간이라는 특성으로부터 출발하여 인간 성격의 창조를 기본 과제로 한다는 것을 모르는 사람이 없다. 그러기 때문에 작가는 생활 현상들을 묘사하면서 인간과 인간의 정치 도덕적 문제에 대하여 주목을 돌린다. 창조적 로동에 열중하는 한 천리마 기수의 생산 활동에서 작가들을 흥분시키며 주목을 돌리게 하는 것은 결코 생산 활동 자체가 아니라 생산 활동이라는 일정한 조건 속에서 형성되는 인간 성격이며 생산 기술적 문제 자체가 아니라 그로부터 흘러나오는 인간적 문제 즉 정치 도덕적 문제이다. 그런데 일부 우리 작가들은 생산 기술적 문제에만 흥분하고 주목하는 경우가 종종 있다. 만일 작가가 천리마 기수들에게서 그의 성격과 성격 형성에 주목을 돌리지 않고 생산 활동 그 자체에만 주목을 들린다면 인간 투사의 정신세계의 풍부성이 결여 될 수 있다. 한 천리마 기수가 생산 활동까지 포함한 어떠한 정황에 놓였더라도 해당 정황을 통하여 인간—투사로 형성되는 측면에서 또한 시대정신을 옳게 포착하고 묘사하는 거기에서 진정한 문학이 탄생된다. 다만 그가 천리마 기수로서 인간—투사로 형성되는 가장 전형적인 조건이 생산 활동이라는 것을 망각할 수는 없다. 따라서 천리마 기수의 성격 형성에 있어서 생산 활동과 생산 기술적 문제에 대한 묘사는 중요한 의의를 가지며 때로는 그것이 필수적일 수도 있다. 문제는 생산 활동과 생산—기술적 문제를 묘사하는 것이 나쁜 것이 아니라 그것으로써 인간 성격과 인간의 정치 도덕적 문제의 해명을 가리워 버리는 경향이 나쁘다. 이것은 오늘에 와서 더 해명을 요구하는 새로운 문제가 아니다. 그러나 이것이 리론적으로 명백하고 주지된 것이지만 창작 실천에서 모두 명백하고 주지된 것으로 되지는 않는다는 것을 종종 우리는 볼 수 있다. 창작 실천에 있어서는 아직 인간 성격을 생산 문제에 종속시킴으로써 작품으로 하여금 무미건조하고 따분한 생산적 정황 묘사로 치우치게 하며 반면에 인간 성격을 생산 문제를 도해하는 수단으로 저락시키는 경향이 이렇게나 저렇게나 때때로 나타나고 있다.

「먼동」에 담겨진 이야기는 감격적이기까지 하면서도 사상의 대표자인 전형적 형상이 창조되지 못하고 있는 리유도 바로 여기에 있다고 생각한다.

인간의 성격이 항상 그가 전심하며 그의 모든 정신적 력량, 정열, 재능이 경주되는 사업에서 가장 잘 해명될 뿐만 아니라 또 가장 심오하고 풍부하게 형성되는 것이라면 당적 인간으로서의 지배인의 성격 형성과 그 분석을 가능케 하는 정황들, 전형적 환경의 기초를 그의 사업, 사회적 실천에 둔 것처럼 당연한 일은 없다. 실지에 이 작품에 있어서는 지배인의 당적 인간으로서의 성격이 그가 전심하는 창조적 로동의 행정에서, 특히 복잡한 생산 기술적 문제의 해결을 위한 투쟁에서 해명되며 또 형성되도록 작가의 주목이 돌려졌다. 이 점에서 작가가 정당하였을 뿐만 아니라 일정한 성공을 거두고 있다. 그러나 지배인은 정 태수 아바이와 김 덕삼 아바이와의 관계에서 버려지는 일련의 슈제트 선을 제외한다면 기술적 문제의 해결을 위한 투쟁의 측면에서만 보다 많이 묘사되였으며 그 때문에 그의 정신세계는 그다지 심오하고 넓지 못하다. 그의 사고는 생산—기술적 과정에 따라 움직이는 경우가 많으며 생산 문제의 해결과 관련되는 정치—도덕적 문제, 자기 로동과 투쟁의 거대한 가치로 고무된 위대한 정열과 생활에 대한 아름다운 리상, 자기가 부심하는 문제의 해결이 우리 혁명 발전에서 차지하는 의의에의 침투와 자신의 사업에 대한 의의 등 모든 인식적 측면에서 충분히 묘사되지 못하였다.

우리 현실의 투사들은 자기의 창조적 로동을 항상 인민과 인류의 행복의 원천으로 인식하며 생산 과정에서의 사소한 사변들도 자신의 생산—기술적 문제의 범위를 더 넘어 서서 당적 견지에서 판단할 줄 아는 정신적 높이에 서고 있다. 그러나 적지 않은 우리 작품들에 묘사된 당적 인간의 형상은 현실의 투사의 그런 정신적 높이에 올라서지 못하고 다만 생산 기술적 문제 자체에만 부심하고 거기에 대해서만 사고가 흐르게 함으로써 낮은 수준으로 저하시키고 있다. 지배인 역시 이런 경향을 다분히 띠고 있다. 지배인은 당적 인간의 성격으로서는 그 정신세계가 보다 협소하여졌으며 생산의 범위를 넘어 선 넓은 사회적 련계 속에서 정신적으로 얼마간

떨어진 인간으로 묘사되었다. 이 작품에서는 지배인뿐만 아니라 일련의 등장인물들이 또한 생산—기술적 문제 자체의 해결의 필요에 따라 흔히 등장하며 퇴장한다. 그리하여 그들은 생산 문제가 해결되자 곧 사라지고 마나 그들의 성격과 운명은 사실상 해결되지 않은 채로 남는다.

현실의 아름다움은 그것 자체로써 작가의 미학적 리상을 규정할 수 없다. 현실의 아름다움은 비록 그의 미학적 리상을 낳게 하는 토대는 될지언정 미학적 리상 자체는 아니다. 거기에는 반드시 작가의 현실에 대한 적극적인 태도가 요구되는 것이다. 이와 같은 사실은 동일하게 현실의 미학에 고무된 두 작가가 같은 생활 소재를 취급하여 창작하였다고 하더라도 작품에서 표현되는 작가의 미학적 리상이 다르게 표현되는 것으로 명백하다. 이것은 그 작가들의 스찔과 개성적 특성에도 원인이 있으나 더욱 중요하게는 두 작가가 어떻게 현실의 미학을 적극적으로 자기의 미학적 리상과 시대정신 속에 용해시켰는가에 있다.

「먼동」에 등장하는 천리마 기수들의 로력적 열성을 통하여 보여 주어야 할 이 작품의 주제와 빠포스는 그 어떤 구체적인 정치—도덕적 문제성이 아니라 로력적 열성에 대한 일반적 강조에 그쳐버렸다. 따라서 독자들이 이미 알고 있는 천리마 기수들의 혁명적 열의에 대한 일반적 개념에서 더 벗어나지 못한 감을 주며 미학—정서적으로 심오화된 사상도 예술적 발견도 따라서 시대정신의 높이도 엿볼 수 없다. 생산—기술적 문제가 어떤 경우를 말론하고 인간 성격의 형성과 정치 도덕적 문제를 방해하는 것처럼 생각하고 그것이 제거되여야 한다고 생각한다면 그것은 잘못된 주장이다. 그러나 그 생산—기술적 문제의 해명 자체에 머물고 그것에 작품의 목적을 두는 때 여기로부터는 작품의 파탄이 이루어질 수밖에 없다.

문제는 시대정신을 반영하는 문학 작품의 목적이 생산—기술적 문제를 둘러싸고 일으켜지는 정치—도덕적 문제의 해명, 인간 성격의 형성에 있다는 것을 망각하지 않는 데 있다. 레로 든 이 모든 것으로 보아 우리의 일부 작가들의 작품에는 생활에 대한 협애한 태도, 창조적 환상과 현대 생활을 고무하는 시대정신의 결핍이 적지 않게 있다고 말할 수 있다. 아직도 적지 않은 작가들이 생활 현상을 관찰하고 실지 경험한 범위에서 더 벗어나지 못하며, 보고 들은 것을 거의 전달하는 데 그치는 실례들이 적지 않은바 「먼동」 역시 이러한 례에 해당된다고 말할 수 있다. 그것은 조그마한 생산— 기술적 문제를 통하여서도 현대 생활의 중요하고도 거대한 정치—도덕적 본질을 드러낼 줄 아는 일반화의 기량이 미약하며 그러한 일반화의 기량을 가능케 하는 전제 조건으로서의 높은 현대적 빠포스와 공산주의적 리상의 날개가 부족하기 때문이다.

현대의 생활 문제에 대한 흥미의 결여, 그에 대한 협애한 태도와 옹색한 경험주의적 창작 태도를 버리고 우리 문학에서 높은 현대성을 구현하기 위하여서는 우선 무엇보다 작가들의 정신적 시야를 넓히며 공산주의에로의 전진 운동을 감당하고 나아가는 현대인들의 사상 감정과 운명, 그들의 영웅적 면모에 더욱 깊이 침투하는 철학적 사고력을 제고시키는 것이 중요하다.

작가가 로동 계급의 생활을 연구하고 또 리해한다는 것은 그들이 일하는 생산 직장의 공정과 기술—공학적 지식을 아는 것을 의미하는 것이 아니다. 그것은 무엇보다도 그들의 풍부한 정신세계와 시대적 감각을 체득한다는 것을 의미한다.

윤 세중의 『시련 속에서』가 예술적 성공을 보장한 것은 작가가 우리나라 로동 계급을 묘사하면서 로력과 생산 문제의 일면에서만 주인공들을 보여 준 것이 아니라 조선 로동 계급의 영웅주의적 성격과 고상한 도덕적 품성과 그것들을 표시해 주는 사회—도덕적 문제의 심오한 해명 속에서 보여 준 그 시대정신의 심오한 구현에 있다. 이 작품에서 철을 위한 투쟁은 곧 새것과 낡은 것과의 투쟁이며 따라서 사회주의 건설의 전망과 주인공들의 운명을 규정하는 심각한 사상 투쟁으로 전개된다. 그러기 때문에 이 작품에서 주인공들의 사회주의적 애국주의 표징은 생산 프로의 높이에 있는 것이 아니라 그것을 쟁취하기 위하여 모든 낡은 것과 장애를 극복하며 투쟁하는 과정에서 표현된 주인공들의 견결한 투사적 성격의 발전에 있다.

『시련 속에서』는 인간들의 성격이 생산 문제로써만 밝혀지는 것이 아니라 보다 많이 거대한 사회—도덕적 문제로서 밝혀져 있기 때문에 주인공들의 개인적 운명이 사회주의 혁명의 리익과 더욱 밀접히 결부되어 있다. 즉 주인공들의 개인적 운명이 철을 위한 새것과 낡은 것과의 투쟁과 밀접히 결부되어 있으며 따라서 로의 복구와 개조 과정에서 한 장의 벽돌도 한 개의 나사못도 그들의 개인적 운명과 관련되어 감동적인 인간적 내용을 띠고 정서적으로 느껴진다. 여기서 독자들로 하여금 시대의 맥박을 엿듣게 한다.

그러면 「먼동」이 우리에게 주는 교훈은 무엇인가? 그것은 주인공의 정신세계의 높이와 그 복잡성을 보여 주기 위하여 작가의 시대정신을 보다 더 제고시켜야 한다는 점이다. 정 태수, 김 덕삼의 성격 형성에 있어서의 일련의 약점들은 이렇게나 저렇게나 다 작가가 등장인물들의 정신세계에 깊이 침투하려는 작가 정신의 부족에 귀결된다. 주인공의 정신세계의 풍부성 또는 협소성은 작가 자신의 정신세계의 풍부성 혹은 협소성과 관련된다. 왜냐 하면 작품의 긍정적 주인공은 생활의 긍정적 주인공의 기계적 재현이 아니다. 작가의 정신세계의 소산으로서의 창조이기 때문이다. 극작가 박 령보가 인간 정신세계를 행동과 대사로써밖에 묘사할 수 없는 극형식으로 1930년대의 공산주의자들의 정신세계를 드러내는 데 훌륭하게 성공한 것은 이 연극의 갈등을 형성한 모든 정황들의 묘사를 통하여 녀주인공 순실이의 내면세계를 천명하는 데로 지향하였기 때문이다. 내면세계의 이 복잡한 내용은 작가 자신의 정신세계와 사색의 깊이 이외의 그 무엇으로써도 설명할 수 없다. 작가의 정신세계의 작용 즉 생활을 일반화하는 작가의 사색이 없이는 현실의 인간을 아무리 원형에 흡사하게 묘사한다 하더라도 항상 생활에 있는 실지 인간으로부터의 저하로 나아갈 수 있다는 것을 우리는 알 필요가 있다.

생활의 정당한 묘사와 시대정신의 옳바른 구현은 언제나 인간들, 개별적인 현상들, 사건들 등등 간의 상호 관계를 심오하게 드러냄이 없이는 불가능하다. 시대정신의 옳바른 구현은 인간 성격의 옳바른 천명을 떠나서 생각할 수 없듯이 또한 문학 작품의 면밀한 구성을 떠나서 생각할 수 없다. 작가가 아무리 시대적 감각을 옳게 포착했다 하더라도 인물들, 사건, 개별적 현상 등간의 호상 관계를 심오하게 드러냄이 없이는 소기의 목적을 달성할 수 없다는 것이 명백하다.

생활에서 맺어지는 련계에는 필연적인 것과 우연적인 것, 본질적인 것과 제 2 차적인 것이 있다. 생활의 진실을 예술적으로 묘사하며 시대정신을 문학 작품에 옳바로 반영하는 과업은 전형적인 것과 본질적인 것의 련계를 천명하고 강조할 것을 요구한다. 생활 현상과 시대정신을 이렇게 구현하지 않으면 불가피하게 자연주의에로 기울어지며 불가피하게 현실을 외곡하며 예술 작품이 주는 영향력을 약화하게 된다.

사회주의 사실주의 문학에 있어서의 구성은 결국 사회의 전형적 생활 관계와 작가들에 의한 이러한 관계의 리해를 반영한다.

우리는 매개 작가들의 창작의 예술적 특성을 분석하면서 그가 설정한 사상—예술적 목적을 달성함에 있어서와 시대정신의 옳바른 구현에 있어서의 작가의 구성상 수립이 노는 역할에 특별한 주의를 돌리게 된다.

「백일홍」, 「진심」들은 우리 시대의 특징을 훌륭히 담고 잘 결합되었으며 이 단편들에는 쓸데없는 인물, 사건, 정황 등이란 아무 것도 없다.

우리가 면밀한 구성을 요구하는 것도 곧 그 속에 시대정신의 열렬한 공감을 전제로 하여서만 가능하다.

생활상 련계를 드러냄에 있어서와 시대정신을 옳게 구현함에 있어서 일반적인 것과 구체적인 것의 유기적 통일을 보장하는 구성의 모범으로 되는 것은 단편 「백일홍」이다.

이 작품에서 주요한 위치를 차지하고 있는 것은 작가가 심산유곡에서 락석 감시원으로 철'길을 지키며 혁명에 무한히 충직한 한 수수한 보통 로동자인 우혁의 고매한 모습과 그의 영향 하에 성격이 개변되고 발전하는 안해의 풍모를 보여 주고 있는 대목들이다. 사실에 있어서 생활에서 우혁, 금녀, 영호들은 무엇으로 서로 련결되여 있는가? 이들은 ≪렬차의 괴임'돌≫—혁명의 괴임'돌이 되는 바로 거기에 삶의 진정한 보람이 있다는 것을 강하게 자각하고 있다. 작가는 이 작품에서 천리마 기수의 형상 창조를 시도하면서 사건에 매혹되지 않고 어디까지는 형상화의 예봉을 우혁의 겸허하고 심원한 조국애와 자기 임무에 대한 충실성을 천명하는 데로 돌려졌다. 이것이 이 단편에서 작가가 노린 계기 해명의 초점이였다. 그리하여 작가는 이 초점을 놓치지 않고 시종일관하게 우혁의 성격적 미를 부각하는 데 온갖 정력을 경주하였다.

한적한 산간 지대의 철'길을 오르내리며 말 없이 자기 맡은 임무를 감당하는 외로운 현 우혁은 다리를 절면서 눈이 오나 비가 오나 이 철'길을 걷고 있고 영호는 손끝이 얼어드는 것을 참으면서 학교 가던 길에 얼음을 까낸다.

금녀도 이렇게 말하는 것이다.

"목숨으로 지켜 낸 철'길이다. 휘황한 공산주의 래일을 향해 온 나라가 이 길로 련결되고 있다. 비가 오나 눈이 오나 다리를 절며 이 길을 걷는 것은 한 로동 당원이 이 선로를 떠받들고 있는 것을 의미한다. 아니 영호 친아버지는 가슴으로 이 철'길을 받들고 있는 것이다. 거기에서 나도 침묵 밑에 깔린 자그마한 한 개 돌처럼 되여야 한다."

시대의 주인공 금녀의 이 말을 어찌 스쳐 지낼 수 있겠는가! 무엇이 이처럼 보통 조선의 한 녀성의 말이 우리의 가슴을 치게 하는 것인가! 이것이 이 작품의 구성이 잘 째였다는 여기에만 있는가? 아니다. 바로 여기에는 천리마 시대의 높은 정신이 울리고 있기 때문이며 시대의 진실을 드러내는 목적에 그 구성도 복종되여 있는 데 있다. 「백일홍」의 작가가 선택한 구성적 수법은 주인공들의 전형적 특징들과 관계들이 이들 생활의 확신성에 대한 그 어떤 의혹도 가져 오지 않으리만치 그렇게 직접적으로 옳게 또 명료하게 묘사되는 환경을 보여 줄 수 있는 가능성을 주었다.

이 소설에서는 우혁의 형상을 전면에 내세우면서도 금녀나 영호의 성격을 가리우지 않고 있는 것이 특징적이다. 이것은 작가로 하여금 독자들의 주의를 그가 창조하는 전형들에 집중시키며 이 전형들을 찬찬히 계속 관찰하게 하는 데 방조를 주었다.

사회주의 사실주의 작가들의 생활의 진리에 대한 확신, 생활 과정의 본질을 심오하게 포착하려는 노력과 시대정신의 구현은 구성도 포함한 예술적 수단들의 전면적 발전을 보장하였다.

작품에서의 시대성의 결여는 작가에 대한 불신임을 야기시키게 되는바 이러한 허위가 구성에서 종종 나타난다. 즉 실패한 서두, 진실치 못한 결말, 등장인물들의 역할의 부정당한 배치, 제2차적인 모멘트를 제1면에 내세우는 것 등—이 모든 것은 자연히 예술적 확신성을 약화시키는 결과를 가져오며 그리고 때로는 작가의 사상 예술적 구상을 전혀 외곡하고 만다.

천리마 시대 인간들의 사회적, 생산적, 정치적 관심의 범위는 지금 그 어느 때보다도 광범하며 더 확대되고 있다. 우리 사회에서의 인간들 간의 련계와 관계는 어떤 다른 시대나 나라들의 인간들 간에 있는 련계보다 더 풍부하며 다양하다. 이와 동시에 우리나라 사람들의 정신적 생활을 심오하게 그리고 전면적으로 보여 주어야 할 과업이 예리하게 나서고 있다는 것을 다시 강조할 필요가 있다. 전형적인 것, 본질적인 것에 대한 면에서나 개별적—구체적인 것에 대한 면에 있어서나 우리 사람들의 생활과 도덕적 미를 이러한 관심과 관계의 모든 복잡성과 유기성을 드러냄이 없이는 옳게 보여 줄 수 없다. 그러나 이러한 과업이 등장인물들의 단순한 량적 증대에 의해서 해결될 수 없다. 작품의 등장인물들의 과잉은 빈번히 묘사의 심도를 감소시키는 결과를 초래한다.

작가의 구성적 수단들은 큰 것과 작은 것, 영구적인 것과 잠정적인 것의 전망을 재생시키는 데 방조를 주면서 현실을 그의 시대정신의 구현 속에서 묘사하는 것을 자기의 목적으로 내세우고 있는 사회주의 사실주의 문학에 있어서 특별한 의의를 가진다. 인간, 그의 의식, 재능, 능력의 미증유의 급속하고 다방면적인 발전이 진행되고 있는 우리 사회주의 사회에서는 작가들 앞에 특히 책임적인 과업이 나서고 있는바 그것은 작가가 앞으로 이끌어 나가며 미래의 미를 드러낼 수 있는 그런 형상을 창조하는 능력을 반드시 가져야 한다는 것이다.

미래에 대한 견해가 없고 전진에 대한 박력이 없고 시대정신이 맥박 치지 않는 작품들은 급속히 낡아 빠지게 된다. 이러한 작품들은 현대인들을 만족시킬 수 없다. 왜냐 하면 공산주의에 대한 전진의 지향은 곧 천리마 기수들의 의식의 전형적 특징들이기 때문이다.

생활 현상의 전형화에 대한 과업에는 모든 예술적 수단들과 그리고 또한 매개 작품에서의 그의 위치와 역할이 종속된다.

「백일홍」에 펼쳐진 풍경, 주인공들의 대화, 그들의 초상, 내면적 독백, 예술적 표현의 기타 수단들의 장소는 예술적 합목적성에 의하여 규정되여 져 있다. 그리하여 이 모든 수단들은 작가의 시대적 감각과 각이한 구성적 수법의 방조에 의하여 유일한 전일체로 조직되였다. 이러한 완전성을 기하였기 때문에 우수한 작품으로 될 수 있었다.

단편 소설 「평범한 나날」은 천리마 기수의 형상화에 바쳐진 작품의 하나이다.

이 소설은 한 보통 수수한 로동 청년의 고매한 행동과 우리 시대 주인공 다운 패기와 슬기로운 기상을 지닌 굽힐 줄 모르는 끓는 정열의 인간—천리마 기수의 한 단편적인 생활을 담고 있다. 이 단편 소설의 중심에는 로동자—길호가 등장한다. 천리마 시대의 특징을 보여 주고저 하는 자기의 과업을 해결하기 위하여 작가는 자기의 주인공을 전형적인 환경 속에서 내세우며 이렇게 함으로써 이 작품의 과제를 보장하여야 하였다. 주인공을 현실과의 어떠한 련계 속에 설정하며 그의 생활의 어떠한 사건들에 커다란 주의를 돌리며 무엇을 제 1면에 내세우는가에 따라 즉 이 문제들의 정당한 해결 여하에 따라 예술적 전형화의 수준과 일반화의 폭이 크게 좌우된다.

「평범한 나날」은 짧은 휴양 생활의 단편적인 몇 개 사건으로 구상된 것이다. 이 작품의 기본 부분은 바로 이러한 의도 우에서 구성되었다. 그러나 작가는 이 소설에서 없어도 좋을 수 있는 그러한 에피소드, 장면들을 설정하였다. 그것은 바로 주인공으로 하여금 ㄹ 공장에로 떠나게 한 사실로써 설명할 수 있다. 단편 소설의 제 원칙에 대한 옳지 않은 리해는 비단 개별적인 장면들 간의 련계에서 뿐만 아니라 또한 상봉, 사건, 담화 회상들이 무질서하게 교체되고 있는 장면들의 내부 련계들에서도 발현되고 있다. 이 소설의 후반 부분에서 볼 수 있는 하나의 구성적 과정은 참으로 이상한 감을 준다. 응당 작가는 구성의 초점을 부상과의 호상 관계 속에서 휴양 생활의 한도 내에서 주인공의 성격적 미를 끝까지 발굴해 냄으로써 시대정신의 빛을 발산시켰어야 했다. 오늘 우리의 단편 소설을 놓고 말할 때 우선 제한된 형식 속에 우리 시대의 정신을 반영한 내용을 얼마나 집약적으로 담고 있는가에 독자들의 주목을 끄는 것은 십분 당연하다. 작가는 이 소설에서 생활상 에피소드를 대담하게 생략하고 주인공의 내면세계를 더 심각히 천명하는 데로 나갔어야 했다. 그렇지 못한 결과는 독자들로 하여금 구성의 산만성과 시대성을 덜 느끼게 하였다. 주인공 길호를 ㄹ공장에로 떠나게 한 이런 디테일을 설정한 작가의 의도를 우리는 알 수 있다. 물론 우리는 긍정적 주인공을 심오한 사상과 풍부하고 아름다운 정신적 미를 띤 성격으로 묘사하기 위하여 그의 정신적 내부 세계를 다면적으로 광범하게 묘사할 것을 요구한다. 그러나 주인공의 투쟁 경력을 연구하고 복잡다단한 사건들 속에서 그를 행동케 하는 것만으로는 아직 부족하며 또 많은 투사들의 관찰로써 집합적 형상을 창조하는 경우에 있어서도 다만 그를 외부적인 행동과 동작 속에서 묘사하는 것만으로는 아직 부족하다. 문제는 긍정적 주인공의 내부 세계를 선명하게 드러내는 데 달려 있다. 이것 없이는 일정한 경향의 성격을 심오하게 만들어 낼 수 없으며 따라서 작품의 심오한 사상을 해명할 수도 없다. 내부 세계의 거부는 인간의 사유와 감정의 거부이며 나아가서는 인간의 정신생활의 거부로 된다. 개인적 생활을 그린다고 해서 반드시 주인공의 면모가 다양화하는 것도 아니며 그와 동시에 직장에서의 로력 속에서만 주인공을 묘사한다고 하여 반드시 그 면모가 다양화하는 것도 아니며 그와 동시에 직장에서의 로력 속에서만 주인공을 묘사한다고 하여 반드시 그 면모가 단조하고 무미건조한 것도 아니다. 만일 생산을 주제로 하는 작품에서 개인 생활을 아무리 많이 도입하더라도 그것이 작품의 구상과 련결되지 않은 불필요한 생활적 디테일들로 선택되였을 때 그것은 결코 주인공의 면모를 다양하게 하는 데 도움으로 될 수 없다. 그 반대로 만일 직장에서의 로력 속에서 주인공을 보여 주면서 그 주인공의 사상 감정과 사색, 실리 등 모든 내부 세계를 심오하게 밝힐 때에는 그 주인공은 다양한 성격으로 묘사될 수 있다. 휴양소에서 갓 만난 부상의 사신을 들고 급한 걸음으로 ㄹ 공장에 달려가서 이 공장 지배인을 만나고 기사장을 만나며 실습 나온 학생까지 데리고 오는 장면 등은 확실히 진실하지 못하며 구성의 산만성을 초래케 하였다. 이런 디테일의 비진실성은 성격의 사실성과 구체성에 손상을 주는 하나의 장면이라고 말할 수 있다.

구성은 작품의 해당 등장인물들에게 이러저러한 위치를 규정해 주고 그를 이러저러한 련계 속에 내세움으로써 그의 발전 전망을 예정해 주는 것이며 결코 성격에 대한 관계에 있어서 봉사적인 의의만을 가지는 것은 아니다. 「평범한 나날」은 개별적인 형상들을 통일적인 전일체로 즉 일정한 생활 현상과 시대정신을 드러내는 유일한 형상에로 조직하며 모든 생활상 련계 속에서 주요한 것을 구분해 내지 못하였다.

단편 소설 「진심」과 「하나의 신념」은 우리의 천리마적 현실에서 가장 의의 있는 인간 개조의 주제를 취급하고 있다는 점에서 공통적인 면을 띠고 있다. 그러나 「진심」과 「하나의 신념」은 각각 작가가 노리는 초점과 그 구성이 다르다. 이 작품들은 우리의 생활 속에서 버러지고 있는 새롭고 아름다운 이야기들을 민감하게 포착하며 그것을 예술적으로 일반화하려고 한 점에서 우리를 감동시킨다.

「하나의 신념」의 주인공 히겸은 모든 간난 신고를 극복하면서 락후하던 작업반을 천리마 작업반으로 궐기시킨다. 긍정을 통한 부정에 대한 감화 교양—이것은 인간 교양에 있어서 하나의 방법에 그치는 단순한 문제가 아니다. 그것은 오늘 로동 계급을 선두로 한 우리 근로자들이 도달한 높은 정치 도덕적 수준과 관련되는 문제이다.

이러한 의미에서 「하나의 신념」은 비교적 용량이 큰 단편 소설이지만 생활을 진지하게 추구하는 작가의 창조적 로력이 깃들어 있다는 것으로 의의 있는 작품이라고 말할 수 있다.

그러나 작가는 응당 인간 개조의 필연성과 인간 개조를 위한 긍정적 주인공의 열정을 예술적으로 더욱 심오히 천명했어야 하였다. 이 소설은 개조 대상의 낡은 사상을 고쳐 주는 데 초점이 돌려질 대신에 긍정적 주인공 히겸의 인정적이며 세태적인 미거에 의하여 개조되는 것으로 묘사되었다. 그렇게 때문에 어둠과 비'바람을 뚫고 진창길을 밟으며 치환에게로 말려 가는 감동적인 장면도 미적인 공감을 덜 준다. 인간 개조의 높은 공산주의적 정신 도덕적 긍정의 힘으로 낡은 사상을 감화 극복시키는 로동 계급의 높은 정신력과 관련된 이 감화 교양은 낡은 요소와의 사상적 및 계급적 투쟁을 배제하는 것이 아니며 도리여 그 투쟁의 내용은 더욱 사상적 심오성과 격렬성을 띠고 있는 것이다.

낡은 것과 새것간의 투쟁 앞에서 안이하게 외면하거나 인간 개조의 복잡한 과정을 단순화하여서는 결코 오늘의 시대정신을 옳게 반영할 수 없다.

길 확실, 리 신자 등의 투쟁은 긴장된 사상 투쟁 과정이었으며 인내성과 열정을 요구하는 인간 개조의 극히 복잡한 과정이기도 하였다. 이 과정은 인간의 의식 속에 뿌리박은 자본주의 사상 잔재에 대한 극복 과정이며 사회주의 사상의 위대성과 생활력의 승리의 간고하고도 복잡한 과정이다.

「하나의 신념」에서 작가는 절삭 가공 경기 대회에서 경호를 패배하게 함으로써 히겸의 긍정적 소행들이 더 뚜렷하게 나타날 수 있게 하였다. 이 것은 우리 시대 천리마 기수들의 정신세계를 묘사함에 있어서 전형적인 과정으로 될 수 없다. 여기에서 작가는 어찌 하여 경호가 졌을 때 히겸으로 하여금 랭랭한 태도를 가지게 하였는지 우리에게 리해되지 않는다. 이 것은 생활의 합법칙성은 아니고 개조 대상들이 패배케 함으로써 긍정적 주인공이 그것을 리용하여 개조하게 하였기 때문에 생동한 감동을 불러일으키지 못했다. 이것은 개조하기 위한 계기 설정과 장면들을 작가가 인위적으로 설정한 데서 온 결합이다. 이 작품의 부족점은 구성상에서도 일부 조잡성을 띠고 있다는 점이다. 비교적 내용상 많은 용량을 체계 정연하게 보여 주지 못했다. 작가는 히겸이가 락후가 변속함 직장에 자원하여 가서 성원들을 료해하고 락후한 대상을 선정하고 개조하는 과정을 보여 주려는 의도 밑에서 인물을 배치하고 사건을 전개시킨 것은 주인공 히겸, 치환의 성격을 창조하는 데 있어서 비교적 정당한 설계였다. 그러나 인물 성격을 창조하는 데 요구되는 사건 전개는 명면적인 점이 농후한 것으로 해서 중첩되고 조잡한 결과를 가져 오고 있다. 작가는 이 단편 소설에 등장하는 모든 인물들을 주인공을 중심으로 하여 성격적 독자성을 부각해 주려고 하였다. 물론 단편 소설에서도 일명이 아니라 수명의 성격을 창조할 수 있다. 그러나 그런 성격 창조가 개별적 인물의 생활 과정의 소개와 같이 된다면 자연히 분량은 많아지고 사건은 조잡해질 수밖에 없다. 「하나의 신념」에는 바로 이런 구성상 약점이 내포되고 있는바 치환이와 경호를 각각 자기의 생활 론리 대로 분산시켜 움직이게 함으로써 사건은 복잡하고 구성은 립체적으로 되지 못하게 하였다.

여기서도 명백한 바와 같이 작품의 구성에 관한 문제가 형식을 내용에 적응시키는 문제의 중요한 부분으로 된다. 예술적 형식 전체로서의 구성은 생활의 진실성과 개별적—구체적인 것의 확실성을 보존하면서 묘사되는 현실 현상들의 본질을 가장 심오하게 그리고 시대정신을 완전하게 드러내는 데 이바지 하여야 한다. 예술적 표현의 기타 수단들과 마찬가지로 구성은 독자를 사상—미학적으로 확신시키며 그의 사상과 감정을 공산주의 정신으로 교양하는 과업에 복무하여야 한다.

만일 이 분야에서의 이러저러한 작가의 혁신에 대하여 언급한다면 작가가 찾아 낸 구성적 수법들을 말함에 있어서 이러한 수법들이 예술적 인식의 가능성을 어떻게 풍부하게 하며 문학의 교양자적 역할을 어떻게 강화하는가 하는 견지에서 평가하는 것이 필요하다. 「하나의 신념」이 가지고 있는 우에서 말한 부족점이 그러면 작가의 단순한 기교의 미숙성에서 오는 것인가? 아니다. 문제는 현실을 피상적으로 관찰한다는 데 있다. 작가의 현실 연구는 현실의 외형적인 지식의 축적을 의미하지 않는다. 현실 속에서 사는 인간의 사상 감정, 그의 정신세계를 작가 자신이 체험하고 그들과 같이 흥분해야만 작가는 사회 도덕적인 문제를 제기하고 해결할 수 있다. 작가가 아름다운 현실에 추종한 결과는 기록주의적 측면을 낳게 하였다고 생각한다.

인간 개조의 주제를 취급한 「진심」이 성공한 작품이라고 말할 때 우리는 거기서 천리마 기수들의 정신력에 깊이 침투하고 그들이 어떤 리념과 지향을 가지고 기적을 창조하는가 하는 진실을 규명하였기 때문에 공감하는 것이다. 승춘이를 교양하기 위하여 주인공 주렬을 한 달 동안 한 이불 속에서 이야기도 나누며 단 하나밖에 없는 누이와 그들의 기쁜 상봉을 위하여 평양 방직 기계 공장을 찾아 가며 밤을 새워 70여 통의 편지를 손수 쓰기도 한다. 그러면서도 때로는 참을 수 없는 모욕과 멸시를 당하기도 한다. 그러나 주렬은 이것을 참고 이길 뿐만 아니라 2백여 개의 인민반과 수천 세대의 문을 두드리며 끝끝내 찾아놓고야 마는 이 고매한 행동 앞에 어찌 우리가 감격하지 않을 수 있으랴! 시대의 참다운 아들이 걸어 온 이 행정을 어찌 단순하게만 생각할 수 있을 것인가! 확실히 이 매혹적인 성격 속에는 오늘의 우리 시대의 정신이 강하게 울리고 있으며 시대의 무궁무진한 창조력이 깊이 숨 쉬고 있다.

그렇다! 천리마 기수들의 정신세계—그것은 단순하게 순간적으로 이루어진 것이 아니다. 오늘에 도달한 로동 계급의 정신세계에는 과거의 정신세계가 집약되어 있다. 이것은 농민들을 비롯한 인테리, 청년 학생 등 다른 계층에 대해서도 이와 꼭 같이 말할 수 있다.

시대의 본질적인 생활적 모멘트 및 그 특징들이 집약되어 반영되는 하나의 단편 소설을 창조하기 위해서도 이러한 구성을 통해서 그의 본질을 천명할 때에만 진실한 형상, 시대의 전형을 창조할 수 있다.

이상에서 보는 바와 같이 우리에게 주는 교훈은 작가들이 현실을 심오하게 연구할 뿐만 아니라 어느 때보다도 긴장된 노력이 있어야 한다는 것을 가르치고 있다. 작가의 시대적 감각과 혁명적 세계관은 언제나 생활 현상의 심오한 전형화를 위해서와 예술적 형상의 사상—미학적 확신성을 강화하기 위하여 구성의 모든 가능성을 리용하도록 보장하며 동시에 환경, 충돌, 결말의 자연성을 완전히 보존하게 한다. 문학의 표현의 한 수단으로서의 구성이 제아무리 잘 째여져 있다고 하더라도 그 속에 생활이 없거나 시대정신이 맥박 치지 않을 때에는 독자들의 감흥을 불러일으킬 수 없다는 것은 자명한 일이다.

김 병훈의 「새 지도를 가지고 온 사람들」은 단편 소설로서의 함축성이 있고 비교적 구성이 간결하게 되어 있다. 그러나 거기에는 등장인물들의 사고가 어딘지 모르게 낡아 보이며 시대정신이 고동치지 못하고 있다. 시대 감정과 동떨어진 문제성이나 서정 세계란 것은 있을 수 없다. 심오한 문제성에도 서정 세계에도 우리 시대의 경향성이 풍만되어야 한다. 현실이 천리마로 내닫는 때 우리들이 한 자리에 앉아 시간을 기다릴 수도 없거니와 또한 공허한 웨침으로써 우리 시대의 감정을 반영할 수 없다.

우리는 이 작품을 읽으면서 사랑스러운 조선 소년다운 슬기로운 정신적 초상에 접할 수 없으며 새 지도를 가지고 온 사람들의 넋을 굽이치는 생활의 환희와 랑만적인 기상의 고동 소리를 엿들을 수 없다.

천리마 시대의 소년! 이들은 얼마나 예지와 총명으로 빛나는가! 우리의 사랑스러운 소년들과 이야기를 나누어 보라. 얼마나 똑똑한가, 사회 정치 생활, 국내외 정세, 문학과 예술, 기술 수준, 우리가 흔히 상식이라고 부르는 모든 면에서 그들은 도저히 상상할 수 없으리만치 높은 수준에서 말하는 것이며 행동하는 것이다. 이들이 바로 우리의 미래의 주인공들이며 우리 사회 제도 하에서 행복스럽게 자라나는 공산주의의 싹이다.

그런데 유감스럽게도 「새 지도를 가지고 온 사람들」에 나오는 소년들은 "자전거 조향간에 달린 신호종을 조심스레 만지다가 찌릉하고 소리가 나는 바람에 제김에 훔칠 놀라 물러서"는가 하면 반도체 라지오에 소년들은 "모두 눈이 둥그래"하기도 한다. 과연 우리 시대의 소년들이 작가가 창조한 이 소년들처럼 이렇게 시대에 뒤떨어져 있단 말인가? 아니다. 이것은 오늘의 우리 소년들의 기질과는 거리가 멀다. 자전거의 신호종이나 반도체 라지오와 같은 그런 물체에 놀랄 소년들이 결코 아니며 그들은 작가도 말한 것처럼 우주에로의 려행을 갈망하는 그러한 아름다운 꿈을 지닌 미래의 꽃송이들이다!

작가의 이러한 비진실한 디테일의 설정은 시대의 몰리해에서 초래한 결합임을 말하여 주는 동시에 시대적 감각과는 일정한 거리가 있다는 것을 시사해 준다.

이 소설이 또한 소설로서 가지고 있는 부족점은 전형적인 성격 창조의 미를 통하여 주제를 실현하지 못하고 서술을 통하여 지루하게 해석함으로써 작가가 독자들에게 주려는 기본 의도—간석지 개간의 의의, 우리 인민의 불타는 조국 통일의 리념을 모호하게 만든 데 있으며 한편 소설로서의 체모를 갖추지 못한 데 있다. 사건의 론리적 전달에 그치고 말았기 때문에 소년들의 형상이 기타 인물들과 사건의 통일 속에서 묘사되지 못하였다.

오늘과 같이 비약의 단계에 있어서 또 새 형의 주인공들이 탄생되고 있는 사정은 우리 작가들이 비상한 일반화의 능력과 생활 탐구가 없이는 시대의 본질과 주인공들의 특질을 천명할 수 없다.

천리마 기수들의 성격 창조는 작가들이 생활 속에서 새로운 공산주의의 특성을 발견하는 것과 관련되며 동시에 작가들의 미학적 사상과 현대적 감각을 부단히 갱신하고 발전시키는 것과 분리하여 생각할 수 없다.

우리 작가들은 현실에 대한 심오한 미학적 련계를 더욱 심화함으로써 시야를 넓히며 내면세계를 풍부하게 제고시키며 시대적 감각을 부단히 체득하기 위하여 모든 힘을 경주해야 할 것이다.

시대에 대하여 열렬한 작가만이 시대에 대하여 열렬하게 말할 수 있다.

≪조선문학≫, 1962.1

천리마의 서정과
전투적 시 정신 (2회)

엄호석

3. 서정시적 일반화의 특성과 우리 시

생활 소재의 서정시적 일반화의 특성에 대한 정당한 리해는 투쟁의 랑만으로 충만된 우리 시대의 영웅적 내용을 높은 전형화의 수단으로 반영함에 있어서 가장 중요한 문제의 하나다.

서정시가 시인의 개성적 체험을 통하여 생활을 일반화하는 전형화의 특성에 의하여 생활을 그 진행되는 과정에서가 아니라 일정한 계기에서 포착하며, 생활을 그 전모와 다방면적 측면에서가 아니라 예리한 각 면에서 반영한다는 것은 주지의 사실이다. 이것은 결코 생활을 반영하는 데 있어서의 서정시의 제한성이 아니라 생활 현상에서 환기된 시인의 감정과 체험을 노래하는 서정시적 방식의 특성이다. 시인은 생활 현상에서 환기된 자기의 감정이나 체험을 노래하기 위하여 그 생활 현상의 본질이 가장 잘 표시되는 예리한 측면을 노래한다.

서정시적 일반화의 이러한 특성으로부터 출발하여 우선 제기되는 것은 생활 현상의 본질이 가장 잘 표시되는 예리한 측면을 포착하는 문제 자체와 또 그것을 주정과 결합시키는 문제다.

천리마 현실의 이러저러한 본질적 특징, 다시 말하면 천리마 기수들의 정신세계의 이러저러한 측면을 반영함에 있어서 반드시 천리마 기수들을 창조적 로동 과정의 전모 속에서 노래하여야 한다고만 생각할 수는 물론 없다. 동일한 주제적 목적을 달성하는 길과 수법은 시인에 따라 다양할 수 있다. 뿐만 아니라 창조적 로동의 주제는 동시에 창조적 로동을 하는 인간의 주제, 천리마 기수의 주제로 되며 또 그렇게 되어야 한다. 따라서 천리마 기수의 정신세계가 표현되기만 한다면 창조적 로동의 생산 과정에서만이 아니라 생산 현장이 아닌 다른 정황 속에서도 그를 노래해서 나쁠 것이 없으며 또 무방하다. 문제는 주제와 주제의 해명에 있는 것이지 주제의 해명을 위한 자료의 선택에만 있는 것이 아니다.

서정 시인은 길을 걷다가 우연히 만난 사람들의 해'빛에 탄 얼굴 빛갈이나 시선에서도 혹은 저녁 기대를 떠나는 로동자의 미소에서도 시를 발견할 수 있다. 한 마디로 습관적이며 일상적인 생활의 흐름의 한 토막, 한 토막에서도 사람들을 흥분시키며 매혹하는 시적 주제를 암시 받을 수도 있다. 이러한 섬광과 표상들은 시인의 통찰력이 민감하고 그 눈초리가 예민하기만 하다면 우리 생활의 어느 구석이나 거리의 어느 골목에서도 포착할 수 있다. 그 만큼 우리 생활은 그 풍부한 시적 내용과 다양한 미학적 특성으로 하여 특징적이다.

둥근 달이 구름 사이 헤염치는 밤,
무엇인가 잡힐듯 한 기쁨이 앞서
마음 깊이 밀물치는 은근한 생각
야근에서 돌아 오는 이러한 밤은
십 리라도 자꾸만 걷고 싶구나

얼마나 많은 꿈을 키워 왔느냐
서투른 로동이라 어서 몸에 익히자고
마음도 조급히 뛰놀던 날엔

불현듯 담찬 기능공이 부러워

달'빛에 작은 손도 비쳐 보던 길이여!
내 이 길 우에서
갓 잡힌 손아귀의 물'집을 땄고
찬바람에 조여 오던 얼굴 비비며
남몰래 두 주먹을 그러쥤노라
……………………………

너도 나의 길 변함 없이 밝혀 준
믿음직한 리정표!
한여름'밤 단꿈에 취할 때에도
너는 꿈 속에서도 우렷이 길목을 드러내며
나를 소스라쳐 눈 뜨게 하였다
불꽃 튀는 공장에로 나를 불렀다.

오, 밤'길
그전 날엔 나의 밤'길 익혀지지 않아
조급한 걸음걸음 밤마다 무겁더니
오늘은 보람찬 가슴 하도 무거워
다시금 돌아 보고 훑어 보는 길이여!

이것은 장 건식의 시 「밤'길」(≪조선 문학≫1962, 6호)에서의 인용이다. 보다싶이 이 시에는 우리 시대의 영웅적 면모와 그것을 지닌 천리마 기수들의 정신세계와 미가 진실하게 표현되어 있다. 그러나 그것을 천명하며 표현하기 위하여 시인이 선택한 생활적 단면 즉 시의 소재는 우리를 격동시키는 요란한 사건도 아니며 천리마 기수의 그 어떤 영웅적 위훈도 아니다. 반대로 그것은 야근으로부터 돌아오는 달 밝은 밤'길과 같은 습관적이며 누구나 체험하는 일상적이며 평범한 생활적 단면에 불과하다. 그럼에도 불구하고 시인은 그러한 야근으로부터 돌아오는 밤'길과 련결된 천리마 기수의 창조적 로동의 시학과 혁명적 정열을 불러 내여 자기 시에 생활의 거대한 진실과 사상을 일반화하는 데 성공하였다. 이것은 그 만치 생활의 일상적인 흐름, 사소하고 습관적인 생활 측면에서도 억세고 감동적인 서정을 불러 낼 수 있는 시적 섬광과 시적 표상을 포착하는 능력을 시인이 소유하고 있다는 것을 말하여 준다.

시인은 달 밝은 밤에 길을 걷다가 마주친 한 로동자의 얼굴에서 창조적 로동의 하루를 마친 만족감으로 하여 번쩍인 미소를 포착하였다고 하자. 이것은 그 자체로서는 누구나 그저 지나칠 수 있는 일상적이며 평범한 사실이다. 그러나 시인은 길'가에서 문득 포착한 이 사소하고 평범한 사실에서 커다란 충격을 받을 수 있다. 그것은 이 순간에 시인이 천리마 현실에서 체험한 천리마 기수들의 정신적 면모가 머리를 스쳤으며 따라서 이 사소한 사실이 그 어떤 거대한 사실을 밝혀줄 만 한 의의를 가지고 시인에게 육박하게 된 때문이다. 이것이 왕왕 령감이라는 말로 표시되는 시적 섬광이다.

「밤'길」은 바로 이렇게 하여 태여났다. 시인은 달 밝은 밤'길에 야근으로부터 돌아오는 로동자의 얼굴 표정을 두고 문득 자기의 현실 체험을 돌아보면서 야근으로부터 돌아오는 길, 매일 출퇴근하면서 두 번씩은 걸은 이 길의 무수한 걸음을 그의 창조적 로동 속에서 단련되는 간고한 장성의 길로 비유할 수 있었다. 이 시에서는 이와 같이 길이 창조적 로동 속에서의 인간 장성의 길로 전의되여 창조적 로동의 혁명적 정열에 대한 거대한 주제가 해명되고 있다.

이러한 일반화의 수법을 우리는 정 문향의 시 「새들은 숲으로 날아간다」에서도 볼 수 있다.

이 시에서도 용광로에 깃든 새들이 포화가 멎자 숲으로 날아가는 사소한 시적 표상을 통하여 정전과 함께 창조적 로동의 혁명적 정열에 가슴이 드노는 제철공들의 정신세계를 웅심 깊게 활짝 드러내고 있다.

모든 것을 다시 추켜 세운 구내로 새들이 간다
그 모진 싸움 속에서도 가슴 드놀지 않던
제철공들의 무쇠의 가슴을 치며 가슴을 흔들며—
우리 이 자리를 지켜
오늘을 맞는 것처럼
평화로운 조국의 하늘 가에—
어데로 가도 기쁘고 즐거운 바다와 산과 들
그리움에 찬 보금자리를 다시 찾아 새들은 숲으로 간다.
제철공들의 그 무쇠의 가슴을 흔들며…

보는 바와 같이 제철공의 성격과 그 정신세계가 직접적으로 천명되었거
나 그가 열중하는 제철의 로동 과정이 정면으로 묘사되여 있는 것이 아니다.
시인은 그것을 새가 숲으로 날아가는 사소하고 습관적인 현상을 통하
여 보여 주면서 생동하게 강조하고 있다.
서정적 주인공, 제철공의 무쇠 같이 드놀지 않는 가슴 속에는 전쟁의 모
진 포화 속에서도 철을 위한 투쟁에서 한 발'자국도 물러서지 않은 강인한
혁명적 의지와 영웅적 기백이 맺혀져 있다. 전쟁의 불'길 속에서도 드놀지
않던 가슴, 영웅적 기백이 정전과 함께 승리한 조국의 하늘과 숲을 향해
날아가는 새들의 날음에 흔들렸다고 노래하였을 때 그것은 제철공들의 영
웅적 기상을 약화시키고 있는 것이 아니라 더욱 강조하고 있다. 제철공은
싸움 속에서도 자기의 혁명적 의지를 꺾지 않은 것처럼 평화의 날에는 철
을 위한 투쟁에서 더욱 영웅적일 것이다. 그가 새들의 날음을 바라보면서
무쇠의 가슴이 흔들린 것은 평화의 도래에 대한 안도감에서가 아니라 싸
움 속에서 그것을 위하여 투쟁한 승리에 대한 환희와 창조적 로동에 대한
정열에서였다. 이와 같이 시인은 전쟁 중에 용광로에 깃든 새들이 숲으로
날아가는 사소한 현상 속에서 전쟁의 승리를 잘 표시하는 특징적인 생활
적 표상을 발견하고 그것을 제철공의 무쇠 같은 의지의 천명에 복종시킨
것이다.

이 두 시의 실례는 우리가 생활의 일상적인 흐름의 한 토막이나 사소한 습관적인 사실을 노래하는 그 자체는 결코 나쁠 수가 없으며, 오히려 생활의 다양한 반영을 위하여 필요하다고도 말할 수 있다. 다만 그것들의 묘사를 시의 기본 주제와 주정에 복종시키지 않는 때 그것이 나쁘다.

만일 우리 서정시가 생활의 일상적인 흐름에서 포착된 사소한 시적 표상 그 자체에 머물고 그다지 의의가 크지 않은 시대의 특징, 세태—륜리적 특징을 표현하는 데 편중된다면 어떻게 될 것인가.

그 경우에 서정시는 들끓는 우리 시대의 흐름으로부터 리탈하여 자기의 전투적인 시 정신을 일상적인 생활의 안온한 흐름으로 바꾸어 놓을 수도 있다. 생활의 일상적인 흐름에서 포착된 시적 표상만을 묘사하는 수법에 편중하는 것은 그것이 우리 시대의 어떤 특징을 표현하는 경우에도 우리나라 서정시가 쌓아 온 전통의 견지에서 볼 때나, 사회주의적 사실주의 창작 방법의 견지에서 볼 때나 결코 서정시적 일반화의 기본으로 될 수 없다는 것을 강조할 필요가 있다. 그러기 때문에 생활의 일상적인 흐름에서 포착된 사소한 표상들과 나아가서는 세태—륜리적인 것과 심리—정서적인 것도 생활의 다양한 반영에 대한 사회주의적 사실주의의 미학적 요구로 된다는 사실과 그것들이 그러나 우리 시대의 영웅주의적 내용을 표현하는 데 있어서 자체의 제한성을 가지고 있다는 사실과는 별개의 문제이며 따라서 서로 모순되는 것도 아니다.

생활의 서정시적 일반화는 시적 주제의 해명과 동일한 과정에서 이루어진다. 그러기 때문에 생활의 서정시적 일반화에 대한 정당한 리해는 시적 주제에 대한 정당한 리해를 전제로 한다.

주제는 작품에 나타난 결과로 볼 때에는 엄연하게 작품의 사상과 구별되나 작품의 구상 과정에서 볼 때에는 아직 사상과 구별되지 않으며 따라서 작가에게 형상화를 요구하면서 그를 고무하는 충동으로서의 사상이라고도 말할 수 있다. 그러기 때문에 고리끼가 주제에 대하여 "작가의 경험 속에 축적되고 생활이 암시하나 그의 인상 속에 깃들어서 아직은 표현되지 않고 있으면서 장차 형상화될 것을 요구하고 있는 사상"이라고 정식화한 것이 우연하지 않다.

그러나 우리가 만일 고리끼의 이 정식화를 기계적으로 리해하고 주제에 대한 개념을 사상에만 귀착시킨다면 그 경우에 시인이 생활의 체험 과정에서 구상된 사상을 표현하는 것만이 중요하며 그 사상을 표현하기 위하여 시인이 의거하여야 할 생활 자료가 우리 시대의 거대한 사변이겠거나 생활의 일상적인 흐름의 한 토막, 아니면 사소한 사실이겠거나 그것은 아무래도 좋은 것으로 될 것이다. 그러나 시도 생활을 반영하는 만큼 인간의 정신세계까지 포함한 생활적 소재에 의거하지 않을 수 없으며 또 생활적 소재를 통하여서만 시적 사상을 표현한다. 생활적 소재로써 표현되지 않은 사상은 추상적 사상이며 시적 사상으로도 지어 문학의 사상으로도 되지 않는다.

그러기 때문에 시도 포함한 문학 작품의 주제라는 개념에는 작품에 반영된 생활적 소재의 범위도 포함된다. 이로부터 출발하여 주제란 작가의 미학적 리상으로 판단되고 평가됨으로써 일정한 사상을 형성시키는 생활 현상의 범위라고 정식화할 수도 있다. 고리끼의 정식화에서도 역시 생활이 암시한 사상으로서의 주제를 말하면서 이와 같은 생활적 소재의 범위를 중요하게 고려하고 있다는 것을 잊어서는 안 된다.

주제에 대한 이러한 정당한 리해로부터 흘러나오는 결론은 명백하다. 즉 서정시에 있어서도 서사적 작품들과 마찬가지로 생활의 서정시적 일반화에 있어서 어떤 생활적 소재에 주목을 돌리는가 하는 문제가 중요하게 제기되지 않을 수 없다.

서정시에 있어서도 시적 사상을 표현하는 견지에만 설 것이 아니라 우리 시대의 중요한 혁명적 사변들과 문제들, 특히 사회주의 건설에서 제기되는 파업들과 창조적 로동을 노래하는 견지에 서야 한다. 그런 때라야만 더 의의 있고 더 거대한 우리 시대의 사상을 표현할 수 있다. 왜 그런가 하면 우리 생활에서의 혁명적 사변들과 문제들, 사회주의 건설에서 제기된 파업들과 창조적 로동은 우리 시대의 사상, 당의 사상과 의지의 표현인 만큼 그것들에 대한 반영은 그 자체에만 의의가 있는 것이 아니라 바로 우리 시대의 사상, 당의 사상과 의지를 표현하는 직접적인 길이며 또 가장 기본적인 길이기 때문이다.

그러나 이것은 우리 생활에서의 혁명적 사변들과 문제들, 그리고 사회주의 건설에서 제기되는 파업들과 창조적 로동이 시적 사상을 표현하기 위한 수단이라는 것을 의미하지 않는다. 그것은 바로 그것 없이는 시의 사상도 없는 그런 중요한 내용적 성분이다. 이것은 생활의 일상적 흐름에서의 사소한 인상이나 표상만으로는 우리 생활에서의 거대한 혁명적 사변들, 문제들, 파업들을 노래하는 때의 거대하고 심오한 사상들의 높이에 도저히 올라 설 수 없는 사실로써도 반증된다. 우리 생활에서의 혁명적 사변들과 문제들, 사회주의 건설에서 제기되는 파업들과 창조적 로동에 대한 노래의 의의에 대하여 더 설명할 필요가 있겠는가. 이것은 해방 후 우리 서정시 나아가서는 우리 문학이 걸어 온 현대성의 전통에 있어서 가장 중요한 표징이다.

현대성은 사회주의적 사실주의 문학의 넋이다. 우리 문학, 그리고 우리 시 문학이 해방 후 사회주의적 사실주의의 길에서 전투적이며 당적인 문학으로서의 민족적 풍모를 띠고 가장 정당한 방향에서 건전하게 발전하고 있는 것은 바로 이 현대성 문제가 우리나라 문학에서 철저하게 해결되고 있다는 사실에 중요한 원인의 하나가 있다. 오늘 우리 시인들은 그 대부분이 사회주의 건설의 현장에 깊이 침투하고 당 정책의 구현자로서 우리 시대의 중요한 사변들과 문제들, 사회주의 건설에서 제기되는 파업들과 창조적 로동을 노래하는 전투적인 당의 가수로 되고 있다.

그런데 여기에서 반드시 지적해야 할 것은 그렇다고 거대한 사회적 실천에 대한 주제와 생활의 일상적 흐름에서 포착된 사소한 표상에 바쳐진 주제를 대립시켜서는 안 된다는 그것이다.

문제는 거대한 사회적 실천에 대한 주제를 기본으로 하고 생활의 일상적 흐름에서 포착된 사소한 인상이나 표상들에 대한 주제들도 이에 복종시키면서 우리 서정시의 다양한 흐름 속에 흡수하는 데 있다.

우리는 또한 사회적 실천의 거대한 주제에 바쳐진 그러한 시들에서 주제의 사상적 측면이 중요하다 하여 거기에만 일면적으로 편중함으로써 나타나는 추상적 경향을 반대하면서 동시에 그 생활적 소재의 측면에 지나치게 편중하는 기록주의적 경향과도 투쟁하여야할 필요성을 우리 서정시의 일부 약점 자체가 제기하고 있다. 서정시에서의 도식주의, 즉 이미 지적한 바와 같이 '구호시'는 무엇보다 생활의 진실성과 구체성을 떠나 시인의 주관적인 '일반적'사상을 독자들에게 강요하는 데서 중요하게 나타났다. 그러기 때문에 '구호시'와의 투쟁이 생활에의 사실주의적 침투와 특히 생활적 진실성과 구체성에의 충실성을 위한 투쟁으로 진행된 것이 우연하지 않다.

이 투쟁에서 강령적인 지침으로 된 것은 1951년 6월 30일 김 일성 동지의 전체 작가 예술가들에게 주신 교시에서 애국심의 표현과 관련하여 "예술에서 추상성은 죽음"이라고 하신 말씀과, "현실 그 대로인 구체성과 진실성" 속에서 현실을 반영하라고 하신 말씀이였다.

이리하여 서정 시인들은 생활적 문제들과 생활적 소재 특히 인간의 구체적 감정에 더욱더 얼굴을 돌리고 서정시에서 시인의 사상과 생활적 진실성 및 구체성과의 통일을 위하여 투쟁하여 왔으며 그 결과 오늘과 같은 우리 서정시의 다채로운 금자탑을 이루어 놓을 수 있었다. 그러나 그러한 성과가 달성되는 과정에서 생활적 진실성과 구체성에 지나치게 편중된 나머지 생활적 소재의 라렬로써 이번에는 시의 사상을 약화시키는 경향이 나타났다. 물론 이러한 기록주의적 경향과 추상적 경향은 따로따로 나타나는 것은 아니고 이렇게나 저렇게나 함께 나타난다. 이와 관련하여 반드시 다시 강조하여야 할 것은 서정시에 있어서 생활적 진실성과 구체성이 나쁘거나 또 지어 생활적 소재가 많아서 나쁜 것이 아니라는 것이다. 문제는 생활적 소재가 많은가 적은가, 생활적 정황의 묘사가 많은가 적은가에 있는 것이 아니라 그것들이 시의 사상을 얼마나 생활적 진실성을 통하여 심오하게 표현함으로써 서정시적 일반화의 특성에 복무하는가 안 하는가에 있다. 만일 복합적 소재와 생활적 결합, 그리고 사건이나 삽화 등이 그 자체의 전달에 그치고 그것들로써 일정한 사상으로 일반화되지 않고 다만 생활적 소재의 라렬로 떨어질 때 우리는 그에 대하여 기록주의의 이름으로 반대할 권리가 있다. 그러나 우리가 여기에서 이야기하려는 것은 이미 잘 알려진 이 측면이 아니다. 다른 한 측면이 우리의 주목을 끌고 있는바 그것은 우리 시에서 이상과 같은 일부 기록주의적 경향이 마치도 시에 도입된 생활적 자료나 생활적 정황 자체에 그 원인이 있는 것처럼 보고 이에 서정시의 주정을 대립시키려는 경향이다. 서정시에서 모든 생활적 소재와 정황 묘사는 주정에 복종되여야 한다. 그러나 그에 주정을 대립시켜서는 안 될 것은 물론이다.

주정에 복종만 된다면 시 전체의 화폭을 회화적인 생활적 정황의 묘사만으로써도 완성할 수 있다. 사소한 생활적인 세부에 대한 외부적 묘사를 통하여 강렬한 주정과 거대한 시대적 풍모를 번개처럼 열어 보여주는 능숙한 기교를 우리는 리 상화의 시들에서 본다.

실례로 「가상」과 「시 3제」와 같은 시초들의 시 여섯 편만 하더라도 거의가 5행 내지 6행의 짧은 시다. 그런데 생활적 정황이나 외부적 세부의 묘사가 주정을 방해한다고 말하면서 시인의 체험된 감정 그 자체에서만 주정이 표현되는 듯이 생각하면서 주정과 생활적 정황이나 외부적 세부의 묘사와를 대립시키려는 견해대로 한다면 이런 짧은 시에는 서사적 요소는 언제나 있을 수 없고 다만 시인의 체험만이 압축되어 표현되여야 할 것이다. 그러면 이제 상기 시초들 중 「조선병」이라는 시 한 편만이라도 다시 읽어 보라.

어제나 오늘 보이는 사람마다 숨'결이 막힌다.
오래간만에 만나는 반가움도 없이

참외꽃 같은 얼굴에 선웃음이 집을 짓더라
눈보라 몰아치는 겨울 맛도 없이
고사리 같은 주먹에 진땀물이 굽이치더라
저 하늘에 봉창이나 뚫으랴 숨'결이 막힌다.

보는 바와 같이 이 시에서는 화가에 의하여 회화에 그대로 옮겨 놓을 수
있으리 만큼 사나이의 초상을 생동하게 그려 놓았다. 그러면 주정은 어디
에 있는가. "어제나 오늘 보이는 사람마다 숨'결이 막힌다"와 "저 하늘에
봉창이나 뚫으랴, 숨'결이 막힌다."라는 개별적 시행에만 있는가. 아니다.
이 시의 주정은 중요하게는 이 시에 묘사된 사나이의 초상에 대한 외부적
화폭에서 울려 나오고 있다. 즉 이 시의 묘사는 모든 현상이 시인의 주정
을 위하여 묘사되고 있다.

시인은 생활의 모진 풍상에 지친 한 사나이의 구체적인 초상에서 조선
사람들의 운명을 보았으며 따라서 조선 사람들의 운명을 가장 예리하게
드러내기 위하여 사나이의 초상에 특징적인 세부를 선택하여 간결한 붓으
로 전형화하고 있는 것이다. 그 만치 이 시는 특징적인 묘사를 통하여 조
선 사람과 조국의 운명을 한 사나이의 초상을 보는 때처럼 독자가 감각할
수 있는 생동한 형상 속에 일반화하고 있다.

그런 만큼 서정시에서는 서사적 요소가 많은가 적은가가 중요한 것이
아니라 그것을 통하여 시인이 토로하는 주정과 표현하려는 사상이 얼마나
심오한가가 중요하다. 우리는 이와 같이 서사적 요소가 많은 시들을 알고
있을 뿐만 아니라 반대로 김 소월의 「초혼」처럼 서사적 요소가 거의 없이
서정적 요소로만 구성된 시들도 알고 있다. 그런데 어느 경우를 막론하고
다 시인의 주정이 명확하고 심오하다. 이로부터 서사적 요소가 많은 작품
일수록 주정이 희박해지는 것은 결코 아니다.

그럼에도 불구하고 일부 평론가들에서는 서정시 쟌르에 대한 벨린스끼
의 말에만 기계적으로 매여 달리고 현대 서정시의 특성을 고려하지 않은

결과 서정시에서의 서사적 요소의 도입, 따라서 생활적 소재와 정황의 외부적 묘사 자체가 약점인 듯이 말하는 경향이 나타나고 있음을 우리는 때때로 볼 수 있다.

벨린스끼는 서정시의 특성과 관련하여 서정시의 내용이 "객관적 사건의 발전인 것이 아니라 주체 즉 시인 자신이며, 그를 통하여 진행된 모든 것"이라고 말한 일이 있다.

벨린스끼의 이 명제는 물론 오늘에 있어서도 타당성을 가지는 것만은 사실이나 이 명제를 기계적으로 리해하고 서정시에서 주정의 중요성을 강조하는 나머지 일체 서사적 요소를 서정시의 약점으로 보며, 지어 슈제트적 시까지 꺼려하는 경향은 정당한 견지가 아니다. 현대의 서정시는 벨린스끼 시대의 서정시와 그 성격에 있어서 현저한 차이가 있다. 오늘에 와서 서정시는 투쟁으로 충만된 현대의 사회─력사적 환경에 조응하여 자체에 력사적 의의를 가지는 사변들과 사회적 실천에의 인간 정열과 정서의 개방을 더욱더 끌어 들이게 된바, 이러한 추세가 서정시의 구조에 응당한 흔적을 찍으면서 서정시에 사건이나 인물들 기타 서사적 요소들의 광범한 도입을 허용하게 하였다. 이리하여 현대 서정시에서 생활적 소재와 정황에 대한 외부적 묘사는 그 어떤 약점의 표시가 아니라 그 성격의 표징으로 된다. 다만 생활적 소재와 정황의 외부적 묘사가 서정시의 주정을 가리워 버리며 그 결과 시적 사상을 약화시킬 때 개별적 작품의 약점으로 나타날 수 있을 뿐이다. 항차 당 정책의 구현자로서 우리 시대의 혁명적 사변과 문제들, 사회주의 건설에서 제기되는 파업들과 창조적 로동에 자기 창작 열정을 경주하고 있는 우리 시 문학에 있어서 생활적 소재와 정황의 외부적 묘사 즉 서사적 요소가 서정시에 광범하게 도입되게 되는 것은 합법칙적인 현상이라 아니 할 수 없다.

서정시에 서사적 요소가 결합되는 경향은 특히 혁명 전통을 노래한 시들과 천리마 현실을 노래한 시들에서 허다하게 볼 수 있다.

혁명 전통을 노래한 시들에서는 첫째로 노래의 대상이 현재 우리 인민이 살고 있는 현실이 아니라 지나 간 시기의 현실인 만큼 시인이 체험한 사건과 정황을 회상하지 않고 자기의 주정만으로 노래하기가 곤란할 뿐만 아니라 그렇게 노래한다 하더라도 서정적 주인공의 시대적 감정을 독자들이 감수할 수 없는 경우가 많다.

둘째로 혁명 전통을 노래한 시들의 소재는 그 자체가 시적이며 감동적이기 때문에 시인들이 그것을 대상으로 노래하면서 자기의 주정을 더욱 확증적인 것으로 부각시키기 위하여 사건이나 정황을 묘사하려고 지향한다. 바로 이 때문에 혁명 전통의 형상화에서 시인들이 보다 많이 자기 시에 서사적 요소를 도입하게 되는 것은 우연하지 않다. 그러나 문제가 시인이 살고 있는 현재의 천리마 현실을 노래한 시에 언급되는 때에는 그렇게 단순하지 않다. 천리마 현실을 노래하는 시들에서는 서사적 요소가 결합될 수도 있고 안 될 수도 있으며, 또 실지의 우리 시들의 형편이 그렇게 되어 있다는 사실을 생각하여 보더라도 이 문제가 복잡하다는 것을 알 수 있다.

천리마 현실을 노래한 시들에 서사적 요소가 도입되는 것은 우에서 말한 바와 같이 현실 그 자체가 시적이며 감동적인 소재로 충만되어 있는 우리 시대의 미학적 특성의 풍부성에 기인한다는 것은 더 말할 것도 없다. 그러기 때문에 우리 시인들은 자기의 노래의 대상으로서 흔히 인물, 사건, 미담과 실화를 선택하여 묘사하며 또 그러는 것이 최근의 시 문학의 추세로도 되고 있다는 것도 잘 알려진 사실이다. 그런데 인물과 사건, 미담과 실화 등을 취급하는 시들에는 슈제트와 이야기가 빚어지기 마련인바 이것을 두고 일부 시인들 사이에 마치 서정시에까지 서사적 묘사 방식이 허용되는 것처럼 이야기된 일이 있었다.

지어 서정시가 생활을 진실하게 반영하여야 된다는 요구가 마치 생활적 정황이나 생활적 슈제트를 서사적으로 묘사하라는 요구로 접수된 극단의 경향까지 나타났다. 이 경향에 있어서는 주정이야 있건 없건 생활적 화폭이나 생활적 슈제트가 전개만 되면 시적 형상이 있는 것으로 간주되고 김 철의 「살기도 좋고 일하기도 좋다」와 같이 생활적 슈제트의 서사적 전개에 의거함으로써 서정시적 일반화의 길과 주정으로부터 물러 난 시들이 찬양된 일이 있다.

　서정시에서는 시 전체가 생활의 외부적 묘사를 통하여서도 시의 주정을 발현시킬 수 있으나 생활적 슈제트 즉 등장인물의 행동의 전개에 의한 이야기 줄거리를 통하여서는 주정을 발현시킬 수 없을 뿐만 아니라 반대로 그것을 방해한다. 서정시는 일부 평론가가 말하듯이 서정시의 짧은 글'발 우에서 단편 소설의 집약된 화폭으로 생활을 반영하는 것이 아니다.

　이러한 경향과는 반대로 서정적 방식에 의거하는 때 리 상화의「조선병」이 보여 주는 바와 같이 아무리 서사적 묘사로서 시 형상이 구성되였다 하더라도 서정시는 서정시로 남는 것이다.

　　진정 보람찬 나날이였습니다 수상 동지시여
　　당신이 압록강 동'둑에 높이 올라 서시여
　　잡초 설레이던 이 넓은 기슭을 스쳐
　　조국의 머언 미래에로 시선을 보내시며
　　위대한 구상에 잠기셨던 순간부터…

　　나는 헤아릴 수 없습니다. 그 한 순간에
　　당신이 얼마나 먼 우리의 미래─
　　몇 천 세기까지나 내다보셨는지,
　　나는 헤아릴 수 없습니다, 삼천만 겨레의 앞날을 두고
　　당신이 몇 천 몇 만대의
　　방대한 공장, 비단 궁전들을 구상하셨는지

　이렇게 시작된 양 운한의 시초『비단 궁전 건설 시초』중의 시편「위대한 구상」은 그 성과 여부는 별문제로 하고 김 일성 동지가 신의주 화학 섬유 공장 건설을 현지에서 친히 지도하신 감격의 날을 회상하면서 사회주의 조국 건설에 대한 그 이의 위대한 구상의 한 부분이 천리마 기수들에 의하여 지금 압록강변에서 어떻게 실현되고 있는가에 대하여 노래하고 있다.

아, 당신이 처음 오시던 6월의 태양 아래
첫 삽을 박은 바로 그 자리에선
벌써 년전부터 방직기, 직포기 노래합니다!
당신의 금 같은 그 교시로
거연히 일어 선 보람에 기쁨과 영예를 담아…

더욱 보람찬 나날이었습니다. <모두다 화학 섬유 건설에로!>라는
당의 부름 따라 달려 온 수백 만의 심장들
오로지 하나의 불'길로 타오른 백 날의 전투는
실로 그렇습니다, 잡초만 설레이던 이 기슭에
<스프>, <팔스>, <회수>의 방대한 공장들은
일시에 일쿼 세우는 석 달 열흘의 돌격전은…

보다싶이 이 시를 읽고 나면 신의주 화학 섬유 공장 건설과 이에 대한 김 일성 동지의 교시와 관련된 일정한 사건이 떠오른다. 그러나 이 사건에 대한 시인의 묘사는 어디까지나 시인의 주정과 결합되어 있다. 다시 말하면 시인은 사건을 서정적으로 밝혔으며 그것을 시인—서정적 주인공의 체험을 부각시키는 데 복종시키고 있다. 그러기 때문에 이 시의 사건 묘사는 산문 작품에서의 그것과는 성격이 다르며 또 그 만큼 이 사건에 기초하여 조직된 이 시의 슈제트도 역시 산문의 그것과 다르다. 따라서 서정시에서는 사건을 진행되는 전 면모에서 객관적으로 묘사할 것을 요구하는 서사적 묘사 방식이 아니라 사건의 묘사를 통하여 수행되는 서정적 방식만이 허용될 수 있다. 만일 서정시에서 서사적 묘사 방식이 허용된다면 한 윤호의 「<낯선>말」이라는 다음과 같은 시도 서정시로서 응당한 평가를 받아야 할 것이다.

자, 어서 이리로 오게 모닥불 쪼이며
내 얘기를 듣게나—
비닐론을 지원하겠노라

이 곳으로 달려 온 동무여

동무는 이 곳에 갓 왔으니
더러 모르는 말도 있을 테지
이를테면 ≪공산주의 매대≫라든가
≪비날론이 약≫이라든가…

헌데 우리 작업반에서 생긴 말이라오
≪비날론이 약이지요≫란 말
우리 작업반 박 동무 (저 군복 입은 동무인데)
한 번은 앓아 누웠거든
그래 우리 어떻게 가만 있을 수 있었겠나
작업반 동무들 그를 병원으로 보냈다오
안 가겠다는 걸… 사람까지 달아서 보냈다오
주사를 맞히고 합숙에 눕히고 왔다오.

계속하여 시인은 그 환자가 아침에 누구보다 먼저 나와 일에 붙었으니 비날론이야말로 약이라는 것을 들려주고 있다. 사건 자체야 그 얼마나 감동적인가. 그러나 이 시에서는 그러한 감동적 사건이 그에 알맞은 시적 언어와 운률을 통하여 서정적으로 밝혀지지 않은 결과 서정이 극히 미약하고 사건이 무미건조한 외부적 전달에만 그치고 말았다. 말하자면 사건을 담화형식으로 소개만 하고 시인이 그 사건에 침투하여 자신의 것으로 해놓은 것이 없으며 그 만치 시인의 주정이 서정적 주인공의 체험을 통하여 발현되지 않고 있다. 한 마디로 말하면 이 시에는 서정적 주인공, 서정적 '나'의 체험된 감정이 없는 것이다. 이와 거의 같은 실례는 정 서촌의 시초 『청산리에서』에 수록된 시 「집」에서도 볼 수 있다.

외벽 칠한 박 로인네 아담한 집
대문을 열고 마당에 들어 섰을 때

먼저 눈에 띈 것은
토방에 쌓아 놓은 쌀'더미였다.

마침 점심'상을 물린 박 로인이
창문을 열어 잡고 반가이 맞아 주어
우리 친구들 네 사람은
허물 없이 방안에 들어 섰다.

—자 앉으시유, 작가 선생님들
그런데 집이 좁아서…
할아버지는 못내 미안한듯
한사코 아래'목을 권하여 말씀하신다.

　이까지 세 절이나 읽고 나도 독자들은 다만 시인이 박 로인의 이야기를
듣기까지 어떻게 그를 찾아 가서 만나게 되었는가 하는 전말이 그 대로 적
혀지고 있으며 시인의 감정과 체험은 없다. 다시 말하면 산문에서는 가능
할 수도 있는 시인의 취재 과정과 관련된 정황 묘사가 이 시의 전반을 다
차지하고 있다. 그런데 그것이 이 서정시에서는 거의 무의미하고 사말적
인 자료의 라렬로 되어 버렸다. 그러나 다음 후반부에서도 시인은 박 로인
의 이야기에서 받은 감정을 표현하고 있는 것이 아니라 박 로인의 이야기
그 자체만을 소개한데 그쳤다. 즉 이렇게 빨리 부자가 될 줄 몰랐으니 집
을 큼직하게 짓지 않은 것을 나무랄 수가 없다는 것과 래년에 관리 위원회
에서 쌀집을 덩실하니 지어 주리라는 박 로인의 이야기가 서술되었다. 다
만 마지막 한 절에서

그렇다, 인제 청산리 살림
작은 고'간과 토방으로부터
추녀가 높은 너렁청한 쌀집으로
사회주의 분배 몫을 옮겨야 하리

라고 하면서 들은 이야기에 대한 시인의 결론이 지어지고 있다. 이것마저 소재를 그대로 라렬한 이 시를 그 무미 건조성과 무서정성으로부터 구원할 수 없었으니 그것은 보다 싶이 소개된 이야기에 대한 문'자 그대로의 결론, 그것도 하나마나 한 결론이지 그 이야기의 의의를 밝히는 시인의 서정적 태도의 토로가 아니기 때문이다.

이상 두 시의 실례는 시인이 목격하였거나 직접 들은 사실에서 체험한 정서적 감정 즉 주정을 표현함으로써 일정한 사상을 해명하는 것이 아니라 그 사실 자체를 전달만 하고 돌아앉는 기록성이 얼마나 서정시를 산문화하는 해로운 약점으로 되는가에 대하여 경고한다.

그러기 때문에 서정시에서 사건과 인물, 실화와 미담이 도입될 수 있으며, 또 그러는 것이 최근 년간의 우리 서정시의 추세라고 하여 서정시가 서사적 묘사 방식과 결합된다고 주장하면서 서정시의 산문화와 기록성을 합리화할 것이 아니라 서사적 요소와의 내'적 결합에 대하여 말하면서 항상 시인의 주정의 생동화와 설득력을 강조하여야 할 것이다. 우에 인용한 「<낯선>말」이 실증하는 바와 같이 시와의 일정한 주정의 목적과 리탈하여 미담이나 사건을 다만 외부적으로 전달하는 때에는 서정시가 서정시이기를 그만두며, 따라서 시의 사상도 없이 사건이나 미담을 전달하는 데 그치는 기록주의를 면치 못 한다.

우리는 지금까지 서정시에 서사적 요소가 광범히 도입될 수 있으며 그것이 현대 서정시의 성격을 특징짓는 중요한 표징이기도 하다고 인정하면서 동시에 그것이 서정시적 주체 즉 주정을 가리움으로써 시적 사상을 약화시키는 사건과 소재와 정황의 라렬로 떨어지는 편향에 대하여 지적하였다. 그러나 중요한 것은 이러한 편향의 지적만이 아니라 그 원인의 해명과 해결의 길의 제시다.

우리의 생활에는 매일과 같이 세인을 흥분시키는 아름다운 미담들과 기적들이 창조되고 있다. 우리 생활에 충만된 영웅적 사실들과 미담들은 그것들 앞에 선 서정 시인들이 거기에서 환기된 자신의 체험만을 노래하고는 모두 내여 버리기가 아쉬우리 만큼 그 자체가 시적인 경우가 적지 않다. 이리하여 적지 않은 경우에 시적인 생활 화폭이나 미담들을 그대로 묘사하려는 지향과 시인의 표현 형식으로서의 서정시 형식과의 불일치로 말미암아 우에서 지적한 편향이 지속된다고 생각한다.

그러기 때문에 이런 경우에 시인은 소재를 그 용적과 성격을 고려하지 않고 서정 시인으로서의 자신에게 복종시킬 것이 아니라 자신을 그에 복종시켜 서정 서사시의 그 어떤 형식, 특히 담시와 같이 서정시보다 더 큰 형식을 취하는 것이 응당하다. 이리하여 우리 시 문학에서는 최근 서정시에 사건과 인물, 미담과 실화 등이 도입되는 추세와 함께 담시가 부쩍 늘어 가는 추세도 볼 수 있다.

> 기사장도 지배인도 기지를 돌아 보고
> 사뭇 만족하여 돌아들 갔다,
> 이제 대동강 언덕 우에 솟을
> 크나큰 공장을 눈 앞에 그리며…
> 물'감도 페놀도 가지각색 약품들이 쏟아질
> 새로운 화학의 전당을 두고…
>
> 기지는 넓은 품을 벌리고
> 착공의 력사적 순간을 기다리고
> 대동강 맑은 물 우엔
> 방금 크나큰 공장이 그림자 드리울듯
> ………………………..
> 하여 공장 기지는
> 동해안 어느 바다'가로 옮기여지고
> 순천 앞으로는 아무 일도 없었던듯
> 대동강이 여전히 맑게 흘러 내린다네
> 이 이야기 들은 사람들
> 누구나 한 번은 유심히
> 대동강 흐르는 물을 다시 바라보리니

어찌 이 땅 우에 흐르는 작은 시내 하나도
그냥 저절로만 흘러 가고 있으며
철 따라 피는 꽃, 설레는 나무들이
어찌 한낱 자연 뿐이랴!

이 땅의 한 그루 나무, 한 대의 풀'잎에도
인민에 대한 그 이의 배려는 스며 있나니
흐르라, 이야기들이여 백 년 2백 년―
대동가 물'결마다 아롱지면서…
그리고 뛰놀라 물'고기들도
이 나라의 유구한 세월 속에
마음껏 행복하게 헤염치면서…

보는 바와 같이 백 인준의 담시「대동강에 흐르는 이야기」의 구체적 계기는 우에서 인용한 양 운한의「위대한 구상」과 동일하다. 인민의 행복에 대한 김 일성 동지의 깊은 배려와 그를 위한 웅대한 구상―바로 이 것이 이 두 시를 접근시키고 있다. 그러나 이러한 동일한 구체적 계기를 해명하여 주는 사건들은 그 성격과 용적에 있어서 서로 다르며 그에 대한 두 시인의 체험의 각도도 또한 다르다.

「위대한 구상」에서의 사건은 김 일성 동지의 위대한 구상을 실현하기 위하여 투쟁하는 천리마 기수들의 영웅적 위훈의 한 측면을 통하여 주제를 밝히고 있다. 따라서 이 시의 사건은 주제를 단꺼번에 해명해 줄 수 있는 특징적이면서 예리한 그런 단일한 사건이 아니다. 그러기 때문에 시인은 자기의 주제를 밝히기 위하여 벌어진 사건의 전모를 다 묘사할 수 없었다. 만일 그렇게 된다면 서정시가 아니라 소설로 썼어야 할 것이다. 이렇게 하여 시인은 주로 천리마 기수들의 투쟁들의 모든 갈피들에서 받은 감동적인 체험을 노래하면서 그 체험을 생동하고 설득력 있게 부각하기 위한 목적 밑에 특징적인 표상들을 골라 내였다.

이런 길을 통하여 시인은 김 일성 동지의 위대한 구상에 대한 의의 깊은 주제를 해명하면서 서정시를 택하였다. 이러한 전형화의 길이 바로 우리 서정시들에 서사적 요소가 결합된 경우의 일반적인 경향이라고 할 수 있다.

그러나 백 인준의 「대동강에 흐르는 이야기」에 묘사된 사건은 그 자체가 하나의 완결된 단일한 사건일 뿐만 아니라 시의 주제를 번개처럼 한 순간에 훤히 비쳐 줄 수 있을 만큼 극적이며 우리 시대의 특징을 태양을 담은 물'방울처럼 집중적으로 보여 줄 만큼 예리하다. 바로 그러기 때문에 이러한 사건은 서사적 묘사 방식을 통하여 서정적으로 전달하는 담시가 보다 적절하다. 담시가 그 특성에 있어서 슈제트의 예리성과 정황의 급전, 긴박한 사건 전개와 이에 의한 간단한 대화 등을 요구하는 것도 바로 그 소재의 이상과 같은 성격과 용적으로서 설명된다.

그렇다고 모든 개별적 담시에 이러한 요구의 하나하나를 들어 맞추어야 된다고 생각할 수도 물론 없다. 그것은 담시의 그러한 미학적 요구, 혹은 특성은 담시들의 실천적 자료에 근거하여 일반적으로 나타나는 공통성을 추출한 결과이기 때문이다.

이렇게 볼 때 「대동강에 흐르는 이야기」는 담시로서 기본적 면모를 갖춘 시로 볼 수 있다. 그러나 담시로서 완성된 작품이라고 말하기에는 아직 더 요구할 점이 없지도 않다. 그것은 이 시에서 시인의 심오한 서정적 해명을 통하여 대동강의 물'고기를 위하여 공장 기지를 바꾸는 사건의 극적 계기를 더 예리화하며 그러기 위하여 이 시에 묘사된 정황과 국면의 전환을 또한 더 예리화하였다면 김 일성 동지의 인민의 행복에 대한 배려와 관련된 이 시의 주제가 더 심오하게 드러날 수 있었을 것이다. 이 때 마지막 부분에서 시인이 보충한 서정적 토로가 없어도 독자들은 높은 서정으로 해명된 사건 자체에서 서정적 토로의 내용을 스스로 감수할 수 있었을 것이다. 이것이 이 시에 대한 담시의 요구다.

그렇다고 마지막 부분의 서정적 토로가 이 시에서는 불필요하다고 말할 수 없다. 이 시에서는 서정적 토로가 제 자리를 찾고 있는바, 그것은 우에서 말한 바와 같은 리유에서이다. 서정적 토로는 담시를 포함한 서정 서사시 형식에서 묘사되는 사건과 성격의 어떤 예리한 계기에서 시인의 태도와 견해를 직접 토로함으로써 그 사건과 성격에 대한 독자들의 리해를 더 깊게 하는 데 도움을 주는 예술적 의의를 가지고 있다. 그러기 때문에 이 시의 경우에도 서정적 토로 그 자체가 약점인 것이 아니라 이 시의 소재의 성격으로 보아 시인이 서정적 토로를 하지 않아도 사건 자체의 묘사를 통하여 서정적 토로의 내용을 줄 만 하게 슈제트를 예리화할 수 있음에도 불구하고 담시에 알맞게 슈제트를 더 예리화하지 않은 것이 약점이다. 이와 같이 이 시에서는 서정적 토로가 필요하였을 뿐만 아니라 그 내용에 있어서 흔히 기록적인 시에서 서정의 부족을 보충하기 위하여 웨쳐지는 허황한 웅변조와 구별된다.

「대동강에 흐르는 이야기」와 동일한 주제적 계기를 해명한 최근의 담시로서 이 시에 못지않게 성공한 시들이 없지 않다. 함 영기의 시초「돌실의 노래」도 그런 시들의 하나다. 전문을 다 소개하면 다음과 같다.

심심 산'골에 함박눈 내렸네
연구실 지붕에도 창'가에
밤은 깊어 새 날 잡았건만
잠들 줄 모르는 창'가의 불'빛!

실험실 한두 자리엔 아직도
놓여야 할 실험 기구 놓이지 않았어라
시약병엔 마지막 한 방울
그것마저 따르고 난 초조한 밤에
후라스코 곁으로는 가까이 가까이
돌 선녀 다가 오는 발'자국 소리…
조국 산천도 귀 기울이는가?
비날론 옷자락들 스적이는 소리에
박사는 고요히 창문 열고 바라보았네,

어둠 속엔 함박눈 맴도는 함박눈…

자동차 다가 왔네, 숫눈'길 헤치며
폭격 심한 먼 길을 단숨에 달려 와
창 밖에 멎어 서며 웨치는 소리
≪…시약이요, 실험 기구요!≫

박사는 벗은 발로 뛰여 나갔네
문 안에 들어 서는 어머니 품에
쓰러질듯 안기는 어린애처럼
시약과 실험 기구 얼싸안았네
일찌기 받다 본 적 없는 사랑
일찌기 받아 본 적 없는 행복이거니

고마움이 무거워 하도 무거워
내리는 함박눈에 발목이 덮이도록
움직일 수 없었네, 움직일 수도
≪수상님 ! 경과는 순조롭습니다≫

우리는 이 시를 읽으면서 인민의 행복을 념원하시는 김 일성 동지의 숭고한 정신세계에 대하여 커다란 충격을 금할 수 없다. 이러한 충격은 이 시에 묘사된 사건 자체만이 아니라 그에 대한 시인의 서정적 체험의 심도와 그것을 위하여 특징적인 사실들을 선택하면서 긴박한 슈제트와 극적인 국면 전개를 보여 준 시인의 수법에도 많이 기인된다.

만일 이 시에서 시인이 소재를 담시에 알맞도록 엄격하게 선택하지 않고 실례로 박사가 악전고투하는 파경을 그 세부에 걸쳐 늘어놓았던들 이 시와 같은 담시의 극적이며 긴박한 슈제트 구성을 잃어버리며 주인공의 성격에 대한 단적인 해명을 할 수도 없었을지 모른다. 또 다른 한 측면에서 만일 시인이 함축의 힘이 가지는 예술적 의의를 고려하지 않고 마지막에서 사건에 대한 서정적 태도를 토로하였던들 묘사된 사건에서 받은 독자들의 깊은 사상적 충격과 정서적 공감을 오히려 약화시켰을 수도 있었을 것이다. 왜 그런가 하면 이 시에서는 묘사된 사건이 산문에서의 묘사 방식이 아니라 서정적 방식에 의하여 처음부터 서정적 각광으로 조명되어 있기 때문이며 그 만큼 또 독자들은 묘사된 사건을 읽어 가면서 사건의 이야기를 리해 할 뿐만 아니라 동시에 그 이야기에 대한 정서적 흥분을 금할 수 없게끔 구성되어 있기 때문이다.

담시란 문'자 그대로 이야기 시로서 이야기가 중심에 놓인다. 그러나 그 이야기는 흥미 있는 일화나 실화 그 자체이거나 산문에서와 같이 주인공들의 운명과 행동 전개에 대한 객관적 묘사로서 구성되는 이야기도 아니다. 그것은 어디까지나 시대의 특징을 단적으로 표시해 줌으로써 시인의 노래의 대상으로 되어 있는 이야기이며 따라서 시인의 정서적 흥분을 동반한 이야기, 서정적으로 밝혀진 이야기다.

실례로 담시로 발표된 리 봉재의 시「육친의 정」(≪조선 문학≫1962, 2호)만 하더라도 서정적으로 밝혀진 시적 이야기로 구성되지 못 하였으며 따라서 담시로 되기에는 아직 묘사되는 사건에 대한 서정적 분석과 정서적 흥분이 부족하다.

중대의 군관들 의논하였다
병사들이 잠든 밤 사이
콩크리트 기둥 작업
마감으로 끝내자고

래일은 일요일
미적지근한 일 남겨 둠 없이
병사들이 얻은 휴식
푹 쉬게 하고
고향에 편지도 써 보내게 하리라
저녁 취침 구령 내린 지 이윽하여

그들은 병실을 나서며
직일병 보고
―작업장에 누구도 내보내지 말게!
―≪비밀≫을 지켜야 하네!

밤은 깊어 가는데
눈치 빠른 1 소대 부소대장
밖을 한 바퀴 돌고 오더니
하사관들 어느새 작업복 갈아 입고는
직일병 보고
―동무들에게 알리지 말게!
―≪비밀≫을 지켜 주게!

이것은 이 시의 전반부다. 그러나 이까지 읽고 난 다음에 촉기 빠른 독자들은 이번에는 전사들이 떨쳐나설 것이며 그리하여 결국 직일관이 비밀을 지킬 수 없게 될 것이라는 것을 지레짐작하고 더 읽지 않을 것이다. 왜 읽지 않는가. 그것은 이 시에는 이야기는 있으나 시적 이야기 즉 서정적으로 분석된 이야기가 없기 때문이다. 그러니 계속되는 이야기를 빤히 알고 있으면서도 더 읽을 멋이야 없지 않은가. 이 독자가 계속되는 이야기가 어떻게 전개되리라는 것을 알면서도 더 읽도록 하기 위하여서는 그 이야기가 시인의 심장의 불가마에서 구워져 나온 시적 이야기, 서정적 체험으로 밑받쳐진 이야기로 구성되여야 한다.

그러나 이 시는 다만 시인이 생활에서 목격한 미담을 충분한 예술적 가공이 없이 다만 소개하는 데 그치고 말았다. 그러기 때문에 이 시는 담시의 높은 미학적 요구에 대답하지 못 하였다.

이 시의 실례는 담시의 대상은 이야기이지만 그것이 철두철미 시로 되여야 하며 소재 그 대로 무미건조하게 옮겨 놓아서는 어떠한 문학 작품으로도 될 수 없다는 것을 말하여 준다.

우리 생활에는 담시로 노래될 수 있는 소재 즉 감동적인 사건과 인물,

미담과 실화가 얼마든지 있다. 이로 하여 우리 시 문학에는 최근 년간 담시가 많이 발표되기 시작한 것만은 사실이다. 그리고 이 분야에서 우에 인용한 바와 같이 성과도 적지 않다.

그러나 일부 시인들의 경우에 담시의 소재를 서정시로서 노래하려고 하는 데서 왕왕 담시로 완성되지 못 한 작품들이 나오는가 하면 지어 담시의 자료를 그 대로 소개하는 기록성의 편향도 나타내고 있다. 이것은 담시의 예술적 규범과 그 미학적 요구를 잘 리해하지 못하고 모든 경우에 다 서정시로 쓰려고 하는 데서 보다 많이 초래된다. 그러기 때문에 최근의 우리 시에서는 비교적 예술적으로 완성된 담시와 함께 담시적 요구를 가진 그런 서정시들도 있는 것을 간혹 볼 수 있다. 생활은 무수한 기적과 미담들을 낳으면서 시인들에게 담시를 요구하고 있으나 시인들은 서정시로서 이것까지 대신하려고 하고 있다. 그러기 때문에 우리는 서정시에서의 기록성의 편향을 두고 형상성을 높이자 하는 식으로 일반적 호소만 하고 말 것이 아니라 실지에 형상성을 높이기 위한 구체적 대책의 하나로서 예술적 규범과 그 미학적 요구에 충실할 것을 호소하여 그 길을 제시하는 것이 보다 유익하다. 일반적으로 쟌르와 시적 형식들의 예술적 규범에 대한 준수는 다만 개별적 시의 형식의 완성에만 의의가 있는 것이 아니라, 내용의 완성과 밀접한 관련을 가짐으로써 작품의 사상 예술적 질을 보장하기 위한 중요한 조건의 하나로서의 의의를 가지고 있다. 왜 그런가 하면 예술적 규범은 세계 문학의 오랜 경험 가운데서 가장 우수한 예술적 발견들을 일반화한 결과인 만큼 그에 의거하고 그것을 준수하며 생활을 일반화함에 있어서 불필요한 모색을 피하며 형상을 생등하게 드러낼 수 있는 지름'길에 들어설 수 있기 때문이다. 우리나라에서 소재의 성격에 따라 그에 적응한 가장 다양한 시 형식을 선택할 줄 안 시인의 한 사람은 김 소월이었다. 그는 같은 시기에 시의 대상에 따라 자유시도 쓰고 정형시도 썼는바, 동일한 정형시도 대상의 성격과 미학적 특성에 의하여 단음조의 3,3조나 3,4조 혹은 4,4조를 리용하였을 뿐만 아니라 전래의 3,4조와 5,5조의 결합으로써 새로운 정형률 7,5조를 창시하기도 하였다.

실례로 그의 시에서

산산히 부서진 이름이여!
허공중에 헤여진 이름이여!
불러도 주인 없는 이름이여!
부르다가 내가 죽을 이름이여!

라고 안타까이 부르짖은 정열적 호소로 시작되어

선 채로 이 자리에 돌이 되어도
부르다가 내가 죽을 이름이여!
사랑하던 그 사람이여!
사랑하던 그 사람이여!

로 끝나는 「초혼」이라는 자유시의 격동적인 감정과 시인의 랑만적 체험을 그 어떤 정형물로 노래할 수 있었겠는가.

또 「길」이라는 시에서 실례로

어제도 하로'밤
나그네 집에
까마귀 까악까악 울며 새였소

오늘은
또 몇 십 리
어데로 갈가

등등 민요 등의 향토적 정서와 결부된 서정적 주인공의 울적한 비극적 체험을 이 시에서 처음 7,5조의 우아한 장음조로서가 아니라 3,4조나 4,4 조와 같은 단음조의 정형률이나 자유률로써 표현할 수 있었겠는가.

김 소월의 시의 완미성이 보다 많이 내용과 형식의 완벽한 통일에 있다 고 할 때 소재의 성격에 맞도록 전통적인 시 형식들을 창조적으로 리용한 수완도 중요하게 고려되여야 한다. 해방 후 우리 시 문학 가운데서 우수한 모든 시들에서도 소재의 용적이나 성격과 시 형식의 예술적 규범, 나아가 서는 해당 시 형식에 적응한 미학적 요구와의 통일이 가장 잘 구현되여 있 음을 볼 수 있다.

시에 있어서의 예술적 규범은 소재의 용적과 성격에 의하여 규정되는 서정시나 담시와 같은 쟌르에서 보다 소재의 성격과 주제적 과제에 의하 여 규정되는 송시, 정론시, 풍자시 등 서정시 형식들에서 더욱 간절하며 작품의 운명을 직접 좌우하는 필수적인 예술적 요소로서 제기된다.

그 가운데서 송시만 하더라도 우리 시인들은 실지에 송시를 많이 쓰고 있다. 그것은 해방 후 우리 생활에는 송시를 위한 소재와 주제적 계기들로 충만되여 있으며, 그것이 시인에게 형상화를 요구하기 때문이다. 당과 수 령, 탁월한 공산주의자들과 공화국 영웅들 그리고 천리마 시대의 기념비 적 창조물들과 장엄한 자연 풍물, 혁명적 기념일과 민족적 행사, 인민의 천리마 진국과 그들의 영웅적 위훈 등등 인민의 운명과 그들의 영웅적 위 훈 등등 인민의 운명과 그들의 공산주의 리상을 표시하는 의의 있는 대상 들이 특히 송시에 적응한 소재로 되고 있다.

이러한 노래의 대상은 그 성격에 있어서 위대하고 장엄하며 웅대하고 령활한 만큼 사람들에게 숭고한 미학적 감정을 환기시킨다.

인자하신 얼굴에
덕 있는 웃음이
온 천하 사람을
껴안아 주시는듯 하옵더이다.

나도 그 웃음 그 사랑 속에서
우리 민족의 앞길을
내다보았고
내 자신의 앞길도
내다보았나이다.

조국의 운명이
모진 시련에 부닥친 때
3.8선 넘어
원쑤들이 기여 들고
맑은 하늘에 놈들의 비행기가
까마귀떼처럼 날아 올 때
최고 사령부에서
처음으로 임무를 받던 순간
당신은 폭풍우 속에
우뚝 선 반석 같이
태연 자약하시여
평시보다도 더 크게
웃음 웃으시더이다.
≪전선으로 나가시오,
한 치의 땅도 피로써 지키시오
진리가 우리에게 있으니
사회주의 진영과 세계 인민이 우리 편이니
우리는 반드시 승리합니다.≫
고난과 근심을 단번에
불살라 버리시며
우리 앞에 밝은 빛 활짝 비쳐 주시는
필승의 신념 혁명적 락천!
그 웃음 그 사랑 속에서
나는 끝없는 힘이
용솟음치고
눈'시울이 뜨거웠나이다.

이것은 일 심의 「그 웃음 그 사랑은 영원하라!」라는 송시의 전반부이다. 이 시에서 시인은 서정적 주인공의 체험을 통하여 김 일성 원수의 정신적 초상 특히 그 이의 비길 데 없이 높은 혁명적 락관주의 정신과 인미에 대한 지극한 사랑에 대하여 칭송하고 있다. 그것을 위하여 시인은 그이의 인자하시고 락천적인 웃음과 사랑을 그로 하여 고무되는 서정적 주인공의 성격 발전을 통하여 강조하고 있다.

즉 이 시에서는 수령에 대한 시인의 직접적인 관계가 노래되여 있는 것이 아니라 서정적 주인공 즉 서정적 '나'의 체험과 성격 발전을 통하여 그이에 대한 시인의 관계가 노래되여 있다. 그 만큼 이 시에는 일정한 슈제트가 형성되였으며 그 슈제트를 통하여 수령의 위대한 정신적 면모를 부각시키는 이 시의 주제적 목적이 달성되고 있다. 이리하여 이 시에서는 수령과 인민의 운명과의 관계에 대한 거대한 주제가 수령에 대한 시인의 무한히 격동된 칭송의 감정과 결부되여 있다. 그러기 때문에 그 격조가 비상히 장중하고도 유장하다. 이로 하여 시적 감정의 굴절과 그에 의한 련과 련의 전환이 크다.

이 시 한 편에서도 벌써 볼 수 있는 바와 같이 송시는 경건한 감정과 장중한 격조, 그리고 시행과 련의 운영의 균제성과 정서적 양양의 지속성을 요구한다.

그러나 우리 일부 시들 가운데는 송시의 대상과 소재를 노래하면서도 송시에 부합되는 예술적 규범과 미학적 요구를 충분히 충족시키지 못 하였기 때문에 송시로서 완성되지 못 하고 따라서 시의 송시적 내용을 생동하게 드러내지 못 하는 시들이 적지 않다. 이것은 확실히 해당 시인들이 송시의 규범과 미학적 요구의 준수가 시의 완성을 위하여 가지는 의의에 대하여 홀시하였거나 잘 리해하지 못 한 때문이며 지어 송시를 쓴다는 시 형식에 대한 배려도 없이 쓴 때문이다. 만일 해당 시인들이 노래의 대상이 주는 숭고한 것의 미학적 특성에 깊이 통감하고 그에 적응한 서정시 형식으로서 송시를 의식적으로 선택한 다음 송시의 미학적 요구에 립각하여 자기 시를 완성하였다면 노래의 대상이 가지고 있는 숭고한 것의 미학적 특성과 주제를 더욱 선명하게 드러낼 수 있었을 것이다.

정론시와 풍자시에 관하여 말한다면 이 분야들에서도 정론시와 풍자시의 예술적 규범과 그 미학적 요구들이 충분히 구현되지 못 한 시들이 적지 않게 나오고 있다. 그런 시들에서는 왕왕 대상의 성격 나아가서는 주제의 과제와 시 형식 간의 불일치로 말미암아 선명하고 심오한 형상을 창조하지 못 하고 있다.

최근 년간 제국주의를 반대하여 일어 난 라오스와 콩고, 알제리아와 쿠바 등 인민들의 투쟁이 치렬하게 전개됨과 관련하여 우리 시인들은 제국주의자들을 규탄하며 인민의 투쟁에 성원의 목소리를 보내는 정론시들이 적지 않게 씌어졌다. 이 정론시 분야에서 우리 시인들은 적지 않은 성과를 거두었다.

고향 땅의 대숲과 전원에
비는 쏟아져 내리고
사람들은 눈물을 흘리며
가까이 온 그대들을 기다린다.

총을 안고 잠시 잠든
파테트 라오의 병사여
땅에 대인 그대 귀에 들리는 것은
고향 땅의 울음인가 부르짖음인가

이렇게 시작된 안 성수의 시「라오스의 병사여」는 학살과 고문을 일삼는 제국주의 간섭자들의 총칼 밑에서 신음하는 라오스 인민의 수난과 그들의 영웅적 투쟁을 생생한 생활적 표상들의 선택을 통하여 묘사하고 있다. 그러나 이 모든 것을 시인은 라오스 병사의 슬기롭고 용감한 성격을 통하여 라오스 인민의 혁명적 정열을 더욱 세차게 불러일으키려는 시적 과제와 제국주의 간섭자들과 매국 역적들을 판결하려는 주제적 목적을 위하여 해 놓았다. 그러기 때문에 시인은 라오스 병사에게 호소하면서 병사와 함께 미제와 매국노를 무찌르고 있다.

> 병사여 일어 나 총끝에 칼을 꽂으라
> 이기고 넘어 온 히엥 콩, 무옹
> 라오스의 하늘 땅 낮과 밤이
> 언제나 그대의 편이였거니
>
> 원쑤의 시체를 열 번찍어
> 되살아 나지 못 하게 무찌를 그대
> 칼에 묻은 피를 닦아 내라
> 미제의 앞잡이를 무찌르자

이와 같이 이 시는 생동한 생활적 표상과 생활적 감정을 통하여 높은 정치적 내용을 노래함으로써 전체 시의 흐름이 정서적 충만감을 띠게 하였다. 그로 하여 이 시는 훌륭한 서정시로 되였다.

정론시 그것은 무엇보다 우선 훌륭한 서정시로 되여야 하며, 또 그러는 때라야만 정론적 내용이 정서적으로 침투된 심오한 시적 사상으로 전화될 수 있다. 정론시란 정론적인 내용과 정열을 가진 서정시다. 그러나 동시에 정론시는 서정시라고 하여 그 소재와 내용의 정론적 성격에 의하여 규정되는 특성과 미학적 요구를 제외하지 않는다. 즉 정론시의 시적 정열은 정치적 예리성과 공격적 규탄, 론쟁적 웅변과 선도적 호소로서 다른 서정시와 구별된다. 이런 점에서 정론시는 특히 풍자시와 구별되며 또 구별되여야 한다.

우리 시에서 풍자시의 중요한 대상은 미 제국주의자들과 그들의 주구들이다.

시인들은 미 제국주의자들의 이러저러한 측면들에 대하여 그에 적응하게 공격과 규탄, 위협과 론쟁을 요구하는 정론시를 쓰는 때가 있을 것이며 야유와 조소, 폭로와 조롱 등을 요구하는 풍자시를 쓰는 때도 있을 것이다.

그러나 일부 시들에서는 미 제국주의자들을 규탄하면서 미 제국주의자들의 만행과 악덕이 보여 주는 소재의 성격과 그에 기초한 주제적 과제에 적응하게 시 형식을 선택하지 않고 풍자시로 써야 할 곳에서 정론시로 쓰기도 하며 정론시로 써야 할 곳에서 풍자시로 쓰는 경우를 왕왕 본다. 특히 풍자시로 써야 할 소재를 정론시로 쓰는 경우가 과반이다. 이 경우에 풍자의 대상을 정론시로 쓰자니 욕설과 호통만이 높이지는 것도 례외가 아니다. 호통과 욕설은 통속적인 웃음과 함께 풍자의 비속화이며 주제를 심오하게 해명하는 사실주의 풍자의 길이 아니다.

우리 풍자시에서 많은 일을 한 백 인준은 최근에 시집『벌거벗은 아메리카』를 내여 놓은바 거기에서 이 시인의 풍자적 예리성과 공격적인 기백, 타는 듯한 기소와 표현의 예술적 기교, 시인—풍자가의 인격적 우월감의 높이와 위혁적 웃음의 날카로움 등 미학적 특성은 매우 귀중하다. 특히 이 시집의「저주의 노래」와 관련하여 그렇게 말할 수 있다. 그러나 동시에 엄격한 예술적 규범의 요구성으로 볼 때 시집의 대부분의 시들에서 아직 정론시와 풍자시와의 한계가 명확히 갈라지지 못 하며 풍자시로 완성될 수 있는 시가 정론시로 씌여진 때문에 공허한 호통을 퍼붓기만 한 경향까지 찾아 볼 수 있다.

미 제국주의자들에 대하여 쓰면서 시인은 소재의 성격과 주제적 과제에 따라 정론시의 공격적인 날창을 불러 대기도 하겠지만 풍자시로 쓰는 경우에 있어서는 미 제국주의자들의 약점이나 급소를 폭로함으로써 펄펄 뛰게 할 수도 있지 않은가, 즉 시인은 야유의 가는 비늘로 놈들의 정수리를 면바로 찔러 놓고 그 자리에서 오금을 펴지 못 하게 할 수도 있고, 덜미를 잡아 무대의 한복판에 끌어내다가 저지른 악덕과 만행에 대하여 톡톡히 계산을 치르게 할 수도 있다.

잘못된 것은 하나도 없다!
오직 하나≪박사님≫의 계산기
그것은 단위부터 틀렸다
오늘은 100이 아니다.1000%!
틀림 없이 콤마(,)도 있는…

변은 이미 났다!
혁명의 폭풍 속에
온갖 먼지들이 막 날아 난다.
≪박사님≫! 안경다리를 꼭 붙잡으라!

　이것은 1958년에 발표한 백 인준의 훌륭한 풍자시「보수주의자」의 두 절이다. 여기서 보는 것처럼 기술의 박식을 뽐내는 보수주의자의 근시안을 풍자함에 있어서 '≪박사님!≫ 안경다리를 꼭 붙잡으라!'고 한 시인의 비양'조의 경고처럼 더 적절한 풍자적 표현을 찾을 수 있겠는가. 이 짧은 한 구절은 백 마디의 호통과 욕설보다 더 예리한 풍자의 칼웃음을 품고 보수주의자들로 하여금 쥐구멍을 찾게 만들고 있다.

　그런데 미 제국주의자들을 규탄하는 시집『벌거벗은 아메리카』에서는 이러한 훌륭한 풍자적 수단이 덜하다. 오히려 미 제국주의자들과 같은 우리의 불구대천의 원쑤의 경우에 그들의 반동적 본질을 벌거벗기기 위하여 예술적으로 예리하게 변론 풍자의 칼웃음을 더 번뜩여야 하지 않겠는가. 시집『벌거벗은 아메리카』에서는 놈들의 반동적 본질이 가장 특징적으로 나타나는 급소와 약점을 건드려서 놈들을 활짝 벌거벗기는 데까지 아직 이르지 못 하였다. 그것은 무엇보다 시인이 풍자적 대상에 대하여 보다 많이 직접 공격적이며 론쟁적인 정론시의 수법으로 노래한 때문이다. 이렇게 말하면서 필자는 정론시와 풍자시 분야에서 개척한 이 시인의 사상 예술적 탐구와 그 길에서 거둔 성과에 대하여 과소평가할 생각은 조금도 없다. 백 인준의 경우를 실례로 든 것은 다만 우리 시 문학에서 중요한 약점의 하나로 되고 있는 예술적 규범과 그 미학적 요구에 대한 위반과 인식 부족이 시인들의 재능을 얼마나 방해하고 있으며 나아가서는 우리 시 문학에서 다양한 예술적 형식의 개화를 얼마나 저해하고 있는가에 대하여 말하기 위하여서였다. 따라서 예술적 규범과 그 미학적 요구들의 연구 및 구현은 우리 시 문학 분야에서 형상성을 재고하기 위한 중요한 조건으로 된다고 말할 수 있다.

현실에 대한 서정시적 일반화의 심도를 높이는 문제에 있어서 다음으로 이야기하여야 할 가장 중요한 문제의 하나는 예술적 환상과 허구, 이에 기초한 예술적 론리의 진실성에 대한 문제다.

어떠한 문학 작품을 막론하고 생활의 사실주의적 일반화, 전형화의 기초에는 작가의 예술적 환상이 놓여 있다. 작가의 예술적 환상이 풍부하면 할수록 생활을 대담한 표현으로 심오하게 일반화하여 사상적 의의가 더욱 뚜렷한 전형을 창조할 수 있다.

그러나 서정시에서처럼 예술적 환상이 간절하게 요구되는 분야는 더 없다. 그것은 서정시가 짧은 형식임에도 불구하고 시대의 거대한 진리와 위대한 특징을 압축된 서정적 구조를 통하여 일반화하는 특성을 가지고 있기 때문이다. 서정시 자체가 생활의 반영인 동시에 시인의 예술적 환상의 소산물이라고도 말할 수 있다. 예술적 환상이 없이는 생활의 본질을 명료하고 예리한 형상과 화폭을 통하여 진실하게 드러낼 수 없는 것이다. 그러기 때문에 서정시에 있어서는 전형화에서 뿐만 아니라 표현과 세부 묘사에서도 시인의 예술적 환상에 의거하는 때 시적 형상이 생동하여질 것은 자명하다.

정 다산의 「검무를 보고 미인에게 주는 노래」 한 편을 실례로 들어 보자.

두당탕 북 치고 풍악 소리 일어 나며
널직한 자리가 호수처럼 맑으메라

진주 명기에 꽃 같은 한 아이

군복 입고 남자 맵시 차리였다.

자사 쾌자에 청정립 눌러 쓰고
자리에 나와 절하고 일어 선다.

사뿐사뿐 걸어 좋아 박자에 맞추며
가는 춤 오는 춤 온갖 자테 나타난다.
나는 제비처럼 펄쩍 내려 앉으니
외씨 같은 버선발이 너무도 고와라.

몸을 기울여 문득 거꾸로 박는듯
뒤번득이는 열 손 가락이 뜬 연기 같하이.
· · · · · · · · · · · · · · · ·

한 칼은 땅에 두고 한 칼은 잡아 두르니
청사 백암이 그의 가슴을 백 번이나 휘감는다.
· · · · · · · · · · · · · · · ·

홀연히 두 칼 들고 번뜩 일어 서니
사람은 보이지 않고 안개만 자욱하이.
· · · · · · · · · · · · · ·

이리 두르고 저리 둘러도 서로 닿지 않으며
치고 찌르고 날뛰여 보는 사람이 소름 끼친다.

바람 소리와 급한 비는 빈 골짝에 가득하고
· · · · · · · · · · · · · · · · · ·
뻘건 번개와 퍼런 서리 공중에 번쩍인다.
· · · · · · · · · · · · · ·

혹은 놀랜 기러기 멀리 날아 가는듯 하며
· · · · · · · · · · · · · ·

혹은 성낸 매 돌아쳐 걷잡을 수 없어라.
· · · · · · · · · · · ·

댕그렁 칼을 땅에 던지고 설풋이 돌아 오니
호리호리한 가는 허리 의연히 한줌일세.…

　이 시에는 어린 소녀의 검무에 대한 극히 서사적인 묘사가 주어져 있을 뿐이다. 그러나 검무를 절묘하게 추는 소녀의 날래고 재치 있는 자태를 통하여 시인은 무예를 즐긴 당대의 우리나라 청소년들의 슬기롭고 용맹스러운 성격을 훌륭하게 전형화하고 있다. 이 시를 읽는 독자들은 군복 입고 남자 차림을 한 어린 무녀의 생동한 형상 앞에서 우리나라 옛 사람들의 씩씩한 정신적 자태를 회상하면서 커다란 긍지감으로 가슴이 벅차지지 않을 수 없을 것이다.

　이 시가 풍기는 이러한 감동은 시인이 어린 무녀의 성격과 기질, 아름다운 정신과 재능을 진실하게 묘사하려는 충동에 휩싸여 자기의 예술적 환상을 자유분방하게 날린 데서 온 것이다.

　처음의 몇 련에서 우리는 다만 정황에 대한 사실적인 묘사를 볼 뿐이다. 즉 군악 소리가 나고 널직한 자리가 조용한데 한 아이가 군복 차림의 남자 맵시로 나와서 절한 다음 춤을 추기 시작한다는 극히 평범한 정황의 고요한 흐름을 읽을 뿐이다. 여기에서는 우리를 흥분시킬 아무러한 시적인 것이 없는 듯하다.

　그러나 이러한 고요하고 평범한 정황의 흐름이야말로 폭풍우를 앞둔 정적과도 같이 다음에 계속되는 춤의 폭풍우를 예리한 대조의 법칙으로 강조하는 거대한 예술적 의의를 가지고 있다. 시인의 과제는 어리고 가냘픈 소녀가 칼을 휘둘러 번개와 비'바람을 일으키는 날래고 씩씩한 자태와 성격의 미의 진실한 해명에 있었다. 이를 위하여 시인은 방점 부분이 말하여 주는 바와 같이 춤을 묘사하면서 춤의 범위를 벗어 나 환상의 날개를 마음대로 펼치고 정확한 형용어와 전의를 대담하게 사용하고 있다. 그리고 이 모든 것은 결국 나라를 걱정한 애국적 시인이 어린 소녀의 검무에서 당대의 인민의 영웅성을 본 깊은 체험으로 하여 어린 소녀에 대하여 깊이 통감하고 사랑한 결과다. 춤으로 번개와 비'바람을 일쿤 거대한 잠재력의 소유자가 '댕그랭 칼을 땅에 던지고 설풋이 돌아오니, 호리호리한 가는 허리 의연히 한 줌일세'라고 한 시인의 놀라움과 찬탄보다 더 적절하게 소녀에 대한 사랑의 깊이를 표현할 수 있는 말을 달리 발건할 수 없을 것 같다.

정 다산의 시의 실례는 대상의 본질을 보다 선명하게 보다 전형적으로 드러내기 위하여 표현에서 자유분방한 예술적 환상이 부여된다 하더라도 그것은 고의적인 과장으로 느끼지 않으면 허위적으로 느껴지리라는 것을 말하여 준다.

해방 후 우리 시에도 시인의 예술적 환상으로 형상을 예리화하면서 시인 자신의 서정적 체험을 진실하게 표현한 많은 실례들이 있다. 조 벽암의 「삼각산이 보인다」도 그 좋은 실례의 하나로 될 수 있다.

맑게 개인 날씨면 신기루인양
아득히 솟아 오르는 삼각산

그도 내가 반가운지,
창 앞으로 가까이 다가 선다.

이렇게 가까운 거리련만
멀게만 여겨지는 가슴이 미여지누나…

그도 목이 메여 차마 말 못 하는데
그 밑에서 숨 가쁘게 들려 오누나

내 눈엔 때 아닌 먹구름 일어
· · · · · · · · · · ·

억수로 퍼부어지는 설움의 소나기
· · · · · · · · · · · · ·

눈물 속에서도 분노의 번개는 쳐
· · · · · · · · · · · ·
어언중 삼각산도 산산이 부스러지누나.
· · · · · · · · · · · · · · ·

　조 벽암의 시의 방점 부분에서 볼 수 있는 전의는 삼각산을 눈앞에 보면
서도 분계선으로 하여 남북이 갈라져 있는 조국의 운명에 대한 심각한 통
감과 체험을 예리하게 드러내기 위하여 구사되고 있다. 그런데 문제는 전
의가 구사되고 있다는 것을 다만 지적하는 데 있는 것이 아니다. 보다 중
요한 것은 정 다산의 시의 실례에서처럼 첫째로 그 예술적 환상이 시인의
심오한 서정적 체험에 기초하여 고의적인 과장이 아니라 진실한가 하는
문제와 둘째로 형상을 예리화하는 데 적절하며 예술적 론리에 부합되고
정확한가 하는 문제다.
　이 모든 질문에 있어서 「삼각산이 보인다」는 비교적 잘 대답한 작품이
다.
　이와 반면에 예술적 환상에 보다 많이 의거한 시들, 특히 전의가 광범히
사용된 시들 중에는 그 전의가 진실하지 못 하며 예술적 론리에 맞지도 않
는 부정확한 시들도 있다는 것을 지적할 필요가 있다.
　실례로 김 철의 시초 『조국 강산』 중의 「강선의 백양나무」에서 백양나
무의 성장으로 강철의 중산을 직선적으로 비유하면서 '강판 같은 대지를
꿰뚫은 싹', '쇠'내를 들이키며 무성하는 잎새', '쇠'물 방울인 양 붉은 잎을
휘뿌리며' 등등과 같은 형용어와 전의는 백양나무와 강철의 자연적 속성
의 공통성을 발견함이 없이 억지로 결부시킨 결과 진실감이 덜하며 따라
서 생활적 타당성과 그에 기초한 예술적 론리가 결여되게 되었다.
　이 시초의 다른 시 「시인의 고향에서」에도 생활적 타당성과 예술적 론

리에 맞지 않는 비유와 전의법이 적지 않게 허용되고 있다.

이로 말미암아 두 편의 시에서는 시의 감정이 진실하지 못 하고 인위적으로 느껴지게 되었다.

우리는 예술적 환상의 이러한 희롱의 경향을 극복하면서 동시에 일부 시인들에게서 예술적 환상이 덜하며 그 때문에 다만 노래의 대상 그 자체의 범위를 벗어나지 못 하고 그 결과 노래의 대상의 이러저러한 생활적 측면을 극히 '산문적으로' 또는 무미건조하게 서술해 나가는 경향을 또한 극복해야 한다. 이런 시들은 예술적 환상이 미약하고 그 때문에 생활 현상을 설명하는데 보다 많이 기울여지는 만큼 생활의 본질과 시대정신을 일반화하는 심도가 미약하며 사상성이 저조함을 면치 못 하고 있다.

예술적 환상의 제고와 그것의 자유로운 구사, 여기에 우리 시를 기록주의와 산문화의 경향으로부터 해방하고 형상성을 제고하기 위한 중요한 '열'쇠의 하나가 있다. 예술적 환상이 필요하다 하여 반드시 정 다산의 시나 조 벽암, 함 영기의 시처럼 랑만적 수법에 의한 환상적 표현과 전의들로만 형상을 꾸려야 한다고 모든 시인들에게 강요할 수 없다. 그러나 적어도 형상을 예리화하면서 시대의 특징이 활짝 드러나도록 시의 구상으로부터 하나의 세부 묘사에 이르기까지 예술적 환상으로 사고하며 착상하는 것만은 모든 시인들에게 다 필요하다.

서정시적 일반화의 질을 제고함에 있어서 예술적 환상과 함께 또는 그보다 더 중요한 것은 시적 사색을 제고하는 문제다.

일부 우리 시가 생활적 정황의 따분한 설명에 흐르는, 기록주의적 경향에 흐르는 가장 중요한 원인의 하나가 생활의 외피만 핥고 그것을 피상적으로 노래하는데 있다고 할 때 그것은 곧 생활의 본질적 측면이나 과정에 침투하는 시인의 사색의 빈곤 혹은 태만을 말한다.

서정시는 인간의 정신세계를 직접 천명하는 그 본성으로 하여 높은 사색이 없이는 탄생될 수 없다. 생활에서 환기된 시인의 체험이 시대적 체험의 개성화인 만큼 어떠한 사소한 생활 현상에서 받은 시인의 체험도 그것

은 동시에 시대에 대한 높은 사색이여야 한다. 그것은 시인의 사명이 독자
들을 미학—정서적으로 공감을 주면서 동시에 사상적으로 교양하는 데
있기 때문이다. 시가 사람들을 미학—정서적으로 흥분만 시키고 깨우치
지 않는다면 그것처럼 무의미한 일은 없을 것이다. 시인에 따라 그 서정이
보다 리지적일 수도 있고 보다 정서적일 수도 있다.

실례로 김 소월이 다 아는 바와 같이 리지적인 것보다 정서적인 것이 더
농후하다면 리 상화는 정서적인 것보다 리지적인 것이 더 농후하다.

이에 따라 독자들의 심장의 문을 힘차게 쥐어 흔들면서 그들로 하여금
주먹을 쥐게 하는 시가 있는가 하면 독자들을 오래 사색하게 함으로써 그
들로 하여금 시대의 운명과 자신의 문제에 대하여 깊이 생각하게 하는 시
도 있다.

그러나 이러한 구분은 어디까지나 상대적이며 거기에 그 어떤 절대적
한계가 있는 것이 아니다. 보다 정서적인 시인도 동시에 항상 리지적이다.
시도 독자들을 정서적으로 흥분만 시키는 시가 따로 있고 사색만 하게 하
는 시가 따로 있는 것이 아니다. 서정시가 서정시인 한에 있어서 항상 정
서적이여야 한다. 그러나 동시에 리지적이기도 하여야 한다. 즉 서정시가
독자들에게 주는 정서적 감흥과 흥분은 정서적 감흥과 흥분 그 자체만으
로 '순수'하게 존재하는 것이 아니다. 시가 독자들에게 주는 정서적 감흥
과 흥분이란 곧 사상적 충격을 말한다. 이것은 서정시의 사상이 항상 정서
의 형식으로 나타나기 때문이다. 시적 형상에 시인의 '순수'한 체험 즉 개
인적 체험만 있고 사상이 없다면 그것은 독자들을 흥분시킬 수 없다.

그런데 일부 우리 시인들의 작품의 형상에는 생활적 정황, 생활적 표상
만이 지나치게 많고, 대신에 시인에 의하여 체험된 생활 감정이 희박한 것
이 큰 탈이다. 시적 형상이란 원래 체험과 감정의 형상이며 생활적 정황이
나 표상에 대한 모든 묘사도 이러한 체험과 감정의 형상을 부각하는 데 복
종되여야 한다. 우에서 우리가 리상화의 「조선 병」을 실례로 들면서 이 시
들에 생활적 화폭이 밀도 있게 묘사되여 있음에도 불구하고 주정을 방해

한 것이 아니라 그것을 더 선명하게 발로시키고 있다고 말한 것도 바로 이 것을 넘두에 둔 것이다.

그렇다. 「조선 병」처럼 생활적 정황과 표상이 행간에 빽빽이 묘사된 그런 서정시들은 드물 것이다. 그러나 이 시에는 그 얼마나 거대한 시대의 특징들과 사상, 이 짧은 시행을 흘러넘치고 있는 것인가.

이 모든 것은 결국 생활에 대한 시인의 사색이 심오하며 거기에서 충격을 받은 새로운 사상이 진실만하다면 생활적 정황이나 표상에 대한 외부적 묘사가 많은 것이 오히려 시의 사상적 진실성을 위하여 좋으면 좋았지 조금도 나쁘지 않다는 것을 말해 준다. 왜 그런가 하면 이 경우에 그런 생활적 정황이나 표상에 대한 외부적 묘사가 시인의 새로 탐구된 사상을 생활의 밀창으로부터 허공 드러낸듯 한 확증성으로 더욱 진실하고 설득적인 것으로 되게 할 수도 있기 때문이다. 문제는 서정시의 사상에 있으며 생활에 대한 시인의 사색에 있다.

시인의 사색이 유치하고 사상성이 낮으나 생동하고 진실한 시적 형상이란 있을 수 없다. 형상성이란 직관성, 조형성, 표현성을 말하지만 직관성, 조형성, 표현성만의 '순수'한 형상성이란 있을 수 없다. 사상이 없고 시인의 사색이 없으면 높은 형상성에 대하여 상상할 수 없는 것이다. 그러기 때문에 서정시에서 형상성을 높이는 문제는 시인의 사색을 높이는 문제와 밀접하게 관련되여 있다.

시인의 사색, 그것은 물론 형상적 사색이다. 그러나 동시에 철학적 사색이여야 한다. 철학적 사색으로 진행되지 않은 형상적 사색이란 서정시의 경우 더욱더 무의미하다.

철학적 사색에 대한 이러한 요구는 서정시가 당대의 선진적 인간의 정신세계, 시인의 시대에 대한 한 체험을 직접 개방하는 자체의 본성에 의하여 일반적으로 제기되는 요구일 뿐만 아니라 시적 사색의 빈곤이 부분적으로나마 기록주의적 경향을 초래하고 있는 우리 서정시의 경우에 더욱 간절하게 제기되는 요구이기도 하다. 우리 서정시에는 기록주의적 경향의 시가 아닌 그런 시의 경우에도 보다 많이 생활적 화폭과 습관적이며 만인이 다 아는 상식적인 사상적 지향이 이 작품에서 저 작품으로 반복되는 일이 많다. 천리마 기수를 노래하는 시들에서는 독자들이 다 아는 사업에 대한 결의의 끝없는 일반적 강조만 있고 사업에 대한 열의를 낳게 한 원인으로서의 그들의 고매한 정신세계와 인간 정열의 노래에 대한 심오한 서정적 체험이 시인의 독창적인 목소리로 울려 나오지 못 하는 일이 적지 않다. 그 결과 이런 시들에 있어서의 시인의 체험이 또한 천리마 기수들에 대한 일반적 찬양에서 더 벗어 못 나고 있다.

≪조선문학≫, 1963.5

제5장

주체 시기(1967~1980)

문학예술작품창작에서
혁명적인 전환을 일으킬데 대하여

― 조선 문학예술총동맹산하 창작가들의 사상 투쟁회의에서 한 결론 1972년 9월 6일―

김정일

　최근에 당중앙은 당의 유일사상체계를 철저히 세우고 혁명적인 문학예술작품을 더 많이 창작하도록 하기 위하여 문학예술인들 속에서 사상투쟁을 널리 벌릴 데 대한 방침을 제시하였습니다.

　당중앙의 방침에 따라 이번에 문예총산하 창작가들의 사상투쟁회의를 여러 날 동안에 걸쳐 진행하였습니다.

　우리는 사상투쟁회의를 통하여 문예총산하 당원들과 창작가들의 사상생활과 창작생활에서 심중한 결함들이 나타나고 있다는 것을 알게 되었습니다. 이번 문예총산하 창작가들의 사상투쟁회의는 매우 적절한 시기에 진행되었습니다.

　그러면 문예총산하 당원들과 창작가들 속에서 나타나고 있는 본질적인 결함은 무엇입니까?

　그것은 첫째로, 문예총산하 당원들과 창작가들이 당의 유일사상체계를 튼튼히 세우고 주체사상에 기초한 대렬의 통일과 단결을 강화하기 위한 투쟁을 잘하지 못한 것입니다.

　문예총안의 당조직들은 당중앙위원회 제4기 제15차전원회의가 있은 다음 전원회의에서 폭로 비판된 반당반혁명종파분자들의 사상여독을 청산하기 위한 투쟁을 철저히 조직진행하지 않았습니다. 그 결과 창작가들 속에서는 수정주의, 사대주의, 봉건유교사상, 가족주의를 비롯한 온갖 불건전한 사상요소들이 여러 가지 형태로 나타났습니다. 특히 일부 창작가들은 가족주의적인 분파를 형성하고 당대렬의 사상의지적인 통일과 단결을 약화시키는 행동까지 하였습니다.

창작가들 속에서 나타나고 있는 본질적인 결함은 둘째로, 창작가들이 위대한 수령님께서 돌려주시는 크나큰 정치적신임과 배려에 높은 정치적 자각과 기술로써 충성으로 보답하려는 열정이 부족한 것입니다.

창작가들이 수령님에 대한 충성심과 열정이 부족한데로부터 수령님의 독창적인 문예 사상과 리론을 창작의 지침으로, 창작적기초로 삼지 못하였습니다. 그러다보니 창작가들이 창작활동에서 사회주의현실을 열렬히 긍정하지도 못하고 낡고 부패한 것을 증오하지도 못하였습니다.

문예총산하 당원들과 창작가들은 또한 사상생활을 건전하게 하지 못하였으며 패기와 정열에 넘쳐 일하고 생활하지 못하였습니다.

이번 사상투쟁회의에서는 엄중한 과오를 저지른 창작가들을 출당철직시킬 데 대한 의견이 많이 제기되었습니다. 사람들을 출당철직시키는 문제는 매우 심중하게 처리하여야 합니다.

수령님께서는 현실을 따라가지 못하는 당원들은 끊임없이 교양하여 개조하면서도 사상적으로 변질한자와는 타협하지 말라고 교시하시였습니다.

우리는 수령님께서 가르쳐 주신대로 과오를 저지른 창작가들을 교양개조하는 것을 기본으로 하면서 사상적으로 변질한자들과는 대담하게 결별하여야 합니다.

이번 사상투쟁회의에서 폭로 비판된 당원들과 창작가들에 대하여서는 세 부류로 갈라서 처리하여야 합니다. 다시 말하여 과오를 용서해주고 교양 개조하여 혁명을 계속 같이해나갈 부류와 범한 과오를 용서해주되 앞으로 사상생활과 실천 활동을 통하여 검열해야 할 부류, 사상적으로 변질되여 대담하게 결별하여야 할 부류로 나누어 처리하여야 하겠습니다.

　사상적으로 변질한자들과 결별한다고 하여 창작사업에서 지장을 받거나 소설과 노래, 그림이 못 나올가 봐 근심할 필요는 없습니다.

　회의에서 한결같이 토론한바와 같이 이제는 위대한 수령님께서 키우신 로동당시대의 젊은 창작가들이 당당하게 자기 자리를 차지할 때가 되였습니다. 다시 말하여 창작가들 속에서도 세대교체를 할 때가 되였다고 생각합니다. 그렇다고 하여 오랜 창작가들을 무조건 다 내보내라는 것은 아닙니다.

　인테리들과의 사업에 대하여서는 이미 위대한 수령님께서 구체적으로 교시하시였습니다. 그런 것만큼 오랜 창작가들과의 사업은 수령님의 교시에 따라 진행하여야 합니다.

　오랜 창작가들이 젊은 세대들에게 자리를 내주고 물러나는가 물러나지 않는가 하는 것은 그들 자체에게 달려있습니다. 오랜 창작가들이 사상적으로 로쇠하여 우리의 전진을 방해할 때에는 도태되여야 하지만 그들이 패기와 정열에 넘쳐 일해 나갈 때에는 끝까지 손잡고나가야 합니다.

　이제는 우리의 문학예술이 자기 궤도에 확고히 올라섰으며 튼튼한 밑천을 가지고 있다는 것을 떳떳이 말할 수 있습니다.

　지난날 우리는 문학예술발전을 위하여 우리 당과 다른 립장을 가지고 있는 사람들도 포섭하여 교양 개조하도록 하였습니다. 결과 오늘은 그들의 립장이 달라졌습니다.

　문제는 우리 대렬에서 사상적락오자가 나오지 않도록 하는데 있습니다.

　문예총안의 모든 당조직들은 창작가들이 사상생활과 창작과정에 나타난 결함들을 하루빨리 고치고 문학예술작품창작에서 새로운 혁명적 전환을 일으키도록 하여야 하겠습니다.

　첫째로, 당의 유일사상체계를 세우고 혁명화, 로동계급화하는 사업을 실속 있게 진행하여야 하겠습니다.

　무엇보다도 위대한 수령님의 혁명사상과 주체적인 문예사상으로 튼튼히 무장하기 위한 사업을 전격적으로 조직 전개하여야 하겠습니다.

위대한 수령님의 혁명사상으로 철저히 무장하여야만 당의 유일사상체계를 세울 수 있습니다. 또한 창작가들이 수령님의 혁명사상과 주체적인 문예사상으로 철저히 무장하여야 정치적 식견도 넓어지고 당이 요구하는 혁명적인 작품도 많이 써낼 수 있습니다.

그런데 지금 적지 않은 창작가들이 말로는 수령님의 혁명사상, 주체적인 문예사상을 안다고 하지만 실지에 있어서는 그것을 잘 모르고 있습니다. 그러다보니 어떤 작가는 개인시집을 낸다고 하면서 이미 당중앙위원회 제4기 제15차전원회의 때에 비판받은 시를 제목만 바꾸어가지고 내고 하였으며 또 어떤 작가는 공업화로선에 대한 수령님의 교시가 많지 못하기 때문에 가사가 되지 않는다고 하면서 작품창작을 태공하였습니다. 이것은 매우 엄중합니다. 이런 사람들에 대해서는 당의 유일사상체계가 섰는가 서지 않았는가 하는 것을 론한 여지조차 없습니다. 다시 말하여 이들이 한 행동은 당의유일사상체계를 확립하기 위한 10대원칙에 맞는가 맞지 않는가 하는 것을 가릴 형편이 못됩니다.

어떤 작가들은 작품창작에서 속도가 빠르면 질이 떨어진다고 하면서 당이 내놓은 속도전의 방침을 잘 받아들이려 하지 않았습니다.

작품창작에서 속도전을 벌려야 한다는 것은 우리가 새롭게 창조한 주체적인 창작원칙입니다.

작품창작에서 속도가 빠르면 질이 떨어진다고 하는 사람들은 수정주의에 물젖은 사람들이거나 그것을 동경하는 사람들입니다. 이런 사람들은 개인 창작실을 가지고 여기저기 떠돌아다니면서 작품 하나를 10년이나 20년씩 걸려 써내는 그런 질서를 동경하는 사람들이라고밖에 말할수 없습니다. 속도전을 하면 질이 떨어진다고 하거나 다른 나라 소설에 비하면 우리 소설은 볼 것이 없다고 하는 사람들은 다 사대주의자들이며 수정주의자들입니다.

나는 사대주의, 수정주의가 문학예술부문에 많기 때문에 그것을 뿌리 뽑기 위하여 영화부문에서 전형을 하나 창조함으로써 속도전을 벌리면 질을 더 높일 수 있다는 것을 실천적으로 보여주려고 하였습니다. 그래서 나는 예술영화 <한 자위단원의 운명>을 창조할 때 속도전을 힘 있게 벌리도록 하였습니다. 예술영화 <한 자위단원의 운명>을 창조하는데서 얻은 결론은 종자를 바로 쥐고 작품에 대한 파악이 생긴 조건에서는 속도전을 벌려야 질이 보장된다는 것입니다.

종자를 바로 쥐고 작품에 대한 파악이 생긴 다음에는 속도전을 벌려야 질이 높아진다는 것은 실천적으로 그 정당성이 확증된 진리이며 그것은 이미 영화부문에서 위대한 생활력을 나타내고 있습니다. 그럼에도 불구하고 문예총산하 일부 창작가들은 속도전에 대한 방침을 받아 물지 않고 잡소리를 하고 있습니다.

문예총산하 일부 창작가들이 이렇게 된 것은 문예총이 작가, 작곡가, 미술가들을 비롯한 동맹원들을 위대한 수령님의 문예사상과 당의 문예방침으로 무장시키기 위한 사상교양사업을 잘하지 못하였기 때문입니다.

문예총의 기본사명은 동맹원들을 교양하는데 있습니다. 그런데 지금 문예총이 교양단체가 아니라 행정기관화되였으며 행정실무에 빠져 창작과제만 따지고 동맹원들에 대한 교양사업은 전혀 하지 않고 있습니다. 만일 문예총이 수령님께서 밝혀 주신대로 동맹원들에 대한 교양사업을 정상적으로 잘하였더라면 일부 창작가들이 우에서 말한 것처럼 그렇게까지는 썩지 않았을 것입니다.

문예총안의 당조직들과 일군들은 당의 유일사상체계를 세우는 사업을 첫째가는 과업으로 내세우고 당원들과 창작가들을 수령님의 혁명사상과 수령님께서 문예부문에 주신 교시로 튼튼히 무장시켜야 하겠습니다.

위대한 수령님의 교시를 제때에 정확히 침투하는 체계를 똑똑히 세우도록 하여야 하겠습니다.

이와 함께 당조직들은 당원들과 창작가들이 수령님의 교시학습을 실속 있게 진행하여 그 진수는 무엇이고 그것을 어떻게 실천하겠는가 하는 것을 똑똑히 알도록 조직사업을 잘하여야 하겠습니다.

문예총안의 당조직들과 일군들은 또한 창작가들이 학습한 정형을 총화하는 방법으로 학습통제를 강화하여야 하겠습니다. 학습도 자각성에만 맡겨서는 잘 안 됩니다. 통제를 해야 공부를 하게 됩니다. 아마 어떤 사람들은 나이가 많기 때문에 공부가 잘 안된다고 할 수 있는데 그럴 수 없습니다. 누구나 다 조직에 매여서 통제를 받으면 공부를 잘할 수 있습니다.

창작가들 속에서 당의 유일사상체계를 세우는데서 다음으로 중요한 것은 위대한 수령님의 교시와 당의 문예방침을 무조건 철저히 관철하는 혁명적 기풍을 세우는 것입니다.

내가 늘 말하는바와 같이 수령님의 교시는 곧 법이며 따라서 그 집행에서는 무조건성의 원칙을 철저히 지켜야 합니다. 그런데 문예총 일군들과 창작가들은 말로만 수령님의 교시를 무조건 관철해야 한다고 했지 실지에 있어서는 수령님의 교시를 무조건 철저히 관철하기 위하여 투쟁하지 않았습니다.

위대한 수령님의 교시를 철저히 관철하기 위해서는 수령님의 교시를 연구하고 그것을 이악하게 달라붙어 끝까지 집행하는 무조건성의 정신을 가지는 것이 필요합니다. 그러므로 문예총안의 당조직들은 창작가들 속에서 수령님의 교시를 이악하게 달라붙어 끝까지 관철하고야마는 혁명적인 기풍을 세우며 수령님의 교시 집행에서 무조건성의 정신을 가지도록 교양사업을 강화하여야 합니다.

4.15문학창작단 창작가들이 발휘한 무조건성의 정신은 모든 창작가들이 본받을만한 것입니다. 4.15문학창작단 창작가들은 위대한 수령님 탄생 60돐을 계기로 하여 새로운 창작품들을 내놓을 데 대한 당적과업을 사소한 리유와 구실도 없이 무조건 훌륭히 수행하였습니다. 모든 창작가들은 4.15문학창작단 창작가들이 작품창작에서 발휘한 무조건성의 정신을 본받아야 하겠습니다.

앞으로 당조직들은 수령님의 교시를 걸써 대하면서 껄렁껄렁 하루살이식으로 생활해나가려는 현상들과는 조금도 타협하지 말고 강한 투쟁을 벌리며 수령님의 교시를 무조건 관철하는 혁명적 기풍을 세워야 합니다.

다음으로 당원들 속에서 당생활을 강화하여야 하겠습니다.

당의 유일사상체계를 세우고 혁명화, 로동계급화하는 데서 중요한 것은 당원들 속에서 당생활을 강화하는 것입니다.

위대한 수령 김일성동지께서 교시하신바와 같이 혁명적 조직생활은 사상단련의 용광로이며 공산주의교양의 학교입니다.

당생활을 강화하면 동지들이 범한 과오를 사상투쟁의 방법으로 제때에 고쳐줄 수 있으며 동지들 사이에서 제기되는 생활적인 문제도 옳게 풀어나갈 수 있습니다. 이렇게 되여야 당조직이 패기 있는 전투적인 조직으로 될 수 있습니다.

그런데 이때까지 문예총산하 당원들은 당생활을 잘하지 않았습니다. 그러다보니 문예총산하 당원들은 일부 창작가들이 사상적으로 변질되여가는 것을 보지도 못하였으며 제때에 타격을 주어 바로잡아주지도 못하였습니다.

이번 사상투쟁회의도 자체로 조직진행한 것이 아니라 당에서 조직해주어서야 하였습니다. 이것은 문예총산하 당원들의 당생활이 얼마나 한심한 형편에 있는가 하는 것을 보여줍니다. 확실히 문예총산하 당원들 속에는 초보적인 당생활기풍도 서있지 않습니다.

문예총초급당위원회에서는 당원들의 당조직생활을 강화하는 문제를 기본과업으로 내세우고 투쟁하여야 하겠습니다.

문예총초급당위원회는 창작가들이 창작과제를 어떻게 수행하였는가 하는 것만 따지던 지난날의 낡은 행정식사업방법에서 벗어나 당원들의 당조직생활을 강화하는데 모를 박고 사업하여야 하겠습니다.

이번 사상투쟁회의에서 폭로 비판된 모든 결함들은 당원들 속에서 당조직생활을 강화하지 않은데서 나온 것이라는 것을 뚜렷이 보여줍니다. 이것이 이번 사상투쟁회의를 통하여 우리가 얻은 교훈입니다.

지난 시기 문예총안의 당조직들이 패기 있게 사업하지 못하였습니다. 지금 문예총에는 나이가 40, 50, 60살 되는 사람들이 많습니다. 문예총에 나이든 사람들이 많은 조건에서 당조직까지 패기가 없고 생기발랄하지 못하면 당원들의 당생활을 바로 지도할 수 없으며 부정적인 현상들을 반대하여 투쟁할 수 없습니다. 문예총초급당위원회가 당조직들을 정상적으로 움직이고 당원들의 당생활을 강화하였더라면 이번 사상투쟁회의에서 나타난 것과 같은 엄중한 결함들을 미리 극복할 수 있었을 것입니다.

문예총초급당위원회는 산하당조직들을 발동하여 당원들을 당생활에 적극 참가시키고 사상투쟁을 정상적으로 벌리게 함으로써 당생활이 패기 있고 생기발랄하게 진행되도록 하여야 하겠습니다.

사상투쟁은 자료를 1년이나 2년씩 모아두었다가 터치는 방법으로 하지 말고 정상적으로 하여야 합니다. 특히 창작가들 속에서 당생활총화를 정상적으로 하여야 합니다.

영화부문에서 시범적으로 해본데 의하면 문학예술부문 일군들의 당생활총화는 자주 하는 것이 좋습니다. 새로운 당생활총화제도는 실생활을 통하여 그 생활력이 뚜렷이 나타났습니다.

예술인들, 특히 창작가들의 경우에 당생활총화를 한 달에 한 번씩 하는 것은 기간이 너무 깁니다. 문예총산하 창작가들에게는 자유주의가 비교적 많습니다. 그러므로 문예총에서도 당생활총화를 자주 하도록 하여야 하겠습니다.

당원이 많은 세포에서는 처음에 당생활총화 시간이 좀 오래 걸릴 수 있습니다. 그러나 당생활총화를 자주 짓기 때문에 한 달 정도 지난 다음부터는 한 번 하는데 30분씩 걸리면 될 것입니다.

당생활총화를 자주 한다고 하여 틀에 박힌 회의를 하지 말아야 합니다. 세포별로 모여앉아서 그동안에 제기된 문제가 무엇이며 누구의 사상생활에서는 무슨 문제가 있었는가 하는 것을 비판적으로 총화하면 됩니다.

문예총산하 도지부들에서도 새로운 당생활총화 제도대로 당생활을 총화하도록 하는 방향에서 연구해보아야 하겠습니다.

다음으로 문예총안의 당조직들은 창작가들 속에서 사상의지적 통일과 단결을 강화하기 위한 투쟁을 힘 있게 벌려야 하겠습니다.

창작가들 속에서 사상의지적 통일과 단결을 강화하기 위한 투쟁을 힘 있게 벌리는 것은 문예총의 현재실정에서 특별히 중요한 문제로 나섭니다.

지금 문예총산하 일부 도지부에서는 가족주의가 자라나 분파적인 행동을 하는 현상까지 나타나고 있다고 합니다. 이것은 매우 엄중한 것입니다.

우리 당은 당의 통일과 단결을 강화하기 위하여 종파주의, 지방주의, 가족주의를 반대하여 비타협적인 투쟁을 벌려왔으며 력사적으로 내려오던 종파주의, 지방주의, 가족주의의 오물을 청산하였습니다. 그리하여 이제는 가족주의가 있다는 말을 하는 데가 별로 없습니다. 그런데 유독 문예총산하 조직들에서만 가족주의가 그냥 융화되고 묵과되어 왔으며 사업에 적지 않은 해독을 끼치고 있습니다.

문예총산하 일군들 속에서 가족주의경향이 극복되지 못하고 자라나게 된 것은 전적으로 문예총안의 당조직들이 동맹원들에 대한 교양사업을 잘하지 않고 사상투쟁을 힘 있게 벌리지 못한데 주요한 원인이 있습니다.

문예총초급당위원회와 해당 당조직들에서는 창작가들 속에서 사상투쟁을 힘 있게 벌려 가족주의를 비롯한 온갖 불건전한 경향들을 결정적으로 없애야 하겠습니다. 앞으로 가족주의를 하거나 동지들 사이에 서로 헐뜯으며 당대렬의 사상의지적 통일과 단결을 파괴하는 현상들에 대하여서는 조금도 허용하지 말고 날카로운 사상투쟁을 벌려야 하겠습니다.

다음으로 문예총안의 당조직들은 사람과의 사업, 사상교양사업을 강화하여야 하겠습니다.

위대한 수령 김일성동지께서는 당 제5차대회에서 제국주의의 사상문화적 침투와 복고주의적 경향을 반대하는 투쟁을 강화할 데 대하여 간곡히 교시하시였습니다.

창작가들 속에서 당의 유일사상체계를 튼튼히 세우고 주체적인 문예방침을 견결히 옹호고수 하도록 교양사업을 하지 않으면 문학예술분야에 반동적인 부르죠아적 사상문화가 들어올 수 있으며 복고주의적경향도 나타날 수 있습니다.

지난 시기 문예총산하 일부 창작가들은 부르죠아 사상문화에 대하여 예리하게 대하지 못하였으며 심지어 그들 속에서는 지난날을 동경하는 현상까지 나타났습니다. 이것은 문예총 초급당위원회와 일군들이 당원들과 창작가들 속에서 계급적 날을 세우지 않고 사상교양사업을 잘하지 않은 것과 주요하게 관련되어 있습니다.

문예총초급당위원회는 당조직들의 전투력을 높이고 당원들과 창작가들 속에서 사상교양사업을 강화하며 지난날을 동경하면서 우리의 주체적인 문학예술을 시비하는 자들과 강한 사상투쟁을 벌리도록 하여야 하겠습니다.

이와 함께 당사업을 사람과의 사업으로 전환시켜야 하겠습니다.

당조직들이 행정을 가로타고앉아 대행하여서는 안 됩니다. 당조직들은 당원들의 사상정치생활을 장악하고 지도하여야지 행정사업을 좌지우지하면서 문서놀음이나 해서는 안 됩니다. 문예총초급당위원회와 그 산하 당조직들에서는 사람과의 사업을 강화하기 위한 혁명적인 대책을 세워야 하겠습니다.

앞으로 문예총안의 당조직들에서는 행정을 대행하는 현상을 극복할데 대하여 토론하고 대책적 의견들을 많이 제기하도록 하여야 하겠습니다.

문예총안의 당조직들과 일군들은 창작가들을 위대한 수령님의 혁명사상과 당의 문예방침으로 철저히 무장시키며 당원들 속에서 당조직생활을 강화하고 당대렬의 사상의지적 통일과 단결을 강화하며 당사업을 철저히 사람과의 사업으로 전환시킴으로써 당의 유일사상체계를 튼튼히 세우고 혁명화, 로동계급화하는 사업을 힘 있게 밀고나가야 하겠습니다. 이것이 문예총안의 당조직들과 일군들 앞에 나서는 첫째 과업입니다.

둘째로, 온 사회를 혁명화, 로동계급화하는 데 적극 이바지할 혁명적 문학예술작품들을 많이 창작하여야 하겠습니다.

사상예술적으로 훌륭한 혁명적 문학예술작품을 많이 창작하기 위하여서는 무엇보다도 종자를 바로 쥐어야 합니다.

종자라는 것은 작품의 기본 핵을 가리켜 말하는 것입니다. 작품의 핵을 이루는 종자는 그 작품의 가치를 규정하는데서 근본문제로 됩니다. 종자를 바로잡아야 작가의 사상미학적 의도를 정확히 전달할 수 있고 작품의 철학성을 보장할 수 있습니다.

지금 문예총에서 낸 소설들과 시들을 보면 사상적 알맹이가 없이 그저 늘어놓았기 때문에 작품에 이야기거리는 있는 것 같은데 사람들의 심금을 울리지 못하고 있습니다. 이것은 다 종자를 바로 선택하여 쥐지 못하였기 때문입니다.

모든 창작가들은 작품창작에서 종자를 바로 선택하여 잡고 그것을 예술적으로 가공하기 위하여 진지하게 노력하여야 하겠습니다.

종자를 바로잡고 그것을 예술적으로 가공하기 위해서는 위대한 수령님의 교시와 당정책을 깊이 연구하여야 합니다. 수령님의 교시와 당정책을 모르고서는 종자를 옳게 잡을 수도 없고 종자를 예술적으로 가공할 수도 없습니다. 창작실천에서 수령님의 교시와 당정책을 떠나서는 안 됩니다. 종자를 바로 선택한 다음에는 거기에 예술적세부들을 집중시키고 심화해 나가면서 잘 가공하는데 모든 힘을 넣어야 하겠습니다. 그리하여 작품창작에서 사상성과 예술성의 옳은 결합을 보장하도록 하여야 하겠습니다.

사상성과 예술성을 옳게 결합하는 문제는 문학예술작품창작에서 매우 중요한 문제로 나섭니다.

작품창작에서 사상성과 예술성을 옳게 결합하는가 못하는가 하는 것은 창작가들의 준비정도에 달려있습니다.

사상성과 예술성을 결합시키는데서 어느 한 측면에 기울어져서는 안 됩니다. 사상성과 예술성, 이 두 측면의 균형을 잘 보장하여야 합니다. 사상성과 예술성을 저울로 단다고 할 때 사상성이 더 무겁고 예술성이 가볍다든가, 예술성이 더 무겁고 사상성이 가볍다든가, 이렇게 되어서는 안 됩니다. 사상성과 예술성사이의 균형이 옳게 보장되어야 이 두 측면의 결합이 완전히 실현되었다고 볼 수 있습니다.

사상성과 예술성사이의 균형을 옳게 보장하고 이 두 측면의 결합을 철저히 실현하는 문제는 창작가들의 준비정도에도 달려있지만 더 중요하게는 창작가들이 어떤 자세로 작품을 창작하는가 하는데 달려있습니다. 그러므로 창작가들은 위대한 수령님의 교시와 당의 문예정책으로 튼튼히 무장하고 작품창작에서 당성, 로동계급성, 인민성의 원칙을 철저히 구현하는 창작가적인 자세를 가져야 합니다.

다음으로 창작가들은 위대한 수령님께서 가르쳐 주신대로 현실을 깊이 연구하고 생활을 진실하게 반영하기 위하여 적극 노력하여야 합니다.

창작가들이 현실을 떠나서는 생활을 진실하게 반영할 수 없으며 작품창작에서 당성, 로동계급성, 인민성의 원칙을 구현할 수 없습니다. 그러므로 모든 창작가들이 사회주의건설의 벅찬 현실 속에 깊이 들어가도록 하여야 하겠습니다.

문학예술작품창작에서 또한 중요하게 제기되는 문제는 작품창작에서 류사성을 없애고 독창성과 비반복성의 원칙을 구현하는 것입니다.

작품창작에서 류사성과 모방은 사회주의적 사실주의 창작방법과는 아무런 인연도 없습니다. 창작가들이 지금 말로는 작품창작에서 류사성과 모방을 반대한다고 하지만 실지 창작과정에서는 그것을 없애지 못하고 있습니다.

최근에 나온 장편소설들과 시들을 보면 작품들이 비슷하여 이것도 저것 같고 저것도 이것 같습니다.

류사성은 소설과 시에서 뿐 아니라 음악에서도 나타나고 있습니다. 지금 적지 않은 작곡가들은 위대한 수령님께서 음악작품들을 평가하시면서 주신 교시의 진수를 파악하지 못한 데로부터 우수한 것을 따라 배우는 것이 아니라 작품의 개별적 요소들을 모방하거나 그대로 따다가 조립하고 있습니다.

창작가들은 독창성과 비반복성의 원칙을 구현하는 창작가적인 자세를 가지고 생활에 대한 개성적이며 독창적인 탐구를 하여야 하며 작품창작에서 개성화와 독창성의 원칙을 옳게 구현하여야 합니다.

독창성과 개성화의 원칙을 옳게 구현하기 위하여서는 위대한 수령님의 주체적인 문예 사상과 리론에 기초하여 당적인 안목을 가지고 생활을 어디까지나 독창적으로 고찰하고 탐구하고 파악하여야 하며 그것을 일반화하고 개성화하기 위하여 노력하여야 합니다. 그리고 창작가들은 탐구된 생활을 그리는 데서도 개성적으로 그리고 그것을 풍부화하고 발전시키기 위하여 진지한 노력을 기울여야 합니다.

위대한 수령님께서는 올해 초에 우리 시인들이 쓴 시와 총련에서 쓴 시를 대비하면서 교시하신 적이 있습니다. 수령님께서는 총련에서 쓴 시에는 시인의 감정이 짤막한 몇 개 절에 잘 표현되여 있는데 우리 시인들이 쓴 시는 하나의 문장을 여러 토막으로 갈라놓은 것 같아서 시 같지 않다고 하시였습니다.

사실 지금 ≪로동신문≫에 발표되는 시들, 특히 기념일 때에 나오는 서사시들을 보면 다 비슷하고 시 같지 않습니다. 틀에 박힌 시를 쓰지 말아야 합니다. 시를 틀에 맞추어 쓰게 되면 류사성을 면할 수 없게 됩니다. 털어놓고 말하여 우리 작가들이 쓴 시들은 문장을 끊어서 절로 나누었으니 시처럼 보이지 쭉 련결해 놓으면 하나의 산문으로 됩니다. 앞으로는 시를 쓰는데서 이런 문제도 론의되여야 합니다.

그렇다고 하여 그런 시들을 다 없애라는 것이 아닙니다. 그 시들도 인민들 속에서 사랑을 받고 있는 것만큼 그것을 없애는 문제는 고려하여야 합니다.

가사창작에 대하여서는 긴 설명을 하지 않으려고 합니다.

지금 가사들도 산문식으로 쭉 써놓았기 때문에 첫 시작부터 마지막까지 다 련결해 놓으면 하나의 산문이 됩니다.

위대한 수령님께서는 지금 나오는 가사들은 마지막이 다 '습니다'나 '하였습니다'로 끝나는데 무슨 가사를 그렇게 쓰는가고 하시였습니다.

어느 한 가사에서 '습니다', '하였습니다' 하는 말을 썼으면 다른 가사에서는 쓰지 말아야 하겠는데 다른 가사들에도 그렇게 쓰고 있습니다. 이것도 하나의 류사성의 표현입니다.

작품창작에서 류사성을 결정적으로 없애야 하겠습니다. 작품심의에서뿐 아니라 창작가들 사이에서도 류사성을 없애기 위하여 강한 투쟁을 벌려야 하겠습니다.

이와 함께 시인들이 시문학의 고유한 특성인 풍부한 서정성을 높이기 위하여 현실을 체험하고 생활을 정서적으로 깊이 파고들도록 하여야 합니다. 그래야 시들의 류사성을 없앨 수 있습니다.

시창작분야에서는 앞으로 사회주의현실을 여러 측면에서 다양하게 반영하도록 하여야 하겠습니다.

최근에 시집을 내라고 하니 어떤 사람들은 옛날에 썼다가 통과되지 못한 것까지 다 묶어서 내려 하고 있습니다.

앞으로 작품집을 다시 출판할 때에는 작품들을 엄격히 심의하여 내도록 하여야 하겠습니다.

지금 작품의 종자도 문예총에서 잡아주고 쓰는 것도 문예총에서 방조해주고 마지막에 심사하는 것도 문예총에서 하는데 그렇게 해서는 안 됩니다. 앞으로 작품국가심의위원회를 내오고 거기에서 소설, 시, 미술작품을 비롯하여 출판하여 내보내는 모든 작품들을 다 심의하도록 하여야 하겠습니다.

아동문학을 발전시키기 위하여 적극 노력하여야 하겠습니다.

위대한 수령님께서 아동문학을 발전시킬 데 대하여 교시하신 이후에 아동문학작품이 많이 나오기 시작하였는데 문예총에서는 아동문학창작사업을 계속 힘 있게 내밀어야 하겠습니다.

아동문학을 발전시키는 것은 우리 혁명의 후대들의 장래와 관련되는 중대한 문제입니다. 후대들을 어떻게 키우며 어떻게 교양하는가 하는 것은 우리 혁명의 미래와 직접 관련되어 있습니다.

우리는 아동문학을 절대로 소홀히 하지 말고 아동문학창작사업에 계속 깊은 주의를 돌려야 하겠습니다.

아동문학창작부문 일군들은 위대한 수령님께서 올해 초에 하신 교시에 따라 동화, 우화 창작사업을 계속 끌고나가며 아동영화문학과 아동문학작품 창작에 사회적 관심을 돌리도록 하여야 하겠습니다.

아동문학을 발전시키자면 아동문학작가들이 어린이들한테 찾아가는 버릇을 붙여야 합니다. 아동문학작가들은 자기 집 어린이만 볼 것이 아니라 다른 어린이들한테도 찾아다니면서 우리나라 어린이들의 생활을 연구하고 학교에 나가서 협의회도 하고 연구토론회도 하며 경험발표회도 하여야 합니다.

문학예술작품들에 대한 평론문제에 대하여서는 좀 더 연구해보아야 하겠습니다.

지금 문학예술작품에 대한 평론사업이 잘되지 않고 있는데 앞으로 문학예술작품에 대한 평론사업을 어떻게 하겠는가 하는 것이 문제로 되고 있습니다. 문학예술작품에 대한 평론을 지금 하는 식대로 한다면 작품이 잘 되었다고 평가할 뿐 아니라 비판도 하여야 하겠는데 그런 식의 평론은 아무런 의의도 없습니다. 지금 하고 있는 식의 문학예술작품에 대한 평론방법은 교조주의입니다.

우리나라에서는 문학예술작품들이 당과 국가의 보증 밑에서 출판되어 나가는 것만큼 그 작품에 대하여 이러쿵저러쿵 시비할 수 없습니다. 물론 해당 작품에 대한 심의단계에서는 잘못된 점이 있으면 얼마든지 비판할 수 있습니다. 그러나 일단 그 작품이 완성되어 당의 보증 밑에서 나간 다음에는 그에 대하여 이러쿵저러쿵 시비해서는 안 됩니다.

작품창작에서 잘못된 것이 있으면 서로 토론하여 미리 고친다음에 내보내야지 잘못된 것을 뻔히 알면서도 그냥 내고 그것을 비판하는 것은 매우 옳지 않습니다.

소설에 대한 평론을 한다고 하면 작가의 의도를 리론적으로 전개하여 소설을 읽는 사람들이 그 소설의 주제를 더 깊이 파악할 수 있도록 하는 방향에서 할 수 있을 것입니다. 나는 소설에 대한 평론을 영화관평식으로 쓸 수도 있지 않겠는가 생각하고 있습니다. 어쨌든 지금 가지고 있는 평론에 대한 개념은 고쳐야 하며 지금 하고 있는 식의 평론은 없애야 하겠습니다.

우리나라 음악을 현대적미감에 맞게 더욱 발전시켜야 하겠습니다.

우리나라 음악을 현대적미감에 맞게 발전시키는데서 중요한 것은 민족

음악과 그 형식을 새롭게 발전시켜 나가는 것입니다.

민족음악과 그 형식을 새롭게 발전시키기 위하여서는 혁명가극 <피바다>식 노래와 그 형식을 널리 일반화하여야 합니다.

혁명가극 <피바다>식 노래와 그 형식을 일반화한다고 하여 혁명가극 <피바다>에서 나오는 노래들을 대목대목 따다가 조립해서는 안 됩니다. 문제는 거기에 담겨져 있는 위대한 수령님의 주체적인 문예사상의 진수를 완전히 파악하고 그것을 음악창작에 구현하는데 있습니다.

우리나라 가극예술의 3대명작인 혁명가극 <피바다>와 <당의 참된 딸>, <밀림아 이야기하라>에는 혁명가극예술의 내용과 형식, 혁명가극 창작에서 지켜야 할 원칙과 방도들이 집대성되어 있습니다.

그런데 음악창작부문 일군들은 혁명가극 <피바다>식창작원칙과 방도들을 찾아내어 일반화하기 위한 사업을 잘하지 않고 있습니다. 음악가 동맹에서는 혁명가극 <피바다>에 대한 연구토론회도 하지 않았고 혁명가극 <꽃파는 처녀>에 대한 연구토론회도 하지 않았습니다. 그러다보니 음악창작일군들이 이 작품에 담겨져 있는 수령님의 문예사상의 진수를 파악하지 못하고 있으며 혁명가극 <피바다>식 창작 원칙과 방도들을 일반화하지 못하고 있습니다.

지금 평안북도와 함경남도, 량강도에서 가극을 창조한다고 하지만 매우 한심한 형편입니다. 지방에서 창조하는 가극수준이 낮은 것은 창작가들이 가극창작과 관련하여 주신 수령님의 교시의 진수와 혁명가극창작 원칙과 방도들을 잘 모르고 가극을 만들기 때문입니다.

음악가동맹에서는 혁명가극창작과 관련하여 주신 수령님의 교시와 당의 지도에 의하여 창조된 혁명가극창작 원칙과 방도들에 대한 학습도 조직하고 혁명가극 <피바다>와 <꽃파는 처녀>에 대한 연구토론회도 조직하여 혁명가극창작 원칙과 방도들을 널리 일반화하여야 하겠습니다.

음악창작에서 다음으로 중요한 것은 음악의 종류와 양상을 다양하게 하는 것입니다.

음악의 종류와 양상을 다양하게 하는 것은 우리나라 음악의 고유한 특성을 살리고 발전시키는데서 아주 중요한 문제로 나서고 있습니다.

음악가동맹에서는 음악의 종류와 양상을 발전시키는데서 나타나고 있는 편향들을 극복하기 의하여 투쟁하여야 하겠습니다.

위대한 수령님께서는 음악의 형식을 끊임없이 다양하게 개척하라고 교시하시였습니다.

음악가동맹에서는 앞으로 음악의 형식을 부단히 새롭게 개척하고 창작된 음악작품들을 제때에 무대에 실현시켜 일반화하는 사업을 짜고 들어 진행하여야 하겠습니다.

음악가동맹에서는 새로운 음악을 많이 창작하는 동시에 민요 발굴 및 연구 사업에 힘을 넣어야 합니다. 음악가동맹에서는 앞으로 이 두 전선을 튼튼히 틀어쥐고나가야 하겠습니다.

민요를 발굴하고 연구한다고 하여 복고주의를 한다고 문제를 세울 수 있는데 그래서는 안 됩니다.

위대한 수령님께서는 중국 상해무용극단이 우리나라에 왔을때 그들에게 혁명가극 <피바다>의 노래와 음악은 조선민요에 의거한 조선식노래이며 조선식음악이라고 말씀하시였습니다. 수령님의 이 말씀에는 우리나라 민요를 알지 못하고서는 조선식 노래나 음악을 만들 수 없다는 깊은 뜻이 담겨져 있습니다.

우리나라의 민요를 알지 못하고는 조선식 노래나 음악을 만들수 없으며 지난날의 민요를 알지 못하고는 우리 인민들의 감정에 맞는 노래를 훌륭히 만들어낼 수 없습니다. 그런데 음악가동맹에서는 민요 수집사업과 연구사업을 잘하지 않고 있습니다.

앞으로 남조선과 문화교류사업을 하기 위해서도 민요 발굴사업과 연구사업을 잘하는 것이 중요합니다.

위대한 수령님께서는 최근에 <양산도>, <도라지> 같은 민요들을 복구하라고 교시하시였습니다. 수령님의 교시에 따라 지금 전문예술단체들에서는 <양산도>와 <도라지>같은 민요들을 복구하는 사업을 벌리고 있습니다.

음악가동맹에서도 민요를 발굴하고 연구하는 사업을 힘 있게 밀고나가야 하겠습니다.

미술분야에서는 무엇보다 먼저 작품의 주제를 다양하게 확대하여야 하겠습니다.

미술분야에서 작품의 주제를 다양하게 확대하는 것은 매우 중요한 문제로 나서고 있습니다. 미술작품의 주제를 다양하게 확대하고 발전시키지 않고서는 우리의 현실을 화폭에 폭넓게 담을 수 없습니다.

우리의 미술가들이 창작한 작품들을 보면 주제가 아주 단순하고 생활을 여러 측면에서 다양하게 탐구하여 그리지 못하였습니다. 그러다보니 미술작품들에 현실생활이 다양하게 반영되지 못하고 있습니다. 이것은 미술가들이 현실을 연구하지 않고 있으며 주제를 탐구하기 위하여 노력하지 않고 있다는 것을 말하여 주는 것입니다.

미술부문 일군들도 현실에 대담하게 뛰여들어가서 현실을 깊이 연구하며 진지한 태도를 가지고 탐구함으로써 주제를 다양하게 발전시켜나가야 하겠습니다.

미술분야에서는 조선화를 발전시키는데 힘을 넣도록 하여야 하겠습니다.

미술분야에서 나타나고 있는 편향은 조선화를 그리는데 중점을 두지 않고 그것을 홀시하고 있는 것입니다.

앞으로 미술분야에서는 유화보다도 조선화에 더 큰 의의를 부여하여야 하겠습니다. 물론 유화도 그려야 하지만 그보다도 조선화를 더 장려하고 많이 그려야 합니다. 유화에만 매달리면서 조선화를 홀시할 때에는 문제를 세우고 사상투쟁을 벌려야 하겠습니다.

미술가들이 우리의 원료와 자재를 가지고 조선화를 그리도록 하여야 하겠습니다. 다른 나라에서 재료를 가져다 조선화를 그리는 것은 주체가 서지 못한 표현입니다. 조선화는 어디까지나 조선의 자재와 원료로 그려야 합니다. 다른 나라에서 자료를 가져다 그린 그림은 결코 조선화라고 말할 수 없습니다.

우리는 미술가들이 자력갱생의 혁명정신을 높이 발양하여 우리의 자재와 원료로 조선화를 훌륭히 그려내도록 하여야 하겠습니다.

위대한 수령님께서 교시하신바와 같이 우리나라에서는 주체사상이 모든 분야에 구현되고 있는 조건에서 앞으로 미술작품을 세상에 들고나갈 때에도 조선화를 들고나가도록 하여야 하겠습니다.

셋째로, 창작가들 속에서 자질을 높이기 위한 투쟁을 강화하여야 하겠습니다.

우리의 창작가들이 위대한 수령님의 혁명사상과 당의 문예방침으로 튼튼히 무장하는 것과 함께 높은 자질을 가져야 당이 요구하는 훌륭한 작품들을 창작해낼 수 있습니다.

창작가들의 자질을 높이는 것은 앞으로 남북교류를 하기 위해서도 절실한 문제로 나서고 있습니다.

위대한 수령님께서는 앞으로 북과 남 사이에 문화교류를 해야 하겠는데 우리 창작가들이 남북문화교류를 원만히 할 수 있을 만큼 분비되어 있지 못한 것 같다고 말씀하시였습니다. 사실 우리 창작가들 가운데는 이제 당장 남조선문화인들을 만나 능숙하게 사업할 수 있도록 준비되지 못한 사람들도 있습니다.

우리는 창작가들이 남조선문화인들을 어느 때든지 상대할 수 있도록 다방면적인 지식을 가지게 하여야 하겠습니다.

창작가들이 다방면적인 지식을 가지게 하기 위하여서는 그들이 우리나라에서 출판되는 책들을 다 읽도록 하며 세계의 고전적 작품들도 다 읽도록 하여야 하겠습니다. 이와 함께 영화부문 일군들과 경험을 교환하는 것을 비롯하여 교류사업을 많이 하도록 하여야 하겠습니다.

창작가들이 다방면적인 지식을 가지도록 하기 위하여서는 학습에 대한 통제를 강화하여야 합니다.

앞으로 당학습총화를 할 때 문학시험도 치게 하여야 하겠습니다.

작가들에게는 혁명적인 소설만 읽히지 말고 수정주의적인 소설도 읽히고 그에 대한 미학토론을 조직해주어 그들이 수정주의의 반동적 본질을 똑똑히 인식하도록 해야 하겠습니다.그래야 우리의 작가들 속에서 수정주의적인 소설이 나오지 못하도록 미리 막을 수 있습니다.

창작가들은 연극과 영화도 많이 보아야 합니다. 영화는 우리나라 영화뿐 아니라 다른 나라의 것도 보아야 합니다.

창작가들이 한 달에 한번은 극장에 가서 구경을 하고 한 주일에 한 번씩은 영화를 보되 한번은 우리나라 영화를 보고 한 번은 다른 나라 영화를 보도록 하여야 하겠습니다. 영화를 볼때에는 그저 구경거리로 보아서는 안 됩니다. 영화를 볼 때에는 무엇보다도 그 영화를 보시고 주신 위대한 수령님의 교시의 참뜻을 파악하기 위하여 노력하여야 합니다. 만일 수령님께서 그 영화가 잘되였다고 하시였다면 수령님께서 그 영화가 왜 잘 되였다고 하시였겠는가 하는 것을 구체적으로 연구하여야 합니다.

이렇게 이기 위하여서는 위대한 수령님께서 보시고 교시를 주신 영화를 보고 학습하는 방식상학, 시범상학을 조직하여야 합니다.

작가들은 영화로 실현된 영화문학도 학습할 수 있을 것입니다.

문예총초급당위원회에서는 창작가들의 자질을 높이기 위한 사업을 다양하게 조직함으로써 우리의 창작가들을 다방면적인 지식을 가진 일군으로 준비시켜야 하겠습니다.

마지막으로 문학예술작품창작사업과 관련하여 제기되는 몇 가지 문제에 대하여 말하겠습니다.

먼저 문학작품심의체계를 바로세우도록 하여야 하겠습니다.

문학작품심의를 문화성 작품국가심의위원회에서 다 맡아하여서는 안 됩니다. 문화성 작품국가심의위원회에서는 영화문학작품심의만 하도록 하여야 하겠습니다.

소설을 비롯한 문학작품들에 대한 심의는 위대한 수령님께서 제시하신

3위1체의 원칙에 따라 하여야 합니다. 다시 말하여 소설을 비롯한 문학작품에 대한 심의는 당, 사회단체인 문예총, 국가기관인 문화성으로 구성된 강력한 작품국가심의위원회에서 하여야 합니다. 문학작품에 대한 심의는 요구성을 높이고 엄격히 하여야 합니다.

위대한 수령님께서는 당중앙위원회 제4기 제15차전원회의가 있은 다음부터 작품들에 창작가들의 이름을 밝히지 않고 그저 집체작이라고만 하고 있는데 그렇게 하지 말고 작품을 창작한 사람의 이름을 밝히며 해당한 문화로력보수도 다 주라고 교시하시였습니다. 이것은 수령님께서 창작가들에게 돌려주시는 또 하나의 크나큰 배려입니다.

당일군들과 문예총일군들이 소심성에 사로잡혀 작품을 창작한 사람이 잘못되면 또 회수해야 되겠는데 그럴 바에는 차라리 이름을 밝히지 않는 것이 좋겠다고 생각하는 모양입니다. 사람들이 잘못될 것을 전제로 하고 사업해서는 안 됩니다. 당의 령도를 받는 이상 누구나 다 수령님을 모시고 일생을 혁명가로서 보람 있게 마칠 수 있다고 보아야 합니다.

위대한 수령님께서는 동요하는 사람들과 변질되여 가는 사람들도 다 교양 개조하여 함께 혁명할 생각을 해야지 그 사람이 변질되지나 않겠는가고 우려하면서 작가의 이름 하나 소개하지 못해서는 안 된다고 교시하시였습니다.

위대한 수령님께서는 또한 우리나라의 모든 인테리들을 교양 개조하여 그들과 함께 공산주의사회까지 가야 한다고 하시면서 그들 속에서 오늘 락오자가 나왔다 하여 래일 또 락오자가 나오리라는 것을 전제로 하고 사업하면 잘못이라고 교시하시였습니다.

위대한 수령님께서 작가들을 얼마나 사랑하고 아끼시는가에 대하여서는 동무들이 이미 생활을 통하여 많이 체험하였을 뿐 아니라 앞으로 계속 체험하게 될 것입니다.

당은 언제나 동무들을 믿고 한사람의 락오자도 없이 한 혁명대오에서 투쟁해나가도록 이끌어나갈 것입니다.

동무들은 당의 수중에 장악된 지식인부대이므로 락오자가 되여서는 안되며 우리 대렬 안에서 락오자가 생기지 않도록 집단이 달라붙어 사람들을 교양하여야 합니다. 집단이 다 달라붙어 사람들을 교양하고 개조하자면 당조직생활을 강화해야 합니다.

당조직들에서 당원들에 대한 사상교양사업과 조직생활을 강화하지 않을 때 대렬 안에서 락오자가 나오게 되는 것은 법칙입니다. 그러므로 당조직들에서는 당원들에 대한 사상교양사업과 조직생활을 강화하여 우리 대렬 안에서 한사람의 락오자도 나오지 않도록 하여야 합니다.

앞으로 창작가들에 대한 교양을 강화하는 조건에서 소설이나 미술작품들을 집체작이라고만 하지 말고 개별적창작가들의 이름으로도 내주어야 하겠습니다.

작가들의 창작활동을 행정적으로 지도통제하기 위하여 문학창작사를 내와야 하겠습니다.

앞으로 문학창작사를 내오고 거기에서 작가들의 창작활동을 지도통제하도록 하고 문예총은 동맹원들에 대한 교양자적인 역할만 하도록 하여야 합니다.

우리는 지금 혁명하는 시대에 살고 있습니다. 그러므로 창작가들이 창작활동도 혁명적으로 하도록 하여야 합니다.

창작가들이 창작활동을 혁명적으로 하도록 하기 위하여서는 그들에게 행정적으로 과업을 주고 그것을 받아내는 것이 필요합니다. 그래야 종자도 바로 쥐고 작품을 훌륭히 창작할 수 있습니다. 과업을 주고 받아내는 원칙은 4.15문학창작단의 사업을 통하여 생활력이 확증되였습니다. 종자를 정해주어 현 시기 당의 방침과 요구에 맞는 작품을 써내도록 하여야지 당에서 요구하지 않는 작품은 아무리 많이 써내도 소용없습니다.

부르죠아사회에서 '창작의 자유'를 부르짖는 반동적인 창작가들과는 달리 우리 창작가들은 사회주의제도에서 혁명하는 창작가들인 것만큼 국가적인 통제와 지도 밑에서 창작사업을 진행하여야 합니다.

작가들은 당에서 과업을 받고 그것을 수행하는 당의 문예전선의 초병들입니다. 작가들이 당의 문예전선의 초병으로서 제구실을 하도록 하기 위하여서는 그들에 대한 국가적인 통제와 지도를 강화하여야 합니다. 이런 조건에서 문학창작사를 내오고 거기에서 창작가들의 창작사업을 통일적으로 지도하고 통제하게 해야지 문예총이 창작사업을 지도하게 할 수는 없습니다.

원래 문예총은 교양단체인 것만큼 동맹원들을 교양하는 사업을 해야지 행정적인 사업을 조직하고 지도해서는 안 됩니다. 물론 해방직후에는 작가대렬도 꾸리지 못하고 작가들이 여기저기 흩어져있었기 때문에 사회단체인 문예총이 창작사업을 조직하고 지도하지 않을 수 없었습니다. 그러나 지금은 모든 것이 당의 수중에 장악되어 있고 또 문화성도 있는 조건에서 사회단체인 문예총이 창작사업을 직접 조직하고 지도할 필요가 없습니다.

지금 다른 창작가들은 문화성에 속해서 창작사업을 하고 있는데 작가들이라고 하여 행정기구에 속해서 글을 쓰지 못할 근거는 하나도 없습니다.

우리는 위대한 수령님께서 구상하신대로 문학창작사를 내오고 문학창작사가 작품창작에 대하여 당과 국가 앞에 책임지며 작가들에게 창작과제도 주고 그 집행에 대한 법적인 통제도 하도록 하여야 하겠습니다. 그리고 문학창작사에서 작가들에게 작품의 종자도 주고 창작사업도 방조하고 지도하며 작품심의도 하도록 하여야 합니다.

문학창작사를 내오는 경우에는 문화성에 소속시킬 수도 있고 독립적인 기구로 둘 수도 있습니다. 문학창작사를 독립적으로 내오면 아동영화문학 창작사업도 거기에서 할 수 있습니다. 문학창작사를 독립적인 기구로 내오는 경우에 국가행정기구체계는 중앙방송위원회나 중앙통신사와 같이 하고 내용지도는 당에서 하도록 하여야 합니다.

작가들이 행정기구에 속해있으면 생활조건도 더 잘 보장받을 수 있습니다. 지금은 작가들이 사회단체인 문예총에만 속해있다 보니 생활조건을 제대로 보장받지 못하고 있습니다. 작가들이 생활에서 불편을 느끼게 된다면 그들이 사회주의제도가 좋다는 글을 잘 써낼 수 없습니다.

　나는 작가들도 다른 창작가들처럼 위대한 수령님의 배려와 혜택을 받을 수 있도록 하기 위하여 행정조직을 내오고 거기에 작가들이 다 소속되여 생활하게 하자고 합니다.

　이번 회의가 끝나면 문학창작사를 내올 데 대하여 토론해보고 제기하도록 하여야 하겠습니다.

　작가들이 작품을 잘 써내도록 하기 위하여서는 창작실을 꾸리고 거기에 가서 글을 쓰게 하여야 합니다. 내 생각에는 창작실을 우산장휴양소에 꾸리고 작가들이 거기에 나가 글을 쓰게 하는 것이 좋을 것 같습니다.

　문학창작사가 나오면 도에 내려가 있는 작가들은 문학창작사에서 파견한 것으로 하고 도에 있는 작곡가들은 도예술단이나 도군중문화회관에 소속시키는 것이 좋겠습니다. 그리고 앞으로는 무슨 지부요, 지부장이요 하는것을 다 없애는 것이 좋을 것 같습니다.

　창작가들의 생활을 정규화하여야 하겠습니다. 한 주일에 어느 날은 강연회를 하고 어느 날은 당생활총화를 하며 또 어느 날은 영화를 보고 어느 날은 소설 합평회나 토론회를 한다는 식으로 일정을 정해놓고 그대로 생활하도록 하여야 합니다.

　앞으로 창작가들이 일과생활을 강화하도록 하여야 합니다. 일과생활에서 기본은 창작입니다. 하루에 8~10시간은 작품창작에 돌리고 나머지시간은 학습과 휴식에 돌리도록 하여야 하겠습니다.

　동무들은 이번 사상투쟁회의를 통하여 심각한 교훈을 찾고 수령님께 끝없이 충실한 문예전사로 준비하여야 하겠습니다.

　동무들이 당과 수령에게 진정으로 충실하려면 위대한 수령님의 혁명사상을 어떻게 접수하고 어떻게 관철해나가겠는가 하는데 대하여 심사숙고해야 합니다. 동무들은 어떻게 하면 당과 수령에게 더 충실하겠는가, 어떻게 하면 당조직생활과 사상수양을 더 잘하겠는가 하는 것을 늘 생각하여야 하며 자신을 끊임없이 혁명화, 로동계급화하여야 합니다.

이번 사상투쟁회의에서 결함들이 많이 비판되었다고 하여 지난 기간 사업에서 성과가 없은 것은 아닙니다. 우리의 창작가들은 민족최대의 경사스러운 명절인 위대한 수령님 탄생 60돐을 계기로 수령님을 형상한 작품들을 많이 창작하였으며 적지 않은 작가, 작곡가, 미술가들이 자기 앞에 맡겨진 혁명과업을 수행하기 위하여 피타는 노력을 하였습니다. 그러나 수령님께서 돌려주시는 배려와 기대에 비해보면 우리가 해놓은 일은 너무도 적습니다.

동무들은 위대한 수령님의 높은 정치적 신임과 배려에 충성으로 보답하기 위하여 자기의 모든 지혜와 정열을 다 바쳐 투쟁하여야 합니다.

문예총안의 모든 창작가들은 당중앙위원회 편지토의사업을 계기로 하여 당의 유일사상체계를 더욱 튼튼히 세우고 위대한 수령님의 교시와 당의 문예방침을 철저히 관철함으로써 문학예술작품창작에서 혁명적 전환을 일으켜야 하겠습니다.

『김정일선집2』, 조선로동당출판사, 1993

우리당의 혁명적 문예전통과
그 빛나는 계승발전

장형준

오늘 우리의 주체문학예술은 세상 사람들로부터 '혁명적 예술의 본보기'로, '세계 최고봉의 예술'로 높이 찬양받고 있다.

우리 문학예술이 해방 후 짧은 기간에 이처럼 찬란히 개화 발전할 수 있은 것은 전적으로 혁명의 영재이시며 우리 시대의 위대한 맑스—레닌주의자이신 경애하는 수령 김일성동지께서 항일혁명투쟁시기에 영광스러운 혁명적 문예전통을 마련해주시였으며 그를 빛나게 계승 발전시키기 위한 당의 정확한 지도가 있었기 때문이다.

위대한 수령 김일성동지께서는 우리 당과 혁명의 영광스러운 력사적 뿌리를 마련하시고 혁명과 건설의 모든 분야에서 혁명전통을 전면적으로 계승 발전시킬 데 대한 새로운 사상을 창시하시였다.

우리 당은 위대한 수령 김일성동지께서 창시하신 혁명적문예전통의 본질과 내용에 대하여 리론적 해명을 주었으며 그를 빛나게 계승 발전시키는데서 나서는 원칙과 방도들을 명백히 제시하였다. 이것은 수령님께서 이룩하신 영광스러운 혁명적 문예전통을 빛나게 계승 발전시키기 위한 확고한 담보로 된다.

1

위대한 사상리론가이시며 혁명의 영재이신 경애하신 수령 김일성동지께서는 항일 혁명투쟁시기에 우리 당과 혁명의 력사적 뿌리인 영광스러운 혁명전통을 이룩하시였다.

수령님께서 창시하신 혁명 전통에서 중요한 자리를 차지하는 것은 혁명적 문예전통이다.

우리의 혁명적 문예전통은 주권을 잡은 로동계급의 당이 사회주의, 공산주의의 문학예술건설에서 확고히 옹호하고 계승 발전시켜야 할 혁명적 재부로 된다.

경애하는 수령 김일성 동지께서는 다음과 같이 교시하시였다.

> "우리가 계승해야 할 유일한 전통은 맑스—레닌주의의 기발밑에 근로인민의
> 리익을 옹호하여 투쟁한 항일유격대의 혁명전통입니다."
> 　　　　　　　　　　　　　　　　(『김일성 저작선집』, 제 2권, 72페지)

> "우리가 전통을 계승한다고 해서 오가잡탕을 다 계승할 수는 없습니다."
> 　　　　　　　　　　　　　　　　(우와 같은 책, 72페지)

로동계급의 혁명적문예전통은 선행한 모든 민족문학예술유산의 단순한 총화가 아니다.

주권을 잡은 로동계급이 건설하여야 할 새로운 사회주의, 공산주의 문학예술의 력사적 뿌리로 되는 혁명전통은 철두철미 로동계급적인 것이다. 따라서 그것은 로동계급적인 것이 아닌, 민족문학예술전통일반과 구별된다.

우리 당은 문학예술의 혁명전통이 혁명승리의 길을 개척한 수령에 의하여 창시된다는 데로부터 출발하여 경애하는 수령 김일성동지께서 창시하신 우리 혁명적문예전통의 본질과 내용이 무엇인지를 명백히 밝혀주었다.

로동계급이 혁명적 문예전통은 혁명승리의 길을 개척한 수령의 사상을

구현하고 수령의 사상을 실현하기 위한 투쟁에로 인민대중을 불러일으킨 혁명적인 문화예술유산이다.

이러한 유산, 이러한 전통은 오직 로동계급의 탁월한 수령에 의하여 맑스—레닌주의가 그 나라 혁명운동과 밀접히 결부되고, 혁명승리의 길이 빛나게 개척되는 과정에서만 창조될 수 있다.

그것은 이러한 력사적 과정에서만 자기 나라 혁명실천과 밀접히 결합된 맑스—레닌주의인 수령의 혁명사상을 자기의 사상미학적기초로 하여 현실을 진실하게 반영한 혁명적 문학예술, 수령의 사상으로 인민대중을 무장시키고 수령이 가리키는 길로 그들을 힘 있게 조직 동원할 수 있는 참다운 혁명적 문학예술이 창조될 수 있기 때문이다.

그러므로 수령의 령도를 받지 못하고 수령의 사상을 구현하지 못한 문학예술은 진실로 로동계급적이며 혁명적인 문학예술로 될 수 없다. 이로부터 1920년대 전반기에 우리나라에서 창조된 초기 프로레타리아문학예술이나 그 후에 창조된 '카프'문학예술은 비록 로동계급의 사상을 반영한 유산이라고 하더라도 우리 문학예술의 혁명전통으로 될 수 없다.

우리의 혁명적 문예전통은 항일혁명투쟁시기에 위대한 수령 김일성 동지에 의하여 이룩되었다. 수령님께서는 이 시기에 영생불멸의 주체사상에 기초하시어 주체적 문예사상을 창시하시고 불후의 고전적 명작들의 창조과정을 몸소 지도하시였으며 조선인민 혁명군 대원들과 혁명적 인민들 속에서 혁명문학예술을 군중적으로 찬란히 개화 발전시키시였다.

우리 문학예술의 혁명전통은 우리 시대의 위대한 맑스—레닌주의인 주체사상과 주체적문예사상을 구현하고 항일혁명투쟁의 영웅적 현실을 반영한 것으로 하여 특히 수령님의 직접적 지도 밑에 창조된 불후의 고전적 명작들이 기본으로 되고 있는 것으로 하여 가장 주체적이며 혁명적인 영광스러운 혁명전통으로 된다.

위대한 수령 김일성동지께서 창시하신 혁명적문예전통의 기본내용은 무엇보다도 주체적문예사상이다.

수령님께서는 항일혁명투쟁시기에 맑스—레닌주의문예사상을 우리나라 현실과 시대의 요구에 맞게 창조적으로 발전시키시여 주체적인 문예사상과 지도방침을 내놓으시였다.

수령님께서는 인민대중과 조선혁명의 승리에 이바지하는 혁명적인 문학예술을 건설할 데 대한 주체적인 립장으로부터 출발하시여 당성, 로동계급성, 인민성을 철저히 구현할 데 대한 원칙, 민족문학예술을 비판적으로 계승하여 문학예술을 민족적 바탕 우에서 발전시킬 데 대한 원칙, 사상성과 예술성을 결합할 데 대한 원칙, 문학예술을 군중적으로 발전시킬 데 대한 방침 등 인민적이며 혁명적인 문학예술건설에서 지침으로 삼아야 할 기본원칙과 방도들을 밝혀주심으로써 주체문학예술의 새 시대를 열어 놓으시였으며 우리 당 문예정책의 력사적 뿌리를 마련하시였다.

수령님께서 이룩하신 혁명적문예전통의 기본내용의 다른 하나는 항일혁명문학예술의 찬란한 업적과 풍부한 창조경험이다.

경애하는 수령 김일성동지께서는 혁명의 길에 나서신 첫 시기부터 사람들을 혁명적세계관으로 무장시키고 그들을 혁명과 건설에 힘 있게 불러일으키는 문학예술의 인식교양적 의의와 동원적 역할을 깊이 헤아리시여 혁명문학예술의 창조와 그 발전에 심혈을 기울이시였다.

수령님께서는 간고한 지하혁명 활동의 밤과 피어린 항일무장투쟁의 행군길에서, 숙영지의 우등불가에서 몸소 <꽃파는 처녀>, <피바다>, <한 자위단원의 운명>을 비롯한 불후의 고전적 명작들의 창조과정을 지도하시였으며 혁명연극, 혁명가요, 혁명가극, 혁명문학, 혁명무용, 혁명미술의 찬란한 업적과 풍부한 창조경험을 쌓으시였다.

항일혁명문학예술이 이룩한 빛나는 업적에서 중요한 자리를 차지 하는 것은 불후의 고전적 명작들인 <성황당>, <3인의 1당>, <피바다>, <한 자위단원의 운명>을 비롯한 혁명적 연극유산이다.

인민대중을 혁명에로 불러일으키는 혁명적 연극전통, 배우가 나와서 연기하는 것이 아니라 산 사람이 나와서 행동하는 참다운 사실주의적 연극전통이 위대한 수령님의 지도 밑에 창조된 항일혁명연극에서 빛나게 확립되였다.

우리시문학과 가사, 우리 음악은 천만 사람의 가슴을 격동시키고 그들을 항일혁명투쟁에로 힘차게 불러일으킨 <조국광복회10대강령가>, <반일전가>, <유격대행진곡>을 비롯한 혁명가요를 자기의 혁명적 유산으로 가지고 있다.

우리의 혁명가극은 1930년에 창작공연된 불후의 고전적 명작 <꽃파는처녀>에서 시작되며 우리 혁명무용의 뿌리도 무용을 오락의 수단으로가 아니라 혁명적 교양과 단절의 힘 있는 무기로 되게 한 <단심줄>, <13도자랑>, <총춤>, <근거지의 봄> 등을 비롯한 항일혁명무용에서 이루어졌다.

우리 혁명미술은 <전투>를 비롯한 빛나는 미술유산을 가지고 있으며 <나비와 수탉>, <놀고먹던 꿀꿀이>를 비롯한 혁명적인 동화, 우화의 전통도 바로 항일혁명투쟁과정에서 이루어졌다.

불후의 고전적 명작들을 그 정수로 한 찬란한 항일혁명문학예술은 공산주의자의 전형창조와 혁명적세계관형성과정의 형상화, 혁명투쟁방법과 생활에 대한 묘사에서 언제나 본받고 따라 배워야 할 고귀한 재부로 된다.

수령님께서 이룩하신 혁명적문예전통의 기본내용은 또한 군중적창작방법과 혁명적창조기풍이다.

경애하는 수령 김일성동지께서는 조국해방을 위한 혁명투쟁의 불길 속에서 몸소 작품을 혁명적으로 창작하는 모범을 보여 주시였으며 항일혁명문학예술창작에 대한 지도과정으로 통하여 군중적 작품창작방법과 혁명적 창조기풍을 세워 주시였다.

수령님에 의하여 지도된 항일혁명문학예술의 창조자들은 전문적인 작가, 예술인들이 아니였다. 그들에게는 창작조건도 창작시간도 따로 주어져있지 않았다. 그들에게는 전투장과 설한풍 휘몰아치는 밀림이 그대로 창작실이였으며 무대였다. 그들은 오직 손에 무장을 잡고 일제와 싸우면서 집체적 지혜와 힘을 모아 작품을 구상하고 자력갱생의 혁명정신으로 창작활동을 벌리였다.

이렇듯 수령님께서는 몸소 혁명적 문학예술창작활동을 벌리시는 한편 항일혁명문예창조사업을 정력적으로 지도하심으로써 군중적인 창작방법과 혁명적창조기풍의 빛나는 전통을 마련하시였다.

항일혁명투쟁시기 경애하는 수령 김일성동지에 의하여 이룩된 혁명적 창조기풍과 군중적창작방법의 빛나는 전통은 사회주의, 공산주의 문학예술을 혁명적으로 창작하며 전인민적으로 개화발전시키는 데서 따라 배워야 할 위대한 귀감이다.

위대한 수령 김일성동지께서 이룩하신 주체적인 문예사상과 찬란한 업적과 창조경험, 군중적인 창작방법과 혁명적 창조기풍을 기본내용으로 하는 우리 문학예술의 혁명전통은 우리 인민의 생활감정에 맞는 혁명적인 사회주의, 공산주의 문학예술건설의 튼튼한 밑천이며 그 발전의 힘의 원천이다.

2

위대한 수령 김일성동지께서 이룩하신 영광스러운 혁명적 문예전통은 당의 정확한 지도 밑에 빛나게 계승 발전되고 있다.

우리 당은 혁명전통을 계승 발전시킬 데 대한 수령님의 위대한 사상을 빛나게 구현하여 수령님께서 몸소 이룩하신 우리 문학예술의 혁명전통을 똑바로 찾고 빛나게 계승 발전시키도록 하였다.

문학예술의 혁명전통을 똑바로 찾고 빛나게 계승 발전시키는 것은 사회주의, 공산주의 문학예술건설의 합법칙적요구이며 특히 제국주의의 사상문화적 침투가 강화되고 있는 오늘 각별히 중요한 의의를 가진다.

사회주의, 공산주의를 위한 로동계급의 력사적위업은 장기성을 띤 간고한 투쟁을 통해서만 실현되며 사회주의, 공산주의 문학예술도 혁명투쟁의 여러 단계를 거쳐서 건설된다.

주권을 잡은 로동계급이 자기의 력사적 위업수행에 복무하는 혁명적인 문학예술을 건설하자면 로동계급의 탁월한 수령에 의하여 혁명승리의 길이 개척되는 과정에서 이루어진 자기의 혁명적 문예전통을 똑바로 찾고 옳게 이어받아야 한다. 그래야만 혁명적 문학예술이 대를 옳바로 세워나갈 수 있으며 사회주의, 공산주의 위업에 충실히 복무 할 수 있다.

특히 문학예술의 혁명전통을 똑바로 찾고 빛나게 계승 발전시키는 것은 제국주의의 문화적침투를 철저히 막아내며 복고주의적 경향을 극복하고 사회주의적 민족문화를 건전하게 발전시키는데서 매우 중요한 문제로 된다.

우리 당은 혁명적 문예전통을 똑바로 찾고 그를 계승 발전시켜야 한다는 것을 밝히고 혁명적 문예전통을 계승 발전시키는데서 나서는 원칙과 방도들을 내놓았다.

항일혁명투쟁시기 수령님의 지도 밑에 창조된 불후의 고전적 명작들을 문학예술의 각 분야에 옮기는 것은 혁명적 문예전통을 계승 발전시키는데서 우리 당이 견지한 방침이다.

이 방침은 불후의 고전명작들의 높은 사상예술성과 문학예술발전에서 차지하는 그 위치와 역할에 대한 심오한 분석에 기초하고 있다.

인류문학예술발전에서 가장 높은 단계의 문학예술이며 선행한 사실주의문학예술과 질적으로 구별되는 로동계급의 사회주의, 공산주의 문학예술은 그 이전의 어떠한 진보적 문학예술에서도 자기의 본보기를 찾을 수 없다. 로동계급은 자체로 자기의 혁명적 본보기를 창조하고 그것을 계승 발전시켜야 사회주의, 공산주의 문학예술의 전면적 개화를 보장할 수 있다.

우리나라에서는 항일혁명투쟁시기에 수령님에 의하여 혁명적 문학예술의 빛나는 본보기가 창조되었다.

주체적 문예사상을 훌륭히 구현한 불후의 고전적 명작들은 공산주의인간학의 참다운 전형이며 사회주의적 사실주의문학예술의 불멸의 고전이다.

그러므로 불후의 고전적 명작들을 문학예술의 각 분야에 옮기는 사업이 우리의 혁명적 문예전통계승에서 중심고리로 나서며 이 사업을 통해서만 사회주의, 공산주의 문학예술을 빛나는 력사주의적 뿌리 우에서 옳바르게 발전시킬 수 있다.

우리 당은 불후의 고전적 명작들을 문학예술의 각 분야에 옮길데 대한 독창적 방침을 제시하였을 뿐 아니라 이 사업에서 견지하여야 할 원칙들을 밝히고 형상의 전 과정을 구체적으로 지도하여주었다.

불후의 고전적 명작들을 옮기는데서 당이 밝혀준 원칙은 원작에 무조건 충실하게 하는 것이다.

원작에 무조건 충실해야만 불후의 고전적 명작들의 높은 사상성과 예술성을 우리 시대 문학예술에 정확히 옮길 수 있다. 그러므로 원작에 무조건 충실하는 것은 불후의 고전적 명작들을 옮기는 사업에서 견지하여야 할 기본원칙으로 된다.

당은 원작에 충실할 데 대한 원칙을 내놓고 불후의 고전적 명작들의 주제사상과 예술적 특성을 심오하게 분석하여주었을 뿐 아니라 원작의 사상예술적 특성에 맞게 혁명적 대작의 풍격과 양상적 특성을 옳게 살리는데서 나서는 구체적인 문제에 이르기까지 전면적으로 가르쳐주었다.

당은 불후의 고전적 명작들을 문학예술의 각 분야에 훌륭히 옮기기 위하여 원작에 충실할 데 대한 원칙과 함께 또한 매 예술종류의 특성에 맞게 옮길 데 대한 원칙을 제시하였다.

매 예술종류의 특성을 옳게 살리면서 옮기지 않는다면 원작의 심오한 사상이 예술적 감동을 가지고 해명될 수 없다. 이런 의미에서 원작을 문학예술의 다양한 종류에 옮기는 사업은 창조적인 사업이다.

우리 당은 불후의 고전적 명작들을 문학예술의 각 분야에 옮기기 위하여 영화, 가극, 소설 등 매 종류의 특성을 미학적으로 명확히 밝혀주고 옮기는 사업에서 그 특성을 잘 살릴 수 있는 옳은 방도를 구체적으로 가르쳐 주었다.

우리 당의 정확한 지도 밑에 불후의 고전적 명작들이 우리의 영화화면과 가극무대, 장편소설들에 옮겨짐으로써 혁명적 문예전통을 계승 발전시키는 사업에서 참으로 위대한 성과가 이룩되었다. 이것은 우리의 문학예술발전에서와 우리 인민의 사상생활에서 실로 큰 의의를 가지는 사변이다.

불후의 고전적 명작들을 옮기는 사업에서 이룩한 거대한 성과와 그 의의는 무엇보다 먼저 우리 인민들과 작가, 예술인들 속에서 당의 유일사상체계를 튼튼히 세우고 그들을 혁명화, 로동계급화하는 데 크게 이바지한 데 있다.

오늘 우리의 근로자들은 불후의 고전적 명작들에 담긴 위대한 수령님의 혁명사상, 주체사상을 심오하게 체득함으로써 혁명과 건설의 주인으로서의 높은 자각을 가지고 사상, 기술, 문화 혁명수행에서 날에 날마다 새로운 혁신과 기적을 창조하고 있다.

금성뜨락또르공장을 비롯한 전국각지의 로동자들은 '피바다'근위대를, 문덕을 비롯한 각지의 협동농민들은 '꽃파는 처녀'근위대를 뭇고 불후의 고전적 명작들의 주인공들을 본받아 혁명의 주인다운 태도로, '4.25혁명정신', '기양의 기백', '만경대농장원들의 일본새'로 살며 일하고 있다.

생활은 영화와 가극, 장편소설들에 옮겨진 불후의 고전적 명작들이 인민대중의 심장을 무한히 격동시키고 그들을 혁명과 건설에 힘입게 불러일으키는 혁명의 교과서로, 투쟁의 예리한 사상적 무기로 되고 있다는 것을 명백히 보여준다.

작가, 예술인들은 불후의 고전적 명작들을 옮기는 사업을 통하여 그 명작들이 얼마나 위대한 작품인가 하는 것을 더욱 똑똑히 알게 되었으며 수령님의 주체적문예사상의 진수와 그 구현방도를 리론실천적으로 깊이 체득할 수 있게 되었다.

불후의 고전적 명작들을 옮기는 사업에서 이룩한 성과와 그 의의는 또한 우리 문학예술의 혁명전통을 똑바로 찾고 그것을 철저히 옹호하고 빛나게 계승 발전시켰으며 이에 기초하여 사회주의, 공산주의 문학예술의 전면적 개화발전을 보장한데 있다.

불후의 고전적 명작들을 옮기는 사업을 통하여 우리 혁명문학예술의 대가 똑바로 서고 혁명적 문예전통을 계승 발전시키는 사업이 옳바른 방향에서 힘 있게 전개되였으며 이 과정에서 우리 영화예술의 혁명전통이 새로이 확립되였다.

해방 후 우리나라 영화예술은 예술영화 《내고향》에서부터 시작되였으나 영화예술의 혁명전통은 불후의 고전적 명작 《피바다》를 영화에 옮기는 사업을 통하여 이루어졌다.

불후의 고전적 명작들이 문학예술의 각 분야에 옮겨짐으로써 이를 본보기로 하여 우리 문학예술이 전면적으로 발전하게 되였으며 주체문학예술의 위용을 온 세상에 더욱 빛나게 떨치였다.

가극분야에서는 <피바다>식 혁명가극들인 <당의 참된 딸>, <밀림아 이야기하라>, <금강산의 노래>와 같은 혁명적 대작들이 훌륭히 창조되였으며 영화분야에서는 로동계급을 형상한 걸출한 혁명적 대작들인 <압연공들>과 <로동가정> 등이 나왔으며 소설분야에서도 총서『불멸의 력사』중에서『1932년』,『배움의 천리길』,『만경대』,『력사의 새벽길』,『조선의 어머니』를 비롯한 혁명적 대작들이 련이어 나오고 있다.

불후의 고전적 명작들을 문학예술의 각 분야에 옮기는 과정을 통하여 우리 작가, 예술인들은 위대한 수령님의 주체적문예사상과 그 구현인 당의 현명한 문예방침으로 더욱 철저히 무장하고 창조과정을 혁명화, 로동계급화 과정으로 전환시킴으로써 수령님과 당에 대한 무한히 충실한 친위대, 결사대, 돌격대로 자신들을 더욱 튼튼히 준비하였다.

불후의 고전적 명작들을 옮기는 사업에서 이룩한 성과와 그 의의는 또한 맑스—레닌주의문예사상의 혁명적 기치를 확고히 고수하고 발전시켰으며 세계혁명적 인민들을 투쟁에로 무한히 고무하고 있다는데 있다.

영화화면과 가극무대에 옮겨진 불후의 고전적 명작들은 세상 사람들로부터 열렬한 환영과 전례 없는 커다란 반향을 불러일으키고 있다.

이 작품들을 본 세계의 진보적 인민들은 우리 시대의 위대한 맑스—레닌주의자이시며 국제공산주의운동과 로동운동의 탁월한 령도자의 한분이신 우리 당과 우리 인민의 경애하는 수령 김일성동지를 열렬히 흠모하고 그이의 주체사상을 따라 배우고 있다.

불후의 고전적 명작 <피바다>중에서 혁명가극 <피바다>를 본 외국의 한 청년은 "<피바다>는 진정 위대한 수령 김일성동지의 위대한 혁명사상의 완전한 승리를 보여주는 불후의 걸작이다. …

김일성동지께서는 조선인민의 위대한 수령이실 뿐만 아니라 전 세계혁명적 인민들의 수령이시다."라고 말하였다.

불후의 고전적 명작들을 옮긴 영화와 혁명가극, 장편소설들은 세계혁명적 인민들과 진보적 작가, 예술인들에게 진정으로 혁명적 문학예술을 건설하자면 반드시 자체의 혁명적 문예전통을 계승 발전시켜야 한다는 정확한 인식을 주고 그들을 혁명적 문학예술창조의 길로 힘 있게 추동하고 있다.

"우리는 조선예술이 영웅적 항일무장투쟁시기부터 존경하는 김일성원수님의 직접적인 지도 밑에 창조되고 그 뿌리가 굳건히 다져졌다는 것을 잘 알고 있다. …

조선예술은 그 전통적 뿌리와 광범한 인민대중의 지반 우에 꽃핀다는 현실근거로 하여 영원히 빛나는 모범으로 될 것이다."

"<꽃파는 처녀>는 세계영화발전의 앞길에서 영원히 새별처럼 빛날 것이다. 조선영화만이 영화발전의 길에서 선도적 역할을 놀 수 있다."

오늘 세계진보적 인민들은 이처럼 우리나라의 주체적 문학예술에서 혁명적 예술의 본보기를 찾고 있으며 고무적 힘을 얻고 있다.

불후의 고전적 명작들을 옮기는 사업에서 이룩된 빛나는 성과는 혁명전통에 관한 위대한 수령님의 사상과 그 구현인 당의 문예방침이 정당하다는 것을 빛나게 확증하여준다.

혁명적 문예전통을 계승 발전시킬 데 대한 우리 당의 방침은 주권을 잡은 로동계급이 사회주의, 공산주의 문학예술을 자기의 력사적 뿌리 우에 주체적이며 혁명적으로 발전시킬 수 있게 하는 탁월한 방침이다. 또한 그것은 당의 혁명전통을 부정하고 말살하려는 기회주의자들의 악랄할 책동을 분쇄하고 혁명적 문예전통을 철저히 옹호하고 계승 발전시킬 수 있게 하는 주체적이며 혁명적인 방침이다.

우리는 수령님께서 이룩하신 영광스러운 문예전통으로 자신을 철저히 무장하며 그를 빛나게 계승 발전시킬 데 대한 당의 가르침을 높이 받들고 문학예술사업에서 훌륭히 구현함으로써 우리의 문학예술을 주체적이며 혁명적인 문학예술로 더욱 찬란히 개화 발전시켜나가야 할 것이다.

《근로자》, 1973.9

우리의 사회주의 현실이 요구하는
혁명적 문학 작품을 더 많이 창작하자
— 당선전일군들과 한 담화 1974년 12월 6일—

김정일

최근 우리 작가들이 쓴 몇 편의 소설들을 보면 작품들이 단조롭고 무미건조하며 어휘들이 풍부하지 못합니다. 그 원인을 알아보니 작가들에게만 잘못이 있는 것이 아닙니다. 작가들이 색다른 표현을 써도 심의에서 통과되지 못한다고 합니다.

작가들의 창발성을 억제하면 좋은 작품이 나올 수 없습니다. 소설이란 하나의 창작품인데 창발성을 누르면 어떻게 좋은 작품이 나올 수 있겠습니까.

모든 작품창작에서 종자를 바로 쥐는 것과 함께 그것을 예술적으로 잘 형상하는 것이 중요합니다.

종자는 작품의 생명을 규정하는 사상적 알맹이입니다. 종자를 똑바로 잡아야 작품의 사상성을 보장할 수 있을 뿐 아니라 그 예술적형상도 잘할 수 있습니다. 그러나 종자를 옳게 잡았다고 하여 작품이 저절로 완성되는 것은 아닙니다. 작품이 완성되자면 진지한 탐구가 요구되며 작가의 창작적 지혜와 재능이 최대한으로 발휘되여야 합니다. 표현도 같은 것만 쓰라고 하면 작가의 창발성이 어떻게 발휘되며 어떻게 좋은 작품이 나올 수 있겠습니까.

나는 영화의 작업필름을 보면서도 창작가들이 더 기발한 형상수법과 표현을 찾아내도록 하는 데 많은 주의를 돌리고 있습니다. 우리는 영화의 대사 하나라도 더 형상적으로 만들도록 창작가들을 계발시킵니다. 그런데 소설을 한 틀에 맞춰서 쓰라고 하면 됩니까. 100명의 작가가 작품을 쓰면 100가지 작품이 나와야 하고 그 100가지 작품이 다 내용이 다르고 특성이 있어야 합니다.

물론 이것은 작품창작을 제멋대로 해도 된다는 것을 의미하는 것은 아닙니다. 우리는 창작에서 자유주의의 사소한 표현도 허용할 수 없습니다. 문제는 창작사업에서 개성적 특성을 살리는 데 있습니다.

창작사업에서 개성적 특성을 살리는 것과 자유주의는 서로 다른 문제입니다. 개성적 특성을 살리라는 것은 결코 작가의 그 어떤 개인적 취미를 고취하자는 것이 아니며 '창작의 자유'를 허용하자는 것도 아닙니다.

우리의 모든 창작사업은 어디까지나 당의 지도와 통제 밑에서 진행되여야 하며 우리의 작가들은 누구나 당의 방침과 요구에 맞는 작품을 써야 합니다. 당이 요구하지 않는 작품은 아무 쓸모없는 것입니다. '창작의 자유'를 부르짖으면서 당정책과 우리의 현실에 배치되게 제멋대로 작품을 쓰는 사람은 우리의 창작대오에 있을 자리가 없습니다.

우리는 또한 작품창작에서 개인의 그릇된 주관을 허용하여서도 안 됩니다. 작품창작에서는 개인의 책임성과 창발성을 최대한으로 높이면서도 집체성을 옳게 보장하여야 합니다.

집체성은 공산주의적 창작원칙의 하나입니다. 최근 몇 해 동안에 훌륭한 작품들이 적지 않게 나왔는데 그것도 집체적 지혜의 산물입니다. 내가 작품창작에서 사회적 합평과 심사를 많이 조직하도록 한 것도 창작에서 개인의 그릇된 주관을 막고 집체성을 보장하기 위한 것입니다. 창작가들은 응당 사회적 합평과 심사에서 제기되는 정당한 의견들을 존중히 하고 그것을 적극 받아들여야 합니다.

그러나 집체성을 보장한다고 하여 개인의 창발성을 약화시켜서는 안 됩니다. 오직 집체성과 개인의 높은 책임성, 창발성이 옳게 결합될 때 좋은 작품이 나올 수 있습니다.

창작사업에서 개성적 특성을 살린다는 것은 작가가 당의 사상에 엄격히 의거하고 현실에 발을 튼튼히 붙이며 집체적 지혜에 의거하면서 작품의 형상을 창발적으로 하는 것을 의미합니다.

사회주의적 사실주의창작방법은 다양하고 풍부한 현실을 개성회된 표현으로 더욱 생동하게 형상할 것을 요구합니다. 개성을 살리지 않고 모두 똑같은 것을 쓰자고 하면 100개의 작품을 쓰는데 100명의 작가가 필요 없을 것입니다.

한 틀에 맞추어 만드는 것은 작품이 아니라 상품이며 그러한 것을 만드는 사람은 작가가 아니라 상품제작공입니다. 똑같은 틀에 맞추어 똑같은 것을 만드는 사람을 어떻게 창작가라고 할 수 있겠습니까. 우리가 요구하는 것은 한평타에 찍어낸 상품이 아니라 다양한 생활을 그린 개성적 특성이 산 작품입니다.

이번에 인민군협주단에서 <병사는 벼이삭 설레이는 소리를 듣네>라는 노래를 지어왔는데 가사를 구수하게 잘 썼으며 곡도 잘 지었습니다. 그 가사도 위대한 수령님의 덕성을 노래한 것인데 소박하게 잘 형상하였습니다. 바로 이러한 것이 우리가 요구하는 작품입니다.

그전에 내가 조선화 <강선의 저녁노을>을 좋다고 한 것도 조국의 사회주의건설모습을 보통 많이 쓰던 수법으로가 아니라 풍경화형식으로 새롭게 형상하였기 때문입니다.

작품창작에서는 한 가지 처방만 가지고서는 성공할 수 없습니다. 표현도 될수록 새롭게 하여야 합니다. 새로운 표현을 다 그어버리고 나면 누가 쓴 작품이든지 같은 표현밖에 남을 것이 없습니다. 그렇게 되면 결국 틀에 박힌 작품이 되고 맙니다. 표현이나 어휘까지도 작가가 창발적으로 골라 쓰지 못하게 하면 소설이 신문에 실리는 정론이나 론설과 무슨 차이가 있겠습니까. 사실 어떤 작품들은 신문에 나는 글보다도 표현과 어휘가 더 풍부하지 못합니다.

작품창작에서는 형상수법이나 어휘 같은 것을 작가가 자기 마음대로 골라 쓰는 것을 시비할 필요가 없습니다. 작품에서 주제가 명확히 선 다음에 그것을 형상하고 어휘를 선택하는 작업은 작가가 자기 재간껏 하게 하여야 합니다. 문제는 작품의 주제가 우리 당의 사상으로 일관되고 거기에 당성, 로동계급성, 인민성이 뚜렷이 표현되면 되는 것입니다. 목표를 정해준 다음에는 곧추 가든 돌아가든 가는 방법을 한개 틀에 얽어맬 필요가 없습니다. 한길로만 가라고 하면 작품이 서로 류사해지고 맥이 빠지는 것입니다. 될 수 있는 대로 창작가들이 기발하게 착상하고 생신한 표현과 어휘들을 골라 쓰도록 장려하고 고무해주어야 합니다.

형상수법이나 표현까지도 한 가지 틀에 맞출 것을 요구하면 작가들이 생기발랄한 표현이나 새로운 어휘들을 찾아 쓸 생각을 하지 않고 헐하게 해먹자고 할 수 있습니다.

창작사업에서 도식주의는 금물입니다. 아무리 잘된 작품이라고 해도 그것을 절대적인 기준으로 내세울 수 없습니다. 생활이 다양하고 정황이 다른데 어떻게 한 작품의 틀에 맞추어 다른 작품을 쓸 수 있겠습니까.

지금 우리 소설들을 보면 재미있는 것이 많지 못합니다. 소설뿐 아니라 시도 그렇습니다. 그전에 시마다 '습니다', '습니다'라는 같은 투가 나오기 때문에 지적했더니 지금은 그 표현은 적어졌습니다. 그러나 아직도 고정화된 격식에서 완전히 벗어나지 못하고 있습니다. 시라고는 하지만 문장을 련결시켜 놓으면 보통글이 되고 마는 것들이 많습니다. 시가 이렇게 되면 들을 맛이 없습니다.

노래가사도 모방이 많습니다. 가사는 어디까지나 사상이 충분히 전달되게 하면서도 시적으로 되여야 합니다.

우리는 소설이나 시나 노래나 할 것 없이 창작방향을 잘 세운 다음에는 형상수법은 다양하고 생신하게 하도록 창작들의 창발성을 적극 발양시켜야 합니다. 그리하여 모든 문학예술작품이 다 현실을 있는 그대로 그리되 예술적으로 잘 형상하도록 하여야 하겠습니다.

우리 작가들이 쓴 작품들이 읽을 맛이 적고 단조로운 것은 작품구성상 결함과도 관련되어 있습니다.

지금 현실주제를 취급한 우리의 작품들에서는 부정선을 거의 설정하지 않고 있습니다.

물론 우리의 생활에서는 긍정적인 것이 지배적이며 우리의 작품들도 당과 혁명위업에 충실한 로동자, 농민을 전면에 내세우고 그들의 보람찬 생활을 그리는 것을 기본으로 하여야 합니다. 그렇다고 하여 부정선을 전혀 무시해서는 안 됩니다.

우리가 작품에 부정선을 넣는 것은 부정을 허용하고 조장하기 위한 것이 아니라 우리 생활에 아직 남아있는 그러한 요소들을 반대하고 극복하기 위한 것입니다.

원래 혁명투쟁이란 새것과 낡은 것간의 투쟁, 선진적인 것과 반동적인 것간의 투쟁과정이며 이 투쟁에서 새것이 승리하고 선진적인 것이 승리하는 것이 생활의 법칙입니다. 우리의 문학예술은 바로 이러한 투쟁의 법칙, 생활의 법칙을 그려야 합니다.

작품에 부정선을 설정하면 우리 사회에 아직 남아있는 결함을 드러내놓는 것이기 때문에 마치 잘못되는 것처럼 생각하면서 주저하는데 그렇게 생각할 필요가 없습니다. 공산주의자들은 결함을 비판하는 것을 두려워하지 않습니다.

우리 당은 혁명하는 당이며 투쟁하는 당입니다. 혁명적당이 낡은 것을 반대하여 투쟁하는 것을 내놓기를 주저할 근거가 어디에 있습니까.

생활을 미화 분식하는 것은 좋은 것이 아닙니다. 전형을 그린다고 하면서 생활에 남아있는 결함이나 부정을 감추는 것은 생활을 진실하게 그리는 태도가 아닙니다. 생활에는 긍정적인 것, 선진적인 것과 함께 부정적인 것이 있기 마련이며 또 부정을 극복하는 것이 혁명투쟁입니다.

문학예술은 예술적 형상을 통하여 새것을 창조할 뿐 아니라 낡은 것을 타파하는 힘 있는 무기로 되여야 합니다. 그렇기 때문에 작품창작에서는 마땅히 낡은 것을 폭로하고 그것을 극복하기 위한 투쟁과정도 잘 보여주어야 합니다.

로동계급의 혁명적당의 수중에 장악된 무기인 문학예술이 낡고 뒤떨어진 현상을 내놓고 때리는 것은 응당한 일입니다.

지금 문학예술작품에서 부정선을 설정하는 것을 주저하는 것은 결국 우리 작가들이 무난하게 해먹자는 태도와도 관련되여 있다고 볼 수 있습니다.

우리 당의 사상전선의 초병들인 우리 작가들은 결코 현실에서 벌어지는 새것과 낡은 것간의 투쟁을 외면하고 작품을 쓸 수 없습니다.

우리 작가들은 헐하게 작품을 쓸 생각을 하지 말고 계급투쟁, 혁명투쟁 속에 뛰여들어 혁명하며 투쟁하는 현실세계를 옳게 그려냄으로써 우리의 모든 문학예술작품들을 더욱 전투적이고 혁명적인 것으로 되게 하여야 하겠습니다.

아동문학작품을 많이 써내야 하겠습니다.

지금 아동문학작품이 많지 못합니다. 그러니 어린이들이 어른들의 것을 자꾸 봅니다. 어린이들에게는 어린이들의 정서에 맞는 작품들이 있어야 합니다.

위대한 수령 김일성동지께서 가르치신바와 같이 아동문학을 발전시키는 것은 우리 혁명의 장래와 관련되는 매우 중요한 문제입니다.

후대들을 혁명의 미래를 떠메고나갈 혁명가로 키우자면 어렸을 때부터 그들에게 우리 당의 혁명사상을 넣어주고 혁명적 세계관을 세워주어야 합니다. 어린이들이라고 하여 순수 정서 교양에만 치중한다면 그것은 사회주의교육학의 원리와 배치되는 것입니다.

어린이들에 대한 사상교양은 그들의 정서에 맞게 하여야 합니다. 어린이들의 정서에 맞게 하면서도 혁명전통교양과 혁명교양, 계급교양을 얼마든지 잘할 수 있습니다.

어린이들을 교양하는데서 아동문학작품이 커다란 역할을 놀아야 합니다. 혁명전통교양도 회상기 하나만 가지고서는 안 됩니다. 어린이들에게는 문학작품을 통하여 사상을 넣어주는 것이 효과가 큽니다.

그런데 지금 어린이들을 위한 문학작품을 대담하게 쓰지 못하고 있습니다. 또 써낸 것도 노래 같은 것을 들어보면 어른들을 위한 노래의 축소판에 지나지 않습니다. 소절을 가르는데서나 가사의 말마디가 약간 다를 뿐이지 형상수법에서는 별 차이가 없습니다.

수령님에 대한 노래도 아버지원수님을 따르는 어린이들의 심정을 형상한 노래가 다르고 어른들이 수령님에 대한 흠모의 정을 담아 부르는 노래가 달라야 합니다.

아동문학이라 하여 절대로 헐하게 생각하여서는 안 됩니다. 아동문학일수록 어린이들의 세계를 파고드는 더 깊은 탐구가 요구되며 보다 생동하고 효과적인 형상과 표현을 찾아내기 위한 진지한 노력이 있어야 합니다.

우리 작가, 예술인들은 후대교양에서 중요한 의의를, 가지는 아동문학작품들을 창작하는데 더욱 대담하게 달라붙어야 하며 어린이들을 위한 좋은 소설, 동요, 노래들을 더 많이 창작해내야 하겠습니다.

우리 작가들이 쓴 작품들이 가지고 있는 주요한 결함의 하나는 들끓는 현실을 잘 반영하지 못하는 것입니다.

지금 우리의 생활은 들끓고 사회주의건설은 비상히 빠른 속도로 전진하고 있는데 문학예술작품들은 거기에 따라가지 못하고 있습니다. 이것은 우리 작가들이 현실에 깊이 침투하지 않고 있으며 현실체험이 부족한 것과 많이 관련되어 있습니다.

작가들이 로동계급의 생활을 그리자면 응당 공장에 가서 로동계급과 함께 생활해보아야 합니다. 또한 농민들의 생활을 그리자면 농촌집 웃방에서 농민들과 같이 생활하면서 생동한 체험을 축적해야 합니다. 그런데 지금 적지 않은 작가들은 외딴 데 떨어져있는 창작실에만 틀어박혀서 작품을 쓴다고 합니다.

물론 작가들이 조용한 창작실에서 글을 써야 할 때도 있을 수 있습니다. 그러나 그것은 작가의 창작생활에서 어느 한 부분이 되어야지 창작생활전체를 창작실에서만 보내서는 안 됩니다. 밤낮 창작실에만 틀어박혀있으면 결국 현실에서 유리되고 맙니다.

지금 작가들이 현지체험도 나가고 현실취재도 합니다. 그러나 현실과 떨어져 이미 취재한 자료를 회상하면서 재현하는 것만으로는 다양하고 생동한 현실을 충분히 그릴 수 없습니다. 생활은 전진하고 시시각각으로 변화 발전하는데 어느 한때 체험한 것만 가지고 작품을 쓴다면 그자체가 벌써 전진하는 현실에서 뒤떨어진다는 것을 의미하는 것입니다.

작가는 시대의 앞장에 서나가면서 생활을 선도하고 이끄는 기수가 되여야 합니다. 작가가 생활에서 뒤떨어지면 벌써 작가로서의 사명을 다할 수 없습니다. 작가들은 들끓는 현실 속에 뛰여들어가야 하며 그 속에서 생활체험을 축적해나가야 합니다.

작가들의 생활체험에는 여러 가지가 있습니다. 로동자, 농민들 속에 들어가서 그들과 같이 살면서도 생활을 체험할 수 있고 직장에 나가서 여러 가지 사회정치생활을 하면서도 생활체험을 할 수 있습니다. 또한 통근길에서도 생활을 체험할 수 있습니다. 도시의 들끓는 생활분위기를 직접 느낄 수 있을 뿐 아니라 통근길에 오른 로동자들이나 사무원, 학생들의 웃음 어린 얼굴에서도 그들의 생활을 볼 수 있는 것입니다.

그런데 지금은 적지 않은 작가들이 이러한 현실생활과 떨어져 있다 보니 현실발전의 요구에 따라가지 못할 수밖에 없습니다. 지어는 오랫동안 따로 나가 생활하면서 가정적인 생활체험에서도 유리되고 있습니다. 작품에는 언제나 가정관계가 등장하는데 그것을 생동하게 묘사하자면 많은 가정들의 생활분위기도 연구해야 하며 어린이들을 어떻게 교양하는가 하는 것도 파고들어야 합니다. 그런데 자기의 가정생활에서까지 유리되여 있어가지고서는 이것을 알 수 없을 뿐 아니라 생동하게 형상 할 수 없으며 결국은 주관주의에 빠지게 됩니다.

현실생활에서 유리되어 사색만 하여가지고서는 좋은 작품을 쓸 수 없습니다.

문학은 인간학입니다. 인간생활을 체험하고 인간수업을 하여야 인간학이 나오지 허공에 떠서 어떻게 인간학이 나올 수 있겠습니까. 들끓는 현실 속에서 여러 가지 생활체험을 축적해나가며 현실 속에서 사색하고 글을 써야 합니다.

한때 반당종파분자들은 작가들로 하여금 사무실에도 출근하지 않고 자기 집에 들어박혀 글을 쓰게 한 일이 있었습니다. 이것은 작가들 속에 자유주의를 조장시키고 그들을 현실에서 유리시켜 옳은 글을 쓰지 못하게 하기 위한 음흉한 작간이였습니다. 그렇다면 우리 작가들이 휴양소 같은 조용한곳만 바라는 것은 무엇입니까. 휴양소만 자꾸 찾아다니는 것은 안일하고 해이한 표현입니다.

지금 우리 작가들 가운데는 높은 당적책임감과 창작적 열정을 가지고 좋은 작품을 써내기 위해서 애써 노력하는 사람들이 있는 반면에 몇 해째 창작실에 들어박혀있으면서 이렇다 할 작품을 하나도 내놓지 못하는 동무들이 있습니다. 이것은 결코 우연하지 않습니다. 들끓는 현실과 떨어져 휴양소 같은 데만 찾아다니면 작품에 현실을 옳게 반영할 수 없을 뿐 아니라 나중에는 안일해이해져 작품을 제때에 완성할 수도 없습니다. 오직 작가들이 약동하는 현실과 같이 호흡하고 인민대중의 장엄한 투쟁을 직접 체험하면서 창작적열정과 패기를 가지고 속도전을 벌려야 작품의 질도 창작속도도 보장할 수 있습니다.

작가들이 창작실에만 들어박혀있는 것은 결국 자기 무덤을 스스로 하는 것이나 다름없는 것입니다. 작가들은 휴양소요, 창작실이요 하는데 매혹될 것이 아니라 현실 속에 뛰어들어야 합니다.

우리의 모든 작가들은 언제나 들끓는 현실 속에서 근로자들과 같이 생활하고 그들과 같이 기쁨을 나누며 그들과 같이 벅찬 투쟁을 체험하면서 주체시대의 개화만발 하는 현실을 잘 형상하여 좋은 작품을 많이 써내야 하겠습니다.

작가들이 좋은 작품을 쓰게 하자면 작가들의 정치적 식견과 안목을 넓혀주어야 합니다.

작가들이 옳은 정치적 식견과 안목을 가지지 않고서는 당의 정책적요구들을 민감하게 받아물 수 없으며 혁명의 시대, 투쟁의 시대에 맞는 혁명적인 작품들을 쓸 수 없습니다.

작가들의 정치적 안목을 넓히는데서 기본은 그들이 위대한 수령님의 교시와 당정책으로 튼튼히 무장하도록 하는 것입니다. 수령님의 교시와 당정책으로 튼튼히 무장하여야 작가들이 언제나 예리한 정치적 안목을 가지고 모든 것을 정확히 판단할 수 있으며 당이 요구하는 좋은 작품을 쓸 수 있습니다.

작가들의 정치적 식견과 안목을 넓혀주자면 그들을 사회정치생활에 널리 참가시켜야 합니다. 그런데 지금은 작가들을 중앙당수요강연회에도 참가시키지 않고 있습니다. 우리는 작가들을 강연회를 비롯한 여러 가지 사회정치생활에 널리 참가시켜 그들에게 당정책도 제때에 침투시키고 세상이 어떻게 돌아가는가 하는 것도 잘 알려주어야 하겠습니다.

작가들에게 다른 나라 소설이나 영화도 보여주어야 하겠습니다. 물론 우리는 작가들이라고 하여 다른 나라의 것을 아무것이나 다 보일 수는 없습니다. 우리는 밖으로부터의 부르죠아 사상, 수정주의사상의 침투에 대하여 언제나 경각성을 높여야 하며 다른 나라의 모든 것을 주체적 립장, 계급적립장에서 비판적으로 대하여야 합니다.

우리가 지금 사상교양을 강화하고 있는 조건에서는 일정하게 다른 나라 소설이나 영화들을 작가들에게 보인다고 해도 크게 문제될 것이 없습니다. 지난날에는 작가들에 대하여 교양사업은 안하고 다른 나라의 것을 아무것이나 망탕 보였기 때문에 잘못된 것입니다.

지금은 우리 작가들이 주체사상교양을 끊임없이 받고 있고 주체사상을 신념화, 신조화하고 있는 조건에서 세계적인 명작이라든지 이름 있는 영화들은 일정하게 보여도 주체적 립장에서 분석 평가할 것이므로 크게 잘못될 것은 없다고 봅니다. 우리가 주체를 세운다고 하여 다른 나라의 작품들을 덮어놓고 보지 말라고 할 수는 없습니다.

주체사상의 위대성과 정당성를 론증하기 위해서도 우리의 것을 남의 것과 대비하여보는 것이 필요합니다. 남의 것을 전혀 보이지 않으면 남의 것보다 자기의 것이 더 좋다는 것을 무엇으로 론증하겠습니까.

문학예술부문에서만 아니라 사회과학부문 학자들이나 대학교원들에게도 다른 나라 책을 보이지 않으면 반수정주의 교양 같은 것을 잘할 수 없습니다. 지금 적지 않은 경우 반수정주의 교양은 수정주의를 반대하라는 말뿐이지 수정주의가 무엇이고 어떻게 나쁜가 하는 것은 깊이 있게 론증하지 못하고 있습니다.

그렇기 때문에 우리는 우리 사람들의 시야를 넓혀주는 의미에서도 그렇고 대비교양을 하는 의미에서도 그렇고 다른 나라의 것을 일정한 범위에서 필요한 사람들에게 보이는 조치를 취하여야 하겠습니다.

오늘 문학작품창작에서 나타나고 있는 결함들은 문화예술부와 작가동맹의 사업과도 관련되여 있습니다.

지금 문화예술부와 작가동맹이 작가들과의 사업을 잘하지 못하고 있습니다. 될수록 책임을 안지고 무난하게 지내려 하면서 손쉬운 방법으로 같은 처방에 의한 것만 내리먹이거나 순수행정실무적지도로 대치하는 것이 많고 작가들에 대한 사상교양사업도 잘하지 못하고 있습니다.

물론 문학예술작품창작사업에 대한 방향적 지도는 당이 직접 합니다. 당이 작품창작의 내용을 틀어쥐고 편향을 바로잡아주며 작가들을 옳은 창작의 길로 이끌어줍니다. 그러나 이것은 문화예술학부나 작가동맹이 그저 행정실무지도나 하면 된다는 것을 의미하는 것이 아닙니다. 작품창작사업은 행정실무적 방법으로 지도해서는 안 됩니다. 창작지도의 행정화는 오히려 작가들의 창작적 열의를 마비시킵니다.

우리는 문화예술학부나 작가동맹 사업에 남아있는 순수 행정 실무적 지도방법, 무책임하고 요령주의적인 경향을 비판시정하고 창작지도와 작가들에 대한 교양사업을 더욱 실속 있게 하도록 하여야 하겠습니다.

문화예술기관, 문예총산하기관 당조직들은 무엇보다도 작가, 예술인들을 당에 무한히 충직한 일군으로 교양하는 자기의 기본임무를 잘 수행할 뿐 아니라 당적립장에서 그들을 좋은 창작적 열매를 맺도록 옳게 조직 동원하는 사업을 잘하는 것이 중요합니다.

우리는 작가들을 사회적으로 우대해주어야 합니다. 작가들에게 사회정치생활에 참가할 기회도 더 많이 주고 작가들을 차요시하는 경향도 없애야 하겠습니다.

우리는 모든 작가들이 자기의 사명과 임무를 깊이 자각하고 창작적 지혜와 정열을 다 바쳐 우리 문학예술을 더욱 개화 발전시키는 데 적극 이바지하도록 하여야 하겠습니다.

『김정일선집4』, 조선로동당출판사, 1994

위대한 수령님의 현명한 령도 밑에
찬란히 꽃핀 재일조선작가들의 자랑찬 문학성과

김태경

위대한 수령님의 현명한 령도 밑에 오늘 재일조선작가들 속에서 이룩된 자랑찬 문학적 성과들은 주체의 혁명위업수행을 위한 조국인민들과 재일동포들의 투쟁을 무한히 고무하면서 전반적인 조선 문학의 발전에 크게 이바지하고 있다.

올해는 위대한 수령님의 해외교포운동사상을 구현하여 총련이 결성된 때로부터 25돐이 되는 해이다.

총련의 결성은 재일동포들의 애국사업과 생활에서 근본적인 전환을 가져온 획기적인 사변으로 될 뿐만 아니라 재일조선작가들의 창작활동에서도 새로운 전변을 가져온 사변으로 된다.

총련을 몸소 무어주시고 재일조선인운동을 승리와 영광의 한길로 현명하게 이끌어주시는 위대한 수령님의 육친적 사랑과 세심한 보살피심을 떠나서 재일동포들의 해외 공민된 영예도 재일조선작가들의 창작에서의 자랑찬 성과도 생각할 수 없다.

오늘 재일조선작가들이 창작한 문학작품들이 재일동포뿐만 아니라 조국인민들에게 커다란 사상미학적 공감을 불러일으키면서 총련 애국 사업과 조선 문학 발전에 크게 이바지할 수 있은 것은 위대한 수령님과 영광스러운 당의 현명한 령도가 있었기 때문이다.

총련 결성은 재일조선작가들의 문학을 옳게 방향 짓고 주체적인 조선 문학의 한 구성부분으로서 애국적이며 혁명적인 문학으로 될 수 있게 한 결정적 요인으로 된다.

위대한 수령 김일성동지께서는 다음과 같이 교시하시였다.

≪재일 조선공민들은 자기의 민주주의적민족권리를 지키기 위하여 중첩되는 난관을 이겨내면서 줄기찬 투쟁을 벌려왔습니다. 특히 그들은 조선민주주의 인민공화국의 해외 공민단체인 재일본조선인총련합회를 뭇고 재일조선인운동 에서 주체사상을 훌륭히 구현하였으며 한덕수의장동지를 중심으로 굳게 단결 하여 민주주의적민족권리를 지키고 조국의 평화적통일을 앞당기며 일본인민 들을 비롯한 세계진보적인민들과의 국제적련대성을 강화하기 위한 투쟁에서 커다란 성과를 거두었습니다.≫

위대한 수령님께서 교시하신바와 같이 총련이 결정됨으로써 재일조선 인운동은 비로소 새로운 발전단계에 들어서게 되였으며 위대한 수령님의 주체사상을 구현한 명확한 투쟁 강령과 과학적인 사업방법을 소유한 믿음 직한 해외교포단체로서 승리와 영광의 길을 걸어올 수 있었다.

총련이 걸어온 25년간의 빛나는 로정은 백전백승의 위대한 주체사상을 재일조선인운동에 빛나게 구현하여온 보람찬 투쟁의 로정이였으며 내외 반동들, 사대주의자, 민족허무주의자, 변절자들의 악랄한 파괴책동을 이 겨내며 온갖 애로와 난관을 극복하면서 주체조선의 해외 공민된 영예와 기개를 온 세상에 떨친 자랑찬 로정이였다.

총련이 결성되고 위대한 수령님과 영광스러운 당의 령도가 확고히 보 장됨으로써 재일동포들의 생활과 재일조선작가들의 창작에서는 거대한 전환이 일어나게 되였다.

총련의 지도 밑에 1959년 재일본조선 문학예술가동맹이 결성되였으며 이때로부터 총련 애국문학예술운동은 새로운 발전의 길에 들어서게 되였다.

문예 등은 위대한 수령님의 주체적 문예사상에 기초하여 창작에서 일체 불건전한 사상적 요소들을 극복하고 반동적인 부르죠아문예사상조류와의 투쟁을 강화하여 문학예술작품의 사상적 내용과 예술적 수준을 건전한 토대 우에서 발전시켜나감으로써 모든 재일 작가들과 예술인들로 하여금 주체적 립장에 튼튼히 서서 혁명적이며 애국적인 문학작품들을 더욱 왕성하게 창작할 수 있게 하였다.

오늘 재일조선작가들은 미일제국주의자들의 같은 박해와 파괴책동을 물리치면서 영생불멸의 주체사상에 기초한 대오의 통일단결을 더욱 반석같이 다져가고 있으며 재일동포들의 민주주의적 민족 권리를 굳건히 지키고 조국통일위업과 일본인민을 비롯한 세계 진보적 인민들과의 친선관계를 강화하는데 적극 이바지하는 우수한 작품들을 수많이 창작하고 있다.

작품창작에서 주체방향을 옳게 설정하고 그것을 예술적 형상으로 진실하게 일반화하는 문제는 작품의 사상예술성과 가치를 규정하는 기본척도이며 근본요인으로 된다.

재일조선작가들은 작품창작에서 주체적 방향을 위대한 수령님의 교시와 그를 구현한 총련의 방침에 튼튼히 의거하여 설정하고 있으며 우리 혁명과 총련 애국 사업에서 절박하게 제기되는 문제들에 예술적인 해답을 주고 있다.

그리하여 재일조선작가들 속에서는 위대한 수령님 한분만을 모시고 따르려는 우리 인민과 재일동포들의 절절한 넘원을 반영한 송시작품들을 비롯하여 재일조선공민들의 민주주의적 민족 권리를 옹호하기 위한 투쟁을 반영한 작품들과 조국 통일 위업에 바쳐진 새로운 주제의 작품들이 수많이 창작되었다.

재일조선작가들에게 있어서 경애하는 수령 김일성동지의 존귀하신 영상을 작품에 정중히 모시는 것보다 더 큰 영예와 자랑은 없다.

이것은 재일조선작가들의 창작에서 기본주제로 되며 다른 주제의 작품에 관통하고 있는 기본열정이며 주되는 사상적기백이기도 하다.

재일 70만 동포들이 깨끗하고 숭엄한 마음으로 그려보며 동경하는 사회주의조국의 번영도 공화국의 해외 공민된 영예도 위대한 수령님의 현명한 령도와 사랑을 떠나서는 생각할 수 없다.

위대한 수령님 김일성동지께서는 일찌기 혁명의 길에 나서시여 한평생을 오로지 나라의 번영과 인민의 행복을 위해 바쳐오시였으며 오늘도 우리 인민을 끝없은 위훈과 빛나는 승리에로 현명하게 이끌어 주고 계신다.

위대한 수령님의 한평생은 암담한 비운에서 허덕이던 조선혁명의 밝은 앞길을 개척하신 가장 고귀하고 빛나는 한평생이며 사회주의, 공산주의 새기원을 열어놓으시고 우리 인민을 끝없는 행복에로 이끌어주신 자애깊은 사랑의 한평생이다.

위대한 수령님은 재일동포들을 망국노의 설움에서 벗어나게 하여주시고 공화국의 해외 공민의 영예를 안고 조국과 인민을 위하여 살며 싸울 수 있도록 크나큰 신임과 뜨거운 사랑을 안겨주신 자애로운 어버이시다.

그러기에 재일동포들과 재일작가들은 한결같이 어버이수령님을 높이 우러르면서 그이를 위대한 수령으로 높이 모신 최상의 영광과 긍지를 안고 해와 달이 다하도록 그이께 충성 다할 결의를 송시형식에 담아 격동적으로 노래 부르고 있다.

헌시 「60만이 드리는 충성의 노래」(한덕수), 장시 「수령께 드리는 노래」(한덕수), 서정시 「찬가」(허남기), 서정시 「그분이 바로 우리 수령님이시네」(남시우), 서정시 「감격의 이날」(정화흠), 단편소설 「태양의 풀」(량우직) 등은 위대한 수령님의 불멸의 형상에 바쳐진 송가작품들이다.

장시 「60만 이 드리는 충성의 노래」는 우리 민족의 최대의 경사의 날인 위대한 수령 김일성동지의 탄생 예순돐에 즈음하여 헌시형식으로 창작된 장시이다.

장시는 20여성상에 걸치는 간고하도도 영광스러운 항일혁명투쟁을 승리에로 조직령도하시여 비운에 처했던 조국의 운명을 구원해주시고 민족재생의 길을 열어주시였으며 해방된 조국인민과 재일동포들을 한품에 안아 승리와 행복의 한길로 이끌어주신 위대한 수령님의 영생불멸의 빛나는 혁명업적에 대한 례찬, 그이에 대한 다함없는 존경과 흠모의 정을 최대의 민족적 긍지감을 가지고 격조 높은 서정으로 노래하였다.

수령님께서는
우리가 잃었던 모든 것을
다 찾아주셨습니다.

수령님께서는
조국을 찾아주시고
청춘을 찾아주시고
미래와 희망을 찾아주시고
삶의 보람을 찾아주시고
노래와 춤을 찾아주셨습니다

아 아, 위대한 수령
김일성원수님이시여
수령님께서는 진정
기적과 행복을 창조하시는 이
수령님께서 계심으로 하여

일본땅 그 어디를 가나
우리 동포들 사는곳이면
태양은 휘황한 빛을 뿌리고
꽃은 붉게붉게 피여납니다
………

장시에서 노래한바와 같이 일제식민지통치의 암담한 시기에도 재일동 포들이 희망을 잃지 않고 성스러운 혁명위업에 참가할 수 있은 것도 해방 후 민족적 긍지감을 안고 조국을 위해 일할 수 있은 것도 조국해방전쟁시기 미제를 반대하는 투쟁을 벌려 원쑤들에게 타격을 준 것도 오로지 위대한 수령님의 현명한 령도와 크나큰 사랑이 있었기 때문이라고 노래하였다.

장시에는 또한 공화국의 해외 공민된 긍지와 영예를 안겨주시고 인간의 자주성을 되찾아주셨기 때문에 생활이 그대로 노래가 되고 투쟁이 그대로 시가 되었다고 노래하면서 이 세상 끝까지 위대한 수령님 한분만을 따르며 그이께 충성 다할 재일동포들의 불타는 애국적 열의를 일반화하였다.

그러기에 송시는 해외 공민들의 자애로운 어버이이신 경애하는 수령님에 대한 재일동포들의 다함없는 흠모와 고마움에 북받치는 영광의 노래이며 그이의 불멸의 주체사상과 혁명전통을 대를 이어 영원토록 빛내이며 이 세상 끝까지 위대한 수령님 한 분만을 모시고 따르려는 재일동포들의 충성의 노래이다.

서정시 「찬가」에서는 항일혁명투쟁을 승리에로 령도하시여 조국을 광복하시고 우리나라를 사회주의강국으로 일떠세우신 위대한 수령님은 우리 인민의 행복의 은인이시며 자애로운 어버이시라고 노래하였다.

서정시 「감격의 이날」은 어린 시절 위대한 수령 김일성동지께서 신출귀몰하는 전법으로 일제의 백만대군을 족치시던 이야기를 아버지로부터 들으며 자라온 서정적주인공의 체험을 진실하게 노래하였다.

그런데 오늘은 그 서정적주인공이 위대한 수령님에 대한 이야기를 들려주며 꿈결에도 바라마지않던 어버이수령님을 직접 만나 뵈옵는 최상의 영광을 지녔던 것이다.

………
어찌하여 이렇게도 따뜻이 잡아주십니까
나라 위해 벽돌 한 장 쌓은적 없는,
가렬한 전쟁의 그날에도

총 한번 잡은적 없는 이 손을…

아버지 몫도 잡아주십니다
어머니 몫도 잡아주십니다
자식의 몫도 잡아주십니다
대대의 소원이 다 풀리도록

위대한 수령님께서는 서정적주인공 총련 일군들의 간절한 소망과 온 가족의 절절한 념원을 깊이 헤아리시고 사회주의조국의 품에 안기도록 해주시였으며 그들을 만나 따뜻이 손을 잡아주시며 크나큰 어버이사랑을 베풀어주신 것이다.

그러기에 서정적주인공은 결구에서 온 가족의 소원만이 아니라 대대손손의 소원까지 다 풀어주시였다고 노래함으로써 어버이수령님의 따사로운 손길이 어떻게 재일 70만 동포들에게 골고루 미치고 있는가 하는 것을 예술적으로 진실하게 일반화하였다.

재일작가들의 승시작품들에는 위대한 수령님께서 찾아주시고 빛내여주신 사회주의조국과 백전백승의 당 조선로동당에 대한 찬가들이 수많이 창작되었다.

서정시 「내 조국을 찾아가면」(김두권), 「조국의 품」(남시우), 「안해여 오늘따라」(정화수) 등은 조국과 당에 대한 찬가이다.

서정시 「안해여 오늘따라」는 안해에 대한 살뜰한 생활적 감정을 통하여 조국에 대한 고마움과 공화국의 아들딸 된 보람을 민족적 서정으로 잘 노래하고 있다.

조국의 고마움을 뜨겁게 느낀 서정적주인공의 가슴에는 조국을 끝없이 동경하며 사랑하는 젊은 투사의 감정이 맥맥히 흐르고 있다.

서정시 「당이여! 당신에게 최대의 영예를 드립니다」에서는 조선로동당에 대한 서정적주인공의 벅차오르는 감동을 노래하면서 당의 숨결로 살며 싸워나갈 총련 일군들과 재일동포들의 드림 없는 결의를 일반화하였다.

재일동포들은 어제 날의 나라 잃고 고통 받던 망국노가 아니라 위대한 김일성원수님을 수령으로 모신 존엄 있고 당당한 해외 공민이며 백적백승하는 조선로동당의 빛발아해 영광의 한길을 걸어온 인민들이다.

그러기에 재일동포들과 재일조선작가들은 위대한 수령님께서 몸소 창건하시고 령도하시는 조선로동당의 향도의 해빛 아래에서만이 모든 기쁨과 행복이 마련되여 투쟁에서 승리를 이룩할 수 있다는 것을 잘 알고 있기 때문에 당을 그렇게 우러르며 노래 부르는 것이다.

> ………
> 영명하신 수령님의 초상을 우러러보며
> 어린 학생들의 랑랑한 목소리에
> 우리들은 미래의 조국을 간직합니다
> 로동당의 크나큰 배려와
> 원수님의 따뜻한 체온을
> 몸가까이 느낍니다
> 나에게 참삶의 노래를 안겨준
> 백전백승의 로동당이여
> 태양이 있어 밤을 모르고
> 당이 있어 패배를 모르고
> 수령이 있어 락망을 모르며 살아온 우리…

시인은 이처럼 위대한 수령님께서 령도하시는 백전백승의 조선로동당이 있어 패배와 락망을 모르고 살며 투쟁하는 재일동포들의 높은 긍지와 자랑을 노래하였으며 또한 영광스러운 조선로동당이 가리키는 길을 따라 당의 사상, 위대한 주체사상으로 심장을 불태우며 당의 가수로서의 높은 영예를 간직하고 재일동포들의 투쟁에 앞장설 결의를 노래하였다.

위대한 수령님을 노래한 송시와 당과 조국을 노래한 찬가들은 이미 재일 70만 동포들의 한결같은 심정을 담아 수많이 창작되였으며 앞으로도 계속 창작될 것이다.

재일 조선가 들의 새로운 주제탐구에서 중요한 자리를 차지하는 것은 민주주의적 민족 권리를 지키기 위한 투쟁을 반영한 작품들이다.

재일조선작가들은 조국에 대한 열렬한 사랑을 안고 민주주의적 민족교육을 실시한 권리를 획득하기 위한 투쟁으로부터 귀국운동과 조국으로의 자유래왕, 공화국해외 공민으로서의 권리를 지키기 위한 투쟁에 이르기까지 민주주의적 민족 권리를 옹호하기 위한 투쟁에 헌신적으로 참가하고 있다.

재일조선작가들은 제반 애국적 활동에 적극적으로 참가하고 동포들의 생활 속에 깊이 침투하여 그들의 사업과 생활을 다방면적으로 반영하면서 자기들의 작품에 혁명적이며 애국적인 지향과 높은 정신세계를 지닌 긍정적 주인공들을 등장시키고 있다.

가사 <아들자랑 딸자랑>(한덕수), 가사 <우리 자랑 이만저만 아니라오>(한덕수), 가사 <조국의 사랑은 따사로워라>(한덕수), 서정시 「룡마의 노래」(허남기), 서정시 「당이 키워주신 우리 대학에서」(남시우), 서정시 「귀국선 뜨는 날은 날이 개이네」(남시우), 서정시 「해산없는 대회장에서」(정화수), 서정시 「어머니 차려입은 치마저고리」(김학렬), 단편소설 「비오는 날」(조남두), 단편소설 「승리의 날에」(김재남), 단편소설 「가장 귀중한것」(소영호), 장편소설 「눈속에 핀 매화꽃」(량우직), 단편소설 「동포」(박종상), 단편소설 「고마운 하루를」(리은직), 영화문학 「갈길을 찾는 날에」(윤채), 노래이야기 「붉은 한마음」(집체작), 장막희곡 「뜨거운 심장」(서묵, 서상각), 영화문학 <우리에게는 조국이 있다>(허남기), 「은혜로운 해빛은 여기에도 비친다」(허남기) 등은 공화국해외 공민의 영예와 긍지를 안고 민주주의적 민족 권리를 지켜 싸워나가는 총력일군─혁명투사들의 형상을 훌륭히 창조한 성과작품들이다.

가사 <우리 자랑 이만저만 아니라오>와 <아들자랑 딸자랑>은 재일동포들뿐만 아니라 조국에 있는 근로자들이 가장 즐겨 부르는 노래로서 위대한 수령님과 조국을 위하여 떳떳하게 살며 싸워나가는 총련 일군 된 자랑과 영예를 매우 밝은 서정 속에 노래 부르고 있다.

우리 분회 최로인은 금년봄에 환갑인데
고생속에 오남매를 오롱조롱 키웠다오
공화국의 혜택으로 우리 학교 공부시켜
총련일군 되였노라 그 자랑이 대단하오
큰아들은 연구사요, 딸은 커서 인민교원
둘째셋째 대학생에 막내딸은 고급학교
부모노릇 잘하자면 무식해서 되겠는가
늙은 부부 손을 잡고 성인학교 다닌다오
………

가사 <아들자랑 딸자랑>은 말 그대로 총련 분회 최로인의 생활이며
공화국해외 공민의 영예를 안고 살아가는 총련 일군의 생활이다.

위대한 수령님께서 보내주신 교육원조비와 장학금으로 자식들을 조선
학교에서 공부시켜 키워온 총련분회장의 애국적 형상을 담시적인 요소들
을 도입하면서 훌륭하게 노래하였다.

자식들은 고이 키워 조선학교에서 공부시켰을 뿐만 아니라 그들 모두
를 총련 애국 사업에 종사하도록 하면서 부모 된 도리와 해외 공민된 영예
를 빛내이기 위하여 환갑이 지났음에도 불구하고 우리글과 력사를 배우러
밤마다 성인학교에 다니고 있는 총련분회장 부부의 모습은 얼마나 생동하
고 감동적인가.

우리는 가사를 읊으면서도 그리고 노래를 부르면서도 흐뭇하고 기쁜
마음을 억제할 수 없다.

육체으로는 비록 늙었어도 사상적으로는 로쇠되지 않고 혁명 사업에
투신함으로써 혁명의 꽃을 대를 이어 계속 피워나가는 재일 70만 동포들
의 높은 사상정신세계를 참으로 진실하게 형상하였다.

가사는 돈밖에 모르는 자본주의사회의 환경에서 비록 생활은 구차하지
만 조국을 위해 살며 일해 가는 거기에서 참된 삶의 보람과 기쁨을 느끼는
제일조선공민들의 사상정신세계를 새로운 변화를 일반화하였다.

이러한 신념은 위대한 수령님을 모시고 살며 일해 가는 재일조선공민에게 간직된 가장 큰 행복이며 자랑인 것이다.

가사 3절에서는 총련분회 박씨 부인의 무남독녀 외딸과 최로인의 아들과의 결혼문제를 두고 변화된 박씨 부인의 사상정신적 풍모를 재치 있게 보여주었다.

최로인이나 박씨 부인은 자기들의 기쁨과 자랑을 바로 조국을 위해 총련분회사업에 열성적으로 참가하는데서 찾고 있는 것이다.

가사는 이와 같이 조국을 위하여 살며 일하는 재일동포들의 생활을 소박하고 생동하게 노래한 것으로 하여 총련시가 문학을 더욱 풍부하게 장식하였으며 총련 일군된 영예와 긍지를 한가슴 안고 일하는 모든 재일동포들에게 신심과 희망을 안겨주고 있다.

단편소설 「가장 귀중한것」은 가장 귀중한 것은 조국이라는 종자에 기초하여 조선사람찾기운동에 일떠선 총련 일군—긍정적주인공의 성격을 훌륭히 창조하였다.

위대한 수령 김일성동지께서는 다음과 같이 교시하시였다.

> "재일 조선동포들의 민족권리를 지키기 위한 투쟁에서 중요한 문제는 조선사람을 되찾기 위한 운동을 적극 벌리며 조선사람이 일본사람으로 동화되지 않도록 하는것입니다."

주인공 김창수는 조선사람찾기운동을 적극적으로 벌릴 데 대한 위대한 수령님의 교시를 신념화하고 무조건 관철하기 위하여 일본인행세를 하면서 살아가는 미조직동포인 조봉수를 뜨거운 동포애와 참을성을 가지고 꾸준히 교양 개조하여 떳떳한 조선 사람으로 살며 일하도록 손잡아 이끌어주고 도와주는 총련 일군의 전형이다.

작품이 거둔 사상예술적성과는 재일동포들이 황금만능의 자본주의사회에서 어떻게 살며 싸우는 것이 참되고 보람 있게 살아가는 것인가 하는 문제를 제기하고 그에 대하여 풍부하고 생동한 예술적 형상으로 해답을 주었다는데 있다.

이러한 성과는 단편소설 「가정」(김형곤), 「가죽구두」(조혜선), 「한권의 수첩」(박관범), 「약속」(리인철) 등에서도 찾아볼 수 있다.

민주주의적 민족 권리를 지키기 위한 투쟁에서 중요한 자리를 차지하는 것은 교육사업이다.

위대한 수령 김일성동지께서는 다음과 같이 교시하시였다.

> "지난 기간 총련의 교육사업에서도 커다란 성과가 이룩되였습니다. 총련교육 일군들은 일본의 복잡하고 어려운 환경에서도 자기 사업에 대하여 높은 영예와 긍지를 가지고 후대교육교양사업을 정력적으로 하였습니다."

가사 <조국의 사랑은 따사로워라>는 민주주의적 민족교육사업을 위하여 막대한 교육원조비와 장학금을 보내주신 위대한 수령 김일성동지에 대한 재일동포들의 다함없는 경모의 정과 북받쳐오르는 감사의 정을 소박하고 진실하게 노래한 작품이다.

나라에서 나라에서 돈을 보낼줄은
꿈결에도 꿈결에도 생각을 못했지요
교육원조비 장학금의 많고많은 귀한 돈을
바다너머 저멀리 조국에서 보내왔어요

아, 수령님의 높고 큰 이 사랑을
산이나 바다에 그 어이 비기랴

수령께서 수령께서 돈을 주실줄은
그날까지 그날까지 생각을 못했지요
허리띠를 졸라매고 복구건설 다그치는
그 어려운속에서도 우리 위해 보내셨어요

....

이역에서 이역에서 나서자라는
아들딸도 아들딸도 지덕체 갖추어서
사회주의조국의 역군이 되여라
어버이심정으로 수령께서 보내셨어요
....

위대한 수령님의 품속에서 해외 공민으로서의 영예와 긍지를 안고 조국과 인민을 위하여 총련 일군으로 일하며 생활하는 것만 해도 고맙기 그지없는데 어버이수령님께서는 전후 한 오리의 실, 한 장의 직들이 귀한 매우 어려운 시기였던 1957년부터 오늘에 이르기까지 재일동포들의 민주주의적 민족교육사업을 위하여 해마다 막대한 교육원조비와 장학금을 보내주시였다.

어버이수령님께서는 총련 교육일군들과 학생들을 조국에 불러 친히 만나주시여 강령적인 교시를 주시였으며 교과서와 교구비품, 민족 악기와 학용품 등을 아낌없이 보내주시는 크나큰 사랑과 배려를 돌려주시였다.

그러기에 북으로는 혹가이도로로부터 남은 규슈에 이르기까지 모든 조선학교들에서 위대한 수령님의 존귀하신 초상화를 정중히 모시고 공화국 기발을 하늘높이 휘날리면서 우리의 재일동포자녀들은 위대한 수령님과 조국을 우러르며 세상에 부럼 없이 배우고 있는 것이다.

때문에 민주주의적 민족교육의 발전을 말할 때 위대한 수령님의 크나큰 사랑과 배려를 떼여놓고는 생각할 수 없는 것이다.

시초「학원시초」(남시우), 단편소설「임무」(리은직) 등 수많은 작품들의 주인공들은 민주주의적 민족교육을 위하여 한 몸 바쳐 싸우면서 동포대중의 심장에 민족적자부심과 혁명의 붉은 씨앗을 심어주는 인민교원, 혁명가의 생동한 전형들이다.

「학원시초」에서의 서정적주인공, 「인민교원」에서의 삼수교장과 영철교원, 단편소설「승리의 날에」에서의 박태민교원, 장편소설『눈속에 핀 매화꽃』에서의 한경훈, 단편소설「임무」에서의 김기태 등을 비롯한 수많은 긍정적주인공들은 가장 어려운 환경 속에서도 오직 후대들을 위하여 위대한 수령님의 충직한 혁명전사로 한 몸 바쳐 싸우는 애국자의 전형들이다.

민주주의적 민족권리를 지키기 위한 투쟁에서 중요한 자리를 차지하는 것은 또한 재일조선공민들의 조국에로의 귀국 실현을 위한 투쟁이다.

가사 <조국으로 가는 길>(한덕수), <귀국 100선 축하의 노래>(한덕수), 서정시「귀국선 뜨는 날은 날이 개이네」(남시우), 「귀국시초」(허남기), 「달밤」(김룡택) 등 수많은 작품들은 귀국사업에 바쳐진 작품들이다.

서정시「귀국선 뜨는 날은 날이 개이네」에서는 비가 많이 내려 '비의 도시'라고 불리우는 니이가다항구에 귀국선이 뜨는 날에는 흐렸던 날도 개이고 안개도 걷힌다고 노래함으로써 귀국선을 혈육의 정으로 열렬히 환영하는 재일동포들과 선량한 일본인민들의 뜨겁고도 격동적인 마음들을 함축성 있게 그리고 능숙한 솜씨로 잘 노래한 성과작의 하나이다.

    ....
    귀국선 고동이 울어터지면

    그날이면 지꿎게 흐렸던
    하늘도 상을 펴고 구름도 물러서네
    즐거운 출항, 희망의 길을
    해님도 웃으며 배길을 열어주네

    항구에 새 전설이 돌았네
    어른들도 반가와라 이야기하였네
    아이들도 즐거워라 노래불렀네
    ─귀국선 뜨는 날은 날이 개인다─고

재일작가들의 창작사업에서 가장 중요한 주제의 하나는 조국의 자주적 평화통일을 촉진시키기 위하여 남반부인민들의 반파쑈민주화 투쟁을 형상하며 그를 적극 지원하는 문제이다.

위대한 수령 김일성동지께서는 다음과 같이 교시하시였다.

> "지금 총련은 조국의 자주적평화통일과 나라의 완전독립을 이룩하기 위한 투쟁에서 우리 당이 견지하고있는 기본로선에 기초한 네가지 기본과업을 훌륭하게 실행하고있습니다."

재일작가들은 창작활동과 생활을 통하여 재일동포들의 반미구국투쟁을 고무하고 있으며 남조선인민들의 투쟁에도 전투적인 성원과 지지를 보내고 있다.

이와 함께 재일조선작가들은 각계각층의 동포들의 민족단합사업을 강화하기 위하여 노력하고 있다.

서정시 「화산」(김학렬), 서정시 「삐라를 뿌린다」(정화수), 「남녘땅에 눈이 내린다」(허남기), 「통일의 문을 열자」(김두권), 「분격이 새로와서」(문중렬), 단편소설 「신작로」(리온직), 「마지막 총부리는」(리온직), 「고향손님」(소영호), 희곡 <다시 만날 때까지>(김수중) 등은 ≪민단≫계와의 단합사업과 남반부인민들의 반미구국투쟁을 내용으로 하는 작품들이다.

서정시 「우리는 삐라를 뿌린다」는 미제와 그 앞잡이들의 「두개 조선」 조작책동을 짓부시기 위하여 파쑈의 총구 앞에 결연히 나선 청년학생들의 심정으로 통일의 길을 닦는 겨레들의 뜨거운 마음으로 이른 아침 역두에서 삐라를 뿌리는 서정적주인공의 형상을 통해서 반미구국투쟁에 떨쳐나선 재일동포들의 애국적 감정을 일반화하였다.

단편소설 「마지막 총부리는」은 미제의 남조선강점과 파쑈적인 통치로 말미암아 막다른 골목에 이른 주인공이 사회적모순과 불합리 속에서 총부리를 원쑤놈들에게 돌리게 되는 과정을 생활론리에 맞게 생동한 형상을 통하여 보여준다.

단편소설 「신작로」에서의 머슴군—길씨와 철이는 미제와 그 앞잡이들을 반대하여 자연발생적인 반항에 머무른 것이 아니라 조직적으로 반미구국투쟁을 벌리는 투사의 형상들이다.

이 작품이 거둔 사상예술적성과는 고향에 대한 열렬한 사랑과 위대한 수령님께서 마련하여주신 공화국북반부의 눈부신 발전에 고무되면서 어버이수령님의 따사로운 품속에서 행복하게 살 그날을 그리며 살며 싸워나가는 남반부혁명투사들의 전형을 일정한 수준에서 창조하였다는 데 있다.

총련 애국문학이 거둔 이상과 같은 성과는 전적으로 위대한 수령 김일성동지의 현명한 령도와 영광스러운 우리 당의 올바른 지도에 의해서만 이룩될 수 있었다.

또한 위대한 수령님의 혁명적문예사상과 당의 주체적 문예리론을 높이 받들고 재일작가들을 창작적 열정에로 조직동원한 총련의 올바른 지도가 있었기 때문이다.

총련 애국문학의 성과를 말할 때 그것은 재일작가들의 투쟁을 떼어놓고 생각할 수 없다.

재일작가들은 어려운 환경 속에서도 주체적이며 애국적인 문학작품을 창작하는 작가로서의 높은 영예와 자부심을 안고 사회주의적사실주의 창작방법에 확고히 의거하여 애국적이며 혁명적인 작품을 창작하기 위하여 모든 노력을 다하였다.

오늘 총련 애국문학은 재일 70만 동포들의 생활과 투쟁을 더욱 고무하고 있으며 주체적이며 혁명적인 우리 문학을 발전시키는데 크게 이바지하고 있다.

재일작가들은 창작사업에서 거둔 성과들을 공고히 다지면서 조선로동당 제6차대회를 높은 정치적 열의와 로력적 성과로 맞이하기 위하여 위대한 수령 김일성동지의 교시를 높이 받들고 총련 조직을 반석같이 다지면서 민주주의적 민족권리를 굳건히 지키고 조국통일위업과 현실이 요구하는 혁명적이며 애국적인 작품을 창작하기 위해 노력하고 있다.

위대한 수령님의 교시를 심장으로 아로새기고 창작사업에 모든 정열과 심혈을 기울이고 있는 재일작가들은 앞으로의 창작사업에서도 더욱 거대한 성과를 이룩할 것이다.

≪조선문학≫, 1980.9

제6장

현실주제문학 시기(1980~현재)

혁명적 수령관을 깊이 있게
구현하기 위한 형상의 몇 가지 문제

류 만

혁명적 수령관을 깊이 있게 구현하는 것은 오늘 우리 문학예술 앞에 나서는 가장 중요하고도 원칙적인 문제이다.

친애하는 지도자 김 정일동지께서는 력사상 처음으로 혁명적 수령관에 관한 과학적인 리론을 창시하심으로써 문학예술작품창작에서 혁명적 수령관을 구현하는 문제에 명백한 해명을 주시였다.

친애하는 지도자 김 정일동지께서는 다음과 같이 지적하시였다.

"혁명적 수령관은 로동계급의 혁명투쟁에서 수령이 차지하는 지위와 역할에 대한 가장 옳바른 견해와 관점이며 수령을 진심으로 높이 모시는 자세와 립장입니다."

혁명적 수령관은 본질에 있어서 수령이 근로인민대중의 최고뇌수, 통일단결의 중심으로서 력사발전과 혁명투쟁에서 결정적 역할을 한다고 보는 견해와 관점이며 마음속으로부터 우러나오는 가장 순결하고 견결한 충성심을 지니고 모든 것을 다 바쳐 수령을 받들어 모시며 참된 마음으로 믿고따르는 자세와 립장이다. 다시 말하여 그것은 수령을 가장 위대한분으로 높이 모시고 수령의 사상과 령도를 무조건 받드는 자세와 립장이다.

혁명적 수령관의 이러한 본질로부터 수령에 대한 끝없는 충성심을 혁명적 신념과 의리로 간직하며 수령을 높이 우러러 모시고 백방으로 옹호 보위할 뿐 아니라 수령의 혁명사상을 신념으로 삼고 무조건 끝까지 관철할 데 대한 혁명적 수령관의 요구가 나서게 된다.

이렇게 놓고 볼 때 문학예술작품에서 혁명적 수령관을 구현하는 문제는 본질에 있어서 문학예술작품에서 수령에 대한 가장 옳바른 견해와 관점과 함께 수령을 진심으로 높이 모시는 자세와 립장을 인간과 그 생활에 대한 형상을 통하여 진실하고 심오하게 구현하는 문제라고 말할수 있다. 즉 수령이 인민대중의 최고뇌수, 통일단결의 중심으로서 절대적인 지위를 차지하고 력사발전과 로동계급의 혁명투쟁에서 결정적 역할을 한다고 보는 견해와 관점, 수령을 가장 위대한분으로 마음속으로부터 진심으로 모시고 수령의 사상과 령도를 무조건 받드는 자세와 립장이 주인공들의 성격과 생활에서 작품의 형상발전에서 힘 있게 울려나오고 절절하게 표현될 때 그러한 작품을 두고 혁명적 수령관이 구현된 작품이라고 볼 수 있는 것이다.

문학예술작품에서 혁명적 수령관을 구현하는 문제는 로동계급의 수령 형상창조문제와 밀접히 련관되고 통일되여 있으면서도 구체적인 형상에서는 다른 측면들을 가지고 있다.

문학예술작품에서 혁명적 수령관을 구현한다는 것은 어디까지나 수령에 대한 옳바른 견해와 관점, 수령을 진심으로 높이 모시는 자세와 립장을 그리는 문제인 것만큼 그것은 작품에서 수령의 위대성을 심오하게 밝혀낼 것을 전제로 한다.

수령에 대한 옳은 견해와 관점, 자세와 립장은 그 어떤 일시적인 충동에 의해서나 저절로 생겨나는 것이 아니며 수령의 위대성과 령도의 현명성, 고매한 덕성을 깊이 인식하고 체득한데 기초하여 생겨나는 고상한 사상감정이다. 때문에 작품에서 혁명적 수령관을 잘 그리자면 수령의 위대성을 심오하게 형상하여야 한다. 로동계급의 수령의 위대성, 령도의 현명성과 고매한 덕성에 대한 형상은 작품의 주제와 성격에 따라 달리 될 수 있지만 그 형식과 방법이 어떠하든 모든 작품에서 이 선이 관통되여야 한다. 수령의 영상을 모신 작품에서는 더 말할 것도 없고 그렇지 않은 작품에서도 수령의 위대성, 령도의 현명성과 고매한 덕성에 대한 형상은 필수적이다.

그러나 수령의 위대성, 령도의 현명성과 고매한 덕성을 그릴 데 대한 문제가 곧 작품에서 수령의 형상을 창조하는 문제를 의미하는 것은 아니다.

혁명적 문학예술에서 수령형상창조문제는 일반적으로 수령을 중심에 내세우고 수령의 혁명 활동을 그림으로써 수령의 위대성과 령도의 현명성, 고매한 덕성을 생활의 산 화폭으로 보여주는 문제이다.

수령을 작품의 중심에 내세운다는 데로부터 수령형상작품은 그 창조에서 그에만 고유한 사상미학적 원칙과 요구, 방도를 가지며 이로써 다른 작품창작과 구별되는 것이다.

수령의 형상을 창조한 작품들은 수령의 위대성, 령도의 현명성과 고매한 덕성을 그 어느 작품에서보다도 전면적으로 폭넓고 깊이 있게 그릴 수 있는 확고한 담보와 가능성을 가진다. 따라서 혁명적 수령관을 구현하는 데서 수령형상작품은 첫자리에 놓이며 가장 중요한 의의를 가진다.

이와 함께 혁명적 수령관을 구현하는 문제는 수령에 대한 옳은 견해와 관점, 자세와 립장을 그리는 문제인 것만큼 그러한 관점과 립장이 형상으로 밝혀지도록 수령의 형상을 직접 창조하지 않는 작품에서도 수령의 위대성을 옳게 그려내기 위해 사색과 탐구를 다하여야 한다.

문학예술작품에서 수령의 형상을 직접 창조하는 경우뿐 아니라 그렇지 않은 경우에도 수령의 위대성과 령도의 현명성, 고매한 덕성이 깊이 있게 형상되고 수령의 위대성에 대한 산 체험에 기초하여 주인공들이 느끼는 숭고하고 아름다운 사상감정이 뜨겁게 표현될 때라야 진정으로 혁명적 수령관이 구현된 작품이라고 말할 수 있으며 참다운 교양적 가치를 가질 수 있다.

혁명적 수령관은 주체형의 인간들에게 있어서 성격의 핵을 이루며 모든 사상정신적 풍모를 높이 발양시킬 수 있게 하는 근본바탕으로 된다. 문학예술작품들에서 혁명적 수령관을 깊이 있게 구현하여야 주체형의 인간들의 사상정신적 특질을 심도 있게 밝혀내고 작품의 사상예술적 품위와 감동성을 더욱 높일 수 있으며 사람들을 위대한 수령님에 대한 끝없는 충실성으로 교양하는 사업을 원만히 수행할 수 있다.

문학예술작품창작에서 혁명적 수령관을 구현하는 문제를 형상으로 실현하는 문제는 다양한 측면과 많은 문제점들을 포괄하고 있으며 따라서 그것은 작품의 종자와 성격에 맞게 구체적으로 특색 있게 해결되여야 한다.

여기서 모든 작품창작의 경우 반드시 명심해야하는 것은 구체적인 형상문제가 어떻게 해결되든 그 출발적 전제로서 작품들에서는 언제나 혁명적 수령관의 본질적 내용이 주인공들의 성격과 형상전반에서 그 사상정신적 풍모로, 사상적 지향으로 웅심 깊게 밝혀져야 한다는 것이다. 혁명적 수령관의 본질적 내용을 성격과 생활을 통하여 더 잘 그리기 위한 데 기본을 두고 형상을 심화하는 데 새로운 탐구의 세계가 있다.

문학예술작품에서 혁명적 수령관을 형상으로 잘 구현하기 위하여 나서는 중요한 문제의 하나는 그것을 수령의 위대성에 대한 주인공들의 체험세계와 결부하여 그리는 것이다.

친애하는 지도자 김 정일동지께서는 다음과 같이 지적하시였다.

"혁명적 수령관은 력사발전과 혁명투쟁에서 수령이 노는 결정적 역할에 대한 과학적인식과 력사적 체험에 기초하고 있습니다."

수령을 절대적으로 신뢰하고 옹호보위하며 변함없이 믿고 따르는 사상감정은 수령의 위대성을 잘 알고 그것을 심장으로 깊이 체득한데 기초하여 생겨나게 된다.

수령의 위대성, 령도의 현명성과 고매한 덕성에 대한 깊은 체험은 사람들로 하여금 수령이시야말로 인민대중의 최고뇌수이고 통일단결의 중심이며 력사발전과 혁명투쟁에서 결정적 역할을 한다는 확고한 인식을 가지게 한다. 이러한 체험세계가 깊어지면 질수록 수령에 대한 신뢰의 정과 흠모심, 수령을 진심으로 받드는 마음이 더욱 강렬해지고 열정적으로 불타오르는 것이며 결국 수령만을 믿고 따르려는 마음이 혁명적 신념으로, 의리로 굳어져 영원불변한 것으로 빛을 뿌리게 된다.

혁명적 수령관, 수령에 대한 충실성을 혁명적 신념과 의리로 간직하는 것과 같은 문제는 수령의 위대성에 대한 사람들의 력사적이며 구체적인 체험세계를 떠나서 생각할 수 없다. 수령의 위대성을 절감하는 주인공의 체험세계가 그의 생활로정과 사상정신적 및 심리적 상태와 결부되면서 절절하게 그려져야 주인공들이 지닌 수령관의 높이가 설득력을 가지고 잘 표현될 수 있다.

장편소설『무성하는 해바라기들』(제1부)에서 유철이를 비롯한 혁명가들이 지닌 혁명적 수령관이 그처럼 웅심 깊게 격조높이 표현될 수 있었던 것은 바로 경애하는 수령님의 위대성에 대하여 보고 듣고 느끼는 그들의 체험세계가 구체적으로 깊이 있게 그려졌기 때문이다.

작품에서 보는 것처럼 유철은 현명한 령도자를 모시지 못한 것으로 하여 뼈아픈 고통과 갖은 우여곡절을 겪게 된다. 서울과 간도의 여러 곳을 방황하며 제노라하는 사람들도 만나보고 폭동에도 참가했지만 그렇게도 갈망하는 령도자는 만나지 못하였다. 걸음마다 실패와 어두운 감방이 그를 기다리고 있을 뿐이였다. 때문에 그는 저물어가는 밤하늘에 대고 <나에게 길을 가르쳐다오. 조선이 나가야 할 길을 가르쳐다오!> 하고 몸부림치기도 하는 것이다. 이러한 그에게 있어서 위대한 김일성동지에 대하여 알게 된 것은 사막에서 오아시스를 만난 심정 그대로였다. 일찌기 서대문형무소에 있을 때 길회선철도부설반대투쟁과 일화배척투쟁에 대한 소식을 듣고 조선혁명의 새로운 지도력량에 대한 희망과 기대를 가졌던 유철은 길림감옥에서 위대한 수령님께서 직접 파견하신 공작원을 통하여 언제나 마음속에 고이 지녔던 위대한 수령 김일성동지에 대한 감격적인 소식을 들은 뒤로 수령님에 대한 흠모의 정을 억제할 수 없어 무기징역의 고초를 겪으면서도 한시바삐 그이를 만나 뵈옵고 그이의 가르치심을 받고 싶은 열망에 가슴 불태우는 것이다. 특히 감옥에서 출옥한 뒤 위대한 수령님을 만나 뵙기 위한 조직선을 찾아 헤매던 나흘간 만나는 사람들마다가 뜨거운 흠모의 정을 담아 이야기하는, 아직은 만나 뵙지 못한 그분의 영상을 머리 속에 그려보며 유철은 조선을 건지고 민중을 해방해 주실 분은 경애하는 김일성동지밖에 없으며 김일성동지이시야말로 비운에 잠긴 민족의 운명을 구원해주실 유일한분이시라는 절절한 기대와 념원을 표시하는 것이며 그이를 만나 뵙고 가르치심을 받은 다음에는 위대한 혁명의 수령, 절세의 애국자, 민족적 영웅으로 높이 칭송하는 것이다. 이 모든 것은 경애하는 수령님의 위대성을 보고 듣고 느끼는 과정에 유철의 가슴속에 뿌리내리고 신념으로 다져진 심오한 체험세계와 결부되어 있는 것이다.

조선혁명의 진로를 밝히시고 혁명의 초행길을 진두에서 개척하여 나아가신 경애하는 수령님의 위대성에 대한 이런 체험세계가 있음으로 하여 소설에서는 경애하는 김 일성 동지는 조선혁명의 진로를 밝히시고 주체의 혁명위업을 전두에서 이끌어 나가시는 혁명의 위대한 령도자이시고 민족의 태양이시며 전설적 영웅이시라는 조선혁명가들의 절대적인 신뢰와 확신이 심오하게 표현될 수 있었다. 그리고 이런 체험세계에 기초함으로써 주인공들의 혁명적세계관형성과정이 혁명적 수령관의 견지에서 심오하게 밝혀질 수 있었다.

문학예술작품에서 주인공들의 성장발전과정을 혁명적 수령관이 서가는 과정과 밀접히 결합시켜 그리는 것은 성격형상의 근본요구로 나선다.

친애하는 지도자 김 정일 동지께서는 가극 <은혜로운 해빛아래>를 보시고 주인공을 처음부터 완성된 사람으로 설정하지 말아야 한다고 하시면서 주인공이 가끔 고민도 하고 동요도 하다가 수령님의 덕성에 고무되여 그의 성격이 성장하는 것을 보여주어야 한다고 지적하시였다.

수령의 위대성, 령도의 현명성과 고매한 덕성에 고무되여 성격이 성장하는 것으로 그려야 한다는 것은 주인공들에게 있어서 수령의 위대성에 대한 체험세계가 점차 깊어지고 뜨거워지는 과정 즉 수령관이 서가는 과정에 성격이 성장하는 것으로 그려야 한다는 것을 의미한다.

일반적으로 주인공들의 성격발전과정에는 여러 가지 요인들이 작용하게 된다. 그러나 그 가운데서도 가장 결정적이며 중요한 것은 수령의 령도이다. 평범한 보통사람들이 생활의 온갖 풍파 속에서 헤매이다가 투쟁의 길에 나서게 되는 것도, 투쟁의 길에서 공산주의혁명가로 성장하게 되는 것도 다 수령의 탁월한 령도와 떼여놓고 생각할 수 없다. 사람들은 투쟁의 길에서 수령의 혁명사상과 로선을 받아 안고 그에 공명하게 되며 그 사상과 로선을 관철해나가는 과정에 정당성을 확신하고 수령을 절대적으로 신뢰하며 따르게 된다. 이러한 과정은 바로 혁명적 수령관이 형성되고 심화되여 가는 과정이며 동시에 주인공에게 있어서 유일사상체계가 서고 성격이 장성하는 과정으로 되는 것이다.

장편소설『무성하는 해바라기들』에서 주인공 유철의 성장과정도 바로 혁명적 수령관이 서가는 과정과 일치하고 있는 것이다.

그가 아직은 참다운 령도자를 만나지 못하고 수령관이 서지 못하였을 때에는 온갖 주의자들의 력설에 귀를 기울여도 보았고 각종 '운동'에도 빠짐없이 참가하였다. 이것은 그에게 있어서 혁명의 참된 길을 찾지 못하고 우여곡절에 찬 길을 걷지 않으면 안 되였던 그 혁명투쟁의 전야에 있은 일들이였다. 그러나 진정한 령도자에 대한 동경이 싹트고 그러한 령도자가 있다는 소식을 듣고 령도자를 만나 뵈옵고 싶은 열망에 불타면서 그리고 위대한 수령님을 만나 뵈옵고 그이의 가르치심을 받으면서 유철은 마침내 참된 혁명의 길은 어디에 있으며 혁명은 어떻게 해야 하는가, 혁명가의 사상정신적 풍모과 리상은 어디에 있는가 하는 것을 깨닫게 되며 주체형의 혁명가로 성장하게 되는 것이다.

이것은 작품에서의 혁명적 수령관이 수령의 위대성에 대한 절절한 체험세계에 기초하고 있으며 이 체험의 과정이 그대로 주인공들의 성장발전과정으로 되고 있다는 것을 뚜렷이 실증하여준다.

문학예술작품에서 수령의 위대성에 대한 주인공들의 체험세계는 그것이 혁명적 수령관 구현의 근본 전제로 되며 성격장성과정과 밀접히 련관되여 있으므로 이 체험세계를 여러 측면에서 깊이 파고들어 그리는 것이 중요하다.

수령의 위대성을 느끼는 주인공들의 체험세계를 구체적으로 파고들지 않고 수령관을 구현하려는 욕망만 앞세워 요란한 대사나 주고 구호나 웨쳐댄다면 거기에 일반적 의미에서의 사상은 있을지 몰라도 인간학으로서의 문학적인 사상, 사람들을 정서적으로 공감시키는 사상적 힘은 있을 수 없으며 주인공들의 성격장성과정도 제대로 그려낼 수 없다.

특히 우리 문학예술작품에서의 혁명적 수령관은 주체형의 인간들이 지닌 가장 아름답고 숭고한 사상감정이기 때문에 그것은 그들의 심장에서 울려나오는 신념의 목소리가 되여야 하며 티 없이 맑고 깨끗한 마음의 거울이 되여야 하는 것이다. 따라서 수령의 위대성, 령도의 현명성과 고매한 덕성에 대한 주인공들의 체험이 일정한 로정과 단계를 거치면서 구체적으로 깊이 있게 그려져야 혁명적 수령관이 생경한 론리로서가 아니라 감성적이며 생동한 생활의 산 형상으로 뜨겁게 안겨올 수 있다.

문학예술작품에서 혁명적 수령관을 형상으로 옳게 구현하기 위해서는 또한 수령관의 구체적인 표현을 잘 그리는 것이 중요하다.

수령관의 구체적인 표현을 그린다는 것은 결국 수령의 위대성을 보고 듣고 느낀 주인공들에게 있어서 구체적으로 다양하게 발현되는 수령관을 어떻게 그리는가 하는 문제로서 그것은 작품에 혁명적 수령관을 옳게 구현할 수 있게 하는 믿음직한 담보로 된다.

실지생활에서 보는바와 같이 사람들에게 있어서 수령에 대한 태도와 관점, 자세와 립장은 다양하게 표현된다. 그것은 때로는 수령의 위대성, 령도의 현명성과 덕성을 체험하면서 수령에 대한 열렬한 존경과 흠모심으로 표현되기도 하며 때로는 수령이 이끄는 길만이 가장 정당한 길이라는 확신을 가지고 수령님께서 주신 크나큰 사랑과 은덕에 보답하려는 실천행동을 통하여 표현되기도 한다. 그리고 이런 열렬한 흠모심과 실천행동은 밀접히 결합되여 표현되는 것이 특징이다.

문제는 혁명적 수령관이 이 다양하고 구체적인 표현과정을 생활 그대로의 진실에 기초하여 심오하고 감명 깊게 그려내는 것이 중요하다.

여기서 응당 관심을 돌려야 할 문제의 하나는 주인공들에게서 표현되는 수령에 대한 흠모심을 잘 그리는 것이다.

친애하는 지도자동지께서는 혁명가극 <당의 참된 딸>의 창조과정을 지도하시면서 가극에 장군님에 대한 흠모의 선을 넣고 그것을 시종일관 끌고나가니 아주 좋다고 지적하시였다.

흠모심은 수령의 위대성과 령도의 현명성을 절대적으로 확신하고 고매한 덕성을 뜨겁게 체험한데서 우러나오는 것으로서 수령을 진심으로 신뢰하고 높이 모시고 받드는 숭고한 사상감정의 직접적인 표현이다. 참다운 흠모심은 심장 속으로부터 자연스럽게 절절하게 흘러나오는 것이기 때문에 그것을 잘 그리는 것은 주인공들이 지닌 혁명적 수령관을 사상정신적 측면에서 옳게 구현할 수 있게 할 뿐 아니라 실천행동을 통하여 표현되는 충실성의 바탕을 심원하게 밝혀낼 수 있게 한다.

흠모심은 구체적인 형상에서는 다르게 될 수 있지만 흠모의 선을 설정한 작품에서나 그렇지 않은 작품에서나 다 심오하게 그려져야 한다.

흠모의 선을 설정한 작품에서는 그것을 일관하게 끌고나가면서 거기에 모든 것을 복종시키는 것이 중요하다.

흠모의 선을 일관하게 끌고나간 작품이란 그것을 주되는 감정선으로 설정하고 주인공의 사상정신적 높이와 바탕으로 되게 하고 있는 작품이라고 말할 수 있다. 따라서 이러한 작품들에서는 주인공들의 흠모심을 어느 한 대목에서 강하게 보여주는데 그칠 것이 아니라 그것이 주인공들이 부닥치는 생활의 다양한 정황에서 끊임없이 열렬하게 표현되고 승화되면서 주되는 감정선으로 줄기차게 흘러가도록 되게 하여야 하는 것이다.

이런 면에서 볼 때 혁명가극 <당의 참된 딸>이나 장편소설『축원』등은 긍정적인 시사를 던져준 의의 있는 작품들이다.

혁명가극 <당의 참된 딸>은 위대한 수령님에 대한 흠모선을 핵으로 하고 있는 사정과도 관련되지만 작품전반에서 흠모선을 일관하게 끌고나 간 작품으로서의 특성을 잘 보여주고 있다.

아직은 당원이란 어떤 사람들인지도 모르고 당원들과 투쟁의 한대오에 섰던 애어린 연옥이, 당원들의 자기희생적인 영웅성을 목격하며 그 당원 들이 바로 위대한 수령님의 뜻을 받들어 싸우는 사람들이라는 것을 알게 되였을 때 그의 심중에 확 달아오른 것은 장군님에 대한 열화 같은 흠모심 이였다. 환자수송의 무거운 임무를 받고 적후의 준엄한 길을 헤쳐가며 마 침내 당원으로 성장하는 과정이 자기의 몸으로 기총탄을 막아 부상병을 구원하고 장렬한 최후를 마치기까지의 그의 짧은 한생이 곧 위대한 수령 님에 대한 흠모심이 싹트고 자라나 더욱 깊어지고 아름답게 피여 나는 과 정이였다. 작품에서는 그의 이러한 흠모심을 걸음마다 사무치는 장군님에 대한 그리움, 장군님의 품에 안기고픈 간절한 소망, 꿈을 꾸어도 장군님을 만나 뵈옵는 꿈을 꾸고 죽어서도 장군님의 품에 영생하리라는 등 감동적 인 사실을 통하여 주되는 감정선으로 일관하게 끌고나가면서 거기에 주인 공들의 숭고한 영웅주의와 혁명적동지애, 원쑤에 대한 불타는 적개심 등 모든 것을 복종시킴으로써 흠모심의 참다운 높이와 그에 기초한 다양한 감정세계를 생동하게 일반화하였다.

장편소설『축원』역시 흠모의 선에 모든 것을 복종시켜 일관하게 끌고 나간 형상적 특성을 잘 보여주고 있는바 이 작품에서는 그것이 주인공 한 씨와 그 일가를 통하여 주로 표현되고 있는 특성을 보여주고 있다. 특히 소설에서는 해방된 이듬해 이른 봄 위대한 수령님께서 몸소 개답공사장에 찾아오시여 한씨의 손바닥 우에 담배 한대를 놓아주시며 고생한 손에 담 배 한 대밖에 놓아줄 것이 없노라고 뜨겁게 말씀하시며 토지개혁의 력사 적 사변을 마련하시던 숭고한 모습과 인민군대 련대장이였던 한씨의 맏아 들 무학이가 최후를 앞둔 순간에 위대한 수령님을 영원히 높이 모시고 따 를 데 대한 간절한 부탁을 담아 남긴 유서를 두고 때로는 그것을 사실에 대한 재현으로, 회상으로 여러 차례 반복하여 그림으로써 자나 깨나 오로지 장군님의 안녕과 만수무강만을 바라는 주인공 어머니의 열렬한 흠모심을 일관하게 잘 그려내였다. 이것은 작가가 소설에서 흠모선을 설정한데 그치지 않고 모든 것을 거기에 복종시키면서 그것을 일관하게 끌고나가기 위해서 얼마나 주도세밀하게 노력하였는가를 뚜렷이 보여준다. 작가의 진지한 탐구와 노력이 있음으로 하여 위대한 수령님에 대한 주인공 어머니의 흠모심은 매번 새로운 높이와 특징을 보여주면서 처음부터 마지막까지 줄기차게 흘러가고 있으며 그것이 마침내 뜻깊은 선거장에서 어버이수령님에 대한 우리 인민의 절대적인 신뢰와 영원한 충성을 아뢰는 신념의 목소리로 힘 있게 울려 퍼질 수 있었던 것이다.

이처럼 흠모의 선을 설정한 작품에서는 그것을 주되는 감정선으로, 모든 것을 거기에, 복종시켜 일관하게 끌고나가기 위해 적극 노력하여야 한다. 그래야 주인공들에게서 표현되는 흠모심을 응당한 폭과 깊이를 가지고 감명 깊게 그려낼 수 있으며 흠모선을 통한 혁명적 수령관을 심오하게 밝혀낼 수 있다.

흠모의 선을 설정하지 않은 작품들에서는 흠모심이 일관한 흐름을 이루지 않지만 여기에서도 그것을 일정한 계기에서 집중적으로 깊이 있게 그려내는 것이 중요하다. 이렇게 하자면 작품에서는 흠모심이 절절하고 뜨겁게 표현될 수 있도록 감정축적과 전제를 잘 주어야 하며 바로 그러한 흠모심이 그렇게 표현될 수 있도록 계기를 바로 설정하여야 한다. 왜냐 하면 모든 감정이 다 그러하지만 특히 흠모심과 같이 가장 아름답고 숭고한 사상감정은 충분한 생활적인 전제와 축적, 일정한 계기에서 표현될 때라야 타당성과 설득력을 가지고 사람들을 감동시킬 수 있기 때문이다.

장편소설 『평양시간』의 리석준로인이나 『생명수』 정순갑로인은 우리 인민모두가 그러하듯이 위대한 수령님에 대한 열렬한 흠모심을 가슴속에 고이 지니고 있었다. 작품에서는 이러한 흠모심을 리석준로인의 경우에는 위대한 수령님께서 전후의 어느 날 새벽 보통강반을 거니시다가 앞 못보는 그를 만나시여 그의 소박한 이야기를 들어주시고 그의 눈을 뜨게 하여주시는 감동적인 사실을 통하여, 정순갑로인의 경우에는 물고생으로 늙어오며 얻은 병을 고치고 어지돈 물이 흘러드는 것을 볼 수 있도록 하여주신 사실을 통하여 집중적으로 그리였다. 두 작품에서 위대한 수령님에 대한 로인들의 열렬한 흠모심은 다 착취사회가 가져다준 불행이 가셔지고 평생 소원이 풀리는 뜻 깊은 순간을 계기로, 피눈물 나는 과거생활을 거쳐 어버이수령님의 품속에서 참된 삶을 누려오면서 뿌리내리고 다져진 고마움과 감사의 정이 축적된 기초 우에서 표현되는 것으로 집중적으로 그림으로써 그처럼 절절하고 진실하게 표현할 수 있었다.

이처럼 작품에서 표현되는 흠모심은 반드시 전제와 축적과정을 거쳐야 하며 타당한 계기에서 집중적으로 표현되여야 한다. 그렇지 않고 아무렇게나 그려지는 흠모심은 그것이 뜨겁고 절절할 수 없으며 형상의 론리에도 맞지 않고 사람들을 감동시킬 수도 없다. 주관적 욕망이 앞서서 주인공들의 흠모심을 설득력이 없이 그린 작품보다도 어느 한두 대목에서라도 축적과 전제를 가지고 일정한 계기에서 표현되는 흠모심을 그려낸 작품이 주인공들이 지닌 혁명적 수령관의 높이를 더 잘 보여주며 사람들을 크게 감동시키는 것이다. 이것은 작품에서 주인공들의 흠모심을 형상화해서 반드시 그러한 흠모심이 나올 수 있는 감정축적을 잘해주고 타당한 계기를 옳게 설정하는데 깊은 관심을 돌려야 한다는 것을 말하여 주고 있다.

혁명적 수령관의 구체적 표현과정을 잘 그리자면 흠모심과 함께 또한 수령의 혁명사상을 신념으로 삼고 무조건 끝까지 관철해나가는 과정을 심도 있게 그리는 것이 중요하다.

친애하는 지도자동지께서는 1982년 2월 25일 어느 한 영화를 보시고 수령관이 잘 나타나지 못하였다고 지적하시면서 문제는 수령님께서 어떤 방침을 제시하시고 주인공이 수령님께서 주신 방침을 어떻게 관철했는가 하는 것이 중요하다고 지적하시였다.

혁명적 수령관은 수령의 혁명사상을 신념으로 삼고 그것을 무조건 끝까지 관철하는 자세와 립장과 떼여놓고 생각할 수 없다. 수령의 절대적 지위와 역할에 대한 옳은 관점, 수령을 진심으로 높이 우러러 모시고 받드는 자세와 립장은 결코 사상감정의 표현으로 그치는 것이 아니다. 그것은 숭고한 사상감정으로 표현되는 동시에 구체적인 실천행동에서 나타나야 한다. 력사발전과 로동계급의 혁명투쟁에서 수령의 절대적인 지위와 역할에 대한 옳은 견해와 관점, 수령을 높이 모시고 받드는 자세와 립장이 흠모심과 같이 사상정신적 측면에서 뿐 아니라 실천적인 행동의 측면에서도 두드러지게 나타날 때 혁명적 수령관을 구현하는 문제를 성과적으로 해결할 수 있다.

수령의 혁명사상을 신념으로 삼고 그것을 무조건 끝까지 관철하는 혁명적 실천 활동은 매우 광범한 내용을 포괄하고 있다.

혁명적 수령관의 견지에서 볼 때 이러한 실천 활동은 그 자체를 형상적으로 재현하는 것도 중요하지만 보다는 그 매 실천 투쟁과 활동을 수령을 모시고 받드는 자세와 립장과 유기적으로 결부시켜 그리는 것이 중요하다. 말하자면 주인공들이 벌리는 실천 투쟁과 활동은 수령의 혁명사상을 신념으로 삼고 무조건 끝까지 관철하는 혁명정신의 구체적 표현이며 그 과정을 통하여 수령을 진심으로 높이 모시고 받드는 자세와 립장이 더욱 숭고한 경지에 이르고 있다는 것을 힘 있게 확인하여야 하는 것이다.

이것은 주인공들의 몇 마디 대사나 작가의 일반적인 강조로써 해결될 문제가 아니며 그야말로 수령의 사상과 교시를 관철하기 위한 주인공들의 투쟁의 전 과정에서 수령의 위대성을 체험한데 기초하여 수령을 절대적으로 신뢰하고 수령의 은덕에 진심으로 보답하려는 혁명적 신념과 의리로부터 흘러나오는 것으로 되여야 커다란 감화력을 가질 수 있다.

장편소설 『준엄한 전구』에 나오는 오중훈의 형상이 이것을 뚜렷이 실증해 주고 있다.

오중훈은 위대한 수령님에 대한 열렬한 흠모심 뿐 아니라 수령님을 옹호보위하고 수령님의 사상과 의도를 관철하기 위한 실천 활동을 통해서 수령님을 진심으로 높이 모시고 받들며 따르는 혁명전사의 숭고한 풍모를 보여주는 참다운 전형이다.

다 헤여진 짚신을 신고 홑잠뱅이바람으로 유격대에 입대한 오중훈은 사령관동지의 품속에서 처음으로 혁명에 눈을 떴고 10년 가까운 세월 대원으로부터 분대장, 소대장, 정치지도원, 중대장을 거쳐 련대장으로 자라났다. 이러한 그에게 있어서 위대한 수령님에 대한 흠모심은 남달리 뜨거웠고 그만큼 수령님의 명령지시를 관철하는 데서는 한치의 드팀도 없었다.

그가 무기와 탄약, 식량 등 전투예비물자를 마련할 데 대한 사령관동지의 전투명령을 받고 예비물자를 마련하여 지정된 장소에 묻을 때였다. 언제나 기관총에 눈독을 들여온 최창호가 기관총 한정을 자기에게 줄 것을 간청해 나섰을 때 그의 간절한 심정을 모르는바 아니였지만 오중훈은 사령관동지의 원대한 구상 속에서 이 무기들이 어떤 자리를 차지하며 또 어떻게 쓰일지 알길 없어도 그이께서 그처럼 큰 의의를 부여하시고 련대에 맡겨주신 임무이니 한치도 드릴 수 없다고 생각하는 것이다. 뿐만 아니라 그이의 구상대로 예비물자들이 제때에 원만히 쓰일 수 있도록 하기 위하여 자기 수첩에 예비물자를 보관한 장소를 적고 략도까지 그려 넣는 것이다.

사령관동지의 명령집행에서의 이러한 태도와 립장은 위대한 수령님을 진심으로 우러러 모시고 받들며 따르는 사상감정으로부터 흘러나오는 것으로서 여기에는 오중훈의 남다른 충성심의 열도와 순결성이 웅심 깊게 체현되여 있다.

이와 함께 작품에서는 '문병'왔던 배정식으로부터 사령관동지께서 추석이 며칠 안 남았다고 하시더란 말을 듣자 즉시 병원을 뛰쳐나와 명절물자를 해결해 보내며 회군명령을 받고 딸려온 사령부에 사령관동지께서 계시지 않음을 알고는 우리들이 제구실을 쓰게 못하여 사령관동지께서 이 어려운 때에 몸소 험지를 다니시게 한다고 가슴을 치며 자책하다가 이튿날 적정을 알게 되자 사나운 비바람을 뚫고 불철주야로 달려가 적을 단숨에 치고 사령부의 안전을 철저히 보장하는 오중훈의 눈부신 활동을 통하여 사령관동지께서 명령하고 지시하시기전에 그이께서 의도하시고 심려하시는 문제를 미리 알고 모든 것을 다 해결하는 오중훈의 숭고한 내면세계를 깊이 있게 펼쳐 보이고 있다. 이렇게 함으로써 작품은 오중훈이 매 순간마다 하는 첫 생각, 그의 모든 사고와 행동의 중심에는 오직 위대한 수령님을 진심으로 모시고 받드는 뜨거운 심정이 자리 잡고 있으며 그것이 그로 하여금 숭고하고도 영웅적인 행동에로 나가게 하였다는 것을 훌륭히 형상하였다.

보는바와 같이 작품에서는 오중훈의 생각하나, 행동하나를 그려도 그 자체의 아름다움이나 영웅성에 대한 재현에 그친 것이 아니라 무거운 전투임무수행으로부터 스스로 찾아하는 평범한 일 하나까지도 다 위대한 수령님을 모시고 받드는 립장과 자세와 련관시킴으로써 그가 지닌 혁명적 수령관을 잘 형상할 수 있었다.

장편소설『준엄한 전구』가 보여준 이 하나의 실례는 우리 작가들이 주인공의 활동을 그리는 경우 그것이 크거나 작거나 관계없이 그 모든 것을 수령의 사상과 의도를 무조건 철저히 관철하는 립장에서, 수령을 진심으로 우러러 모시고 받들어 나아가는 충성심의 구체적인 발현과정으로 부단히 지향시키고 형상으로 진실하게 창조해나갈 때 혁명적 수령관 구현문제를 원만히 해결할 수 있다는 것을 보여주고 있다.

문학예술작품에서 혁명적 수령관을 훌륭히 구현하기 위해서는 또한 그것을 보여줄 수 있는 생활을 잘 그리는 것이 중요하다.

생활은 주인공들의 사상감정을 나타내며 그 성격을 특징짓는데서 중요한 의의를 가진다. 생활을 어떻게 그리는가 하는데 따라 인간성격의 사상정신적 높이와 규정성이 좌우되게 되는 것이다.

특히 혁명적 수령관은 그에 고유한 생활내용을 가지고 있기 때문에 작품에서 그것을 옳게 형상하자면 그에 맞는 생활을 찾아 내여 잘 그려야 한다. 자주적이며 창조적인 활동을 벌려나가는 주인공들의 다양한 생활과 함께 그들이 지닌 수령관을 심오하게 천명할 수 있는 생활을 잘 그려야 우리 시대 인간들의 전형적인 생활을 진실하게 형상하고 성격의 전형화를 훌륭히 실현할 수 있다.

여기서 작품형상의 전반적견지에서 볼 때 혁명적 수령관을 옳게 구현하기 위해서는 수령관을 보여줄 수 있는 생활을 일정한 대목들에서 잘 그려내는 것이 중요한 문제로 나선다.

이러한 생활은 위대한 수령님에 대한 흠모선에서 표현될 수도 있고 명령지시관철을 위한 실천 활동에서도 나타날 수 있으며 수령님께 기쁨과 만족을 드리기 위해 애쓰는 구체적인 행동을 통해서 표현될 수도 있다.

작품에서 수령관을 보여줄 수 있는 생활을 군데군데 심어주는 문제와 관련하여 응당 관심을 돌리고 힘을 넣어야 할 문제의 하나는 의의 있는 생활세부를 탐구하여 깊이 있게 그리는 것이다.

주체적 문예리론이 밝혀주고 있는 바와 같이 하나를 통하여 열, 백을 헤아릴 수 있게 하는 것은 예술적형상의 중요한 요구이다. 특히 세부형상은 그 자체의 본질적 특성으로 하여 그것을 심도 있게 그려내면 성격과 생활의 본질을 옳게 리해할 수 있게 하는 데서 큰 작용을 한다.

작품에서 생활세부를 군데군데 심어주어 혁명적 수령관을 옳게 구현하는 문제도 이러한 세부형상에 적극 의거할 때 성과적으로 해결될 수 있다.

장편소설 『준엄한 전구』에서 오중훈련대장이 3도구밀영에서 원정을 떠나는 날 올겨울 설을 어디서 쇠든 설날아침 장군님께 대접하라고 소고기 통졸임과 오이 통졸임, 한 되박 가량의 찹쌀을 넣은 구레미를 영남에게 쥐여 주는 세부며 『근거지의 봄』에서 반일공동전선실현을 위하여 투쟁하던 리학산이 어찌다 사령부에 들린 그 짧은 시간에도 사령관동지께서 언제나 시원하고 정갈한 샘물을 마시도록 네모반듯하게 새 박우물을 파는 세부, 예술영화 <만병초>에서 '민생단' 혐의로 사령부로부터 멀리 떨어져있으나 어버이장군님께 드리려고 정성껏 버섯을 따서 배낭 속에 차근히 꿍겨 넣어 사령부로 보내는 생활화폭 등은 작품에서 혁명 전사들의 수령관을 숭고한 높이에서 구현하고 있는 생활세부들이다.

이 작품들에서는 지어 평범히 스쳐 지날 수 있는 인물들의 형상에서조차 그들의 대사와 행동 등을 통하여 위대한 수령님에 대한 열렬한 흠모와 신뢰의 정을 감명 깊게 표현하고 있는 것을 볼 수 있다.

또한 장편소설 『무성하는 해바라기들』(제1부)에서 유철이가 길림감옥에서 나와 조직선을 찾아 헤맬 때 체험하게 된 생활은 얼마나 의의 있게 심어진 것인가. 유철이가 길림거리를 헤매는 나흘간 그가 만난 사람들 가운데는 '조선인류길학우회'에 망라되였었다는 한 교원과 늙은 독립군령감도 있었으며 객주집에서 우연히 만난 로동자, 농민과 아낙네며 책방에 드나드는 학생들도 있었다. 작품에서는 그들 모두가 위대한 수령님을 만나뵙기도 하고 또 수령님에 대하여 잘 안다고 하면서 자기가 보고 듣고 느끼는 세계를 유철에게 전하는 생활을 여러모로 파고들어 그림으로써 수령님을 끝없이 존경하고 흠모하며 절대적으로 신뢰하는 숭고한 사상감정은 유철이는 물론 우리 인민 모두의 가슴속에 소중히 간직되여 있다는 것을 매우 감명 깊게 밝혀 내였다.

하나의 세부까지를 포함해서 수령관을 보여줄 수 있는 생활을 작품의 일정한 대목들에서 잘 형상하는 것은 이처럼 혁명적 수령관을 구현하는 데서 매우 커다란 효과를 나타낸다.

그러므로 작품창작에서는 일정한 대목들을 잘 선정하여 거기에서 주인공들이 체현한 혁명적 수령관을 두드러지게 강조하여 보여줄 수 있도록 의의 있고 뜻이 깊은 생활을 찾아 내여 감명 깊게 형상하여야 한다.

여기서 극복하여야 할 문제의 하나는 수령관을 보여줄 수 있는 생활을 개성적으로 특색 있게 탐구하지 않고 류사성을 범하는 것이다. 이 작품에나 저 작품에나 류사한 계기와 장면들, 어슷비슷한 생활내용들과 대사들, 감정조직과 표현에서조차 구별이 없는 현상 등은 작가가 그것을 아무리 강조하여도 주관적의도와는 관계없이 사람들을 공감시킬 수 없다. 이러한 생활은 그야말로 주인공들의 심장에서 신념으로 우러나오는 참다운 수령관의 표현으로 안겨오는 것이 아니라 작가의 의도만 앞선 생경한 강조로 느껴지기 때문에 인위적인 형상으로 되여버리고 만다.

그러므로 작품창작에서는 혁명적 수령관을 보여줄 수 있는 생활을 작품에 심어주되 그것을 어디까지나 새로운 각도에서, 새롭고 특색 있는 형상으로, 개성적으로 그려야 한다. 그래야 같은 생활내용도 새로운 의미와 뜻을 가지고 새롭게 안겨올 수 있으며 매 주인공들이 지닌 혁명적 수령관의 심오하고 다양한 표현을 감명 깊게 나타낼 수 있다.

이상에서 문학예술작품에서 혁명적 수령관을 구현하는 문제를 그 형상의 각도에서 몇 가지 언급하였다. 물론 혁명적 수령관을 예술적 형상으로 구현하는 데서는 이밖에도 많은 문제들이 제기되고 있으며 또 새롭게 탐구하고 해결하여야 할 문제들도 많다.

혁명적 수령관을 구현하는 문제가 현 시기 창작실천에서와 사회주의, 공산주의 문학예술건설에서 원칙적이고도 중요한 의의를 가지는 문제로 제기되고 있는 것만큼 우리 창작가들은 작품창작에서 수령관을 구현하기 위하여 더 많이 사색하고 탐구하고 노력하여야 한다. 그렇게 함으로써 창작되는 매 작품마다가 혁명적 수령관이 심원하게 형상되여 있는 것으로 하여 그 사상예술적 품위가 비상히 높고 사람들을 당의 유일사상으로 교양하는데 힘 있게 이바지하는 생활과 투쟁의 참다운 교과서로 되게 하여야 할 것이다.

≪조선문학≫, 1984.12

90년대
인간성격창조문제에 대한 소감

류 만

90년대 인간성격창조문제와 관련한 글을 써달라는 편집부의 청탁을 받고 처음에는 막연한 느낌이 들었다. 90년대도 이제 첫 해를 보냈는데 한두 해도 아니고 앞으로의 10년까지 예상하면서 우리 문학에서 창조할 인간성격에 대하여 말하라니 이것은 너무도 아름찬 일이 아닌가.

그러나 시간의 흐름에 따라 생각을 거듭해보니 그것이 그렇게 외면할 문제가 아니요 또 엄두를 내지 못할 문제도 아니라는 느낌이 들었다. 아니, 90년대 문학창조의 길에 오른 우리 작가들 모두에게 있어서 누구나가 다 탐구와 사색을 기울여 반드시 해결하여야 할 문제라는 절박감이 더 강하게 안겨오는 것이었다.

그리하여 아직은 90년대 인간성격창조과정에서 나온 이렇다 할 문제작들을 접하지 못한 채(원래는 창작된 작품을 가지고 이야기하는 것이 리상적인 경우라고 생각하지만) 그래도 90년대 인간성격에 대한 제 나름의 해석과 기대와 요구를 담아 90년대 인간성격의 특징을 밝히기보다 90년대 인간성격창조문제를 어떻게 리해하고 해결할 것인가 하는 문제를 중심으로 여기에 몇 가지 생각을 적어보기로 하였다.

90년대의 인간성격은…

위대한 수령 김일성동지께서는 다음과 같이 교시하시였다.

"1990년대는 우리 인민이 커다란 포부와 굳은 신념을 가지고 더욱 분발하여 힘차게 전진하여야할 희망의 년대이며 투쟁의 년대입니다.

주체혁명위업의 승리를 위하여 오랜 기간 간고한 투쟁을 계속하여온 우리 인민은 오늘 력사의 중요한 전환점에 서있습니다. 조국 땅 우에 사회주의 락원을 건설하고 민족의 숙원인 조국통일을 이룩하기 위한 우리 인민의 성스러운 위업은 우리 자신이 20세기의 마지막 10년을 어떻게 투쟁하는가 하는데 따라 그 승패가 좌우되게 될 것입니다.

우리는 자신만만한 투지와 신심을 가지고 격동하는 력사의 흐름에 주동적으로 대처해나가야 하며 희망찬 1990년대에 사회주의건설의 새로운 높은 봉우리우에 승리의 기발을 휘날려야 합니다."

우리의 90년대는 희망의 년대, 투쟁의 년대이다.

우리 인민의 사회주의완전승리를 위한 투쟁과 조국통일을 위한 투쟁에서 결정적 승리를 안아올 희망과 투쟁의 년대인 1990년대!

참으로 90년대 우리 인민 앞에는 휘황찬란한 전망이 펼쳐지고 성스러운 투쟁과업이 나서고 있으며 90년대의 장엄한 진군길에 오른 우리 인민의 투지와 신심은 하늘을 찌를 듯 높고 억세다.

90년대 인간성격창조문제는 오늘 우리 문학 앞에 새롭게 나서는 문제이다.

90년대 우리 문학에서의 인간성격창조문제와 관련하여 먼저 리해를 정확히 하고 넘어가야 할 문제가 있다고 생각한다.

90년대 우리 문학에서 인간성격창조문제는 크게 두 측면에서 제기되고 해결되여야 하리라고 생각한다.

그 한 측면은 90년대의 현실생활을 반영한 작품에서의 현실적 인간들의 성격창조에 관한 문제요, 다른 한 측면은 지나온 혁명과 건설의 년대들에 새 력사의 창조자, 주인으로 성장한 인간들의 성격창조에 관한 문제이다.

우선 지나온 혁명과 건설의 년대들에 주체혁명위업의 완성을 위하여 투쟁하여온 주체형의 인간들의 성격창조문제를 살펴보기로 하자.

90년대 성격창조문제를 이야기하면서 간혹 이 측면을 놓치는 경우가 없지 않는 것이다.

물론 우리가 90년대의 새로운 시대적 특징을 말하면서 인간성격에 대하여 론할 때 기본은 어디까지나 90년대에 살며 투쟁하는 현실적인간의 형상을 념두에 두게 되는 것은 사실이다.

그렇다고 하여 지나온 년대들 다시 말하여 항일무장투쟁시기와 조국해방전쟁시기, 전후복구건설과 천리마대고조시기 등 력사적 시기에 살며 투쟁하여온 인간들의 성격창조문제를 도외시할 수는 없는 것이다. 어느 면에서는 이 문제가 현실적인간의 성격창조에 못지않게 90년대 문학 앞에 중요한 과업으로 나서고 있다.

온 나라가 90년대의 새로운 진군길에 오른 오늘 우리 당은 지난날과 마찬가지로 모든 사람들이 항일혁명투사들이 지니였던 백두의 혁명정신, 전후복구건설과 천리마대고조시기에 나래 치던 그 정신, 그 기백으로 살며 일할 것을 요구하고 있으며 온 사회에 혁명적이며 전투적인 기백이 차 넘치게 할 것을 요구하고 있다. 새로운 <90년대속도>창조투쟁으로 들끓는 오늘의 현실에서는 항일혁명가요를 비롯하여 지나온 혁명과 건설의 년대들에 힘차게 울려퍼진 전투적인 노래들이 우렁차게 울려 퍼지고 있으며 그것은 그대로 90년대 시대정신의 메아리로 되고 있다.

지나온 혁명과 건설의 년대들에 우리 인민이 높이 발휘한 불굴의 투쟁정신과 혁명적 기백은 오늘도 우리 인민들이 가슴깊이 지니고 높이 발양하여야 할 숭고한 혁명정신이며 기백이다.

따라서 이러한 시대정신, 이러한 불굴의 투쟁정신을 지닌 항일무장투쟁시기와 조국해방전쟁시기, 전후복구건설과 천리마대고조시기에 살며 투쟁한 주체형의 인간들의 성격을 훌륭히 창조하는 것은 90년대 우리 문학이 창조하여야 할 매우 중요한 형상과제이다. 항일혁명투사와 조국해방전쟁의 영웅들, 전후복구건설과 천리마대고조시기 인간전형들의 형상을 훌륭히 창조함으로써 우리 문학은 90년대 인간성격창조문제를 성과적으로 해결할 수 있다.

90년대 인간성격창조의 견지에서 볼 때 항일혁명투사들, 조국해방전쟁의 영웅들, 전후복구건설과 천리마대고조시기 인간들의 형상문제를 90년대의 현실적 높이에서 훌륭히 실현하자면 이런 시기에 비하여 보다 새로운 사상미학적요구가 관철되여야 한다. 말하자면 일반적으로는 현대성의 요구를, 구체적으로는 90년대의 시대적 요구와 지향을 옳게 반영하여야 하는 것이다.

례컨대 항일혁명투사의 성격을 창조하는 경우 50년대, 60년대 작품에서의 형상세계와 90년대 작품에서의 형상세계가 꼭 같을 수 없는 것이다. 물론 항일혁명투쟁의 영웅적 현실과 항일혁명투사의 불굴의 투쟁과 혁명정신은 력사적 사실 그대로 진실하게 재현하면서도 90년대의 문학에서는 90년대의 시대적 요구와 지향의 조명 속에서 그 모든 형상을 창조하게 되는 것이다.

90년대는 주체혁명위업수행의 길에서 과연 어떤 위치를 차지하며 90년대의 시대적 요구와 지향은 무엇인가, 90년대 인간은 어떻게 살며 투쟁하여야하는가 하는 문제를 념두에 두고 지나간 혁명과 건설의 년대에서의 인간과 그 생활을 탐구하고 형상하여야 하며 그 모든 것이 해당한 력사적 시기의 사실을 진실하게 재현한 화폭이면서도 거기에 90년대의 시대적 요구와 지향이 담겨지게 하여야 한다.

90년대 우리 문학에서 인간성격창조문제를 론하면서 항일혁명투사들과 조국해방전쟁의 영웅들, 전후복구건설과 천리마대고조시기 인간들의 형상문제를 차요시 하지 말고 중시하여야 할 근거의 하나가 여기에 있다.

혁명전통주제, 조국해방전쟁주제, 전후복구건설과 천리마대고조시기 현실주제는 그자체로서는 의연히 중요하지만 그 중요성만 가지고서는 90년대의 시대적 요구에 참답게 이바지할 수 없다. 지나간 혁명과 건설의 년대들의 형상에 바쳐진 작품들의 경우 문제는 거기에서 오늘의 시대적 요구와 지향을 옳게 구현할 때 그것이 충분한 가치와 의의를 가지게 된다.

이런 의미에서 90년대 우리 문학에서의 인간성격창조에서는 작가들이 항일혁명투사들과 조국해방전쟁의 영웅들, 전후복구건설과 천리마대고조 시기 인간들의 형상에서 90년대의 시대적 요구와 지향을 옳게 구현하는 문제에 응당한 관심과 탐구를 기울여 그들이 90년대 우리 인민의 생활과 투쟁에서 귀감이 될 수 있는 사상정신적 높이에서 형상되게 하여야 한다.

지나간 혁명과 건설의 년대들이 낳은 주체형의 인간성격창조와 관련하여 이러한 리해에 기초하면서 다음으로 90년대의 현실 속에서 살며 투쟁하는 인간들의 성격창조문제에 대하여 살펴보기로 하자.

지금 90년대의 인간성격(현실적인 간을 념두에 둠)창조문제와 관련하여 90년대 인간은 어떤 인간으로 형상되여야 하는가. 그 성격적 특징은 무엇인가 등 문제를 놓고 여러 갈래의 생각들이 오가고 있다. 물론 우리 문학에서 90년대 인간의 성격적 특징에 관한 문제는 새롭게 해명되여야 할 문제이긴 하지만 나는 이 경우에도 역시 앞에서 90년대가 어떠한 년대인가 하는 것을 리해한 그런 견지에서 문제를 고찰하는 것이 현실적이라고 생각한다. 말하자면 90년대 인간의 성격적 특징이라고 하여 그것을 70년대나 80년대와 질적으로 구별되는 그 어떤 것으로 리해할 것이 아니라 주체혁명위업수행의 한길에서 발휘된 70년대, 80년대 주체형의 인간들의 성격적 특징의 계승으로, 심화발전과 풍부화 과정으로 리해하고 형상하여야 하는 것이다.

물론 90년대의 새로운 현실이 제기하고 급변하는 시대적 요구와 지향을 반영하여 그 성격 속에 일련의 새로운 특징이 부여될 수도 있고 또 상대적으로 어떤 특징들이 더 두드러지게 강조될 수도 있다. 그러나 주체혁명위업수행의 한길에서 형성 발전되고 공고화된 주체형의 인간들의 성격적 특징은 예나제나 일관한 것이며 그것은 새로운 시대적환경속에서 새 시대의 요구와 지향을 반영하여 다양하게 발양되며 보다 발전 심화되고 풍부화되는 것이다.

한마디로 말하여 우리의 90년대가 70년대, 80년대의 계속이고 그 높은 단계라면 마찬가지로 90년대의 인간들은 70, 80년대를 거쳐 온 사람들이고 그 계승자들이며 보다 높은 사상정신적 및 도덕적 품성의 소유자들이다.

이렇게 놓고 보면 주체형의 인간들의 중요한 품성인 당과 수령에 대한 무한한 충실성과 조국과 인민에 대한 헌신적 복무정신, 자력갱생, 간고분투의 혁명정신과 대중적영웅주의, 필승의 신념과 강의한 의지, 혁명적 랑만과 락관주의 등은 지난날에도 있었고 70, 80년대 인간성격에서도 주되는 특징으로 두드러졌으며 또 90년대에 와서도 그것은 변함없이 의연히 주도적인 특징으로 높이 발양되고 있다. 그러나 주체형의 인간으로서의 이 공통적인 특징에도 불구하고 매시기 문학형상에서는 각이한 양상과 심도를 보여주고 있는 것이다.

례컨대 주체형의 인간에게 있어서 주도적인 성격적 특징으로 되고 있는 당과 수령에 대한 충실성형상문제를 놓고 보자.

당과 수령에 대한 충실성형상은 우리 문학에서 지난 시기에도 주되는 과제로 실현되였으며 오늘도 중요한 형상과제로 나서고 있다. 그러나 오늘에 있어서의 충실성형상은 그 근저에 확고한 혁명적 수령관이 안받침되여 있으며 위대한 수령님과 친애하는 지도자동지에 대한 혁명적 의리와 신념에 기초한 충실성으로 되고 있다. 따라서 같은 충실성에 대한 형상이지만 그 폭과 심도에서는 같지 않으며 그 높이와 사상미학적파동의 울림이 또한 각이한 것이다.

우리 문학발전의 전 과정을 놓고 볼 때 충실성에대한 형상은 의심할 바 없이 심화 발전되고 풍부화되는 과정으로 특징지어진다.

혁명적 의리와 충실성에 기초한 충실성형상만 두고 보아도 70년대와

80년대의 성격형상에서 이 문제가 강조되고 거기에 작가적인 탐구와 노력이 기울여졌다면 90년대 성격창조에서의 충실성형상에서도 이 문제는 특별히 힘을 넣어 해결하여야 할 문제로 되고 있는 것이다. 그러면서도 여기에 대하여 90년대의 인간성격창조에서는 혁명적 의리와 신념에 기초하여 위대한 수령님과 친애하는 지도자동지께 충성과 효성을 다해가는 인간성격을 깊이 있게 밝히는 문제가 중요하게 나서는 것이다.

위대한 수령님과 친애하는 지도자동지에 대한 끝없는 충실성이 당과 수령에 대한 혁명전사의 충실성으로 뿐 아니라 당과 수령을 아버지로, 어머니로 모시고 따르는 효자의 다함없는 효성이 안받침된 충실성으로 높이 발양되고 있는 여기에 충실성형상에서 90년대 우리 문학이 해결하여야 할 새로운 형상과제가 있다.

충실성 뿐 아니라 주체형의 인간들에게 고유한 다른 성격적 특징의 형상도 마찬가지다.

가령 혁명적 랑만성, 락관주의를 두고 보더라도 그것은 항일혁명문학으로부터 시작하여 오늘에 이르기까지 우리 문학에서 창조된 주체형의 인간성격에서 주되는 특징의 하나로 되여왔다.

우리는 천리마운동이 한창 고조되던 1960년대 초에 창작된 단편소설 「해주—하성서 온 편지」와 「길동무들」을 비롯한 많은 작품들에서 독특한 향기를 풍기던 랑만적 열정을 가슴 후덥게 되새겨본다. 그런 혁명적 랑만은 항일투사의 성격과 인민군전사의 성격에서도 그리고 사회주의건설자들의 성격에서도 주되는 특징으로 다양하고 특색 있게 나타났으며 어제도 오늘도 우리 문학을 풍만하고 아름답게 하는 유난한 색채로 되고 있다.

따라서 90년대 문학에서 이 랑만성을 주되는 특징으로 강조한다면 그것은 어느 면에서 새삼스러운 느낌을 주는 것이다. 문제는 이렇게 제기될 것이 아니라 주체형의 인간들의 성격에 고유한 랑만성이 90년대의 새로운 현실에서 어떻게 새롭게 특색 있게 형성되고 발현되는가 그리고 그 지향성이 무엇인가를 옳게 밝히는 것이 중요하다.

충실성, 랑만성 뿐 아니라 주체형의 인간들의 모든 성격적 특징이 작품의 형상과제와 주제사상적 목적에 맞게 다 같이 부각되여야 하며 그러되 60년대, 70년대, 80년대에는 그 시대의 현실생활과 요구를 반영하여 그 특징들이 매 시대에 맞게 다양하게 형상되였다면 90년대에는 또 90년대대로 새롭게 나서는 시대적 요구와 지향, 새로운 「90년대속도」창조의 현실을 반영하여 그 특징들이 한층 높고 심도 있게, 자유분방하고 풍부하게 형상되여야 하는 것이다.

이렇게 놓고 보면 90년대의 현실에서 새롭게 형성되는 성격적 특징을 찾으면서도 일관성과 계승성의 원칙에서 주체형의 인간들의 성격적 특징을 90년대의 새로운 시대적 요구와 지향을 반영하여 더욱 심화 발전시키고 풍부화하며 보다 높은 경지에로 승화시켜 당과 수령에 대한 충실성을 비롯하여 자력갱생, 간고분투의 혁명정신 등 성격적 특징들이 계속 빛나게 형상되게 하여야 하는 것이다.

그러되 그 모든 특징들은 지난 시기와는 다른 90년대 우리 당이 내세운 목표와 과업을 실현하기위한 90년대 인간들의 투쟁과 사상정신세계의 반영으로 되여야 하며 사회주의건설과 조국통일을 위한 투쟁에서 결정적 승리를 이룩할 90년대의 높은 봉우리에 올라선 그러한 인간의 성격적 특징으로 부각되여야 한다는데 90년대 인간성격창조에서 우리 작가들의 새로운 탐구와 사색의 세계가 있으며 참다운 창조의 길이 있다.

90년대 인간성격창조와 작가

90년대 인간성격창조에서 그 특징을 어떻게 보고 그릴 것인가 하는 문제와 함께 중요하게 나서는 것은 작가문제이다.

친애하는 지도자 김 정일 동지께서는 다음과 같이 지적하시였다.

"사람은 자기가 아는 것만큼, 준비된 것만큼 보고 듣고 느끼고 받아들입니다. 작가들이 많이 알아야 좋은 작품을 쓸 수 있습니다."

작품의 세계는 작가의 세계이며 작품의 사상예술적 높이는 작가의 사상미학적 준비정도의 반영이다. 그만큼 작가들은 아는 것이 많아야 한다.

작품에 대한 요구는 곧 작가에 대한 요구이다. 작가는 불변하는데 작품에만 높은 요구를 제기하면 거기에서 좋은 결실이 이루어질 수 없다.

마찬가지로 90년대 성격창조과제를 담당하고 해결하여야 할 주인은 작가인 것만큼 우리는 응당 작가에 대한 요구도 제기하여야 한다고 생각한다. 그런데 지금 90년대 성격창조문제를 두고 이야기하는 경우에도 작가에 대한 요구는 상대적으로 적게 제기되는 인상을 주고 있다.

결론부터 말한다면 90년대의 성격을 창조하자면 작가도 90년대의 작가로 되여야 한다는 것이다. 작가의 준비정도는 90년대 이전에 머물러있는데 그에 대하여 90년대 성격을 창조하라고 아무리 요구해도 작품세계는 90년대의 높이에 도달할 수 없는 것이다.

현실에 대한 관점과 립장, 그 체험에서 생활을 보고 그리는 안목과 형상기교에서 작가는 응당 90년대의 높이에 올라서야 한다. 작가들은 90년대의 높이에서 90년대 독자들의 요구를 헤아려야 하며 90년대 독자들의 미감을 알아야 한다.

이렇게 놓고 보면 90년대 인간성격창조문제를 성과적으로 해결하는데서 작가에게 있어서 보다 중요한 것은 정치적 식견과 안목이다.

작가들은 우리 당의 로선과 정책에 정통하여야하며 90년대에 들어와 당이 새롭게 제기하는 문제, 당이 해결하자고 하는 문제를 잘 알아야 한다. 그리고 당의 로선과 정책이 관철되고 있는 현실을 잘 알아야 하며 일관성과 계승성을 가지는 우리 당 정책이 매 시기 어떻게 관철되여 왔으며 90년대에 와서는 그것이 얼마나 높은 수준에서 어떻게 원만히 관철되고 있는가 하는 것을 잘 알아야 한다.

당의 로선과 정책으로 튼튼히 무장하지 못하고 그것이 관철되고 있는 현실을 잘 모를 때, 90년대의 안목에 서지 못할 때 비록 작품에는 90년대 인간을 내세워도 결과는 90년대 인간성격의 미를 옳게 밝혀낼 수 없는 것이다.

광복거리건설을 내용으로 한 어느 한 소설의 초고에는 지난 조국해방전쟁시기 당의 배려로 외국에 가서 공부까지 하고 온 한 기술자가 과오를 범하여 현장에서 일하면서 깨끗한 량심을 가지고 당을 위해 그 무엇인가 하려고 건설에 절실한 경량부재 해결을 위해 숨은 노력을 기울여오는 이야기가 그려져 있다. 그런데 이러한 기술자에 대하여 책임적인 일군은 그가 인테리라는 것, 과오를 범한 사람이라는 것으로 하여 무턱대고 차별시하며 그의 창안자체를 무시해버리는 것이다.

여기서 생각되는바가 있다. 그것은 인테리에 대한 그러한 립장과 태도가 단순히 한 일군의 사업방법이나 작풍에 그치는 문제가 아니라 보다 중요하게는 오늘에 있어서 우리 당의 인테리정책과 관련된 문제이기 때문이다.

50년대나 60년대도 아니고 오늘에 이르러서도 인테리문제를 구태의연하게 다룬다면 거기에 무슨 시대정신이 있으며 이런 현상을 두고 어떻게 90년대 성격창조에 대하여 말할 수 있겠는가.

간혹 일부 사람들 속에서 그런 편협한 태도가 나타날 수 있지만 오늘날에 있어서도 그것이 지난날과 마찬가지로 인간관계와 갈등설정에서 공공연한 '틀'로 리용된다는 것은 전형화의 원칙과 어긋나며 90년대 현실생활의 진실에도 맞지 않는다.

이것은 단적인 하나의 실례이지만 우리 작가들이 당정책적 안목을 가지고 90년대의 시대적 높이에서 생활과 인간을 보지 못한다면 90년대 인간성격창조는 물론 당정책도 정확히 반영할 수 없다는 것을 교훈으로 가르쳐주고 있다.

작가들은 모든 것을 보고 분석평가하며 형상으로 실현하는 경우 반드시 90년대의 높이에 서야 하며 90년대의 현실과 인간을 90년대의 시점에서 그려야 한다. 그래야 미세한 것 같은 하나의 생활현상도, 성격의 발현도 이전

시기보다 새로운 높이에서 심화 발전되고 풍부화되어 훌륭히 형상될 수 있다.

90년대 인간성격창조문제는 작가가 당의 로선과 정책에 기초하여 90년대의 안목을 가지는 것과 함께 90년대의 시대적 요구와 지향을 체현한 미학적 높이에 설 것을 필수적으로 요구하고 있다.

사회가 발전하고 사람들의 의식과 지능이 발전하며 시대와 함께 미감도 달라지는 만큼 90년대 사람들의 문학예술에 대한 요구와 취미도 이전 시기보다 새롭게 변화 발전하는 것이다.

이것은 작가들이 90년대의 현실과 인간을 그리면서 그 형상의 품위를 높이며 형상방법이나 수법도 90년대 사람들의 미감에 맞게 새롭게 탐구해나갈 것을 요구한다.

이러한 측면에서 볼 때 우리 작가들이 응당 해결해야 할 문제의 하나는 작품형상에서 지성도를 높이는 것이라고 생각한다. 이것은 물론 형상수준을 높이는 문제와 밀접히 련결되어 있다.

작품형상의 지성도는 인간성격의 지성적 높이에 의하여 기본적으로 담보하지만 이와 함께 묘사와 구성, 인간관계설정 등 작품을 이루는 모든 요소와 밀접히 련관되어 있다. 이것은 결국 작품형상의 지성도를 해결하는 문제가 작가의 지성적 높이에 달려 있다는 것을 말하여준다.

최근에 읽은 어느 한 소설초고에는 한 인물은 당면 생산과제만 생각하면서 기술혁신이야 어찌되든 낡은 방법으로라도 매일매일 계획을 해야 한다는 주장이고 다른 한 인물은 당면과제는 좀 지장을 받더라도 기술혁신을 하여 전반적으로는 생산을 현대화의 높은 수준에서 정상화하자는 주장인데 결국은 이 두 주장이 충돌하여 처음에는 두 번째 사람의 주장이 수세에 빠지다가 나중에는 기술혁신이 성공하여 그의 주장이 옳았다는 내용이 반영되어 있었다.

지금 적지 않은 작품들에서 도식화되다싶이되고 있는 이러한 인간관계와 사건조직에 대해서는 더 말하지 않더라도 문제는 주어진 생활자체가 설득력이 약하며 우리 시대 인간들의 지성적 높이와는 거리가 멀다는데 있다.

그 인물들로 말하면 큰 기업소의 책임자, 부책임자 격의 인물들인데 같은 생산문제를 놓고 그리도 극단적으로 의견이 대립되는 것도 리해되지 않거니와 기술혁명의 시대에 기술혁신 그 자체를 무턱대고 부정하는 것도 도저히 리해가 가지 않는 처사이다. 때문에 독자들은 책을 읽으면서 이러한 실정에 부딪치는 첫 순간에 벌써 누가 정당하고 누가 부당한가를 알게 되며 소설의 결과를 가늠하게 되는데 억지로 읽고 나면 그 예상이 틀림없이 맞아떨어지는 것이다.

이것은 하나의 실례에 지나지 않는다. 형식은 달라도 이러루한 실례는 드문히 찾아볼 수 있다.

예술은 미지의 세계에로의 탐색과정이라고 말할 수 있는데 작품의 첫 시작에서 또 작품의 이러저러한 인물과 사건에서 독자들이 벌써 그 결과와 결론을 알게 된다는 것은 예술로서는 실패한 작품으로 보아야 할 것이다. 이것은 다른데도 원인이 있지만 중요하게는 작품이 지성도가 낮게 씌여졌다는 것을 말하여준다. 이 경우에 우리는 흔히 작가의 미학적 준비에 대하여 생각하게 된다. 그 미학적 준비란 결국 작가의 지성적 높이와 뗄 수 없이 련결되어온 것이다.

작가자신의 지성이 낮고 미학적수준이 어릴 때 90년대의 의의 있는 사변들을 형상하여도 그것은 독자들의 미학적 수요를 충족시킬 수 없다.

작가의 높은 지성세계에 의해서만 지성도가 높은 작품이 창작되며 그런 지성의 안받침이 있어야 작가와 작품의 개성도 살고 그런 작품은 90년대의 독자들을 만족시킬 수 있다.

작가들은 90년대의 인간성격을 창조하면서 작품의 높은 지성세계와 함께 또한 속도감문제도 해결하여야 한다.

속도감은 형상의 감동성을 가늠케 하는 중요한 척도이다. 작품은 속도감이 있어야 읽을 맛이 있고 흥미도 보장된다. 물론 이 경우의 속도는 작품의 질을 념두에 두고 있다.

지적 및 미학적 수준이 날로 높아가는 오늘의 독자들은 속도에 대한 반응이 매우 민감하며 그 요구가 매우 높다.

우리는 지금 독자들 속에서 장편실화소설『탐구자의 한생』이 흥미 있게 읽히고 있는 사실을 알고 있다. 그것은 이 소설이 이름 있는 한 과학자의 한생을 실화로 흥미 있게 서술한데도 있지만 이와 함께 작가가 실화소설형식의 특성을 살려 작품의 속도감을 박력 있게 보장한 것을 비롯하여 예술적경지에서 새로운 탐구적 노력을 기울인데도 있다.

작가는 작품에서 주인공의 한생을 진지하게 서술하면서도 그것을 립체적으로 흥미 있게 구성하였으며 사건과 세부형상의 단락과 련계를 명백히 지어주고 묘사의 농도도 다양하게 변화시키면서 처음부터 마지막까지 이야기를 재치 있게 끌고나감으로써 속도감을 잘 살리였다.

그러나 우리의 일부 소설들에는 속도감이 부족하여 작품이 잘 읽히지 않는 경우가 적지 않다.

단편소설은 단편소설대로, 장편소설은 장편소설대로 속도가 있어야겠으나 그렇지 못한 것으로 하여 90년대의 인간성격창조문제가 높은 예술적경지에서 해결되지 못하고 있는 것이다.

이런 소설들을 음미해보면 그 설정에서의 류사성과 구태의연성에도 문제가 있지만 또한 불필요한 사건과 세부묘사, 독자들의 상상에 맡겨도 충분한 것에 대한 설명적인 '묘사', 대사의 람발, 작가의 의도의 지나친 로출과 로파심에 의한 강조, 있으나마나한 특색 없는 자연현상과 정황에 대한 묘사 그리고 함축, 생략 등 예술적수법의 결여가 이모저모에서 나타나고 있는 것이다.

그리하여 단편소설은 신문지상이면 례외없이 한 면 이상, 잡지면 대여섯 장 이상씩 지면을 차지하기 마련이며 장편소설 역시 쓸데없이 처져 독자들에게 부담과 실망을 안겨주는 경우가 없지 않은 것이다.

속도감에 대한 고려가 없이 씌여진 작품에서는 90년대 인간성격을 생동하게 감수할 수 없으며 그런 작품은 90년대 독자들이 좋아하지 않는다.

작가들은 90년대의 인간성격을 90년대의 독자들의 요구와 미감에 맞게 지성도가 높고 속도감이 있게 창조하는데 응당한 주목을 돌려야 한다. 이것은 예술적 측면에서 90년대 인간성격창조문제를 훌륭히 담보하는 효과적인 방도의 하나로 되는 것이다.

90년대 인간성격창조문제와 관련하여서는 이밖에도 많은 미학실천적 문제들이 제기되고 해명되여야 한다는 것을 전제로 하면서 그 가운데서 생각되는 몇 가지 문제를 대략적으로 서술하였다.

우리 작가들은 당의 령도밑에 희망의 년대, 투쟁의 년대인 90년대 문학작품창작에서 새로운 전환을 일으킴으로써 90년대를 주체문학건설에서의 새로운 리정표로, 가장 높은 봉우리로 빛내이도록 신심과 각오와 열정을 가지고 훌륭한 창작적 결실을 안아오기 위하여 적극 노력하여야 할 것이다.

≪조선문학≫, 1991.1

풍만한 서정 속에
안겨오는 동지애의 심오한 철학
— 서사시 「동지」(김희종)에 대하여—

김성우

'위대한 수령 김 일성 동지는 영원히 우리와 함께 계신다'는 신념의 구호를 우러를 때면 수령에 대한 충실성을 가장 고결하고 숭고한 높이에서 체현하시고 수령과 혼연일체를 이룬 혁명전사들 사이에 맺어진 동지적 사랑과 의리의 빛나는 모범을 보여주신 존경하는 김 정숙 동지의 모습을 그려보게 된다.

어버이수령님이 한없이 그리워질 때마다 그와 더불어 한가슴 그득히 못견딜 그리움을 불러일으키는 존경하는 김 정숙 동지의 거룩하신 영상! 영원히 퍼내고 또 퍼내여도 진할 줄 모르는 시상의 바다가 그 속에 있고 영원히 따르고 또 따라도 끝을 모르는 매혹의 빛발이 그 속에 있다.

1

동지! 이 말의 참뜻을
가장 고귀한 혁명가의 이름으로
가장 충직한 충신의 이름으로
가장 아름다운 인간의 이름으로

가장 값높은 시대의 호칭으로
빛내여주신 김 정숙 동지!

—제6장에서—

어떤 측면에서 보면 인류문학사는 사람이 사람에게 주는 인정과 의리
에 대한 형상화의 력사라고 말할 수 있다.

지난날의 시인들은 권력과 황금의 속박을 물리친 인간사랑의 미덕을
격정에 넘쳐 노래 불렀다. 지어 그것은 계급이나 정치의 리념보다 더 높은
'영원'하고 '전인류적'인 진선미의 리상으로 칭송되였다. 그러나 수천만권
을 헤아리는 그 모든 작품들은 그 기초에 놓인 각이한 세계관의 본질적 약
점으로 말미암아 인민대중의 자주적 요구와 념원에 부합되는 인간사랑의
완성된 화폭을 보여줄 수 없었다. 그 위업은 오로지 사회정치적 생명체를
형상원천으로 하는 주체사실주의문학의 기름진 화폭우에서만 빛나게 실
현될 수 있었다.

서사시 「동지」를 펼치라. 그 페지마다에 격동적으로 구가된 인간사랑
의 송가를 읽으라. 그러면 우리는 불요불굴의 공산주의혁명투사 김 정숙
동지께서 지니신 혁명적동지애가 어떻게 수령을 중심으로 대중을 일심단
결의 사회정치적 생명체로 결합시키는 인간애의 최고절정으로 되고 있는
가를 알 수 있을 것이다.

서사시 「동지」가 우리에게 주는 커다란 감동과 매력은 지난날의 모든
인정, 의리의 세계와 근본적으로 구별되는 혁명적동지애의 세계를 주체의
관점에서 심오히 파고들면서 그것을 산 인간의 후더운 숨결과 목소리에
담아 생동한 형상적 화폭으로 실현한 진실성과 철학성에 있다. 그러면 시
인은 이 작품에서 동지애의 철학을 풍만한 서정 속에 어떻게 구현하였는
가.

그것은 무엇보다도 동지와 동지애의 의미를 수령과 전사 사이에 필연
적으로 맺어지는 혈연적 관계 속에서 해명한 데 있다.

서사시에서 동지애의 문제를 안고 있는 기본인물관계는 김 정숙 동지와 녀대원 철옥이이다. 하지만 시인은 김 정숙 동지께서 철옥에게 안겨주시는 한없이 숭고하고 열렬한 동지애의 '원샘'을 정치적 생명의 은인이신 어버이장군님의 품에서 찾고 수령께 충성과 효성을 다하는 혁명전사의 자세와 결부하여 형상을 철학적으로 심화시키고 있다. 김 정숙 동지에게 있어서 철옥은 단순히 인간의 도리로써 동정과 사랑을 베풀어야 할 대상이 아니다. 장군님의 사랑, 장군님의 심려 속에 안겨있는 동지인 것이다. 하기에 김 정숙 동지에게 있어서 철옥이와의 관계는 곧 장군님과의 관계 속에서 인식되고 있다.

위대한 령도자 김 정일 동지께서는 다음과 같이 지적하시였다.

"문학작품에서 주체형의 인간전형의 아름다운 소행과 빛나는 공적의 밑바닥에 깔려있는 신념화, 량심화, 도덕화, 생활화된 충성과 효성의 세계를 깊이 파고들어 생동하게 그려한 한다."

시인은 바로 경애하는 김 정일 동지의 이 가르치심에 충실하였다. 위대한 장군님 앞에서는 한 점의 티도 없이 순결하고 순간의 사심도 없이 헌신적인 충신중의 충신이신 김 정숙 동지의 아름다운 인간세계 안에 그이께서 지니신 동지애의 세계를 보석처럼 정성껏 다듬고 또 다듬어 불멸의 화폭으로 수놓아 펼쳐준 것이다.

삶에 필요한 모든 것에 비해보면 말 그대로 아무것도 없는 천고의 밀림 속, 정신이 혼미해질듯 끝없이 흘러드는 신비로운 정적에 묻힌 작은 풀막 앞에서 김 정숙 동지께서는 버섯을 따고 계신다. 식찬을 위해서인가? 아니다. 풀막입구에 달아놓고 장군님께서 돌아오시겠다고 약속하신 스물아홉 날을 헤아리기 위한 '일력'인 것이다. 그런데 왜 하필 버섯을?…

우리가 식물학상의 한 종이나 생활상의 한 식찬거리로 알고 있는 이 버섯은 김 정숙 동지께서 지니신 동지애의 밑바닥에 깔려있는 신념화, 량심화, 도덕화, 생활화된 충성의 세계를 감명 깊게 펼쳐 보여주는 뜻 깊은 세부로 령롱한 빛을 뿌리기 시작한다.

버섯은 그저 버섯이 아니다. 버섯은 장군님께서 즐기시는 산나물이기에 그이의 식사보장을 위해서 언제나 버릇처럼 따시게 되던 것이다. 그래서 이제는 버섯만 보아도 장군님 모습이 어려오고 장군님 음성이 들려와 함께 계시는 듯 눈물겨워진다. 그렇게 마음속에 뿌리내린 버섯이기에 지금은 식찬이 아니라 한 동지를 기어이 살려내라신 장군님의 기대에 보답할 하루하루의 날자를 세여 보는 충성의'일력'으로 된 것이다.

그 버섯과 더불어 장군님의 안녕에 대한 끝없는 심려에 잠기시는 김 정숙 동지의 심중에서 자신이 맡아 안으신 이 한사람의 동지는 과연 어떤 자리를 차지하고 있는가.

>   …장군님에게는
>   한사람한사람의 대원이
>   하나가 모여 열이 백이 되는
>   단순한 수자가 아니였다
>
>   인간의 크기는
>   그 한사람이 있어서
>   얻게 되는 천만대중
>   그 한사람이 없어서
>   잃어버리는 천만대중
>
>   그 한사람이 있어서
>   얻을수 있는 승리를
>   그 한사람을 잃어서 얻지 못하는
>   심장의 아픔의 크기
>
>   ─ 제1장에서 ─

하기에 철옥이는 지휘관도 명사수도 아닌 작식대의 평범한 한 전사이지만 반드시 살려 내여 장군님 곁에 세워주어야 할 '천만대중'의 무게를 가지고 있다. 바로 그래서 김 정숙 동지께서는 솔선자원하여 이 밀림 속에 남으셨으니 밀림은 텅 비였어도 김 정숙 동지에게는 가장 큰 것, '그것이면 이 세상의 무엇이든 있게 하는 장군님의 믿음의 힘'이 있다. 때문에 그이께서 매일매일 따시는 한 송이 한 송이의 버섯은 언제나 장군님의 그 믿음을 잊지 않고 장군님의 품으로 한사람의 동지를 부축하고 한 걸음 한 걸음 다가가시는 신념과 의지의 상징인 것이다.

바로 그 버섯송이들은 무엇을 속삭이는가. 시인은 한 녀대원의 소생을 위해 김 정숙 동지께서 기울이시는 극직한 정성과 사랑이 단순한 인간적 의리나 인정이 아니라 곧 장군님의 위업을 받드는 숭고한 희생이였으며 장군님께 바치는 고결한 충성이였음을 뜨겁게 노래하고 있다.

시인은 김 정숙 동지께서 지니신 이 동지애가 어버이장군님께서 지니신 인간사랑의 위대한 사상과 고매한 덕성에 뿌리박고 꽃펴난 것임을 감명 깊은 예술적 형상으로 시화함으로써 동지애의 철학을 최상의 경지에서 심화시키고 있다.

위급한 정황이지만 행군대오를 멈추시고 대원을 기어이 살려야 한다고 그처럼 마음 쓰시던 장군님, 한 달이면 꼭 찾아오시겠다시며 한 달 식량으로 털어놓으신 마지막 비상미 두되가 너무 적어 걸음을 못 옮기시던 장군님, 예로부터 약이 하나라면 정성이 아홉이라 하시며 고통스레 짓누르는 밀림의 고독 속에 떼놓고 가는 두 녀대원을 몇 번이고 뒤돌아보시던 장군님의 그 모습과 그날의 무거운 발자국 소리가 김 정숙 동지의 한가슴을 가득 채우고 있다.

은정의 무거운 배낭을 지고 떠났던 두 전령병이 원쑤들의 습격을 받아 불타버린 풀막자리만 보고 되돌아왔을 때 장군님께서는 도저히 믿을 수 없다고, 밀림 속 그 어디에 반드시 살아 있을 것이라고 힘주어 말씀하시며 다시 전령병들을 떠나보내시는 것이다.

시인이 노래한 것처럼 이 사랑과 믿음의 샘에서 장군님을 떠나서는 삶의 보람도 미래도 생각할 수 없는 전사들의 절대의 신념이 태여났다. 바로 이 믿음의 뿌리에서 김 정숙 동지께서 철옥에게 안겨주시는 그처럼 아름답고 진실하고 희생적인 동지애가 피여났다.

하기에 김 정숙 동지께서는 약속된 날자가 되였을 때 주저 없이 이전 풀막자리로 다시 옮겨 가시였고 위험하지 않는 가고 놀라는 철옥에게 단호히 말씀하시였다.

> "물론 이 자리에서도
> 또 련락장소에 가서도 맞이할수 있어요.
>
> 하지만 그래서는 안돼요.
> 우리는 반드시 장군님 약속하신 그자리에서
> 장군님을 먼저 기다리고있어야 해요…"
>
> ─제6장에서─

장군님의 약속을 크나큰 믿음으로 받아 안으셨기에 추호도 그 약속을 어길 수 없다는 녀전사의 신념이 드디여 상봉의 기쁨을 안아왔을 때 장군님께서는 철옥동무를 보게 된 것이 천만대적을 소멸한 것보다 더 기쁘다고, 정숙동무가 보여준 그런 동지애만 있다면 세상에 죽을 사람이 없다고 또다시 벅찬 믿음과 사랑을 주시는 것이다.

그러기에 시인은 이렇게 노래 불렀다.

> 그렇다 '동지'!
> 수천년 력사가 알지 못하는
> 이 뜨겁고 신성하고 숭고한 부름은
> 한별의 존함과 함께 태여나고
> 한별의 존함과 함께 영원히 있는 말
>
> 이 부름을 심장에 새겨안으시고
> 시련에 찬 혁명의 길을 헤쳐가시며

이 부름을 인류사에 금문자로 새기신
그분이 바로 인간 김정숙!
그분이 바로 동지 김정숙!

이처럼 서사시는 우리 혁명대오에 수령을 중심으로 한 일심단결을 가
져온 동지애의 력사가 '전사들의 운명을 끝까지 책임지시는 장군님의 크
나큰 믿음'과 '그 믿음에 끝까지 의리를 다하는 전사들의 뜨거운 충성'에
의하여 마련된 영생의 력사임을 소리높이 구가하였다.

2

네가 자유로이 나는 새라면
나는 가없이 펼쳐진 그 하늘

네가 곱게 피여난 꽃이라면
나는 그 뿌리를 적시는 달디단 즙
…
네가 여름밤에 꿈을 꾸는 별이라면
나는 그 꿈을 지키는 고요한 대지

네가 돌돌 흐르는 시내물이라면
나는 그 물을 주옥으로 굴리는 물곬

너 없이는 내가 없고
나 없이는 네가 없는 그 하나여

—제3장에서—

서사시가 존경하는 김 정숙 동지께서 지니신 한없이 아름답고 숭고한
동지애의 세계를 철학적으로 깊이 있게 펼쳐보이게 된 또 하나의 비결은
무엇인가.

그것은 동지적 사랑과 믿음을 주고받는 인물들의 관계를 그들의 인생관에 기초하여 깊이 있게 맞물려준데 있다.

위대한 령도자 김 정일 동지께서는 다음과 같이 지적하시였다.

"문학작품의 인물관계는 실무적인 관계가 아니라 사상적인 관계, 운명적인 관계로 되여야 한다. 그러자면 인물들의 관계를 그들의 인생관에 기초하여 깊숙이 맞물려놓아야 한다."

이 작품은 처음부터 마감까지 거의 대부분의 페지에 두 명의 등장인물만이 등장한다. 김 정숙 동지와 철옥이다. 그나마 철옥이는 열병환자로서 의식을 잃은 채 있을 때가 태반이다. 생각컨대 시인에게 가장 큰 애로의 하나는 이 두 인물의 관계를 어떻게 맺어주어야 작품의 철학세계도 높이고 감정조직도 극적으로 심화시키겠는가 하는 문제가 아니였을가.

형언할 수 없는 고독의 세계에서 한 달간을 '홀로'지내야 하는 김정정숙 동지의 형상을 어떻게 그려야 할 것인가. 남모르게 혼자서 환자에게 기울이는 정신과 정성의 화폭들만을 련달아 펼쳐 보인다면 동지애의 철학이 인상 깊은 생활 속에서 감명 깊게 풀려나올 수 있겠는가.

여기에 물론 갈등이 있을 수 없다. 오로지 동지적 사랑과 의리의 혈연적 관계만이 있을 뿐이다. 그러나 시인은 이속에서 '극'을 찾아야 하였고 문제성을 날카롭게 세워야 하였다.

시인은 두 인물의 관계를 그들의 인생관에 기초하여 깊숙이 맞물리면서 그들 사이의 교감을 의미심장하면서도 격동적으로 실현하는 데 성공하였다.

…버섯송이들의 이야기를 들어보자.

장군님께서 지니신 인간사랑의 불길로 달구어진 녀전사의 심장은 얼마나 희생적인 동지애와 강의한 의지로 넘쳐있는가.

바다처럼 망망한 밀림 속에서 열병에 좋다는 한줌의 록주옥 같은 족두리풀을 찾아 높은 산, 험한령 다 넘으시며 풀덤불, 가시덤불 다 헤쳐 보시던 시련의 발자욱은 그 얼마?

폭풍에 날려 잣나무에서 떨어졌어도 잣송이만은 그대로 가슴에 안으신 채 감각 잃은 다리를 끄을고 풀막을 찾아오시던 의지나 나날은 그 몇 번?

와들와들 떨며 헛소리를 지르는 동지의 입에 힘껏 깨무신 단지의 손끝을 물리시고 더운 피방울방울 넣어주시던 헌신의 시각은 그 언제?

끝이 없다. 네 번째, 열다섯 번째… 버섯송이들의 속삭임은 눈물에 젖어있다.

김 정숙 동지께서 동지에게 바치는 이 정성은 이미 앞에서 고찰한바와 같이 장군님의 기대에 보답해야 한다는 충성의 일념에 뿌리박고 있다.

그렇다면 철옥이도 마땅히 김 정숙 동지께서 부어주시는 사랑과 믿음을 장군넘의 사랑과 믿음으로 접수하고 이를 악물고 병을 이겨 기어이 살아서 기쁨을 드려야 하였다.

하지만 철옥에게는 무엇인가 부족한 것이 있다. 자기를 위해 기울이시는 김 정숙 동지의 사랑이 얼마나 고결한 기대와 념원이 깃들어있는지 다는 알 수 없었다. 자기 때문에 김 정숙 동지마저 잘못될 수 있다는 위구심, 자기가 김 정숙 동지의 '우환거리'라는 자책감, 자기가 차라리 죽어야 김 정숙 동지를 구할 수 있다는 각오… 그리하여 철옥은 김 정숙 동지께서 안 계시는 사이에 편지 한 장 남겨두고 풀막을 떠났다.

그러나 사라진 철옥이를 찾아 '땀이 아니라 기름방울을' 흘리며 안타까이 숲속을 달리는 김 정숙 동지의 내면세계는 어떠한가.

정숙동지께서 안타까이 가슴을 두드리신다
(철옥동무! 내가 사령부로 가는 날은
동무가 나아서 걸어가는 날이예요.
동무와 함께 오라는것은
장군님이 주신 명령이예요.

동무가 잘못되면
내가 장군님앞에 나설수 없다는것을

동무는 왜 몰라요

　나 한사람이 무엇인가구요?
　장군님의 전사 한사람한사람이
　천만 동지라는것을
　동무는 왜 몰라요
　병을 고칠 가망이 없다구요?
　아무래도 죽을 사람이라구요?
　그 나약성이 끝내는
　혁명에 대한 배반이 된다는것을
　동무는 왜 몰라요
　…)

―제4장에서―

　바로 이렇게 충신이 지닌 혁명적동지애의 세계는 철옥이에 비해 천백배 높은 위치에서 빛나고 있다.

　물론 동지를 위해 차라리 자기가 죽으려는 철옥의 정신세계는 리해된다. 그러나 장군님을 위하여 기어이 살아야 하고 나약하게 죽으려는 것은 장군님과 혁명에 대한 배반이라고 보시는 김 정숙 동지의 정신세계는 훨씬 더 숭고하다.

　서사시는 한걸음 더 나아가 그들이 지닌 인생관의 차이를 예리하게 부각 시키고 있다.

　철옥에게는 김 정숙 동지 앞에서 다 터놓지 못한 량심의 그늘이 있다. 왕우구에서 혁명동지 곽 동무가 억울하게 '민생단'에 몰려 희생당할 때 가증스런 왕가놈의 횡포에 눌려 무거운 손을 들었던 기억이 가시처럼 량심에 박혀 그를 괴롭힌다. 하지만 그 일만은 누구에게도 말 못하겠다고 철옥은 생각한다. 목숨이 아까와선가? 심판이 두려워선가? 아니다. 목숨은 바칠 수 있어도 동지를 위하여 떳떳치 못한 치욕은 누구의 기억에도 남기고 싶지 않은 것이다.

우리는 여기서 철옥의 인생관에 아직도 자기라는 개인의 몫이 남아있음을 본다. 아직도 진정한 동지의 사랑으로 다는 정화되지 못한 위선의 흐리터분한 그늘을 본다.

철옥은 김 정숙 동지께서 사선을 헤치고 데려오신 '인술의원' 의사의 치료를 받아 완전히 소생한 그날 마침내 '흐려진 눈동자, 덮어진 마음으론 더는 마주설 수 없는' 괴로움을 참지 못하고 량심의 이'죄'를 털어놓는다. 그때 김 정숙 동지께서는 너그러우신 웃음을 지으시며 이미 알고 있었다고, 그것은 철옥동무의 죄가 아니라 왕가놈의 모략이였다고 말씀하시며 대번에 오래도록 가슴깊이 박혀있던 '가시'를 홀 뽑아 하늘공중에 날려버리시는 것이다.

이렇게 동지애의 화신 김 정숙 동지의 품속에서 육체의 병만이 아니라 량심의 '병'까지 털어버리고 몸도 마음도 새롭게 소생한 철옥은 흰 천에 수놓은 아름다운 진달래우에 '동지'라는 두 글자를 아로새긴 손수건을 영원히 참된 동지로 살려는 맹세를 담아 김 정숙 동지께 올리게 된다.

시인은 대담하게 김 정숙 동지와 철옥의 인간관계를 그저 동지적 사랑을 주고받는 관계만이 아니라 인생관의 견지에서 일련의 본질적 차이를 가지고 일정한 곡절을 거쳐서야 하나로 뭉쳐가는 사상적 관계, 운명적관계로 깊이 있게 맞물려줌으로써 작품의 사회적문제성을 철학적으로 더 심화시킬 수 있었고 나아가서 이야기줄거리의 단조성을 피하고 극성과 감정조직의 굴곡을 조성할 수 있었다.

3

세상에 이런 사랑도 있던가`
피도 살도 나누어주고
죽음도 막아주는
땅처럼 순진하고

공기처럼 맑고
불길처럼 뜨겁고
해빛처럼 따사로운 사랑

―제5장에서―

서사시는 주체의 인생관에 기초하여 김 정숙 동지께서 지니신 혁명적 동지애의 의미를 예리한 지성이 비낀 자유분방한 서정토로로써 정론적으로 개방하고 있다. 자칫하면 철학상의 생경한 론리가 우세하여 생동한 형상을 통해 안겨오는 생활정서가 빈약해질 수 있었다. 그러나 서사시는 동지애의 철학을 풍만한 서정에 담아 감명 깊게 전달할 수 있었다. 어떻게?…

위대한 령도자 김 정일 동지께서는 다음과 같이 지적하시였다.

"문학작품은 생활 속에서 철학을 이야기하고 철학적인 심원한 사상을 꾸밈없는 생활적 형상을 통하여 밝혀내야 뜻 깊고 가치 있는 것으로 될 수 있다."

철학과 생활의 통일―바로 여기에 이 서사시의 가장 중요한 예술적 특징이 있고 이 시인의 로숙한 기량이 있다.

형상의 매력은 작가의 의도를 생활 속에 깊숙이 묻어두고 그 속에서 자연스럽게 드러나도록 하는 데 있다. 그러자면 형상보다 결론을 앞세우지 말아야 한다.

서사기와 같이 서사성과 서정성이 통일된 문학형태인 경우 생동한 생활묘사가 있기 전에 서정토로를 앞세우지 말며 철학적인 서정토로를 내뿜을때에도 직선적인 론리적 호소로써가 아니라 생활적인 형상적 표현으로서 다듬어야 한다.

이 서사시에서는 바로 이 문제가 시인의 원숙한 기교에 의하여 원만히 해결되고 있다.

임의의 페지를 펼쳐놓고 생활과 철학이 어떻게 자연스럽게 통일되여 펼쳐지는가를 보자.

네 번째 버섯송이 따신 날—

무서운 폭풍이 풀막을 무너뜨렸다. 철옥의 마음속에서 신념을 휘잡아 흔들던 '폭풍'을 동지애의 진하고 후더운 붉은 피를 주어 조용히 잠재우고 김 정숙 동지께서는 풀막 앞 진대나무우에 앉으시였다. 폭풍과의 담판이라도 청해보시련듯.

헌데 폭풍에 뒤이어 더 무서운 밀림의 고독이 가슴에 휘몰아든다. 비애와 절망과 눈물의 골짜기로 그이를 이끌어가려고…

외롭고 쓸쓸한 김 정숙 동지의 가슴에 동지들에 대한 못 견딜 그리움이 밀려들고 솨— 울려오는 바람소리는 분명 손을 쳐들고 달려오는 동지들의 목소리인양 안겨온다. 극도로 피곤해진 김 정숙 동지께서는 그만 환각에 빠져 동지들을 부르며 마주 달려가 그러안으시였건만 그것은 가지를 흔들며 스적이는 나무들이였다. 밀림의 년대를 대표하는 아름드리 로목과 김 정숙 동지의 넋의 대화가 진행된다.

　　"밀림이 생겨나 수수천만년
　　내 여기서
　　새도 짐승도 사람도 보기는 하였지만
　　동무에게 피도 숨결도 다 주는
　　그런 사람은 처음 보았소!…"

　　"고맙구나 나무야!
　　허나 너도
　　이것만은 알아두어야 하리

　　네 푸른 잎이
　　땡볕에 탈탈 말라들 때
　　너는 시원한 비가 그리울테지

한겨울의 모진 추위가
네 몸을 땡땡 얼굴 때는
따사로운 해빛이 그리울테지

그러나 사람의 마음속에는
그 비나 해빛보다 더 그립고 소중한
사랑과 믿음의 세계가 있단다

그것을 안고살면
그 어떤 절해고도에서 살아도
외로움도 두려움도 다 잊거니

낟알 하나 없는 이 밀림속에서
나와 철옥이 숨쉬며 사는것도
바로 그 사랑과 믿음이 있기때문

이런 밀림의 바다에서
조선의 아들딸들이 장군님을 모시고
빼앗긴 나라 찾아 헤쳐가는 힘도
바로 그 사랑과 믿음이 있기때문

그렇다 나무야 그것이 없다면
나는 벌써 밀림의 고독에 숨막혀
너의 그늘밑에서
한줌의 흙이 되고말았으리…"

―제2장에서―

이 말씀에 로목은 와스스 가슴의 홍분을 터치며 동지의 사랑이 그렇게
뜨거운 것이라면 나도 벗이 되고 싶다고 목 메여 웨친다.

김 정숙 동지께서 사위를 둘러보니 밀림의 세계 도 벗이 되여 서 있는
동지의 세계이다. 하늘 향해 미끈히 선 이깔나무들은 풀막을 지키는 초병

이 되여 총창을 비껴든 듯, 정답게 몸매를 흔드는 봇나무들은 하늘가 멀리 전우들의 소식을 전해주는 듯… 밀림도 동지의 세계로 거느리시는 김 정숙 동지의 꿈과 랑만 속에서는 고독도 한갖 행군길의 한 쉴 참에 불과하였다.

여기에 철학이 있는가? 더 말해 무엇할 것인가! 여기에 생활이 있는가? 있다. 생활 그대로이다.

만일 시인이 이 대목에서 못 견딜 고독과 싸우시는 김 정숙 동지의 심정을 내면독백형식의 직선적인 주정토로로만 펼쳐보였다면 이처럼 큰 감동을 줄 수 없었을 것이다. 시인은 이 대목에서 대담하게 랑만주의적인 조건적 형상수법을 도입하여 의인화된 로목과의 생생한 교감을 실현하고 그와의 생활적 교제 속에서 동지애의 철학을 펼쳐나감으로써 생활도 있고 철학도 있는 기름진 형상을 창조할 수 있었다.

이러한 창조적 경험은 열다섯 번째 버섯송이를 따신 날의 인상 깊은 생활묘사에서도 찾아볼 수 있다.

서사시에는 이외에도 심오한 철학을 안고 있는 감동적인 서정토로들이 많다. 그러나 그것들은 어느 것 하나 추상적인 론리적 호소로 엮어진 것이 없다. 인상 깊은 생활묘사를 바탕에 깔고 참으로 주정을 터치지 않고서는 견딜 수 없는 적중한 계기를 선택함과 동시에 생동한 표상을 주는 비유적 표현에 담아 서정이 토로되고 있다.

다 아는바와 같이 형상적비유의 미학적 기능은 추상—론리적인 개념을 감성적인 형상으로 전환시켜 구체화하는 데 있다. 때문에 시인이 발견해낸 생활 진리를 론리적 사유의 과정이 직선적으로 드러나는 개념적 서술로 제시하는 것이 아니라 형상적 비유에 담아 생동한 표상으로 전환시켜 그려줄 때 그 서정토로는 철학과 생활이 통일된 감명 깊은 것으로 될 수 있다.

드디여 스물아홉 번째 마지막 버섯송이를 따고 장군님과 약속하신 그 자리에서 감격적인 상봉이 이루어졌을 때, 장군님 품을 찾아 떠나는 대오의 앞장에 서신 김 정숙 동지의 발자욱 소리가 땅의 지맥, 수림의 년륜, 철 옥의 가슴에 깊이깊이 새겨지는데 사색 깊은 시인의 목 메인 주정토로가 시작된다.

> 동지란 얼마나 귀중한것인가
> 한점의 불꽃에서 불길이 인다고
> 그렇게만 알고있지 말자
> 불꽃도 흩어지면 재만 남으리
> 동지란 얼마나 그리운것인가
> 물방울이 모여모여 바다된다고
> 그렇게만 믿고있지 말자
> 물방울도 방울로 남으면 마르고말리
>
> 동지란 얼마나 힘 있는것인가
> 함께 걸으면
> 넓은 길이 열리지만
> 혼자 가는 자욱에선 풀이 돋아나리
>
> ―제6장에서―

이렇게 시인은 생활철학을 노래한다.

이리하여 서사시의 그 어느 요소에도 추상적인 호소나 속빈 미사려구 는 찾아볼 수 없다. 철학은 생활의 웨침으로 안겨온다. 또 서사시의 기본 특성인 서사성과 서정성의 결합은 자연스럽게 실현된다.

4

> 혁명이 승리하는 길도
> 동지의 사랑에서 시작을 보시고
> 동지의 믿음에서 그 끝을 안으시는

김 정숙 동지!

그 자애로움
그 너그러움
그 따사로움
그 인품과 매력 앞에
따르지 않는 이름
가꾸어지지 않는 량심이 있었던가

——제6장에서——

이 서사시는 지성세계가 높은 작품이다. 서사시의 매 페지들에서 시인의 높은 지성이 보석처럼 빛을 뿌리며 독자들을 생활에 대한 깊은 리해와 고상한 미의 세계에로 이끌어준다.

충신중의 충신이신 위인의 형상을 창조하는 혁명적작품은 마땅히 위인의 품격과 지성에 어울리는 높은 지성도를 가져야 한다. 그러자면 시인자신이 한없이 위대하고 숭엄한 위인의 정신적 높이에 올라 생활의 모든 세부로부터 거창한 력사의 전반흐름에 이르기까지 높은 리성적 안목으로 투시해볼 줄 알아야 한다.

이것은 쉽지 않다. 때문에 지성적으로 저조한 작가가 감히 위인의 생활을 그린 큰 작품을 쓰려고 접어드는 것은 오히려 위인의 풍모에 손상을 주는 경솔한 소행으로 되는 것이다.

김 정숙 동지와 같으신 위인의 형상을 손색없이 창조해야 할 엄청난 과제 앞에서 지성과 철학적사색의 빈곤을 극복하기 위해 피타는 탐구와 열정을 기울인 시인의 모대김을 우리는 력력히 헤아려볼 수 있다.

이 서사시의 높은 지성세계는 무엇보다도 생활묘사의 어느 대목에서나 작가에 의하여 새롭게 발견된 생활철학과 아름답고 고상한 미의 세계가 펼쳐지는데서 나타나고 있다.

이 서사시에는 수십 편의 '서정시'가 있다. 많은 대목, 많은 세부묘사에는 그자체로서 한편의 서정시를 뽑아낼 수 있는 독특한 철학적발견이 있고 예민한 미적체험이 있다.

제2장 2절 김 정숙 동지께서 시내물에 철옥의 머리채를 감아 얼레빗으로 빗어주시는 장면은 그 대표적 실례의 하나로 된다.

치렁치렁 머리채에 얼레빗 오르내린다
동지들의 단정한 자세를
장군님께 보이고싶어 간직하신
정숙동지의 마음의 얼레빗
철옥의 머리채에 윤을 내며
고운 물방울이 떨어진다
믿음과 믿음으로 이어지는
두 마음을 비껴담고
구슬구슬 반짝이는 물방울의 속삭임

내물에 머리감는 생활과 얼레빗이라는 자그마한 세부소에서도 시인은 수령에 대한 고결한 충실성을 도덕화, 생활화하고 동지적 사랑과 의리를 최상의 높이에서 체현하고 있는 충신의 정신도덕적미를 뜻 깊게 밝혀주는 하나의 심원한 철학과 미의 세계를 발견하고 있는 것이다.

이처럼 지성에 넘치는 시인의 눈앞에서는 그 어떤 생활에서나 새로운 철학이 흘러나오고 자주적 인간의 정신미가 아름답게 천명된다.

어찌 이뿐이랴. 짤막한 자연묘사의 한 구절을 더 보기로 하자. 하늘에 반짝이는 별을 두고 김 정숙 동지의 모습을 느끼는 철옥의 시점에 시인의 남다른 지성세계가 비끼고 있다.

여기서 시인이 발견한 철학과 미의 세계는 고요와 별의 관계에 있다.

고요에 실려 황황히 빛을 뿌리고
고요에 부딪쳐 놋쇠소리를 울리고
고요에 감싸여 따스한 온열을 뿜는

별들을 보며 철옥이 정숙동지를 그려보니
별은 그대로 정숙동지의 모습
정숙동지는 그대로 저 빛나는 별!

단순한 자연묘사가 아니다. 시인의 섬세하고 예민한 시적감각과 세련된 시적표현력을 보여줌과 동시에 여기에는 말로는 다 이름할 수 없는 철학적 사색과 미적 감각이 깃들어있다. 별은 고요와만 어울린다. 고요… 말 그대로 아무 소리 없는 것이 동지에게 바치는 지극한 사랑과 정성, 헌신의 미덕에 가장 어울리는 것이다. 하지만 별은 그 고요에 실려 황황히 빛을 뿌리고 그 고요에 부딪쳐 쟁쟁히 놋쇠소리를 울리고 그 고요에 감싸여 따스히 온열을 내뿜는다. 별의 미는 바로 여기에 있다.

그 별에 상징된 김 정숙 동지의 최고의 인간미는 자기를 위해서는 아무런 요란한 칭송도 바람이 없이 오로지 묵묵히 조국과 동지를 위해서만 살며 불타는 그 고도의 순결성과 철저성에 있다.

이 서사시의 높은 지성세계는 또한 작품의 요소요소에 깊고 풍만한 인식적 내용을 담는 것과 동시에 인물들의 리지적 성격을 깊이 파고드는데서 나타나고 있다.

시인은 생활과 력사, 철학에 대한 폭넓고 깊은 연구에 기초하여 여러 곳에서 사랑과 동지의 의미를 두고 풍부한 지성적사색이 동반된 서정토로를 주고 있다.

여기서 시인은 자기 자신이 직접 얼굴을 드러내기보다 리지적인 등장인물의 내면세계에 굴절시켜 그의 체험과 사색의 세계를 개방하는 형식을 취함으로써 작품의 지성적면모를 손색없이 과시하고 있다.

김 정숙 동지의 동지애 앞에 깊이 감동된 '인술의원'의사의 시점에서 지상의 모든 사랑과 대비하여 사람이 사람에게 주는 가장 고귀하고 진정한 사랑인 동지애와 그 사랑의 원샘인 절세의 위인 김일성장군님의 품을 격조높이 례찬한 대목은 시인의 높은 지성적 안목을 잘 보여준다.

서사시 「동지」는 주체사실주의문학이 이룩한 귀중한 열매의 하나로서 우리 인민을 존경하는 김 정숙 동지께서 지니신 한없이 고매한 충실성과 동지애의 정신으로 교양함으로써 수령을 중심으로 한 사회정치적 생명체의 통일단결을 강화하는데 적극 이바지하고 있다.

시인에게 있어서 이보다 더 큰 영광과 행복은 없다. 시인이 노래 부른 것처럼 위대한 수령님을 단결의 중심으로 받들어온 무적의 혁명대오의 흐름 속에는 김 정숙 동지께서 키우시고 빛내여 주신 충성의 별들이 그 얼마였던가. 그 별들이 오늘은 우리 혁명위업의 위대한 령도자이신 경애하는 김 정일 장군님을 옹위하여 충성의 별무리를 이루고 있다.

김 정숙 동지께서는 우리 인민모두를 혁명적 의리와 동지애의 정신으로 무장시켜 위대한 김 정일 장군님의 두리에 철통같이 묶어세우시며 대오의 앞장에서 걸어가고 계신다. 그 영원한 충성의 대오 속에서 서사시 「동지」의 구절구절은 힘찬 행진곡이 되여 대를 두고 울려갈 것이다.

≪조선문학≫, 1995.2

위대한 령도자의 형상창조와
작가의 새로운 창작적 지향

김해월

위대한 령도자 김 정일 동지를 영원한 삶의 태양으로, 운명의 수호자로 받들어 모시는 것은 주체의 혁명위업을 대를 이어 끝까지 고수하고 사회주의 위업의 종국적 승리를 이룩하기 위한 결정적담보이다.

우리 인민들 속에는 경애하는 김 정일 동지를 절대적으로 숭배하며 그이를 이 세상 끝까지 모시고 따르려는 불같은 맹세와 의지가 그 어느 때보다 높아지고 있다.

우리 작가들은 인민들의 간절한 념원을 시대적 요구로 받아 안고 경애하는 김 정일 동지를 형상한 작품창작에 불타는 열정과 지혜를 다 바쳐 귀중한 열매를 거두어들이고 있다.

이 귀중한 열매 속에는 창작사업에 널리 일반화해야 할 작가의 새로운 창작적지향이 깃들어있는 작품들도 적지 않다.

령도자의 형상창조에서 새로운 창작적 지향은 위대한 령도자 김 정일 동지께서 천재적 지략과 무비의 담력으로 세계를 진감시키신 력사적 사변들과 우리 수령, 우리 당, 우리 인민의 일심단결의 위력이 나래치는 현실세계에 대한 민감한 반영에서 표현되고 있으며 새로운 형상세계를 개척하려는 작가의 탐구정신에서 발현되고 있다.

단편소설들인 「새벽」(최성진, ≪조선 문학≫ 1994년 2호)과 「한가정」(김석범, ≪청년문학≫ 1994년 6호)은 우리 소설가들의 이러한 창작적 지향과 탐구의 흔적을 엿볼 수 있게 하는 우수한 작품들이다.

소설에 격동적인 사변들과 감동적인 현실생활을, 더우기 세계의 이목을 집중시킨 력사적 사변들을 통하여 천재적 지략과 무비의 담력으로 우리 인민을 승리에로 이끌어주신 위대한 령도자의 거룩하신 모습을 시도 아닌 소설에 그토록 민감하게 감동 깊은 형상으로 높이 모신다는 것은 사실 어려운 과제가 아닐 수 없다.

단편소설 「새벽」은 위대한 령도자 김 정일 동지께서 제국주의자들의 극도에 달한 반사회주의, 반공화국 압살책동에 대처하여 준전시상태를 선포하시고 핵무기전파방지조약에서의 탈퇴를 선언하시는 대용단을 내리심으로써 세계적인 경탄과 찬사를 불러일으킨 력사적 사변을 담고 있다. 단편소설 「한가정」은 경애하는 김 정일 동지의 인덕정치로 온 나라가 혈연적 뉴대로 이어져 수령과 인민이 혼연일체를 이룬 우리의 현실 생활을 반영하고 있다.

이 두 소설은 위대한 령도자 김 정일 동지께서 진행하신 최근의 혁명 활동에 기초하여 창작된 것으로 하여 실로 그 의의가 큰 것이다.

이것은 우리 소설가들이 어버이수령님의 유훈을 지켜 위대한 령도자 김 정일 동지를 하늘처럼 믿고 따르려는 우리 인민의 철석같은 신념과 의지를 생활적으로 깊이 체험하면서 걸출한 령도자의 위대성을 소설화하는데 모든 창작적 지혜와 재능을 기울인 결과에 이룩된 것이다.

단편소설들인 「새벽」과 「한가정」은 그 양상과 형상수법에서 서로 대조를 이루는 소설들이다.

단편소설 「새벽」은 정론성이 강한 소설로서 작품에 숭엄하고 격동적인 정서가 차 넘친다면 단편소설 「한가정」은 소박하면서도 담담한 소설로서 작품에 따뜻하고 밝은 정서가 흘러넘치고 있다.

두 단편소설은 형상수법에서도 서로 대조되고 있다. 「새벽」에서는 세계사적의의를 가지는 격동적인 력사적 사변을 그에 상응한 폭과 깊이를 가지고 경애하는 김 정일 동지의 위대성을 감동 깊게 보여주었다면「한가정」에서는 사람들이 미처 느끼지 못하는 한 인간의 가슴속에 순간 비꼈다 사라지는 자그마한 그늘마저도 가셔주시는 인민의 어버이로서의 경애하는 김 정일 동지의 위대성을 형상하고 있다.

하지만 이 두 소설은 하나같이 새로운 형상세계를 창조하여 위대한 령도자 김 정일 동지의 탁월하고 비범한 령도풍모와 온 나라 인민의 친어버이로서의 위대성을 감명 깊게 부각하고 있다.

바로 여기에 이 작품을 창작한 작가의 사색의 폭과 깊이, 그 세계의 높이가 있다.

단편소설「새벽」에서 작가의 새로운 창작적 지향은 경애하는 김 정일 동지의 위대성을 수령과 전사 사이에 맺어지는 구체적인 인간관계 속에서 혁명의 엄혹한 난국을 주동적으로 타개하시기 위하여 사색하시는 그이의 숭고한 내면세계를 통하여 보여주고 있는 데서 나타나고 있다.

위대한 령도자 김 정일 동지께서는 다음과 같이 지적하시였다.

"하나의 문제를 놓고도 사색하고 또 사색하며 행동하는 수령의 풍부하고도 심오한 내부적 체험세계를 깊이 펼쳐 보여주지 않고서는 수령의 위대한 인간적 풍모를 생동하게 드러내기 어렵다."

위대한 령도자 김 정일 동지께서 가르치신바와 같이 수령의 위대성을 깊이 있게 형상하자면 하나의 문제를 놓고도 사색하고 또 사색하며 행동하는 수령의 풍부하고도 심오한 내부적 체험세계를 감동적으로 펼쳐 보여주어야 한다.

경애하는 김 정일 동지께서는 우리의 일부 작품에서 수령의 형상이 어딘가 시원하게 탁 트이지 못하고 범접할 수 없는 경계와 울타리를 친듯한 감을 주는데 이것은 수령의 내면세계에 깊이 침투하지 못하고 변두리에서 관조적으로 그렸기 때문이라고 가르치시였다.

이것은 오늘 우리 소설문학이 반드시 해결하지 않으면 안 될 중요한 문제의 하나이다.

작가는 경애하는 김 정일 동지의 위대한 인간적 풍모를 격식화하거나 기정사실화하지 않고 생동하게 보여주기 위하여 그이의 내면세계를 보다 대담하게 파고듦으로써 수령형상창조에서 나서는 중요한 문제를 해결하는데 이바지하였다.

바로 이것으로 하여 이 소설의 형상적 의의는 큰 것이며 시사적인 것이다.

단편소설「새벽」에서 이야기된 것처럼 적들은 우리에게 있지도 않는 '핵문제'를 걸고들면서 두개 군사대상에 대한 핵사찰을 강요하고 특별사찰을 받지 않는 경우 유엔안보리사회에 제기까지 하겠다고 위협해 나섰다.

한편 놈들은 '팀 스피리트' 합동군사연습을 로골적으로 벌려놓았다. 이리하여 우리나라에는 언제 전쟁이 터질지 알 수 없는 일촉즉발의 위기가 조성되였다.

단편소설「새벽」은 조국과 민족의 운명, 아니 인류의 평화가 경각에 다달은 이 시각 천재적 지략과 무비의 담력으로 우리 조국의 자주권과 세계평화를 지켜주신 위대한 령도자 김 정일 동지의 숭고한 풍모를 감동 깊게 보여주기 위하여 그이께서 안아 오신 그 력사의 위대한 승리의 새벽을 작품의 사상주제적과제로 내세웠다.

소설의 기본사상주제적과제인 력사의 위대한 승리의 새벽, 그것은 이 땅에 가장 행복하고 가장 존엄 높은 내 나라, 내 조국을 부강하게 건설하기 위하여 모든 것을 다 바쳐가시는 경애하는 김 정일 동지께서 안아 오신 것이다.

기나긴 력사의 나날들에 비하면 한순간에 지나지 않는 새벽을 통하여 경애하는 김 정일 동지의 숭고한 령도풍모를 높은 사상예술적경지에서 형상한다는 것은 쉬운 일이 아니다.

소설은 세계사적의의를 가지는 력사적 사변에 대한 폭넓고 깊이 있는 형상들로 경애하는 김 정일 동지는 범인간의 상상을 초월하여 광폭의 사색을 펼치시는 위대한분이시며 그이의 사색과 담력은 인간에 대한, 인류에 대한 가장 위대한 사랑에 기초하고 있다는 것을 폭넓게 밝혔어야 하였다.

작가는 소설의 사상주제적 특성으로부터 출발하여 구체적인 사건이나 인간관계에 이야기를 집중시키지 않고 주로 정론적 개괄과 예술적일반화로 나가면서 인류사적견지에서 시대의 본질을 예리화하여 거대한 정치적 사변이 가지는 의의를 예술적으로 힘 있게 강조하는 한편 의의 깊은 생활 세부들을 탐구하여 위대한 령도자의 내면세계를 감동 깊게 보여주고 있다.

물론 이 소설에도 다른 소설들에서 흔히 그렇게 하듯이 책임적인 일군의 시점 즉 당중앙위원회 책임일군인 한성민의 시점이 설정되어 있다.

작가는 위대한 령도자 김 정일 동지의 내면세계를 대담하게 직접 보여주는데 힘을 집중하면서도 이 시점을 그이의 내면세계를 더욱 깊이 개방하도록 하는데 옳게 리용함으로써 경애하는 김 정일 동지의 위대한 풍모가 더욱 다면적으로 생동하면서도 진실하게 안겨오게 하였다.

작가는 경애하는 김 정일 동지와 한성민과의 인간관계에 큰 의의를 부여하고 그것을 파고들어 문학적인 이야기를 펼쳐가도록 하거나 한성민의 개성화된 체험세계를 통하여 령도자의 위대성을 보여주는데 창작적 관심을 집중하지 않았다.

소설은 다만 엄혹한 사태를 수습할 방도를 찾지 못해 안타까이 모대기며 걱정에 싸여있던 한성민이 경애하는 김 정일 동지의 천재적 지략과 무비의 담력에 크게 감복하는 과정을 구체적으로 보여주는 것으로써 그이의 위대성을 부각하였다.

구체적 생활묘사가 아니라 정론적 개괄로 이 사변의 중요성과 긴박성에 대하여 강조하고 령도자와 등장인물사이에 인간관계를 맺어줄 수 있는 사건과 생활을 그리지 않은 이 소설은 자칫하면 추상성을 띨 수 있었을런지도 모른다. 하지만 이 소설이 추상성을 극복하고 수령형상소설로서의 자기의 풍격을 가지고 경애하는 김 정일 동지의 위대성을 감동 깊게 보여줄 수 있은 것은 그이의 내면세계를 직접 보여줄 수 있는 의의 깊은 생동한 생활세부들을 탐구하고 뜻 깊게 그려준데 있다.

작가는 위대한 령도자 김 정일 동지께서 최고사령부 한켠 벽 쪽에 놓여있는 지구의를 보시는 생활세부와 탁상일력에 ≪3월 25일≫이라는 날자를 적어놓은 생활세부, 그이께서 승용차를 타고가시는 생활세부와 불켜진 살림집 창문 앞에 승용차를 세우시고 간간이 들려오는 악기소리를 들으시는 생활세부를 소설에서 생동하게 보여주고 있다.

이 생활세부들은 경애하는 김 정일 동지의 내면세계를 자연스럽게 펼쳐 보일 수 있게 계기를 지어주기도 하고 그이의 위대한 사색의 세계를 직접 생활적으로 섬세하게 보여주면서 형상의 진실성과 생동성, 철학적심오성을 담보하는데 힘 있게 이바지하고 있다.

작가는 경애하는 그이께서 승용차를 타고가시며 사색하시는 생활세부에 형상의 초점을 집중하면서도 이 세부가 그이께서 지구의를 보시는 생활세부와 탁상일력에 「3월 25일」이라는 날자를 적어놓으신 생활세부에 이어지면서 그 생활이 가지는 의의를 강조하고 보충하도록 하였다. 동시에 깊은 밤 살림집 창가에서 울려나오는 악기소리를 들으시는 생활세부로 소설의 사상성을 더욱 심화시키고 있다.

단편소설 「새벽」에서 특히 감동적인 장면은 위대한 령도자 김 정일 동지께서 지구의 앞에 서시여 사색에 사색을 거듭하시는 장면이며 한성민이 그이께서 탁상일력에 써놓으신 「3월 25일」을 보고 크게 오인하고 있던 것이 풀리는 장면이다.

그이께서 최고사령부 한켠 벽 쪽에 놓여있는 지구의를 오래도록 바라보시다가 "참 아름답거던! 우리의 행성이 말이요."라고 하시며 방을 거니시다가 또다시 지구의를 바라보시는 이 생활세부는 행성을 핵전쟁의 참화 속에 몰아넣으려고 획책하는 놈들의 무분별한 책동을 물리치고 우리 행성을 영원히 인류의 것으로 만드시려는 그이의 위대한 사색의 세계를 여운 있게 안겨오게 하였다.

참으로 이 생활세부는 우리 조국의 운명만이 아닌 평화를 절절히 바라는 전 인류의 지향과 념원을 실현하시기 위해 사색과 심혈을 기울이고계시는 세계혁명의 탁월한 령도자이신 김 정일 동지의 위대한 풍모를 부각하는데서 작가의 탐구와 사색이 깃든 좋은 실례로 된다.

소설은 또한 혁명의 위대한 령도자이신 김 정일 동지께서 놈들의 그 어떤 위협과 공세에도 끄떡하지 않으시는 무비의 담력과 철의 심장을 지니고계시는 위대한 분이시라는 것을 그이께서 탁상일력에 써놓으신 '3월 25일'이라는 생활세부로 잘 보여주고 있다.

3월 25일은 이 땅에 생을 둔 모든 사람들과 함께 세계 인류의 이목이 집중되는 날이였다.

적들이 '최후통첩'을 해온 것으로 하여 어쩌면 이날에 '전쟁'이라는 엄중한 사태가 빚어질 수 있었기 때문이다.

조선반도의 남단을 뒤덮으며 대양건너 본토기지들과 여러 군사기지들에서 날아든 적들의 초대형항공모함을 기함으로 하는 함선들과 최신형핵적재전략 및 전투폭격기들, 악명 높은 지상군부대들, 해병원정부대들… 그것들이 남조선전역에서 미친 듯이 벌리는 광란적인 대규모적인 '시범상륙공격'연습과 실동단계에 들어선 대규모군사연습, 세계는 이날을 지구가 깨지는 날로 아우성치고 있었다.

한성민은 그이께서 탁상일력에 활달한 필치로 써놓은 3월 25일을 평화냐 핵전쟁이냐 하는 력사적 사변의 날로 생각하고 있었다.

그러나 그이께서 탁상일력에 써놓으신 「3월 25일」은 유성탄광 고문지배인의 생일 일흔돐날이였다. 그이께서는 한생 당을 충성으로 받들어온 로당원의 생일 일흔돐날을 잊지 않으시고 축하해주시려고 탁상일력에 적어놓으신 것이다.

언제나 승리에 대하여 락관하고 계시는 그이의 심중에는 놈들이 노리는 바로 그 「3월 25일」이 있을 자리가 없었다.

작가는 이날을 바로 그이께서 세계평화를 파괴하고 우리 조국을 해치려고 덤벼드는 호전분자들을 타승하는 날로, 힘으로 세계를 지배하며 남의 등을 쳐먹기 위해 만들어낸 놈들의 낡은 질서를 깨버리는 날로 빛나게 형상하고 있다.

하여 위대한 령도자 김 정일 동지께서 탁상일력에 쓰신 3월 25일은 적들의 ≪최후통첩≫에는 비교도 할 수 없는 더없이 숭고하고 아름다운 인간사랑으로 이 땅에 삶을 둔 모든 인간들의 운명을 지켜 가시는 그이의 거룩하신 모습을 보여주는 력사의 날로 되게 되였다.

작가는 이처럼 이「3월 25일」을 력사적 사변의 날인 동시에 소설의 기본사건으로 되고 그이의 내면세계를 보여주는 세부로도 되게 형상하면서 작품의 극적견인력을 보장하고 있다.

단편소설「새벽」은 또한 승용차 생활세부를 통하여 위대한 령도자 김 정일 동지께서 인간에 대한 뜨거운 사랑, 전인류의 지향과 요구를 그 누구보다 가장 깊이 체현하시고 나라의 자주권과 민족의 존엄을 빛내주시는 걸출한 사상가, 정치가이시고 군사의 대가이시며 인류의 평화를 수호해주시는 세계혁명의 탁월한 령도자이시라는 것을 감동 깊게 보여주고 있다.

소설은 살같이 달리는 승용차의 차창가에 언뜻 언뜻 비끼는 이른 새벽의 거리풍경을 통하여 우리 인민의 의지와 생활감정, 생활분위기와 정서적음향이 승용차 안에 그대로 집중되게 하였다. 이것은 조국과 인류의 운명을 놓고 사색하시는 위대한 령도자 김 정일 동지의 내면세계를 감명 깊게 보여주는데 힘 있게 이바지하고 있다.

동시에 그것은 그이의 사색의 숭고한 세계를 폭넓고 깊이 있게 보여줄 수 있는 풍부한 가능성을 준다.

특히 려명이 완연한 모란봉은 우리 인민의 피눈물로 얼룩진 곡절 많은 반만년의 유구한 민족사를 돌이켜보게 하는 력사의 중견자로서 위대한 수령님께서 빛내여 주신 존엄 높은 주체의 사회주의 내 조국을 지켜갈 경애하는 김 정일 동지의 군은 각오와 강철의 의지를 상징적으로 안겨오게 하였다.

한편 작가는 하나의 생활, 하나의 풍경, 미세한 음향에도 깊은 의미를 부여하면서 달리는 승용차에 모든 형상을 집중시켰다.

살같이 달리는 승용차, 바로 이 승용차에 인민에 대한 경애하는 김 정일 동지의 한량없는 사랑과 믿음의 세계, 그이를 끝없이 신뢰하고 절대적으로 숭배하는 우리 인민의 일편단심, 수령, 당, 대중의 위대한 혼연일체, 이 모든 것이 그대로 비끼게 했다. 또한 여기에는 튼튼한 자립적 민족경제와 강위력한 국방력이 있는 한 그 어떤 강적도 처물리칠 수 있다는 그이의 강철의 의지와 승리에 대한 확신, 한 몸이 그대로 총폭탄이 되어 최고사령관 김 정일 동지를 결사옹위할 결의에 넘쳐있는 혁명의 로세대들과 새 세대들의 불굴의 의지와 충성의 맹세, 한마디로 우리 령도자, 우리 인민, 우리 조국의 기상이 그대로 어려 있다.

하여 소설은 이 생활세부를 통하여 조국과 인민의 운명을 놓고 경애하는 김 정일 동지께서 사색의 바다를 해치시는 광폭의 세계를 깊이 개방하여 보여준 것으로 하여 형상의 심오성을 보장하는 데 크게 이바지하였다.

단편소설 「새벽」에서 경애하는 김 정일 동지의 풍모가 그처럼 위대하고 매혹적인 형상으로 안겨오는 것은 인간에 대한 가장 뜨거운 사랑에 기초하고 있는 그이의 사색과 심혈을 형상적으로 깊이 보여준 이 작가의 높은 창작적 지향과도 관련되어 있다.

불 켜진 창문 앞에 이르러 승용차를 세우시고 꿈결마냥 간간이 들려오는 타악기소리에 귀를 강구시는 듯 등받이에서 몸을 떼신 그이의 눈가에, 그이의 만면에 조용히 피여 오르는 미소, 땡땡… 새벽의 방송개시와 함께 부드러운 타악기의 음향이 이 땅에 울려 퍼지는 애국가의 장중한 선률과 이어져 더욱 고조를 이루는 그 신비한 음향을 음미하시듯 기척이 없으시다가 누리가 밝아지도록 환한 미소를 지으시고 불빛의 바다로 화한 도시 풍경을 바라보시면서 환희에 젖은 음성으로 '저것 보시오.'라고 말씀하시는 우리의 김 정일 동지!

참으로 이 생활세부는 인간사랑의 화신이신 위대한 령도자 김 정일 동지의 모습을 감동 깊게 보여주는 기름진 화폭이다.

단편소설 「새벽」은 이처럼 생동한 생활세부로 경애하는 김 정일 동지의 풍부하고도 심오한 내면세계를 깊이 보여준 것으로 하여 그이의 위대성을 다면적으로 감동 깊게 보여주고 있으며 형상의 심오성을 보장하고 소설의 풍격을 높이는 데 크게 이바지하였다.

단편소설 「새벽」이 독자들의 심금을 울려주는 소설로 될 수 있는 것은 작가의 새로운 창작적 지향과 함께 시공간을 자유롭게 이동하며 생활을 다면적으로, 화폭적으로 안겨오게 하고 작품에 숭엄하고 격동적인 정서가 그대로 맥맥히 굽이치게 한 작가의 형상능력과도 관계된다.

소설은 과거와 현재, 미래를 자유분방하게 교차시키면서 생활을 다면적으로 그리고 있다.

특히 핵무기전파방지조약에서의 탈퇴를 선언하기 전까지의 그이의 사색의 세계를 보여주면서 동시에 그로부터 몇 달 후에 있을 전승기념일까지의 생활도 앞당겨 형상하고 있는 것은 형상의 심오성과 소설의 사상성을 더욱 강조해준 것으로 된다.

이것은 사람들로 하여금 경애하는 김 정일 동지께서 안아 오신 빛나는 성과에 대하여, 그이의 위대성에 대하여 더욱 온몸으로 심장깊이 체험하고 탄복하게 하는데 기여하고 있다.

소설에서 우리가 꼭 이긴다고, 오히려 로간부인 할아버지에게 승리의 신심을 가지고 있으라고 당부하는 한성민의 손주가 바로 경애하는 김 정일 동지께서 그처럼 아끼고 믿고 계시는 유능한 지휘관인 박명철부대에 있는 것으로 형상하고 또 경애하는 그이께서 한성민 손자의 대견스러운 이야기를 들으시면서 전쟁이 일어나면 비행기에 폭탄을 차고 놈들의 소굴에 날아가 한 몸이 그대로 육탄이 되겠다고 충성의 편지를 올린 옛 공군지휘관이였던 전쟁로병리학을 생각하는 것으로 형상한 것은 쇠소리 나는 충신으로 자라나고 있는 혁명의 3세, 4세들의 모습과 함께 전쟁로병들의 모습, 아니 충효일심으로 다져진 조선의 모습을 하나의 이야기 속에 재치 있게 보여준 것으로 된다.

작가는 또한 소설에서 생활을 보다 많이 감성적으로 파악하고 한 폭의 조선화처럼 섬세하고 선명하게 그려놓음으로써 정론적일반화가 강한 이 작품에 정서가 짙게 흐르게 하고 있으며 형상의 의미를 더욱 깊이 음미하게 하고 있다.

특히 이 소설의 절정장면이 그것을 잘 보여주고 있다.

작가는 위대한 령도자 김 정일 동지께서 안아 오신 위대한 승리의 새벽을 가장 숭엄하고 격동적인 뜻 깊은 력사의 순간으로 형상하기 위하여 자기의 재능을 한껏 발휘하였다.

…하늘의 별이 다 내려앉은 듯 불빛으로 화한 도시, 그 불빛 한가운데로 달리는 승용차, 푸르게 열려가는, 온통 휘날리는 공화국기의 천지로 보이는 하늘, 온 우주로 퍼져가는 듯 장중한 음악으로 울려 퍼지는 애국가의 선률, 미구에 온 누리를 금빛으로 물들이며 솟아오를 찬란한 태양에 대한 예고, 샘물처럼 끓어오르는 생활의 음향, 승리의 전조인 듯 열려진 차창가로 날아드는 무수한 생활의 음향이 슴배인 3월의 부드러운 바람, 경애하는 그이의 만면에 아침노을처럼 피여 오르는 미소…

소설은 이처럼 하나의 생활, 하나의 자연, 하나의 미세한 음향조차도 서로 조화를 이루며 하나로 융합되어 숭엄하고 격동적이고 장쾌한 생활화폭, 장중한 교향곡이 울려 퍼지게 하였다.

하여 "그 어떤 제국주의도 힘으로 세계를 지배할 수는 없소! 인류의 리성이 그것을 절대로 허용하지 않을 거요. 제국주의자들이 남의 등을 쳐먹기 위해 만들어낸 낡은 질서는 깨버려야 하오!"라고 말씀하시는 경애하는 김 정일 동지의 모습은 가장 위대한 령도자의 모습으로 우리들의 심장 속에 영원히 깊이 아로새겨지게 하였다.

이처럼 단편소설 「새벽」은 높은 지성과 정서적 체험으로 안받침된 작가의 새로운 창작적 지향과 형상능력으로 거대한 력사적 사변의 폭과 깊이, 그 의의를 힘 있게 강조하고 있으며 혁명의 탁월한 령도자이시고 위대한 사상가, 정치가, 군사의 대가이신 경애하는 김 정일 동지의 풍모를 형상적으로 감동 깊게 보여주고 있다.

단편소설「새벽」이 세계적인 경탄과 찬사를 자아낸 위인의 천재적 예지와 무비의 담력, 인간에 대한 뜨거운 사랑을 통하여 사람들의 가슴을 무한한 긍지와 흠모, 열화 같은 격정에 차 넘치게 했다면 단편소설「한가정」은 이 땅에 대하처럼 굽이치는 사랑이 밝고 따뜻하고 부드러운 정서를 타고 사람들의 가슴에 뜨겁게 젖어들게 하고 있다.

단편소설「한가정」에서 작가는 위대한 령도자 김 정일 동지께서 한 평범한 가정의 소박한 소원을 풀어주시는 덕성을 그리면서도 그것을 경애하는 그이의 위대한 사랑과 믿음의 세계, 한없이 우월한 사회주의 내 나라 정치의 특징으로 되는 인덕정치의 위대성을 깊이 있게 보여주려는 창작적 지향을 강하게 보여주고 있으며 그것은 작품의 사상성을 높이는 데 크게 이바지하고 있다.

위대한 령도자가 지니고 계시는 고매한 공산주의 덕성을 그리면서 그것을 위대한 사상과 하나로 융합시키는 것은 수령형상창조에서 해결하여야 할 중요한 사상미학적 과제의 하나이다.

이 량자의 결합이 예술적으로 훌륭히 실현될 때 그 덕성이 일면적으로 그려지지 않고 심오한 사상적 내용을 가지고 뜨겁게 안겨올 수 있게 되며 형상의 깊이를 응당한 수준에서 보장할 수 있게 된다.

단편소설「한가정」은 경애하는 김 정일 동지께서 평범한 인간의 소박하면서도 간절한 소원을 풀어주시는 뜨거운 육친적 배려를 사람들이 사회적집단의 사랑과 믿음 속에 가장 값 높은 행복한 생활을 누리게 하시려는 그이의 인덕정치와 훌륭히 결합시킴으로써 그 사상적 내용을 더욱 심화시키고 있다.

이 소설에서 덕성과 사상의 유기적 결합은 격동적인 사실이나 큰 사건에서 추구하지 않고 있다.

소설은 경애하는 김 정일 동지께서 너무나도 평범한 한 농장원의 결혼식에 리당비서를 참가시키시는 내용을 통해 주제사상적 내용을 깊이 있게 실현하고 있다.

한창 바쁜 농사철에 한해 농사를 좌우하는 저수지공사를 펼쳐놓은 리당비서가, 더우기 결혼식 날 세상 떠난 아버지가 생각나지 않도록 잔치준비까지 잘해준 리당비서가 결혼식에 참가하지 않았다고 탓할 수도 없으며 누구나 너그럽게 리해할 수 있는 일이다.

하지만 우리의 경애하는 김 정일 동지께서는 리당비서가 결혼식에 참가하는 일을 중요한 저수지공사보다 더 중대한 일로 보시였다.

그이께서는 바쁜 현지지도의 길을 앞에 두시고도 직접 그를 찾아가 낟알더미보다 인민대중의 마음을 먼저 보아야 한다고 하시며 결혼식에 참가하도록 하여주신다.

단편소설은 아버지가 자식을 극진히 사랑하고 따뜻이 보살펴주듯이 당이 인민대중을 세상에서 제일 귀중히 여기고 그의 운명을 책임지고 세심히 보살펴주는 진정한 인민의 향도자, 보호자로 되게 하시려는 위대한 령도자 김 정일 동지께서 지니고 계시는 숭고한 인간미를 깊이 있게 보여주고 있다.

이리하여 소설은 위대한 수령님의 '이민위천'의 사상을 빛나게 계승 발전시켜나가시는 경애하는 김 정일 동지의 사랑과 믿음의 정치, 인덕정치의 생활력을 그대로 깊이 있게 보여줄 수 있었으며 형상의 철학성을 담보할 수 있었다.

이것은 작가가 감동적인 덕성이야기자체에 매달리지 않고 그이의 한없이 뜨거운 덕성 속에 깃든 심오한 사상을 보여주려는 진지한 탐구와 창조정신이 가져온 결실이다.

단편소설 「한가정」이 인민의 친어버이로서의 경애하는 김 정일 동지의 위대한 풍모를 깊이 있게 보여줄 수 있는 것은 섬세한 필치로 인간과 생활을 구체적으로 파고든 작가의 형상능력과 떼여놓고 생각할 수 없다.

그 누구인가를 기다리며 안타까이 서 있는 녀인의 모습, 이것은 흔히 누구나 무심히 스쳐지나 보낼 수 있는 범상한 일인 것이다.

경애하는 김 정일 동지께서는 누구나 무심히 스쳐 보내는 이 일을 그냥 스쳐 보내지 않으시였다.

무더운 여름철 휴식이 한창인 정오의 땡볕에 나들이옷까지 입고 안타까이 누구인가를 기다리는 이 녀인의 모습에서, 또 이 녀인의 얼굴에서 그 누구도 미처 발견하지 못한 마음속 사연까지 헤아려 주신 분은 바로 우리의 경애하는 김 정일 동지이시였다.

소설에서 경애하는 김 정일 동지로부터 그 녀인의 간절한 사연을 풀어줄데 대한 과업을 받은 일군은 녀인에게 리당비서를 기다리지 말고 빨리 가서 신랑이 상을 받게 하라고 설복한다.

이렇게 하는 것이 일을 그르치지 않고 잘 처리하는 것으로, 더우기는 경애하는 김 정일 동지의 심려를 덜어드리는 것으로 된다고 생각한다.

리당비서를 기다리던 녀인까지도 이렇게 하는 것이 사사로운 일을 내세우지 않고 아들은 물론 일가친척에게 미안하지도 않게 일을 잘 처리하는 것으로 된다고 생각하며 기뻐까지 하였다.

우리의 위대한 령도자 김 정일 동지께서는 누구나 무심히 스쳐 지나는 일에서 동행하던 일군은 물론 리당비서를 애타게 기다리던 녀인까지도 잘 되였다고 생각하는 일에서 한 인간의 가슴속에 간직된 간절한 소원과 순간 비꼈다 사라지는 마음의 그늘을 보신 것이다.

또한 경애하는 그이께서는 일군으로부터 리당비서가 잔치에 참가하여 그 집의 소원도 풀리고 결혼식도 잘 되였다는 말을 들으시고 그토록 기뻐하시며 그가 가져온 사진을 가까이 보기도 하시고 멀리에서 보기도 하시면서 못내 흐뭇해하신다.

단편소설 「한가정」은 이처럼 경애하는 김 정일 동지께서 지니신 사랑은 자식을 가장 뜨겁게 사랑하는 친부모도 미처 생각하지 못하는 한없이 뜨거운 세심하고도 열렬한 사랑이라는 것을 구체적 형상으로 파고들어 보여준 것으로 하여 령도자와 인민이 혈연의 뉴대로 이어진 한없이 은혜로운 주체의 사회주의 내 나라, 내 조국의 참모습을 깊이 있게 보여주었으며 작품의 사상성을 더욱 강조해주고 있다.

작가의 창작적 사색과 지향을 떠나서 작품의 예술적일반화에 대하여 이야기할 수 없고 문학작품의 철학적 깊이에 대하여서도 기대할 수 없다.

단편소설「한가정」에서 작가의 창작적 사색과 지향은 하나의 작은 생활세부로 예술적일반화를 훌륭히 실현하고 극적인 화폭을 서정적으로 채색하여 작품의 형상적의미를 철학적으로 심화시켜 보여준 데서 나타나고 있다.

소설에서 경애하는 김 정일 동지께서 경기장에 들어섰을 때 '온 나라는 한가정'이라는 집단체조장면을 생활세부로 펼쳐 보여주면서 결혼식장에서 한없는 감격과 격정 속에 울려 퍼진「한가정」이라는 노래가 다시 이 집단체조의 기본주제가로 울려 퍼지게 하였다.

이것은 자그마한 생활세부를 통하여 예술적일반화를 실현하고 생활의 본질을 보여준 것으로 되며 생활에 대한 련상을 불러일으키면서 작품의 사상감정을 깊은 여운 속에 정서적으로 승화시킨 것으로 된다.

단편소설「한가정」은 이처럼 사람들 속에서 널리 전해지고 있는 평범한 사랑의 이야기로 우리 당의 사랑과 믿음, 인덕정치의 위대한 생활력과 수령, 당, 대중의 일심단결된 사회주의 내 조국의 불패성을 훌륭하게 보여주었다.

이처럼 모든 작품들에서 보여주는 바와 같이 경애하는 김 정일 동지이시야말로 력대의 모든 위인과 장군을 초월한 빛나는 예지와 덕망, 무비의 담력과 의지를 지니고 계시는 만고에 처음 보는 백두산형의 위인이시다.

위대한 령도자 김 정일 동지의 걸출한 풍모를 빛나는 예술적 형상으로 창조하는 것은 당의 영원한 동행자로서의 우리 작가들의 최대의 행복이며 영광이다.

우리 작가들은 위대한 령도자 김 정일 동지에 대한 끝없는 흠모와 매혹을 가지고 깊은 사색과 탐구로 새로운 형상세계를 끝없이 창조함으로써 경애하는 김 정일 동지의 형상을 높이 모신 문학작품을 더 많이, 더 훌륭하게 창작하자.

≪조선문학≫, 1995.5

서정시 「어머니」에서
새롭게 탐구된 서정세계를 두고

류 만

서정시 「어머니」는 우리 작가들과 인민들 속에 널리 알려져 있다.

위대한 령도자 김 정일 동지께서는 최근에 서정시 ≪어머니≫를 또다시 훌륭한 작품으로 내세워 주시였다.

서정시 「어머니」는 우리 인민의 운명을 책임지고 보살펴주는 어머니당에 대한 우리 인민의 숭고한 사상감정, 시대의 주도적 감정을 가장 열정적으로 훌륭히 일반화한 성과작이며 우리 시문학이 도달한 높이와 풍격을 그대로 보여주는 대표적인 작품의 하나이다.

위대한 령도자 김 정일 동지께서는 불후의 고전적 로작 『사회주의는 과학이다』에서 로동계급의 당을 어머니당으로 건설하는 것은 사회주의사회의 국가기관들과 모든 조직들을 인민의 복무자로 건설하기 위한 선결조건이라고 하시면서 당을 어머니당으로 건설한다는 것은 어머니가 자식을 극진히 사랑하고 따뜻이 돌봐주듯이 당을 인민대중의 운명을 책임지고 세심히 보살펴주는 진정한 인민의 향도자로, 보호자로 되게 한다는 것을 의미한다고 가르치시였다.

우리 시대에 와서 주체시문학의 주류를 이루고 있는 당에 대한 송가를 창작하면서 당의 존엄과 위업과 함께 우리 당을 어머니당으로 노래하는 것은 시인들에게 있어서 자연스러운 보통일로 되었으며 그만큼 그것은 또한 새로운 탐구와 발견을 전제로 하고 있는 것이다.

돌이켜보면 우리 시문학에서 당을 어머니에 비유하여 서정을 펼친 작품들이 창작되기 시작한 것은 오래전의 일이다. 당을 어머니에 비유하여 서정을 펼친 작품들은 가사 「어머니당이여」가 창작되던 1960년대 초를 전후하여, 특히 그 이후에 활발하게 창작되었으며 그 가운데서도 위대한 령도자 김 정일 동지를 높이 우러르며 칭송하던 1970년대와 1980년대를 거쳐 오늘에 이르기까지 그러한 시가작품들은 전성을 이루었다.

지난 시기 우리 당을 어머니에 비유하여 노래한 시가작품들을 놓고 보면 그 서정세계는 대체로 다음과 같은 두 가지 측면에 귀착된다고 말할 수 있다. 그 하나의 당을 어머니라는 보다 일반적인 표상, 다시 말하여 자애롭고 인자한 어머니모습으로 서정화하고 있는 것이며 다른 하나는 자식과 어머니의 관계에서 당을 어머니의 모습으로 서정화하고 있는 것이다. 그리고 이러한 서정세계는 그 다양성에도 불구하고 대체로 환희와 기쁨, 따뜻한 정으로 충만되어 있는 것이 특징이었다.

서정시 「어머니」는 지난 시기 시문학에서 보여준 그 모든 서정세계를 바탕에 깔면서 당을 어머니로 비유하는 체험과 사색의 세계를 지금까지의 시들과는 구별되는 보다 새롭고 구체적이며 특색 있는 높은 경지에 끌어올림으로써 참신하고 심오한 서정세계를 펼칠 수 있었다.

서정시 「어머니」에서는 무엇보다도 당을 상징한 어머니라는 대상자체에 대한 시인의 체험과 느낌을 철학적으로 심화해 들어간 깊은 사색 속에서 새로운 서정세계를 심오하게 탐구일반화 하였다.

> 내 이제는
> 다 자란 아이들을 거느리고
> 어느덧 귀밑머리 희여졌건만

지금도 아이적 목소리로 때없이 찾는
어머니, 어머니가 내게 있어라

기쁠 때도 어머니
괴로울 때도 어머니
반기여도 꾸짖어도 달려가 안기며
천백가지 소원을 다 아뢰고
잊을번한 잘못까지 다 말하는
이 어머니 없이 나는 못살아

　누구에게나 어머니에 대한 애틋한 추억은 눈물겹도록 가슴에 젖어 오르는 다정다감한 감정이다. 그래서 사람들은 누구나 한생을 살면서 때 없이 어머니를 그리며 찾는 일이 헤아릴 수 없이 많은 것이다. 더우기 철부지시절에는 어머니 없이 살수 있다고는 누구도 생각하지 않을 것이다.

　그러나 세월이 흘러 사람이 철이 들고 나이 들어 어느덧 귀밑머리 희여진 그때에 어머니에 대한 생각은 가슴에 젖어있어도 어머니 없이 살수 없다는 생각은 사람들 속에서 점차 사라져가게 되는 것이다.

　어머니 없이도 살 수 있는 그 나이에 어머니 없이는 못산다는 그 간절한 부르짖음, 어찌 보면 귀밑머리 희여진 나이에 어울리지 않는다고 볼 수 있는 그 철부지다운 순진성과 순결성에 서정시「어머니」에서 탐구된 서정세계의 새로운 경지가 펼쳐져있다.

　시인이 송구스러움을 감추지 못하면서 옷깃 여미고 경건히 그리고 열렬히 우러르는 그 어머니는 바로 조선로동당이다.

　신성한 조선로동당을 한 시골아낙네의 이름과 나란히 어머니라 부른다는 것은 얼마나 외람된 일인가. 그러나 시인은 당을 두고 어머니란 말밖에 더 존경스럽고 친근한 말을 찾지 못한다. 그렇듯 조선로동당은 시인—'나'에게 있어서 그대는 어머니!
피도 숨결도 다 나누어주고
운명도 미래도 다 맡아안아주며
바람도 비도 죽음까지도
다 막아나서주는 우리들의 어머니
준엄한 싸움길에 하나의 전사 뒤떨어져도
천리길 만리길을 다시 달려가
붉은기에 휩싸안아 대오에 세워주는
영원한 삶의 품! 혁명의 어머니!

이기 때문이다.

여기에는 사람들이 친어머니에 대하여 느끼는 따뜻하고 인정 깊은 다정한 서정세계가 절절하게 펼쳐져있으며 거기에 더하여 자기를 낳아 키워준 어머니도 줄 수 없는 고귀하고 신성한 모든 것을 다 주는 당에 대하여 느끼는 우리 인민의 고상하고 숭엄한 체험세계가 웅심 깊게 펼쳐져 있다.

바로 당에 대한 이 웅심 깊은 감정을 한 시골아낙네—어머니에 대한 느낌으로부터 시작하여 시인 자신의 생활체험에서 얻은 고귀한 진리에 기초하여 정서적으로 파고들고 사색을 심화하여 풍만한 서정의 줄기찬 흐름으로 진실하게 재현함으로써 시는 풍부한 서정성을 구현한 시형상의 높은 경지를 보여주었다.

지난 시기 당을 어머니에 비유하여 노래한 작품들이 적지 않은 경우 당을 어머니로 표상하게 하는 그 이상의 더 깊고 심오한 세계를 파헤치지 못하였다면 서정시 '어머니'에서는 당을 어머니에 비유하여 노래하면서도 그것을 혈육적인 관계와 함께 거기에 심원한 사상정치적의미를 체험시킴으로써 당에 대하여 느끼는 우리 인민의 모든 감정세계를 응당한 높이에서 진실하게 재현하였다.

여기에 서정시 '어머니'가 도달한 높은 사상예술성이 있는 것이다.

서정시 '어머니'에서의 새로운 서정세계의 탐구는 또한 당을 어머니로

의인화하면서 시를 소박하고 친근하고 진실하면서도 심오한 생활감정으로 일관시킨 시인의 뜨거운 느낌과 사색, 그 느낌과 사색의 결과로 얻어진 생동한 시형상에 의하여 확고히 담보되었다.

위대한 령도자 김 정일 동지께서는 다음과 같이 지적하시였다.

> "우리 인민이 서정시 <어머니를> 좋아하는것도 거기에 소박하고 친근한 생활 감정이 사실그대로 진실하게 표현되였기 때문이다. 당에 대한 송가는 <어머니>에서와 같이 꾸민데도 없고 현란한 표현도 없지만 생활적으로 표상되고 모든 사람에게 지난날의 체험을 깊이 되살려주는 진실한 감정을 펼쳐줄 때 그 어떤 정치적내용도 형상적으로 소화할수 있다."

당을 어머니에 비유하여 노래한 많은 시작품들 가운데서도 서정시 '어머니'가 유난한 광채와 후더운 온기를 가지고 사람들의 가슴에 뜨겁게 젖어드는 것은 바로 거기에 당에 대한 고마움, 감사의 정, 당에 한 몸 바쳐 충성하려는 심장의 뜨거운 열정과 량심으로 여울 치는 시인의 류다른 느낌과 사색이 안받침되여 있기 때문이다.

솔직히 말해서 우리의 많은 시들에서 당을 어머니라 불러오면서 어머니란 말을 자랑스럽게 긍지높이 웨쳤지만 당을 두고 어머니라 부르는데 대하여 송구스러운 감정에 젖어본 시는 없었다.

그것도 보통어머니가 아니라 '한 시골아낙네'의 이름과 나란히 하지 않으면 안 되는 그런 송구함이…

당의 은덕과 사랑을 두고, 당의 위대함과 고마움을 두고 그 무엇이라 더 형언할 수 없어 자기에게서 가장 가깝고 친근하고 사랑스러운 이름을 불러 주저 없이 어머니라 하였건만 정작 어머니의 이름과 나란히 하고보니 불현듯 떠오르는 "나에게 젖조차 변변히 먹여줄 수 없었던" 한 시골아낙네의 순박한 모습, 정녕 당을 한 시골아낙네의 이름과 나란히 할 수밖에, 달리는 어쩔 수없는 시인의 심정인들 얼마나 송구스럽고 안타까왔을 것인

가. 그러니 젖조차 변변히 먹여 못 준 어머니들이였지만 세상에서 그 품보다 더 크고 따사롭고 자애롭고 사려 깊은 품을 더는 모르는 '나'에게 있어서 당이라는 가장 위대하고 숭고하고 성스런 품에 안겼을 때 그 품을 두고 주저 없이 어머니란 이름으로밖에 달리는 부를 수 없었던 것을 우리는 충분히 납득한다.

어머니나 아낙네나 본질에 있어서 다를 바 없지만 어머니를 한층 더 "낮추"어서 "시골아낙네"라고 부른 시인의 속 깊은 생각도 우리는 충분히 리해한다. 시인은 그만큼 우리 당을 다정하고 친근하게 생각하고 더 높이 숭상하고 존대하면서 숭고한 높이에서 우러르는 것이다.

만일 시인의 뜨거운 심장의 느낌과 사색 속에서 당을 두고 어머니를 생각하지 않았다면, 당의 사랑과 은정을 두고 어머니의 따뜻한 손길을 느끼지 못하였다면 이런 숭고한 감정이 솟아나올 수 없었을 것이다. 또한 시인이 당과 어머니의 모습을 같게도 보고 다르게도 보면서 자기의 운명과 성장의 갈피마다에 어린 '두 어머니'의 손길을 두고 깊어지는 사색의 심연에 붓을 적시지 못하였다면 '시골아낙네'의 모습이면서도 그에 비할바 없는 숭고한 높이에서 빛을 뿌리는 당의 인자하고 존엄 높은 모습을 그렇듯 시대정신의 높이에서 우러를 수 없었을 것이다.

이처럼 당과 어머니를 하나의 유기체로 느끼고 사색하면서 어머니의 친근함과 부드러움과 자애를 당의 모습에 비껴 담고 우리 당을 더없이 위대하고 존엄 높고 신성한 모습으로 우러르는 여기에 이 시의 느낌과 사색의 심오한 세계가 있다. 그리고 한 시골아낙네와 위대한 당의 이름을 나란히 하면서도 그것이 더없이 소박하고 친근하고 진실한 생활감정으로 안겨오게 한 여기에 시형상의 높은 경지가 있다.

이러한 특성은 이 작품의 임의의 시적세부나 표현을 통해서, 시형상전반을 놓고도 느끼게 되는 공통적인 특징으로 되고 있다.

서정시 「어머니」에서의 새로운 서정세계의 탐구는 하나하나의 언어표현과도 뗄 수 없이 련관되어 있다.

이 시의 언어표현을 놓고 말할 때 전반적으로 과장과 분식이 없고 소박하고 진실하고 참신하며 깊은 뜻을 담고 있는 것으로 특징적이다.

시에서 형상적인 표현을 잘 살려 쓰는 것은 시형상의 간결성, 함축성과 함께 뜻이 깊고 알기 쉬운 언어표현을 찾아 쓰는 문제와 련관되어 있다.

이 시에서 '시골아낙네'란 표현 하나만 두고 보더라도 앞에서 본바와 같이 그것이 너무도 범상하고 일반적인 말 같지만 시에서 그것은 형언할 수 없는 의미심장한 뜻을 가지고 있는 것이다.

이런 표현을 비롯해서 이 시에서 언어표현전반이 생활정서적이며 소박하면서도 뜻이 깊고 또 고도로 세련되고 함축되어 있는 것을 찾아볼 수 있다.

지금 우리의 일부 시들이 이러저러한 사상감정을 나타내기 위해서 직선적인 표현을 쓰는 데 머물고 있는 실정에 비추어볼 때 서정시 「어머니」의 언어표현들은 창작실천상 매우 교훈적인 의의를 가진다.

무엇을 아끼랴 그 무엇을 서슴으랴
그대 숭엄하고 존엄높은 모습에
한줄기 빛이라도 더해드릴수 있다면
내 불붙는 석탄이 되여
어느 발전소의 화실에 날아들어도 좋아라
그대의 은정 가없이 펼쳐진
저 푸른 이랑들을 더 푸르게 할수만 있다면
내 한줌 거름이 되여
어린 모 한포기를 살찌운들 무슨 한이 있으랴

아 나의 생명의 시작도 끝도
그 품에만 있는 조선로동당이여
하늘가에 흩어지고 땅에 묻혔다가도
나는 다시 그대 품에 돌아올 그대의 아들!
그대 정겨운 시선, 살뜰한 손길에 몸을 맡기고

나는 영원히 아이적 목소리로 부르고부르리라
어머니! 어머니 없이 나는 못살아!

　여기서 한줄기 빛 등 정서적색갈이 진한 언어표현은 더 말할 것도 없고
불붙는 석탄, 발전소의 화실, 한줌의 거름 등 평범한 언어표현들도 얼마나
뜻이 깊게 정서적으로 안겨오는가.
　고도로 앙양된 시인의 내면적 체험을 정서적으로 일반화하는데 효과적
으로 쓰인 이러한 표현을 통하여 시에서는 그 무엇인가 조금이라도 당에
보탬을 주고 당의 뜻을 받드는 그 길에 삶도 운명도 다 바쳐갈 우리 시대
인간들의 불타는 충성과 효성의 마음을 형상적으로 훌륭히 노래하였다.
따라서 사람들은 이 시에서 빛, 석탄, 화실, 거름과 같은 것을 단어 그 자체
의 의미로 리해하는 것이 아니라 거기에 체현된 시인의 사상정서적 지향
을 정서적으로, 형상적으로 받아 안게 되는 것이다.
　또한 "하늘가에 흩어지고 땅에 묻혔다가도", "아이적 목소리", "어머니
없이 나는 못살아!" 등이 표현들은 아름답고 숭고하고 격앙된 감정을 천백
마디 설명으로 대신하여주는 참으로 뜻이 깊고 함축된 형상적인 시적표현
들이다. 특히 시의 첫 련과 결구에 주어진 "어머니 없이 나는 못살아!"하는
표현만 두고 보더라도 여기에는 당을 어머니로 믿고 따르며 당을 떠나서
는 육체적 생명도 정치적 생명도 생각하지 않는 우리 인민의 한결같은 심
정, 꾸밈없는 진정이 참으로 뜨겁고 절절하게, 웅심 깊게 노래되어 있다.
　당에 대한 다함없는 칭송을 다 안으면서도 당에 대하여 누구나 가지는
이러저러한 느낌이나 흔히 쓰는 표현으로서가 아니라 "어머니 없이 나는
못살아!"라는 어머니를 떠나서 살수 없는 젖먹이 아기의 심정으로 당에 대
한 우리 인민의 느낌을 토로한 여기에 이 표현이 작품의 서정세계를 더욱
깊고 풍만하게 해주는 데 이바지하는 몫이 있다.
　"어머니 없이 나는 못살아!"를 비롯한 모든 시적표현들은 물론 그것이
단순한 시적표현문제에 그치는 것이 아니라 그 바탕에 열정적인 체험세계

를 깔고 있는 것이 특징적이다. 때문에 그 표현 하나하나가 천만근의 무게를 가지고 독자들의 가슴에 웅심 깊게 새겨지는 것이며 서정의 풍만성과 심오성에 커다란 보탬을 주었던 것이다.

서정시 「어머니」에 구현된 독창적인 서정세계와 그 탐구를 위해 기울인 시인의 창작적 노력은 우리 시인들에게 귀중한 교훈을 주고 있다.

오늘 우리 시인들에게 있어서 당에 대한 송가, 시대의 명시를 창작하는 것은 시대의 절박한 요구이다.

위대한 령도자 김 정일 동지께서는 당에 대한 송가에서는 자그마한 과장과 분식도 필요 없다고 하시면서 시인이 직접 보고 체험한 느낌을 그대로 소박하고 진실하게 노래하는 것이 중요하다고 가르치시였다.

아직 우리의 일부 시작품들에 구체적인 생활을 알지 못하고 둥 떠서 일반적이며 상식적인 감정을 토로하거나 시적표현에서도 하나를 통하여 하나밖에 보여주지 못하는 직선적이며 개념화된 표현에서 벗어 못나고 있는 현상이 있다는 것을 생각할 때 시인들의 창작적 립장과 자세, 작품창작에서는 새로운 전환이 일어나야 할 것이다.

무엇보다도 생활에 발을 든든히 붙이는 것이 중요하다. 시는 생활의 문학인 것만큼 구체적이며 생동한 생활이 없이는 시에서 그 어떤 참신한 서정도 펴나갈 수 없다.

이와 함께 시인의 체험과 느낌, 사색은 시가 참다운 시로 되게 하고 시의 서정성과 시인의 개성을 담보하는데서 중요한 고리로 된다. 체험과 느낌, 사색이 없는 데서는 개념과 상식이 자리 잡고 서정이 고갈되며 표현도 일반적이고 직선적인 것에 머무르게 된다. 시인들은 누구나 다 자기의 고유한 체험과 느낌, 깊은 철학적 사색을 가지고 시를 써야 하며 그래야 시다운 시가 태여날 수 있다.

시인의 깊은 체험과 느낌, 사색은 시적표현의 '운명'을 좌우한다고 말할 수 있다. 새롭고 절절한 체험과 느낌, 사색이 있는데서만 뜻이 깊고 참신한 언어표현이 생겨난다. 그렇다고 해서 언어표현이 피동적인 것으로만

되여야 한다는 것은 아니다.

심오한 체험과 느낌, 사색과 동시에 언어표현에 대한 깊은 탐구가 결합될 때 보다 풍부한 서정성을 가진 개성이 뚜렷한 시작품들이 성과적으로 창작될 수 있다.

서정시 「어머니」는 당에 대한 우리 인민의 숭고한 사상감정을 주도적인 감정으로 노래하면서 그것을 시인자신이 걸어온 생활에 발을 든든히 붙이고 깊은 체험과 느낌, 사색 속에서 시적으로 훌륭히 일반화함으로써 사상적으로나 예술적으로 높은 경지에 이른 시대의 명작으로 될 수 있었다.

우리 시인들은 더욱 분발하여 서정시 「어머니」와 같이 시대의 요구에 맞고 주체시문학의 풍격을 훌륭히 갖춘 그런 시작품들을 더 많이 창작하기 위하여 적극 노력하여야 할 것이다.

≪조선문학≫, 1998.5

민족성과 우리 시,
생각되는 몇 가지

김정철

편집원동무, 미안합니다. 우리 시문학에 민족성을 구현할 데 대한 문제를 가지고 편집부와 시인들이 의견을 나누어보자는 청탁을 받은 지도 여러 날이 지났는데… 나 아닌들 시단에 원로중진들이 가득한데— 하는 옹졸한 생각에 그간 주저하고 있었는데 수리날까지 쇠고보니 더 미룰 수 없는 과제로 되였군요. 명절이야기가 났으니 말이지 흥겹게 보낸 이 민속명절날 우리 시인들은 생각되는 바도 많았고 느낀 바도 컸습니다.

조국 땅 어디나 다르 바 없겠지만 내가 살고 있는 여기서도 굉장했습니다.

어버이수령님 동상을 모신 역전광장과 도예술단 앞 광장에 가득히 모여 징치고 꽹과리를 울리며 돌아가는 군중들… 하늘가에 연을 날리는 아이들과 팽이를 치는 아이들을 보면서, 동네와 동네인민반과 인민반이 승벽으로 윷가락을 던지고 바줄당기기 하는 열기 띤 모습을 보면서 이래서 수천 년 세월 대국들 사이에 끼여 부대껴 오면서도 동화되지 않은 내 민족이 있었구나 하는 생각에 저절로 눈굽이 뜨거워지더군요. 력사의 페지를 들추어 보면 우리 가까이에서도 얼마나 많은 민족들이 자취를 감추어 버렸습니까. 거란족은 말할 것도 없고 녀진족도 한때 강대성을 자랑해 왔지만 민족성을 잃다보니 타민족에 동화되지 않았습니까.

편집원동무도 『족보』라는 참고소설을 읽어보았겠지만 그처럼 집요한 일본놈들의 동화정책 속에서 얼마나 눈물겹게 지켜낸 우리 민족성입니까.

본질적으로 항일항미의 거족적인 혁명전쟁들도 다 민족성을 지키기 위한 성전이였으며 오늘도 의연히 그 싸움은 계속되고 있습니다.

그 때문에 경애하는 장군님께서는 선군령도의 그 바쁘신 나날에도 민족성을 더욱 장려할 데 대한 귀중한 가르치심을 주시였고 언제 전쟁이 터질지 모르는 긴장한 때에도 올해 음력설을 성대한 민속명절로 펼쳐주신 것 아니겠습니까. 그래서 그런지 바라보는 모든 것이 새로 왔습니다.

천년을 무심히 흘러오던 압록강도 이 아침엔 력사의 중견자로서 두터운 얼음장을 터치며 벌떡 일어서 소리치는 것만 같았습니다.

위대한 령도자를 모신 위대한 민족이여 영광이 있으라고.

그러한 웨침은 이끼 덮인 옛 성벽에서도 울려왔고 산곡간의 절간들에서도 울려왔고 그 이름처럼 민족적 향취가 풍기는 「봄향기」, 우리 도시의 특산인 그 화장품들에서도 울려오고 있었습니다.

참으로 얼마나 쓸 것이 많습니까. 수령복을 타고난 민족의 긍지에 대한 시, 아름다운 조국강산에 대한 시, 우리의 미풍량속과 세태풍속에 대한 시, 민족의상과 민족음식을 자랑하는 시.… 지난 날 우리 시인들은 민족성이라면 세태풍속에만 국한시켜 이 주제는 적극적이 못되고 시대의 주도적 감정이 아닌 것으로 차요시해 왔습니다. 우리는 시각을 한 점에만 고착시키지 말고 전후좌우로 과거로부터 현재로, 현재에서 미래에로 부단히 옮겨가며 보아야 할 것입니다. 가령 부모에 대한 효성, 이웃 간의 화목, 사랑에는 사랑으로, 은혜에는 은혜로 보답하는 우리 민족의 이 특질이 오늘에 어떻게 발현되고 있는가, 두말할 것도 없이 수령에 대한 충성심으로 표현될 것이며 그렇다면 그것이 부단히 발전 풍부화되어 가는 우리의 민족성이 아니겠습니까.

일심단결은 혁명의 천하지대본! 이것은 오늘에 생겨난 말이지만 우리의 후손들은 이 말도 '농사는 천하지대본'이라는 말처럼 알게 될 것이며 선군의 길 우에 생겨난 수많은 혁명일화들도 래일엔 전설로 민화로, 민요로 전해 질것입니다.

이렇게 놓고 볼 때 어째서 우리가 민족성을 과거의 세태적인 생활 속에서만 찾겠는가, 실로 민족성구현의 주제는 방대한 내용을 포괄하고 있습니다.

문제는 우리가 이 풍부하고 방대한 내용에 어떻게 재간껏 조선옷을 입히는가 하는데 있습니다. 바꾸어 말하면 우리가 쓰는 시들에 고전시가, 민족시가의 온갖 훌륭한 형식적 요소들과 형상적 묘기들을 살려 안으로 보아도 밖으로 보아도 나무랄 데 없는 조선시를 쓰는데 있습니다. 우리의 고전시가유산엔 참말로 세계에 자랑할 것도 많고 우리가 따라 배울 것도 있습니다.

위대한 령도자 김 정일 동지께서는 다음과 같이 지적하였습니다.

"자기 나라, 자기 민족의 문화유산을 귀중히 여길줄 모르고 내세울 줄 모르는 사람은 례외없이 민족 허무주의자이다."

세계의 명시들과 우리 고전시들을 대비하여 저마다 외우는 말이 있지 않습니까.

조상들이 비록 갓 쓰고 하늘소 타고 다니였지만 시만은 참 잘 썼다고.

운문과 산문을 가르는 기본요소인 운률만 놓고 보더라도 얼마나 아름답고 류창한 우리 운률입니까.

언젠가 제가 창작실에 앉아있는데 옆방에서 흥얼거리는 소리가 들려오길래 호기심이 동해 가만히 문을 열고 들여다보니 한 동무가 제법 몸까지 앞뒤로 들까불면서 흥얼대고 있겠지요.

"자네 뭘 흥얼거리나. 몸세까지 쓰면서."했더니 하는 말이 "시 한수 읽

느라니 절로 그리되누만… 날거든 뛰지마나/ 섰거든 솟지마나/ 부용을 곳
안난듯/ 백옥을 묶었난듯/ 동명을 박차난듯/ 북극을 괴왔난듯/ 높을시고
망고대/ 외로울사 혈망봉이… 허허, 이 멋에 시를 쓰는게지.” 마치도 16세
기 정철이가 아니라 제가 금방 「관동별곡」을 탈고해 낸 듯이 흡족해 하는
것이었습니다.

이런 아름다운 운률이 어찌 정철이의 가사들뿐이겠습니까. 「강촌별곡」,
「향산별곡」 지어는 시집가는 딸에게 례의범절을 일러 주는 「경녀사」나
「규중행실가」, 외국기행을 그대로 시행으로 옮긴 「표해가」나 「연행가」…
이루 헤아릴 수 없습니다. 수천수만의 시조들은 또 어떻구요.

사람들을 흥얼거리게 하고 춤추게도 하고 울리고 웃기기도 하는 이 아
름다운 운률도 따져보면 그 조성의 기초원리가 있습니다. 다 알고 있겠지
만 같은 음수의 규칙적인 반복으로 이루어지거나(정형시) 비록 음수엔 구
애되지 않더라도 동질의 음향가나 내외구 조응의 균형에, 기타 운률조성
의 보조적인 수단들의 조합으로 이루어지거나(자유시) 우리 시문학의 최
걸작인 『백두산』만 보아도 파격적인 것 같지만 하나하나 시행들을 해부해
보면 우리 민족시가 운률에 의거하고 있다는 것을 쉽게 알 수 있습니다.

이에 대해서는 고전시가들과 광복전후의 우리 시문학의 성과작들을 건
당으로 해부하면서 운률문제에 조예가 깊은 여러 선생들이 도서 『우리 시
문학의 운률연구』에서 구체적인 분석이 있었습니다만 제가 말하고 싶은
것은 일부 우리 시인들이 우리 운률의 기초근본을 깊이 알고 있지 못한 데
로부터 운률이 없는 시를 써놓고도 운률이 있다고 믿는 인식상의 착오입
니다.

망신스러운 일이지만 일전에 한 소설가가 저에게 “너희들만 시 쓴다고
우쭐대지 말아. 나도 써. 들어보라.” 하면서 제 소설의 한 대목을 목청을
돋구어 억지로 강약을 주면서 ‘랑송’ 하더군요. 모두가 웃었지만 시인들은
웃을 수 없었습니다.

악의 없는 롱담이었지만 너무나도 정통을 찔렀기 때문이였습니다.

지난 기간 산문화를 정당화하는 '내재률' 리론이 있었다고 하는데 새 세대의 우리가 말뜻은 모르면서도 은연중 그 길로 가고 있지 않는지?

기준을 잃지 말아야 하겠는데, 다시 말하여 우리 시가의 운률적 기초에서 너무 멀어지지 말아야 하겠는데 이런 면에서 시를 많이 쓰고 있는 우리 중진들에게 죄가 많다고 생각합니다.

혹자는 시의 풍격을 높인다고 하면서 문장을 비틀고 꼬아 운률을 파괴하고 혹자는 진부와 고투를 거세한다고 하면서 규칙적인 음수들도 일부러 두드려마사 들쑹날쑹 만들고.

실제로 우리의 능력 있는 시인들 중에는 4.4조나 7.5조의 전형적인 고전시가의 운률을 자기 작품에 살려 성공한 실례들이 많습니다.

김석주의 「창밖에 비가 와도 눈이 내려도」를 처음 읽었을 때 저에게는 소월의 「진달래」가 떠올랐습니다. 두 편이 다 사모의 감정이라는데도 있었지만 같은 7.5조의 운률적효과에서 오는 느낌이였을 것입니다.

물론 주체사상적 내용에 맞추어 그 적용범위가 다소의 차이는 있었지만 고전시가의 우수한 유산을 자기 창작에 활용함으로써 두 시인이 다 시대의 명작을 남길 수 있었다고 생각합니다. 제 소견에는 우리의 개별적 시인들이 3.4조나 4.4조, 7.5조 등 어느 한 형태를 취하여 그것으로 자기 창작을 완성시켜나가는 것도 나쁘지 않겠다고 봅니다. 그렇게 되면 우리 시단에 양상도 다양해지고 개별적 시인으로서도 개성이 고착되어 후에 아무개는 3.4조 시인이야 혹은 7.6조 시인이야 말할 수 있지 않겠는가.

우리는 고전시가의 류창한 운률과 함께 간결성과 섬세성, 온갖 형상적 묘기들을 또한 따라 배워야 할 것입니다. 여기에 민요 한편과 시조 한편만 인용하겠습니다. 민요 「님 하나밖에」.

"저 달이 하나라도/ 조선팔도 다 보는데/ 요내 눈은 둘이라도/ 님 하나밖에 못 봅니다"

시조 "말은 가려 울고 님은 잡고 아니놓네/ 석양은 재를 넘고 갈 길은 천리로다/ 저 님아 가는 날 잡지 말고 지는 해를 잡아라"

이게 전부입니다. 무엇을 더 넣고 뺄 것이 있습니까. 단 4줄의 민요와 단 3줄의 시조에 하나의 아름답고 선명한 화폭이 어려오고 서정적주인공의 성격과 지향, 나가아서 당대사회현실까지 드러나 있지 않습니까. 이런 형상적 묘기들을 자기 창작에 도입해야 하겠는데 너나없이 우리 시들엔 역설이 많고 이런 저런 사료들이 인입되어 읽을 맛도 없고 외우기도 힘듭니다. 편집원동무도 시 쓰는 사람이니 고충을 알겠지만 짧은 서정시에 사료한 가지만 넣자고 해도 얼마나 고달픈 노릇입니까.

아무리 문장을 잘 다루는 재사라도 사료인입에 3~4련은 소비해야 할 것이고 앞뒤로 감정조직을 하려면 또 몇 련, 그러고 나면 시인은 아직 제할 소리를 못하고 있는데 시는 10련을 넘어섭니다.

솔직히 사료작업이야 체험단계의 공정이 아닙니까.

오래전 문학통신원시절에 스승이었던 조벽암선생이 이런 말을 하더군요.

"임자, 시를 다 썼으면 손으로 한 번 원고지를 쓸어 보라구. 걸리는 게 없나 말일세."

참으로 의미심장한 말이었습니다.

눈으로 읽어보고 입으로 외워보고 손으로 쓸어 보기까지 한편의 시를 정교하게 다듬어야 한다는 뜻이 아니겠습니까. 지금도 단 두 행에 수천마디의 말을 대신하는 선생의 "삼각산이 보인다"의 "눈물속에서도 분노의 번개는 처/ 어언중 삼각산도 산산히 부스러지누나" 구절을 외우며 도저히 따라 갈수 없는 스승의 기교에 머리를 숙입니다.

새삼스럽지만 제가 여기서 스승을 추억하게 되는 것은 시어 하나, 토, 받침 하나까지 진저리날 정도로 따지고 들던 그 은사들이 이미 우리 곁을 떠났고 그네들의 소임을 이제는 우리가 걸머지고 있다는 사정입니다. 후비들의 지도를 위해서도 우리는 고전시가들을 연구해야 하며 한 편 한 편의 자기 시들에서 그들이 따라 배울 만한 묘기들을 마련해야 할 것입니다.

마지막으로 시조와 가사를 비롯한 민족시가형태들의 계승에 대한 생각입니다.

이 몇 넌어간에 ≪조선 문학≫과 ≪문학신문≫에 몇 편의 시조가 실리여 화제에 오르고 그에 대한 평론도 있었습니다. 고전문학전문가들의 눈으로 보면 초장, 중장, 종장의 엄격한 구성체계를 가지고 있는 시조가 대강 3줄 맞추기로 되었으니 얼치기가 분명할 것입니다. 부언하건대 저도 그이상은 만들지 못합니다. 문제는 어째서 옛날에는 이름 없는 촌선비들도 한두 수쯤은 그 자리에서 제꺽 써냈다는 것을 한다하는 시인들이 이런 얼치기밖에 만들지 못하는가, 저는 이것이 우리 시인들의 능력문제가 아니라 이제껏 이런 것은 관심밖에 두고 산 후과라고 생각합니다. 시조쓰기에 누구나 재미를 붙이고 많이 쓰게 되면 시조도 체모를 갖추게 되고 시대의 주도적 감정을 잘 살려낸 본보기시조도 나오게 될 것입니다.

어찌 나무 한그루 심고 돌멩이 하나 다듬는 것만이 애국이고 애족이겠습니까. 외국사람들도 오묘한 그 시구에 현혹되어 수첩에 베껴주기를 갈망하는 황진이나 력대 가인들의 우수한 시조들을 문학사속에만 소장시켜두지 말고 자기의 작품들에 적극 살려 우리시대, 선군시대에도 그보다 못지 않는 시조가 있소 하고 세계에 소리치게 될 때 그 이상의 애국애족이 어디에 있으며 또 그 이상의 민족성구현이 어디 있겠습니까. 이렇게 될 때 자기 작품과 함께 애국자로서의 시인의 생애도 남게 될 것입니다.

우리 모두가 그렇게 살기를 약속하면서

평안북도 작가동맹 김정철

≪조선문학≫, 2003.7

북한문학 연구자료총서 Ⅳ

문학예술의 혁명적 전환
북한의 비평

초판 1쇄 인쇄일	│ 2012년 6월 14일
초판 1쇄 발행일	│ 2012년 6월 15일

엮은이	│ 김종회
펴낸이	│ 정구형
출판이사	│ 김성달
편집이사	│ 박지연
책임편집	│ 정유진
본문편집	│ 이하나 이원숙
디자인	│ 유정현 장정옥 조수연
마케팅	│ 정찬용
영업관리	│ 김정훈 권준기 정용현 천수정
인쇄처	│ 월드문화사
펴낸곳	│ **국학자료원**

등록일 2006 11 02 제2007-12호.
서울시 강동구 성내동 447-11 현영빌딩 2층
Tel 442-4623 Fax 442-4625
www.kookhak.co.kr
kookhak2001@hanmail.net

ISBN	│ 978-89-279-0172-3 *94800
가격	│ 77,000원

* 저자와의 협의하에 인지는 생략합니다.
  잘못된 책은 구입하신 곳에서 교환하여 드립니다.